수용소군도

수용소군도 ❷

Архипелаг ГУЛАГ

알렉산드르 솔제니찐 기록문학 김학수 옮김

1918~1956
문학적 탐구의 한 실험

ARHIPELAG GULAG I
by ALEXANDRE SOLJENITSYNE

Copyright (C) 1973-1991 Russian social funds for persecuted persons and
their families.
Korean Translation Copyright (C) 2020 The Open Books Co.
All rights reserved.

이 책은 실로 꿰매어 제본하는 정통적인 사철 방식으로 만들어졌습니다.
사철 방식으로 제본된 책은 오랫동안 보관해도 손상되지 않습니다.

수용소군도 총목차

제8장

법이 움트다

우리는 곧잘 모든 것을 잊어버리고는 한다. 우리가 기억하는 것은 실제로 과거에 일어났던 사건도 아니요, 역사도 아니다. 우리가 기억하는 것은 그들에 의해 머릿속에 끊임없이 주입된, 띄엄띄엄 점선처럼 이어지는 틀에 박힌 내용뿐이다.

이것이 모든 인류의 특성인지 아닌지는 나도 모르겠다. 그러나 적어도 우리 국민의 특성인 것만은 사실이다. 치욕적인 특성이다. 아마도 이것은 선량한 성질에서 기인하는 것이겠지만, 하여튼 치욕적인 특성임에는 틀림없다. 그 특성이 우리를 거짓말쟁이들의 먹잇감으로 만들고 있기 때문이다.

따라서 그들이 공개 재판에 대해서도 기억하지 말라고 요구한다면 우리는 그것을 기억하지 않을 것이다. 큰 소리로 떠들어 대고 신문에 대서특필한 것이라도 그들이 기억하지 못하게 한다면 우리는 그것도 기억하지 않으리라(뇌리에 기억되는 것은 그저 날마다 라디오가 되풀이해서 전하고 있는 것뿐이다). 나는 젊은이들에 대해서 말하고 있는 것이 아니다. 그들은 물론 알 리가 없다. 그러나 나는 일련의 재판 사건과 함께 살아온 동시대인들에 대해서 말하고 있는 것이다. 중년층에 속한 사람에게 큼직큼직한 공개 재판 사건에 어떤 것이 있었느냐고 물어보라. 그는 우선 부하린 사건과 지노비예프 사건을 들 것이다. 그리고 또 미간을 찌푸리며 산업당 사건을 상기할 것이다. 그리고 끝이다. 공개 재판으로 처리된 사건은 이것 이외에는 없다.

그렇지만 공개 재판은 10월 혁명 직후부터 있었다. 그리고 그 이듬해인 1918년에는 각지의 수많은 재판소에서 방대한 숫자에 이르는 사건이 처리되었다. 그때는 아직 법률도 형법도 없었으나, 재판관들은 단지 혁명 노동자 정권의 필요성에 따라 재빨리 모든 사건을 처리해 나갔다. 그 당시엔 이와 같은 재판이 획기적인 법질서의 길을 개척해 나가는 것으로 생각되었다. 여기에 대한 상세한 역사는 언젠가 누군가의 손에 의해서 기술될 날이 있을 것이므로 지금 그것을 이 책에 포함시키지는 않기로 하겠다.

그러나 이 문제에 대하여 한마디도 하지 않고 그대로 넘어갈 수는 없을 것 같다. 장밋빛의 부드러운 아침 안개 속에서 간밤의 불탄 자리를 들추어내듯, 이미 폐허가 된 잿더미의 일부나마 파헤쳐 볼 필요가 있다고 생각한다.

내전이 진행되는 격동기에는, 군도(軍刀)의 날이 녹슬지 않듯이 사형 집행인의 권총도 권총 케이스 속에서 식을 사이가 없었다. 남의 눈에 띄지 않게 야간에 지하실에서 총살을 하거나 뒤통수를 쏘는 것을 생각해 낸 것은 훨씬 이후의 일이다. 1918년만 해도 랴잔의 유명한 요원 스쩰마흐는 처형을 기다리는 사형수가 감방의 창문에서 볼 수 있도록 대낮에 공공연히 형무소의 안뜰에서 총살을 집행하고 있었다.

그 당시의 공식적인 용어로는 이것을 〈즉결 처분〉이라 했다. 재판 제도가 없었기 때문에 그러한 〈즉결 처분〉이 행해진 것이 아니라 〈체까〉, 즉 비상 위원회[1]가 있었기 때문에 그것이

성행했던 것이다. 또한 그것은 무척 효율적이기도 했다. 재판소도 있고 재판도 하고 형을 선고하기도 했지만, 이와 병행하여 재판소와는 별도로 〈즉결 처분〉이 독립적으로 판을 치고 있었다는 것을 잊어서는 안 된다. 그 규모는 어느 정도였을까? 라찌스가 기술한 체까의 활동 개요[2]에 의하면, 고작 1년 반 동안에(1918년과 1919년 상반기) 러시아 중부의 20개 주에서만 (〈여기 제시된 숫자는 결코 완전한 것이 아니다〉라고 하는데,[3] 일부는 아무래도 실제보다 적게 계산한 것 같다) 체까에 의해 총살된 인원은(다시 말해서 재판도 없이, 재판을 거치지 않고 총살된 인원은) 8,389명[4]이고 적발된 반혁명 조직은 무려 412건에 이르며(우리 나라의 역사 전체를 통해 우리가 조직에 능숙하지 못하다는 점을 감안할 때, 그리고 그 당시의 전반적인 혼란과 의기소침한 상태를 고려할 때 이 건수는 그야말로 환상적인 숫자라고 할 수밖에 없다) 체포된 인원은 8만 7천 명[5]이었다고 한다(이 숫자는 터무니없이 줄인 숫자임이 분명하다).

이것을 옳게 평가하기 위해서 무언가 비교할 만한 것은 없을까? 일찍이 1907년에 일부 좌익 정치 활동가들은 『사형 제도 폐지론』이라는 논문집을 출판한 바 있는데, 그 책에는 1826년

1 단단해져 가는 부리를 가진 이 햇병아리를 뜨르쯔끼는 특별히 옹호했던 것이다 — 〈테러는 강력한 정치 수단이다. 이것을 이해하지 못한 체하는 자는 위선자라고 할 수밖에 없다.〉 지노비예프도 자신의 종말을 예견하지 못하고 〈GPU(국가 정치 총국)라는 문자는 VChK(전 러시아 비상 위원회, 체까)와 함께 세계적 규모로 가장 많이 보급되고 있다〉고 환희에 젖어 있었다.

2 M. 라찌스, 『국내 전선에서의 2년간의 투쟁』(모스끄바: 국립 출판소, 1920).

3 같은 책, p. 74.

4 같은 책, p. 75.

5 같은 책, p. 76.

부터 1906년까지 형 선고를 받은 모든 죄수의 명단이 실려 있다.[6] 편집자들은 이 논문집이 아직 미완성이고, 이 명부도 역시 완전한 것이 아니라고 주석을 달고 있다(그러나 내전 시기에 편찬된 라찌스의 자료보다는 훨씬 완전에 가까운 것이다). 이 명부에는 1,397명의 이름이 올라 있지만, 그중 감형 조치를 받은 233명과 체포하지 못한 270명(대부분이 서방으로 도주한 폴란드 반란자들)을 제외하면 불과 894명이 남을 뿐이다. 80년 동안의 이 숫자와 1년 반 동안의, 그것도 일부 지방에 국한된 라찌스의 통계 숫자에는 그야말로 천양지차가 있다. 물론 이 논문집 편찬자들은 그 속에서 다른 추정 통계도 인용하고 있지만, 그것에 의하면 1906년 한 해 동안에 1,310명이 사형 선고를 받고(어쩌면 처형되지 않았는지도 모른다), 1826년부터 1906년에 이르는 전 기간 동안에 사형 선고를 받은 사람은 3,419명으로 나타나 있다. 1906년이라면 바로 유명한 스똘리삔의 반동 정책이 극에 도달했던 시기인데, 여기에 대해서는 또 다른 숫자가 있다. 즉, 6개월 동안 사형된 사람이 950명이라는 것이다.[7] (사실, 스똘리삔의 군법 회의는 이 6개월 동안만 존재했었다.) 얼핏 듣기에 이 숫자는 무시무시한 느낌을 주지만, 이미 굳어질 대로 굳어진 우리의 신경에는 기별도 가지 않는다. 왜냐하면 라찌스의 통계에 의하면 같은 6개월 동안 〈세 배나 더 많은〉 사람이 처형되었으며 그나마도 불과 20개 주에 국한된 숫자일뿐더러, 도대체가 재판도, 군법 회의도 없이 처리해 버렸기 때문이다.

재판소들은 1917년 11월부터 이미 기능을 발휘하고 있었다. 혁명의 혼란 속에서도 1919년에는 재판소를 위해 〈러시아

6 M. N. 게르네뜨 편저, 『사형 제도 폐지론』, 2판, pp. 385~423.

7 『빌로예』, 2월 14일호, 1907년.

소비에뜨 연방 사회주의 공화국 형법 지침)이 하달되었다(우리는 그것을 입수할 수 없어서 읽어 보지 못했지만, 거기에는 〈무기한의 자유 박탈〉, 즉 특별한 지시가 있을 때까지 감금하라는 항목이 들어 있었다).

재판소에는 인민 재판소, 지방 재판소, 혁명 재판소 세 가지가 있었다.

인민 재판소는 경범죄와 일반 형사 사건을 다뤘으며 총살형을 선고할 수는 없었다. 1918년 7월까지만 해도 사법 제도에는 좌익 사회 혁명당의 유산이 아직 존속되고 있었다. 우스운 이야기지만, 인민 재판소에서는 〈2년〉 이상의 형을 선고할 수 없었던 것이다. 다만 정부의 특별 개입이 있을 경우에 한하여 불합리하게 가벼운 형기는 〈20년〉까지 끌어올릴 수 있었다.[8] 1918년 7월부터 인민 재판소는 〈5년〉 형까지 선고할 수 있는 권한을 부여받았다. 그리고 모든 군사적 위협이 사라진 1922년에 이르러 〈10년〉 형까지 선고할 수 있는 권한을 부여받는 대신에 6개월 〈이하〉의 형을 선고할 권리를 상실하게 되었다.

지방 재판소와 혁명 재판소는 시종일관 총살형을 선고할 권한을 보유하고 있었으나, 지방 재판소는 1920년에, 혁명 재판소는 1921년에 이 권한을 상실한 적이 있었다. 여기에는 많은 우여곡절이 있었으므로 그 시대에 정통한 역사가가 아니고는 그것을 상세히 설명할 수는 없을 것이다.

어쩌면 그러한 역사가들은 필요한 문헌들을 찾아내서 우리에게 법정의 판결을 기록한 문서철을 펼쳐 보이고 통계 숫자까지 제시해 줄지도 모른다(하지만 그것은 거의 불가능한 일이다. 그동안 세월이 흐르고 여러 사건으로 인해 많은 문서가

8 제3부 제1장 참조.

소실되었을 것이고, 설사 소실되지 않은 문서가 있었다 하더라도 그것과 이해관계에 있는 사람들이 고의적으로 없애 버렸을 것이기 때문이다). 따라서 우리가 알 수 있는 것은 단지 혁명 재판소들이 결코 졸고 있지는 않았으며 맹렬히 활동을 전개하고 있었다는 사실뿐이다. 내전에서 하나의 도시가 점령되면 우선 체까의 안뜰이 총살형 집행의 화약 냄새로 가득 차고는 했던 것이다. 그들의 총알을 목덜미에 받기 위해서는 반드시 백위군 장교, 원로원 의원, 지주, 성직자, 입헌 민주당원, 사회 혁명당원 또는 무정부주의자라야 한다는 법은 없다. 그 당시에는 못 박인 데가 없는 희고 부드러운 손만 가지고 있어도 총살형을 받기에 충분했다. 그러나 이제 이제프스끄나 봇낀스끄, 야로슬라블이나 무롬, 꼬즐로프나 땀보프 등지의 반소비에뜨 반란에서는 마디마디가 굵게 못이 박인 손들도 숙청을 면할 길이 없었던 것으로 추측된다. 만약에 그 당시의 〈즉결 처분〉 및 혁명 재판 기록이 우리 앞에 제시된다면, 우리는 거기에 기소된 소박한 농민의 숫자가 어마어마하게 많은 데 놀라지 않을 수 없을 것이다. 1918년부터 1921년 사이에 일어난 농민 봉기와 폭동은 이루 헤아릴 수 없을 만큼 많았다. 하지만 이 사건들은 『내전사』에 수록되지도 않았고 사진으로 남겨지지도 않았다. 몽둥이와 쇠스랑과 도끼를 들고 기관총을 향해 달려드는 흥분한 군중, 그다음에는 포승에 묶여 총살형을 받기 위해 〈한 줄에 10명씩〉 늘어선 광경을 영화로 찍은 사람도 없다. 사뽀조끄 폭동은 사뽀조끄 사람들만, 삐쩰리노 폭동은 삐쩰리노 사람들만 기억하고 있다. 라찌스에 의하면 그 당시 1년 반 동안 20개 주에서 진압된 폭동이 344건에 이른다.[9] [이미 1918년부터 농민의 반란은 부농, 즉 〈꿀라끄〉의

9 라찌스, p. 75.

반란이라 불렸다. 왜냐하면 농민 자신이 노동자 농민의 정권에 반대하여 폭동을 일으킨다는 것은 말도 되지 않기 때문이다! 그러나 어느 때건 반란이 일어났을 때는 마을의 서너 집이 아니라 마을 전체가 동시에 들고 일어나고는 했다. 이 사실을 어떻게 설명해야 할 것인가? 어째서 빈농 대중이 쇠스랑과 도끼로 〈부농〉 폭도들을 때려죽이지 않고, 도리어 그들과 함께 기관총을 향해 달려들었을까? 라찌스는 해명하기를 〈꿀라끄들은 온갖 희망적인 약속과 중상과 위협으로 나머지 농민들을 폭동에 가담하도록 강요했다〉고 주장한다.[10] 그러나 빈농위원회의 약속보다 더 희망적인 것이 어디 있었으며 CHON(특수 부대)의 기관총보다 더 큰 위협이 어디 있었겠는가?]

그리고 무고하게, 정말 무고하게 혁명의 맷돌 속으로 끌려들어간 사람은 또 얼마나 많았던가? 혁명 수행 과정에서 사형집행인의 총탄에 희생된 사람들 중에는 이런 무고한 사람이 적어도 절반은 될 것이다.

다음은 1919년 랴잔 혁명 재판소에서 진행된 똘스또이주의자 I. Y.에 대한 공판에 참석했던 사람의 목격담이다.

붉은 군대에 입대하라는 총동원령이 내려짐에 따라(이것은 〈전쟁 반대!〉, 〈총칼을 던져라!〉, 〈집으로 돌아가라!〉라는 구호를 외친 후 불과 1년 만에 공포된 명령이다) 랴잔주에서만도 1919년 9월까지 5만 4,697명의 탈영병이 체포되어 전선으로 끌려갔다.[11] (탈영병의 일부는 본보기를 위해 즉석에서 총살되었다.) 그러나 I. Y.는 탈주한 것이 아니라 자신의 종교적 신념에 따라 군 복무를 거부했던 것이다. 그는 강제로 소집되어 입대하였으나 병영에서도 총을 손에 들지 않았고 교

10 같은 책, p. 70.
11 같은 책, p. 74.

육 훈련에 참가하지도 않았다. 이에 격분한 부대 정치위원이 〈소비에뜨 정권을 인정하려 들지 않는 자〉라는 메모와 함께 그를 체까에 넘겼다. 신문이 시작되었다. 자리에는 세 사람의 체까 요원들이 각기 7연발 권총을 앞에 놓고 앉아 있었다. 「우리는 너 같은 고집쟁이들을 더러 본 적이 있지만 모두 우리에게 무릎을 꿇고 말았다! 무기를 들고 싸울 것에 당장 동의하지 않으면 이 자리에서 총살하고 말 테다!」 그러나 I. Y.의 태도는 강경했다. 그는 자유 기독교의 신봉자였으므로 도저히 싸울 것을 약속할 수가 없었다. 그는 혁명 재판소로 넘겨졌다.

공개 재판이어서 법정에는 1백 명가량의 방청객이 있었다. 점잖게 생긴 늙은 변호사가 있었고, 검사(〈검사〉라는 낱말은 1922년까지 금지되고 있었다)[12] 니꼴스끼 역시 늙은 법률가였다. 배심원 중의 하나가 피고인의 견해를 밝히려고 시도했다(근로 인민의 한 사람인 당신이 귀족인 똘스또이 백작과 견해를 같이하는 이유는 도대체 무엇인가?). 그러나 재판장이 끼어들어 해명할 기회를 주지 않았다. 논쟁이 일어났다.

배심원 — 「당신은 사람을 죽이기를 원치 않았고, 다른 사람들에게 당신의 사상을 이해시키려고 했소. 하지만 백위군 쪽에서 전쟁을 일으켰으니, 당신은 결국 우리의 전쟁 수행을 방해하는 것과 다를 바 없소. 당신을 꼴차끄(백위군 사령관)한테 보낼 테니 차라리 거기 가서 당신의 그 무저항주의를 실컷 전파하는 게 어떻소?」

I. Y. — 「어디든지 가라는 곳으로 가겠습니다.」

검사 — 「이 법정은 모든 형사 범죄 행위가 아니라 반혁명 행위만을 처리하게 되어 있습니다. 피고인의 범죄 구성 요건

12 혁명 이후부터 1922년까지는 〈검사〉 대신 〈고소인〉이라는 용어가 사용되었으나, 한국어판에서는 모두 〈검사〉라는 용어로 통일하였다 — 옮긴이주.

으로 보아 나는 이 사건을 마땅히 인민 재판소로 넘길 것을 요구하는 바입니다.」

재판장 ─「아니! 범죄 행위라고? 당신은 대단한 법학자 군! 우리는 법률에 따라 일을 하고 있는 게 아니라 혁명적 양심에 따라 일을 하고 있는 거요!」

검사 ─「나의 요구를 속기록에 기록할 것을 강력히 촉구하는 바입니다.」

변호인 ─「나도 검사와 같은 의견입니다. 이 사건은 일반 법정에서 심리해야 합니다.」

재판장 ─「저런 늙어 빠진 얼간이 같으니! 어디서 저런 놈을 데려 왔지?」

변호인 ─「나는 40년을 변호사로 일해 왔습니다만, 이런 모욕은 생전 처음입니다. 그 말을 속기록에 기록해 주시오!」

재판장 ─ (큰 소리로 웃으면서)「기록합시다! 기록해요!」

방청석에서 웃음소리가 터져 나오자 재판장은 심의를 위해 별실로 자리를 옮겼다. 심의실에서 말다툼하는 고함 소리가 들려왔다. 이윽고 판결문을 들고나왔다. 선고는 〈총살형〉이었다.

방청석에서는 소란스러운 분개의 목소리가 터져 나왔다.

검사 ─「나는 선고에 항의하여 법무 인민 위원회에 상고하겠습니다.」

변호인 ─「나도 검사와 같은 의견입니다.」

재판장 ─「폐정을 선언한다!」

호송병들이 I. Y.를 형무소로 끌고 가며 말했다 ─「이봐, 모든 사람이 자네 같다면 얼마나 좋겠나! 그러면 전쟁은 물론이고, 백위군도 적위군도 없을 테니 말이야!」 그들은 병영으로 돌아오자 회의를 열었다. 회의는 I. Y.에 대한 선고가 부당하다고 의결하고 모스끄바에 진정서를 써 보냈다.

죽음을 기다리는 동안 I. Y.는 창문을 통해 날마다 사형 집행 광경을 목격하면서 37일간을 감방에서 보냈다. 마침내 감형 통고문이 도착했다 — 15년의 〈격리 독방〉이었다.

이것은 교훈적인 사례다. 비록 혁명적 합법성이 부분적으로는 승리를 거두었다 하더라도 혁명 재판의 재판장 노릇 하기가 얼마나 힘든 일인가! 그리고 일관성 없는, 규율에 위반되는 행위는 또 얼마나 많았는가! 검사와 변호인이 한패가 되어 동조하고, 호송병들이 자기 일도 아닌 문제로 진정서를 발송하고……. 오, 프롤레타리아 독재와 새로운 재판 제도를 확립한다는 것이 결코 수월한 일은 아닌 것이다! 물론 모든 재판이 그처럼 혼선을 빚은 것은 아니지만 그런 경우가 결코 한두 번이 아니었다. 필요한 노선이 뚜렷이 밝혀지고 확립될 때까지는, 그리고 판사와 검사의 손발이 척척 맞아 들어가고 피고인은 그들의 권위를 인정하며 대중의 결의도 그들의 판결과 일치될 때까지는 아직도 여러 해가 걸려야 했다.

이렇게 여러 해에 걸친 변천 과정을 연구하고 규명하는 일은 역사가에게는 참으로 보람 있는 과제가 아닐 수 없다. 그러나 우리는 이 장밋빛 안개 속을 어떻게 지나가야 하는가? 누구한테 물어봐야 하는가? 처형된 사람들은 말이 없다. 변방으로 추방된 사람들도 말이 없다. 피고인도, 변호인도, 호송병도, 목격자도, 설사 그들이 살아 있다 하더라도 우리로서는 찾아낼 길이 없다.

그러니 결국 우리를 도울 수 있는 것은 검사 측이 제시하는 〈논고〉뿐이다.

다행히도 나는 어떤 친절한 사람의 도움으로 아직 소멸되지 않은 끄릴렌꼬의 기소 연설집 사본을 입수할 수 있었다.[13]

끄릴렌꼬로 말하자면, 용맹스러운 혁명가로 노농(勞農) 정권의 초대 군사 인민 위원과 최고 군사령관을 지냈으며, 법무 인민 위원회 특별 재판부를 만들었을 뿐 아니라(〈호민관〉이라는 특별 칭호가 그를 위해 마련되어 있었으나 레닌이 이 호칭을 쓰지 못 하게 했다)[14] 가장 큰 사건의 재판 때마다 검사로서 명성을 떨친 사람이었다. 그러나 그도 역시 나중에는 흉악한 인민의 적으로 숙청되었던 것이다. 그건 그렇고, 만약에 우리가 몇몇 공개 재판의 윤곽을 기술하고자 한다면, 그리고 혁명 후의 초기 몇 해 동안의 재판의 분위기를 파악하고자 한다면, 끄릴렌꼬의 연설집을 읽는 방법밖에는 없다. 그것 말고 다른 것은 구할 수가 없기 때문이다. 그리고 부족한 부분이나 지방에서 일어난 것에 대해서는 모두 추측에 의해 보완하지 않으면 안 된다.

그 사건들의 재판 기록을 읽고, 이미 무덤 속에 묻힌 그 당시의 피고인들과 변호인들의 극적인 목소리를 들을 수만 있다면, 우리로서는 더 이상 바랄 나위가 없을 것이다.

그러나 끄릴렌꼬는 속기록을 출간한다는 것이 〈기술적인 면에서 여러 가지 난점이 있다〉[15]라고 해명하고 있다. 바꾸어 말하면 자기가 쓴 기소 연설문과 선고문만을 출간하는 것이 여러 가지로 유리하다는 뜻이 된다. 이 시기가 되면 이미 검사의 요구와 재판부의 선고 내용이 완전히 합치되고 있었던 것이다.

---

13 N. V. 끄릴렌꼬, 『5년간(1918~1922년): 모스끄바 혁명 재판소와 최고 혁명 재판소에서 심의한 가장 중요한 공판에서의 논고』(모스끄바: 국립 도서 출판소, 1923), 7천 부 한정판.

14 『레닌 전집』 5판, 제36권, p. 210.

15 끄릴렌꼬, p. 4.

끄릴렌꼬의 해명에 의하면, 모스끄바 재판소와 최고 혁명 재판소의 보관 문서는 (1922년까지) 〈그야말로 엉망진창이 었고…… 속기록은 무슨 말인지 알아볼 수 없게 쓰인 대목이 많아서, 몇 페이지를 아주 삭제하든가, 기억을 더듬어서(!) 문장을 바로잡지 않으면 안 되었다〉는 것이다. 그뿐만 아니라 《몇몇 굵직한 사건》 — 그중에는 좌익 사회 혁명당 반란 음모 사건, 샤스뜨니 제독 사건 등이 포함된다 — 은 처음부터 《속기록 같은 것은 없이》진행되었다〉.[16]

알 수 없는 일이다. 좌익 사회 혁명당원에 대한 유죄 판결은 결코 사소한 일이 아니었다. 그것은 우리 나라 근대사에서 2월 혁명과 10월 혁명 다음가는 세 번째 중요한 전환점이었으며, 이를 계기로 일당 독재 체제가 확립되었던 것이다. 또한 이 사건으로 처형된 사람은 결코 적은 수가 아니었다. 그런데도 속기록조차 없이 재판이 진행되었으니 말이다.

그리고 1919년의 〈군부의 음모〉는 체까의 의해서 재판도 없는 〈즉결 처분〉이란 형식으로 처리되었다.[17] 그리고 이것으로 말미암아 그런 사건이 실제로 있었다는 것이 입증되었던 것이다.[18] (이 사건으로 모두 합해 1천 명 이상이 체포되었다.[19] 그러니 이 모든 사람들을 어떻게 다 재판에 회부할 수 있었겠는가?)

그런 까닭에 그 당시의 재판에 대한 깔끔하고 질서 정연한 기록들을 만들어 내기에 이른 것이다!

그러나 어쨌든 이러한 기록들에서도 우리는 가장 중요한

16 같은 책, pp. 4~5.
17 같은 책, p. 7.
18 같은 책, p. 44.
19 라찌스,『국내 전선에서의 2년간의 투쟁』, p. 46.

원칙을 알 수 있다. 예컨대 최고 재판소 검사, 즉 검찰 총장은 전 러시아 중앙 집행 위원회가 어떠한 재판에든지 개입할 권한이 있다는 점을 우리에게 알려 주고 있다. 〈전 러시아 중앙 집행 위원회는 자기 재량에 따라《무제한》으로 감형 또는《처형》할 수 있다.〉[20] 예를 들어 6개월의 판결을 10년 형으로 늘릴 수도 있다(게다가 독자도 알고 있듯이, 이것을 위해서는 전 러시아 중앙 집행 위원회 전원 회의를 소집할 필요도 없다. 의장인 스베르들로프가 자기 집무실에서 얼마든지 재판소의 선고를 수정할 수 있기 때문이다). 여기에 대해서 끄릴렌꼬는 〈삼권 분립, 사법권 독립이라는 엉터리 이론보다 우리의 제도가 훨씬 우월하며 편리하다〉고 주장한다.[21] (스베르들로프도 이렇게 말하고 있다 ― 〈우리 나라가 서방 국가처럼 입법부와 행정부가 분립되어 있지 않은 것은 참으로 잘된 일이다. 무슨 문제든지《신속히 처리할 수 있기》때문이다.〉 전화 한 통화로 말이다.)

끄릴렌꼬는 법정에서의 자기의 기소 연설문 속에서 이것을 더욱 솔직하고 더욱 정확하게 규정하고 있다. 즉, 그는 소비에뜨 법정이 〈한편으로는《법의 창조자》(강조는 끄릴렌꼬) 역할을, 다른 한편으로는《정치의 무기》(강조는 솔제니찐) 역할을 해야 한다〉고 강조했다.[22]

〈법의 창조자〉라고 한 것은, 혁명 후 4년 동안 아무런 법 조항도 없었기 때문이다. 제정 시대의 법전은 완전히 폐기되었으나 새로운 법전을 미처 만들어 내지 못하고 있었다. 〈우리의 형사 재판은 기존의 성문화된 기준에 따라 행동해서는 안

20 끄릴렌꼬, p. 13. (강조는 솔제니찐)
21 같은 책, p. 14.
22 같은 책, p. 3.

된다. 우리는 혁명의 과정 속에 살고 있는 것이다.〉[23] 〈소비에
뜨 법정은 법률적인 정밀성과 교활성이 판을 치던 종래의 재
판과는 근본적으로 다르다. 우리는 새로운 법과《새로운 윤리
기준》을 창조하는 것이다.〉[24] 〈이 마당에서 법의 영원한 합리
성과 공정성을 아무리 말해 보아도 그것은 결국 우리에게 불
필요한 비싼 대가를 강요할 뿐이다.〉[25]

(그러나 나중에 〈당신〉이 받은 형량과 당신이 〈우리〉에게
내린 형량을 비교해 보면, 아마 그렇게 비싼 것만은 아니지
않았겠는가? 아니, 어쩌면 영원한 정의 쪽이 당신에게도 좀
더 안전했을지도?)

피고인의 유죄 여부를 규명할 필요가 없는 이상, 섬세한 법
률적인 규정은 불필요하다. 유죄라는 개념은 낡은 부르주아
적인 개념이라서, 지금은 제거되어 존재하지도 않는다.[26]

우리는 끄릴렌꼬 동지로부터 소비에뜨 법정은 〈기존의 법
정과는 다르다!〉라는 말을 들었다. 다음에 우리는 그로부터
소비에뜨 법정은 〈아예 법정이 아니다〉라는 말을 듣게 될 것
이다. 〈소비에뜨 법정은 노동 계급의 적들과 싸우는 투쟁 기
관이므로, 노동 계급 대중을 위해《가장 바람직한 결과》를 염
두에 두고 혁명적 이익에 입각하여 행동하지 않으면 안 된
다.〉[27] 모든 인간은 단순한 인간이 아니라, 〈일정한 사상의 보
유자〉다.[28] 피고인의 개인적 성격 또는 자질이 어떠하든 간에
그에게는 오직 〈하나의 평가 방법〉이 적용될 뿐이다. 그것은

23 같은 책, p. 408.
24 같은 책, p. 22. (강조는 솔제니찐)
25 같은 책, p. 505.
26 같은 책, p. 318.
27 같은 책, p. 73. (강조는 솔제니찐)
28 같은 책, p. 83.

〈계급적 합목적성〉에 입각한 평가다.[29]

다시 말해서, 우리는 오직 노동 계급의 목적에 적합한 존재일 때만 생존이 허용된다. 그리고 〈만약에 이 합목적성이 피고인의 머리를 징벌의 칼로 내리칠 것을 요구한다면 그때는 아무리 신념에 찬 변론도 그를 구하지 못할 것이다.〉[30] 〈우리는 혁명 법정에서는 법 조항이나 개별적인 정상 참작 따위를 할 필요가 없다. 우리는 그저 계급적 이익을 고려하여 판결을 내려야 한다.〉[31]

그 당시의 많은 사람들은 그저 되는대로 살아가다가 어느 날 갑자기 자기가 〈계급적 이익에 맞지 않는〉 존재임을 깨달았던 것이다.

피고인을 처벌하는 기준이 되는 것은, 그가 이미 무슨 일을 저질렀는가의 여부에 있는 것이 아니라, 그를 지금 없애 버리지 않으면 앞으로 무슨 일을 〈저지를지도 모른다〉는 데 있는 것이다. 〈우리는 과거에 대해서뿐만 아니라 미래의 위험으로부터도 우리 자신을 보호할 필요가 있기 때문이다.〉[32]

끄릴렌꼬 동지의 선언은 명료하고도 포괄적이다. 이 선언은 그 당시 재판의 전모를 분명하게 드러내고 있다. 마치 봄날의 아지랑이를 뚫고 느닷없이 투명한 가을 하늘이 나타난 것처럼. 그러니 더 이상 무슨 설명이 필요하겠는가? 다른 재판 기록을 찾아서 일일이 페이지를 들출 필요가 있을까? 앞으로는 이 선언이 가차 없이 적용되어 나갈 텐데 말이다.

잠시 눈을 감고, 아직은 금빛으로 장식되어 있지 않은 조그

29 같은 책, p. 79.
30 같은 책, p. 81.
31 같은 책, p. 524.
32 같은 책, p. 82.

만 법정을 상기해 보기 바란다. 검소한 옷차림의 깡마르고 열성적인 재판소 직원들. 〈고발 당국〉— 끄릴렌꼬는 곧잘 자기를 이렇게 불렀다 — 의 단추 없는 인민복 옷깃 사이로 해군의 줄무늬 셔츠 가장자리가 비죽이 삐져나와 있다.

러시아의 최고 재판소 검사는 다음과 같이 말한다.「내게 흥미가 있는 것은 사실의 문제다!」「경향적인 면을 구체적으로 밝혀라!」「우리는 객관적인 진실의 분석을 위해 활동하고 있다.」때로는 라틴어 경구도 들먹인다(그 경구는 서로 다른 재판에서 여러 번 등장하는데, 수년이 지나서야 다른 경구가 나타난다). 그도 그럴 것이 이 사람은 혁명을 위해 이리저리 뛰어다니면서도 두 개의 학부를 졸업했던 것이다. 〈직업적인 악당!〉즉, 피고인에 대한 그의 솔직한 험담은 사람을 끄는 매력이라고 할 수 있다. 그는 조금도 위선을 가장하지 않는다. 만약 여자 피고인의 미소가 그의 마음에 들지 않는다면, 그는 아직 판결 전인데도 갑자기 위협적인 말로 그녀를 후려친다 —「이봐요, 이바노바 여사, 우리는 당신의 그 미소에 놀랄 만한 가치를 부여함으로써 앞으로는 〈두 번 다시〉 웃지 못하도록 해드리겠소!」[33]

자, 그럼 이제 본격적으로 몇몇 사건들에 대해 이야기해 볼까?

A. 『루스끼예 베도모스찌(러시아 일보)』 사건

이것은 가장 최초의 재판 중의 하나로 〈자유 언론〉에 대한 재판이었다. 1918년 3월 24일, 이 유명한 〈대학 교수층〉의 신문은 사빈꼬프의 「여행 중에」라는 제목의 글을 실었다. 기관은 물론 장본인인 사빈꼬프 본인을 잡아들이고 싶었으나, 그

33 같은 책, p. 296.

는 실제로 〈여행 중〉이어서 도저히 찾을 길이 없었다. 그래서 신문사를 폐쇄하고 노령의 편집자 P. V. 예고로프를 피고인 석에 끌어다 앉히고는 그에게 해명을 요구했다 — 어찌하여 감히 그따위 글을 실었는가? 〈새로운 시대〉가 시작된 지도 이 미 넉 달이 지났으니 이제는 순응할 때도 되지 않았는가!

예고로프는 순진하게 변명을 시도했다. 이름 있는 정치가 의 견해는 대중의 관심의 대상이 될 수 있는 것이므로, 편집 국으로서는 게재를 거부할 수 없지 않느냐는 것이었다. 그뿐 만 아니라 그는 〈레닌과 나딴손의 일행이 베를린을 경유하여 러시아로 돌아왔다는 것, 따라서 독일 당국이 그들의 귀국을 도왔다는 사실을 잊지 말아야 한다〉는 사빈꼬프의 주장을 중 상이라고 보지는 않았다는 것이다. 왜냐하면 교전국인 카이 저 빌헬름의 독일이 레닌 동지의 귀국을 도와준 것은 사실이 었기 때문이다.

끄릴렌꼬는 그에게 중상죄로 고발하려는 것이 아니라고 외 친다(그렇다면 왜?). 〈지성에 대한 반동을 기도한 죄〉로 신문 (新聞)은 재판을 받아야 하는 것이다. (신문이 과연 그런 목적 을 가질 수가 있는 것일까?!)

〈미치광이가 아니고서는 국제 프롤레타리아트가 우리를 《지지할 것》이라고 주장하지는 않을 것이다〉라는 사빈꼬프의 말도 신문을 고발하는 이유가 되지는 않았다. 왜냐하면 국제 프롤레타리아트는 지금도 여전히 우리를 지지할 것이기 때문 이다…….

지성에 대한 반동을 기도한 죄로 다음과 같은 판결이 내려 졌다. 즉, 신문은 〈영구 폐간〉되고(이 신문은 1864년에 창간된 이래 로리스멜리꼬프, 포베도노스쩨프, 스똘리삔, 까소 등 보 수 정치가의 터무니없는 탄압에도 여태까지 버텨 왔던 것이

다) 편집자 예고로프는…… 말하기도 부끄러운 일이지만, 3개월의 독방 징역형을 받았다 — 마치 여기가 그리스나 다른 나라라도 되는 것처럼 말이다(하기는 혁명 직후인 1918년의 일이었으니 그다지 부끄러울 것도 없다. 만약 이 노인이 오래오래 살았더라면 몇 번이라도 더 투옥되었을 것이다).

이상하게 들릴지 모르지만, 혁명 후의 그 무시무시한 시기에도 여전히, 고대 러시아로부터 오늘날의 소비에뜨 연방에 이르기까지 면면히 전해 내려온 풍습에 따라 뇌물을 정중히 주고받고 있었다는 것은 분명한 사실이다. 게다가 특히 법률기관에서는 뇌물이 그칠 새가 없었다. 말하기조차 겁나는 일이지만 체까 역시 예외일 수는 없었다. 금박 문자로 장식된 역사책들은 이에 관해 침묵을 지키고 있으나, 나이 먹은 사람들은 지금도 그때 일을 기억할 것이다. 즉 혁명 직후 몇 년 동안은, 스딸린 시대와는 달리 정치범들의 운명이 주로 뇌물에 의해 좌우되고 있었다는 것을. 당국자는 스스럼없이 뇌물을 받았고 그 대신 약속대로 죄수를 놓아주고는 했다. 끄릴렌꼬는 5년 동안에 자기가 담당했던 사건 중에서 단지 열두 건만을 선택하여 우리에게 제시하고 있지만, 그중 두 건은 이러한 뇌물 수수 사건이었다. 유감스럽게도 모스끄바 재판소나 최고 재판소까지도 삐뚤어진 길 위에서 완벽을 지향하고 있었으니 그처럼 더러운 진흙탕 속에 빠져들 수밖에 없었던 것이다.

B. 모스끄바 혁명 재판소의 세 신문관 사건(1918년 4월)

1918년 3월에 금괴 암거래상인 베리제가 체포되었다. 그의 아내는 관례에 따라 남편을 구출할 길을 수소문하기 시작했다. 그녀는 아는 사람의 연줄로 한 신문관과 접선하는 데 성공했다. 그런데 그 신문관은 다른 두 명의 신문관을 끌어들였다. 비밀리에 만난 자리에서 그들은 그녀에게 25만 루블을 요구했으나, 흥정 끝에 6만 루블로 낙착되었고, 그중 절반을 그린이라는 변호사를 통하여 미리 지불할 것에 합의했다. 그러나 베리제의 아내는 돈이 아까운 생각에서 약속한 선금 3만 루블 대신 겨우 1만 5천 루블만을 그린한테 가져갔다. 이렇게 약속을 어기지만 않았더라도 모든 일은 순조롭게 끝났을 것이고, _끄릴렌꼬_의 책에까지 기록되어 우리한테까지 전해지지는 않았을 것이다. 그런데 무엇보다도 좋지 않았던 것은, 그녀가 변덕스럽게도 그린 변호사가 미덥지 못하다 하여 이튿날 아침 야꿀로프라는 다른 변호사한테 갔다는 사실이었다. _끄릴렌꼬_의 책에는 밝혀져 있지 않지만, 필시 이 야꿀로프가 신문관들을 당국에 일러바치기로 결심했음이 분명하다.

이 사건의 재판에서 흥미로운 일은 베리제의 아내를 비롯한 모든 증인들이 한결같이 피고인들에게 유리한 증언을 하여 기소 사실을 부인하려고 애썼다는 사실이다. (정치범이라면 어림도 없는 일이다!) _끄릴렌꼬_는 그것을 편협하고 속물적인 판단에 기인하는 것이라고 설명하면서 그들이 우리의 혁명 재판소를 그들 자신과 무관하다고 느끼기 때문이라고 말한다. (하지만 우리는 속물적인 판단하에 이렇게 묻고 싶다 — 프롤레타리아 독재 반년 동안에 이들 증인들은 〈두려워하는 법〉을 배운 것이 아닐까? 혁명 재판소의 신문관들에게 불리한 증언을 하려면 그들로서는 그야말로 굉장한 용기가 필요했던 것이다. 그다음에는 어떤 운명이 그들을 기다릴까……?)

검사의 논증 또한 흥미롭다. 한 달 전까지만 해도 피고인들은 그의 동료, 동지였으며 보좌관이었다. 그들은 모두 혁명의 이익에 충성스러운 사람들이었으며, 특히 피고인 중 한 사람인 레이스뜨는 〈혁명을 훼손하는 자들을 가차 없이 쓸어 내는 엄격한 고발자〉로 알려져 있었다. 그런데 이제 그들에 대하여 뭐라고 말할 것인가? 어디서 그 죄를 찾아 낼 것인가(뇌물을 받았다는 것만 가지고는 그 이유가 충분하지 못했다). 그러나 어디서라는 것만은 분명했다 — 그들의 〈과거〉에서! 그들의 이력에서 찾을 수밖에 없었던 것이다!

끄릴렌꼬는 말한다. 만약에 레이스뜨를 〈유심히 관찰한다면〉, 〈매우 흥미로운 정보를 얻을 수 있을 것이다〉. 무척 호기심이 쏠린다. 그는 원래 그렇게 무모한 인간이었을까? 아니다. 그는 모스끄바 대학 교수의 아들이었다. 게다가 이 교수는 흔히 볼 수 있는 그런 교수가 아니라, 정치 활동에 초연한 태도를 취해 왔기 때문에 온갖 반동 정치하에서도 20년간이나 자신의 안전을 유지할 수 있었던 그런 인물이었다! (아무튼 이런 반동적인 인물이었음에도 불구하고, 그는 끄릴렌꼬의 밑에서 촉탁 고문으로 일하고 있었다.) 그런 사람의 아들이 표리부동한 인간이었다고 해서 우리가 구태여 놀랄 것까지는 없을 것이다.

또 한 사람의 피고인 뽀드가이스끼의 아버지는 법원 관리였다. 이 사람은 두말할 것 없이 극우 반동파였음이 분명했다. 그렇지 않고서야 어떻게 20년 동안이나 황제를 위해 복무할 수 있었겠는가? 아들 뽀드가이스끼 역시 법관이 되려고 법학 공부를 했다. 그런데 혁명이 일어났다. 그래서 그는 혁명 재판소에 들어갔다. 어제까지만 해도 이런 행위는 훌륭한 것으로 생각되었지만, 지금은 갑자기 혐오감만 불러일으키는 것이 된 것이다!

이 두 사람보다 더욱 추악한 과거를 가진 사람은 구겔이었다. 그는 전에 출판사를 경영한 사람이었다. 그는 마음의 양식으로서 어떤 것을 노동자와 농민에게 제공해 왔던가? 그는 〈저질 서적을 대중에게 제공해 왔다〉. 즉, 마르크스의 책이 아니라, 세계적 명성을 지닌 부르주아 교수들(이 교수들을 우리는 곧 피고인석에서 만나게 될 것이다)의 책을 출판해 왔던 것이다.

이 같은 인간들이 어떻게 혁명 재판소에 기어들 수 있었다는 말인가? — 끄릴렌꼬는 분노와 놀라움을 금치 못한다.(우리도 납득이 가지 않는다 — 도대체 노동자와 농민을 위한 재판소는 어떤 사람들로 구성되어 있단 말인가? 어째서 프롤레타리아트는 자기의 적을 응징할 책임을 이런 사람들에게 맡겼을까?)

한편 변호사인 그린으로 말하면, 예심 위원회를 〈제집〉처럼 생각하는 인물로, 마음만 먹으면 누구든지 석방시킬 능력을 지니고 있었다. 그는 일찍이 〈마르크스가 자본주의 제도의 《거머리》라고 부른 바 있는, 인류의 변칙적 족속의 전형적인 대표자〉였다. 이런 족속에는 변호사 이외에 헌병, 성직자……그리고 공증인 등이 포함되어 있다.[34]

끄릴렌꼬는 〈죄의 개인적인 뉘앙스〉를 고려하지 않고, 전력을 다해 가혹한 선고를 요구했던 것 같다. 그러나 그 어떤 무기력한 분위기와 일종의 마비 상태가 재판소를 지배하고 있어, 결국 신문관들에게는 6개월의 금고형이, 변호사에게는 벌금형이 선고되었을 뿐이다(그러나 메뜨로뽈에서 끄릴렌꼬는 전 러시아 중앙 집행 위원회의 〈무제한 처벌할 수 있는〉 권한을 행사함으로써, 신문관들에게는 10년 형을, 자본주의 체제의 거머리인 변호사에게는 5년 형과 전 재산 몰수 처분을 선고할 수 있었다. 끄릴렌꼬는 경계를 게을리하지 말라고 큰

34 같은 책, p. 500.

소리로 역설하고, 그가 그토록 갈망하던 〈호민관〉 칭호를 거의 손에 넣을 뻔했던 것이다).

그 당시의 혁명적 대중 사이에서도 그러했듯이, 오늘날의 우리 독자들 사이에서도 이 불행한 재판이 법정의 존엄성에 대한 신뢰를 손상시키지 않을 수 없었다는 것을 우리는 시인하게 된다. 자, 그럼, 이번에는 좀 더 상급 기관과 관련된 재판 사건을 조심스럽게 훑어보기로 하자.

C. 꼬시레프 사건(1919년 2월 15일)

F. M. 꼬시레프와 그의 친구인 리베르뜨, 로젠베르끄, 그리고 솔로비요프는 전에 동부 전선에서 보급 위원회 일을 맡아 보고 있었다(꼴차끄 군대가 출현하기 이전에는 〈헌법 제정 회의파〉 군대와 동부 전선에서 대치하고 있었다). 그들은 거기서 한 번에 7만 루블에서 1백만 루블에 달하는 돈을 여러 차례에 걸쳐 긁어 들여 말을 타고 돌아다니면서 종군 간호사들과 흥청망청 마음껏 놀아났음이 판명되었다. 그들의 위원회는 호화로운 건물과 자동차를 가지고 있었으며, 위원회 서기는 모스끄바의 고급 레스토랑 〈야르〉에서 방탕한 나날을 보냈다(1918년에 이런 일이 있었으리라고는 감히 상상할 수도 없지만 혁명 재판소가 그렇게 증언하고 있으니 믿을 수밖에 없다).

그러나 〈문제〉는 거기에 있었던 것이 아니다. 그들 중에서 동부 전선의 사건으로 재판을 받은 사람은 아무도 없었다. 그들은 도리어 관대하게 용서를 받았다. 그런데 여기서 이상한 일이 일어났다! 그들의 보급 위원회가 해체되자마자 그들 네 사람과, 꼬시레프의 감옥살이 친구이자 시베리아 방랑자 출신인 나자렌꼬까지 5명이 함께 중앙으로 소환되어 체까 소속

〈통제 감사 협의회〉의 구성을 위촉받은 것이다!

〈통제 감사 협의회〉란 대체 무엇인가? 이 협의회는 체까 산하의 모든 기관의 활동이 합법적으로 전개되고 있는가의 여부를 검열할 수 있는 권한, 체까의 간부회만을 제외하고, 모든 산하 기관의 결정을 취소할 수 있는 권리, 그리고 심리 단계에 있는 어떠한 사건이라도 마음대로 요구, 조사할 수 있는 권리를 가지고 있었던 것이다![35] 이만저만한 권력이 아니다! 체까에서는 간부회에 다음가는 권력 기관인 것이다! 다시 말해서 그들은 제르진스끼, 우리쯔끼, 뻬쩨르스, 라찌스, 멘진스끼, 야고다 등의 다음 서열에 해당하는 권력 기관인 것이다!

통제 감사 협의회의 일원이 된 후에도 그들의 생활 양식은 동부 전선에 있을 때와 다를 것이 없었다. 그들은 위신을 세우려고 점잔을 빼거나 거드름 피는 태도를 취하거나 하지는 않았다. 〈공산당과는 아무런 관계도 없는〉 막시미치, 론까, 라파일스끼, 마리우뽈스끼라는 작자들과 어울려 개인 저택이나 사보이 호텔의 〈화려한 분위기 속에서 (1천 루블씩의 판돈을 걸고) 트럼프 놀이를 하고 귀부인들과 주연〉을 벌이며 놀아났다. 특히 꼬시레프는 자기 집에 7만 루블짜리 고급 가구를 들여 놓고 체까에서 식탁용 은수저와 은찻잔과 심지어는 유리 그릇까지도 빼내 왔다. (체까는 그런 물건을 대체 어디서 가져왔을까?) 〈그의 관심은 사상 면에 있었던 것이 아니라 바로 이런 방면에 있었던 것이다. 그는 혁명 운동 과정에서 자기 자신을 위해 가져가는 것 이외에는 아무 관심도 없었던 것이다.〉 (이 거물급 체끼스뜨는 뇌물 받은 것을 부인하면서, 자기는 시카고 은행에 유산으로 받은 돈 20만 루블이 있노라고 뻔뻔스럽게 거짓말을 했다! 그는 아마 이러한 상황과 세계 혁명

35 같은 책, p. 507.

사이에 아무 갈등이 없을 거라고 생각했던 것 같다!)

누구든지 마음대로 체포할 수도 있고 석방할 수도 있는 초인적 권한을 어떻게 하면 옳게 이용할 수 있을까? 그러기 위해서는 배 속에 황금 알을 가진 물고기를 찾아낼 필요가 있었다. 1918년에는 그런 물고기가 적잖게 그물에 걸려들었다. (너무나 갑작스레 혁명을 수행했기 때문에 미처 손을 쓰지 못한 부분도 있었다. 그래서 부유층의 부인들은 값진 보석과 목걸이, 귀걸이, 팔찌, 반지 등을 은밀히 감추어 둘 수 있었던 것이다!) 그다음에는 적당한 중개자를 내세워 수감자의 가족이나 친척과 접선을 하면 되었던 것이다.

그런 수법을 쓴 인물도 법정에서 우리의 눈앞을 스치고 지나간다. 예를 들어 스물두 살의 우스뻰스까야라는 여자는 뻬쩨르부르끄의 여학교를 졸업했으나 대학에는 진학하지 못했다. 마침 그때 혁명이 일어나고 소비에뜨 정권이 수립되었다. 1918년 봄에 우스뻰스까야는 체까에 나타나서 정보원으로 일하게 해달라고 간청했다. 그녀는 용모가 정보원으로 적합하다고 인정되어 채용되었다.

비밀 정보 제공 행위(그 당시의 말로는 밀정 행위) 자체에 대해서 끄릴렌꼬는 다음과 같이 논평하고 있다 ―《우리는》 그것을 떳떳하지 못한 일이라고는 털끝만큼도 생각하지 않는다. 우리는 《그것을》 의무라고 생각한다……. 일 자체는 조금도 수치스러운 것이 아니다. 만약에 그 일이 혁명을 위해 필요하다고 인정된다면, 우리는 마땅히 그 일을 하지 않으면 안된다.)[36] 그러나 유감스럽게도 우스뻰스까야는 정치적 신념이 결여되어 있었음이 판명되었다! 바로 이 점이 문제인 것이다. 여기에 대해서 우스뻰스까야는 자기가 적발한 사건에 대

36 같은 책, p. 513. (강조는 솔제니쩐)

해 일정한 금액을 대가로 지불받을 것이며 그 밖의 〈수입〉을 반분할 것에 동의했을 뿐이라고 대답했다. 그러나 〈누구〉와 반분하기로 했는지 그 이름을 밝히지 말도록 재판부는 명령했다. 끄릴렌꼬는 해명하기를, 〈우스뻰스까야는 비상 위원회의 정식 요원이 아니며 다만 실적에 따라 보수를 받는 《임시 고용인》에 지나지 않았다〉[37]는 것이다. 그리고 다시 그는 그녀의 입장을 인간적인 면에서 다음과 같이 설명하고 있다. 그녀는 돈 셈 같은 것을 모르는 생활에 젖어 버려서, 이를테면 암거래 혐의로 봉인된 상점의 문을 다시 열어 준다고 하고 대뜸 상인한테서 5천 루블을 받아 내는가 하면, 수감자의 아내인 메셰르스까야그레프스한테서는 1만 7천 루블을 받아 내는 판에, 그녀가 최고 국민 경제 회의에서 받는 단돈 5천 루블의 월급 같은 것은 새 발의 피와도 다를 것이 없었다는 것이다. 그렇지만 우스뻰스까야는 잠시 동안만 밀정으로 일했을 뿐 몇 달 후에는 체까 고위층의 도움을 받아 공산당에 입당하고 뒤이어 신문관으로 임명되었다.

그건 그렇고, 우리는 아무래도 〈사건〉의 핵심까지는 도달하지 못할 것 같다. 우스뻰스까야는 이미 언급한 바 있는 메셰르스까야그레프스를 어느 민가에서 꼬시레프의 절친한 친구인 고젤류끄와 만나도록 주선했다. 수감 중인 메셰르스까야그레프스의 남편의 몸값을 흥정하기 위해서였다. (몸값으로 요구한 금액은 무려 60만 루블이었다!) 그런데 불행하게도 이 비밀 흥정은(어떤 경로를 통해서였는지 법정에서는 밝혀지지 않았지만) 이번에도 변호사 야꿀로프에게 알려졌다. 야꿀로프로 말하자면 뇌물 먹은 신문관들을 때려잡은 바로 그 장본인이었고, 그는 프롤레타리아의 재판과 재판 없는 심리

37 같은 책, p. 507.

제도에 대하여 계급적 증오심을 품고 있었던 것 같다. 그는 모스끄바 혁명 재판소에 그들을 밀고했다.[38] 그런데 이곳 재판장도 (아마도 신문관 사건에 대한 소비에뜨 인민 위원회의 분노를 상기했는지 아닌지는 모르지만) 역시 계급적 과오를 범하고 말았다. 즉, 이 사건을 제르진스끼 동지에게 미리 알려 집안일로 처리해 버리지 않고, 여자 속기사를 커튼 뒤에 몰래 숨겨 놓았던 것이다. 이렇게 해서 꼬시레프, 솔로비요프 및 그 밖의 위원들에 대한 고젤류끄의 모든 증언을 비롯하여 체까의 〈누가〉 몇 천 루블을 〈받는가〉에 대한 그의 구술이 고스란히 속기로 남게 되었다. 속기록에 의하면 고젤류끄는 1만 2천 루블의 선금을 받았고, 메셰르스까야그레프스는 통제 감사 협의회가 필요 사항을 기입한, 체까에 출입할 수 있는 허가증을 리베르뜨와 로젠베르끄로부터 교부받았다. (그들은 체까에서 흥정을 계속하기로 되어 있었다.) 그리고 바로 그 자리에서 고젤류끄는 체포되었다! 그는 얼떨결에 모든 것을 자백하고 말았다. (그리고 그사이에 메셰르스까야그레프스는 통제 감사 협의회에 갔었고, 남편의 사건은 〈점검을 위해〉 신속히 그곳으로 이관하도록 요청되었던 것이다!)

하지만 이런 사건의 적발은 체까의 푸른 제복에 흙칠을 하는 것과 다를 바 없지 않은가! 모스끄바 혁명 재판소의 재판장은 과연 제정신이었을까? 도대체 그는 자기가 해야 할 일을 하고 있었던 것일까?

38 독자의 분노를 가라앉히기 위해 덧붙인다면, 교활한 거머리 족속인 야꿀로프는 꼬시레프에 대한 재판이 열리기 직전에 이미 투옥되어 있었다. 당국은 구실이 될 만한 〈사건〉을 발견해 냈던 것이다. 법정 증언을 위해 그는 호송병의 감시를 받으며 출두하였으나 얼마 후 곧 총살된 것으로 생각된다. (지금 우리는 새삼 놀라지 않을 수 없다 — 그러한 불법 행위가 어떻게 감행될 수 있었을까? 어째서 아무도 그것에 대해 공세를 펼치지 않았을까?)

36

이것은 하나의 중요한 〈계기〉였다. 하기는 우리의 방대한 역사의 주름 속에 가려진 채 이제는 전혀 나타나 보이지도 않지만, 하여튼 중요한 계기였던 것만은 틀림없다! 체까가 창설되어 활동을 개시한 첫해 동안에는, 체까의 활동이 아직 그런 일에 익숙하지 않은 프롤레타리아당에게도 어느 정도 불쾌한 인상을 주었던 것이 사실이다. 이제 겨우 첫해가 지나고 체까가 그 영광스러운 길에 제일보를 내디뎠을 때, 끄릴렌꼬가 다소 모호한 어조로 말하고 있듯이, 〈재판소 및 그 기능과 체까의 사법 외적 기능 간의 논쟁이…… 당시 당과 노동자 구역을 두 개의 진영으로 분열시킨 논쟁이〉 일어났던 것이다.[39] 그런 상태였기 때문에 꼬시레프 사건도 발생한 것이고(그때까지는 모든 것이 무사히 넘어갔었다) 전 국가적인 수준에까지 파급되었던 것이다.

체까를 구해야 했다! 체까를 구해야 한다! 솔로비요프는 구금 중인 고젤류끄와의 면담을 위해 따간까 형무소(유감스럽게도 루비얀까 형무소가 아니었다)로 보내 달라고 재판소에 요청했다. 재판소는 이 요청을 거절했다. 그러자 솔로비요프는 재판소 측의 허락도 없이 고젤류끄의 감방으로 〈잠입해〉 들어갔다. 그런데 우연의 일치였는지 몰라도 솔로비요프가 들어가자 고젤류끄는 마침 그때 중병에 걸려 있었다(〈솔로비요프에게 무슨 나쁜 의도가 있었다고는 말할 수 없다〉라고 끄릴렌꼬는 자못 신중하게 썼다). 고젤류끄는 죽음이 다가옴을 느끼자 자기가 체까를 모함했을지도 모른다고 뉘우치며 종이를 달라고 해서, 꼬시레프를 비롯한 체까 위원들에 대해 자기가 한 말은 전적으로 거짓말이었으며, 커튼 뒤에서 속기된 말들 역시 터무니없는 허위였다는 성명서를 썼다.[40]

39 끄릴렌꼬, p. 14.

〈그럼 누가 메셰르스까야그레프스를 위해 출입증을 써 주었는가?〉 하고 끄릴렌꼬는 추궁한다. 설마 출입증이 하늘에서 떨어질 리는 만무하지 않은가? 그러나 끄릴렌꼬는 〈솔로비요프가 이 사건에 관련되었다고 말하지는 않겠다. ……왜냐하면 충분한 증거가 없기 때문이다〉라고 말하면서, 〈나쁜 일에 가담하고 있으면서도 아직 체포되지 않고 있는 사람들이 솔로비요프를 따깐까 형무소로 보냈을지도 모른다〉고 추측하고 있다.

이제는 리베르뜨와 로쩬베르끄를 신문해야 할 차례였다. 그들에게 소환장을 보냈다. 그러나 그들은 출두하지 않았다! 일부러 증언을 회피한 것이다. 그럼 하는 수 없다. 메셰르스까야그레프스를 신문하는 수밖에! 그런데 이 말라빠진 귀족 여자 역시 혁명 재판소의 소환장을 거부할 만한 용기를 지니고 있었다! 그렇다고 그녀를 강제로 끌고 올 수도 없었다. 한편, 고쩰류끄는 모든 것을 부인한 후 죽어 가고 있었다. 그리고 꼬시레프 자신은 아무것도 자인하지 않는다! 솔로비요프에게는 아무 잘못도 없다! 그렇다면 도대체 누구를 신문한다는 말인가?

그런데 바로 그때 굉장한 증인이 자진해서 법정에 나타났다 — 체까의 부위원장인 뻬쩨르스 동지가 도착했다. 뒤이어 펠릭스 에드문도비치 제르진스끼까지 긴장된 모습으로 법정에 들어왔다. 그는 길쭉하고 예리한 얼굴로 쥐 죽은 듯 조용한 재판부 쪽을 향해 설득력 있는 어조로 꼬시레프의 무죄를

---

40 이것은 연극의 소재가 되기에 충분하다. 오, 셰익스피어는 어디 있는가? 솔로비요프가 벽을 뚫고 지나간다. 감방의 희미한 그림자들, 고쩰류끄가 떨리는 손으로 증언을 철회한다 — 그러나 극장에서도, 영화관에서도 우리들에게 「사나운 눈보라가 휘몰아쳐도」라는 행진곡만이 혁명 시기를 전해 줄 뿐이다.

증언했다. 그는 또한 꼬시레프의 훌륭한 도덕적, 혁명적, 그리고 실무적 자질을 높이 평가했다. 그의 증언은 유감스럽게도 우리에게 전해지지 않고 있지만, 끄릴렌꼬가 전하는 바에 의하면 〈솔로비요프와 제르진스끼는 꼬시레프의 뛰어난 자질을 매우 칭찬했다〉[41]는 것이다. (아, 경솔한 끄릴렌꼬 소위여! 20년 후에 그대는 루비얀까에서 이 재판을 상기하게 될 것이다!) 제르진스끼가 그때 무슨 말을 했는지는 쉽사리 추측할 수 있다 — 꼬시레프는 적에게 무자비하고 강철 같은 체까의 요원이며, 불타는 마음과 냉철한 머리와 깨끗한 손을 가진 훌륭한 〈동지〉다…….

그리하여 중상의 쓰레기 더미 속에서 청동의 기사 꼬시레프의 늠름한 모습이 우리 앞에 다시 떠오른다. 뿐만 아니라 그의 경력 또한 비범한 의지력을 우리에게 보여 준다. 혁명 전에 그는 여러 차례 재판을 받았다. 게다가 그 대부분은 살인죄 때문이었다. 즉, 꼬스뜨로마시에서 그는 약탈을 목적으로 스미르노바라는 노파의 집에 침입하여 그녀를 〈직접 손으로 목 졸라 죽였다〉. 다음은 자기 아버지를 살해하려 한 죄로, 또 그 다음은 신분증을 이용할 목적으로 그 동료를 살해한 죄로 재판을 받았다. 그 밖에 꼬시레프는 사기 행위로도 재판을 받았다. 이렇게 그는 수많은 세월을 유형지에서 보냈다. (호화로운 생활을 동경하는 그의 욕망을 이해할 수도 있을 것 같다!) 그리고 그는 황제의 특사에 의해서만 풀려나오고는 했다.

이제 거물급 체끼스뜨들의 준엄한 정의의 목소리가 검사의 말문을 막아 버렸으며, 종전의 모든 재판은 지주 부르주아 계급에 의한 재판이었으므로 그것을 우리의 새로운 사회에 적용시킬 수 없음이 거듭 강조되었다. 그런데 이것은 또 어쩐 일

41 끄릴렌꼬, p. 522.

인가? 극도로 흥분한 혁명 재판소 검사석의 소위는 그 지적에 답하여 사상적으로 지극히 위험한 장광설을 늘어놓기 시작했다. 혁명 재판소가 담당한 이 일련의 조화로운 사건들을 설명하면서 그것을 인용한다는 것은 도대체 적당하지 않다고 생각될 만큼 엉뚱한 내용이었다.

〈만약에 제정 시대의 낡은 재판 제도에 무언가 좋은 점이 있었다면, 그것은 배심원들이 판결에 관여했다는 한 가지 사실뿐이다.…… 배심원들의 결정은 항상 신뢰를 얻을 수 있었으며, 따라서 오판을 최소한도로 줄일 수 있었다.〉[42]

끄릴렌꼬 동지한테서 이와 같은 발언을 듣는다는 것은 참으로 뜻밖의 일이었다. 그도 그럴 것이 3개월 전에 있었던 비밀 선동가 말리노프스끼에 대한 재판 석상에서(이 사람은 과거에 있었던 일반 형사범으로, 네 번이나 재판을 받은 전과자였음에도 불구하고 당 지도층의 총애를 받아 중앙 위원으로 선출되기까지 했었다) 〈고발 당국〉은 다음과 같이 흠잡을 데 없는 계급적 입장을 고수했기 때문이다.

〈우리의 눈으로 보자면 하나하나의 범죄는 그 사회 제도의 필연적인 소산인 것이다. 이런 견지에서 볼 때, 자본주의 사회나 제정 러시아 시대의 법률에 의한 형사범의 전과는 결코 영원히 지워지지 않는 오점이 될 수는 없다.……《우리 대열 속에 구시대의 전과 경력을 가진 사람이 있었다》는 많은 예를 알고 있지만, 우리는 그런 경력 때문에 그를 제거해야 한다는 결론을 내린 적은 한 번도 없었다. 이러한《우리의 원칙을 이해하는 사람이라면》설사 자기가 과거에 그런 경력을 가졌다 하더라도, 우리의 혁명 대열에서 제외될 것을 염려할 필요는 추호도 없는 것이다.〉[43]

42 같은 책, p. 522.

석 달 전에 끄릴렌꼬 동지는 이렇게 당의 입장을 참으로 적절하게 대변했던 것이다! 그런데 지금은 그의 잘못된 판단에 의해서 꼬시레프의 빛나는 기사상(騎士像)을 흐려 놓고 만 것이다. 그리하여 재판부에서는 제르진스끼 동지가 부득이 다음과 같이 언급하지 않을 수 없는 분위기가 조성되었던 것이다. 〈나는 한순간(그렇다, 그저 한순간뿐이다!) 꼬시레프 동지가 혹시나 최근에 우리《체까의 주위에 불타오르기 시작한》정치적 야망의 희생물이 되는 것은 아닌가 하고 생각했다.〉[44]

끄릴렌꼬는 퍼뜩 알아차리고 다음과 같이 말을 받았다. 〈나는 이 재판이 꼬시레프와 우스뻰스까야에 대한 재판이 아니라, 체까에 대한 재판이 되는 것을 결코 원치 않으며 또 원한 적도 없다. 아니, 나는 그것을《원할 수도 없을》뿐더러, 온 힘을 기울여 그렇게 되지 않도록 싸우지 않으면 안 된다!〉그는 계속 말한다. 〈체까의 지도부는 가장 권위 있고 가장 결백하고 가장 충실한 동지들로 구성되어 있다. 그들이《비록 과오를 범할 우려가 없는 것은 아니나》우리의 적을 징벌하는 중책을 스스로 도맡아 나선 사람들이다.…… 이 점에 대해서 혁명은 마땅히 이들의 공로를 높이 치하해야 할 의무가 있다. 나는 후에 누구든 나를 보고 정치적 배신의 앞잡이라는 말을 감히 하지 못하도록, 특히 이 점을 강조해 두고 싶다.〉[45] (하지만 그런 말을 듣게 될 텐데!)

최고 검사로서 끄릴렌꼬는 이렇게 칼날 위를 걷듯이 조심스럽게 처신해야 했다! 그러나 그는 일찍이 지하 정치 활동 시대부터 그 어떤 연줄을 가지고 있었으며 그런 연줄을 통해서

43 같은 책, p. 337.
44 같은 책, p. 509. (강조는 저자)
45 같은 책, pp. 505~510. (강조는 솔제니쩐)

내일의 풍향을 미리 알 수 있었던 것 같다. 그것은 여태까지 그가 관여해 온 몇몇 사건의 재판 과정에서 눈에 띄게 나타났고, 이번 재판에서도 역시 그러했다. 1919년 초의 풍조는 〈너무하다! 체까에 재갈을 물려야 할 때가 됐다〉라는 것이었다. 〈부하린도 자기 논설에서 적절하게 표현한 바와 같이 이제는 《혁명적 합법성》이 《합법적 혁명성》으로 대체되어야 한다.〉[46]

어디를 가더라도 변증법이다! 끄릴렌꼬는 이렇게 토로한다 — 〈이제 혁명 재판소는 체까를 대체하여 그 일을 맡아보도록 요청받고 있다.〉 (대체한다고?) 그러나 이 재판소는 〈위협, 테러 및 협박의 제도를 완성시킨다는 뜻에서 과거의 체까 못지않게 무서운 성격을 띠지 않으면 안 된다.〉[47]

〈과거의?〉 그럼, 혁명 재판소는 벌써 체까를 매장해 버렸다는 말인가? 그건 그렇고 당신들이 교대하여 들어온다면 그 많은 체까 요원들은 어디로 가야 하는가? 무서운 시대다! 옷자락이 발뒤꿈치까지 내려오는 긴 외투를 입고 증인으로서 증언하기 위해 재판소로 급히 서둘러야 할 테니 말이다.

하지만 끄릴렌꼬 동지여, 혹시 당신은 상황을 잘못 판단한 것은 아닐까?

하기는 그 무렵 루비얀까의 하늘은 어두워져 있었다. 그러니까 일이 그대로 진척되었다면 이 책도 전혀 다른 방향으로 기술되었을는지 모른다. 그러나 내가 추측하기에, 체까의 총수인 제르진스끼는 레닌을 찾아가서 모든 것을 상세히 보고하고 해명했던 것 같다. 이렇게 해서 하늘은 맑아졌다. 그로부터 이틀 후인 1919년 2월 17일에 중앙 집행 위원회의 특별 명령으로 체까는 재판권을 상실했다 — 물론 〈단기적으로〉 말

46 같은 책, p. 511.
47 같은 책, p. 511.

이다.[48]

이 하루 동안의 심리는 앙큼하기 짝이 없는 우스뻰스까야의 언동으로 해서 더욱 복잡하게 되었다. 그녀는 피고인석에 앉아서까지 이 사건과는 관련이 없는 고위급 체끼스뜨의 얼굴에 〈흙칠을 했던〉 것이다! (조사해 보니 그녀는 뻬쩨르스의 이름을 팔아 뇌물을 거둬들였으며, 나중에는 그의 집무실에 허물없이 드나들며 그가 다른 정보원들과 면담하고 있을 때도 태연히 그 옆에 앉아 있었다고 한다.) 이 자리에서 그녀는 혁명 전에 리가에서 뻬쩨르스가 저지른 어떤 불미스러운 일을 들먹이기까지 했다. 아무리 그녀가 체까의 밥을 먹었다 하더라도 불과 8개월 만에 그렇게까지 표독스러운 독사로 성장했다는 것은 실로 놀라운 일이 아닐 수 없었다! 이런 여자를 어떻게 처치할 것인가? 끄릴렌꼬는 체까 당국의 의견에 완전히 동조했다. 〈아직도 소비에뜨 체제가 견고하게 되지 못한 이 시점에서 혁명을 수호하기 위해서는 우스뻰스까야에게 《말살》 이외의 선고는 있을 수 없다.〉 총살이 아니라 〈말살〉인 것이다! 그렇지만 끄릴렌꼬 동지, 그녀는 아직 앞날이 창창한 젊은 나이가 아닌가! 10년 형이나 아니면 25년 형이라도 주는 편이 좋지 않을까? 그때가 되면 소비에뜨 체제도 견고하게 될 테니 말이다. 그런데도 그에 따르면, 〈소비에뜨 사회와 혁명의 이익을 위해 다른 대답은 없으며 또 있을 수도 없다. 《이런 경우》 다른 형벌은 아무런 성과도 초래하지 못할 것임이 명백하다!〉

하기는 얼마나 앙큼한 계집인가! 게다가 그녀는 아는 것이 너무 많았다⋯⋯.

꼬시레프 역시 희생되어야 했다. 총살형을 받았다. 다른 사

48 같은 책, p. 14.

람들이 살아남기 위해 그는 죽어야 했던 것이다.

언제든 우리가 루비얀까 형무소의 오래된 보관 문서를 읽을 날이 과연 올 것인가? 아니다, 그들은 그 문서들을 불사를 것이다. 아니, 벌써 불살라 버렸을지도 모른다.

독자들도 보다시피 이 사건은 그다지 중요한 공판은 아니었으므로 더 이상 지면을 소비할 필요도 없을 것 같다. 그럼 다음 사건으로 넘어가기로 하자.

D. 〈교회 신도〉 사건(1920년 1월 11일~16일)

끄릴렌꼬의 견해에 따르면, 이 사건은 〈러시아 혁명 연대표에 상당한 자리〉를 차지할 것이다. 바로 그 연대표 속에 말이다. 꼬시레프의 사건은 하루 만에 결말이 났지만, 이 사건은 닷새나 걸렸던 것이다.

사건의 주동 인물은 다음과 같다. A. D. 사마린(러시아에서는 그 이름이 널리 알려진 전 종무원장으로, 전제 정권으로부터 교회를 해방시키려고 애썼으며 그 때문에 라스뿌찐의 미움을 사서 면직되었던 사람),[49] 모스끄바 대학 교회법 교수 꾸즈네쪼프, 모스끄바의 대주교인 우스뻰스끼와 쯔벳꼬프 등이었다(쯔벳꼬프에 대해서 검사는 〈저명한 사회사업가로서, 성직자 중에서도 박애주의자로 불릴 수 있는 가장 훌륭한 사람〉이라고 평하고 있다).

그들의 죄목은 〈모스끄바 합동 교구 연합회〉를 만들고, 그 관할하에(40세부터 80세까지의 신도들로) 총주교 의용 호위대(물론 비무장이지만)라는 것을 조직했다는 것이었다. 이 호

---

49 그러나 끄릴렌꼬는 사마린이나 라스뿌찐이나 대동소이하다고 생각하고 있다.

위대는 총주교 숙소를 밤낮으로 호위하고 있다가, 만약 당국으로부터 위험이 닥쳐오면 경종을 울리거나 또는 전화로 군중을 소집하여, 총주교가 연행되는 곳으로 전원이 떼를 지어 몰려가서 〈청원〉을 하고 —— 이것이 바로 반혁명 행위이다! —— 소비에뜨 인민 위원회에 석방을 간청하는 것이 그 목적이었다!

이 얼마나 고대 러시아적인, 성스러운 러시아적인 착상인가! 경종을 울려 백성을 모아 가지고 다 함께 탄원하려고 몰려간다니 말이다!

검사는 이해가 가지 않는다는 표정이었다. 도대체 어떠한 위험이 총주교를 위협한다는 말인가? 무엇 때문에 그를 호위해야 한다는 것인가?

그런데 실은, 체까가 자기 눈에 밉게 보이는 사람들을 재판 없이 즉결 처분으로 응징하기 시작한 지도 이미 2년이 지났다. 바로 얼마 전에도 끼예프에서 4명의 적위군 병사가 그곳 대주교를 살해했다. 총주교 자신에 대한 〈사건도 준비가 완료되어 이제는 혁명 재판소에 넘기는 일만 남아 있는 형편이지만 그래도 아직은 교회의 선전적 영향하에 있는 노동자, 농민, 대중에 대해 신중한 태도를 취할 필요가 있기 때문에 우리는 당분간 우리의 적을 《그대로》 내버려 두고 있는 데 지나지 않았다).[50] 그런데 총주교의 신상에 대해 교회가 불안을 느낄 필요가 어디 있다는 말인가? 지난 2년 동안 총주교 찌혼은 한시도 침묵을 지키지 않았다. 그는 인민 위원들에게 항의문을 제출하는가 하면, 성직자들과 평신도들에게 교서를 보냈다. 활자로 인쇄하지 못하고 타자기로 찍어 낸 그의 교서(이것이야말로 첫 〈지하 출판〉의 효시라고 할 수 있다!)는 무고한 인민에 대한 부당한 징벌과 국민 생활의 붕괴를 폭로 규탄하는 내

50 끄릴렌꼬, p. 61.

용이었다. 이런 그를 그냥 놔두고 있는데, 무엇 때문에 새삼스레 그의 생명을 염려한다는 말인가?

피고인들의 두 번째 죄목은 다음과 같았다. 즉, 전국적으로 교회 재산의 압류와 징발이 진행되고 있음에 비추어(이것은 이미 수도원의 폐쇄나 교회 부속 토지의 몰수에 그치는 것이 아니라 접시며 찻잔이며 촛대 등 자질구레한 물건까지 마구 거둬들이고 있었다) 교구 연합회는, 강탈자가 들이닥쳤을 때 경종을 울려 교회 재산을 수호하도록 평신도들에게 호소했다는 것이다. (지극히 당연한 일이다! 일찍이 따따르족이 내습했을 때도 그런 방법으로 교회를 지키지 않았던가!)

세 번째 죄목은, 지방 소비에뜨 일꾼들의 교회 우롱과 야만적인 성물 모독 행위 및 양심의 자유에 관한 범법 행위에 항의하여 중앙 정부인 소비에뜨 인민 위원회 앞으로 끊임없이 불손한 〈진정서〉를 제출했다는 것이었다. 그 진정서들은 당국으로부터 아무런 반응도 얻지 못했으나(소비에뜨 인민 위원회의 사무국장 본치브루예비치의 증언), 지방 일꾼들의 위신을 추락시킨 것만은 사실이다.

피고인들의 이상과 같은 모든 죄목을 감안할 때, 그토록 가공할 범죄에 대해 어떠한 보복이 요구될 것인가는 혁명적 양심이 이미 독자들에게 귀띔해 주었을 줄 믿는다. 그렇다, 오직 〈총살〉이 있을 뿐이다! 끄릴렌꼬가 구형했던 것처럼 말이다 (사마린과 꾸즈네쪼프에 대해서).

그러나 아직도 그 빌어먹을 법률적 절차를 운운할 수 있는 때였으므로, 굉장히 많은 부르주아 변호사들의 굉장히 긴 변론을 일일이 들어야만 했다(그들의 연설 내용은 〈기술적인 이유〉 때문에 여기 인용하지 않기로 한다). 그런데 그들의 변론을 통해 사형 제도가 철폐되었다는 사실이 밝혀졌다! 그럴

리가 있나! 대체 어찌 된 일인가, 사형 제도가 없어지다니! 자세히 조사해 보니 제르진스끼가 체까 산하의 모든 기관에 그렇게 지시했음이 판명되었다. (그렇다면 체까는 사형 없이 일을 해낼 수 있다는 것인가?) 그럼 소비에뜨 인민 위원회 관할 하의 각 혁명 재판소에도 전달되었을 게 아닌가? 아니, 아직은 전달되지 않고 있었다. 끄릴렌꼬는 펄쩍 뛰며 기뻐했다. 그래서 총살형을 계속 고집했고, 그 근거는 이러했다.

〈가령, 안정되어 가고 있는 공화국의 현상으로 보아, 이러한 인물들로부터 직접적인 위협은 없다손 치더라도, 이 창조적 활동의 시기에…… 늙은 카멜레온 같은 정치가들의…… 숙청은 필수 불가결한 혁명적 요구인 것이다. 사형 폐지에 관한 체까의 결정을…… 소비에뜨 정권은 물론 자랑으로 여기는 바이지만…… 그렇다고 해서 사형 제도 폐지 문제가 영원히…… 소비에뜨 정권의 전(全) 기간에 걸쳐 해결되었다고 우리에게 결론을 내리고 있는 것은 아니다.〉[51]

참으로 예언자다운 말이다! 총살형은 다시 부활될 것이다. 그것도 머지않아 곧 부활될 것이다! 아직도 말살해 버려야만 할 사람들이 줄지어 늘어서 있지 않은가! (그 속에 끄릴렌꼬 자신과, 그의 많은 계급적 형제까지도 포함해서……)

별수 없이 재판부도 그의 요구를 받아들여 사마린과 꾸즈네쪼프에게 총살형을 선고했다. 그러나 곧 특사령을 적용하여 〈세계 제국주의에 대해 완전한 승리를 거두는 날까지〉 강제 노동 수용소로 추방하기로 결정했다(그러니까 두 사람은 오늘까지도 아직 거기 수용되어 있어야 할 것이다). 한편 〈성직자 중에서도 가장 훌륭한 사람〉에게는 5년 감형의 가능성을 포함하는 15년 형이 선고되었다.

51 같은 책, p. 81.

47

이 재판에 들러리 격으로 끌려 나온 다른 피고인들도 있었다. 기소 내용을 다소나마 실질적으로 뒷받침하기 위해서였다. 그들은 즈베니고로뜨의 수도사들과 교사들이었는데, 1918년 여름에 이른바 즈베니고로뜨 사건과 관련되어 체포된 후 어쩐 일인지 1년 반이나 재판을 받지 않고 있던 사람들이었다(어쩌면 이미 재판을 받았을지도 모르지만, 마침 때맞춰 여기서 다시 한번 재판을 받게 되었는지도 모른다).

그해 여름 즈베니고로뜨 수도원에 소비에뜨 당국의 직원이 찾아와서 이온 원장[52]에게 이 수도원에 보존되어 있는 사바 성인의 유해를 내놓으라고 명령했다(〈빨리 내놔!〉). 그때 소비에뜨 당국의 직원들은 성당 안에서(심지어는 제단 앞에서까지) 모자를 벗지 않았음은 물론이고 함부로 담배를 피웠으며, 그중 한 명은 사바 성인의 두개골을 손에 들고, 이것은 가짜임에 틀림없다면서 침을 뱉기까지 했다. 그 밖에도 어처구니없는 신성 모독 행위를 감행했다. 그 때문에 결국은 경종이 울리고, 격분한 민중은 소비에뜨의 일꾼 중 몇 명을 살해하기에 이르렀다. 죽지 않고 살아남은 자들은 후에 주장하기를, 자기들은 침도 뱉지 않았거니와 그 어떤 신성 모독 행위도 하지 않았노라고 했다. 끄릴렌꼬로서는 그들의 부인 성명만으로 충분했다.[53] 그럼 지금 여기서 재판을 받고 있는 것은 이들 소

52 이 사람은 전에 근위 기병 사관 피르구프였으나〈그 후 갑자기 정신적으로 딴사람이 되어 모든 재산을 빈민에게 나누어 주고 수도원으로 들어갔다고 한다. 그러나 그가 정말로 모든 재산을 빈민에게 나누어 주었는지는 알 수가 없다〉. 그렇다. 정신적인 갱생의 가능성을 인정해 버리고 나면 대체 계급 이론에 무엇이 남겠는가?

53 그러나 다들 이와 비슷한 광경을 본 일이 있지 않을까? 내 생애에서 처음으로 강력한 인상을 남긴 사건도 바로 이런 것이었다. 아마 서너 살 때의 일인 것 같다. 끼슬로보쯔끄 교회에서 미사를 드리고 있을 때 뾰족모자를 쓴 사

비에뜨 당국의 직원들인가? 아니, 그렇지 않다. 그때의 수도 사들이었다.

나는 독자들에게 다음과 같은 사실을 염두에 두라고 요청하고 싶다. 즉, 1918년부터 우리 나라에서는 재판상 하나의 관례가 확립되었다는 점이다. 모스끄바에서 진행되는 모든 재판(물론 체까에 대한 부당한 재판은 제외하고)은 우발적으로 일어난 사건에 대한 개별적인 재판이 아니라 재판 정책의 전환을 가리키는 하나의 신호와도 같은 것이었다. 그것은 창고로부터 지방으로 출하되는 진열장용 상품 견본이었고, 하나의 〈본보기〉였고, 수학 문제집 앞에 붙어서 학생들이 스스로 생각할 수 있도록 지침이 되어 주는 모범 답안과도 같은 것이었다.

따라서 가령 〈교회 신도〉 사건이라고 말하면, 우리는 그와 유사한 사건이 전국에 수없이 발생했다고 이해해야 할 것이다. 하기는 최고 재판소 검사인 끄릴렌꼬 자신도 이러한 공판이 〈공화국의 거의 모든 재판소로 《쏟아져 들어갔다》〉[54]라고 (대단한 표현이다!) 우리에게 설명하고 있는 형편이다. 최근에도 세베로드비나, 뜨베리, 랴잔 등지의 법정에서 그런 공판이 있었으며, 사라또프, 까잔, 우파, 솔비체고쯔끄, 짜레보꼭 샤이스끄 등지에서도 〈10월 혁명으로 해방된 정교회〉의 성직자들과 교회 합창단원들이 재판을 받았다.

그렇다면 독자들은 여기서 하나의 모순을 발견할 것이다—

람들(부존니 기병 사단의 모자를 쓴 체까 요원들)이 들어와서 공포에 질려 벙어리가 되다시피 한 군중을 밀어젖히며 미사를 중단시킨 후, 모자를 쓴 채 제단으로 침입해 들어갔던 것이다.
54 끄릴렌꼬, p. 61.

어째서 그와 유사한 많은 사건들이 모스끄바에서의 공판보다 〈먼저〉 행해졌을까? 이것은 단지 우리의 설명이 완벽하지 못한 데서 오는 의문일 뿐이다. 〈해방된〉 교회에 대한 재판소의 또는 재판소 밖에서의 박해는 이미 1918년부터 시작되었던 것이다. 즈베니고로뜨 사건으로 미뤄 보아 그때 이미 교회 탄압은 본궤도에 올라 있었음을 알 수 있다. 1918년 10월에 찌혼 총주교가 소비에뜨 인민 위원회에 보낸 서한에는, 교회에 전도의 자유가 없으며, 〈이미 많은 용감한 성직자들이 교회에서의 설교 때문에 순교의 피를 흘렸을뿐더러, 여러 세대에 걸쳐 신앙 깊은 사람들이 이룩해 놓은 교회 재산을 몰수함으로써 그들의 유지를 짓밟았다〉라고 쓰고 있다. (인민 위원들은 물론 이 서한을 읽어 보지도 않았겠지만, 담당관들은 그것을 읽고 재미있어 죽겠다는 듯이 웃어 댔을 것임에 틀림없다. 유지를 짓밟았다고! 언제 우리가 죽은 조상을 상대했던가! 우리는 다만 살아 있는 후손들을 상대로 일하고 있을 뿐이다!) 총주교는 계속해서 이렇게 항의하고 있다 — 〈주교와 사제들, 수사와 수녀들은 아무런 죄도 없음에도 불구하고 모호하기 짝이 없는 반혁명이라는 죄목으로 처벌받고 있다.〉 하기는 제니낀이나 꼴차끄의 백위군이 진격해 올 때면 혁명을 수호하기 위해 종교 탄압이 일시적으로 중단된 때도 있었다. 그러나 내전이 가라앉기 시작하자마자, 당국은 다시 교회에 손을 대기 시작하여 공판은 또다시 전국의 혁명 재판소로 〈쏟아져 들어갔다〉. 그리고 1920년에는 삼위일체 세르기 대수도원까지도 습격하여, 국수적 애국주의자인 세르기 라도네시스끼의 유해를 끄집어내 모스끄바 박물관으로 가져가 버렸다.[55]

---

[55] 총주교는 끌류체프스끼의 말을 인용하고 있다 — 〈세르기 성인과 같은 러시아 땅의 위대한 건설자들로부터 우리가 계승한 정신적, 도덕적 잠재력이

이윽고 모든 성인의 유골을 모조리 없애 버리라는 법무 인민 위원회의 훈령(1920년 8월 25일)이 나왔다. 왜냐하면 바로 그런 것들이 새로운 공정한 사회를 지향하는 우리의 빛나는 운동에 방해가 되기 때문이다.

끄릴렌꼬에 의해서 선택된 사건의 뒤를 추적하면서, 〈최고재〉(그들은 자기들끼리 이렇게 최고 재판소라는 말을 줄여서 정답게 부르고 있었지만, 우리 벌레들에게는 〈기립!《재판》개시!〉라고 엄숙하게 호통을 쳤던 것이다!)에서 심리된 다음 사건도 살펴보기로 하자.

E. 〈전술 센터〉 사건(1920년 8월 16일~20일)

이 사건에서는 28명의 피고인이 재판을 받았으며, 그 밖에도 아직 체포되지 않은 몇 사람이 궐석 재판을 받았다.

최고 재판소 검사 끄릴렌꼬는 계급적 입장에 투철한 그의 정열적 기소 연설 첫머리에서 아직 쉬지 않은 낭랑한 목소리로 우리에게 다음과 같이 설교하고 있다 ─ 〈지주와 자본가 이외에도 또 하나의 사회적 계층이 존재하고 있었고 지금도 존재하고 있는데, 이 계층의 사회적 존재에 대하여 혁명적 사회주의자들은 오래전부터 심사숙고해 왔다(그러니까 존재해야 한다는 것인가, 존재할 수 없다는 것인가?). 그 계층이란

남김없이 소모되지 않는 한, 성인의 수도원 문은 결코 닫히지 않을 것이며 그의 관 위의 성등(聖燈)은 결코 꺼지지 않을 것이다). 그러나 끌류체프스끼는 그 잠재력이, 그 자신이 죽기도 전에 소모되어 버릴 것이라는 것을 미처 생각지 못했던 것 같다. 총주교는 소비에뜨 인민 위원회 의장에게 면담을 요청하여, 교회가 국가에서 분리된 이상 수도원과 성인의 유해에 손을 대지 말 것을 강력히 요구하려 했다. 그러나 의장은 다른 중요한 일 때문에 시간이 없어서 가까운 시일 내에 그와 면담할 수 없다는 회답을 보내왔다.

먼 훗날까지도 면담은 이루어지지 않았다.

이른바《지식 계급》이라는 것이다. 이 법정에서 우리는《러시아 지식 계급의 활동》에 대한 역사의 심판 및 지식 계급에 대한 혁명의 판결을 다루게 될 것이다.》[56]

우리들의 조사는 극히 한정되어 있기 때문에, 도대체 혁명적 사회주의자들이 이른바 지식 계급의 운명에 대하여 어떻게 〈심사숙고〉했으며 지식 계급을 위해 무엇을 어떻게 하기로 결정했다는 것인지, 그것을 정확히 파악할 수는 없다. 그러나 다행히도 여기에 대한 자료들은 이미 공표된 바 있으므로 누구든 쉽게 입수할 수 있게 되었다. 그러므로 여기서는 공화국의 전반적인 정세를 명확히 파악하기 위하여, 이들 재판 심리가 진행되고 있을 때의 인민 위원회 의장의 견해를 독자들에게 상기시키는 데 그치기로 하겠다.

블라지미르 일리치 레닌은 1919년 9월 15일에 고리끼에게 보낸 서한 ── 우리는 이미 이 서한을 인용한 바 있다 ── 에서 체포된 지식인(그중에는 이 재판의 피고인 일부도 포함되어 있었음이 분명하다)에 대한 고리끼의 호소에 답하여, 당시의 러시아 지식 계급의 대부분(이른바 〈입헌 민주당 계열〉)을 가리켜 〈그들은 민족의 두뇌가 아니라 배설물〉이라고 규정하고 있다.[57] 고리끼에게 보낸 또 다른 서한에서 레닌은 〈만약 우리가 너무나 많은 지식인을 잡아들인다면, 그것은 우리의 잘못이 아니라 그들 자신의 잘못인 것이다〉[58]라고 말했다. 만약 그들이 정의를 희구한다면, 왜 우리 편에 가담하지 않는가? 〈나는 지식 계급의 총알을 맞은 사람이다.〉[59] (즉, 까쁠란으로부터.)

56 끄릴렌꼬, p. 34. (괄호 속은 솔제니찐)
57 『레닌 전집』 5판, 제51권, p. 48.
58 『V. I. 레닌과 A. M. 고리끼』(과학 아카데미 출판소, 1961), p. 263.
59 같은 책, p. 263.

이 같은 견지에서 레닌은 지식 계급에 대해 불신과 적의를 표명했다 — 〈썩어 빠진 자유주의자〉, 〈종교의 가면을 쓴 자들〉, 〈나태한 생활에서 헤어날 줄 모르는 족속들〉, 〈노동 운동에 대한 경솔한 배신자들〉이라고 그는 멸시했다.[60] (그러나 러시아 지식 계급이 언제 노동자의 대의에, 즉 노동자의 독재에 충성을 맹세했다는 것일까?)

지식 계급에 대한 이러한 조소와 멸시에 1920년대의 신문들과 일반 여론도 동조했고, 마침내는 지식인들 자신까지도 자기 자신의 영원한 경박성, 영원한 〈이중성〉, 영원한 〈무절제〉, 〈시대적 낙후성〉을 저주하게 되었다.

그야말로 옳은 말이다! 그래서 지금 〈최고재〉의 원형 천장 밑에 쩌렁쩌렁 울리는 〈고발 당국〉의 목소리는 우리를 다시 법정으로 되돌아오게 한다.

〈이 사회적 계층은…… 지난 몇 년 동안에 전면적인 재평가를 받아야 했다.〉 그렇다, 그 당시의 유행어 중의 하나가 바로 이 〈재평가〉라는 말이었다. 그리고 도대체 어떤 재평가가 행해졌던가? 그것은 이러했다. 〈러시아 지식 계급은 인민 전권의 구호를 들고 혁명의 용광로 속으로 뛰어들었으나(아무튼 뭔가는 했다는 것이다!), 나올 때는 흑색 장군(백색 장군이 아니라)들의 동맹자가 되거나 유럽 제국주의에 충실한 앞잡이가 되어 나왔다. 지식 계급은 자기들의 깃발을(군대에서처럼 말인가?) 짓밟아 흙탕물 속에 내던지고 말았던 것이다.〉[61]

그러니 어찌 우리가 그 죄를 깊이 참회하지 않을 수 있으랴! 어찌 우리가 후회하며 가슴을 쥐어뜯지 않을 수 있으랴!

그러나 이제는 지식 계급의 대표적 인물들을 한데 묶어 〈때

60 『레닌 전집』 4판, 제26권, p. 373.
61 끄릴렌꼬, p. 54.

려눕힐 필요는 없게〉 되었다. 〈이 사회적 집단은 이미 종말을 고했기〉 때문이다.[62]

20세기의 벽두에! 이 얼마나 놀라운 선견지명인가! 오, 역시 과학적인 혁명가들! (그러나 지식 계급은 계속 두들겨 맞지 않으면 안 되었다. 1920년대의 시초부터 끝까지 계속해서 지식 계급들은 얻어맞고 또 얻어맞아야 했다.)

우리는 유럽 제국주의 용병인 흑색 장군의 동맹자로 전락한 28명의 피고인들을 혐오의 눈으로 보지 않을 수 없다. 그리고 여기서도 또 그 구역질이 나는 〈센터〉라는 말이 날아든다. 예를 들어 〈전술 센터〉, 〈민족 센터〉, 〈우익 센터〉 등(20년 동안의 재판 사건 중에서 우리의 기억에 남는 〈센터〉만 해도 부지기수다. 〈기사 센터〉, 〈멘셰비끼 센터〉, 〈뜨로쯔끼-지노비예프파 센터〉, 〈우익 부하린파 센터〉 등등⋯⋯. 그 모두가 숙청되고 그 모두가 박멸되었다. 덕분에 우리는 이렇게 살아남아 있는 것이다), 〈센터〉가 있는 곳에는 반드시 제국주의의 손길이 뻗어 있기 마련이다.

하지만 〈전술 센터〉 사건의 내용을 좀 더 구체적으로 알면 어느 정도 마음이 가벼워질 것이다. 이 〈전술 센터〉라는 것은 실제로는 〈조직〉의 형태조차 갖추지 못한 것이었다. 첫째는 〈규약〉이 없었고, 둘째는 〈강령〉이 없었으며, 셋째는 〈회비〉가 없었다. 그렇다면 대체 무엇이 있었는가? 그들은 〈서로 만나고 있었다〉는 것뿐이었다. (등골이 오싹하다!) 만나서 〈서로의 의견을 교환하려고 했던〉 것뿐이다. (얼음물이라도 끼얹은 듯한 느낌이다!)

이 재판은 매우 중대한 것이었고, 물적 증거로도 혐의 사실이 뒷받침되어 있다. 28명의 피고인에 대한 증거물은 단 두

62 같은 책, p. 38.

54

개뿐이었다.[63] 그것은 법정에 출두하지 않은 인사들의(먀꼬찐과 표도로프 — 그들은 국외에 있었다) 편지 두 통이었다. 출두하지 않은 사람들이나 출두한 사람들이나 10월 혁명 전에는 국내의 여러 단체와 위원회에서 함께 활동한 사람들이므로, 우리는 그들을 동일시해도 무관할 것이다. 그리고 편지의 내용이라는 것은 다음과 같은 사소한 문제에 대한 제니낀과의 〈의견 차이〉에 관한 것이다. 예컨대 농촌 문제(들어 보나 마나 그들은 제니낀에게 토지의 무상 분배를 건의했을 것이다), 유대인 문제(예전의 박해 정책으로 되돌아가지 말 것을 주장했음이 틀림없다), 제 민족 연합 문제(이것 역시 들어 보나 마나 명백한 것이다), 행정 제도 문제(독재가 아닌 민주주의)와 그 밖의 문제들이었다. 그럼 이런 증거물로부터 어떠한 결론이 나오는가? 그것은 지극히 간단하다 — 즉, 이것에 의해서 제니낀과 교신을 한 사실과 〈출석한 피고인들이 제니낀과 대체로 생각이 일치하고 있었다는 것〉이 입증된 것이다. (아니 저런, 저런!)

그리고 또 피고인들에 대한 직접적인 고발도 있었다. 즉, 그들은 소비에뜨 중앙 정권의 통치하에 있지 않은 먼 지방(예컨대 끼예프)에 살고 있는 친지들과 정보를 교환했다는 사실이다. 그 지방은 예전부터 러시아 땅이었는데 우리가 세계 혁명을 위해 독일에게 일부 양보한 지역이다. 그러나 사람들은 종전과 마찬가지로 문안 편지를 교환하고 있었다 — 〈이반 이바니치, 거기서는 어떻게 지내고 있소? 우리는 이러저러하게 지내고 있소……〉 여기에 대해 입헌 민주당 중앙 위원 N. M. 끼시낀은 피고인석에서 대담하게 자기의 무죄를 주장한 바 있다 — 〈인간은 장님이 되기를 원치 않는다. 따라서 도처

63 같은 책, p. 38.

에서 일어나고 있는 일을 무엇이든지 모두 알고 싶어 한다.〉

〈도처〉에서 일어나고 있는 일을 〈무엇〉이든지 알고 싶어 한다고? 장님이 되기를 원치 않는다고? 검사가 그들의 행동을 〈배신행위〉로 판단하는 것은 지극히 당연한 일이다! 이것이야말로 〈소비에뜨 권력에 대한〉 배신행위가 아니고 무엇이겠는가!

그러나 그들이 한 것 중에서 가장 사악한 행동은 내전이 한창 진행되고 있을 때 편안히 앉아서 논문을 쓰고 연구 자료를 정리하고 초안을 작성하고 있었다는 것이었다! (그리고 당연하게도, 〈헌법, 재정학, 경제학, 재판, 교육학의 권위자〉로서, 그들의 연구는 그때까지 나온 레닌, 뜨로쯔끼, 부하린의 저작들에 기반을 둔 것이 아니었다.) S. 꼬뜰랴레프스끼 교수는 러시아 공화국의 연방 제도에 관해서, V. 스쩸쁘꼬프스끼는 농업 문제에 관해서(아마 농촌 집단화를 주장하지는 않았을 것이다), V. 무랄레비치는 장래의 러시아 국민 교육에 관해서, N. 비노그라쯔끼는 경제 문제에 관해서 논문을 썼다. 그리고 위대한 생물학자 N. 꿀쪼프(조국으로부터 받은 것은 박해와 처형뿐이었다)는 이들 부르주아 학자들의 담화 장소로 자기 연구소를 제공했다. (1931년에 근로 농민당 사건에 관련되어 최종적으로 숙청된 N. 꼰드라찌예프도 이들의 모임에 가입되어 있었다.)

검사의 마음은 한시바삐 선고를 내리려고 용솟음치고 있었다. 이들 장군의 앞잡이들에게는 도대체 어떤 징벌을? 징벌은 하나. 오직 〈총살형〉이 있을 뿐이다! 이것은 이미 검사의 구형이 아니라 혁명 법정의 〈판결〉인 것이다! (그러나 유감스럽게도 그 후 감형이 내려져 내전이 끝날 때까지 강제 노동형으로 대치되었다.)

결국 피고인들의 잘못이란, 제집 구석에 들어앉아서 조그마한 검은 빵이나 씹고 있지를 않고, 공연히 서로 만나서 소비에뜨 정권이 붕괴한 후에 어떤 국가 제도를 수립해야 할 것인가를 논의했다는 데 있었다.

현대적인 학술 용어로 이것을 표현한다면 그들은 대안적인 가능성을 연구한 셈이다.

검사의 목소리는 여전히 우렁차게 울려 퍼지고 있다. 그러나 우리에게는 어딘지 모르게 다소 쉰 목소리처럼 느껴진다. 그는 검사석 탁자 위에 이리저리 시선을 옮기며 무엇인가를 찾고 있는 것 같다. 무슨 서류를 찾는 것일까? 아니면 인용문을 찾고 있는 것일까? 빨리 해! 〈살그머니〉 그리고 〈빨리〉 내줘야지! 아무거나 한 장! 다른 사건 말인가요? 그런 것은 아무래도 좋아! 니꼴라이 바실리예비치 끄릴렌꼬, 이거 말입니까?

〈우리에게 있어……《고문》이라는 개념은 정치범을 형무소에 감금한다는 그 사실 자체에 있다……〉

뭐라고? 정치범을 감금하는 그 자체가 고문이라고? 다른 사람도 아닌 검사의 입에서 이런 소리가 나오다니! 이 얼마나 폭넓은 식견인가! 새로운 법 이론의 출현이다! 그럼 그의 다음 명구를 들어 보자.

〈……전제 정부와의 투쟁은 그들(정치 활동가)의 제2의 천성이므로 그들은 전제주의자와《싸우지 않을 수 없었던》것이다!)[64]

무슨 소리인가? 대안적 가능성을 연구하지 〈않을 수 없었〉다는 말인가? 어쩌면 〈생각하는 것〉, 이것이 지식인의 첫째가는 천성이랄 수 있지 않을까?

아! 인용문을 잘못 선택한 것 같다. 저렇게 당황하는 것을

64 같은 책, p. 17.

보니! 그러나 끄릴렌꼬는 재빨리 본론으로 돌아갔다.

《설령》피고인들이 모스끄바에서 손가락 하나 까딱하지 않았다 하더라도(아마 이것은 사실인 것 같지만), 어쨌든…… 그와 같은 시기에 비록 차나 한잔 마시며 이야기했다 치더라도, 소비에뜨 정권이 멸망할 것을 가정하고 그 대신에 어떠한 제도를 택해야 하는가를 논의했다는 것은 분명히 반혁명적 행위임에 틀림없다……. 내전 시기에는 소비에뜨 정권에 반대하는 행위는 물론이려니와 《아무것도 하지 않았다는 것》자체가 이미 범죄인 것이다.)[65]

그렇다면 이제는 모든 것을 이해할 수 있다. 이제는 모든 것을 알 수 있다. 피고인들에게는 총살형이 선고될 것이다 — 차 한잔 때문에.

예를 들어 뻬뜨로그라뜨의 지식인들은 유제니치 장군의 백위군이 쳐들어왔을 때 〈무엇보다도 먼저 민주적인 시 의회의 소집에 마음을 쓰기로〉 결의했다(말하자면 그것으로 장군의 독재를 미연에 방지하려 했던 것이다).

그러나 끄릴렌꼬의 견해는 달랐다. 〈나는 그들에게 이렇게 외치고 싶다 — 당신들은 무엇보다도 먼저 《죽을 때까지 싸워서》유제니치를 막아 낼 생각부터 했어야 했다!〉

그러나 그들은 싸우다 죽지 않았다.

(하기는 니꼴라이 바실리예비치 끄릴렌꼬 자신도 그러지 않았지만.)

개중에는 지식인들의 반소비에뜨적인 움직임을 〈잘 알고 있으면서도 고해바치지 않은 죄〉로 걸려든 피고인들도 있다(〈알면서도 말하지 않았다〉 — 이것은 우리 러시아인들이 입버릇처럼 하는 말이다).

65 같은 책, p. 17.

그리고 개중에는 〈아무것도 하지 않은〉 것이 아니라 적극적으로 범죄 행위를 감행한 피고인들도 있었다. 즉, 적십자사 회원인 L. N. 흐루쇼바를 통하여(그녀도 바로 저기 〈피고인 석〉에 앉아 있었다) 다른 피고인들이 〈부띠르끼 형무소의 죄수들에게〉 돈(결국 그 돈은 형무소 매점으로 흘러들어 갈 것이지만)과 물품(아마 모직물까지도 포함해서)을 들여보내고 있었던 것이다.

이렇게 피고인들의 악행은 한이 없다! 따라서 프롤레타리아의 징벌 또한 그칠 새가 없을 것이다! 마치 쓰러져 가는 영사기에 잡힌 삐뚤어지고 흐릿한 필름처럼, 28명의 구시대 남녀의 얼굴이 우리의 눈앞을 스쳐 지나간다. 우리는 그들의 표정을 미처 살필 수가 없다. 겁먹은 얼굴이었을까? 경멸에 찬 얼굴이었을까? 긍지에 찬 얼굴이었을까?

그들은 대답이 없다! 최후 진술도 기록되어 있지 않다! ─ 기술적 이유 때문이다. 이 결함을 보충하기 위해 검사는 다시 목청을 돋운다. 〈처음부터 끝까지, 자기가 저지른 과오에 대한 자책과 참회였다. 지식 계급의 정치적 무정견과 중간적 성질은…… (또 하나 새로운 말이 나왔군 ─ 중간적 성질이라!) 볼셰비끼에 의해서 항상 실행되어 온 지식 계급에 대한 마르크스주의적 평가가 전면적으로 옳다는 것을 확인해 주었다.〉[66]

그들이 정말로 죄책감을 느꼈는지 나는 알 수 없다. 아마 그렇지 않을지도 모른다. 그보다는 어떻게 해서든 자기 목숨을 지키려는 본능적 욕망에 사로잡혔을지도 모른다. 아니면 〈여전히〉 지식인으로서의 긍지를 여전히 간직하고 있었을지도 모른다. 나는 알 수가 없다.

그런데 우리의 눈앞을 스치고 지나간 젊은 여자는 누굴까?

66 같은 책, p. 8.

그것은 똘스또이의 딸 알렉산드라였다. 끄릴렌꼬는 그녀에게 지식인들의 모임에서 무엇을 했느냐고 물었다. 그녀는 대답했다 — 〈차를 준비했어요!〉 그래서 그녀는 강제 노동 3년형을 선고받았다!

그리고 저기 지나가는 남자는 누구지? 얼굴이 낯익은데. 그것은 사바 모로조프였다. 하지만 그는 볼셰비끼에게 모든 돈을 건네지 않았나! 그런데 〈지식인들〉에게 조금 건네주었다고? 3년 형이 선고되었지만, 보호 관찰하에 석방되었다. 이 사건이 그에게 교훈이 되었으리라.[67]

이렇게 우리의 자유의 태양은 솟아올랐다. 10월 혁명으로 태어난 우리 나라의 신생 법은 이렇게 투실투실 살찐 개구쟁이로 성장해 간 것이다.

우리는 지금 그 시절의 일들을 전혀 기억하지 못하고 있다.

---

67 그는 나중에 스스로의 목을 긋게 된다.

제9장

법이 자라다

우리는 유아기의 법을 개관하는 데 이미 오랜 시간을 들였다. 그런데도 아직 본론으로 들어가지 못하고 있다. 아주 중요하고 유명한 사건들이 우리를 기다리고 있다. 그러나 기본 방향은 이미 독자들이 본 것과 같다.

그럼, 아직도 소년단원 정도의 나이였던 우리 나라의 법을 좀 더 살펴보기로 하자. 이미 잊힌 지 오래고, 또 정치적이라고 말하기도 어려운 다음의 재판을 상기해 보자.

F. 연료국 재판(1921년 5월)

이 재판은 〈기사(技師)〉 또는 그 세대의 말로 표현한다면 〈전문가〉에 관한 것이기에 중요하다.

내전 기간 동안의 네 번의 겨울 중에서, 1921년 겨울이 가장 참혹했다. 그때는 이미 땔감이라고는 전혀 남아 있지 않았다. 열차들은 역까지 가지 못하고 서 버렸으며, 대도시에서는 추위와 굶주림이 휘몰아치고, 공장 노동자들의 파업 물결이 술렁이고 있었다(지금은 그 파업들이 역사에서 말소되고 말았지만). 대체 누구의 잘못인가? —— 이것은 유명한 질문이다. 〈누구의 잘못인가?〉

그거야 물론 수뇌부의 잘못은 〈아니다〉. 그렇다고 지방 지도부의 잘못도 아니다! — 이것이 중요한 점이다. 만약 〈당국에서 자주 찾아왔던 동지들〉, 즉 공산주의 지도자들이 그 일에 대해서 올바른 생각을 가지고 있지 않았다면, 그들을 위해 〈문제의 올바른 대처 방법을 가르쳐 주는 것〉은 전문가들이 해야 할 일이었던 것이다.[1] 그러니까 〈지도부에는 잘못이 없고…… 계산하고 측정하고 계획을 작성한 사람들이 죄가 있다는 것이다〉 — 아무것도 없는 상황에서 어떻게 충분한 식량과 연료를 공급할 수 있는가 하는 계획 말이다. 계획을 〈강요한 사람〉이 잘못한 것이 아니라 계획을 〈작성한 사람〉이 잘못한 것이다! 계획이 과장되어 있었다면 이것은 전문가들의 잘못이다. 숫자가 맞지 않는 것은 — 〈전문가들의 잘못이지 노동 및 국방 회의의 잘못은 아니며〉 더욱이 〈연료국의 책임 있는 지도자들의 죄도 아닌 것이다〉.[2]

석탄도 없고, 장작도, 석유도 없다 — 이것은 전문가들에 의해서 〈착잡한 혼란 상태가 야기된 결과다〉. 즉, 그들의 잘못은, 리꼬프의 거듭되는 긴급 전화 통보를 거부하지 못하고, 무계획적으로 연료를 지급하거나 매도한 데 있다는 것이다.

전적으로 전문가들의 잘못이다! 그러나 그들에 대해 프롤레타리아 법정은 무자비하지는 않았다. 판결은 가벼웠다. 물론 프롤레타리아의 가슴속에는 이들 저주스러운 전문가들에 대한 남모를 적의가 깃들여 있었다 — 그러나 전문가들이 없이는 버텨 나갈 수 없었고 모든 것이 혼란에 빠지고 말 것이다. 그래서 법정도 그들을 끌어내 죽이지는 않았으며, 끄릴렌꼬 자신도 1920년에는 〈태업에 대해서는 할 말이 없다〉고까

1 끄릴렌꼬, p. 381.
2 같은 책, pp. 382~383.

지 말했던 것이다. 전문가들이 잘못을 저지른 것은 사실이지만 그들은 악의가 있어서 그렇게 한 것이 아니라 단지 서툴렀기 때문이며, 더 잘할 능력이 없고, 자본주의 사회에서 일을 잘 배우지 못했거나, 아니면 단순히 이기주의자였거나 뇌물 수뢰자에 지나지 않았기 때문이다.

이와 같이 재건 시기의 초기에는 기술자들에 대한 놀랄 만큼 관대한 조치가 내려져 눈길을 끌었다.

평화의 첫해인 1922년에는 공개 재판이 많았다. 너무나 많아서 이 장 전부를 이 1년의 일들로 허비해야 할 정도로 많았다. [놀라운 일이다 ─ 전쟁이 끝났는데도 이토록 재판이 활발해지다니? 그러나 1945년에도, 1948년에도 〈괴룡(怪龍)〉은 미처 날뛰지 않았던가? 여기에는 극히 단순한 어떤 법칙 같은 것이 있는 것이 아닐까?]

그러나 1921년 12월, 소비에뜨 대의원회의 강령에 의하여 체까의 권한이 축소되고[3] GPU로 명칭을 바꾸었다. 1922년 10월 초 GPU는 다시 영향력을 확장했으며, 12월에 제르진스끼는 『쁘라브다』 통신원에게 이렇게 말했다. 〈이제 우리는 반소비에뜨 세력과 조직을 《특히 경계》해야 한다. GPU는 양적으로 축소되었지만 질적으로는 강화될 것이다.〉[4]

그리고 1922년 초기에 있었던 재판에서 우리가 그냥 넘어갈 수 없는 것은 다음의 사건이다.

G. 올젠보르게르 기사 자살 사건(최고 재판소, 1921년 2월)

이것은 이미 아무도 기억하고 있지 않을 정도로 대수롭지

3 『러시아 소비에뜨 연방 사회주의 공화국 강령집』, 제4권, 1922년, p. 42.
4 『쁘라브다』, 1922년 12월 17일 자.

않은, 또 전혀 특징이 없는 재판이다. 특징이 없다고 하는 까닭은, 그 사건의 규모가 단 한 사람의 생명에 불과하고, 게다가 그 사람은 이미 오래전에 세상을 떠나고 말았기 때문이다. 만일 그 생명이 끝장나지 않았다면, 바로 이 기사는 10명 정도의 인원으로 〈센터〉를 조직했다는 혐의로 최고 재판소의 심판대 앞에 세워졌을 것이다. 그렇게 되었다면 재판은 완전히 특징적인 것이 되었을지도 모른다. 그러나 지금 의자에는 저명한 당원 세젤니꼬프 동지와 두 사람의 노농 감독국원, 그리고 두 명의 노동조합원이 앉아 있다.

그러나 체호프의 극에서 현이 끊기는 듯한 소리가 멀리서 들려오듯이, 샤흐띠 사건 및 산업당 사건의 선구라고 할 수 있는 이 재판에는 무언가 가슴을 아프게 하는 것이 있다.

V. V. 올젠보르게르는 30년간 모스끄바 수도국에서 일을 했고, 이미 금세기 초에 그곳의 기사장이 되었다. 예술의 백은(白銀) 시대, 네 개의 국회, 세 번의 전쟁, 세 번의 혁명을 치렀으나, 그동안에도 계속해서 온 모스끄바는 올젠보르게르의 물을 마셔 왔던 것이다. 아끄메이스뜨(구밀료프가 주도한 예술 유파)도, 미래파(마야꼬프스끼가 주도한 예술 유파)도, 반동파도, 혁명가도, 귀족 출신 사관생도도, 적위군 병사도, 인민 위원회도, 체까도, 노농 감독국의 사람들도 ─ 모두가 올젠보르게르의 깨끗한 냉수를 마시고 있었다. 그는 결혼도 하지 않아서 자식이 없었다. 그는 한평생 오직 수도만을 위해 살아왔던 것이다. 1905년 혁명 때에는 그는 수도에 경비병들이 접근하는 것을 허용하지 않았다. 그것은 〈병사들의 서투른 솜씨 때문에, 수도관이나 기계가 파손될 우려가 있기 때문〉이었다. 2월 혁명의 이튿날, 그는 자기 부하 일꾼들에게 말했다. 「자, 혁명은 끝났다. 모두들 자기 부서로 돌아가. 물은 계속 흘러야

하니까.」 그리고 10월 혁명 당시 모스끄바 전투에서도 그가 근심한 것은 오직 하나, 수도를 지키는 것이었다. 그의 동료들은 볼셰비끼 혁명에 호응해서 파업을 했고, 그에게도 가담하도록 요청했다. 그는 〈기술 분야에 있어서는, 미안합니다만 나는 파업하지 않겠습니다. 그러나 그 밖의 분야라면 물론 나도 파업하지요〉라고 대답했다. 그는 파업자들을 위해 파업 위원회에서 주는 돈을 받고 영수증을 썼으나, 자신은 망가진 파이프를 고치기 위한 연결관을 구하러 뛰어나갔던 것이다.

그래도 역시 그는 적이다! 그는 한 노동자에게 다음과 같이 말했던 것이다. 「소비에뜨 정권은 2주도 견디지 못할 거야.」 (〈신경제 정책〉이라는 사회 정세를 목전에 둔 새로운 시기라서, 끄릴렌꼬조차 최고 재판소에서 노골적으로 이렇게 말했다. 「그 당시의 기술자들뿐만 아니라 〈우리도〉 그렇게 생각한 것이 한두 번이 아니었소.」)

그래도 역시 그는 적이다! 레닌 동지가 우리에게 말한 것처럼, 부르주아 전문가들을 감시하기 위해서는 노농 감독국이라는 번견(番犬)이 필요한 것이다.

그런 번견 중 두 마리가 항상 올젠보르게르 옆을 감시하게 되었다(그들 중의 하나는 예전에 수도국에서 일하던 협잡꾼 마까로프제믈랸스끼인데 〈추잡한 행동〉 때문에 해고되었으나 〈월급이 더 좋다는 이유로〉 노농 감독국에 들어갔고, 〈거기가 월급이 더 좋기〉 때문에 중앙 인민 위원회로 옮겼다가, 자신의 이전 상사를 감독하고 자신에게 모욕을 주었던 사람에게 마음껏 복수하기 위해 이곳으로 돌아온 것이었다). 그리고 노동자들의 이익을 누구보다 대변하고 옹호하는 지구 위원회도 물론 졸고 있지는 않았다. 그리하여 공산당원들이 수도 업무를 주관하게 되었다. 〈노동자들만이 지도적 지위에 서 있어야 하며, 공산주의자들만이 완전한 모든 지도권을 장악하고 있어야 한다. 이 입장의 정당성은 본 재판에 의해서도 확인된 셈이다.)⁵ 한편 모스끄바의 당 조직도 수도국을 계속 지켜보고 있었다(그리고 그 뒤에는 또 체까가 버티고 있었다). 〈우리는 계급적 적의라는 건전한 감정을 기초로 하여 우리의 군대를 만들었다. 우리는 이 군대의 이름으로 책임 있는 지위라면 어느 하나라도…… 위원을 배속시키지 않고 우리 진영에 속하지 않는 사람들에게 그것을 맡길 수가 없다.)⁶ 그리하여 그들은 곧 모두가 기사장의 잘못을 시정하고, 방향을 지시하고, 가르치고, 그에게 알리지도 않고 기술자들의 부서를 바꿔 놓기 시작했다(즉, 실무자들의 소속 전체를 뒤집어엎고만 것이다).

그래도 역시 수도를 구해 내지는 못했다. 사업은 더 잘되어 가기는커녕 오히려 더 나빠졌다! — 기사들 일당은 그토록 교묘하게 악의에 찬 계획을 실행했던 것이다. 그뿐만 아니라, 평생 한 번도 자신의 의견을 날카롭게 표현한 일이 없었던 올젠보르게르조차 이번에는 자신의 그 지식 계층의 중간적 본성을 넘어서서, 새로운 수도국장 제뉴끄(그 〈내부적 구조에 있어〉 끄릴렌꼬에게는 〈매우 호감이 가는 인물〉)를 감히 〈멍청한 고집불통〉이라고 불렀던 것이다!

바로 이제야 〈기사 올젠보르게르가 의식적으로 노동자들의 이익을 배반하고 있으며, 노동 계급 독재의 직접적이며 공공연한 적대자〉라는 사실이 명백하게 드러나게 된 것이다. 수도국에 검열 위원들이 출장을 나왔다 — 그러나 그때마다 검열 위원들은 이상이 전혀 없으며 물은 정상적으로 공급되고

5 끄릴렌꼬, p. 433.
6 같은 책, p. 434.

있다는 것을 알게 되었다. 노농 감시원들은 그것으로 그냥 참고 있지 않았다. 그들은 노농 감독국에 보고서를 줄기차게 보내고 또 보냈다. 올젠보르게르는 〈정치적인 목적으로 수도를 파괴하고 못쓰게 만들고 부수려고〉 했으나 그렇게 할 수가 없었다는 것이었다. 아무튼 그들은 가능한 모든 방법을 통해 올젠보르게르를 방해했다. 보일러 수리를 낭비라고 방해했고, 목제 저수조를 콘크리트로 바꾸는 것을 방해했다. 노동자들의 우두머리들은 수도국의 집회 석상에서, 그들의 기사장이 〈조직적인 기술적 태업자〉이며, 따라서 그를 신용해서는 안 되며, 모든 일에 있어서 그에게 반항해야 한다고 공공연히 말하기 시작했다.

그래도 물 공급 시스템은 호전되지 않고 오히려 더 나빠져 갔다!

그리고 수도국의 〈소시민적 심리에 감염된〉 노동자들의 대부분이 올젠보르게르 편에 서서 그의 태업 사실을 인정하지 않았다는 사실은 노동 감시원들과 직업 동맹원들의 〈골수 프롤레타리아 심리〉에 특히 크나큰 상처를 주었다. 그런데 이때 모스끄바시 소비에뜨의 선거가 닥쳐왔다. 그래서 수도국의 노동자들은 올젠보르게르를 입후보로 내세웠으나, 여기에 대해 당 세포는 당연히 당원을 후보로 내세우고 지지했다 그러나 당의 입후보자는, 노동자들 사이에서의 기사장의 진짜 권위 때문에, 당선의 가망이 없다는 것을 알게 되었다. 그럼에도 불구하고 당 세포는 〈올젠보르게르는 태업의 중심이자 중심 인물이며, 모스끄바 소비에뜨에서 그는 우리의 정치적 적수가 될 것이다!〉라는 결의를 지구 위원회와 각급 기관에 하달하고, 대회에서도 이것을 공표했던 것이다. 노동자들은 거기에 대해서 〈허위다!〉, 〈거짓말을 하고 있다!〉라고 소란과 고함

소리로 응수했다. 그러자 당 위원회 서기 세젤니꼬프 동지는 1천 명의 프롤레타리아에 맞서서 〈나는 이런 극우 반동분자들과는 말하고 싶지도 않다!〉라고 선언했다. 즉, 이것은 다른 장소에서 이야기하자는 말이다.

당에 의해서 다음과 같은 조치가 취해졌다. 즉, 기사장은 수도 관리 협의회에서 제거되고, 항상 그를 신문할 상황을 마련하여 그를 수많은 위원회와 분과 위원회에 불러내어 신문하고, 기한부로 수행할 과제들을 그에게 부여했다. 그가 출두하지 않으면 〈미래의 재판에 대비하여〉 그때마다 그 사실을 조서에 기록했다. 노동 및 국방 위원회(의장은 레닌 동지)를 통하여, 수도국에 〈특별 뜨로이까〉가 설치되었다(노농 감독국, 직업 동맹 협의회 및 꾸이비셰프 동지로 구성).

물은 4년째 여전히 수도관을 흐르고 있었고, 모스끄바 시민들은 그것을 마셨으나 아무런 이상도 느끼지 못했다.

세젤니꼬프 동지는 『경제생활』지에 「여론을 들끓게 하고 있는 수도의 파국적 상태에 관한 풍설에 대해서」라는 제목의 논문을 쓰고 새롭고 무시무시한 소문들을 열거한 다음, 〈수도는 지하수를 퍼 올리고 있고 (14세기에 이반 깔리따가 터를 닦은 바 있는) 모스끄바 전체의 토대를 의식적으로 씻어 내리고 있다〉고까지 말했던 것이다. 모스끄바 소비에뜨의 조사 위원회가 소집되었다. 위원회는 〈수도의 상태는 만족스러우며, 기술적 지도도 합리적〉이라고 인정했다. 올젠보르게르는 모든 고발을 부정했다. 위원회에서 세젤니꼬프는 〈나는 이 문제를 통해 《여론을 환기》시키는 것이 목적이었다. 이 문제의 규명은 전문가들이 할 일이다〉라고 얌전한 태도를 보였다.

그러면 노동자의 지도자들에게 남은 길은 대체 무엇일까? 최후의, 그러면서도 확실하게 믿을 수 있는 방법은 어떤 것일까? 체까에 밀고하는 길밖에 없다! 세젤니꼬프도 밀고를 했다! 그는 〈올젠보르게르가 의식적으로 수도를 파괴하는 광경을 목격〉했으며 〈붉은 모스끄바의 심장부인 수도국에 반혁명 조직이 현존한다는 것〉에 조금도 의심을 품지 않는다고 말이다. 게다가 루블료프 급수탑의 파멸적 상태까지 보고했던 것이다!

그러나 이때 올젠보르게르는 어수룩한 실수를, 줏대 없는 중간적 지식 계급 특유의 실수를 저지르고 말았다. 그가 제출한 새로운 외국제 보일러 주문 요청이 인정받지 못하자(이때 러시아에서 낡은 보일러 수리는 불가능했다), 그는 스스로 목숨을 끊고 말았던 것이다(혼자 대항하기에는 너무나도 짐이 무거웠고, 또 그런 것에 대한 경험도 없었던 것이다).

이 사건이 그대로 넘어갈 리가 없었다. 반혁명 조직은 그가 없어도 적발될 수 있는 것이어서, 노농 감독국 요원들은 그 조직 전체를 밝혀내려고 달라붙었다. 2개월 동안 일종의 비밀 작전이 진행되었다. 그러나 새로 시작되고 있던 〈신경제 정책〉의 분위기는 〈양쪽 모두에게 교훈을 주어야 한다〉는 것이었다. 그런데 바로 그때 최고 재판소의 심리가 진행되었다. 끄릴렌꼬는 정도에 알맞게 준엄했고 정도에 알맞게 무자비했다. 그는 〈러시아의 노동자가 《자기의 계급에 속하지 않는》 어떤 인간 속에서 친구가 아닌 적을 발견했을 때, 그것은 물론 옳은 일이다〉라는 것을 이해하고 있었다.[7] 그러나 또 〈장차 우리의 실제적 정책과 전반적 정책이 바뀔 경우, 어쩌면 우리는 더욱 큰 양보를 하거나 후퇴나 후회를 하지 않으면 안 될지도 모르며, 또 어쩌면 당은 《정직하고 자기희생적인 투사들》의 소박한 논리에 반대되는 전술적 노선을 택하지 않을 수 없는

7 끄릴렌꼬, p. 435.

69

처지에 놓이게 될지도 모른다〉라는 것도 이해하고 있었다.[8]

실제로, 법정은 세젤니꼬프 동지와 노농 감시원들에 대항하여 증언하는 노동자들을 〈거리낌 없이〉 냉대했다. 그리고 피고인 세젤니꼬프는 고발인의 위협에 대해서 태연히 이렇게 대답하고 있다. 「끄릴렌꼬 동지! 나는 그 조문들을 압니다. 그러나 〈여기서 노동 계급의 적을 심판하고 있는 것은 아니지 않습니까〉. 이 조문들은 노동 계급의 적에 적용되어야 하는 것입니다.」

그러나 끄릴렌꼬 또한 지지 않으려고 어조를 높였다. 국가 기관에 대한 고의적인 허위 밀고…… 죄를 가중시키는 조건 밑에서(개인적인 원한, 개인적인 이해관계의 결산)…… 근무상의 지위의 이용…… 정치적 무책임성…… 소비에뜨의 일꾼 및 러시아 공산당원(볼셰비끼)의 권력과 권위의 남용…… 수도국 사업의 혼란…… 모스끄바시 소비에뜨와 소비에뜨 러시아에 준 손실. 왜냐하면 이러한 전문가는 부족해서…… 다른 사람으로 대체할 수 없기 때문이다. 《개별적인 인적 손실에 대해서는 더 이상 논하지 않겠다.》…… 투쟁이 우리 생활의 주요한 내용이 되어 있는 오늘날에 와서, 우리는 어느새 이러한 돌이킬 수 없는 손실에 대하여 거의 신경 쓰지 않을 정도로 익숙해지고 말았다.〉[9] 최고 혁명 재판소는 무게 있는 말을 내뱉어야 한다. 〈형사상의 징벌은 가장 준엄하게 내려져야 한다! 우리는 농담을 하려고 여기 온 것이 아니다!〉

아니, 저런, 이제 그들을 어떻게 하겠다는 걸까? 설마? 독자 여러분은 미리 알고 있어서 이렇게 속삭일지 모른다. 설마 〈그들 모두를〉…….

8 같은 책, p. 438.
9 같은 책, p. 458.

그야말로 생각대로다. 그들 모두에게 망신을 주기로 한 것이다. 피고인들의 솔직한 후회를 고려하여 그들 모두에게…… 사회적 지탄을 받게 하자는 것이다!

이중적인 진실…….

세셸니꼬프에게는 징역 1년이 내려졌다고 한다.

도무지 믿어지지 않는 일이다.

아, 1920년대를 기쁨에 넘친 밝은 시대로 묘사하고 있는 시인들이여! 1920년대를 아주 조금이라도 맛본 사람, 아주 어릴 때 1920년대를 겪은 사람들도 이 시기를 잊지는 못할 것이다. 기사들을 박해한 그 낯짝, 그 추악한 낯짝의 무리들 ─ 그들은 1920년대에 투실투실 살쪄 갔던 것이다.

그러나 지금 우리는 알고 있다 ─ 이것은 이미 1918년부터 시작되고 있었다는 것을.

◆

우리는 다음 두 개의 재판에서 지금까지 친숙해진 최고 재판소 검사와 잠시 동안 헤어지기로 하자. 그는 사회 혁명당원들의 대대적 재판에 대한 준비로 바빴기 때문이다.[10] 이 어마어마한 재판은 이미 재판이 열리기 전부터 유럽을 흥분 속에 몰아넣었다. 그것을 보고 법무 인민 위원회는 갑자기 알아차렸던 것이다. 4년 동안이나 재판을 해왔으면서도 형법전이라고는 낡은 것도 새것도 없었다는 사실을 말이다. 아마 끄릴렌꼬도 법전에 대한 고려를 전혀 안 한 것은 아닌 것 같다. 모든 것을 미리 갖추어 놓을 필요가 있었던 것이다.

10 1919년의 사라또프 재판처럼, 지방에서의 사회 혁명당 재판은 그전에도 있었다.

앞으로 보게 될 교회의 재판은 〈내부적인 문제〉여서 진보적인 유럽인의 관심을 끌지 못했기 때문에 그 재판들은 법전 없이도 처리할 수 있었다.

우리는 국가로부터의 교회 분리라는 것이 — 국가가 해석하는 바에 따르면 — 교회의 건물 자체는 물론이고 그 내부에 걸려 있거나 그려져 있는 모든 것을 국가에 귀속시키며, 교회에는 성경의 말대로 〈가슴속에 있는 것〉만 남게 되는 것을 의미한다는 것을 이미 보아 왔다. 그래서 1918년 정치적 승리가 예상했던 것보다도 빨리, 그리고 쉽게 이루어지자 곧 교회 재산 몰수에 착수했던 것이다. 그러나 교회에 대한 탄압은 너무나 큰 민중의 분노를 야기했다. 내전이 한창 진행 중일 때 신도들에 대해서 다시 국내 전선을 펴는 것은 현명한 일이 아니었다. 그리하여 공산주의자들과 기독교인들과의 대결은 당분간 연기하지 않을 수 없었다.

내전 말기에, 전쟁의 당연한 결과로 볼가강 연안 지방에 일찍이 없었던 기근이 발생했다. 이 기근은 내전 승리자들의 영광을 그다지 빛나게 하는 것이 아니었기 때문에, 그것에 대해서는 우리 나라의 역사책에 두어 줄씩밖에 언급되어 있지 않다. 그러나 이 기근은 인육을 먹기에까지, 부모가 자기 자식을 먹기에까지 이른 가공할 만한 것이어서, 17세기 초기의 이른바 〈동란 시대〉에도 없었던 일이었다(왜냐하면 역사가들이 증언하고 있는 것처럼 그때는 탈곡하지 않은 곡식 더미가 몇 해씩 눈에 덮이고 얼음에 덮여 남아 있었기 때문이다). 이 기근에 대한 영화가 한 편이라도 남아 있다면, 우리가 혁명과 내전에 대해서 본 모든 것, 알고 있는 모든 것에 새로운 빛을 던져 주고도 남을지 모른다. 그러나 그것에 대해서는 영화도 소설도, 통계적인 조사도 없다 — 이것을 잊으려고 열심히 애쓰고 있지만 그렇다고 역사는 미화되는 것이 아니다. 더욱이 우리는 모든 기근의 〈원인〉을 부농들에게 미루는 버릇이 들어 버렸다 — 그러나 모든 사람들이 굶어 죽는 판국에, 대체 누가 부농이었다는 말인가? V. G. 꼬롤렌꼬는 『루나차르스끼에게 보낸 서한』[11] (루나차르스끼의 약속에도 불구하고 우리 나라에서는 한 번도 공식적으로 출간된 적이 없었다) 속에서 전반적인 기아 상태와 나라의 빈궁을 다음과 같이 설명하고 있다. 즉, 그것은 생산성의 저하(노동 능력이 있는 손은 모두 무기를 잡고 있었다)와 농민의 신뢰 저하, 그리고 추수한 후에도 자기 몫은 전혀 돌아오지 않을 것이라는 농민의 절망에 기인한다는 것이다. 그러나 브레스트-리토프스크 조약에 따라 러시아(이미 모든 야당이 사라진)로부터, 서구와 끝까지 싸움을 계속하고 있는 카이저의 독일을 향해 수개월에 걸쳐 수백 수천 차량의 식량 공급이 행해졌다는 사실을, 언젠가는 밝혀 줄 사람이 나타날 것이다.

여기에는 바로 직접적인 인과 관계가 있었다. 즉, 우리가 헌법 제정 회의를 참아 내지 못했으므로, 볼가 지방의 주민은 부득이 자기 자식을 잡아먹을 수밖에 없었던 것이다.

그러나 정치가의 독창성이란 인민의 재난 속에서도 성과를 끌어내는 데 있다. 일석삼조를 노릴 수 있는 멋진 아이디어가 나타난 것이다. 성직자들로 하여금 볼가강 유역 주민들을 먹여 살리게 해야 한다! 그들은 기독교 신자들이며 선행을 하는 사람들이니 말이다!

1. 거절하면 그때에는 기근의 책임을 그들에게 전가시켜 교회를 파괴할 것이고,

11 파리에서 1922년 출판, 그리고 소련에서 1967년 지하 출판.

2. 동의하면 우리는 교회를 깨끗이 쓸어버릴 것이고,

3. 어떻게 되든 간에 우리는 외화와 귀금속 보유고를 늘려 나갈 것이다.

사실 이 착상은 교회 자체의 행동에 의해서 굳어졌던 것이다. 찌혼 총주교가 보여 준 것처럼, 기근의 시초인 1921년 8월에 벌써, 교회는 굶주린 사람들을 돕기 위해 감독 관구 및 전 러시아 위원회를 창설하고, 모금을 시작했던 것이다. 그러나 교회로부터 〈직접적〉인 도움을 굶주린 입에 주도록 허용하는 것은 프롤레타리아 독재의 권위를 손상하는 것이었다. 위원회는 금지되고 돈은 국고에 몰수되었다. 총주교는 로마 교황에게도, 그리고 또 캔터베리 대주교에게도 도움을 호소했다. 그러나 이번에도 그는 물러날 수밖에 없었다. 설명인즉, 외국인들과 교섭하는 권한은 소비에뜨 정권만이 가진다는 것이었다. 게다가 불안한 소식을 자꾸 외부에 알릴 필요는 없다. 신문들은 정부가 스스로 기근을 처리할 모든 방법을 가지고 있다고 보도했던 것이다.

그러나 볼가강 유역에서는 사람들이 잡초와 구두창을 먹었고 문틀을 갉아먹었다. 그리하여 마침내 1921년 12월, 기근 구제 위원회는 굶주리고 있는 사람들을 위해 교회의 귀중품들 — 예배와 교회 법규상의 용도를 가지지 않는 것에 한해 — 을 전부 희사하도록 제안했다. 총주교는 동의했고, 기근 구제 위원회는 훈령을 작성했다 — 모든 희사는 오직 자발적이어야 한다는 것이었다. 1922년 2월 19일, 총주교는 교회 행사에 꼭 필요하지 않은 물건들을 교구의 소비에뜨에 희사하는 것을 허가한다는 교서를 발표했다.

이것은 프롤레타리아의 의지가 한발 물러서서 타협한 것처럼 보일 가능성이 있었다. 언젠가 헌법 제정 회의에서 그랬던 것처럼, 유럽의 모든 입씨름 장소인 국회에서 현재 그러고 있는 것과 마찬가지로 말이다.

그 생각은 — 벼락같았다! 그 생각은 곧 포고문으로 나타났다! 굶주리고 있는 사람들을 위해 교회의 〈모든〉 값진 물건들을 몰수한다는 2월 26일 자 전 러시아 중앙 집행 위원회의 포고문이 그것이었다.

총주교는 깔리닌에게 편지를 보냈으나 상대방은 회답을 하지 않았다. 그러자 총주교는 28일에, 교회의 입장에서 본다면 그와 같은 행동은 성물 모독이며 따라서 몰수를 승인할 수 없다는 새로운 중대한 교서를 발표했다.

반세기가 지나간 지금 총주교를 비난하기는 쉬운 일이다. 물론 기독교 교회의 지도자들은 소비에뜨 정권에는 다른 재원이 없단 말인가, 누가 볼가강 유역 지방을 기근으로 몰아넣었는가 하는 따위의 의문을 제기해서는 안 되었고, 또 이들 귀중품에 집착해서도 안 되었던 것이다. 신앙의 새로운 힘이 생기는 가능성은 결코 귀중품 같은 데 있는 것이 아니기 때문이다. 그러나 이 불행한 총주교의 입장도 이해해 주어야 할 것이다. 그는 10월 혁명 이후에 선출되어 교회를 유지하도록 위임받았으나 그저 억압당하고 박해당하고 마구 총질당하는 교회를 짧은 기간 이끌었을 뿐이다.

여기에 때맞추어 신문에서는, 뼈가 앙상한 굶주림의 손을 빌어 볼가강 유역 지방 사람들의 목을 조르려는 총주교와 교회의 최고 성직자들에 대한 계속적인 공격이 시작되었다. 그리고 총주교가 군세게 저항하면 할수록 그의 입장은 더욱더 약화되어 갔다. 3월에는 성직자들 사이에서까지 교회의 귀중품을 양도하고 정부와 협조하려는 움직임이 일기 시작했다.

기근 구제 위원회 중앙 위원회에 들어가 있던 안또닌 그라노프스끼 주교는 또 하나의 우려할 만한 사실을 깔리닌에게 다음과 같이 표명했다. 즉, 신도들은 교회의 귀중품들이 그들의 마음과는 상관없는 〈다른 협소한 목적〉에 쓰일 수도 있다는 것을 걱정하고 있다는 것이었다. (〈진보적 교리〉의 일반 원칙들을 잘 알고 있는 경험 있는 독자라면, 이 걱정이 매우 그럴 법하다는 데 동의할 것이다. 그도 그럴 것이 코민테른의 상황과, 해방 과정에 있는 동쪽의 궁핍 상황이 볼가강 유역에 못지않게 심각했기 때문이다.)

뻬뜨로그라뜨의 대주교 베니아민도 역시 비슷한 충동을 느끼고 있었다. 그는 〈이것은 신의 것이다. 그러니까 우리는 스스로 모든 것을 넘겨줄 것이다〉라고 했다. 그러나 몰수가 아니라, 자발적 희사여야 했다. 그도 역시 성직자들과 신도들에 의한 관리를 바랐다. 즉, 교회의 귀중품들이 굶주리고 있는 사람들을 위한 빵으로 바뀌는 순간까지 성직자들이 따라다녀야 한다는 것이다. 그는 이 모든 주장이 총주교의 교서와 어긋난 것이 아닌가 하고 괴로워했다.

뻬뜨로그라뜨에서는 마치 모든 일이 평온하게 진행되고 있는 듯이 보였다. 1922년 3월 5일 뻬뜨로그라뜨 기근 구제 위원회 회의의 분위기는 한 목격자의 이야기에 의하면, 무척 고무적이기까지 했다는 것이다. 베니아민은 〈정교회는 굶주리고 있는 사람들을 돕기 위해 모든 것을 넘겨줄 용의가 있으며〉 단, 강제적 몰수만은 성물 모독으로 간주한다고 선언했다. 그러나 이렇게 되면 몰수도 필요 없게 될 것이다! 뻬뜨로그라뜨 기근 구제 위원회 의장 까낫치꼬프는 이것이 교회에 대한 소비에뜨 정권의 호의적인 태도를 가져올 것이라고 단언했다. (천만의 말씀!) 일동은 감격하여 모두 일어섰다. 대주교는 다음과 같이 말했다. 「가장 중요하고도 어려운 문제는 반목과 적의입니다. 그러나 러시아인들이 하나로 융합될 때가 올 것입니다. 나 자신이 기도하는 사람들을 거느리고 〈까잔 사원의 성모상〉에서 금은 장식물들을 벗기고, 감미로운 법열의 눈물을 흘리며 그 귀중품들을 넘겨줄 것입니다.」 그는 기근 구제 위원회의 볼셰비끼 당원들을 축복하고, 그들도 모자를 벗고 그를 현관까지 전송했다. 3월 8일과 9일 및 10일자 『뻬뜨로그라쯔까야 쁘라브다』[12]는 교섭이 평화리에 성공적으로 진행되었다는 것을 확인하고 대주교에 대해서도 호의적인 기사를 썼다. 〈스몰니에서는 교회의 큰 술잔들과 성상의 금은 장식이 신도들의 입회하에 금괴로 다시 개조되기로 합의를 보았다.〉

그리하여 또다시 아리송한 타협이 만들어졌다! 기독교의 독기(毒氣)가 혁명적 의지를 침식해 가는 것이다. 〈이러한〉 단합과 〈이러한〉 귀중품의 양도는 볼가강 유역 지방의 굶주리고 있는 사람들과는 아무런 상관도 없었다! 주견이 없는 뻬뜨로그라쯔 기근 구제 위원회의 구성이 바뀌고, 신문은 〈흉악한 성직자들〉과 〈교회의 귀족들〉에 대해서 짖어 대고, 교회의 대표자들에게는 다음과 같이 말했다. 〈너희들의《기부》따위는 아무 소용도 없다! 그리고 너희들과는 어떠한《협상》도 필요 없다!《모든 것은 소비에뜨 정부에 속한다》— 따라서 정부는 필요하다고 인정되는 것이면 무엇이든지 가져갈 것이다.〉

이렇게 되어 뻬뜨로그라쯔에서도 다른 곳과 마찬가지로 충돌을 수반한 강제 몰수가 시작되었다.

이제야말로 교회 재판을 시작할 합법적인 근거가 생긴 것이다.[13]

12 두 개의 논문 「교회와 기근」, 「교회의 귀중품들은 어떻게 몰수될 것인가?」.

H. 모스끄바 교회 재판(1922년 4월 26일~5월 7일)

이것은 공학 기술 박물관에 설치된 모스끄바 혁명 재판소에서 행해졌으며, 재판장은 베끄, 검사는 루닌과 론기노프였다. 피고인은 총주교의 호소문을 배포한 죄로 고발당한 사제장들과 평신도 17명이었다. 이 고발은 교회의 귀중품 인도 거부보다도 더 중대하게 다루어졌다. 사제장 A. N. 자오제르스끼는 자기 교회의 귀중품을 모두 인도했으나, 강제적 몰수는 성물 모독으로 간주하고 원칙적으로 총주교의 호소를 옹호했다 ─ 그래서 그는 재판의 중심인물이 되었고 곧 총살될 운명에 놓여 있었다(이것은 바로 굶주리고 있는 사람들에게 식량을 주는 것보다, 적당한 시기에 교회를 타도하는 것이 더 중요했다는 사실을 입증해 준다).

5월 5일, 총주교 찌혼이 증인으로 법정에 호출되었다. 법정의 방청객들은 이미 선발되어 배치된 사람들이었지만(이 점에서는 1922년도 1937년, 1968년과 별로 다를 것이 없다) 총주교가 법정에 들어오자 그의 축복을 받기 위해, 참석자의 반수 이상이 자리에서 일어섰다. 이것만 보아도 알 수 있듯이, 옛 러시아 기질은 민중 속에 깊이 뿌리박혀 있었으며, 소비에뜨 기질이라는 것은 이제 겨우 표면만을 덮고 있는 데 지나지 않았다.

찌혼은 호소문의 작성 및 배포의 모든 죄를 자기 자신이 떠맡았다. 재판장은 다른 공범을 찾아내려고 애썼다. 「이것은 있을 수 없는 일이야! 정말 자기 혼자 썼다는 말인가? 그 호소문 전부를? 아니, 당신은 그저 서명만 했을 테지. 〈정말로 쓴 사람은 누구〉인가? 〈조언해 준 사람은 누구〉고?」 그리고 또

---

13 자료는 아나똘리 레비젠의 『교회 동란사 개요』 제1부(지하 출판물, 1962)와 찌혼 총주교에 대한 기록을 담은 『재판 기록』 제5권에서 뽑은 것이다.

물었다. 「당신은 왜 호소문 속에서 당신에 대한 신문의 공격을 언급했는가? (신문이 〈당신〉을 공격하고 있든 말든 당신은 왜 시끄럽게 그런 얘기를 하는 거야?) 당신은 무엇을 말하고 싶었는가?」

총주교 ─「그것은 공격을 해온 사람들에게 무슨 목적에서 그런 일을 했는가라고 물어보아야 할 거요.」

재판장 ─「그러나 그것은 종교와는 아무런 관계도 없는 일이 아닌가!」

총주교 ─「그것은 역사적 성격을 띠고 있소.」

재판장 ─「당신은 당신이 〈기근 구제 위원회〉가 협상을 진행하고 있는 동안에 그 〈배후에서〉 지령이 나왔다는 표현을 쓰고 있는데?」

총주교 ─「그렇소.」

재판장 ─「그렇다면 당신은 소비에뜨 정권이 옳지 못하게 행동했다고 생각하는가?」

이 얼마나 무자비한 논리인가! 이러한 방법은 앞으로도 수백만 번 심야의 신문실에서 우리에게 되풀이될 것이다! 그러나 우리는 결코 다음과 같이 솔직히 대답하지는 못할 것이다.

총주교 ─「그렇소.」

재판장 ─「당신은 국가의 현행법을 지킬 의무가 있다고 생각하는가, 그렇지 않다고 생각하는가?」

총주교 ─「지킬 의무가 있다고 생각하오. 그것이 교회의 경건한 법칙에 어긋나지 않는 한.」

(누구나가 이렇게 대답했더라면! 우리의 역사도 달라졌을 텐데!)

뒤이어 교회 법규집에 대한 신문이 진행되었다. 총주교는 만일 교회가 스스로 귀중품들을 넘겨준다면 이것은 성물 모독이 아니라고 말했다. 그러나 만일 교회의 뜻과는 달리 빼앗는다면 그것은 성물 모독이다. 호소문에는 결코 귀중품을 양도하지 말라는 말은 없으며, 단지 뜻에 어긋난 양도를 나무라고 있을 뿐이다.

(참으로 우리에게는 매우 흥미로운 말이다 — 〈뜻에 어긋난다!〉)

재판장 베끄 동지가 매우 놀란다 — 「결국 당신에게는 무엇이 더 중요한가? 교회의 법규인가, 아니면 소비에뜨 정부의 견해인가?」

(그가 기대하는 대답은, 물론, 〈소비에뜨 정부의 견해〉다.)

「좋다, 교회의 법규에 따라서 성물 모독이라고 치자. 그러나 〈자비〉의 관점에서 보면 어떻게 되는가?」 검사는 외친다.

(지난 50년 동안 재판소에서 이 진부한 〈자비〉라는 말이 입에 올려진 것은 이것이 처음이자 마지막이다⋯⋯.)

〈성물 모독〉이라는 용어가 〈신성한〉 것과 〈도둑〉이라는 말에서 유래했다는 언어학적 분석까지 행해졌다.

검사 — 「그렇다면 우리들, 소비에뜨 정권의 대표자들이 — 성물을 훔치는 도둑이란 말인가?」

(법정 안이 술렁이고 휴정. 법정 경비원들의 활약이 시작된다.)

검사 — 「그러면 당신은 소비에뜨 정권의 대표자들을, 전 러시아 중앙 집행 위원회가 도둑이란 말인가?」

총주교 — 「나는 다만 교회 법규를 인용하고 있을 뿐이오.」

그다음에는 〈신성 모독〉이라는 용어가 심의된다. 카이사레아의 바실리오 교회에서 귀중품을 몰수할 때 성상의 금은 장식이 궤짝에 들어가지 않았다. 그래서 그때 사람들은 그것을 발로 짓밟아 넣었던 것이다. 그러나 총주교 자신은 그 자리에 없었다.

검사 — 「당신은 어디서 그것을 들었는가? 당신에게 그것을 이야기한 신부의 〈이름을 말하라〉!」 (우리는 당장 그놈을 형무소에 집어넣겠다!)

총주교는 이름을 말하지 않는다.

그렇다면 — 그것은 거짓말이다!

검사는 의기양양해서 따지고 든다. 「아니, 도대체 〈누가〉 이 추악한 중상을 퍼뜨렸는가?」

재판장 — 「그러면 금은 장식을 발로 짓밟은 자들의 이름을 말해 보라!(그들이 마치 방명록에 이름이라도 쓰고 갔을 거라고 생각하는 건지!) 그렇지 않으면 법정은 당신의 말을 믿을 수가 없어!」

총주교는 이름을 댈 수가 없다.

재판장 — 「그렇다면 당신은 아무 근거도 없이 주장한 것이야!」

아직도 총주교가 소비에뜨 정권이 타도되기를 원하고 있었다는 것을 입증하는 일이 남아 있다. 그것은 바로 이렇게 입증된다. 즉, 〈선동은 장차 정권《타도》를 준비하기 위한, 그런 《분위기》를 조성하려는 시도다.〉

법정은 총주교에 대해 형사 소송을 제기할 것을 결정한다.

5월 7일에 판결이 나왔다. 17명의 피고인 중에서 — 총살형이 11명이었다. (실제로 총살된 것은 5명이었다.)

끄릴렌꼬가 말했던 것처럼, 〈우리는 농담하러 온 것이 아니〉었던 것이다.

다시 일주일이 지나자 총주교는 해직당하고 체포되었다. (그러나 이것이 마지막은 아니었다. 당분간 그를 돈스꼬이 수도원으로 옮겨 놓고, 그곳에서 신도들이 그의 부재에 익숙해질 때까지 엄중히 감금해 두자는 것이었다. 바로 얼마 전 끄릴렌꼬가 〈도대체 어떤 위험이 총주교를 위협하고 있다는 말인가?〉 하고 놀라던 것을 기억하고 있을 것이다. 언제냐고? 경종도 전화도 도움을 줄 수 없을 때이다.)

다시 2주가 지나, 뻬뜨로그라뜨에서 대주교 베니아민도 체포되었다. 그는 혁명 이전에는 교회의 고위 성직자도 아니었다. 게다가 다른 모든 대주교들처럼 상부에서 임명된 것도 아니었다. 1917년 봄, 옛 노브고로뜨 시대 이후 처음으로, 모스끄바와 뻬뜨로그라뜨에서 대주교가 선거에 의해 〈선출〉되었다. 그는 누구와도 친하기 쉽고 온화하며, 자주 여러 공장들을 방문하고 민중 사이에서도, 그리고 하급 성직자들 사이에서도 인기가 있었기 때문에 그들의 투표에 의해 대주교로 선출되었던 것이다. 그러나 그는 시대를 이해하지 못하고 있었으므로, 〈교회가 지난날 정치 때문에 많은 고초를 겪어 왔기에〉 교회를 정치로부터 해방시키는 것을 자신의 임무로 생각하고 있었다. 바로 이러한 임무가 이 대주교를 다음에서 이야기하게 될 재판으로 내몰았던 것이다.

I. 뻬뜨로그라뜨 교회 재판(1922년 6월 9일~7월 5일)

피고인들 즉 교회의 귀중품 인도에 반항하여 고발된 사람들은 수십 명이었으며, 그 속에는 신학 교수들, 교회법 교수들, 수도원장들, 사제들과 평신도들이 포함되어 있었다. 재판장 세묘노프는 당시 스물다섯 살이었는데 소문에 의하면 과거에 빵 공장 직원이었다고 한다. 수석 검사를 맡은 법무 인민 위원회 위원 P. A. 끄라시꼬프는 레닌과 동갑으로 끄라스노야르스끄 시대, 그리고 그 후 망명 시대에 레닌의 친구였으며, 블라지미르 일리치는 그의 바이올린 연주 듣기를 매우 좋아했다고 한다.

네프스끼 거리와 여기에서 돌아가는 길모퉁이에는, 날이면 날마다 사람이 빽빽이 모여 서 있었고, 대주교가 호송차에 실려서 지나갈 때는 많은 사람들이 땅에 무릎을 꿇고 찬송가 「주여, 그대의 백성을 구원하소서」를 노래했다(당연한 일이지만, 한길에서도, 법정 건물 안에서도 지나치게 열성적인 신도들은 체포되었다). 법정의 방청객들의 대부분은 적위군 병사들이었다. 그러나 그들도 흰 두건을 쓴 대주교가 입정할 때는 언제나 일어서곤 했다. 그러나 검사와 법정은 그를 〈인민의 적〉이라고 불렀다. 그때 이미 이 말이 있었다는 것을 기억해 두도록 하자.

재판이 있을 때마다 점점 더 그런 색채가 짙어 갔지만, 이미 변호인들의 억압당한 입장은 매우 심하게 느껴졌다. 끄릴렌꼬는 거기에 대해 우리에게 아무런 말도 하지 않았으나, 이때의 재판에 대해서는 한 목격자가 말해 주었다. 법정은 변호인 단장 보브리셰프뿌시낀을 형무소에 집어넣겠다고 위협했다. 매우 흔한 일이었으며 또 있을 수 있는 일이었기 때문에 보브리셰프뿌시낀은 황급히 자기의 금시계와 지갑을 구로비치 변호사에게 맡겼을 정도였다. 또 법정은 증인 예고로프 교수를 대주교에게 유리한 발언을 했다는 이유로 당장 감금하기로 결정했다. 그러나 예고로프는 거기에 대해 미리 준비를 갖추고 있었다는 것이 판명되었다. 즉, 그는 두둑한 가방을 휴대하고 있었는데, 그 속에는 먹을 것과 내의, 그리고 모포까지도 들어 있었던 것이다.

독자는 법원이 점차 우리에게 낯익은 형태로 틀이 잡혀가고 있다는 사실을 알아차렸을 것이다.

대주교 베니아민은, 악의를 가지고 소비에뜨 정권과 협상을 시작하였고 또 그렇게 함으로써 귀중품 몰수에 대한 지령을 약화시켰다는 이유로 고발당했다. 그리고 〈기근 구제 위원회〉에 보내는 자신의 호소문을 나쁜 의도를 가지고 민간에 유포시켰고(불법 간행물이다!), 또 전 세계 부르주아지와 야합하여 행동했다는 것이었다.

〈살아 있는 교회〉파(派) 간부의 한 사람이며 GPU 협력자이기도 한 사제 끄라스니쯔끼는, 사제들이 기근을 구실로 소비에뜨 정권에 대한 폭동을 일으키려는 모의를 했다고 증언했다.

발언을 인정받는 것은 검사 측의 증인뿐이고, 변호인 측의 증인들은 진술이 허용되지 않았다. (보라, 얼마나 낯이 익은가! 갈수록 점점 더 닮아 가고 있다!)

검사 스미르노프는 〈열여섯 명의 목〉을 요구했다. 검사 끄라시꼬프는 〈정교회 전체가 반혁명 조직입니다. 따라서《교회 전체를 형무소에 집어넣어야 할 것입니다!》라고 목청을 높였다.

(이 계획은 매우 현실적이었다. 그것은 얼마 안 가서 거의 모두 실현되었다. 이젠 〈대화〉를 위한 좋은 기반이 생긴 것이다.)

좀처럼 있을 수 없는 일이지만 대주교의 변호인 S. Y. 구로비치 변호사의 변론 중에서 오늘까지 보존되어 있는 몇몇 구절을 인용하기로 한다.

〈유죄의 증거는 없습니다. 그 사실도 없고, 그 기소장조차 없습니다……. 역사가 뭐라고 말하겠습니까? (아, 놀라운 말이다! 그러나 역사는 잊을 것이다! 그리고 아무것도 말하지 않을 것이다!) 뻬뜨로그라뜨에서는 교회 귀중품들의 몰수가 완전한 평온 속에 진행되었습니다. 그러나 뻬뜨로그라뜨의 성직자들은 지금 피고인석에 앉아 있으며 누군가의 손이 그들을 죽음으로 내몰려 하고 있습니다. 당신들이 강조하는 기본 원칙은 소비에뜨 정권의 이익입니다. 그러나 순교자들의 피로 교회가 성장해 간다는 것을 잊지 말아 주십시오. (그러나 소비에뜨 연방에서는 해당되지 않는 이야기!) 더 할 말은 없으나, 그렇다고 변호를 그만둘 수는 없습니다. 변론이 계속되어야만 피고인들은 살아 있을 수 있습니다. 변론이 끝나면 그들의 생명도 끝날 테니까요.〉

법정은 열 명에게 사형을 선고했다. 그들은 사회 혁명당원들의 재판이 끝날 때까지(마치 사회 혁명당원들과 함께 총살하려고 예정했던 것처럼) 한 달 이상이나 사형 집행을 기다렸다. 그 후 전 러시아 중앙 집행 위원회는 여섯 명을 특별 사면했으나, 네 명(대주교 베니아민, 전 국회 의원이며 수도원장인 세르기, 법학 교수 Y. P. 노비쯔끼, 그리고 변호사 꼬프샤로프)은 8월 12일에서 13일로 넘어가는 밤중에 총살되었다.

우리는 독자에게 〈지방의 다수성〉 원칙을 잊지 말기를 거듭 부탁드린다. 모스끄바와 뻬뜨로그라뜨에서 두 개의 교회 재판이 있었다면, 지방에는 스물두 개의 재판이 있었다고 봐야 할 것이다.

◆

사회 혁명당원들의 재판에 대비하여 소비에뜨 당국은 형법전 제정을 몹시 서둘렀다. 즉, 〈법률〉이라는 화강암으로 만든 초석을 깔 때가 온 것이다! 5월 12일, 결정한 대로 전 러시아 중앙 집행 위원회의 회의가 개최되었다. 그러나 법전의 초안은 아직도 마련되어 있지 않았다. 초안은 검열받기 위해 고리끼시(市)에 있는 블라지미르 일리치 레닌에게 방금 넘겨졌을 뿐이었다. 법전의 6개 조항이 그 최고형을 총살형으로 규정하고 있었다. 그러나 이것으로는 불충분했다. 5월 15일 레닌은 초안의 여백에, 역시 총살을 필요로 하는 6개 조항을 다시 첨가했다(그중에는 제69조에 의한 선전 및 선동, 특히 정부에 대한 소극적인 반대 행위, 병역 및 납세 의무 불이행을 호소하는 행위 등이 포함되어 있다).[14] 그리고 또 하나의 총살형의 경우는, 허가를 받지 않은 해외로부터의 귀국이다(아니, 이전에 모든 사회주의자들은 얼마나 자주 들락날락했던가!). 그리고 총살형에 맞먹는 징벌, 즉 국외 추방이 있다. 블라지미르 일리치 레닌은 유럽으로부터 우리 나라로 들이닥치는 사람들은 끊일 날이 없을 것이나, 우리 나라로부터 유럽으로 떠나는 것은 누구라도 임의로 할 수 없는 시기가 멀지 않았음을 예견하고 있었던 것이다. 레닌은 주요한 결론을 다음과 같이 법무 인민 위원에게 설명했다.

「꾸르스끼 동지! 나의 의견으로는 총살형(국외 추방으로 그것을 대신할 경우도 있지만)의 적용 범위를 멘셰비끼, 사회 혁명당 등 모든 종류의 활동에 대하여 펼치지 않으면 안 된다고 생각하오. 이들의 활동과 〈국제 부르주아지를 연결시키는 공식〉을 찾아내지 않으면 안 된다고 생각한다오.」[15]

〈총살형 적용을 확대할 것!〉 — 이 이상 명약관화한 일이 어디 있겠는가? (국외로 추방된 자는 많았던가?) 테러 — 〈이것은 설득의 수단〉이다.[16] 이것 또한 명약관화하다.

그러나 꾸르스끼는 아직도 잘 이해하지 못하고 있었다. 그

---

14 즉, 비보르끄 호소문 같은 것인데 짜르 정부 시대에는 3개월의 금고형이 선고되었다.
15 『레닌 전집』 5판, 제45권, p. 189. (강조는 레닌)
16 『레닌 전집』 5판, 제39권, pp. 404~405.

는 아마, 이 공식을 어떻게 만들어 내야 할지, 이 〈연결성〉을 어떻게 포착해야 할지를 몰랐던 모양이다. 그래서 그는 그 이튿날 설명을 구하기 위해 인민 위원회 의장을 방문했다. 그 대화의 내용을 우리는 알 길이 없다. 그러나 5월 17일, 레닌은 재촉하듯이 고리끼시에서 두 번째 서한을 보냈다.

꾸르스끼 동지!
우리들의 대화에 대한 보충으로, 형법전의 보충 항목의 초안을 보내오…… 초안에 다소 결함이 있을지 몰라도 근본적인 생각은 분명히 이해할 수 있으리라 믿소. 즉, 테러의 본질과 정당성, 그 불가피성, 그 한계를 설명하는 원칙적인, 그리고 정치적으로 정당한 — 법적인 협의(狹義)의 견지에서뿐만 아니라 — 명제를 공공연하게 내세워야 하오.
법원은 테러를 배제해서는 안 되오. 그것을 배제하겠다고 약속하는 것은 자기기만이거나 아니면 기만일 것이오. 오히려 원칙적으로, 분명히, 거짓 없고 또 가식 없이 테러를 합법화해야 하오. 될수록 넓게 공식화해야 하오. 왜냐하면 오직 혁명적 정의감과 혁명적 양심만이 그것을 실제보다 넓게 또는 보다 좁게 적용할 제 조건을 부여할 것이기 때문이오.
공산주의적 인사를 보내면서
레닌[17]

이 중요한 문서에 우리는 논평을 달지 않기로 한다. 이 문서에 대해서는 침묵과 사색이 필요하기 때문이다.
이 문서는 레닌이 병석에 눕기 전에 지상에서 내린 마지막

17 『레닌 전집』 5판, 제45권, p. 190.

지령 중의 하나이며 그의 정치적 유언의 중요한 부분이라는 점에서 특히 중요하다. 이 편지를 쓴 날로부터 아흐레 후 첫 번째 뇌졸중이 그를 엄습했다. 그리고 1922년 가을에 그는 간신히 이 병에서 일시적으로 회복했다. 꾸르스끼에게 보낸 편지는 두 통 다 밝은 백색 대리석으로 꾸민 2층의 조그만 서재에서 쓰인 것 같았으나, 그곳은 얼마 안 있어 그의 임종의 자리가 될 장소였다.

그리고 편지에는 두 종류의 보충 항목을 써넣은 바로 그 〈초안〉이 첨부되어 있었는데, 수년 후 거기에서 제54조 4항과 우리들의 어머니인 제58조가 성장해 가게 된다. 읽어 보면, 그야말로 감탄하지 않을 수 없다. 과연 〈될수록 넓게〉 공식화한다는 것은 이것을 두고 한 말이다! 이것이야말로 〈더욱 광범위한〉 적용이 아닐 수 없다! 읽어 보면 그놈의 조항이 얼마나 광범위하게 문제를 포착했는가를 알 수 있을 것이다.

〈……선전 또는 선동, 또는 그 활동…… 의 성격을 갖는 조직에의 가담, 혹은 조직이나 인물에 대한 협력(객관적으로 협력하고 있는가, 또는 협력할 능력이 있는가를 불문하고)은……〉

비록 상대방이 성 아우구스티누스라 할지라도, 우리는 즉석에서 그를 이 조항에 적용시킬 수 있을 것이다!

모든 것이 빠짐없이 쓰이고 인쇄되어, 총살형은 확대되었다 — 그리하여 전 러시아 중앙 집행 위원회의 회의는 5월 하순에 형법전을 채택했으며, 이 형법을 1922년 6월 1일부터 시행하기로 결의했다.

그리하여 이제는 가장 합법적인 근거하에 두 달에 걸친 다음의 재판이 시작되었던 것이다.

J. 사회 혁명당원 재판(1922년 6월 8일~8월 7일)

장소는 최고 재판소. 평상시의 재판장인 까르끌린 동지(재판관에게는 어울리는 이름이다! 이 이름은 〈까악거리다〉라는 단어와 관련이 있다)는 전 세계 사회주의자들이 주시하고 있는 이 중대한 재판을 위해서 빈틈없는 게오르기 빠따꼬프에게 자리를 양보했다(용의주도한 운명은 언제나 우리를 놀리기 좋아하지만, 갑자기 해치우기만 하는 게 아니고 우리에게 생각할 시간을 주기도 한다! 빠따꼬프에게 주어진 시간은 15년이었다). 변호인은 없었다. 전부 사회 혁명당원인 피고인들은 스스로를 변호해야 했다. 빠따꼬프는 단호한 태도를 취하면서 피고인들에게 좀처럼 발언할 기회도 주지 않았다.

만일 독자 여러분과 내가 모든 법정 심리에서 중요한 것은 고발도 아니고, 〈죄〉도 아니며, 〈계급적 이익〉이라는 것을 미리 충분히 알고 있지 않았더라면 — 아마 우리는 이 재판이 왜 필요한지 모를 수도 있을 것이다. 그러나 〈계급적 이익〉은 실수 없이 활동하고 있었다. 사회 혁명당원은 멘셰비끼와 달라서 아직도 여전히 위험하고 아직도 분산되지 않고 있으며 완전히 타격을 받지 않은 것으로 생각되고 있었다 — 따라서 새로 수립한 독재(프롤레타리아)의 요새를 위해서는 그들에게 충분히 타격을 주는 것이 계급적 이익에 맞는 일이었던 것이다.

그러나 이 원칙을 모르면 이 재판 전체를 당파적 복수로 잘못 이해할 수도 있다.

여전히 계속되고 있는 기나긴 여러 나라의 역사와 이 법정에서 발언된 고발을 비교해 보면, 나도 모르게 생각에 잠기게 된다. 몇 안 되는 의회제 민주주의 국가를 제외하면, 고작 몇십 년만 한정해서 보아도 여러 나라의 역사는 모두가 혁명과 정권 탈취의 역사일 뿐이다. 따라서 보다 민첩하고 보다 확실하게 혁명을 수행하는 데 성공한 자가 바로 그 순간부터 사법 기관의 현란한 법복으로 몸을 감싸게 되고, 그의 과거와 미래의 한 걸음 한 걸음이 모두 정당화되고 찬가의 대상이 되는 것이다. 이와는 반대로 결코 성공할 수 없었던 적수들의 과거와 미래의 한 걸음 한 걸음은 모두가 범죄로 간주되고 재판과 법에 의해 처형을 받게 되는 것이다.

형법은 고작 일주일 전에 채택되었지만 벌써 5년에 걸친 혁명 후의 역사가 이미 그 속에 응축되고 있었다. 20년 전에도, 10년 전에도, 그리고 5년 전에도, 사회 혁명당원들은 짜리즘을 전복시키는 데 있어서 어깨를 나란히 하고 싸운 혁명 정당이었고, 자신의 테러 전술의 특수성 때문에, 볼셰비끼들은 거의 당해 보지 못한 징역살이의 주된 고역을 도맡아 치렀던 사람들이다.

그런데 이제 와서 그들을 향한 고발이 시작된 것이다. 즉, 사회 혁명당원들은 내전의 장본인들이라는 것이다. 그렇다, 내전은 확실히 그들이 시작했다. 시작한 것은 그들이었다! 그들은 10월 혁명 때 무기를 들고 대항했다는 것으로 고발당하고 있었다. 그들의 지지를 받고 부분적으로는 그들에 의해서 조직된 임시 정부가 수병들의 기관총에 의해 합법적으로 소탕당하고 말았을 때, 사회 혁명당원들은 아주 불법적으로 임시 정부를 옹호하려고 시도했을 뿐 아니라,[18] 발포에 대해서는 발포로 대응했고 타도되어야 할 정부의 군대에 편입되어 있었던 사관생도들을 일어서게까지 했던 것이다.

18 극히 무기력하게 변호하려고 애쓰면서 머뭇거리는 자들이 있는가 하면, 또 그자리에서 단념하는 자들도 있었으나 그것은 별개의 문제다. 그렇다고 해서 그들의 죄가 더 가벼워진 것은 아니었다.

무력으로 격파당하면서도 그들은 정치적으로는 뉘우치지 않았다. 그들은 정부를 자칭한 인민 위원회 앞에 무릎을 꿇지 않았다. 그들은 전의 정부가 유일한 합법 정부라고 계속 고집을 부렸다. 그들은 자신의 20년에 걸친 정치 노선이 파탄이라는 것을 인정하려고 하지 않았다.[19] 용서를 바라지도 않았고, 자기들을 정당으로 간주하지 말아 달라고 요청하거나 정당을 해산하지도 않았다.[20]

그리고 제2의 고발 이유는 다음과 같았다. 즉, 그들은 1918년 1월 5일과 6일에 노동자와 농민 정부의 합법적 권력에 반대한 시위에, 즉 반란에 참가함으로써 내전의 파국을 심화시켰다는 것이다. 그들은 자기들의 비합법적인(보통, 자유, 평등, 비밀, 직접 투표에 의해서 선출된) 헌법 제정 회의를 지지하고, 헌법 제정 회의와 시위자들을 합법적으로 해산시키려는 수병과 적위군 병사들에게 저항하고 있었던 것이다(헌법 제정 회의의 그 온건한 회의에서 어떤 좋은 결과가 나올 수 있었겠는가? 오직 3년에 걸친 내전의 화염 속으로 이끌 수 있었을 뿐이다. 모든 주민이 동시에, 그리고 순순히 소비에뜨 인민 위원회의 합법적인 모든 법령에 복종했더라면 내전은 결코 일어나지 않았을 것이다).

제3의 고발 이유는 그들이 브레스트-리토프스크 조약을, 러시아의 목을 자르지 않고 다만 몸통의 일부분만을 자른 그 합법적이고도 유익한 브레스트-리토프스크 조약을 인정하지

---

19 곧바로 명백해진 것은 아니지만, 그것은 물론 파탄이었다.
20 그러한 원칙에 입각하면, 모든 지방 및 변방 지역의 정부들 — 아르한 겔스끄, 사마라, 우파 혹은 옴스끄, 우끄라이나, 꾸반, 우랄 혹은 까프까스의 정부들은 인민 위원회가 스스로를 정부라고 선언한 〈후에〉 정부를 자칭했기 때문에 불법인 것이다.

않았다는 것이다. 이 사실에 대해서 기소장은 다음과 같이 말하고 있다. 〈국가에 대한 배신과 국가를 전쟁으로 끌어넣으려는 범죄적 행동의 모든 징후가 나타나 있다.〉

국가에 대한 배신! 이것 역시 만병통치약과 다를 것이 없어서, 어떤 목적에도 사용할 수 있다.

그리고 바로 여기서 중대한 제4의 고발 이유도 나오는 것이다. 1928년 여름과 가을에 카이저의 독일이 연합국에 대항하는 자신의 마지막 몇 달과 몇 주를 겨우겨우 버텨 나가고 있을 때, 브레스트-리토프스크 조약에 충실한 소비에뜨 정부는 이 어려운 싸움을 수행하고 있는 독일에 수많은 식량 수송 열차와 금괴를 지원하고 있었는데 — 사회 혁명당원들은 조국을 배반하여 그런 열차가 통과하는 한 철도 노선을 폭파시켜 황금을 조국에 남겨 두려고 준비하고 있었다(아니, 그들이 실제로 준비했던 것은 아니다. 자신들의 습관에 따라, 만약 정말로 그렇게 한다면 어떻게 될 것인가를 〈검토하고 있었다〉는 표현이 옳을 것이다). 즉, 그들은 〈우리 인민의 재산인 철도를 파괴할 준비를 하고 있었다〉는 것이다.

(당시는 아직 러시아의 황금이 미래의 히틀러 제국으로 반출되고 있었다는 사실을 수치스러워하지도 않았고 또 감추려고 하지도 않았다. 그리고 만일에 강철로 만든 철도 선로가 인민의 재산이라면 황금 덩어리도 인민의 재산일 수 있지 않는가? 하지만 이런 것을 역사와 법학 두 개 학부를 졸업한 끄릴렌꼬도 알아차리지 못했고, 또 보좌관들 중 어느 누구도 그에게 귀띔해 주는 사람은 없었다.)

제4의 고발 이유에서 가차 없이 제5의 고발 이유가 딸려 나온다. 즉, 그러한 폭파를 위한 기재를 사회 혁명당원들은 연합국 대표자들에게서 받은 돈으로 구입하려고 생각하고 있었다

(독일에 〈황금을 넘겨주지 않기 위해〉 그들은 연합국들에게 서 돈을 〈받으려고 했다〉는 것이다). 이것은 이미 배반의 극한이다! (만일의 경우를 생각해서 끄릴렌꼬는 사회 혁명당원들이 루덴도르프의 본부와도 연락을 취하고 있었으나, 상대방이 뜻하지 않은 방향으로 달려갔기에 손을 끊었다고 중얼거리고 있었다.)

이 지경에 이르면 제6의 고발 이유까지는 아주 다 온 셈이다. 즉, 사회 혁명당원들은 1918년에 연합국들의 〈간첩〉이었다는 것이다. 어제는 혁명가, 오늘은 간첩! 당시 이것은 틀림없이 충격적인 사건이었을 것이다. 그러나 그 후, 사람들은 비슷한 재판을 하도 수많이 봐 와서 이제는 신물이 날 지경이다.

자, 그리고 또 제7의, 제10의 고발 이유가 계속되지만, 그것은 사빈꼬프 혹은 필로넨꼬, 혹은 입헌 민주당원들, 혹은 〈부활 동맹〉(그런 것이 정말로 있기는 했나?), 그리고 심지어 〈흰안감〉이라고 불리는 반혁명파의 학생들, 혹은 백위군 등과의 협력 등이다.

바로 이러한 일련의 고발들이 검사에 의해서 멋지게 설명되고 있다.[21] 집무실에 오랫동안 앉아 곰곰이 생각한 탓인지, 아니면 법정에서 퍼뜩 머리에 떠올랐기 때문인지, 검사는 마음으로부터의 동정에 넘친, 비록 규탄은 하고 있을지언정 우정이 깃든 표현법을 이 재판에서 발견하고 있다. 그는 그 후의 재판에서 더욱 자신 있고 무게 있는 장광설을 늘어놓게 되고 또 그 어조는 1937년에는 아연실색할 성공을 거두게 될 것이다. 이러한 어조는 재판하는 사람들과 재판받는 사람들 사이에 일체감을 만들어 준다. 이 어조는 피고인의 마음의 금선(琴線)을 흔들어 놓는다. 검사들은 피고인석의 사회 혁명당원들

21 그 무렵에는 이미 검사라는 호칭이 그에게 되돌아갔을 때였다.

93

에게 이렇게 말한다. 〈우리들도 당신들도 다 같은 혁명가가 아니냔 말이오!〉 (우리들! 당신들과 우리들, 결국 이것은 우리들이라는 것이다!) 그런데 어떻게 당신들은 입헌 민주당원들과 연합할 만큼 타락했단 말이오? (아마 당신들의 심장은 터져 나갈 것만 같았으리라!) 어떻게 그런 장교들과 연합할 만큼 타락할 수 있었단 말이오? 당신들의 그 빛나는 음모의 기술을 반혁명, 반민주 학생들에게 가르칠 만큼 타락했단 말이오?

우리는 피고인들의 답변을 가지고 있지 않다. 그들 중에, 10월 혁명의 특수성은 당장에 모든 정당에게 선전 포고하고, 즉시 이들 정당의 단결을 금지하는 데 있었다는 것을 지적한 자가 있었을까? (〈쓸데없는 짓 하지 않으면 건드릴 일이 없다!〉) 그러나 어째서인지 일부 피고인들은 눈을 내리깔고 있고, 또 누군가는 정말로 가슴이 터질 것 같은 느낌이다. 왜 우리는 이토록 심하게 타락한 것일까. 어두컴컴한 감방에서 끌려 나온 죄수들에게는 이러한 검사의 동정이 가슴에 찡하니 와 닿게 마련인 것이다.

그리고 끄릴렌꼬는 이러한 논리적인 오솔길을 또 하나 찾아내고 있다(이것은 까메네프와 부하린을 고발하는 비신스끼에게 매우 유용하게 사용되었다). 즉, 부르주아지와 동맹 관계에 들어감에 있어 당신들은 그들에게서 금전적 원조를 받아들였다. 처음에는 사업을 위해서 받았다. 오직 사업을 위해서였다. 여하한 경우에도 당의 목적을 위해서는 아니었다. 〈그러나 그 경계선은 어디 있소?〉 〈그 경계선을 긋는 것은 누구냐 말이오?〉 사업도 역시 당의 목적이 아니겠는가? 결국 당신들은 타락하고 만 것이다. 즉, 당신들 사회 혁명당은 부르주아지가 먹여 살리고 있는 게 아니냔 말이오? 그렇다면 대체 당신들의 혁명적 자부심은 어디에 있다는 말이오?

고발은 산더미같이 쌓였다. 법정은 협의를 하기 위해 퇴장하고, 각 피고인에게 해당되는 형벌을 확정하려고 했는데, 바로 그때 뜻하지 않은 한 가지 혼란이 일어났던 것이다.

1. 사회 혁명당원들이 여기서 고발당한 사유는 모두가 1919년의 일이다.
2. 그 후 1921년 2월 27일에, 특히 사회 혁명당만을 대상으로 특별 사면령이 나왔는데, 이것은 앞으로 볼셰비끼와는 싸우지 않는다는 조건으로 볼셰비끼에 대한 과거의 투쟁을 모두 용서해 준다는 것이었다.
3. 그리하여 〈그들은 그 후에는 투쟁을 하지 않았다〉.
4. 그리고 지금은 1922년이다!

끄릴렌꼬는 어떻게 이 문제를 해결했을까?

여기에 대해서는 이미 생각해 둔 바가 있었다. 사회주의 인터내셔널이 소비에뜨 정부에 대해 재판을 중지하도록, 즉 자신의 사회주의 동료들을 재판하지 말도록 요청했을 때 이미 생각해 두었던 것이다.

사실, 1919년 초에 꼴차끄와 제니낀의 위협 때문에, 사회 혁명당원들은 폭동 계획을 철회했고 그 후에는 볼셰비끼에 대한 무력 투쟁을 하지 않고 있었던 것이다. (또 사마라의 사회 혁명당원들은 공산주의 형제들을 위하여 꼴차끄 전선의 일부에 〈구멍을 열어 주기까지 했다〉. 특사령이 나온 것도 그것 때문이었다.) 그리고 이 공판에서도 중앙 위원의 한 사람이었던 피고인 겐젤만은 이렇게 말하고 있다. 「우리들에게 이른바 시민적 자유를 전면적으로 행사할 수 있도록 해주기 바라오. 그러면 우리들도 법률을 위반하는 일은 하지 않을 거요.」(행사하도록 해주기 바란다니, 게다가 〈전면적으로〉라고! 그럴듯한 말이다!)

아니, 그들은 투쟁하지 않았을 뿐만 아니라 — 그들은 소비에뜨 정권을 인정했다! 즉, 자신들의 전의 임시 정부를 버리고, 또 헌법 제정 회의까지도 부인했던 것이다. 그리고 정당들이 자유롭게 선거 운동을 할 수 있도록 이들 소비에뜨의 〈개선〉을 요청했을 뿐이다.

어떤가? 들었는가? 바로 이렇단 말이다! 적의에 넘친 부르주아지의 추악한 낯짝이 바로 여기서 드러나고 만 것이다! 어떻게 그런 일을 할 수 있다는 걸까? 지금은 그야말로 〈중대한 시기〉다! 우리는 〈적들에게 포위당해〉 있지 않는가! (20년 후에도, 또 50년 후에도, 그리고 1백 년 후에도 그럴 것이다.) 그런데도 너희 개자식들은 정당들의 자유로운 선거 운동을 허용하라니?

정치적인 분별력을 가진 사람이라면, 이러한 발언에 대해 그저 크게 웃고 어깨를 움츠렸을 뿐일 것이라고 끄릴렌꼬는 말한다. 당연한 결정이 내려졌다. 즉, 〈국가의 모든 탄압 수단을 사용해서 이들 그룹의 반정부 선동의 가능성을 근절시켜야 한다〉[22]는 것이다. 그리하여 사회 혁명당의 무력 투쟁 포기와 그들의 평화적 제안에 대한 응답으로 〈사회 혁명당 중앙 위원회 전원(체포할 수 있는 자라면 모조리)을 형무소에 집어넣었던〉 것이다!

바로 이것이 우리의 수법이다!

그런데 그들을 형무소에 넣어 둔 채 — 벌써 3년이나 되지 않았는가? — 왜 재판을 해야 할 필요가 있었을까? 그렇다면 고발의 이유는 무엇인가? 〈이 시기는 재판 전의 심리에서 조

22 끄릴렌꼬, p. 183.

사가 불충분했다〉고 우리의 검사는 불평을 토로하고 있다.

그러나 하나의 고발은 옳은 것이었다. 즉, 바로 그 1919년 2월에 사회 혁명당원들은 다음과 같은 결의를 했다(그러나 실천하지는 않았다 — 그렇지만 새로운 형법에 의하면 이것은 마찬가지다). 그것은 적위군 병사들이 농민에 대한 〈징벌 부대에 가담하는 것을 거부〉하도록 비밀리에 적위군 내부에서 선동해야 한다는 것이었다.

이것은 혁명에 대한 비열하고 교활한 배반 행위였다! 징벌 부대에 가담하지 않도록 설득하다니!

그리고 또, 유럽으로 피신한 거물급 사회 혁명당원들의 이른바 〈중앙 위원회 해외 사절단〉이 말하거나 쓰거나 행동했던 것(주로 말하고 쓴 것이 대부분이지만), 이 모든 것에 대해서도 그들은 고발당할 만했다.

그러나 이것으로도 아직은 좀 부족했다. 거기서 생각해 낸 것이 바로 〈만일에 테러 행위를 기도했다는 고발이 없었다면, 여기에 있는 피고인들 중 많은 사람이 이 법정에서 고발의 대상이 되지 않았을 것이다〉라는 것이었다. 1919년의 특사령이 공포되었을 때에는, 〈소비에뜨 국가의 지도자들 중 그 누구의 머릿속에도 사회 혁명당원들이 소련을 상대로 테러를 계획할 것이라는 상상이 떠오르지 않았다〉는 것이다(그래, 실제로, 누가 그런 것을 상상할 수 있었겠는가? 사회 혁명당원들이! 그것도 느닷없이 테러라니! 만일 떠올랐다고 한다면 그것도 함께 특사의 대상에 포함시켜야 했을 것이다! 아니면 꼴차끄 전선의 구멍 같은 것은 받아들이지 말아야 했을 것이다. 그때 아무도 머리에 떠오르지 않았다는 것은 참으로 다행한 일이다. 필요하게 되어서야 비로소 떠올랐으니 말이다). 따라서 〈테러〉에 대한 이 고발은 특사의 대상이 될 수 없다는 것이다

(〈투쟁〉만이 특사의 대상이 될 수 있다). 그래서 지금 끄릴렌꼬는 그들을 고발한다는 것이다!

도대체 얼마나 많은 사실이 적발되었던가! 얼마나 많은 사실이!

그러면 우선, 사회 혁명당의 지도자들은 10월 혁명 초기에 어떤 〈말〉을 했던가?[23] 체르노프는(제4차 사회 혁명당 대회에서) 당은 제정 시대에 〈당이 했던 것처럼 인민의 권리를 침해하려는 온갖 기도에 대해서 전력을 다해 저항할 것이다〉라고 말했다(사회 혁명당이 어떻게 했었는가는 누구나 다 기억하고 있다). 또 고쯔는 〈만일에 스몰니의 전제주의자들이 헌법 제정 회의에 대해 위해를 가하려고 기도한다면 사회 혁명당은 자신의 그 백전노장의 전술을 상기할 것이다〉라고 말했던 것이다.

어쩌면 〈상기했을〉지도 모른다. 그러나 그것을 단행하지는 않았다. 그렇지만 이것만으로도 재판감으로는 충분하다.

끄릴렌꼬는 이렇게 불평한다. 즉, 〈이 분야에서는〉 음모라는 점에서 〈목격자의 증언이 적을 것이다〉. 그는 계속해서 말한다. 〈이 때문에 나의 임무는 극도로 곤란에 봉착해 있다……. 이 분야, 즉 테러에 있어서는 때로 암중모색도 부득이하다.〉[24]

끄릴렌꼬의 임무가 곤란해진 것은 소비에뜨 정권에 대한 테러가 1918년 사회 혁명당 중앙 위원회에서 〈토의된〉 결과 〈부결되었다〉는 사실 때문이다. 그리고 몇 해가 지난 지금, 사회 혁명당원이 스스로 자신을 기만하고 있었다는 것을 입증하지 않으면 안 되는 것이다.

사회 혁명당원들은 당시 이렇게 말하고 있었다 — 볼셰비

23 그래, 이 수다쟁이들이 살아 있는 동안 무슨 말이라도 하지 않았겠는가?
24 같은 책, p. 236. (아, 대단한 말이다!)

끼가 사회주의자들을 처단하지 않는 한 우리도 테러 행위를 하지 않는다. 또 1920년에는, 만일 볼셰비끼가 인질로 잡고 있는 사회 혁명당원들의 생명을 위협한다면, 당은 무기를 들고 일어설 것이라고도 말하고 있었다.[25]

그건 그렇다 치고, 어째서 조건이 붙어 있을까? 왜 테러를 전적으로 거부하지 않았을까? 어떻게 감히 무기를 들고 일어설 〈생각〉을 했을까! 〈어째서 전적으로 부정하는 발언이 없었을까?〉 (끄릴렌꼬 동지, 어쩌면 테러는 그들의 〈제2의 천성〉이 아니었을까?)

사회 혁명당은 어떠한 테러도 행하지 않았다. 이것은 끄릴렌꼬의 고발 연설을 보아도 명백하다. 그러나 다음과 같은 사실에 따라 고발은 계속되었다. 즉, 어떤 한 피고인의 머릿속에 모스끄바로 인민 위원회 사람들을 운반하는 열차의 기관차를 폭파하려는 계획이 있었으니까…… 중앙 위원회는 테러의 책임이 있다는 것이다. 그런가 하면 여자 하수인 이바노바는 화약 〈한 개〉를 가지고, 정거장 근처에서 하룻밤을 지냈으니까 — 이것은, 즉 뜨로쯔끼가 탄 열차를 폭파할 계획이 있었다는 것이고, 따라서 중앙 위원회는 테러의 책임이 있다. 혹은 또 중앙 위원회 위원 돈스꼬이는 F. 까쁠란에게 만일 그녀가 레닌에게 총을 쏜다면 당에서 제명될 것이라고 경고했다. 그 정도로는 불충분하다! 왜 단호히 금지하지 않았는가? (혹은 어째서 체까에 그녀를 밀고하지 않았는가?)

끄릴렌꼬는 죽은 수탉의 몸에서 깃털을 잡아 뜯고 있었다 — 사회 혁명당이 직업도 없이 괴로움을 맛보고 있는 투사들의 개인적 테러 행위를 금지하는 조처를 취하지 않았다는 것이었다. 이것이 그들의 테러 행위의 전부다(게다가 그들의 이

25 다른 인질들이라면 설사 때려잡는다고 해도 상관없었다.

투사들마저 아무 일도 저지르지 못했다. 1922년, 그중의 두 사람, 꼬노쁠료바와 세묘노프가 우선 GPU에서, 그리고 이번에는 재판소에서, 납득이 가지 않는 일이기는 하지만 자진해서 증언했다. 그러나 그들의 증언은 사회 혁명당 중앙 위원회와는 무관한 것이었다. 그러는 사이에 갑자기, 역시 납득이 가지 않는 일이지만 이들 열렬한 테러리스트들은 석방되고 말았던 것이다).

모든 증거는 그것을 뒷받침해 줄 근거를 필요로 한다. 한 증인에 대해서 끄릴렌꼬는 이렇게 설명한다. 〈사람이 무언가를 날조하려고 해도 우연히 모든 것이 다 들어맞게 날조할 수는 없다.〉[26] (매우 설득력 있는 표현이다! 이것은 모든 허위 증언에 대해서 말할 수 있는 것이다.) 혹은 돈스꼬이에 대해서 이렇게도 말하고 있다. 〈도대체 고발 측에 필요한 증언을 할 수 있는 뛰어난 통찰력을 가졌다고 믿을 수 있을까?〉 꼬노쁠료바에 대해서는 그 반대다. 그녀가 고발 측에 필요한 증언을 〈전부 다 한 것은 아니〉라는 데에, 오히려 그녀 증언의 신빙성이 있다는 것이다(그러나 피고인들을 총살형에 처하기에는 그것으로 충분했다). 〈만일 우리가 이 모든 것을 꼬노쁠료바가 날조하고 있느냐 아니냐 하는 문제를 제기한다면…… 분명한 것은 날조하기로 한 자는 철저히 날조하게 마련이고(끄릴렌꼬는 알고 있는 것이다!), 범죄 증거를 제시하려고 한다면 철저히 제시할 수밖에 없다는 것이다.〉[27] 그러나 그녀는 보다시피 철저하지 못했다. 또 이런 것도 있다. 〈이유도 없이 예피모프가 꼬노쁠료바를 총살형의 위험에 처하게 만들지는 않았을 것이다.〉[28] 이것 역시 옳고 또한 강력한 말이다. 아니, 더 강

26 끄릴렌꼬, p. 251.
27 같은 책, p. 253.

력한 말도 있다. 〈이 모임은 정말 있었던 것일까? 그랬을 가능성은 배제할 수 없다.〉배제할 수 없다니? 이것은, 즉 〈있었다!〉는 것이다. 자, 빨리 빨리 몰아세워라!

그다음에는 — 〈파괴 활동 그룹〉. 이 활동에 대해서는 오랫동안 논의되었으나, 돌연 〈활동이 없으므로 해산되었다〉라고 되어 있다. 그럼, 그 소동은 도대체 무엇이었을까? 소비에뜨 기관들로부터 여러 번 금전을 수탈했다는 것이다(셋집을 얻고, 이 도시에서 저 도시로 오가기 위한 자금이 사회 혁명당원들에게는 없었던 것이다). 그러나 그전 같으면 이것은 모든 혁명가들이 말했던 것처럼 멋있고, 점잖은 〈징발〉이었다. 그런데 지금 소비에뜨 법정에서는 어떤가? 그것은 — 〈약탈과 장물의 은닉 행위〉라는 것이다.

재판의 고발 자료 속에서, 시름에 잠긴, 의지할 데 없는, 게다가 무능하기까지 한 이 당의 본성이 드러나고 있다. 지금까지 한 번도 훌륭한 지도자를 가져 보지 못한 이 당의, 자신 없이 비틀거리며 우회로만을 걸어온 모든 역사가 흐리멍덩한 황색의 깜빡임도 없는 법률의 등불을 받아 희미하게 조명되고 있다. 그리고 그 당시 지금까지 결정한 것, 결정하지 않은 것, 그 하나하나의 몸부림, 충동, 그 후퇴의 하나하나가 지금은 모두가 죄로 바뀌어, 오로지 죄로만 여겨지고 있는 것이다.

그리고 재판이 시작되기 10개월 전인 1921년 9월에, 이미 체포되어 부띠르끼 형무소에 갇혀 있던 사회 혁명당 중앙 위원회가 새로 선출된 중앙 위원회 앞으로, 자신들은 볼셰비끼 독재의 전복에 수단 방법을 가리지 않고 찬성하는 것이 아니라, 근로 대중의 단결과 선동 활동을 통한 전복만을 찬성한다는 서한을 보냈다. (즉, 형무소에 갇혀 있으면서, 구 중앙 위원

28 같은 책, p. 258.

회는 테러 행위에 의한 해방에도, 음모에 의한 해방에도 찬성하지 않는다는 것이다!) 그런데 이것도 역시 그들의 가장 큰 죄로 변모되고 마는 것이다. 즉, 전복에는 〈찬성한 것〉이 되어 버리고 마는 것이다!

그러나 어쨌든, 정부 전복에도 죄가 없고 테러에 있어서도 죄가 없으며, 〈징발〉의 사실도 거의 없고 나머지 모든 문제에 있어서도 이미 오래전에 사면이 되었다면? 우리의 친애하는 검사는 남몰래 간직해 두었던 보검을 뽑는다. 결국 불고지(不告知)는 예외 없이 모든 피고인에 해당되는 범죄 사실이고, 이것은 확증된 것으로 간주하지 않으면 안 된다.[29]

사회 혁명당은 자신을 〈밀고하지 않았다〉는 점에서 이미 유죄다! 여기에는 이미 실수라고는 있을 수 없는 것이다! 이것은 새로운 형법에서 나타난 법률 사상의 발견이며, 이것은 감사에 넘친 후손들을 계속해서 시베리아로 실어 나르게 될 포장도로인 것이다.

마침내 끄릴렌꼬는 노한 음성으로 솔직하게 쏘아 댄다. 〈흉포한 숙적 — 바로 이것이 피고인들의 정체다!〉 그렇다면 재판을 할 필요도 없이 그들을 어떻게 처치할 것인지는 명백한 일이다.

법전이 아직 생소했기 때문에 끄릴렌꼬는 주요한 반혁명 조항의 번호조차 기억하지 못하고 있을 정도였다 — 그런데도 그는 이 법조문을 마음껏 휘둘러 댔다! 그는 아주 심각한 표정으로 조항을 끌어내서 설명한다! — 마치 수십 년 동안 오직 그들 조항에 근거해서 단두대의 칼이 움직이고 있는 듯이 말이다. 여기에서 특히 새롭고 또 중요한 것은, 낡은 제정 시대의 법전이 실시해 온 〈방법〉과 〈수단〉의 구별을 〈우리는

<hr>

29 같은 책, p. 305.

실시하지 않고 있다〉는 사실이다! 그러한 구별은 고발의 판정에도, 징벌의 결정에도 영향을 주지 않는다! 우리에게 있어서는 시도건 행동이건 ― 마찬가지다! 어떤 결의가 행해졌다고 하면, 그 결의로 우리는 재판을 하는 것이다. 그리고 〈그 결의가 실천에 옮겨졌건 옮겨지지 않았건 ― 그것은 아무런 실질적인 의미를 가지지 않는다〉.[30] 잠자리 속에서 아내에게 소비에뜨 정권을 타도했으면 좋겠다고 속삭였건 혹은 선거 때 선동을 했건, 혹은 폭탄을 던졌건 ― 모두 마찬가지다! 따라서 형벌도 ― 같을 수밖에 없다!

마치 천재적인 화가에 의해 목탄으로 그려진 몇 개의 날카로운 선에서 돌연 자기가 바라던 초상화가 나타나듯이, 우리에게 있어서도 1922년의 스케치 속에 1937, 1945, 1949년의 파노라마가 점점 뚜렷이 우리들 앞에 나타나는 것이다.

그러나 아직 하나 빠진 것이 있다! 바로 그것은 〈피고인들의 행동〉이다. 그들은 아직 길들인 양들이 아니다. 그들은 아직도 여전히 인간인 것이다! 우리는 조금밖에, 그것도 아주 조금밖에 들은 것이 없다. 그렇지만 이해할 수는 있다. 때때로 끄릴렌꼬는 자기의 부주의로 해서 이곳 법정에서 피고인들이 발언한 말을 인용하고 있다. 예를 들어, 피고인 베르끄는 〈1월 5일에 낸 희생(헌법 제정 회의를 수호하기 위해 데모에 참가한 사람들을 사살한 사건)에 대해 볼셰비끼에게 책임이 있다고 비난했다〉. 그런가 하면, 리베로프의 말은 더욱 솔직하다. 「나는 1918년에 볼셰비끼 정권 타도를 위해 충분히 활동하지 않았다는 점에서 죄가 있다는 것을 인정한다.」[31] 또 예브게니야 라뜨네르도 같은 말을 했고, 그리고 다시 베르끄는 이렇게

30 같은 책, p. 185.
31 같은 책, p. 103.

말하고 있다. 「이른바 노농 정권과 전력을 다해 싸울 수 없었다는 점에서 나는 러시아 노동자에 대해 나 자신에게 죄가 있다고 생각하고 있지만, 나는 내가 활약할 시대가 아직 가버리지 않았기를 바란다.」[32] (가버렸어, 이 사람아, 이미 가버렸단 말이다.)

여기에는 말의 울림에 대한 예와 다름없는 정열이 있다. 그리고 또 그 단호함도 있는 것이다!

검사는 논증한다. 피고인들은 소비에뜨 러시아에게 위험한 존재들이다. 왜냐하면 그들은 자기들이 행한 모든 것을 선한 일로 생각하고 있기 때문이다. 〈어쩌면 피고인들 중의 몇몇 사람들은, 훗날에 어느 역사학자가 그들에 대해 혹은《법정에서의 그들의 행동》에 대해 찬사를 아끼지 않으리라는 것에서 스스로 위안을 찾고 있는지도 모른다.〉[33]

그리고 재판이 끝난 후 전 러시아 중앙 집행 위원회는 다음과 같이 선언했다. 즉, 그들은 〈바로 그 재판 심리에서 예전의 활동을 계속하겠다고 천명한 것이다〉.

그런가 하면, 피고인 겐젤만그라보프스끼(그 자신도 법률가였다)는 증언의 왜곡과 〈공판 전에 증인들에 대한 특수한 취급〉, 즉 분명히 GPU에서 증인의 증언에 조작이 가해졌다는 점에서 끄릴렌꼬와 논쟁하여 법정의 주목을 끌었다(여기에는 없는 것이 없다! 무엇이든지 다 있다! 이상적인 형태에 도달하는 데 이제 얼마 남지 않았다). 즉, 예비 심리는 검사(바로 그 끄릴렌꼬)의 감독하에 진행되었으나, 그때 각 개인의 증언 속의 부조화는 인위적으로 수정되어 갔던 것이다. 그런데도 이 법정에서 〈처음으로〉 진술된 증언도 있었다.

32 같은 책, p. 103.
33 같은 책, p. 325.

그렇다! 다소 거친 점도 있고, 마무리 작업이 부족한 점도 없지는 않다. 그러나 결국 〈우리는 전적으로 명백하게, 그리고 냉정하게 말하지 않으면 안 되지만……《우리의 관심사는 우리의 현재 요구에 의해서 만들어지는 사건을 역사의 심판이 어떻게 평가할 것인가》하는 데 있는 것이 아니다〉[34]라는 것이다.

거친 부분은 다듬어질 것이며, 수정될 것이다.

그러나 지금 끄릴렌꼬는 어떻게 해서든지 그 자리를 빠져 나가려고 하면서(아마 소비에뜨 법학에서는 이것이 처음이자 마지막이라고 생각하지만) 〈취조〉에 대해서 상기하고 있다. 즉, 심리가 시작되기 전의 일차적인 조사 말이다! 그리고 그는 이 문제를 다음과 같이 교묘하게 다루고 있다. 검사의 감시 없이 행해졌던 것, 당신이 심리라고 생각했던 것 — 그것은 취조였다는 것이다. 검사의 앞에서 행해지고, 당신이 심리를 다시 한다고 생각했던 것(그때야말로 양 끝이 제대로 들어맞고 나사가 꼭 조여지는 것이지만), 그것이 〈심리〉였던 것이다! 〈기관들이 취조 과정에서 얻어 냈으나 심리에서 《확인되지 않은》혼란스러운 자료들은 심리가 제대로 잘 진행되었을 경우 거기에서 얻어지는 자료와 비교해서《증거로서의 가치》는 훨씬 적은 것이다.〉[35]

정말 교묘하지 않은가? 보통 수단으로는 도저히 감당하기 어렵다.

요컨대, 이 재판에 대비해서 반년 동안이나 준비하고, 또 두 달 동안이나 법정에서 고함을 질러야 하고, 또 자신의 논고를 15시간이나 계속해야 한다는 것은 끄릴렌꼬에게는 모욕적인 일이다. 이 피고인들은 모두 〈한두 번이 아니라 여러

34 같은 책, p. 325.
35 같은 책, p. 238.

번 기관들의 수중에 있었으며, 당시 그 기관들은 비상 권한을 가지고 있었으나, 여러 가지 사정으로 해서 이 피고인들은 지금까지 무사히 살아남을 수 있었던 것이다.)[36] 그래서 바로 지금 끄릴렌꼬에게 부과된 과업은 ─ 그들을 합법적으로 총살로 끌고 가는 것이다.

물론, 〈판결은 ─ 전원 총살이라는 한 가지만 있을 뿐이다!〉[37] 그러나 끄릴렌꼬는 여기에 관대한 단서를 달고 있다. 어쨌든 이 재판은 전 세계적인 관심을 끌고 있기 때문에 검사의 발언은 재판소가 〈고려하거나 결정하기 위해 당장 받아들이지 않으면 안 되는〉 성격의 〈재판소에 대한 지시는 아니다〉라는 것이다.[38]

검사가 이런 것까지 설명해 주니 얼마나 좋은 재판소인가!

그런데 그 재판소가 판결 속에서 유감없이 그 대담함을 발휘하고 있다. 재판소는 실제로 〈전원에게 남김없이〉가 아니라 14명에게만, 엄숙하게 총살형을 선고했다. 나머지 사람들에게는 형무소, 강제 노동 수용소, 그리고 또 백 명 정도에게는 생산적 노동이라는 형식의 형벌이 부과되었던 것이다.

여기서 독자들은 다음과 같은 사실을 기억해 주기 바란다. 즉, 최고 재판소를 〈공화국의 나머지 모든 재판소들이 주시하고 있고, 최고 재판소는 그들에게 지도적인 지시를 내리고 있다〉.[39]

또한 최고 재판소의 판결은 〈지침적인 지령으로〉[40] 사용되고 있다. 지방에서는 또 얼마나 많은 사람들이 끌려갈 것인가.

36 같은 책, p. 322.
37 같은 책, p. 326.
38 같은 책, p. 319.
39 같은 책, p. 407.
40 같은 책, p. 409.

이것은 독자 여러분의 판단에 맡기기로 한다.

　그러나 이 재판에는 아마 전 러시아 중앙 집행 위원회 간부회의 판결 유예가 따를 것이다. 총살형 판결은 승인하지만, 집행은 정지한다는 것이다. 따라서 선고를 받은 사람들의 차후의 운명은 아직 체포되지 않고 있는 사회 혁명당원들(분명히 국외에 있는 사람들까지도 포함하여)의 행동 여하에 달려 있다. 만약 그들이 우리에게 〈반대〉한다면 ── 이 피고인들 사살된다는 것이다.

　러시아의 들판에서는 벌써 두 번째의 평화로운 수확이 이루어지고 있었다. 체까의 안뜰 이외의 장소에서는 어디서도 총살이 집행되지 않고 있었다(야로슬라블에서는 뻬르후로프를, 뻬뜨로그라쁘에서는 대주교 베니아민을 총살했다. 거기서는 여전히 총살이 행해지고 있었던 것이다). 감청색 하늘 아래 푸른 바닷물을 가르며 우리 나라 최초의 외교관들과 신문, 잡지 기자들을 태운 배가 외국을 향해 떠나갔다. 노동자와 농민의 대표자들의 중앙 집행 위원회는 언제나 그 안주머니에 영원한 〈인질〉들을 간직하고 있었다.

　집권당의 당원들은, 이 재판의 기사를 실은 『쁘라브다』를 60일간 하루도 거르지 않고 읽었다(그들은 모두가 신문을 읽고 있었다) ── 그리고 모두가 〈그렇지〉, 〈그렇지〉, 〈그렇고말고〉라고 맞장구를 쳤다. 〈아니다!〉라고 입 밖에 내는 사람은 아무도 없었다.

　그렇다면 그들은 그 후 1937년에 무엇에 놀랐단 말인가? 무엇에 대해서 불평했단 말인가? 무법 상태의 기초는 모두, 처음에는 체까의 재판 없는 즉결 처분에 의해서, 그 후에는 이러한 초기의 재판들과 이 나이 어린 형법전에 의해서 마련되어 있지 않았느냐 말이다! 1937년의 재판도 역시 계급적 이익이라는 〈목적〉에 (스딸린의 목적에, 그리고 어쩌면 〈역사〉의 목적에도) 들어맞는 것이 아니었나?

우리는 과거가 아니라 미래를 심판하고 있다. 이것은 끄릴렌꼬의 입에서 튀어나온 예언적인 말이다.

무엇이든지 처음이 힘들기 마련이다.

◆

1924년 8월 20일경, 보리스 빅또로비치 사빈꼬프는 소련의 국경을 넘어 들어왔다. 그는 바로 체포되어 루비얀까로 호송되었다.[41] 심리는 신문 일변도로 이루어졌다 — 즉, 그의 자발적인 증언과, 지금까지의 행동을 평가하는 것만으로 이루어지고 있었다. 8월 23일에는 벌써 기소장이 제출되었다 (놀라운 속도이기는 했지만, 이것은 분명히 효과적이었다. 누군가가 이미 상황을 정확하게 파악하고 있었던 것이다. 사빈꼬프로부터 초라한 거짓 증언을 받아 냈다고 한다면, 도리어 증언의 신빙성은 손상되고 말았을 것이다).

이미 뜻이 바뀐 전문 용어로 작성된 기소장 속에서 사빈꼬프는 온갖 죄를 다 뒤집어쓰고 있었다. 즉, 그는 〈극빈 농민의

---

41 이 귀환에 대해서는 많은 추측이 떠돌았다. 그런데 최근에 아르다마쯔끼라는 사람(분명히 KGB의 보관 문서 및 그 직원과 관계가 있는 인물이다)이 문학적 과장이 많음에도 불구하고 진상에 가깝다고 생각되는 작품을 발표했다(『네바』, 제11호, 1967년). GPU는 사빈꼬프의 요원들 일부에게 그를 배반하도록 권유하고, 다른 일부는 속여서 그들을 통하여 믿을 수 있는 낚싯바늘을 던졌다. 즉, 이곳 러시아에는 거대한 지하 활동 조직이 있는데도 거기에 어울리는 훌륭한 지도자가 없기 때문에 의기소침해 있다는 거짓 정보를 불어넣었던 것이다. 이보다 더 효과적인 낚싯바늘은 아마 생각해 내기 힘들었을 것이다! 게다가 사빈꼬프의 파란만장한 생애가 니스에서 조용히 끝날 리도 없었다. 그는 다시 한번 마지막 싸움을 시도하지 않을 수 없었다. 그리하여 죽음을 각오하고 러시아로 되돌아왔던 것이다.

철저한 적이며), 또 〈제국주의적 갈망을 실행함에 있어 러시아 부르주아지를 도왔고〉(즉 그는 독일과의 전쟁을 계속하는 쪽에 찬성이었다), 또 〈연합국 사령부의 대표자들과 연락을 취하고 있었고〉(이것은 그가 육군부의 장관으로 있었을 때의 일이다!), 또 〈도발의 목적으로 병사 위원회에 참여했으며〉(즉 병사 대표자로 선출되었던 것이다), 그리고 이것은 도대체가 터무니없는 웃음거리지만 ― 〈군주제에 대해 동정심을〉 가지고 있었다는 것이었다.

이것은 모두 낡은 것들뿐이다. 그러나 새로운 것 ― 차후의 모든 재판에서 사용하게 될 고발도 없지는 않았다. 즉, 제국주의자들로부터 금전을 받았다느니, 폴란드를 위해 간첩 행위를 했다느니(일본은 빠뜨리고 있었다!). 그리고, 청산가리로 붉은 군대를 모조리 독살하려고 했다느니(그러나 붉은 군대 병사들 중에서 독살된 사람은 한 사람도 없었다) 하는 고발 이유도 들어 있었다.

8월 26일, 재판이 시작되었다. 재판장은 울리흐(여기서 그가 처음 등장한다)였으나 검사도 변호인도 없었다. 사빈꼬프는 거의 자신을 변호하지 않고 마지못해 느릿느릿 대꾸했다. 그리고 증거에 대해서는 거의 이의를 제기하지 않았다. 그는 ― 이 재판을 서정적으로 이해하고 있었다. 즉, 이것은 그와 러시아와의 최후의 만남이었고 또 구두로 해명할 마지막 기회였던 것이다. 그리고 또 참회할 수 있는(참회라 해도 자기가 뒤집어쓴 죄에 대해서가 아니라, 다른 죄에 대해서지만) 마지막 기회이기도 했던 것이다.

(그리고 다음과 같은 말투는 이 자리에 꼭 들어맞았고, 피고인을 동요시키기에 충분했다. 《우리도 당신도 같은 러시아인》이 아니냐 그 말입니다!) 당신과 우리들, 이것은 요컨대

《우리들》이라는 것입니다! 당신은 분명히 러시아를 사랑하고 있습니다. 우리는 당신의 조국애를 존경하고 있습니다. 그럼 우리는 러시아를 사랑하지 않을까요? 우리는 지금 러시아의 요새가, 러시아의 영광이 아니란 말입니까? 그런데도 당신은 우리와 싸우고 싶었습니까? 자신의 죄를 시인하십시오!)

그러나 무엇보다도 이상한 것은 판결이었다. 즉, 〈혁명적 법질서를 지키기 위해서는 최고 조치인 사형의 적용은 필요하지 않고, 또 복수라는 동기는 프롤레타리아 대중이 갖는 정의의 관념을 지도할 수 없다는 생각에서〉 총살형이 10년의 자유 박탈로 바뀌었던 것이다.

이것은 세상의 이목을 끌 만한 사건이었으며, 이 사건은 그 당시 많은 지식인들을 어리둥절하게 했다. 완화일까? 탈바꿈일까? 울리흐는 사빈꼬프를 너그럽게 용서한 이유에 대해서 『쁘라브다』 지상에서 해명하고 변명하기까지 했다.

그는 말한다. 지난 7년 사이에 소비에뜨 정권은 얼마나 공고한 정권으로 성장했는가! 이 정권이 사빈꼬프 따위를 두려워할 리가 있겠는가! (그런데 혁명 후 20년째에는 이 정권이 얼마나 약해졌는지, 수십만 명의 인간을 총살하게 되는 것이다.)

그가 귀국한 것이 첫 번째 수수께끼였고, 그가 사형 판결을 모면했다는 것이 두 번째 수수께끼였다면, 1925년 5월에 세 번째 수수께끼가 일어났다. 암담한 기분에 사로잡힌 사빈꼬프가 창살이 없는 창문으로부터 루비얀까의 안뜰로 뛰어내린 사건이었다. 그때 죄수의 수호신들은 사빈꼬프를 막지도 못했고, 그 거대하고 육중한 몸을 제대로 받아 내지도 못해 그의 생명을 구할 수 없었던 것이다. 그러나 사빈꼬프는 만일의 경우에 대비해서(근무상 불이익이 없도록 하기 위해) 근무 요원들을 위해 변명의 문서를 남겨 두고 있었다. 그 문서에서 그는 자기가 왜 자살하는가를 알기 쉽고 조리 있게 설명하고 있었다. 이 유서는 그야말로 진짜처럼 사빈꼬프의 문체와 어휘를 사용해서 쓰여 있었으므로 고인의 아들 레프 보리소비치조차 전적으로 이것을 신용하고, 〈그 편지는 아버지 이외에는 누구도 쓸 수 없는 것입니다. 아버지는 당신의 정치적 파멸을 깨닫고 자살한 거죠〉라고 파리에서 만나는 사람마다 말해 주고 있었다.[42]

42 나중에 루비얀까에 갇힌 어리석은 우리 수감자들은 사빈꼬프가 여기서 몸을 던진 다음부터 루비얀까의 바깥 층계 위에 철망이 쳐졌다는 말을 그대로 믿으며 앵무새처럼 그 말을 되뇌였다. 우리는 아름다운 전설에 귀를 기울이느라 다음과 같은 사실을 잊어버리곤 한다. 도대체 교도관들의 경험이라는 것은 어느 나라나 다 마찬가지다! 미국의 형무소에서는 20세기 초기에 벌써 그런 철망이 쳐졌다고 한다 ― 그러니 우리 소비에뜨의 기술이라고 해서 거기에 뒤지라는 법은 없지 않은가?

1937년, 전 체까 요원이었던 아르뚜르 쁘류벨이 꼴리마 수용소에서 목숨을 거둘 때, 그는 자기 주위에 있던 어떤 사람에게 다음과 같은 것을 고백했다 ― 사빈꼬프를 5층 창문에서 루비얀까의 마당으로 〈집어 던진〉 것은 모두 네 사람이었는데 자기도 그중 한 사람이었다는 것을 실토한 것이다! (그리고 이것은 아르다마쯔끼가 최근에 발표한 말과 모순되지 않는다. 즉, 그곳은 창문턱이 낮아서 창문이라기보다는 오히려 발코니로 나가는 출입문 같은 느낌이었다. 일부러 그러한 방이 선택되었던 것이다! 아르다마쯔끼의 이야기로는 그 〈수호신들〉이 멍청히 바라보고 있었다는데, 그에 반해 쁘류벨의 이야기에 의하면 그들이 일제히 달려든 것으로 되어 있다.)

이렇게 유례 없이 자비로웠던 판결의 두 번째 수수께끼는 난폭한 세 번째 수수께끼에 의해서 해명이 된다.

이 소문은 희미하게나마 나에게까지 들려와서 내가 1967년 M. P. 야꾸보비치에게 그 말을 전해주었더니, 아직 젊고 활기찼던 그는 두 눈을 번쩍이며 이렇게 외치는 것이었다 ― 「신빙성이 있습니다! 들어맞아요! 그런데 나는 블륨낀의 말을 믿지 않았습니다. 너무 잘난 척한다는 생각이 들어서죠.」 그의 말에 의하면 1920년대 말에 블륨낀은 〈아주 극비〉에 속한다고 하면서 야꾸보비치에게 다음과 같이 말했다는 것이다 ― 즉, 사빈꼬프의 유서라고 불리는 편지를 GPU의 지시에 따라 자기가 썼다는 것이었다. 그리고 사빈꼬프가 형무소에 갇혀 있을 때 그의 감방으로 쉴 새 없이 드나드는 사람이 바로 블륨낀

그러나 더 중요하고 유명한 재판들은 이제부터 시작된다.

이었다는 사실도 밝혀졌다. 그는 밤마다 사빈꼬프를 찾아가서 울적한 마음을 달래 주곤 했다는 것이다. (사빈꼬프는 자기에게 죽음이 다가오고 있다는 사실을 직감했을까? 그 정답고 우호적인 태도 속에 도저히 예측할 수 없는 파멸이 깃들여 있다는 것을?) 이렇게 함으로써 블륨낀은 사빈꼬프의 생각과 어법을 터득할 수 있었고 그의 마지막 사색의 세계로 들어갈 수 있었던 것이다.

여기서 이런 의문이 생긴다. 하필이면 왜 창문에서 집어 던졌을까? 그보다는 독살시키는 편이 더 간단하지 않았을까? 그들은 유해를 보여줄 필요가 있었거나 아니면 보여줄 생각에서 그런 방법을 택한 것이 분명하다.

한때 만젤시땀(소비에뜨 초기의 시인이며 예술 지상주의자로 몰려 시베리아로 유형, 수용소에서 사망했다)이 대담하게도 그 콧대를 꺾어 준 만능 체까 요원 블륨낀의 운명을 끝까지 이야기하려면 아마 여기처럼 적당한 장소는 달리 또 없을 것이다. 에렌부르끄는 블륨낀에 대한 이야기를 쓰려다가 갑자기 수치스러운 생각이 들어 펜을 내던지고 말았다. 그러나 이야기할 만한 것은 있다. 1918년 좌파 사회 혁명당원들이 소탕된 후, 미르바흐를 살해한 블륨낀은 아무 형별도 받지 않았다. 그는 다른 모든 좌익 사회 혁명당원들과 운명을 같이하지도 않았을 뿐만 아니라, 제르진스끼의 비호를 받았다(그가 꼬시레프를 옹호하려고 했던 것과 마찬가지로). 블륨낀은 표면상 볼셰비즘으로 전향했다. 제르진스끼는 요인 암살을 위해서 그를 잡아두었던 것이 분명하다. 1930년대로 접어들 때 그는 스딸린의 비서국 직원이었다가 망명한 바제노프를 암살하기 위해 비밀리에 파리로 잠입하여 야간열차에서 그를 떠밀어 죽이는 데 성공했다. 그러나 일종의 모험 정신에서였는지, 아니면 뜨로쯔끼에 대한 존경심에서였는지 몰라도 그는 터키의 프렌스섬으로 뜨로쯔끼를 방문했다 — 소련에 보낼 것이 없느냐고 묻기 위해서였다. 뜨로쯔끼는 라제끄에게 보낼 소포 꾸러미를 주었다. 블륨낀은 소포를 가지고 돌아와 전해 주었다. 그리고 만일 머리 좋은 라제끄가 그때 이미 밀고자가 되어 있지 않았다면, 블륨낀의 뜨로쯔끼 방문은 영원히 비밀에 싸이고 말았을 것이다. 그 후 라제끄는 블륨낀을 〈숙청〉했다. 블륨낀 자신이 피투성이 우유로 애지중지 길러 낸 괴물이 그를 삼키고 만 것이다.

제10장
법이 무르익다

그러나 국경선의 가시철조망을 뚫고 서방에서 우리 나라로 기어들어 오는 그런 미치광이 무리들이 도대체 어디 있었단 말인가? 설령 있었다 해도 우리는 러시아 소비에뜨 연방 사회주의 공화국으로 자기 마음대로 귀국하는 그런 사람들을 형법 제71조에 따라 모두 총살하고 말았을 것이다. 과학적인 예견과는 달리 그런 무리들은 존재하지 않았기 때문에 레닌이 꾸르스끼에게 받아쓰게 했던 그 조항은 무용지물로 남아 있을 수밖에 없었다. 하기는 러시아 전체를 통틀어서 사빈꼬프라는 괴짜가 하나 발견되기는 했지만, 그에게는 이 조항을 적용시키지 않았다. 대신 정반대의 징벌, 즉 총살 대신 국외 추방이라는 조치는 즉시 광범위하게 적용되었다.

법을 작성하던 그 격동의 시기인 5월 19일에 블라지미르 일리치 레닌은 다음과 같은 멋진 구상을 했다.

제르진스끼 동지! 반혁명을 돕고 있는 작가나 교수들을 국외로 추방시키는 문제를 면밀히 검토해 볼 필요가 있다고 보오. 그런 준비가 없으면 우리가 곤경을 당할 것이오……. 그런 〈군사 스파이〉들을 체포하고 또 체포해서 끊임없이 조직적으로 국외로 추방시키도록 조치를 강구해야 하겠소. 이 편지는 복사하지 말고 정치국원들에게만 비밀스럽게 보여 주기 바라오.[1]

이렇게 비밀을 강조한 것은 이 대책이 그만큼 중요하고 교훈적이라는 것을 단적으로 입증해 준다. 그들은 이데올로기 분야에서 〈군사 스파이〉의 역할을 맡았던 낡은 부르주아 지식 계급이라는 응고된 얼룩과 오점에 의해 소비에뜨 러시아에서의 명백한 계급 전선의 배치가 망가지고 있다고 보았기 때문에, 이 사상적인 찌꺼기들을 하루속히 제거하여 외국으로 추방하는 것이 가장 최선의 방법이라고 생각했다.

그 당시 이미 레닌은 병으로 누워 있었지만, 정치국원들은 물론 레닌의 의견을 받아들였고, 제르진스끼가 체포를 지휘했다. 그리하여 그들은 1922년 말에 약 3백 명의 저명한 러시아의 인문학자들을 바지선에 태워…… 아니 기선에 태워 유럽의 쓰레기장으로 추방시켰다. (그중에는 저명한 철학자들 ─ N. O. 로스끼, S. N. 불가꼬프, N. A. 베르자예프, F. A. 스쩨뿐, B. P. 비셰슬라프체프, L. P. 까르사빈, S. L. 프란끄, I. A. 일린, 그리고 역사학자들 ─ S. P. 멜구노프, V. A. 먀꼬찐, A. A. 끼제베쩨르, I. I. 랍신 등이 있었고 문학자와 사회 비평가들로는 ─ Y. I. 아이헨발뜨, A. S. 이즈고예프, M. A. 오소르긴, A. V. 뻬셰호노프 등이 끼어 있었다. 그리고 1923년 초에는 다시 소규모의 추가 추방이 있었는데, 예를 들어 레프 똘스또이의 비서 V. F. 불가꼬프도 그때 추방되었다. 그리고 D. F. 셀리바노프 같은 수학자들도 그 무리에 끼어 추방되었다.)

그러나 이 조치도 〈끊임없이 조직적으로〉 진행되지는 못했

1 『레닌 전집』 5판, 제54권, pp. 265~266.

다. 국외 추방은 망명자에게 〈선물〉과 다름없다는 것이 판명되었고, 또 이러한 조치가 최선의 방법이 아니라는 것이 드러난 것이다. 즉, 그들은 좋은 총살감을 놓친 것을 후회했을 뿐만 아니라, 그러한 혼란 속에 공연히 독을 품은 꽃만 길렀다는 것을 자인하지 않을 수 없었다. 이제 그들은 국외 추방이라는 방법을 쓰지 않게 되었다. 그리하여 그다음부터의 숙청 대상자들은 〈총살〉되든가, 아니면 〈수용소군도〉로 유배되든가 두 가지 중 하나를 적용받게 된 것이다.

1926년에 비준된 개정 형법은(흐루쇼프 시대 직전까지 적용되었지만) 지금까지의 정치적 조항들을 하나의 견고한 그물 — 제58조로 묶어 버렸다. 그리하여 곧 공업 기술 분야의 지식인들에게도 체포의 손길이 닿았다. 기술 지식인들이 위험시된 것은 그들이 이미 경제에서 차지하는 비중이 컸을뿐더러 〈선진적인〉 학설만으로는 도저히 그들을 통제하기 힘들었기 때문이다. 그리고 이제 보니 올젠보르게르를 옹호하기 위해 열었던 재판은 실수였다는 것이 판명되어, 끄릴렌꼬가 내린 〈1920년에서 1921년에는 이미 기술자들의 태업이 불가능했다〉[2]는 판단은 너무 성급한 것으로 여겨졌다. 이제 그것은 태업이 아니라 더 나쁜 단어, 〈해독 행위〉라는 말로 불리게 되었다(이 말은 샤흐띠 사건을 담당한 신문관들에 의해서 처음으로 쓰인 것 같다).

해독 행위를 색출하는 운동이 번지기 시작하자, 인류 역사상 이러한 개념을 전혀 찾아볼 수 없었음에도 불구하고, 곧 모든 산업 분야와 모든 생산 분야에서 해독 행위들이 손쉽게 적발되기 시작했다. 그러나 각 분야로 세분된 이러한 적발 속에는 목적의 일관성도 없었고 그 실행이 충분하지도 못했으

2 끄릴렌꼬, p. 437.

나 스딸린의 본성과 우리 나라 사법 제도의 생리는 무조건 그 것을 추구해 나갔다. 그리하여 마침내 우리의 〈법〉은 무르익 게 되어 하나의 완성된 형태로 세상에 그 모습을 드러낼 수 있었던 것이다! 이렇게 하여 합법성을 가장한 거대한 재판, 즉 기사들에 대한 〈샤흐띠 사건〉이 형상되기에 이른 것이다.

K. 샤흐띠 사건(1928년 5월 18일~7월 15일)

소비에뜨 연방 최고 재판소 특별 심의회. 재판장 A. Y. 비 신스끼(그 당시 모스끄바 대학 총장), 수석 검사 N. V. 끄릴렌 꼬(법률 릴레이의 바통 터치를 연상하게 하는 멋진 상봉이 다!),[3] 53명의 피고인, 56명의 증인. 그야말로 엄청난 규모의 재판이다!

그러나 그 엄청난 규모에 이 재판의 약점도 있었다. 가령 한 피고인에 대하여 3개의 증거만 끌어다 놓아도 벌써 159줄 이 되는데, 끄릴렌꼬는 10개의 손가락밖에 가지고 있지 않았 고 비신스끼 역시 10개밖에 없었던 것이다. 물론, 〈피고인들 은 자신의 무거운 죄상들을 사회 앞에 털어놓으려고 노력〉했 지만, 모두가 다 그런 것은 아니었다. 16명만 자기 죄를 시인 했고, 13명은 답변을 회피했다. 그리고 24명은 전적으로 자기 죄를 부인했다.[4] 이것은 도저히 받아들일 수 없는 혼란을 가 져왔고, 대중들도 이것을 도무지 이해할 수 없었다. 피고인 및 변호인이 아무것도 할 수 없고, 특히 그들이 무정한 판결을

---

3 늙은 혁명가 바실리예프유진과 안또노프사라또프스끼가 재판의 일원이 었다. 그들의 서민적 이름은 호감을 불러일으킨다. 기억하기도 쉽다. 1962년 갑자기 『이즈베스찌야』에서 탄압에 희생된 고인들에 대한 추도록이 게재되 었는데, 맨 아래 작성자의 이름이 뭔지 아는가? 바로 거기에 안또노프사라또 프스끼의 서명이 있었다. 그때까지도 그는 살아남았던 것이다!

4 『쁘라브다』, 1928년 5월 24일, 3면.

변경하거나 거부할 수 없다는 이점(이미 과거의 재판에서 달성된 것이기는 하지만)과 나란히 새로운 재판 제도의 결함이 명백히 드러난 셈이다. 끄릴렌꼬보다 미숙한 법률가였으면 이들을 풀어 주고 말았을 것이다. 그러나 그 노련한 끄릴렌꼬가 그렇게 둘 리는 없었다.

계급 없는 사회의 문지방에서 우리는 〈분쟁이라고는 모르는 재판 소송〉을 실현시킬 능력을 가지게 되었고(이것은 곧 우리 체제에 내부 분쟁이 없음을 입증해 주기도 한다), 재판도 검사도 변호인도 피고인들도 다 함께 유일한 목표를 향하여 매진할 수 있게 된 것이다.

그러나 탄광 산업 분야, 그중에서도 돈바스 탄광에 국한된 샤흐띠 사건의 규모는 시대적인 요구하고는 거리가 먼 것이었다.

샤흐띠 사건이 끝나는 날, 끄릴렌꼬는 곧 엄청나게 큰 새 구덩이를 파기 시작했다(샤흐띠 사건에서 그를 도왔던 두 동료 ― 검사 오삿치와 셰인까지도 그 구덩이에 빠지고 말았다). 이미 야고다의 손아귀로 넘어가고 있던 OGPU(합동 국가 정치 총국)의 모든 기관이 온갖 방법을 다하여 적극적으로 그를 도운 것은 말할 것도 없다. 그는 전국을 포괄하는 기사 조직을 창설한 다음 그것을 폭로하게 해야만 했다. 이것을 위해서는 몇 명의 강력한, 적대적인 지도자가 필요했다. 우선 말할 수 없이 강인하고 콧대가 세기로 이름난 뾰뜨르 아끼모비치 빨친스끼가 물망에 올랐다. 그는 20세기 초에 벌써 거물급 광산 기사였고, 1차 대전 때는 군수 사업 위원회 부위원장으로 있으면서 러시아 전국의 군수 사업을 지도했다. 2월 혁명 후 그는 상공부 차관이 되었다. 그는 혁명 활동 때문에 황제 치하에서 감시를 받았고, 10월 혁명 후에도 세 번이나(1917년, 1918년,

1922년) 감옥살이를 했으며, 1920년부터는 광산 대학 교수와 소련 국가 계획 위원회의 고문직을 맡고 있었다(그에 대해 더 상세하고 알고 싶다면 제3부 제10장 참조).

바로 이 빨친스끼를 새로운 대규모 재판의 우두머리 피고인으로 점을 찍은 것이다. 그러나 경솔한 끄릴렌꼬는 자기가 미지의 분야 ─ 기술자들 ─ 에 발을 들여놓음에 있어, 그 〈소재의 저항〉이 있으리라는 것을 예견하지 못했을 뿐만 아니라, 벌써 10년에 걸친 눈부신 검사 활동에도 불구하고 정신적인 저항의 가능성마저도 전혀 염두에 두지 않았다. 결국 끄릴렌꼬의 선택이 실수였다는 것이 판명되었다. 빨친스끼는 OGPU가 알고 있는 모든 고문을 다 극복해 냈다. 그는 끝까지 굴복하지 않았을뿐더러, 어떠한 서명도 남기지 않은 채 세상을 떠나고 말았다. 그와 함께 고역을 치른 N. K. 폰 메끄와 A. F. 벨리치꼬 역시 굴복을 하지 않았던 것 같다. 고문 도중에 그들이 죽었는지, 아니면 총살을 당했는지 우리는 아직까지도 그것을 모르고 있지만, 어쨌든 그들은 〈저항을 할 수 있다〉는 것과 또 꿋꿋이 〈버틸 수 있다〉는 것을 행동으로 입증해 주었던 것이다.

1929년 5월 24일, 야고다는 자신의 패배를 숨기면서, 천인 공노할 해독 행위와 일일이 열거할 수 없는 수많은 유죄 행위의 대가로 그들 3명을 총살한다는 GPU의 짤막한 성명서를 발표했다.[5]

그러나 얼마나 많은 시간을 허비했는가! 만 1년에 가까운 시간들! 그리고 얼마나 많은 밤을 신문으로 지새웠는가! 그리고 또 얼마나 많은 신문관들의 창의성이 필요했는가! ─ 이 모든 것이 물거품처럼 사라지고 만 것이다. 끄릴렌꼬는 다시 처음부터 인물을 찾기 시작했다. 재능 있고 영향력이 있으면

5 『이즈베스찌야』, 1929년 5월 24일.

서도 한편으로는 매우 연약하고 순순히 말을 잘 듣는 그러한 인물을 찾아내야 했다. 그러나 그는 이 저주스러운 기사들의 본성을 잘 모르고 있었기 때문에 다시 1년을 헛되이 보내야 했다. 1929년 여름부터 그는 흐렌니꼬프를 구슬리기 시작했으나, 그 역시 비굴한 역할에 동의하지 않고 죽어 버렸다. 그 다음 뻬도또프를 굴복시켰으나 그는 너무 늙은 데다가 섬유 기사였으므로, 분야가 마음에 들지 않았다. 다시 한 해가 지났다! 스딸린 동지는 지금 전국적인 해독 행위에 대한 재판을 목마르게 기다리고 있었으나, 끄릴렌꼬는 도저히 그것을 꾸며낼 방법이 없었다.[6] 그러던 중 1930년 여름에 드디어 한 사람을 발견했다. 연료 기술 연구소장 람진이 걸려든 것이다! 그들은 람진을 체포하고 3개월 동안 준비한 끝에 장엄한 흥행물을 완성해 놓았다. 그리하여 우리 나라 사법 제도의 진짜 완성품, 외국의 사법 기관으로서는 도저히 도달할 수 없는 모델 — 〈산업당 사건〉이 조작되기에 이른 것이다.

L. 산업당 재판(1930년 11월 25일~12월 7일)

최고 재판소 특별 심의회. 역시 같은 비신스끼와 안또노프 사라또프스끼, 그리고 역시 우리가 사랑하는 끄릴렌꼬.

이번에는 재판의 속기록 전문[7]을 독자 여러분에게 제시 못 할 〈기술적인 난점〉 내지는 외국 기자들의 취재를 허용하지 못할 이유라고는 하나도 없었다.

그야말로 위대한 구성이다 — 피고인석에는 국가의 모든

---

6 그의 이러한 실패가 지도자의 기억에 나쁜 인상을 주었다가 검사의 파멸 — 그의 희생자들과 같은 방식의 파멸 — 을 결정짓는 데 영향을 주었을 가능성이 높다.

7 『산업당 재판』(모스끄바: 소비에뜨 법률 출판소, 1931).

산업, 산업의 모든 부분, 그리고 계획 기관들이 총망라되고 있으니 말이다(다만 주최자의 눈은 광산 산업과 철도 운수가 무너져 내린 틈바귀만을 들여다보고 있다). 그러면서도 재료 사용은 인색해서, 겨우 8명의 피고인이 있을 뿐이다(〈샤흐띠 사건〉의 실패를 교훈 삼은 것이다).

독자 여러분은 항의할 것이다 ─ 8명이 어떻게 모든 산업 분야를 대표할 수 있다는 말인가? 물론 대표할 수 있다. 사실 필요한 수보다 많은 셈이다! 8명 중 3명은 가장 중요한 방위 산업인 섬유 분야만을 대표하고 있으니 말이다. 그렇다면 증인은 아마 많을 테지? 7명, 역시 같은 해독 분자들로 체포된 사람들이다. 그건 그렇고, 증거 문서들은 어디 있는가? 도면은? 설계는? 훈련은? 목록은? 계획안은? 보고 문서들은? 그리고 개인 기록들은? 하나도 없다! 다시 말해서 여기서는 〈문서 조각이라고는 하나도 찾아볼 수 없다!〉 그렇다면 GPU는 귀로 듣기만 했나? 이 사람들을 모두 잡아들이면서, 종이쪽지 하나도 건지지 못했단 말인가? 〈문서들은 아주 많았지만, 모두 없애 버렸다.〉 왜냐하면 〈그 많은 문서들을 보관할 장소가 없었기 때문이다.〉 그저 몇 개의 공개적인 신문 논설 ─ 망명자들의 신문과 우리의 신문에 나온 것을 법정에 제출하면 그만이니까. 그렇다면 무엇으로 유죄 선고를 내리는가? 무엇으로라니, 니꼴라이 바실리예비치 끄릴렌꼬가 있지 않으냐 말이다. 그에게는 하나도 새로울 것이 없다. 〈어떤 상황에서든 피고인의 자백보다 더 좋은 증거는 없는 법이다.〉[8]

그러나 어떤 자백 말인가? 그 자백은 강요된 것이 아니라, 마음속에서 우러나온 것이다. 진심으로 후회를 할 때면 수없이 독백이 터져 나오고, 자꾸만 말하고 싶고, 폭로하고, 비난

8 같은 책, p. 452.

120

하고 싶어지는 법이다! 그들은 66세의 페도또프 노인에게 자리에 앉으라고 권한다 — 증언이 충분하기 때문이다. 그러나 노인은 앉기를 거부하고 더 해명하고, 말하게 해달라고 간청한다. 다섯 번의 재판이 열리는 동안 재판관들은 질문을 던지려야 던질 겨를이 없다. 계속해서 피고인들이 말하고 해명하기 때문이다. 그리고 나서는 자기들이 한 말 중에 빠뜨린 말이 있다고 그것을 보충하게 해달라고 간청한다. 그들은 아무것도 묻지 않는데도, 구형에 필요한 모든 것을 추측하여 진술해 준다. 람진은 장황한 설명을 늘어놓은 후, 마치 우둔한 학생에게 강조라도 하듯이 다짐해 두기 위해 짤막하게 요약을 내려 준다. 무엇보다도 피고인들이 두려워하는 것은 해명되지 않은 채 남아 있는 것은 없을까, 미처 폭로 못한 사람은 없을까, 누군가의 이름을 대지 못한 사람은 없을까, 그 어떤 해독 행위를 말하지 않은 것은 없을까 하는 것이었다. 이렇게 그들은 자기 자신을 매도했던 것이다! 「저는 계급의 적입니다.」「저는 매수되었습니다.」「우리의 부르주아 이데올로기는……」 검사가 묻는다. 「이것은 당신의 잘못이었소?」 차르노프스끼가 대답한다. 「네, 범죄이기도 했습니다!」 끄릴렌꼬는 아무것도 할 일이 없다. 그는 다섯 번의 공판을 치르는 동안 자기에게 가져다주는 과자를 먹거나 차를 마실 뿐이다.

그러나 피고인들은 그러한 감정적인 폭발을 어떻게 참고 있는 것일까? 녹음기의 기록은 없지만 변호인 오쩨쁘는 쓰고 있다 — 〈피고인들의 말은 재치 있고 냉철하면서도 놀랄 정도로 침착했다.〉 아니, 도대체 그런 고백이 어디 있다는 말인가? 재치 있고 냉철하다니? 아니, 그뿐만 아니라, 그들은 매우 유창하게 써 내려간 그 참회의 글을 너무나도 애매하게 웅얼거리면서 읽어, 비신스끼는 여러 번 그들에게 좀 더 큰 소리로 읽으라고 요청하기까지 했던 것이다.

변호인도 재판의 정연한 질서를 문란하게 만들지 않는다. 그는 검사가 제기하는 모든 제안에 동의한다. 그는 검사의 논고를 〈역사적〉이라고 찬양하고, 자기 자신의 변론을 가리켜 본심하고는 다른 협소한 논증이라고 말한다. 왜냐하면 〈소비에뜨의 변호인들은 무엇보다도 먼저 소비에뜨의 시민이므로, 모든 근로 인민과 함께 변호 의뢰인의 죄에 대하여 분노를 금치 못하기 때문이다.〉[9] 재판 심리 중 변호인은 겁에 질린 듯이 몇 마디 질문을 던지지만, 비신스끼가 가로막기만 하면 당장에 움츠러들고 만다. 변호인들은 2명의 순진한 섬유 기술자들만을 변호하면서, 죄의 성분이나 행위의 성격에 관해서는 일체 논하지 않고, 다만 피고인에게 총살을 면하게 해줄 수는 없겠느냐고 간청할 따름이다. 〈재판관 동지 여러분, 피고인의 시체가 필요합니까, 아니면 그의 노동력이 더 필요합니까?〉라고 묻는 편이 더 효과적일지도 모른다.

그러면 이 부르주아 기술자들이 저질렀다는 그 흉악한 범죄란 도대체 어떤 것일까? 그것은 다음과 같다. 우선 발전 속도를 느리게 잡았다는 것이다(예를 들어 노동자들의 매년 생산 증가율이 40퍼센트에서 50퍼센트인데 비하여 그들은 〈고작〉 20퍼센트에서 22퍼센트의 생산 증가율을 책정했다는 것이다). 그리고 지방에서 연료를 채굴하는 속도도 늦추었다. 꾸즈바스 탄광을 제때에 신속히 발전시키지 못했다. 중요 문제의 해결을 지연시키기 위하여 경제 이론적인 논쟁만을 되풀이했다. (돈바스 탄광에 드네쁘르 수력 발전소의 전력을 공급할 것인가? 모스끄바와 돈바스 간 초간선 철도를 부설할 것

9 같은 책, p. 488.

인가? 기사들이 논쟁을 할 동안 작업은 정지되게 마련이다!) 기사들이 계획안을 검토하는 것을 지연시켰다(신속히 결정을 내리지 못했다). 〈재료 역학〉 강의에서 〈반소비에뜨적〉 노선을 지지했다. 낡은 장비를 설치했다. 자본을 효율적으로 이용하지 못했다(장기간이 소요되는 건설 사업에 자금을 투입했다). 불필요한(!) 수리를 실시했다. 철의 사용법이 나빴다(철의 배분이 불충분했다). 각 전문 공장들 사이, 그리고 원료와 가공 능력 사이에 불균형을 조성시켰다(특히 이것은 섬유 분야에 해당되는 말인데, 여기서는 한두 공장의 생산력이 면화의 수확량을 상회하도록 건설되었다). 그다음 최소한에서 최대한으로 계획을 비약시켰다. 이러한 무리한 가속적인 발전으로 말미암아 섬유 산업이 재난을 입었다. 그리고 가장 중요한 것은 전력 분야에서 태업을 계획했다(그러나 어느 곳에서도 이것이 실현된 적은 한 번도 없었다). 이와 같이 해독 행위가 비록 파괴나 훼손의 형태를 띠지는 않았지만 그것이 계획적이었고 전략적이었음이 분명하므로, 이러한 해독 행위는 1930년에 전반적인 공황과 경제적인 마비를 가져올 수밖에 없었다. 그러나 이것이 실현되지 못한 것은 오로지 이에 대응한 대규모의 산업 재정 계획(목표치를 두 배로 올림으로써!)이 효력을 발생했기 때문이다.

「글쎄, 글쎄…….」 회의적인 독자는 이렇게 혀를 찰 것이다.

아니, 무슨 말인가? 이것으로도 아직 불충분한가? 그러나 만약 법정에서 모든 조항을 되풀이하고 그것을 다섯 번에서 여덟 번씩 되씹는다면, 그때는 이미 불충분하다고 말하지는 않을 것이다.

「글쎄, 글쎄…….」 1960년대의 독자들은 아직도 납득이 가지 않을 것이다. 〈이른바 이에 대응하는 산업 재정 계획 때문에 이 모든 것이 실현되지 않았다고 말할 수는 없지 않을까? 만약 어떤 노동조합원 집회가 소련 국가 계획 위원회에 물어보지 않고 자기 임의대로 모든 비율을 조정할 수 있다면, 당장에 불균형이 올 것이다.〉

오, 검사의 빵은 맛이 쓴 법이다! 그들은 정말 그 한 마디 한 마디를 다 출판하기로 결심했다! 하기는 그래야 기사들이 그것을 읽을 테니까! 〈자업자득〉이라는 말이 있지 않은가! 끄릴렌꼬는 기사들에게 태연자약하게 질문을 퍼붓고 논의하기 시작한다! 이윽고 거대한 신문의 내지와 삽지가 8포인트 활자로 꽉 메워진다. 그러나 자유로운 저녁 시간도 없고 휴일도 없는 독자는 그 기사를 다 읽을 수가 없기 때문에 몇 줄 건너 새로운 문단이 나올 때마다 반복되는 낱말만을 읽게 된다 ── 〈해독 분자들! 해독 분자들! 해독 분자들!〉

그러나 만약 그것을 한 줄도 빠뜨리지 않고 읽기 시작한다면?

그때 그는 아주 서툴기 짝이 없는 우둔한 방법으로 강요된 시시한 자백을 통하여 알아차릴 것이다. 루비얀까라는 이름의 보아뱀은 제 분수에도 안 맞고 제 일도 아닌 일에 말려 들어갔다는 것을, 그리고 20세기가 낳은 강력하고 자유로운 사색이 거친 올가미를 빠져나와 힘차게 날갯짓하고 있음을 말이다. 죄수들 ── 비록 체포된 몸으로 녹초가 된 채 짓눌려 있기는 하지만, 그들의 생각은 생생히 드러난다. 비록 공포에 질리고 피로에 지친 피고인들의 혀로나마 우리는 모든 것을 이해하고 모든 것을 알아들을 수 있는 것이다.

자, 그러면 그들이 어떠한 상황에서 일을 했는지 알아보자.

깔린니꼬프의 말 ── 〈우리 주변에서는 기술적인 불신이 조성되고 있었습니다.〉라리체프의 말 — 〈원하건 원하지 않건 간에, 우리는 4천2백만 톤의 석유를 채취해야만 했습니다(즉, 상부로부터 그런 명령을 받았던 것이다). ……그러나 어떠한 조건하에서도 4천2백만 톤이라는 석유는 도저히 채취할 수 없었습니다.〉[10]

우리 기사들의 불행한 세대는 이 두 가지의 불가능에 짓눌리며 모든 작업을 해나갔다. 연료 기술 연구소는 자기 연구에 보람을 느끼며 열효율 계수를 현저히 증가시켰다. 그리고 이 연구에 입각해서 연료 채취의 수요량이 감소된 계획안이 작성되었다. 그러나 그들은 연료 밸런스를 지나치게 감소시켰다고 해서 〈해독 행위를 한 것〉이 되었다! 철도 기사들은 모든 차량에 자동 연결기를 부착하는 운수 계획을 수립했다 — 이것 역시 〈해독 행위를 한 것〉이 되었다. 자본을 효과적으로 이용하지 못했다는 것이다! (자동 연결기를 설치하고 제대로 기능을 발휘하려면 장기간의 시일이 필요한데, 우리는 당장 내일이 급하기 때문이다!) 단선 철도를 보다 효율적으로 이용하기 위해서 기사들은 기관차와 차량을 대형화하기로 결정했다. 그러나 이것은 근대화가 아니라 〈해독 행위〉였다! 왜냐하면 선로와 교량 상층부를 강화하기 위해서 자금이 허비되기 때문이다! 미국에서는 자본이 싸고 노동력이 비싸지만 우리 나라는 그 반대이기 때문에 미국식을 모방해서는 안 된다는 경제적인 판단에서 페도또프는 다음과 같은 계획을 세웠다 — 즉, 우리 나라의 지금의 실정으로는 비싼 미국의 컨베이어 기계를 도입할 필요는 없으며, 앞으로 10년간은 좀 뒤떨어지기는 했지만 값이 헐한 영국의 기계를 사들여서 많은 노동력을 사용하는 것이 더 유리하다. 10년 후에는 어차피 모든 기계를

10 같은 책, p. 325.

다 바꾸게 마련인데, 그때 좀 더 비싼 기계를 사도록 하자. 그러나 이것 역시 〈해독 행위〉다! 자금 절약이라는 구실하에 선진적인 기계를 소련의 산업 분야에 적용하지 않으려고 했기 때문이다! 백 년 후에는 그 견고성이 입증되리라는 설명과 함께 값이 헐한 일반 콘크리트 대신 철근 콘크리트로 새 공장들을 짓기 시작했다 — 이것도 자본금을 낭비하고 부족한 철근을 허비했다고 해서 〈해독 행위〉로 간주되었다! (틀니를 만들기 위해서 그것을 저장해 두기라도 했어야 한다는 말인가?)

피고인석에서 페도또프는 자진해서 양보를 한다. 「물론 지금 돈으로 한 푼 한 푼 계산을 한다면, 해독 행위로 간주될 수 있습니다. 하지만 영국 사람들은 이렇게 말하지요. 〈나는 싸구려 물건을 살만큼 부자는 아니다〉라고요…….」

그는 고집 센 검사에게 부드러운 어조로 해명을 하려고 애쓴다. 「어떤 종류의 것이든 계획 기준을 이론적으로 접근하면 결국 해독 행위로 분석되는데…….」[11]

겁에 질린 피고인이 그보다 더 명백하게 무슨 말을 할 수 있겠는가? 우리에게는 이론적이지만 당신들에게는 해독 행위가 되니 말이다! 당신네들은 내일에 대해서는 조금도 생각하지 않고 오늘만을 고집하려 드니 말이다.

늙은 페도또프는 거칠고 성급한 5개년 계획 때문에 수십만 루블 내지 수백만 루블을 낭비하고 있다는 사실을 해명하려고 애쓴다. 예를 들어 면화는 용도별로 알맞게 각 공장에 공급이 되도록 제대로 선별되지 않고 마구 뒤섞인 채 보내지고 있다고 말한다. 그러나 검사는 들은 척도 하지 않는다! 돌대가리처럼 우둔하고 고집이 센 검사는 재판 기간 동안 이미 수십 번씩 물어본 질문으로 다시 되돌아간다 — 높은 천장, 넓

11 같은 책, p. 365.

은 복도, 그리고 지나치게 사치스러운 통풍 장치를 갖춘 궁전 같은 공장을 짓기 시작한 이유는 무엇인가? 이것이 어찌 명백한 해독 행위가 아니겠는가? 이것이야말로 돌이킬 수 없는 자금의 낭비다! 법정에 선 부르주아 파괴 분자들은 노동 인민 위원회가 프롤레타리아 국가에서는 노동자들을 위해서 널찍하고 공기가 좋은 공장을 만들기를 원했다고 해명한다. (그러니까 노동 인민 위원회에도 파괴 분자가 있는 셈이다!) 그리고 의사들은 9미터 높이의 천장을 원했는데, 페도또프는 6미터로 천장을 낮추었다고 말한다 — 그렇다면 왜 5미터까지 낮추지 않았는가? 바로 여기에 〈해독 행위가 있는 것〉이다! (그러나 만약 4.5미터까지 낮추었다면 — 그때는 또 최악의 해독 행위가 된다. 자유로운 소비에뜨 노동자들에게 자본주의식 공장의 악조건을 적용시키려고 했기 때문이다.) 기사들은 그 차이가 공장의 시설비 총액 대비 3퍼센트에 불과하다는 것을 납득시키려고 한다 — 그러나 검사는 또다시 천장의 높이로 화제를 옮긴다! 그러고는 다시 이렇게 묻는다 —「감히 어떻게 그런 강력한 통풍 장치를 설치할 생각이 들었는가?」 가장 무더운 날을 고려했다고 대답한다……. 왜 가장 무더운 날을 고려했는가? 무더운 여름날에 노동자들이 땀 좀 흘린다고 안 될 것이 뭐냔 말이다!

그러나 어쨌든 〈처음부터 불균형은 나타나게 마련이다……. 《기사 센터》가 생기기 전까지 그 무능한 조직도 그 점에 유의하고 있었던 것이다.〉(차르노쁘스끼)[12] 〈어떠한 파괴 행위도 우리에게는 필요 없었다……. 《적절한》 행위만 하면 모든 것은 저절로 닥쳐오게 마련이니까.〉(역시 차르노쁘스끼)[13] 그는

12 같은 책, p. 204.
13 같은 책, p. 202.

이보다 더 분명히 말할 수는 없었으리라! 루비얀까 형무소에서 몇 개월을 보낸 뒤 피고인석에 앉았으니 무슨 말을 제대로 할 수 있겠는가. 적절한 행동만 하면(즉, 어리석은 상관의 지시대로 하면) 불가능한 계획이 자기 자신을 좀먹게 마련이다. 결국 그들의 해독 행위는 다음과 같은 것이다 — 〈예를 들어 우리는 《1천 톤》의 생산 능력을 가지고 있을 뿐인데, (머저리 같은 계획에 따라) 3천 톤을 생산하라는 명령을 받았다. 따라서 우리는 그를 달성하려는 어떤 노력도 하지 않았다.〉[14]

교차 검열하고 여기저기 손질한 당시의 공식 속기록에 이런 발언이 남아 있는 것은 놀라운 일이 아닐 수 없다.

끄릴렌꼬는 자기 배우들이 난센스에 지쳐 제대로 말을 할 수 없을 지경으로까지 그들에게 계속 대사를 강요한다. 마치 자기가 왜 이런 데 출연했을까 배우들이 부끄러워하는 형편 없는 연극 같은 느낌이다. 그러나 배우들은 한 조각의 생명을 위해서 그 연기를 해야만 하는 것이다.

끄릴렌꼬 — 「당신은 동의하오?」

페도또프 — 「네, 동의합니다……. 그러나 전체적으로 다 그렇다고는 생각하지 않습니다…….」[15]

끄릴렌꼬 — 「당신은 시인하오?」

페도또프 — 「솔직히 말씀드려서…… 몇몇 부분에서는…… 하지만 대체로…… 시인합니다.」[16]

우리 나라 기사들에게는 빠져나갈 출구라고는 없다. 아직

14 같은 책, p. 204.
15 같은 책, p. 425.
16 같은 책, p. 356.

까지 감옥살이를 해보지 못한 기사들에게도 이것은 마찬가지다. 이래도 나쁘고 저래도 나쁘기는 마찬가지이다. 앞으로 전진해도 안 되고 뒤로 후퇴해도 안 된다. 일을 서두르면 속도가 빨라 해독 행위가 되고, 일을 서두르지 않으면 속도가 느리다고 해독 행위가 된다. 조심스럽게 해당 분야를 발전시켜 나가면 고의적인 사보타주가 되고, 기분 내키는 대로 도약을 하면 파괴적인 불균형을 이룬다. 수리, 개선, 자본 예치는 자본을 사장시키는 것을 뜻하고, 시설이 낡아 못 쓸 때까지 사용하면 파괴 행위가 되는 것이다! (게다가 신문관들은 이 모든 것을 피고인 자신들에게서 알아내는 것이다. 즉, 며칠씩이나 감방에서 잠을 못 자고 나면, 기사들은 자기 스스로 해독 행위를 할 수 있었던 확증적인 예들을 제시하게 될 테니 말이다.)

「좀 더 명백한 예를 드시오, 좀 더 명백한 해독 행위의 예를 들라는 말이오!」 참을성 없는 끄릴렌꼬는 성화가 대단하다.

(명백한 예들은 끊임없이 제공될 것이다! 조금만 기다리면 누군가가 이 시대의 기술의 역사를 빨리 써낼 것이고, 그는 5개년 계획을 4년간에 완수한 발작적인 경련을 평가할 것이다. 그때 우리는 얼마나 많은 인민의 재력과 인력을 헛되게 파멸시켰는가를 알게 될 것이다. 하기는 그렇다, 가령 마오쩌둥이 낳은 중국의 홍위병들이 아무리 천재적인 기사들을 감독한다 해도, 거기서 무슨 좋은 결과를 기대할 수 있겠는가? 알맹이가 없는 열성분자는 우둔한 상관보다 언제나 불평이 더 많은 법이다.)

그렇다, 자세한 말은 필요 없다. 자세하면 자세할수록 총살로 이끌 기회가 적어지니 말이다.

그러나 아직도 모든 말이 다 끝난 것은 아니다! 가장 중대한 죄악은 이제부터 시작되니 말이다! 글을 모르는 무식한 사람들까지도 그 죄악만은 알고 있으니까! 산업당은 첫째, 외국 세력의 간섭을 준비했다. 둘째, 제국주의자들로부터 공작금을 받았다. 셋째, 간첩 행위를 했다. 넷째, 새로운 정부에 들어갈 장관직을 내정했다.

그렇다! 모든 사람이 입을 다물었다. 그리고 모든 반항자들도 기가 죽고 말았다. 그저 시위 행렬의 발자국 소리와 울부짖는 외침 소리가 창밖에서 들릴 뿐이다. 「죽여라! 죽여라! 죽여라!」

좀 더 자세히 말해 줄 수는 없을까? 아니, 무엇 때문에 자세히 알겠다는 것인가? 아무튼 좋다. 그럼 좀 더 무시무시한 이야기를 해보도록 하자. 이 모든 산업당 사건을 지휘한 것은 프랑스의 참모 본부라고 한다. 하기는 프랑스에는 내부적인 근심도, 고난도, 당권 투쟁도 없을 테니 얼마든지 사단 병력을 투입하여 간섭을 할 수 있었을 것이다. 맨 처음 간섭을 기도한 것은 1928년이었다. 그러나 협상을 할 수 없어서 뚜렷한 결과를 얻지 못했다. 그다음 1930년에 다시 간섭을 기도했으나, 역시 협정을 맺지 못했다. 그다음이 1931년이었다. 그러나 사실은 이러했다. 프랑스 자신은 싸우지도 않고 우끄라이나의 우안(右岸)을 차지하게 되어 있었다. 영국은 더욱더 싸우기를 원치 않고, 그저 공포를 주기 위해 흑해와 발트해로 함대를 파견하기로 약속했다(이 대가로 까자끄 유전을 보장받았다). 정작 싸움을 할 주력 부대는 10만 명의 망명자들이었다(그들은 뿔뿔이 도망쳐 나와 사방에 흩어져서 살고 있었으나, 집합 신호를 듣고 순식간에 모여들었다). 그다음 폴란드는 우끄라이나의 반쪽 땅을 약속받았다. 루마니아는 1차 대전에서의 빛나는 성공으로 말미암아 위협적인 적으로 간주되었다. 그다음 라트비아와 에스토니아도 있었다! 이 작은 두 나라는 아직도 정치 기반이 약했지만 자국 내의 일들을 기꺼이 내동댕이치고 전력을 다해 공격해 올 것으로 예상되었다. 그러나 그보다 더 무서운 것은 주공격의 방향이었다. 아니, 뭐, 벌써 알 수 있다고? 그렇다! 그것은 베사라비아에서부터 시작되어 드네쁘르강 우안을 〈따라〉 모스끄바로 〈곧장 향한다〉는 것이었다![17] 그리고 바로 이 운명적인 순간에 모든 철도 위에서 폭발이 일어난다고? 아니다, 모든 철도에서 병목 현상이 일어날 것이다! 산업당은 발전소도 끊어 버려서 전국을 암흑세계로 몰아넣어 모든 기계의 가동을 중지시킨다. 물론 방적 기계도 예외는 아니다! 그리하여 후방 파괴가 시작된다. (피고인들에게는 다음과 같은 주의가 하달된다 ─ 비공개 심의회가 있을 때까지는 후방 파괴 방법을 말해서는 안 된다! 공장 이름을 말해도 안 된다! 지명을 말해도 안 된다! 외국인이나 내국인의 이름을 말해도 안 된다!) 방적 공장에 치명적인 타격을 입혀 완전히 파괴해 버린다. 그리고 파괴 행위를 목적으로 백러시아에 있는 두서너 개의 방적 공장을 〈외국 간섭군의 주요 거점지〉로 사용된다![18] 그리하여 이미 방적 공장들을 손에 넣은 외국 간섭군은 쉬지 않고 모스끄바로 진격을 개시할 것이다! 그러나 그중에서도 가장 교활한 음모는 다음과 같은 것이다 ─ 그들은 꾸반섬 둘레와 폴레시아의 늪지대, 그리고 일멘호(湖) 근처의 못(비신스끼는 정확한 지명을 말하지 말라고 했지만, 어떤 증인 한 사람이 그만 엉겁결에 이것을 말해 버렸다)을 건조시킴으로써(그러나 성공하지는 못

---

17 이러한 공격 방향을 담뱃갑 위에 써서 끄릴렌꼬에게 넘겨준 사람은 누구일까? 1941년에도 우리 나라의 국방을 맡았던 바로 그 사람이 아니었을까?

18 『산업당 재판』, p. 356. 그들은 결코 농담조로 이렇게 말하고 있는 것이 아니다.

했다), 외국 간섭군들이 발을 적시지도 않고 모스끄바에 도달할 수 있도록 그들에게 최단 거리의 공격로를 열어 주려고 했다는 것이다. (따따르인들은 왜 그렇게 힘들었을까? 나폴레옹은 모스끄바로 가는 그 길을 왜 발견 못 했을까? 그렇다, 그것은 폴레시아와 일멘호의 늪지대 때문이다. 그 늪지대를 건조시키기만 하면 모스끄바는 벌거벗은 것이나 다름없는 것이다!) 그들의 죄상은 계속된다 — 그들은 제재 공장이라는 구실하에 격납고를 건설했다. (장소를 말할 수는 없다. 비밀이니까!) 간섭군의 비행기들이 비를 맞지 않게 하기 위해서다. 그들은 또한 〈간섭군들의 숙영지〉를 건설했다. (장소를 말할 수는 없다. 비밀이니까!) 아니, 그럼 지금까지의 외국 점령군들은 어디에 묵었다는 말인가? 피고인들은 장막 뒤에 있는 외국인 K.와 R.(이름을 절대로 밝혀서는 안 된다! 그리고 그들의 국적도 마찬가지다!)에게서 이 모든 지령을 받았다.[19] 그리고 결정적인 단계에 가서는 〈붉은 군대〉의 독립 부대들에게 반란을 선동하려고 했다. (병과와 부대 이름을 밝혀서는 안 된다!) 물론 이런 일을 실제로 했다는 것은 아니지만, 어느 중앙의 군 기관에서 백위군 장교 출신들과 금융 전문가들이 세포를 조직하려고 기도했다. (뭐, 백위군이라고? 빨리 써, 당장 체포다!) 그리고 반소비에뜨 대학생 세포 조직도 기도했다는 혐의를 받았다. (학생이라고? 빨리 써, 당장 체포다!)

그러나 사건을 너무 심하게 밀고 나갈 수는 없었다. 그렇게 되면 노동자들은 실의에 빠질 것이고, 소비에뜨 정부는 대책 없이 낮잠만 자고 있었다는 인상을 주기 때문이다. 그러니 이렇게 말할 필요가 있었다. 〈그들은 많은 것을 계획했으나 실행한 것은 적었으며, 우리의 산업 분야 중 어느 하나도 중대

19 같은 책, p. 409.

한 타격을 입지는 않았다!)라고.

그렇다면 외국 간섭군은 왜 형성되지 못했을까? 거기에는 여러 가지 복잡한 이유가 있었다. 푸앵카레가 프랑스에서 낙선했기 때문이라는 이유도 있고, 러시아의 망명 기업가들이 옛날의 자기 공장들이 아직도 볼셰비끼들에 의해서 충분히 복구되지 못했다고 생각했기 때문이라는 이유도 있다. 볼셰비끼가 좀 더 복구하도록 그들은 기다린 것이다. 그리고 또 폴란드와 루마니아 간에 협상이 이루어지지 못했다는 것도 그 이유 중의 하나다.

외국군의 간섭이 없었던 것까지는 좋았으나, 그 대신 우리 나라에는 〈산업당〉이 있었던 것이다! 당신에게는 근로 대중의 울부짖는 저 소리가 들리지 않는가. 「죽여라! 죽여라! 죽여라!」 지금 행진하고 있는 것은 〈일단 전쟁이 일어나면, 이 사람들이 망쳐 놓은 일을 자기 자신의 목숨과 손실과 고통으로 보상하지 않으면 안 되는 바로 그 근로 대중인 것이다.〉[20]

(이것은 물속을 들여다보듯이 명백한 일이다. 1941년 독소 전쟁이 터졌을 때, 이 믿음직스러운 시위 행진자들은 바로 〈이 사람들〉 때문에 목숨을 잃고 손실과 고통을 참아내야 하지 않았느냐 말이다! 그러나 검사여, 지금 당신의 손가락은 어디를 향하고 있느냐? 어디를 가리키고 있느냐 말이다?)

그건 그렇고, 하필이면 왜 〈산업당〉일까? 〈공업 기술 센터〉라고 하지 않고, 왜 〈당〉이라고 했을까? 〈센터〉는 우리에게 너무나도 낯익은 말이기 때문이다.

하기는 센터도 없었던 것은 아니다. 그러나 그들은 당으로 이름을 갈아 버리기로 결심했다. 그것이 더 목적에 어울리기 때문이다. 또 그래야만 새 정부의 각료를 꿈꾸는 적들하고 싸

20 같은 책, p. 437.

우기가 편해지기 때문이다. 그리고 이것은 〈정권 투쟁을 위해서 근로 대중을 동원〉할 수 있는 다른 당들하고의 싸움을 뜻한다. 첫째로 〈근로 농민당〉이 있다 ─ 그 당원 수만 해도 20만 명에 달했다! 둘째로 멘셰비끼 당이 있다! 그런데 센터는 어디 있었는가? 그것은 세 당들의 통합 센터를 뜻하는 것이었다. 그러나 GPU는 그들을 분쇄했던 것이다. 〈우리를 분쇄해 주셔서 다행입니다.〉(피고인들은 모두 그것을 기뻐했다.)

(스딸린은 3개의 당을 분쇄함으로써 만족을 느꼈다! 그러니 3개의 〈센터〉 정도로 무슨 영광을 줄 수 있었겠는가!)

그러나 당이라면, 으레 〈중앙 위원회〉가 있게 마련이다. 그렇다, 그들에게도 〈중앙 위원회〉가 있었다. 지금까지 한 번도 회의를 해본 적도 없거니와 선거를 치러 본 적도 없는 〈중앙 위원회〉였다. 원하는 사람이면 누구나 들어갈 수 있고 위원은 5명이었다. 모두 서로서로 양보를 했다. 위원장마저 아무도 하려는 사람이 없었다. 중앙 위원회(아무도 그런 것을 기억하지 못했지만 람진만은 잘 기억하고 있어서 그 호칭을 말했다!)에서도, 분과 위원회에서도 역시 회의라고는 없었다. 차르노프스끼는 이렇게 말했다. 「〈산업당〉이라는 조직이 공식적으로 형성된 적은 〈없었습니다.〉」「회원은 몇 명이오?」「알 수 없습니다. 누가 회원인지 정확히 모르니까요.」 ─ 라리체프의 대답이다. 「그럼 어떻게 해독 행위를 하고 어떻게 지령을 전달했는가?」「기관에서 만나면 서로 구두로 전하곤 했습니다. 그다음부터는, 각자의 의식에 따라 해독 행위를 했습니다.」(그러나 람진만은 2천 명의 당원이 있다고 자신 있게 대답했다. 그가 2천 명의 이름을 말하면, 5천 명이 투옥되었다. 재판소의 자료에 의하면, 소련 내의 기사는 모두 합해 3~4만 명으로 되어 있다. 즉, 기사 7명에 한 사람꼴로 체포한 것이

되고, 나머지 6명은 공포에 떨었음을 뜻하는 것이다.)「노동자나 농민들과의 접촉은?」「〈국가 계획 위원회〉나 혹은 〈최고 인민 경제 회의〉에서 만나서 농촌 공산당원들에 적대하는 조직적인 행동을 계획하고는 했습니다…….」

이 비슷한 것을 어디선가 본 것 같은데? 그렇다, 바로 가극「아이다」의 무대에서 우리는 그것을 보았다 — 라다메스의 출정을 축복할 때 악대가 연주를 하고, 8명의 용사가 투구를 쓰고 창을 들고 서 있는데, 바로 그 뒷배경에 2천 명의 군인이 그려져 있던 것이 생각난다.

〈산업당〉도 다를 것이 없었다.

그러나 어차피 연극은 계속되게 마련이다! (지금 생각하면 도저히 믿을 수 없는 일이지만, 그때만 해도 이것은 엄숙하고 심각하게 받아들여졌다.) 같은 말이 수없이 되풀이되고, 매 사건마다 몇 번씩 같은 설명이 되풀이된다. 그리고 이와 같은 반복 현상은 무서운 환상을 배가시킬 뿐이다. 한편 너무 재판이 단조로우면 안 되니까 피고인들은 별로 중요하지 않은 세부는 갑자기 〈잊어버리〉기도 하고, 아니면 〈증언을 철회〉하기도 하는데, 법관들은 〈반대 심문으로 그들을 꼼짝 못 하게〉 함으로써 모스끄바 예술 극장 못지않은 효과를 얻게 되는 것이다.

그러나 끄릴렌꼬의 압력은 계속되었다. 그는 또 다른 측면에서 〈산업당〉의 창자를 뽑아 버리기로 마음먹었다 — 즉, 피고인들의 사회적인 기반을 폭로하기로 한 것이다. 이것을 위해서는 계급적인 요소가 필요할 뿐, 분석도 필요 없고 스따니슬라프스끼(러시아의 연극 연출가이자 배우)식의 연출법도 필요 없고, 연기도 필요 없다. 그저 즉석에서 판단을 내리기만 하면 된다 — 즉, 각 피고인으로 하여금 자신의 생활을 말하게 하고, 혁명을 어떻게 받아들였으며, 어떻게 해독 행위를 하

135

기에까지 이르렀는가를 실토케 하면 되는 것이다.

그러나 경솔하게 삽입시킨 이 하나의 인간적인 풍경이 전 5막의 연극을 송두리째 망쳐 버리는 결과를 가져왔다.

우선 그들을 놀라게 한 것은 부르주아 지식인의 대표급이라고 할 수 있는 이들 8명의 피고인들이 모두 가난한 집안에서 태어났다는 사실이었다. 농민의 아들도 있었고, 부양가족이 많은 사무원의 아들도 있었고, 직공의 아들도 있었고, 시골 선생의 아들, 그리고 행상인의 아들도 있었다. 8명 모두가 열두 살, 열세 살, 열네 살 때부터 고학을 하며 공부를 했다. 어떤 사람은 개인 과외로 학비를 조달하고, 어떤 사람은 기관차에서 일하며 교육을 받았다. 그리고 더욱 놀랄 일은 아무도 그들의 교육을 방해한 사람이 없었다는 것이었다! 그들은 모두 정상적으로 실업 학교를 마치고 고등 기술 학교를 졸업한 후 저명한 거물급 교수들이 되었던 것이다(이것은 어떻게 된 일일까? 제정 러시아에서는 지주나 자본가의 자식들만 그렇게 될 수 있다고 늘 듣지 않았던가…… 달력이 거짓말을 할 리는 없는데?)

그러나 소비에뜨 시대로 탈바꿈을 한 〈지금〉은 어떤가? 모든 기술자는 가난에 쪼들리는 생활을 하고 있어서, 자기 자식들에게 고등 교육을 받게 한다는 것은 거의 불가능하다(그리고 지식인의 자식들은 이보다 더한 최하의 상태에 놓여 있었다). 법정은 말이 없었다. 끄릴렌꼬도 말이 없었다(피고인들은 노동 계급이 전반적인 승리를 거둔 지금, 그런 것은 물론 중요한 것이 아니라고 말하고, 자진해서 합의하기를 서둘렀다).

그럼 여기서 서로 비슷한 이야기를 하는 피고인들의 특징을 대충 살펴보기로 하자. 그들을 구분하는 연령은 그들 각자의 인품을 말해 주는 기준선이기도 하다. 그중에는 예순 가까운 사람도 있고 예순이 넘은 사람도 있는데, 그들의 해명은 적지 않은 동정을 불러일으켰다. 그러나 43세의 람진과 라리체프, 그리고 39세의 오치낀(바로 이 자가 1921년 〈중앙 연료 위원회〉를 밀고한 장본인이다)은 약삭빠르고 파렴치하다. 〈산업당〉과 〈외국군 간섭〉에 대한 증언은 그 대부분이 그들의 입에서 나온 것이다. 람진은 초창기에 빛나는 성공을 거듭했으나 다른 기사들은 모두 그를 백안시해 왔다. 그는 법정에서 끄릴렌꼬의 말이 떨어지기가 무섭게 그 암시를 알아차리고 거기에 딱 들어맞는 증언을 제시하고는 했다. 따라서 모든 유죄 사실은 람진의 기억에서 꾸며져 나왔다고 해도 과언은 아니다. 그에게는 침착성과 밀고 나가는 힘이 있었으므로, 실제로(물론 GPU의 지령에 따라) 파리에서 전권 대표로 간섭군과 회담하는 일도 잘했을 것이다. 오치낀도 성공적이었다 — 그는 스물아홉 살 때에 벌써 소비에뜨 연방 노동 국방 회의와 인민 위원회의 절대적인 신임을 얻을 수 있었던 것이다.

예순둘의 교수 차르노쁘스끼의 경우는 이와는 판이했다. 그를 비난하는 성명서가 익명의 학생들에 의해서 게시판에 나붙었다. 그는 23년이나 교편생활을 한 끝에 학생 총회에 출두하여 〈자기 죄를 보고하라〉라는 명령을 받았다. 그러나 그는 출두하지 않았다.

한편 깔린니꼬프 교수는 1921년에 소비에뜨 정권을 반대하는 공개 투쟁을 지휘했다! 교수들의 동맹 파업을 지휘한 것이다! 스똘리삔 반동 시기만 해도 MVTU(모스끄바 고등 기술 학교)는 학문적인 자치성을 누릴 수 있었다. 그런데 1921년 MVTU 교수회는 깔린니꼬프를 총장으로 재선출했으나 인민 위원회는 승인을 거부하고 자기들 사람을 총장으로 임명했다. 여기서 교수들은 동맹 파업을 하고 학생들 역시 교수들을 지지했기 때문에(그때만 해도 아직 진짜 프롤레타리아 학생은 없었던 것이다) 깔린니꼬프는 소비에뜨 정권의 의사와는 달리 만 1년 동안 더 총장직에 머물러 있을 수 있었다. (1922년에 교수들의 자치회는 무너지고 말았다. 그리고 많은 교수들이 체포된 것도 사실이다.)

그리고 예순여섯의 페도또프, 그의 기사 경력은 러시아 사회 민주 노동당의 역사보다도 11년이나 앞선다. 그는 러시아 전국을 전전하며 모든 방적 공장, 모든 방직 공장에서 일했다. 1905년 그는 높은 보수를 사양하고 모로조프 공장의 지배인 자리에서 물러났다. 그는 까자끄 기마병에게 학살된 노동자들의 〈붉은 장례식〉에 참가하기를 더 좋아했던 것이다. 그는 지금 앓는 몸이고 눈도 잘 보이지 않고, 저녁마다 바깥출입도 잘 못할뿐더러 극장에도 가지 못할 정도로 쇠약해 있었다.

이러한 그들이 무력간섭을 준비하고 경제적인 내란을 책동했다니?

차르노프스끼는 여러 해 동안 계속해서 한가한 저녁 시간을 가져 본 적이 없었다. 강의를 하고 새로운 과학(생산의 조직화, 합리화의 과학적 원칙)을 개발하느라고 눈코 뜰 새 없이 바빴던 것이다. 나의 어린 기억에도 그 당시의 이공계 교수들의 바쁜 생활상이 다음과 같이 남아 있다 — 즉, 그들은 저녁마다 학위 후보자며 설계사며 연구 조수들의 일로 시달린 끝에 밤 11시가 되어서야 자기 집으로 돌아가고는 했다. 전국을 통틀어 3만 명밖에 안 되는 그들 기사들이, 더구나 5개년 계획이 방금 시작된 그 시기에, 감히 어떻게 파괴 행위를 할 수 있었겠는가!

그러나 그들이 경제 공황을 준비하고 스파이 활동을 했다는 것이다!

람진은 법정에서 단 한마디 정직한 말을 했다 ──「해독 행위 방법은 기사들의 〈내부 조직〉과는 관련이 없습니다.」

재판이 계속되는 동안 끄릴렌꼬는 피고인들이 정치에 대해서는 문외한이라는 것을 그들 스스로 자인하고 사과하도록 강요했다. 정치는 그 어떤 금속학이나 터빈 공사보다도 더 어렵고 더 차원이 높기 때문이다! 따라서 기사들의 머리나 교육은 정치에 아무 도움도 줄 수가 없다는 것이다. 자, 대답하라! 당신들은 어떤 기분으로 10월 혁명을 받아들였소? 회의적이었다고? 그렇다면 그때부터 벌써 적의를 품었단 말이군? 왜 적의를 품었소? 왜? 왜?

끄릴렌꼬는 자기 자신의 이론적인 질문으로 피고인들을 녹초로 만든다. 그리고 맡겨진 배역에서 조금이라도 벗어난 단순한 실언 속에서도, 〈실제로 있었던〉 진실의 핵은 조금씩 밝혀질 수도 있는 것이다.

우선 기사들이 10월 혁명에서 본 것은 파괴였다(그리고 실제로 3년 동안 파괴만 있었을 뿐이다). 다음에 그들은 완전무결한 자유의 박탈을 보았다(그리고 이 자유는 그 후 두 번 다시 되돌아오지 않았다). 그러니 그들이 어떻게 민주 공화국을 〈원하지 않을 수〉 있었겠는가? 그리고 물질적으로나 경제적으로 생산 법칙이라고는 하나도 모를뿐더러 기술 분야의 전문 지식도 없는 지난날의 무식한 보조원들, 그러나 지금은 오히려 기사들을 지도하기 위해 상관을 맡고 있는 그 〈노동자들의 독재〉를 어떻게 그들이 받아들일 수 있었겠는가? 따라서 사회를 현명하게 이끌어 나갈 수 있는 사람들이 그 사회의 지도자가 되는 그런 사회를 갈망한다는 것은 어디까지나 자연스러운 귀결이 아닐 수 없다. (사회를 도덕적으로 이끌려고는 하지 않고, 오늘날의 모든 사회 지도층은 엉뚱한 방향으로 사회를 이끌어 가고 있다. 직업적인 정치가들이야말로 사회의 손발을 묶어 버리는 목 위의 종기와 무엇이 다르겠는가?) 그리고 기사들은 왜 정치적인 견해를 가져서는 안 된다는 말인가? 정치는 과학 분야와는 전혀 인연이 없는 것일까? 정치는 어떤 수학적인 수식 따위로 묘사될 수는 없지만 그러면서도 인간의 개인주의와 맹목적인 정열에 지배되는 하나의 경험 분야인 것이다. (차르노프스끼는 재판을 받으면서도 다음과 같이 말했다 — 〈정치도 어느 정도까지는 기술의 결론에 의해서 지도되지 않으면 안 된다.〉)

전시 공산주의의 잔인한 압박은 기사들에게 불쾌감만 줄 뿐이었다. 그들은 어리석은 일에 참여할 수가 없어서, 가난에 시달리면서도 1920년까지는 그 대부분이 활동을 정지했다. 그 후 〈NEP〉, 신경제정책이 시작되자 기사들은 자진해서 일에 참여했다. 그들은 신경제 정책을 보고 정부가 정신을 차린 징조라고 생각했던 것이다. 그러나 혁명 전의 조건하고는 전혀 달랐다. 기사들은 사회적인 위험 계층으로 감시를 받았을 뿐만 아니라 자기 자식들을 교육시킬 권한마저 부여받지 못했다. 그들은 생산에 기여한 자기 노력보다 훨씬 낮은 급료를 받았다. 그들은 또한 생산의 성공과 공장에서의 규율을 요구받으면서도 그 규율을 유지시킬 권한을 박탈당했다. 이제 와서는 어떠한 노동자도 기사의 지시를 따르지 않아도 될 뿐 아니라, 태연히 기사를 모욕할 수도 있고 심지어 기사를 때릴 수도 있었다. 그리고 이때 지배 계급의 대표자로서의 노동자의 행동은 〈언제나 정당화〉되었다.

끄릴렌꼬는 다음과 같이 반박한다 — 「당신은 올젠보르게르의 재판을 기억하고 있소?」(즉, 우리가 그를 변호해 주었다는 뜻이다).

페도또프 — 「네, 기억합니다. 그는 기사의 사회적인 지위에 주의를 환기시키려고 목숨을 잃어야 했던 겁니다.」

끄릴렌꼬 — (실망한 표정으로) 「아니, 당신은 내 질문을 잘못 알아들었군.」

페도또프 — 「그 사람은 죽었습니다. 그러나 그 사람 혼자만 죽은 것은 아닙니다. 그는 스스로 목숨을 끊었습니다만, 많은 사람들은 학살을 당했습니다.」[21]

끄릴렌꼬는 말이 없었다. 그것은 페도또프의 말이 옳았기 때문이다. (다시 한번 올젠보르게르의 재판을 들춰 보고, 〈많은 사람들이 학살당했다〉는 끝말과 함께 그때의 탄압과 박해를 상상해 주기 바란다.)

이와 같이 기사는 아무 죄가 없을 때도 항상 죄인 취급을 당해야 했다! 그리고 실제로 그가 무슨 잘못이라도 저지르는 날이면 — 하기는 기사도 인간이니까 그럴 때도 있게 마련이다 — 동료들이 그 잘못을 덮어 주지 않는 한 그는 죽음을 면하기 힘들다. 솔직히 잘못을 고백한다고 해서 언제 그들이 용서해 준 일이 있었던가? 그래서 결국 기사들은 당 간부 앞에서 거짓말을 할 수밖에 없었던 것이다.

기사들의 권위와 위신을 되찾기 위해서, 그들은 실제로 단결할 필요가 있었고 서로서로 도울 필요가 있었다. 그들은 모두 위협을 받고 있었다. 그러나 이러한 단결을 위해서는 어떠한 회의도 어떠한 회원권도 필요 없었다. 사고력이 분명한 현명한 사람들이 서로 간의 의사소통을 할 때처럼, 그들의 단결은 조용히 몇 마디씩 주고받는 가운데, 심지어 어떤 때는 우연히 주고받는 말을 통해 자연스럽게 형성되어 갔다. 물론 투표 같은 것도 전혀 필요 없었다. 마음의 시야가 좁은 자들만이

21 같은 책, p. 228.

무슨 결의니, 당의 채찍이니 하는 것을 필요로 하는 것이다. (그러나 스딸린은 도저히 이것을 이해할 수가 없었다. 신문관들도, 그의 모든 동료들도 마찬가지였다! — 그들은 지금까지 이러한 인간적인 의사소통을 경험한 적이 없기 때문이다. 당의 역사 중에서도 〈이런 예〉를 보지 못했을 테니까!) 그렇다, 이러한 단결은 고집이 세기로 유명한 거대한 무지의 나라에서 러시아 기사들 사이에 오랫동안 존속되어 왔다. 그러나 이제 새 정권이 이것을 발견하고 공포에 떨기 시작한 것이다.

그리고 드디어 1927년이 다가왔다. 희망에 부풀었던 신경제 정책도 종적을 감추고 말았다! 그렇다, 신경제 정책은 파렴치한 기만이었음이 드러난 것이다. 비현실적인 공업 발전 기획들이 쏟아져 나오고 불가능한 계획과 임무가 공표되었다. 이런 조건하에서 기사 집단의 두뇌격인, 즉 〈국가 계획 위원회〉와 〈최고 인민 경제 회의〉 소속 기사들은 무엇을 해야 했을까? 광기에 복종할 것인가? 아니면 옆으로 물러날 것인가? 그들 자신은 문제가 아니었다. 그저 생각나는 대로 종이 위에 숫자만 나열하면 되기 때문이다. 그러나 〈실제로 일을 해야 하는 우리 동지들은 도저히 과업을 완수할 수 없을 것이다〉. 어떻게 해서든지 이들 계획을 잘 조정해서 경감시키고 도저히 실현 불가능한 과제는 제외하도록 애쓸 필요가 있었다. 그리고 지도자들의 어리석은 행동을 교정하기 위해서는 기사들 자신의 국가 계획 위원회를 만들 필요가 있었다. 게다가 또 무엇보다도 가소로운 것은 그렇게 하는 것이 〈그들〉의 — 즉, 지도자의 이익도 되고 모든 산업과 인민의 이익도 된다는 것이었다. 왜냐하면 파괴적인 결의를 항상 회피할 수 있고, 무턱대고 뿌려진 수백만 루블을 지상에서 거둬들일 수 있기 때문이다. 〈양(量)〉이니, 계획이니, 그리고 계획의 초과 완수니 하고 떠들어 대고 있을 때, 그들은 〈질(質)〉이야말로 기술의 생명이라는 것을 고집해 나가지 않으면 안 되었던 것이다. 그리고 또 이러한 정신으로 학생들을 교육할 필요가 있었던 것이다.

바로 이것이 아주 가느다란 진실의 핵심이었다. 그리고 〈그 당시의 실정〉이기도 했던 것이다.

그러나 1930년에 이 말을 입 밖에 냈다면 그것은 이미 총살감이다!

하지만 군중을 격노케 하기 위해서는 이것만으로는 아직도 부족했다. 무언가 눈에 띄는 것이 필요했던 것이다!

그리하여 국가를 구하기 위한 기사들의 말 없는 음모는 마침내 흉악한 해독 행위와 외국군의 무력간섭이라는 어마어마한 누명을 뒤집어쓰기에 이른 것이다.

이렇게 해서 우리는 당국에 의해 삽입된 한 장면에서 형태가 없는 — 아무 결실도 없는! — 진실의 환영을 보게 된 것이다. 연출가의 작업은 엉망진창이 되고 말았다. 페도또프는 이미 8개월 동안이나 잠 못 자는 밤(!)을 보냈다고 말한 바 있고, 또 최근에는 그와 〈악수를 교환한〉(?) GPU의 어느 중요 공작원에 대해서도(자기 역할만 수행하시오. 그러면 GPU도 약속을 이행할 테니, 하는 설득이었을 게다) 말하고 있다. 바로 이런 형편이고 보니 증인들마저도 — 물론 그들의 역할은 비교도 안 될 만큼 작은 것이기는 했지만 — 갈피를 못 잡고 횡설수설하기 시작했다.

끄릴렌꼬 —「당신은 이 집단에 참여한 일이 있소?」

증인 끼르뽀쩬꼬 —「외국군의 간섭 문제가 논의되고 있을 때 두서너 번 참여한 일이 있습니다.」

그것은 바로 그들이 필요로 하던 말이다! 끄릴렌꼬는 상대방을 고무하듯이 재촉한다.

끄릴렌꼬 — (격려하듯이)「계속하시오!」

끼르뽀쪤꼬 — (잠시 침묵했다가)「〈그 외에는 아무것도 모릅니다.〉」

끄릴렌꼬는 증인을 고무시키며 뭔가를 상기시키려고 애쓴다.

끼르뽀쪤꼬 — (멍청하게)「〈외국군의 무력간섭 말고는 아무것도 모릅니다.〉」[22]

꾸쁘리야노프와의 대심에서도 증언 사실은 들어맞지 않는다. 끄릴렌꼬는 버럭 화를 내며 애꿎은 죄수들에게 소리를 지른다.

「〈대답을 하려면 두 사람의 대답이 같아야지, 그게 뭐요!〉」

그러나 막간을 이용하여 무대 뒤에서 다시 조정 작업이 시작된다. 모든 피고인들은 다시 실로 매이고 피고인은 저마다 실이 당겨질 때만을 기다린다. 이윽고 끄릴렌꼬는 한꺼번에 8개의 줄을 다 잡아당긴다. 바로 그때 망명 기업가들은 국외에서 다음과 같은 성명을 발표하고 있었다 — 〈우리는 람진, 라리체프와 어떠한 협상도 한 일이 없으며, 또 어떠한《산업당》에 대해서도 알지 못한다. 따라서 피고인들의 증언은 고문에 의해서 날조된 것이 분명하다.〉 자, 그러니 당신들은 여기에 대해서 뭐라고 말하겠는가?

아! 피고인들의 분노는 어떠했으랴! 그들은 순번을 무시하고 서로 앞을 다투면서 해명의 발언을 요청했다! 며칠씩이나 자기 자신과 자기 동료들을 비참하게 만들던, 그 고통스러운 고요함은 어디로 간 것일까! 지금 그들은 망명자들에 대한 끓어오르는 분노를 참을 길이 없었다! 그들은 신문에 공개 성명을 내겠다고 자진해 나섰다 — 〈GPU의 조치를 옹호하기 위

22 같은 책, p. 354.

해〉 피고인들이 집단 공개 성명을 내겠다는 것이다! (이보다 나은 장식품이 어디 있겠는가, 과연 다이아몬드보다 못할 게 뭐겠는가?) 람진은 말한다.「우리는 어떠한 고문도 고통도 당하지 않았다 ── 지금 우리가 여기 있다는 것이 그 단적인 증거다!」(법정에 끌려 나갈 수 없을 정도로 고문을 할 리가 없 없잖은가!) 페도또프는 말한다.「형무소에서 〈이익〉을 얻는 것은 나 혼자만이 아니다…… 나는 바깥세상에 있을 때보다 형무소에서 〈더 좋은 기분을 느끼고〉 있다.」오치낀도 마찬가지라고 말한다.「나도, 나도 형무소가 더 좋았다!」

끄릴렌꼬도, 비신스끼도 관대한 태도를 보이며 이러한 집단적인 공개 성명을 점잖게 거절한다. 그러나 그들은 그 성명문을 썼을 것이다! 그리고 거기에 서명도 했을 것이다!

그러나 아직도 누군가가 혐의를 숨기고 있는 것은 아닐까? 여기서 끄릴렌꼬 동지는 그들에게 자기 자신의 논리를 적용시킨다 ── 〈만약 단 1초라도 그들의 거짓말을 받아들인다면, 《그들이 체포된 이유는 무엇이며》, 또 이들이 갑자기 고개를 들고 횡설수설한 이유도 묘연해지지 않겠는가?〉[23]

바로 이것이 사고력이다! 지난 1천 년 동안 검사들도 여기까지는 미처 생각이 미치지 못했던 것이다 ── 즉, 체포되었다는 사실은 이미 죄를 입증한다는 것을! 만약 피고인들에게 죄가 없다면 무엇 때문에 그들을 체포했겠는가? 일단 체포된 이상 피고인에게는 죄가 있게 마련인 것이다!

그러나 실제 문제는 여기에 있다 ── 〈그들은 왜 거짓말을 하고 싶어 할까?〉

〈고문에 관한 주장은 일축하는 바이다! 그 대신 심리학적으로 문제를 제기해 보자 ── 왜 그들은 자백했는가? 그러나 나

23 같은 책, p. 452.

는 이렇게 묻겠다 ─ 왜 그들은 그렇게 할 수밖에 없었는가?)[24]

그야말로 옳은 말이다! 얼마나 심리학적인가! 이 기관에서 〈일해 본〉 사람이라면 왜 그렇게 할 수밖에 없었는가를 잘 기억하고 있을 것이다.

(이바노프라줌니끄는 1938년 부띠르끼 형무소에서 끄릴렌꼬와 같은 감방에 있었는데, 그때 끄릴렌꼬의 자리는 판자 침상 밑에 있었다고 쓰고 있다.[25] 나는 판자 침상 밑의 그 자리를 그림을 보듯이 선명히 머리에 그릴 수 있다. 나 자신도 거기서 기어다녔으니까. 그곳 판자 침상은 더러운 아스팔트 바닥을 팔꿈치로 짚고 기어 다녀야 할 정도로 낮았다. 그러나 새로 들어온 죄수는 이내 적응할 수가 없어서 네 발로 기어 들어가려고 했다. 우선 머리를 안으로 들이밀지만, 튀어나온 엉덩이는 그대로 밖에 남게 마련이다. 특히, 검찰 총장을 역임한 그로서는 무척 적응하기 힘들었을 것으로 생각된다. 오랫동안 소비에뜨의 사법 기관에서 영광의 상징처럼 돋보이던 그 투실투실한 궁둥이, 그리고 아직도 투실투실 살찐 그의 궁둥이는 소비에뜨 법의 명예를 위해 오랫동안 밖으로 빠져나와 있었던 것이다. 죄 많은 사람인 나는 이 돌출한 궁둥이를 지금 야릇한 희열을 느끼며 묘사하고 있다. 그리고 이 기나긴 재판 과정을 묘사함에 있어 그의 최후는 어느 정도 나에게 위안을 주기도 한다.)

검사는 계속해서 자신의 논리를 전개해 나간다. 만약 이것이(고문에 대한 주장이) 모두 사실이었다면 모든 피고인들이 아무 의견 차이도 논쟁도 없이 이구동성으로 자기 죄를 자백한 일이 이해 불가능해지는 것 아닌가? 도대체 그들은 〈어디

---

24 같은 책, p. 454.

25 이바노프라줌니끄, 『형무소와 유형』(뉴욕: 체호프 출판사, 1953).

서〉 그 엄청난 공모를 꾸밀 수 있었을까? 그들은 신문을 받을 때 서로서로 연락할 수는 없었을 텐데 말이다!

(앞으로 몇몇 시대가 지나고 나면 그때까지 무사히 살아남은 증인이 우리에게 그〈장소〉를 이야기해 줄 것이다.)

자, 이번만은 내가 독자에게 설명하지를 않고 독자 여러분이 나에게 설명해 주기 바란다 — 그 악명 높은 1930년대의 모스끄바 재판의 수수께끼에 대해서 말이다. 사람들은 처음에는 산업당 재판에 놀랐지만, 그 수수께끼는 당 지도층에 대한 재판에서도 되풀이되었다.

하기는 법정에 나온 것이 2천 명도, 2~3백 명도 아니고, 고작 모두 합해 8명에 지나지 않았다. 그러니 8명을 조종하여 의견을 통일시킨다는 것은 그다지 어려운 일도 아니다. 그러나 끄릴렌꼬는 1천 명 중에서 그들을 〈선출〉하느라고 2년이라는 세월을 소비했다. 빨친스끼는 끝까지 소신을 굽히지 않아 총살당했다(총살된 후에 〈산업당의 지도자〉라고 공표되었다. 증언에서도 그는 이렇게 불렸지만, 그 자신의 말은 한마디도 남아 있지 않다). 그다음에 그들은 흐렌니꼬프에게서 필요한 정보를 뽑아내려고 했으나, 흐렌니꼬프 역시 그들에게 양보하지 않았다. 그리하여 아주 작은 활자로 각주에 다음과 같이 쓰였다 — 〈흐렌니꼬프는 신문 도중 사망했음.〉 바보 같은 녀석들이 8포인트 활자로 써넣었다 할지라도 우리는 알고 있다. 우리에게는 두 배의 크기로 보이니 말이다 — **신문 도중 고문을 받고 죽었음.** 그도 사후에 〈산업당〉의 지도자로 공표되었다. 우리는 그가 한 말이나 증언을 찾으려야 찾을 길이 없다. 왜냐하면 그는 〈단 한마디도 증언하지 않았기〉 때문이다! 그러던 중 별안간 람진이 발견된 것이다! 그 활동력으로나 통찰력으로나 그야말로 나무랄 데 없는 인물이다! 〈살기 위해서〉라면 무

슨 짓이든 할 수 있는 자다! 그리고 또 그 재능은 어떤가! 여름
이 끝날 무렵 그는 체포되었다. 바로 재판이 열리기 직전이었
다. 한편 그는 곧 자기의 역할에 익숙해졌을 뿐만 아니라, 아
마도 각본 전체를 손수 집필한 것으로 생각된다. 그는 산더미
같은 관련 자료를 이용하여 닥치는 대로 모든 정보, 모든 이름,
모든 사실을 제공해 주었다. 그리고 때로는 〈공로〉 과학자답
게 거드름을 피우며 느릿느릿 이렇게 말하기도 했다 —「〈산
업당〉의 활동은 너무나 많은 가지를 뻗치고 있어서 11일의 재
판을 가지고도 속속들이 다 들춰낼 수는 없을 겁니다.」(그러
니까 앞으로도 쉬지 말고 계속 수색하라는 뜻이다!)「소규모
의 반소비에뜨 계층이 아직도 여전히 기술계에 존재한다고
저는 확신합니다.」(그러니까 앞으로도 자꾸 잡아들이라는 뜻
이다!) 그는 〈수수께끼〉가 무엇이며, 또 그 수수께끼는 반드시
예술적인 방법으로 해명이 되어야 한다는 것을 알고 있었을
정도로 영리했다. 결국 막대기처럼 무감각했던 그는 〈갑자기
자기 마음속에서 러시아적인 죄인의 특징 — 즉, 그 죄를 정화
하기 위해 전 국민 앞에서 참회하는 — 을 발견했던〉 것이다.[26]

그러므로 끄릴렌꼬와 GPU로서는 어떻게 해야 틀리지 않
고 정확히 사람을 골라내느냐 하는 점이 항상 골칫거리였다.
그러나 그것도 그다지 큰 문제는 아니었다. 신문에 통과되지
못한 불합격품은 언제라도 무덤으로 보낼 수 있기 때문이다.
그리고 여러 번 체에 걸러 합격한 자를 잠시 치료하고 잠시
영양 보충을 시킨 다음 법정으로 내보내면 되는 것이다!

26 람진은 부당하게도 러시아인의 기억에서 말살되고 있다. 나는 그가 맹
목적이고도 파렴치한 배반자라는 부정적인 인물의 전형이 되기 위하여 철두
철미하게 봉사했다고 생각한다. 그는 배신의 폭죽과 같은 존재였다! 그는 그
시대 악역의 유일한 전형은 아니었지만, 두드러진 존재임에는 틀림없었다.

그러니 수수께끼라고 할 게 있기나 한가? 이렇게 하면 된다. 아주 간단하다 —「당신은 〈살고〉 싶소?」(자기 자신은 물론이고 자식들을 위해서, 손자들을 위해서, 살고 싶지 않은 사람이 누가 있겠는가!)「알고 있지? GPU 마당에서 마음대로 당신을 총살할 수 있다는 것을?」(그것은 사실이다. 그리고 루비얀까의 고문 과정을 겪은 사람이면 누구나 다 알게 마련이다.)「그러나 만약 당신이 약간의 연극을 해준다면 우리에게도 이롭고 당신에게도 이로울 것이오. 그 대본은 전문가인 당신이 직접 쓰도록 하시오. 그러면 우리 검사들은 그 기술용어를 암송하도록 애쓰겠소.」(재판 도중 끄릴렌꼬는 이따금씩 빗나가서 〈기관차의 굴대〉 대신 〈화차의 굴대〉라고 말하는 실수를 하기도 했다.)

그런 연극을 한다는 것은 불쾌하고 수치스럽겠지만 — 그래도 참아 내야 한다! 〈목숨〉보다 귀중한 것은 없으니까! 아니, 무엇 때문에 우리가 당신에게 보복을 하겠소? 당신은 훌륭한 전문가고, 또 당신은 아무 죄도 없단 말이오. 우리는 당신의 가치를 인정하오. 그리고 지금까지 있었던 그 수많은 재판 사례들을 돌아보시오. 분별 있게 행동한 사람들은 모두 생명을 건졌소. (그 전 재판에서 순순히 지시한 대로 움직인 피고인들을 용서해 주었다는 것은 앞으로의 재판을 성공적으로 이끌 중요한 조건이 된다. 지노비예프와 까메네프까지도 그런 기대를 버리지 않았던 것이다.) 그저 무조건 우리가 지시하는 〈모든〉 조건을 끝까지 수행하도록 하시오! 이 재판은 사회주의 사회의 이익에 봉사해야 하니까!

이렇게 해서 피고인들은 〈모든〉 조건을 수행하게 된다.

그들은 지식인 기사들의 저항 행위에 대한 정보를 상세히 제공해 준다. 그 흉악한 해독 행위를 이 나라의 마지막 문맹

자라도 다 알아듣게끔 상세히 말이다. (그러나 근로자의 접시에 유리 가루를 뿌려 넣었다고 말하는 수준까지는 아직 내려오지 않았다 — 검사들도 아직 거기까지는 생각이 미치지 못했던 것이다.)

그다음에 문제가 되는 것은 사상적 동기다. 해독 행위를 했다고? 적대적인 동기를 품었기 때문이군. 지금 그들은 자진해서 자백하고 있지 않은가? 역시 사상적 동기가 있었다고. 그들은 5개년 계획 3년도의 결실인 활활 타오르는 용광로의 불길에(형무소 속에서) 정복되고 만 것이다! 최후 진술에서 그들은 비록 목숨을 살려 달라고 간청하지만, 이것은 하나도 중요한 것이 아니다. (페도또프는 말한다 — 〈우리에게는 사면이란 있을 수 없다! 검사의 말은 정당하다!〉) 죽음의 문턱에 있는 지금, 이 기묘한 피고인들을 위해 중요한 것은 소비에뜨 정부의 우월성과 빛나는 장래성을 전 인민과 전 세계에 확산시키는 일이다. 특히 람진은 다음과 같이 찬사를 아끼지 않는다. 「〈프롤레타리아 대중과 그 지도자의 혁명 의식〉은 학자들보다도 훨씬 더 올바른 경제 정책을 발견할 수 있었고, 보다 정확히 인민 경제의 발전 속도를 계산해 낼 수 있었다. 이제 〈나는 도약이 필요하다는 것을 이해했으며 쏜살같이 앞으로 내달려야 한다는 것을,[27] 그리고 돌격이 필요하다는 것을 깨달았다〉……」 라리체프는 이렇게 말한다. 「소비에뜨 연방은 고루한 자본주의 세계에 결코 패배하지는 않을 것이다.」 깔린니꼬프의 말은 이러하다. 「프롤레타리아 독재는 필연적이고 불가피한 귀결이다……. 인민의 이해관계와 소비에뜨 정부의 이해관계는 하나의 명확한 목표 속에 융합되고 있다. 그

---

27 『산업당 재판』, p. 504. 마오쩌둥이 아직도 애송이였을 때인 1930년에 우리 나라에서는 벌써 이런 말을 했다.

리고 농촌에서도 〈당의 주요 노선, 부농의 소탕은 정당한 처사였다〉.」형벌을 기다리는 동안 그들은 이 모든 것을 지껄일 수 있는 시간적인 여유를 가지고 있었다. 심지어 후회하는 지식인들의 목구멍을 통하여 다음과 같은 예언까지 터져 나왔다. 「사회가 발전함에 따라 개인적인 생활은 마땅히 제한을 받아야 한다…… 집단적인 의지는 최고의 형식이다.」[28]

이와 같이 8명의 한결같은 노력에 의해서 재판의 목표는 모두 달성되었다.

1. 나라 안의 모든 부족, 굶주림, 추위, 헐벗음, 혼란, 눈에 보이는 모든 어리석은 행동에 이르기까지 모든 것이 해독 분자──기사들의 소행으로 돌려졌다.

2. 인민은 임박한 외국의 무력간섭에 놀라, 새로운 희생정신으로 무장되었다.

3. 서방의 좌익 단체들은 그들 정부의 간계에 대하여 경각심을 갖게 되었다.

4. 기사들의 단결은 파괴되고, 모든 인텔리겐치아는 위협을 받고 뿔뿔이 흩어졌다. 그리고 조금이라도 의혹을 남기지 않기 위해서, 람진은 다시 한번 이 재판의 목적을 다음과 같이 명백히 설명한다.

「이번의 산업당 재판을 계기로 모든 인텔리겐치아의 추악하고 어두운 과거에 〈단호한 조치〉가 내려지기를 바란다.」[29]

라리체프도 가만히 있지 않는다. 「이러한 특권 계급은 〈타파〉되지 않으면 안 된다…… 〈기사들에게는 충성심도 없고 또 있을 수도 없다!〉」[30] 오치긴도 마찬가지다. 「인텔리겐치아

28 같은 책, p. 510.
29 같은 책, p. 49.
30 같은 책, p. 508.

는 검사가 말한 대로 척추가 없는 물렁물렁한 속물이다······. 프롤레타리아의 뛰어난 감각과는 비교도 되지 않는다.」[31]

그럼, 도대체 무엇 때문에 이들 협력자들은 총살되어야 했는가?

우리 나라의 인텔리겐치아의 역사는 그 저주스러운 1920년대부터(독자는 기억할 것이다 — 〈국가의 두뇌가 아니라 배설물〉인 사람들을, 〈뱃속이 검은 장군들의 동맹자〉를, 〈제국주의에 고용된 스파이〉 등을) 역시 저주스러운 1930년대에 이르기까지 이렇게 서술되어 왔던 것이다.

따라서 〈인텔리겐치아〉라는 말이 우리 나라에서 욕설로 받아들여졌다고 해서 조금도 놀라운 일은 아닌 것이다.

공개 재판이라는 것은 이런 방식으로 진행되었다. 스딸린의 탐색적인 사고력은 마침내 이상적인 방식을 발견했다(히틀러와 괴벨스는 바로 그것을 부러워했을 텐데, 그들이 서두른 국회의사당 방화 사건 재판은 수치스러운 실패로 끝났다).

하나의 표준 각본이 완성되었으니, 이제는 여러 해를 두고 어느 사건이든 〈무대 감독〉의 지시에 따라 그것을 되풀이하기만 하면 되는 것이다. 감독은 3개월 후에 공연할 연극 제목을 지정받는다. 연습을 위해서는 기일이 좀 촉박한 느낌은 있지만 그런 것은 문제가 아니다. 자, 어서 와서 구경들 하시오! 우리 극장에서만 하는 공연을!

M. 멘셰비끼 합동 사무국 재판(1931년 3월 1일~9일)

최고 재판소 특별 심의회, 어쩐 일인지 재판장은 시베르니

---

31 같은 책, p. 509. 믿거나 말거나, 프롤레타리아의 중요한 특징 중 하나는 언제나 〈감각〉이다. 그것도 콧구멍과 연결된.

끄이고, 그 밖의 배역은 모두 여전하다 — 안또노프사라또프스끼, 끄릴렌꼬, 그의 보좌관 로긴스끼. 무대 감독들은 자신에 넘쳐 있다(기술적으로 복잡한 소재가 아니라 손에 익은 당 관계 사건이기 때문이다). 14명의 피고인이 무대에 끌려 나왔다.

모든 것이 순조롭게 진행된다. 너무나 순조로워서 맥이 빠질 지경이다.

그 당시 나는 열두 살이었으나, 이미 3년 전부터 『이즈베스찌야』의 큰 지면에 실린 정치 기사를 모조리 주의 깊게 읽는 버릇이 있었다. 나는 이 두 재판의 속기록을 한 줄도 빼놓지 않고 다 읽었다. 산업당 재판 때에는 어린아이 마음에도 거기에서 과장과 거짓과 날조의 느낌을 받았으나, 그래도 거기에는 눈이 휘둥그레질 만한 무대 장식 — 전면적인 외국군의 무력간섭! 모든 산업 기구의 마비 상태! 장관직의 안배! 등 — 이 있었다. 멘셰비끼 재판 때도 똑같은 무대 장식이 걸려 있기는 했으나 이미 퇴색해 버린 데다가 배우들의 음성도 재미없는 각본을 기계적으로 되풀이하는 것처럼 어쩐지 시들해진 느낌이어서 연극은 하품이 날 만큼 지루하기만 했다. (스딸린도 그 코뿔소 같은 살가죽을 통하여 이것을 느낄 수 있었던 것일까? 그렇지 않다면 이미 준비가 끝난 근로 농민당 사건을 철회한 후 몇 해 동안 공개 재판이 중단된 까닭을 어떻게 설명할 것인가?)

여기서 다시 재판 기록에 의거하여 사건을 설명한다는 것은 따분함을 면하지 못할 것이다. 그러나 나는 이 재판의 중요한 피고인 중의 한 사람인 미하일 야꾸보비치의 아주 새로운 증거를 가지고 있다. 그는 자기의 명예 회복을 요구하는 청원서 속에 그 당시의 재판의 허위성을 낱낱이 폭로했는데, 그것은 사미즈다뜨(지하 출판) 형식으로 나돌아 많은 사람들이 그것을 읽고 과거의 사실을 알게 되었다.[32] 그의 이야기는 1930년대에 모스끄바에서 진행된 모든 재판의 전모를 우리에게 보다 구체적으로 전해 주고 있다.

실제로 존재하지도 않은 〈멘셰비끼 합동 사무국〉이라는 것은 어떻게 꾸며졌는가? GPU에는 계획된 당면 과제가 부여되고 있었다. 즉, 멘셰비끼가 어떻게 교묘히 잠입하여, 반혁명적 목적을 위해 얼마나 많은 국가적 요직을 차지하고 있는가를 입증하는 것이었다. 그러나 이 과업을 수행하기 위해서는 조건이 맞지 않았다. 진짜 멘셰비끼가 어떤 직위도 차지하고 있지 않았기 때문이다. 그리고 진짜 멘셰비끼는 이 재판에 끌려 나오지도 않았다(V. K. 이꼬프는 지하로 숨어들어 아무 활동도 못하고 있는 비합법적 멘셰비끼 모스끄바 사무국에 실제로 속해 있었다고 한다. 그러나 그 사실은 재판 과정에서 드러나지도 않았으며, 따라서 그는 사건의 방계 인물로 인정되어 〈8년 형〉을 선고받았을 뿐이다). 결국 GPU는 다음과 같이 체포할 인원을 할당했다 — 최고 국민 경제 회의에서 2명, 상업 인민 위원회에서 2명, 국립 은행에서 2명, 소비조합 중앙 연합 회의에서 1명, 국가 계획 위원회에서 1명(이렇게 창조성이라고는 전혀 없는 음울한 계획도 드물 것이다! 그리고 1920년으로 거슬러 올라가서 〈전술 센터〉에 대하여 부흥 동맹으로부터 2명, 사회 명사 위원회로부터 2명, 그 밖의 다른 곳에서 2명이 추가되었다), 그리고 직책에 따라 적당한 사람

32 그의 명예 회복은 거부되었다. 그들의 사건은 이미 우리 역사의 확고한 기초가 되어 버렸으므로 거기서 돌 하나라도 빼내는 날에는 모든 것이 붕괴해 버릴 수 있기 때문이다. 야꾸보비치는 전과자의 오명을 씻을 수는 없었으나, 그 대신 과거의 혁명 활동을 감안하여 그에게는 연금을 지급하기로 결정했다. 우리 나라에서 이런 종류의 연금 수령자는 그리 흔하지 않다.

을 〈잡아들였다〉. 그건 그렇고, 잡혀 들어온 사람들이 정말 멘셰비끼였을까 하는 것은 모두 소문에 좌우되었다. 개중에는 멘셰비끼와 접촉이 없었던 사람들까지도 멘셰비끼로 몰려서 체포되었다. GPU로서는 피고인들의 정치적 견해 같은 것은 아랑곳없었다. 피고인들 중에는 서로 안면조차 없는 사람도 있었다. 어디서든 멘셰비끼를 보았다는 사람은 무조건 증인으로 긁어 들였다.[33] (그 증인들도 후에 예외 없이 모두 투옥되었다.) 람진도 증인으로서 열심히 많은 것을 증언했다. 그러나 GPU는 피고인들의 대표 격인 V. 그로만(그는 이 〈사건〉을 조작하는 데 〈협력하여〉, 나중에 사면을 받는다)과 선동가 뻬뚜닌에게 기대를 걸고 있었다(나는 이 모든 것을 야꾸보비치의 자료에서 인용하고 있다).

그럼 이제는 M. P. 야꾸보비치를 소개하기로 하자. 그는 너무도 일찍 혁명 운동에 뛰어들었기 때문에 중학교도 제대로 졸업할 수가 없었다. 1917년 3월, 그는 이미 스몰렌스끄 노동병 대표자 회의 의장에 선출되었다. 확고부동한 신념으로 무장된(이 신념 때문에 그는 끊임없이 어딘가로 파견되곤 했다) 그는 강력한 영향력을 지닌 웅변가였다. 서부 전선 대표자 대회에서, 경솔하게도 그는 전쟁의 계속을 주장하는 신문 기자들을 〈인민의 적〉이라고 매도했다. 1917년 4월의 일이었다. 그는 하마터면 연단에서 끌려 내려올 뻔했으나 곧 자기의 경

---

33 그중 한 사람인 꾸즈마 A. 그보즈제프는 기구한 운명의 주인공이었다. 군수 산업 위원회 소속 노동자 집단의 대표였던 그를 제정 러시아 정부는 1916년에 어리석게도 체포 투옥했으나, 2월 혁명 후 그는 노동부 장관에 임명되었다. 그보즈제프는 수용소군도의 〈장기 복역자〉 중 한 사람이 되었다. 1930년까지 그가 얼마나 복역하고 있었는지는 나도 모르겠으나 그 후부터는 줄곧 수용소에 있었고, 1952년에도 나의 친구들은 까자흐스딴의 스빠스끄 수용소에서 그를 알고 있었다.

솔한 발언을 사과했다. 그러나 그의 거침없는 열변은 차츰 청중을 매혹시켰으며, 연설이 끝날 무렵에 다시금 기자들을 인민의 적이라고 불렀을 때는 우렁찬 박수가 울려 퍼졌다. 그리하여 그는 뻬뜨로그라뜨 소비에뜨로 파견되는 대표로 선출되었다.

뻬뜨로그라뜨에 도착하자마자 그는 뻬뜨로그라뜨 소비에뜨 군사 위원회에 보결로 선출되어 군사 위원 임명에 영향력을 행사했으며[34] 나중에는 자기 자신도 군사 위원이 되어 서남 전선으로 떠나갔다. 그는 빈니짜에서 백위군 장군 제니낀을 직접 체포하였으나(꼬르닐로프 반란 사건 직후에), 즉석에서(재판을 거치지 않고) 총살형에 처해 버리지 않은 것을 무척 애석하게 생각하고 있었다.

눈이 반짝반짝 빛나고 언제나 지극히 성실해서 자기의 생각이 옳건 옳지 않건 간에 언제나 그 신념에 사로잡히고 마는 그는 멘셰비끼의 젊은 당원 중의 한 사람이었다. 그러나 이것은 그가 당 지도부에 대담하게 또는 정열적으로 의견을 제시하는 데 방해가 되지는 않았다. 예컨대 1917년 봄에는 사회민주당 정부를 조직하도록 건의했으며, 1919년에는 멘셰비끼의 코민테른 가입을 주장했다(단과 그 밖의 당원들은 그의 모든 건의를 거부했으며 심지어는 멸시하기까지 했다). 1917년 7월에 뻬뜨로그라뜨 소비에뜨는 무장한 다른 사회주의자들에 대항하는 임시 정부의 지지를 호소했는데, 그것을 그는 무척 괴로워하며 돌이킬 수 없는 중대한 과오라고 지적했다. 볼셰비끼의 10월 혁명이 일어나자 야꾸보비치는 전적으로 볼셰비끼를 지지하고 새로운 국가 제도 창설에 적극 참여할 것

---

34 그 당시 이 회의의 육군부 대표였던 참모 본부의 야꾸보비치 대령과 혼동하지 말기 바란다.

을 자기 당에 제의했으나, 결국은 마르또프의 미움만 샀을 뿐이었다. 그리하여 1920년에 그는 멘셰비끼를 볼셰비끼 노선으로 끌어들이기에는 자기의 힘이 부족하다는 것을 깨닫고 멘셰비끼 당에서 탈당하고 말았다.

내가 이런 모든 것을 상세하게 기술하는 것은, 다름 아니라 야꾸보비치는 결코 멘셰비끼가 아니며 전 혁명 과정을 통하여 가장 충실하고 가장 결백한 볼셰비끼였다는 점을 밝히기 위해서다. 1920년에 그는 스몰렌스끄주 식량 징발 위원으로 있었는데(위원들 중에서 그 혼자만이 볼셰비끼가 아니었다), 식량 인민 위원회로부터 〈가장 훌륭한〉 위원으로 표창을 받기까지 했다(그는 징벌 부대를 동원하지 않고도 식량을 징발할 수 있었다고 주장하고 있지만, 나로서는 확실한 것은 알수가 없다. 그러나 법정에서는 그가 투기 저지 부대를 배치했다고 진술하고 있다). 1920년대에 그는 『상업신문』 편집인을 비롯하여 그 밖의 중요한 직책을 맡았다. 1930년에 GPU의 계획에 따라 국가 기관에 〈잠입한〉 멘셰비끼를 긁어모을 필요가 생겼을 때 그도 체포되었던 것이다.

그는 즉시 끄릴렌꼬의 신문실로 끌려갔다. 끄릴렌꼬는 예전에도 언제나 그러했듯이 — 독자는 이미 다 아는 바지만 — 갈피를 잡을 수 없는 예심으로부터 논리 정연한 신문을 유도해 냈다. 여기서 분명한 것은 그들 두 사람이 서로 잘 아는 사이였다는 것이다. 그도 그럴 것이 그 당시(초창기 재판이 진행되고 있을 동안) 끄릴렌꼬는 스몰렌스끄주로 식량 징발 사업 독려 차 출장을 갔던 일이 있었기 때문이다. 지금 검사의 자격으로 끄릴렌꼬는 이렇게 말했다.

「이봐요, 미하일 뻬뜨로비치, 당신한테 솔직히 말하겠소. 나는 당신이 공산주의자라는 것을 인정하오(이 말은 야꾸보

157

비치의 원기를 북돋아 주었다)! 그리고 〈나는 당신이 아무 죄도 없다는 것을 의심하지 않소〉. 그러나 이 재판은 반드시 진행해야 하오 — 이것은 〈나와 당신의 당에 대한 의무요〉. (끄릴렌꼬는 스딸린의 명령을 받았기 때문에 하는 말이겠지만 야꾸보비치는 오직 사상을 위해서, 마치 굴레 속에 제 머리를 급히 쑤셔 넣는 성급한 말처럼 온몸을 떨고 있었다.) 나는 당신이 자진해서 신문에 응함으로써 우리의 당에 대한 의무를 수행하는 데 적극적으로 협조해 주기를 간청하고 싶소. 만일 법정에서 예기치 않은 난관에 봉착하거나 어려운 국면에 부딪치게 되면 당신에게 발언할 기회를 주도록 내가 재판장에게 요청하겠소.」

!!!

결국 야꾸보비치는 약속했다. 당원으로서의 임무를 자각하고 약속했던 것이다. 아마 소비에뜨 정권으로부터 이보다 더 중대한 임무를 부여받은 적은 없었을 것이다.

그러니까 신문 과정에서 야꾸보비치의 몸에는 손가락 하나 건드리지 않아도 되었을 것이다. 그러나 이것은 GPU로서는 너무나도 까다로운 주문이었다. 다른 모든 사람과 마찬가지로 야꾸보비치는 잔인한 신문관에게 걸려들지 않을 수 없었으며, 그들은 그에게 온갖 방법을 다 적용했다. 얼음같이 차가운 영창에 집어넣는가 하면 숨이 콱 막히게 무더운 독방에 혼자 가둬 놓기도 하고, 심지어는 성기를 사정없이 때리기도 했다. 얼마나 고문이 심했던지, 야꾸보비치와 그의 동료 아브람 긴즈부르끄는 절망 속에서 자기의 혈관을 물어뜯기까지 했다. 상처가 회복되자 더 이상 직접적인 고문은 없었다. 〈다만〉 2주 동안에 걸쳐 한잠도 못 자게 수면을 방해했을 뿐이다(야꾸보비치는 말한다 — 그저 한잠 잘 수만 있다면 양심이건 명예건 그까짓 것은 아무래도 좋다는 생각이었다). 그다음에는 이미 굴복한 다른 피고인들과의 대질 신문이 있었다. 그들 역시 그의 옆구리를 연방 찌르며 〈어서 자백하시오〉 하는 말을 헛소리처럼 되풀이했다. 그리고 신문관, 알렉세이 알렉세예비치 나셋낀은 「잘 압니다. 아무 일도 없었다는 것은 나도 잘 알아요! 하지만 우리로서는 이렇게 하지 않을 수 없는 처지라는 것을 이해하시오!」라고 타일렀다.

어느 날 신문관실에 불려 간 야꾸보비치는 거기서 고문에 지쳐 버린 다른 죄수를 만났다. 신문관은 우스갯소리처럼 이렇게 말했다 ─「이 사람은 모이세이 이사예비치 쩨이쩰바움인데 당신네 반소비에뜨 조직에 가입시켜 달라고 간청하고 있소. 나는 나갈 테니, 나 없는 자리에서 좀 더 자유롭게 이야기를 해보시오.」 그러고는 곧 나가 버렸다. 쩨이쩰바움은 그에게 정말로 간청했다 ─「야꾸보비치 동지, 제발 나를 당신네 멘셰비끼 합동 사무국에 가입시켜 주십시오! 나는 〈외국 기업으로부터 뇌물을 받아먹은〉 죄로 잡혀 들어왔는데 총살형에 처하겠다는 겁니다. 그러나 이왕 죽을 바에는 일반 형사범보다는 반혁명 정치범으로 죽는 편이 낫지 않겠습니까!」 (아니, 반혁명 분자라면 총살하지 않는다고 약속받았을 것임이 틀림없다! 그것은 사실이었다. 그는 아주 가벼운 형인 5년을 선고받았던 것이다.) 멘셰비끼 사건을 꾸며 내는 데 있어 GPU는 이렇게 지원자를 모아들일 만큼 피고인의 부족을 느꼈던 것이다! (그뿐만 아니라 쩨이쩰바움에게는 외국에 체류 중인 멘셰비끼 및 제2 인터내셔널과의 연락책이라는 중요한 역할을 맡기기로 되어 있었다! 그러나 약속대로 5년 형은 지켜졌다). 신문관의 승인하에 야꾸보비치는 쩨이쩰바움을 멘셰비끼 합동 사무국에 일원으로 〈가입〉시켰다.

재판이 시작되기 며칠 전에 선임 신문관 드미뜨리 마뜨베예비치 드미뜨리예프의 사무실에서 멘셰비끼 합동 사무국의 〈제1차〉 조직 회의가 소집되었다. 이 회의의 목적은 피고인 각자가 자기의 배역을 충분히 이해하고 서로의 연기를 일치시키기 위해서였다(산업당 중앙 위원회도 이런 식으로 열렸던 것이다! 피고인들이 〈어디서〉 만날 수 있었겠느냐고 끄릴렌꼬는 질문한 바 있지만, 모든 실정은 이러했던 것이다). 그러나 하나에서 열까지 죄다 거짓말로 뭉쳐 있었기 때문에 한번의 무대 연습만으로는 제대로 소화할 수가 없어서 다시 두번째 회의를 소집하게 되었다.

　야꾸보비치는 어떤 심정으로 법정에 나왔을까? 자기가 받은 혹독한 고문, 가슴에 사무치는 모든 허위, 그러한 모든 원한을 풀기 위해 법정에서 세계적인 스캔들을 벌일 것인가? 하지만 ——

　1. 그것은 소비에뜨 정권의 등을 찌르는 것과 다를 바 없다! 그것은 또한 그가 한평생 살아온 인생의 목적, 그릇된 멘셰비즘을 벗어나 올바른 볼셰비즘을 받아들인 그의 정치적 신념을 전적으로 부정하는 결과를 초래하게 될 것이다.

　2. 만약에 그런 스캔들을 일으키면 그를 죽게 하거나 간단히 총살해 버리지 않고 다시 고문을 시작할 것이다. 그러나 이번에는 순전히 복수심에서 다시 그를 미치도록 괴롭힐 것이다. 그렇지 않아도 그의 몸은 여태까지 받은 고문으로 엉망이 되어 버리지 않았는가. 다시금 새로운 고난을 감수하기 위해서는 무언가 강한 용기를 주는 정신적 지주가 필요하다. 대체 어디서 그 지주를 발견할 것인가?

　(나는 그의 논증을 그 자신의 정열적인 어조로 여기 기록했지만 —— 그것은 이러한 재판에 참가했던 사람들이, 재판 이후

에 이른바 〈유언〉의 형식으로 자기 재판에 대해 해명한 극히 희귀한 기회이기 때문이다. 그리고 부하린이나 리꼬프가 법정에서 보여 준 수수께끼 같은 온순함을 스스로 해명할 수 있었다면 역시 이것과 다를 것이 없으리라고 나는 생각한다. 그들도 역시 성실하고, 당에 충실하고, 인간적으로 약했다. 그리고 그들은 투쟁을 위한 정신적 지주가 결여되어 있었기 때문에 〈개개인〉의 확고한 입장을 가질 수 없었던 것이다.)

그리고 법정에서 야꾸보비치는 스딸린이나 그의 부하들이 기대하는 것 이상으로, 그리고 고문을 참아 낸 피고인들이 상상할 수 있는 것 이상으로 모든 거짓 진술을 순순히 되풀이했을 뿐 아니라, 검사에게 약속한 대로 자기의 배역을 감동적인 연기로 훌륭히 해냈다.

이른바 해외 주재 멘셰비끼 대표단(중앙 위원회의 실질적인 수뇌부는 모두 해외에 피신해 있었다)은 『포어베르츠』(독일 사회 민주당 기관지)에 이 사건의 피고인들과 멘셰비끼와는 아무런 관련이 없다고 천명했다. 이 사건은 폭력과 고문에 의해 강요당한 불행한 피고인들과 중상모략 분자들의 증언을 토대로 꾸며진 가장 추악한 재판극에 불과하다고 주장했다. 피고인들의 대부분은 이미 10여 년 전에 멘셰비끼 당을 떠났으며 그 후 다시는 당에 복귀한 사실이 없다고 했다. 그리고 법정에서 제시된 막대한 정치 자금으로 말하면, 그만한 액수의 돈을 멘셰비끼 당은 한 번도 운용해 본 적이 없다는 것이었다.

여기서 끄릴렌꼬는 그 성명문을 읽고는, 시베르니끄에게 피고인들로 하여금 자기 입장을 해명할 수 있도록 기회를 주기를 요청했다(그러고는 산업당 재판 때와 마찬가지로, 손가락 끝에 맨 실을 인형극 연출가처럼 팽팽하게 잡아당겼다).

모두들 각본대로 연설을 했다. 모두들 하나같이 멘셰비끼 중앙 위원회에 대한 GPU의 투쟁 방법을 옹호했던 것이다.

그러나 지금 야꾸보비치는 자기의 〈해명 연설〉과 최후 진술에 관하여 어떻게 회상하고 있을까? 그가 말한 것은 결코 끄릴렌꼬와의 약속 때문도 아니고, 그가 단지 흥분했기 때문도 아니었다. 그것은 분노와 열병의 급류가 그를 나뭇조각처럼 휩쓸어 갔기 때문이었다. 그 분노는 도대체 누구에 대한 것이었을까? 온갖 방법의 고문 끝에 몇 번이나 실신 상태에 빠지고 스스로 혈관을 끊기까지 했던 그는 이 자리에서 뼈에 사무치는 분노를 터뜨렸던 것이다. 누구에 대한 분노인가? 그것은 검사에 대한 분노도, GPU에 대한 분노도 아니었다! 소위 해외 주재 멘셰비끼 대표단에 대한 분노였던 것이다! 거기에는 일종의 심리적인 반발이 있었던 것이다! 안전하고 쾌적한 생활 속에서(아무리 가난한 망명객이라도 루비안까 형무소와는 비교할 수 없을 정도로 쾌적할 게 아닌가) 그들은 어떻게 〈이들〉 피고인의 고뇌와 고통을 동정하지 않을 수 있다는 말인가? 어떻게 그토록 파렴치하고 자기만족에 사로잡힐 수 있을까! 그렇게도 뻔뻔스럽게 인연을 끊어 버리고 이들 불행한 사람들을 자기 운명에 내맡길 수가 있을까? (야꾸보비치의 답변은 강력했다. 그래서 이 재판의 연출자는 승리를 거두었던 것이다.)

1967년에 와서도 야꾸보비치는 그때 이야기를 하면서 해외 주재 대표단의 배신, 방임, 사회주의 혁명에 대한 반역에 분노를 느끼며, 1917년에도 그러했듯이 온몸을 떠는 것이었다.

여기에 대한 재판 속기록은 우리에게는 없었다. 나중에 이를 입수한 뒤 나는 놀라지 않을 수 없었다. 야꾸보비치의 기억력 — 어떤 사소한 것일지라도 그 하나하나의 날짜에서 이름에 이르기까지 상세한 — 은 이 경우에만은 기대를 배반한 것이었다. 예를 들어 법정에서 그는 해외 주재 대표단이 제2인터내셔널의 의뢰를 받고 〈피고인들에게 해독 행위를 하도록 지령을 내렸다!〉라고 말했지만, 지금에 와서는 그것을 기억하고 있지 않다. 해외 멘셰비끼는 파렴치하게 자기 본위대로 그런 성명문을 쓴 것이 아니라 그들은 정말로 재판의 불행한 희생자들을 불쌍히 여겼던 것이고, 그들이 이미 오래전부터 멘셰비끼와 손을 끊은 사람들이라는 것을 지적한 데 지나지 않았다. 그리고 그것은 사실이었던 것이다. 그렇다면 무엇 때문에 야꾸보비치는 그토록 격렬하게 마음속으로부터 분노를 느꼈던 것일까? 과연 해외 멘셰비끼는 피고인들을 그들의 운명에 내맡기지 않게끔 어떤 다른 방도를 강구해 낼 수 있었던 것일까?

우리는 자기보다 약한 사람, 항변할 수 없는 사람에게 화를 내기를 좋아한다. 이것은 인간 속에 깃들어 있는 하나의 본성이다. 그리고 자기가 옳다는 논거는 스스로 때맞추어 언제나 찾아들게 마련이다.

끄릴렌꼬는 기소 연설에서, 야꾸보비치는 반혁명 사상의 광신자이기 때문에 그에게 〈총살형을 구형한다!〉고 말했다.

그리고 야꾸보비치는 그날 감사의 눈물을 흘리기까지 했다. 많은 형무소와 수용소를 전전하며 온갖 고초를 겪은 오늘에 와서도 그는 끄릴렌꼬를 여전히 고맙게 생각하고 있다. 왜냐하면, 끄릴렌꼬는 결코 그를 멸시하지도 모욕하지도 않았고, 피고인석에 앉은 그를 우롱하지도 않았으며 그를 가리켜 〈광신자〉라고(비록 반대되는 뜻이기는 하지만) 옳게 불러 주었을뿐더러, 모든 고통으로부터 그를 해방시켜 주는 총살형을 구형해 주었기 때문이었다! 야꾸보비치는 최후 진술에서 이렇게 동의했다 ― 「내가 자인한 죄는 (그는 〈내가 자인한 죄〉라는 표현에 스스로 큰 의의를 부여했다. 이해력이 있는 사람이라면, 이것은 곧 〈내가 저지르지 않은 죄〉를 뜻한다는 것을 금방 알아차릴 수 있을 것이다) 마땅히 최고형을 받아야 합니다. 나는 관대한 처분을 바라지 않습니다. 나를 살려 달라고 호소하지도 않겠습니다.」 (옆자리에 앉아 있던 그로만이 대경실색하여 외쳤다 ― 「정신 나갔소? 당신은 동지들 앞에서 그 따위 소리를 할 권리가 없소!」)

이 재판이야말로 검사 측을 위해서는 하나의 큰 소득이 아닐 수 없었다.

자, 이런 데도 1936년에서 1938년에 걸친 재판의 내막이 아직 해명되지 않았다고 말할 수 있겠는가?

그리고 이러한 재판을 통하여 스딸린은 앞으로도 이와 같은 재판극을 빈틈없이 연출할 수 있으며, 그것으로 자기의 말썽 많은 적들을 모조리 없애 버릴 수 있다는 확신을 얻게 되었음이 틀림없다.

◆

겸손한 독자는 나를 용서해 줄 것이다! 이때까지 나의 펜은 겁 없이 마냥 움직였으며 가슴을 조이는 일도 없었다. 그래서 우리는 마음이 내키는 대로 순조롭게 일을 진행해 왔다. 왜냐하면 15년간 줄곧, 때로는 합법적인 혁명성 때로는 혁명적인 합법성의 믿음직스러운 보호하에 있었기 때문이다. 그러나 앞으로는 우리에게 괴롭고 가슴 아픈 일들이 전개될 것이다. 독자들도 기억하고 있듯이, 흐루쇼프로부터 시작하여 수십 번에 걸쳐 우리는 다음과 같은 설명을 들어왔다 ― 〈대체로 1934년부터 레닌주의적 합법성의 기준이 파괴되기 시작했다〉고. 지금 우리는 어떻게 이 불법의 심연으로 들어가야만 하는가? 우리는 어떻게 이 괴로운 길을 따라 걸음을 옮겨야 하는가?

그러나 어쨌든, 다음에 행해진 〈일런〉의 재판들은 그 피고인들의 지명도로 해서 온 세상의 주목을 받았다. 그들은 사람들의 관심에서 떠나지 않았으며, 그들에 대해서는 수없이 많은 글이 쓰이고 또 수없이 많이 이야기되어 왔다. 그리고 앞으로도 계속 이야깃거리가 될 것이다. 그래서 나는 거기에 관련된 약간의 〈수수께끼〉만 이야기하는 것으로 그치겠다.

뭐, 그다지 대단한 일은 아니지만, 속기록에 기초하여 인쇄된 보고서들은 재판에서의 진술과 완전하게 일치되지 않는다는 사실을 여기서 미리 해명해 두련다. 선출된 방청객에 끼게 된 어느 한 작가는 재판 내용을 빠른 필적으로 쓴 다음 그것을 재판 기록문과 대조해 보니, 거기에는 상당한 불일치점이 있었다는 것을 확신하게 되었다. 미리 정해진 대로 끄레스쩬스끼의 진술을 억지로 두들겨 맞추기 위해 부득이 휴정을 선언하지 않을 수 없었을 때, 모든 특파원들은 끄레스쩬스끼의 진술에 이상한 점이 있다는 것을 알아차렸다. (나는 재판 전에 미리 작성되었을 응급 계획표를 이렇게 상상해 본다. 첫 칸에는 ─ 피고인의 성명, 둘째 칸에는 ─ 만일 재판 중에 진술서와는 다른 방향으로 빗나갈 경우 어떤 방법을 적용할 것인가. 셋째 칸에는 ─ 이 조치에 책임을 질 체까 요원의 이름, 그리고 만일 끄레스쩬스끼가 갑자기 앞뒤가 모순된 증언을 하게 되면, 누가 그한테 달려가서 무엇을 할 것인가 등등이 적혀 있었을 것이다.)

그러나 속기록이 부정확하다고 해서 재판의 상황이 바뀌거나 용서되는 것은 아니다. 세계는 깜짝 놀란 눈으로 잇달아 계속되는 3개의 연극과 광대하고 값비싼 구경거리를 보게 되었다. 그 무대에서는 전 세계를 뒤덮으며 공포에 떨게 했던, 공포라고는 모르는 공산당의 거물급 지도자들이 지금은 우울하고 온순한 어린 양으로 나타나 지령받은 그대로 울어 대고, 자기 자신과 그 신념을 노예처럼 비하시키고, 그들이 도저히 저지를 수 없었던 범죄를 자인하고 있었던 것이다.

이것은 지금까지의 역사상 그 예가 없는 일이었다. 이것은 당대에 라이프치히에서 있었던 디미트로프의 재판과 너무나도 대조적이어서 특히 놀라움을 주었다. 라이프치히에서는 디미트로프가 포효하는 사자처럼 나치의 재판관들에게 항변했었다. 그러나 지금, 온 세상을 전율의 도가니로 몰아넣었던 그 불굴의 일단이, 그중에서도 〈레닌의 친위대〉라고 불렸던 가장 강력한 일단이 자기 오줌에 온통 뒤범벅이 된 채 법정에 나타난 것이다.

그 후 많은 것이 해명되었다고는 하지만(특히 아서 케스틀러의 작업은 특기할 만하다), 그 〈수수께끼〉는 여전히 풀리지 않은 채 남아 있다.

사람들은 인간의 의지를 빼앗는 티베트의 약초와 최면술 사용에 대해 이야기했다. 이러한 사건을 설명함에 있어서 이 모든 가능성을 배제할 수는 없다고 본다. 만일 이러한 수단과 방법들이 NKVD의 손아귀에 들어갔다면, 〈그 어떠한 도덕적인 기준〉도 그 사용을 방해할 구실이 될 수는 없었을 것이다. 인간의 의지를 약하게 하고 의식을 흐리게 하는 것이 왜 나쁘다는 말인가? 아시다시피, 1920년대에는 많은 최면술사들이 자기의 일들을 내동댕이치고 GPU에서 근무하게 되었다. 또 1930년대에는 NKVD 산하에 최면술사를 양성하는 특수 학교가 있었다는 것은 너무나도 잘 알려진 사실이다. 까메네프의 부인은 재판 전에 남편과의 면회를 가졌는데, 그때 그녀의 남편은 무언가 최면에 걸린 것 같은, 전혀 딴사람이 된 것 같은 모습을 하고 있었다는 것이다(그녀는 체포되기 전에 이 사실을 남에게 말할 수 있었다).

그러나, 빨친스끼나 흐렌니꼬프는 왜 티베트의 약초나 최면술로도 정복되지 않았을까?

아니, 이것을 이해하기 위해서는 좀 더 고차원적인, 심리적인 측면으로부터의 해명이 필요할 것이다.

특히 이상하게 생각되는 것은 이들 모두가 옛날 혁명가들이고, 제정 시대의 고문실에서도 꿈쩍도 하지 않은 쇠붙이처럼 단련된 꿋꿋하고 강인한 혁명 투사였다는 것이다. 그러나 여기에는 단순한 잘못이 있다. 그들은 〈그 옛날 시대의〉 혁명가들이 아니었다. 그들은 이 명예를 나로드니끼(인민주의자), 사회 혁명당원, 무정부주의자들로부터 유산으로서 취득했을 뿐이다. 이전 세대의 폭탄 투척자들이나 비밀 결사대원들은 유형지를 보아 왔고, 강제 노동의 형기도 알고 있었다. 그러나 〈그들〉이라 할지라도 〈진짜 가차 없는 신문〉을 받아 본 적은 지금까지 한 번도 없었던 것이다(왜냐하면 제정 러시아에는 전혀 그런 것이 없었기 때문이다). 그런데 이들 볼셰비끼 피고인들은 신문도 형기도 경험한 적이 없는 위인들이었다. 그어떤 특수한 〈고문실〉도, 그 어떤 사할린도, 그 어떤 야꾸쯔끄의 유형지도 이들 볼셰비끼들은 한 번도 경험한 적이 없었던 것이다. 제르진스끼가 그 어느 누구보다도 어려움을 겪었고 한평생 형무소를 찾아다니면서 살았다는 것은 유명한 이야기다. 그러나 우리들의 조사에 의하면, 그는 겨우 10년 동안 감옥살이를 했을 뿐이다. 그것은 오늘날 평범한 집단 농장원도 밥 먹듯이 겪고 있는 〈10년 형〉이다. 그가 이 10년 중 3년을 가혹한 중앙 형무소에서 보낸 것은 사실이지만, 이것 역시 희귀한 일은 아니다.

1936년에서 1938년까지의 재판에서 우리들 앞에 피고인으로서 끌려 나온 당 지도자들은 혁명가로서의 경력에서 단기간의 가벼운 형무소 생활과 일시적인 유형 생활만 겪었을 뿐, 진짜 강제 노동은 맛보지도 못했던 것이다. 부하린은 종종 체포되었으나, 그것은 어디까지나 장난과도 다를 것이 없었다. 그는 어디에서든지 1년 이상 수감된 적이 없고, 오네가 호숫가에서의 유형도 아주 단기간에 지나지 않았다.[35] 러시아의 모든 도시를 돌아다니면서 장기간의 선동 사업을 벌였던 까메네프는 형무소에서 2년을 보냈고 1년 반 동안을 유형지에서 보냈을 뿐이다. 그러나 오늘날 우리 나라에서는 열여섯 살의 애송이한테도 단번에 〈5년 형〉이 선고되고 있다. 지노비예프에 대해서는 말하기조차 우스운 일이지만, 그는 〈3개월도 형무소에 들어간 적이 없다! 단 한 번도 선고받은 적이 없는 것이다!〉 우리 수용소군도의 보통 주민들과 비교하면, 그들은 한낱 〈풋내기〉에 불과한 것이다. 리꼬프와 스미르노프는 여러 차례 체포되어 약 5년간 형무소에 갇혔으나, 어떻게 된 영문인지 이들은 쉽게 형무소에서 빠져나가 유형지로부터 그다지 큰 어려움도 없이 도망칠 수 있었고, 더욱이 사면까지 받았던 것이다. 루비얀까 형무소에 당도하기까지 그들은 형무소다운 형무소를 맛보지도 못했고 불공평한 신문의 형극도 없었다. (만일 뜨로쯔끼가 이와 같은 역경에 빠졌다 해도 그는 이렇게 비굴하게 행동하지는 않았을 것이라는 보장은 없다. 그의 기골이 다른 사람보다 더 강하다고 추측할 만한 근

---

35 모든 증거 자료는 『그라나뜨』 백과사전 제41권에서 찾은 것이다. 그 책에는 러시아 공산당 볼셰비끼 활동가들의 자서전이나 신뢰할 수 있는 평전의 개요들이 수록되어 있다.

거는 아무 데도 없다. 그것을 입증할 기회도 없었다. 뜨로쯔끼 역시 가벼운 형무소 생활만 경험했고, 그 어떤 어려운 신문도 겪지 않았으며, 유형이라 해도 우스찌꾸뜨에서 고작 2년을 보냈을 뿐이다. 혁명 군사 회의 의장으로서 뜨로쯔끼의 위엄은 이렇게 용이하게 손에 넣을 수 있었던 것이고, 진짜 강인함으로 얻어진 것은 아니었다. 많은 사람에게 총살을 명령한 자는 종종 자기 자신의 죽음 앞에서 의기소침하게 마련이다! 이 두 개의 강인함 사이에는 서로 아무런 관계도 없다.) 그리고 라제끄는 그저 평범한 선동가였다. (그러나 이 3개의 재판을 통해서 그 혼자만 그랬던 것도 아니었다!) 그리고 야고다, 그는 세상이 다 아는 상습적인 범죄자다.

(이 대량 살육자는 자기의 상사인 〈살인마〉(스딸린)가 죽음을 앞둔 마지막 순간에 자기와의 연대를 거부하리라고는 생각도 하지 못했었다. 야고다는 마치 그 홀에 스딸린이 앉아 있기라도 한 듯이, 확신 있는 어조로 집요하게 사면을 간청했다. 「저는 당신에게 호소합니다! 저는 〈당신을 위해서〉 2개의 거대한 운하를 건설했습니다!」 그리고 그 자리에 있던 사람이 전하는 바에 의하면, 그 순간 홀의 2층 창문 저쪽 모슬린 커튼 뒤에서 저녁노을 속에 성냥불이 켜지고 담배에 불을 당기는 동안 파이프의 그림자가 보였다고 한다. 바흐치사라이에 있었던 사람은 이 동방의 속임수를 기억하고 있을 것이다. 국가 소비에뜨 회의장에는 2층 높이에 창문들이 있고 작은 구멍이 있는 철판으로 덮여 있다. 그 창문 밖에는 불을 밝히지 않는 회랑이 있다. 홀에서는 그곳에 누가 있는지 없는지, 전혀 알 수 없게 되어 있다. 칸Khan의 모습은 보이지 않지만, 언제나 그가 참석하고 있는 것처럼 회의가 행해지는 것이다. 유명한 동양적 성격의 소유자라는 점에서, 나는 스딸린이 10월 홀

에서 이 희극을 관찰하고 있었을 것이라고 굳게 확신하고 있다. 나는 그가 이 구경거리와 이 쾌락을 물리쳤으리라고는 믿지 않는다.)

그런데 우리의 모든 오해는, 이들이 보통 사람이 아니라는 믿음과 관련되어 있다. 이것이 보통 시민의 보통 조서였다면, 우리들도 왜 피고인이 자기 자신이나 남에 대해 이토록 중상했느냐고 이상하게 생각하지는 않았을 것이다. 우리는, 인간은 약해서 비굴하게 마련이라고 솔직히 받아들였을 것임에 틀림없다. 그러나 우리는 지노비예프, 까메네프, 빠따꼬프, I. N. 스미르노프를 미리부터 초인으로 간주하고 있다. 따라서 우리들의 오해의 주된 원인은 바로 이 점에 있다 할 것이다.

사실 흥행물의 무대 감독으로서 이번 연극의 연기자를 골라내는 것은 지난번 기사들의 재판 때보다 더 어려웠던 것 같다. 그때는 40명의 뚱보 중에서 골랐지만, 이번에는 배우들이 몇 사람 되지 않는다. 누구나가 주연들을 다 알고 있어서, 민중도 그들이 꼭 나와서 연기를 해주기를 기대하고 있기 때문이다.

그러나 역시 선택은 있었다! 파멸의 운명에 직면한 자들 가운데서 가장 선견지명이 있고 결단성이 있는 자들은 몸을 내맡기기 전에, 또 체포되기 전에 자살하고 말았다(스끄리쁘니끄, 똠스끼, 가마르니끄). 〈살기를 원하는 자〉들만이 체포된 것이다. 그리고 이 살기를 원하는 자들 속에서 목에 새끼줄을 감으면 되었던 것이다! 그러나 그들 중에도 몇몇 사람은 신문 도중 태도를 바꾸어 정신을 차린 후 완강히 고집을 부리다가 말없이 죽어 간 사람도 있었다. 그럼으로써 그들은 가까스로 치욕에서 벗어날 수 있었던 것이다. 그러나 어떤 이유에서는 루주따끄, 뽀스띠셰프, 예누끼제, 추바리, 꼬시오르, 그리고 바로 그 끄릴렌꼬는 그들의 이름에 의해서 이 재판을 더욱 화려하게 채색했을 테지만, 공개 재판에는 나오지 않았다.

가장 고분고분한 사람들이 끌려 나왔다. 그래도 역시 선택할 필요는 있었던 것이다.

선택은 작은 그룹 속에서 행해졌다. 그 대신 콧수염을 기른 무대 감독(스딸린)은 한 사람 한 사람을 잘 알고 있었다. 그는 전반적으로 그들이 〈겁쟁이〉들이고 그들 각자가 특정한 약점을 가지고 있다는 것도 알고 있었다. 그리고 바로 여기에 그의 음흉한 비범성, 주요한 심리적인 경향, 그리고 그가 살면서 성취한 능력이 있었던 것이다. 즉, 그는 인간 존재의 가장 낮은 수준에서 상대방의 약점을 꿰뚫어 보는 재능을 지니고 있었던 것이다.

온갖 모욕 끝에 총살형을 받은 당 고위 지도자들 중에서 오래전부터 가장 뛰어난 두뇌의 소유자로 알려진 N. I. 부하린(이 사람에 대해서 케스틀러는 자기의 뛰어난 연구를 바치고 있다)도 스딸린 앞에서는 예외일 수 없었다. 스딸린은 인간이 지면과 접촉하는 가장 낮은 수준에서 그를 관찰해 왔으며 오랫동안 꼼짝 못하게 그를 휘어잡은 채 마치 고양이가 생쥐를 다루듯 희롱하고 있었다. 한편 부하린은 우리가 준수해야 할 (실제로는 준수되고 있지 않은), 아주 훌륭해 보이는 헌법을 한 자 한 자 정성껏 써 내려갔던 것이다. 그리고 하늘의 구름 높이까지 자유롭게 날아오르면서 자기는 〈꼬바〉(스딸린이 사용했던 가명 또는 별명)보다 고단수라고 생각하고 있었다. 왜냐하면 스딸린에게 자기가 만든 헌법을 슬쩍 쥐여 줌으로써 그 독재를 완화시킬 수 있다고 생각했기 때문이다. 그러나 그 자신은 그때 이미 상대방의 올가미 속에 걸려들어 있었던 것이다.

부하린은 까메네프와 지노비예프를 탐탁지 않게 생각하고 있었다. 그래서 끼로프가 암살된 후, 두 사람의 재판이 처음 열렸을 때 그는 자기 측근에게 이렇게 말했다. 「뭐라고? 그들은 원래가 그런 인간들이니까, 뭐가 있기는 있었겠지.」 (그 당시의 속물들의 유행어가 바로 그런 것이었다. 「뭐가 있기는 반드시 있었을 거야……. 그렇지 않다면야 공연히 잡혀 들어갔을 리가 있나.」 이것이 1935년에 당의 첫째가는 이론가 부하린의 입에서 나온 말이다!) 까메네프와 지노비예프에 대한 두 번째 공판은 1936년 여름에 있었는데, 그때 부하린은 톈산에서 사냥으로 소일하고 있었으므로 아무 소식도 듣지 못했다. 산에서 프룬제시(市)로 내려왔을 때 그는 두 사람에게 〈총살형〉이 선고되었다는 사실을 신문을 통해 비로소 알게 되었다. 또 법정에서 두 사람이 자기를, 즉 부하린을 결정적으로 모함하는 증언을 했음이 신문 기사를 통해 밝혀졌다. 그러면 그는 그들에 대한 사형 집행을 막기 위해 온갖 노력을 기울였던가? 그리고 가공할 일이 조작되고 있다는 것을 즉각적으로 당에 호소했던가? 아니다. 다만 스딸린에게 전보를 쳐서, 자기가 모스끄바에 도착하여 대질 신문을 통해 자기에게 씌워진 혐의를 해명할 수 있도록 까메네프와 지노비예프의 사형 집행을 조금만 연기해 달라고 요청했을 뿐이다.

　그러나 이미 때는 늦었다! 스딸린은 그들의 증언만으로도 부하린을 때려잡기에 부족함이 없었다. 그런데 무엇 때문에 대질 신문을 허용한다는 말인가?

　그러나 그 후에도 꽤 오랫동안 부하린은 체포되지 않았다. 그는 『이즈베스찌야』 편집장의 직책을 잃고 당내에서의 모든 활동과 지위를 박탈당했다. 끄레믈 안의 자기 거처인 뾰뜨르 대제의 뾰쩨시니 궁전에서 반년 동안 형무소에 감금된 것과 다름없는 생활을 보냈다(그래도 가을에는 별장에 다녀왔으며, 끄레믈의 보초병들은 아무 일도 없는 것처럼 여전히 그에게 경례를 했다). 이제는 아무도 그를 찾아오지 않았고 전화를 거는 사람도 없었다. 이 몇 달 동안 그는 쉴 새 없이 스딸린에게 편지를 썼다 — 〈친애하는 꼬바! 친애하는 꼬바! 친애하는 꼬바!……〉 그러나 한 번도 회답을 받지 못했다.

그런 상황에서도 그는 여전히 스딸린과의 친근한 접촉을 모색하고 있었던 것이다!

그러나 〈친애하는 꼬바〉는 눈을 가늘게 뜨고서 벌써 무대 연습을 진행시키고 있었다. 그는 이미 여러 해에 걸친 경험을 통하여 〈부하린〉이 자기의 배역을 훌륭히 소화할 것이라 믿었다. 부하린의 제자들과 지지자들은(비록 소수이긴 했지만) 이미 투옥되거나 추방되었고 부하린 자신은 그들에 대한 박해를 아무 소리 못 하고 감수하지 않았던가.[36] 아직 자기의 사상이 제대로 완성되기도 전에, 그것이 분쇄되고 비난받는 것을 그는 묵묵히 감수할 수밖에 없었던 것이다. 그리고 『이즈베스찌야』 편집장이고 정치국원이기도 했을 때는 까메네프와 지노비예프의 총살을 적법한 것으로 받아들였던 것이다. 그는 큰 소리로 화를 내지도 않았고 심지어 불평 한마디 하지 않았다. 이 모든 것은 앞으로 다가올 그의 배역을 위한 테스트에 지나지 않았다.

그뿐만 아니다. 이미 오래된 일이지만 스딸린이 그를(그리고 나머지 다른 사람들도 모두) 당에서 추방하겠다고 위협했을 때도 부하린은(다른 사람들과 마찬가지로) 단지 당에 남아 있기 위해서 자기의 주장을 전적으로 철회했던 것이다! 이것 역시 배우로서의 〈테스트〉였다! 부하린과 그의 추종자가

---

36 예쁨 쩨이뜰린 한 사람만을 옹호했었으나 오래가지는 못했다.

존경과 권력의 정상에서 자유의 몸으로 행동할 수 있는 상태에서도 그토록 무력했다면, 그들의 신체와 음식과 수면이 루비얀까 형무소의 후견인의 손아귀에 들어갔을 때는, 군소리 없이 각본에 따라 충실하게 연기하리라는 것은 불을 보듯 명백한 일이었다.

체포를 앞둔 몇 달 동안 부하린이 가장 두려워한 것은 무엇이었을까? 그것은 두말할 것 없이 당에서 제명된다는 공포였다! 당을 상실한다는 공포였다! 비록 살아남는다 해도 당에서 밀려난다는 공포였다! 스딸린은 자기 자신의 〈당〉이 된 후부터 그의(그리고 나머지 다른 사람들 모두의) 이러한 심리적 특성을 교묘히 이용했던 것이다. 부하린에게는(다른 사람들과 마찬가지로) 자기의 〈독자적인 견해〉라는 것이 없었으며, 자기들을 특성화하고 견고하게 하는 반대파로서의 이데올로기도 없었다. 스딸린은 부하린 일파가 명실상부한 반대파가 되기도 전에 그들을 반대파로 규정하고 그들에게서 모든 힘을 빼앗아 버렸다. 그리하여 그들은 단지 당에 남아 있기 위하여 모든 힘을 기울였다. 이런 형편에 어찌 당을 해치는 행위를 할 수 있었겠는가!

그들이 독립적인 행동을 해나가기 위해서는 너무나도 많은 부담이 필요했던 것이다.

부하린은 실제로 주연으로 지정되어 있었다. 따라서 〈연출가〉와의 협동 작업이나 그 작업 시간에서, 그리고 그 역할에 대한 그 자신의 숙달에서 한 치의 차질도 있어서는 안 되고 또 어떠한 불순물도 끼어들어서는 안 되었다. 지난겨울에 그가 마르크스의 원고를 구하기 위해 유럽에 파견되었던 것도, 실은 외국에서 접선을 했다는 증거를 조작하기 위해 외형적으로 필요했기 때문이었다. 뿐만 아니라 아무 목적도 없는 자유로운 여행은 진짜 무대로의 복귀를 미리 강하게 명령한 것이나 다를 것이 없었던 것이다. 그리고 그는 지금 암담한 증거의 먹구름 밑에서 언제 체포될지도 모를 괴롭고도 긴 나날을 보내고 있다. 확실히 이것은 루비얀까 형무소에서의 직접적인 탄압보다도 희생자의 의지를 파괴해 버리는 가장 좋은 방법이었던 것이다.

한번은 까가노비치가 부하린을 불러 체까 간부들이 입회한 가운데 소꼴니꼬프와 대질 신문을 한 적이 있었다. 소꼴니꼬프는 뜨로쯔끼 일파와 같은 목적을 가진 〈우익 센터〉와 부하린의 지하 활동에 대해 증언했다. 까가노비치는 공격적으로 신문을 진행했다. 신문이 끝난 후 그는 소꼴니꼬프를 내보내고 나서 부하린에게 다정한 어조로 말했다. 「저 친구의 증언은 모두가 거짓말일 거요!」

그러나 신문들은 계속해서 부하린 일파에 대한 대중의 분노를 전하고 있었다. 부하린은 당 중앙 위원회에 전화를 걸었다. 부하린은 〈친애하는 꼬바〉에게 보낸 편지에서 자기에 대한 고발을 공개적으로 취하해 줄 것을 탄원했다. 그러자 부하린을 기소할 만한 〈객관적 증거를 발견하지 못했다〉라는 검사국의 모호한 성명서가 신문에 실렸다.

가을에 라제끄로부터 한번 만나자는 전화가 왔다. 부하린은 완곡히 거절했다. 두 사람 다 혐의를 받고 있는 처지에 무엇 때문에 서로 만나 새로운 혐의를 자초할 필요가 있느냐는 것이었다. 그러나 그들의 『이즈베스찌야』 별장은 바로 이웃에 있었는데, 하루는 라제끄가 찾아와서 이런 말을 했다. 「내가 나중에 무슨 말을 하든, 당신은 내가 무고하다는 것을 믿어 주시오. 나는 몰라도 당신은 무사할 거요. 당신은 뜨로쯔끼 일파와는 아무 관계도 없으니까.」

그래서 부하린은 자기가 체포되지도 않고 당에서 쫓겨나지도 않을 것이라고 믿었다 — 그것은 너무나도 무자비한 일이었기 때문이다! 사실 부하린은 뜨로쯔끼 일파를 언제나 좋지 않게 생각해 왔다. 그들은 당을 떠나 있었지만 — 그 결과는 어떠했는가! 그보다는 끝까지 함께 당에 남아서 오류를 범해도 함께 범해야 할 게 아니냐는 것이 그의 생각이었다.

11월 7일 혁명 기념 퍼레이드에(그는 이것이 〈붉은 광장〉과의 마지막 이별이 될 것이라는 사실을 몰랐다), 그는 아내와 함께 보도진을 위한 통행 허가증을 들고 귀빈용 관람석으로 갔다. 갑자기 무장한 군인 하나가 그에게로 달려왔다. 등골이 오싹했다! 여기서 체포하려는 건가? 더욱이 이런 순간에? 하지만 그게 아니었다. 군인은 거수경례를 했다. 「스딸린 동지께서 왜 당신이 이런 데 있냐고 놀라고 계십니다. 어서 레닌 묘 위의 사열단으로 올라가십시오.」

이렇게 반년 동안을 쉴 새 없이 그에게 뜨거운 물과 찬물을 번갈아 끼얹었다. 12월 5일에는 부하린이 기초한 헌법이 열광적인 환호와 함께 채택되어 〈스딸린 헌법〉이라는 이름으로 불리게 되었다. 당 중앙 위원회 12월 전원 회의에 빠따꼬프가 끌려 나왔다. 이가 모두 부러진 그는 이미 옛 모습을 찾아볼 수조차 없었다. 그의 등 뒤에는 체끼스뜨(야고다의 부하들이지만, 야고다 역시 이미 체포되어 배역이 정해져 있었다)가 묵묵히 버티고 있었다. 빠따꼬프는 정면 최고 간부들 사이에 앉아 있는 부하린과 리꼬프에 대해 구역질이 날 만큼 추악한 증언을 늘어놓았다. 오르조니끼제는 손바닥으로 귀를 막았다(그는 끝까지 다 들을 수가 없었던 것이다). 「한 가지 묻겠는데, 당신은 이 모든 증언을 〈자발적〉으로 하고 있는 거요?」(참고로 말해 두지만 오르조니끼제도 총살을 면할 수는 없었

176

다.)「완전히 자발적으로 한 것이오.」빠따꼬프는 비틀거리며 말했다. 휴식 시간에 리꼬프는 부하린에게 말했다. 「이제 보니 똠스끼가 훨씬 현명했다는 것을 알겠군요. 8월에 벌써 모든 걸 알아차리고 자살하고 말았으니 말이오. 당신과 나는 바보스럽게 살아남아서 이런 꼴을 당하고 있으니까.」

까가노비치(부하린의 무죄를 믿는다던 그가 아니었던가)와 몰로또프가 분노가 넘치는 어조로 부하린 일파를 규탄했다. 그러나 스딸린은 관대했다! 그는 부하린을 잊지 않고 있었던 것이다! 「하지만 나는 그것으로 부하린의 죄가 입증되었다고 보지는 않소. 리꼬프는 죄가 있는지 모르지만 부하린은 그렇지 않다고 생각하오.」(그러니까 그의 참뜻을 이해하지 못하는 자들이 부하린에게 죄를 뒤집어씌웠음이 틀림없다!)

찬물과 뜨거운 물로, 이렇게 해서 그 의지는 분쇄되고 함락된 영웅은 점차 그 역할에 익숙해져 가는 것이다.

그러고 나서 그들은 부하린의 집으로 끊임없이 피의자들의 신문 조서를 들고 오기 시작했다. 그가 관계하던 적색 교수 양성소 출신자들과 라제끄를 비롯하여 그 밖의 피의자들의 신문 조서는 하나같이 부하린의 반당 행위를 증언하고 있었다. 그를 피의자의 한 사람으로 인정하고 그런 것을 가져 오는 것이 아니라, 당 중앙 위원인 그에게 회람하는 형식으로 가져 오는 것이었다.

부하린은 이런 서류들을 받을 때마다 자기의 스물두 살 된 젊은 아내(지난봄에 그의 아들을 낳았다)에게 〈당신이 읽어 봐요, 나는 못 읽겠어!〉라고 말하고는 베게 밑에 머리를 쑤셔 박곤 했다. 그의 집에는 권총 두 자루가 있었다(그리고 스딸린은 그에게 시간적인 여유를 주고 있었다). 그러나 그는 자살을 감행하지 못했다.

그는 정말 정해진 역할에 익숙해졌던 것이 아니었을까?

그사이에 또 하나의 공개 재판이 진행되고 또 한 무리의 사람들이 총살형을 받았다. 그러나 부하린은 용서받고 여전히 체포되지 않았다.

1937년 2월 초에 그는 자택에서 단식 투쟁을 하기로 결심했다. 당 중앙 위원회로 하여금 진상을 조사하여 그의 혐의를 벗겨 주도록 촉구하기 위해서였다. 그는 〈친애하는 꼬바〉 앞으로 보낸 편지에서 그것을 선언하고 단식을 계속했다. 그러자 중앙 위원회 전원 회의가 소집되었다. 제1 의제는 〈우익 센터〉의 범죄에 관하여, 제2 의제는 단식 투쟁으로 표명된 부하린 동지의 반당 행위에 관하여로 되어 있었다.

부하린은 심중의 동요를 느꼈다 — 혹시나 나의 행동이 정말로 당을 모욕한 것은 아닐까? 수염도 깎지 않은 수척한 얼굴로(그것은 이미 죄수나 다름없는 모습이었다) 그는 전원 회의에 출석했다. 「어쩌자고 그런 생각을 했소?」 스딸린은 그에게 다정한 어조로 물었다. 「그런 혐의를 쓰고 어떻게 가만 있을 수 있겠습니까? 사람들이 나를 당에서 쫓아내려 하고 있습니다…….」 「그게 무슨 소리요! 아무도 당신을 당에서 쫓아내지 못할 거요!」 스딸린은 도대체 영문을 모르겠다는 듯이 미간을 찌푸렸다.

부하린은 그 말을 믿고 생기를 되찾았다. 그는 전원 회의 앞에 자진해서 사과를 하고 즉시 단식을 중지했다. (집에 돌아가서 그는 말했다 — 「여보, 소시지 좀 썰어 와요! 나를 당에서 추방하지 않겠다고 꼬바가 약속했어!」)

그러나 전원 회의가 진행됨에 따라 까가노비치와 몰로또프는 부하린을 가리켜 파쇼의 앞잡이라 부르면서 총살을 요구했다. (스딸린의 뜻을 무시하다니 무엄하기 짝이 없는 자들이 아닌가!)[37]

다시금 부하린은 절망 상태에 빠졌다. 그리하여 자기 생애의 마지막 시기에 그는 〈미래의 당 중앙 위원회에 보내는 편지〉라는 글을 쓰기 시작했다. 이 글은 최근에 전 세계에 알려지게 되었지만, 감명을 줄 만한 내용은 하나도 없었다.[38] 이 기지 넘치는 뛰어난 이론가는 자기의 마지막 글에서 후손들에게 무엇을 남겨 주려 했던가? 그의 글은 자기를 당에 복귀시켜 달라는 또 하나의 하소연에 지나지 않았다(당에 대한 충성을 위해 그는 형언할 수 없는 치욕을 감수해야 했다). 그리고 1937년까지 일어난 모든 일을 〈전적으로 시인한다〉는 또 하나의 보증에 지나지 않았다. 다시 말해서 여태까지 있었던 엉터리 재판극뿐 아니라 형무소로 흐르는 구린내 나는 모든 흐름을 정당한 것으로 인정한다는 것이다!

이렇게 해서 그는 자기 자신이 그 흐름 속에 빠질 수 있는 훌륭한 구실을 준 셈이다……

이제 그는 무대 감독과 프롬프터들의 손에 넘겨져도 좋을 만큼 충분한 준비가 되어 있었다(그는 근골이 늠름한 사냥꾼이며 씨름꾼이었다. 중앙 위원들이 보는 앞에서 스딸린과 장난을 치면서 그는 몇 차례나 스딸린을 바닥에 쓰러뜨린 적이 있었다! 아마 스딸린은 이 사실도 용서할 수 없었는지 모른다).

이미 준비가 된 사람에게는 고문 같은 것도 필요 없다. 1931년에 숙청된 야꾸보비치와 지금의 부하린을 비교할 때 과연 어느 쪽이 더 강한 입장에 있었을까? 야꾸보비치가 굴종했던 그 두 가지 논리가 부하린에게도 적용되지 않을까? 실제에 있어

---

37 엄청나게 많은 진술과 정보가 입수 불능으로 남아 있는데, 이는 몰로또프의 행복한 노년에 평온을 주기 위해서다.

38 〈미래의 당 중앙 위원회〉에게도 역시 감명을 주지 못했다.

부하린은 야꾸보비치보다 훨씬 더 약한 인간이었다. 왜냐하면 야꾸보비치는 죽음을 열망했으나 부하린은 죽음을 두려워했기 때문이다.

지금은 비신스끼와 나눈 간단한 대화가 남아 있을 뿐이다.

「당에 반대되는 모든 언동은 곧 반당 투쟁이라 할 수 있지 않소?」

「대체로…… 그렇소, 아니 실제에 있어 그렇소.」

「그러나 반당 투쟁은 결국 무력에 의한 반당 투쟁으로 발전하지 않을 수 없는 게 아니오?」

「논리적으로 그렇게 말할 수 있을 거요.」

「그렇다면 당에 반대되는 정치적 신념의 소유자는 당을 반대하여 그 어떤 비열한 짓이라도, 예컨대 살인이나 간첩 행위, 매국 행위 등을 감행할 수 있는 게 아니오?」

「그렇지만 그런 일은 실제로 일어나지 않았소.」

「그러나 일어날 〈가능성〉은 있었지요?」

「그야, 이론적으로 말하면…….」(과연 이론가답게 말하는군.)

「그러나 당의 이익이 되는 일은 곧 당신에게도 이익이 되는 게 아닐까요?」

「그야 물론이지요!」

「그렇다면 우리들 사이에는 사소한 의견 차이만이 남았을 뿐이오. 이제는 있을 수 있는 일을 실현시키면 되는 거요. 즉, 이론적으로 말해서 할 수 있었던 일을 실제로 한 일로 자인하면 되는 거요. 할 수 있었던 일인 것만은 틀림없잖소?」

「그렇지요…….」

「그렇다면 그런 일을 실제로 했다고 자인하시오. 이건 대수롭지 않은 철학적 비약이오. 그럼 그렇게 약속하는 거죠?……그리고 또 한 가지! 만약에 당신이 법정에서 이 약속을 무시하고 뭔가 딴소리를 한다면 그것은 곧 국제 부르주아지의 이익을 위해 우리 당을 해치는 짓이라는 점을 명심하시오. 물론 그때는 당신 자신도 수월하게 죽지는 못할 거요. 그 대신에 모든 것이 순조롭게 진행되면 우리는 절대 당신을 죽이지는 않소. 비밀리에 당신을 몬테크리스토섬으로 보내서, 거기서 당신이 사회주의 경제학을 연구하도록 모든 편의를 제공할 거요.」

「그렇지만 이미 재판에서 유죄 선고를 받은 사람들은 총살해 버리지 않았소?」

「그게 무슨 소리요! 〈그들〉과 〈당신〉은 비교가 되지 않소! 그리고 신문에는 총살형을 집행한 것으로 되어 있지만 사실은 많은 사람들을 그대로 살려 두었소.」

이제 풀리지 않고 남은 수수께끼가 있는가?

이것은 지금까지의 수많은 재판에서 되풀이되어 온 패배를 모르는 위협의 멜로디고, 거기에 약간의 변화를 보탠 상투적인 유도 신문에 지나지 않는다!

「〈우리와 당신은 다 같은 공산주의자가 아니냐 말이오!〉 어떻게 당신이 이탈할 수 있소. 아니, 어떻게 우리를 반대해서 행동할 수 있느냐 말이오? 뉘우치시오! 당신과 우리는 한 몸이 아닙니까 — 바로 그것이 〈우리〉라는 거요!」

역사에 대한 이해는 사회 안에서 서서히 이루어진다. 일단 깨닫고 나면 지극히 간단한 것이지만, 1922년에도, 1924년에도, 1937년에도 피의자들은 확고한 역사적 관점을 지니지 못하고 있었다. 그래서 사람을 홀리고 얼어붙게 하는 이 살인적인 멜로디를 듣고도 고개를 쳐들고 다음과 같이 외칠 수 없던 것이다.

「아니요, 〈당신들〉과 우리는 같은 혁명가가 아니오! 〈당신

들〉과 우리는 같은 러시아 사람이 아니오! 〈당신들〉과 우리는
같은 공산주의자가 아니란 말이오!」

정말로 이렇게 외쳤다면, 모든 무대 장치는 한꺼번에 무너
지고, 배우들의 화장은 흉하게 벗겨지고, 무대 감독은 뒤쪽 계
단으로 도망치고, 프롬프터들은 쥐구멍에 머리를 쑤셔 박았
을 것이다. 그리고 바깥세상은, 말하자면, 1967년이 되었을
텐데!

◆

그러나 이렇게 무대 연극이 훌륭하게 진행되었음에도 불구
하고, 그것은 너무 비용이 많이 들었고 또 번거로웠다. 이제
스딸린은 더 이상 공개 재판을 이용하지 않기로 결정했다.

더 정확히 말하면, 1937년 〈지방〉에서 대중을 위해 대규모
의 재판을 전개함으로써 반대파의 흑심을 대중에게 뚜렷이
인식시키려고 하긴 했었다. 그러나 이러한 것을 척척 해치울
수 있는 능숙한 무대 감독을 발견할 수가 없었다. 스딸린은
당황했으나, 이 사실을 아는 자는 거의 없었다. 몇 개의 재판
이 실패로 끝났고, 그다음부터는 중단되고 말았다.

이 같은 재판의 한 사례를 이야기하면, 그것은 〈까디〉 사건
이었는데, 그 상세한 경과보고는 이미 이바노보 지방 신문에
게재되었다.

1934년 말 꼬스뜨로마 지방과 니즈니 노브고로뜨 지방에
인접한 이바노보 지역의 머나먼 벽지에 새로운 행정 지구를
창설하게 되어, 그 중심지로서 고색창연한 까디 마을이 선정
되었다. 여러 지방에서 그곳으로 새로운 간부들이 임명되어,
그들은 거기서 서로의 얼굴들을 익혔다. 그들은 이 황량하고
가난한 마을이 곡식의 조달마저 어려움을 발견하고 즉시 돈

과 기계와 합리적인 농업 경영을 요구하기 시작했다. 지구 위원회 제1 서기 표도르 이바노비치 스미르노프는 정의감이 강한 확고한 신념을 가진 사람이었다. 그리고 지구 농업부장인 스따브로프는 집약적인 농업 경영자, 근면하고 글을 읽고 쓸 줄 아는 농민 출신 중의 한 사람이었다. 이들은 1920년대에 자기의 농업을 과학적인 기초에 의거하여 경영하였던 사람들이었다(당시 소비에뜨 정권은 이들을 장려하였다. 그 당시는 이들 경영자의 추방 여부를 아직 결정하지 못하고 있었다). 스따브로프는 공산당에 입당한 덕분에 꿀라끄 숙청 시에 죽음을 모면할 수 있었다(어쩌면 그 자신도 꿀라끄를 숙청하는 데 참여했을지도 모른다). 그들은 이 새로운 장소에서 농민들을 위하여 자기 나름대로 무언가 시도하려고 하였으나 상부로부터 지시가 일일이 떨어졌고, 그 지시들은 한결같이 그들의 의도나 계획하고는 정반대의 것이었다. 그것은 마치 농민들을 괴롭히고 험난한 처지로 몰아넣기 위하여 상부에서 고의적으로 고안해 낸 것처럼 보였다. 언젠가 까디 사람들은 주(州) 행정 기관에 보고서를 써서 보낸 일이 있었다. 즉, 식량 조달 계획을 축소할 필요가 있으며, 이 지구로서는 그러한 조달 능력이 없고, 만약 그것을 무시한다면 빈곤이 위험한 한계를 넘을 것이라고 호소했다. 이러한 행위가 〈계획〉에 대하여 얼마나 모독적이고, 또 소비에뜨 권력에 대하여 얼마나 반역적인가 하는 것을 평가하기 위해서는 1930년대(어찌 1930년대에만 그렇겠는가?)의 상황을 기억해 낼 필요가 있을 것이다! 그 당시의 시책을 따른다면 대처 방법은 상부에서 결정하는 것이 아니라, 각 지역에 일임되어 있었다. 스미르노프가 휴가 중이었을 때 그의 대리인인 제2 서기 바실리 표도로비치 로마노프는 지구 위원회에서 이 같은 결정을 보게 되었다. 즉,

〈뜨로쯔끼주의자인 스따브로프만 없다면, 이 구역의 발전과 성공은 눈부신(?) 것이 되었을 것이다〉라고 말이다. 스따브로프를 향한 〈인신공격〉 사태가 벌어졌다. (그 책략은 흥미롭다. 우선 이간질 시키자는 것이다! 스미르노프에게 얼마 동안 위협을 주어 중립적 입장을 취하게 하고 물러서게 하자는 것이다. 그 자신에게 손을 대는 것은 나중에라도 상관없다 — 이것은 당 중앙 위원회에서 스딸린이 했던 방식의 축소판이었다.) 소란스러운 당 집회에서는 스따브로프가 예수회 교도인 동시에 뜨로쯔끼주의자라는 것이 판명되었다. 지구 소비조합장인 바실리 그리고리예비치 블라소프는 어쩌다 약간의 교육을 받은 사람이지만 러시아인 특유의 창의력의 소유자였으며 소비조합원으로서도 천부적 소질을 가지고 있었고, 논쟁을 해도 빈틈이 없는 웅변가인 동시에, 자기가 옳다고 믿는 것은 그 주위가 빨갛게 타오를 때까지 열변을 토하는 그러한 사내였다. 바로 그가 당 집회에서 중상을 했다는 이유로 로마노프를 당에서 〈제명〉하기로 의견의 일치를 보게 한 것이다! 로마노프에게는 마침내 판결이 내려졌다! 로마노프의 마지막 진술은 이러한 종류의 인간들에게는 매우 전형적인 것이었다. 「스따브로프는 뜨로쯔끼주의자가 아니라고 증명되었지만, 〈그럼에도 불구하고〉 나는 그가 뜨로쯔끼주의자라고 믿고 있습니다. 나의 판결에 대해서도 〈당이 해명해 줄 것입니다.〉」 그리고 당은 해명을 해주었다. 지구 NKVD는 거의 즉각적으로 스따브로프를 체포하였고, 한 달 후에는 지구 집행 위원회 의장인 에스토니아인 우니베르도 체포하고, 그리고 그 내신에 로마노프가 지구 집행 위원회 의장이 되었다. 스따브로프는 주 NKVD로 연행되어 거기서 그는 자신이 뜨로쯔끼주의자라는 것을 자백했다. 그는 온 생애를 사회 혁명당원들과 결탁해 왔다는 것을 자백했다. 그리고 자신이 자기의 지역에서 〈우익〉 지하 조직의 한 일원이었다는 사실을 자백했다(이 꽃다발은 그 당시로서 굉장히 가치 있는 자백들이었다. 한 송이 빠진 게 있다면, 외국과의 직접적인 연결이 없었다는 것). 어쩌면, 그가 자백한 것이 아닐지도 모르지만, 앞으로도 영원히 이 사실을 밝혀낼 사람은 없을 것이다. 왜냐하면 그는 이바노보의 NKVD 부속 형무소에서 고문에 못 이겨 죽고 말았기 때문이다. 그러나 조서에는 모든 것이 기록되어 있었다. 곧 지구 위원회 서기 스미르노프가 우익 조직 두목의 용의자로 체포되었고 그 이외에도 지구 소비조합장인 사부로프 등등이 체포되었다.

블라소프의 운명이 어떻게 결정되었는가 하는 것도 흥미로운 일이다. 그는 새로 지구 집행 위원회 의장이 된 로마노프를 얼마 후 당에서 제명하도록 요청했다. 또 지방 검사 루소프를 강력히 비난했는데, 이것은 이미 제4장에서 묘사한 바 있다. 그리고 그는 기민하고 분별력이 있는 2명의 부하 조합원이 그 사회적 출신 계층 때문에 거짓 해독 행위의 누명을 쓰고 수감되게 된 것을 감싸 주는 바람에 지구 NKVD 의장 N. I. 끄릴로프를 노하게 만들었다(블라소프는 언제나 자기가 하는 일에 〈예전에 있었던〉 사람들을 쓰곤 했다. 그들은 훌륭하게 일을 처리했을 뿐만 아니라 힘껏 노력을 다했던 사람들이기 때문이다. 실제로 프롤레타리아의 사람들은 아무 일도 하지 않았고 또 하려고도 하지 않았던 것이다). 그럼에도 불구하고 NKVD는 조합과 화해할 용의를 가지고 있었다! 지구 NKVD의 대리인 소로낀은 직접 지구 소비조합으로 출두하여 블라소프에게 평화 협상을 제안했다. NKVD를 위하여 무료로 (그럭저럭 장부는 나중에 맞추기로 하고) 7백 루블어치

의 물품을 제공해 달라고 요청한 것이다(어리석은 녀석 같으
니라고! 이것은 블라소프로서는 2개월분의 급료에 해당했다.
그는 아무리 사소한 것이라도 불법적인 것을 받은 일이 없었
다). 「주지 않으면 나중에 후회할 거요.」 블라소프는 이렇게
말하는 상대방을 내쫓았다. 「당신은 공산주의자인 나에게 어
떻게 감히 그런 제안을 할 수 있소!」 이튿날 지구 소비조합에
지구당 대표로서 끄릴로프가 나타났다. (이러한 가면과 책략
이 1937년의 정신이다!) 그리고 당면한 문제를 논의하기 위
해 당 집회를 개최할 것을 〈명령했다〉. 당면한 문제는 소비 협
동조합에 있어서의 스미르노프와 우니베르의 〈반당 해독 행
위〉에 대해서였고 보고자는 블라소프 동지였다. 아직까지는
아무도 블라소프를 비난하지 않고 있었다! 그러나 그는 이전
의 당 지구 위원회 서기의 반당 행위에 대해서 두어 마디만 말
하면 충분했다. 그러자 NKVD가 곧 그의 말을 가로챘다. 「그
런데 그때 〈당신〉은 어디에 있었소? 왜 당신은 적당한 시기를
보아 우리한테 찾아오지 않았소?」 사태가 이쯤 되면 많은 사
람들은 자신을 잃고 진퇴양난에 빠지게 마련이다. 그러나 블
라소프는 달랐다! 그는 대뜸 대답했다. 「나는 더 이상 보고를
하지 않겠소! 끄릴로프로 하여금 보고하게 하시오. 바로 그가
체포를 했고 스미르노프와 우니베르의 사건도 그가 취급하고
있으니까!」 그러나 끄릴로프는 그것을 거절했다. 「나는 이 사
건에 관계하고 있지 않소.」 이에 대해 블라소프는 「만일 〈당
신〉까지도 이 사건에 관계하고 있지 않다면, 그들은 확고한
증거도 없이 체포된 것이 되는 겁니다!」 이렇게 해서 집회는
성립되지 못했다. 그러나 그 당시에 사람들이 그렇게 자기 자
신을 방어할 수 있는 경우가 얼마나 되었을까? (만일 그때도
강한 결의와 의지를 가진 사람들이 있었다는 사실을 잊고, 다

음과 같은 이야기를 언급하지 않고 넘어간다면, 1937년의 묘사는 충분했다고 말할 수는 없을 것이다. 바로 그날 저녁 늦게 블라소프의 사무실로 지구 소비조합의 경리 주임 T.와 그의 대리 N.이 찾아와서 1만 루블을 주면서 〈바실리 그리고리예비치 블라소프! 오늘 밤중에 도망치시오! 오늘 밤에 말이오. 그렇지 않으면 당신은 신세를 망칠 겁니다!〉라고 말했다. 그러나 블라소프는 공산주의자가 도망친다는 것은 꼴불견이라고 생각했다.) 다음 날 아침 지방 신문에 지구 소비조합 사업에 관한 신랄한 기사가 실렸다(1937년에 출판물은 항상 NKVD와 밀접한 관계에 있었다는 것을 말해 둘 필요가 있을 것 같다). 저녁때까지 블라소프는 당 지구 위원회에서 그 사업에 관해 보고하도록 지시를 받았다. (그 한 걸음 한 걸음이 모두 영락없는 소련식 방법이다!)

이것은 1937년의 일이었고, 모스끄바와 기타 대도시에서는 이른바 〈미꼬얀 전성기〉의 두 번째 해였다. 지금도 이따금 신문 기자나 작가들한테서 그 당시에는 모든 것이 풍족했다는 추억담을 들을 때가 있다. 이러한 관념은 이미 역사 속에 들어가 버리고 말아서 거기에 그대로 정착하고 말 것 같은 위험성이 있다. 한편 식량 구입권 제도가 폐지되고 2년 후인 1936년 11월에 이바노보 지방에(다른 지방도 마찬가지로) 〈밀가루 판매 금지〉에 관한 비밀 지령이 내려졌다. 그 당시에는 조그마한 도시, 특히 농촌이나 시골에 사는 대부분의 주부들이 손수 집에서 빵을 구웠다. 따라서 밀가루의 판매 금지는 빵을 먹지 말라는 뜻이었다. 까디의 중심 구역에서는 빵을 구하려는 전례 없이 기나긴 행렬이 늘어섰다(게다가 또 충격적인 일이 벌어졌다. 1937년 2월 지방 중심지에서는 검은 빵을 굽는 일이 금지되고 값비싼 흰 빵만을 굽게 했기 때문이다).

까디 지역에는 지구 직영의 빵을 굽는 공장 이외에는 다른 곳이 없었다. 그래서 지금 농촌으로부터 검은 빵을 구하기 위하여 이곳으로 많은 사람들이 몰려들었다. 지구 소비조합 창고에는 밀가루가 있었다. 그러나 사람들에게 그것을 나누어 줄 모든 방법은 두 가지 금지령 때문에 사실상 막혀 있었다! 그러나 블라소프는 국가의 교활한 법규에 반하여 그 해에 지역민들에게 식량을 제공할 수 있었다. 그는 집단 농장을 순회하여 그중 여덟 군데와 다음과 같은 계약을 맺었다. 즉, 아무도 살지 않는 〈꿀라끄〉의 집에 대중용 빵 공장을 만들고(그저 장작을 실어다 놓고, 이미 있는 뻬치까에 시골 아낙네를 배치하는 것뿐이다. 그러나 이 뻬치까도 지금은 공공 소유이지 개인의 것은 아니다), 지구 소비조합이 거기에 밀가루를 공급한다는 내용이었다. 이 발견은 그야말로 지극히 단순한 해결 방법이었다! 한 채의 빵 공장도 건설하지 않고(그에게는 자금이 없었다), 블라소프는 하루 만에 이 모든 것을 갖췄던 것이다. 그는 밀가루를 매매하지 않았고, 끊임없이 밀가루를 창고에서 공출했으며 주에게도 나머지 부분을 요구했다. 지방 중심지에서 검은 빵을 팔지 않으면서도 그는 전 지구에 검은 빵을 공급할 수가 있었던 것이다. 그는 법규의 문자는 위반하지 않았으나, 결의의 〈정신〉은 위반하였다. 즉, 밀가루를 아끼고 인민을 괴롭힌다는 법규의 〈정신〉을. 그것 때문에 마침내 그는 당 지구 위원회에서 〈비판〉을 받게 되었다.

이 비판 후 하룻밤을 자유의 몸으로 보냈으나 그 이튿날 낮에 그는 체포되었다. 엄격한 작은 수탉은(몸집이 작은 그는 항상 오만하게 고개를 뒤로 젖히고 있었다) 한사코 당원증(그는 인민의 대표로서 선출된 것이고, 당 지구 위원회에서도 그의 대의원 불가침성을 박탈할 결의는 행해지지 않았다!)을 내놓으려고 하지 않았다. 그러나 경찰은 이 같은 수속을 고려하지 않고 그에게 달려들어 강제적으로 빼앗아 버렸다. 그는 대낮에 까디 거리를 따라 소비조합에서 NKVD로 연행되어 갔다. 공산 청년 동맹의 일원이며 그의 젊은 부하였던 상품계가 당 지구 위원회의 창문에서 그 광경을 바라보고 있었다. 그 당시만 해도 아직은 자기의 생각대로 말하는 사람들이(특히 시골 사람들은 소박하므로) 있었던 것이다. 「야, 이 비겁한 놈들아! 우리 조합장님을 체포해 가다니!」 상품계가 소리쳤다. 거기서 그는 방에서 나오지도 못하고 당 지구 위원회와 공산 청년 동맹에서 제명되었으며, 그리고 너무나도 유명한 그 길을 따라 형무소 속으로 굴러떨어지고 말았다.

블라소프는 자기와 같은 사건으로 오게 된 사람들에 비하면 훨씬 늦게 체포된 셈이었고, 소송 문서는 그 없이 거의 완성되어 있었다. 그리고 지금은 공개 심리에 의해 일사불란하게 처리되는 것만 남아 있었다. 그는 이바노보 형무소로 연행되었으나, 이미 마지막 체포자였으므로 끈질기게 억압당하는 일도 없이, 두 번에 걸쳐 짧은 신문이 행해졌을 뿐 증인은 아무도 호출되지 않았다. 그리고 조서는 지구 소비조합에 관한 보고서와 지방 신문에서 오려 낸 기사로 가득 차 있었다. 블라소프의 죄목은 다음과 같았다.

첫째, 식량을 배급받기 위한 행렬을 만들었다.

둘째, 상품의 최소한의 품목이 부족했다(마치 어딘가에 그 부족한 상품이 숨겨져 있어서, 누군가가 그것을 까디에게 제공하려고 했다는 듯이).

셋째, 소금을 너무 많이 가져왔다(이것은 비상사태에 대비한 부득이한 동원용 비축이었다. 러시아에서는 옛날부터 전쟁이 일어날 경우 소금이 떨어지는 것을 두려워했던 것이다).

9월 말, 피고인들은 공개 재판에 회부되기 위하여 까디로 실려 왔다. 이것은 결코 가까운 거리는 아니었다. (특별 심의회나 비공개 재판이 얼마나 싸게 먹히는가를 상기해 주기 바란다!) 이바노보에서 끼네시마까지는 스똘리삔 열차로, 끼네시마에서 까디까지의 110킬로미터는 자동차로 호송했다. 10대가 넘는 자동차들이 황량하고 오래된 국도를 따라 전에 없었던 기다란 행렬을 짓고 달리고 있으니, 그것은 농촌에 놀라움과 공포와 전쟁의 예감을 불러일으켰다. 재판 전체를 빈틈없이, 그리고 위협적으로 조직한 책임자는 끌류긴이었다(그는 지구 NKVD 특무부장으로 반혁명 조직을 담당하고 있었다). 40명의 예비 기마경찰이 경비를 맡았다. 9월 24일부터 27일까지 매일 그들은 뽑아 든 군도와 안전장치를 푼 나강식 리볼버를 손에 들고, 지구 NKVD의 건물에서 아직 건설 중인 클럽 건물까지 피고인들의 왕복을 호송했다. 왕복 도중에 근처의 마을을 지나갔지만, 그곳은 바로 얼마 전까지 그들이 정부의 대표로 일하던 곳이었다. 클럽의 유리창은 이미 설치되어 있었으나, 무대는 아직 미완성이고 전기도 가설되어 있지 않았다(대체로 까디에는 전기가 들어와 있지 않았다). 그래서 저녁마다 재판은 석유램프 아래서 진행되었다. 관중들은 집단 농장에서 무더기로 동원되었다. 까디 전체가 들끓었다. 관중들은 집회소 안의 의자와 창문을 메웠을 뿐만 아니라 통로까지 빽빽이 자리 잡고 있었다. 그래서 재판이 열릴 때마다 7백 명가량은 모여들었다(옛날부터 러시아인은 언제나 이런 구경거리를 좋아했다). 전면의 의자는 재판이 언제나 호의적 지원을 빌을 수 있도록 공산주의자들에게 할당되었다.
　주 재판소의 특별 법정은 부재판장 슈빈, 직원인 비체와 자오제로프로 구성되어 있었다. 도르파트 대학 출신인 주 검사

까라시끼가 구형을 했다(피고인들은 모두 변호를 거절했지만, 재판장에 검사만 있게 할 수는 없기 때문에 관선 변호사를 배석시켰다). 장엄하고, 위협적이며, 장황한 그 논고의 결론은, 까디 지방의 이바노보에서 〈우익 부하린〉 지하 그룹이 존재했으며, 마을에서 소비에뜨 정권을 전복시킬 목적으로 반국가 행위를 저질렀다는 것이었다. (그래, 〈우익 분자〉들은 그들의 활동을 위해서 까디보다 더 괜찮은 벽지를 발견할 수 없었다는 말인가!)

검사는 다음과 같이 법정에 요청했다. 즉, 스따브로프는 형무소에서 죽었지만 그가 죽기 직전에 행한 진술을 여기서 낭독하고 그것을 자료로 제출하고 싶다고 한 것이다. 이 집단에 대한 고발은 모두 스따브로프의 진술에 근거했던 것이다! 법정은 죽은 사람의 진술을, 마치 그가 살아 있기라도 한 것처럼 받아들이기로 동의했다(이것은 피고인들이 이미 어느 누구도 감히 이의를 제기할 수 없으리라는 확신하에 행해졌다).

그러나 무식한 까디 사람들은 이러한 학자들의 섬세한 감각을 포착하지 못한 채 앞으로의 일을 기다리고 있었다. 취조 중에 죽은 스따브로프의 진술이 낭독되고 또다시 그것으로 조서가 작성되었다. 피고인들에 대한 신문이 시작되자 곧 대혼란이 일어났다! 그들 〈모두〉가 취조에서 행한 자백을 〈부인〉한 것이다!

만약 이런 일이 모스끄바의 동맹 회관 〈10월 홀〉에서 일어났다면 어떻게 행동하게 되어 있었는지 알 수 없지만, 여기서는 파렴치하게도 그대로 속행하도록 결정을 내렸다! 재판관은 취조 시에 어떻게 다른 소리를 할 수 있었냐고 비난했다. 기가 죽은 우니베르는 간신히 들리는 목소리로 〈공산주의자로서 나는 이 공개 재판 석상에서 NKVD에서 받은 신문 방법을 말할 수 없다)고 했다(바로 이것이 부하린 재판과 같은 점이다! 바로 이것이 그들을 쇠사슬로 얽어매고 있는 것이다. 즉, 그들은 무엇보다도 먼저 인민이 나쁘게 생각하지 못하도록 배려하고 있는 것이다. 그러나 그들의 재판관들은 이미 옛날에 그 배려를 잊어버리고 말았다).

휴식 시간에 끌류긴이 피고인들의 감방을 찾아왔다. 그는 블라소프에게 으름장을 놓았다. 「스미르노프와 우니베르가 어떤 비열한 행동을 했는가를 보았겠지? 자네는 자기의 죄를 솔직히 인정하고 진실대로 모든 것을 진술해야 되네!」「암, 진실만을 말하지.」 아직 기가 꺾이지 않은 블라소프가 흔쾌히 승낙했다. 「자네가 독일의 파시스트와 하등 다를 게 없다는 진실을 말이야!」 끌류긴은 화가 머리끝까지 치밀었다. 「이제 두고 봐라…… 피로 대가를 받을 테니!」[39] 바로 이때부터 블라소프는 무대 뒤쪽에 있는 2차적인 역할이 아니라 주역, 즉 집단의 〈사상적 고취자〉로 승격되었던 것이다.

통로를 가득 메운 군중에게 사건의 진상을 밝힐 때가 왔다. 법정은 누구나가 관심을 가지고 있던 빵 대열(재판이 시작되기 전에는 물론 제한 없이 빵이 판매되고 있었고, 그날도 행렬은 없었지만)에 대해서 대담하게도 심리를 하려 하고 있었다.

피고인 스미르노프에 대한 신문이 시작되었다. 「당신은 이 지방에서의 식량 대열에 관해 알고 있는가?」「물론, 알고 있습니다. 그 대열은 상점으로부터 바로 지구 위원회 건물까지 늘어서 있었으니까요.」「그런데 당신은 어떤 조치를 취했는가?」 고문에도 불구하고 스미르노프는 쩌렁쩌렁 울리는 녹소

---

39 너도 얼마 안 있어 너 자신의 피를 흘리게 될 것이다! 끌류긴은 예조프 휘하의 보안 요원에게 체포되어 수용소에서 밀고자 구바이둘린에 의해 참살되었다.

리와 차분하고 정의로운 자신감을 잃지 않고 있었다. 소박한 얼굴과 넓적한 골격에 아맛빛 머리카락을 한 그는 천천히 질문에 대답했다. 그리고 홀에 있는 사람들도 그의 말 한 마디 한 마디를 똑똑히 들을 수 있었다.

「주의 여러 기관에 도움을 청해 보았습니다만 아무도 도움을 주지 않았기 때문에 나는 블라소프더러 스딸린 동지 앞으로 보고서를 쓰도록 위임하였습니다.」「그럼, 왜 당신이 그것을 쓰지 않았나?」(그들은 그 보고서에 대해 모르고 있었다! 그대로 지나쳐 버리고 말았던 것이다!) 「우리는 썼습니다. 그리고 난 급사를 파견하여 주의 지도부를 거치지 않고 바로 당 중앙 위원회로 보냈습니다. 그 사본은 당 지구 위원회의 서류속에 보관되어 있습니다.」

법정의 모두가 숨을 죽이고 있었다. 재판관들도 놀란 표정이었다. 이제는 더 이상 물어볼 필요도 없었지만 누군가가 질문했다. 「그래서 어떻게 되었나?」

그렇다, 이 질문이야말로 법정에 있던 모든 사람이 입에 옮기고 싶었던 말이 아니고 무엇이랴. 「그래서 어떻게 되었나?」

스미르노프는 자기의 이상이 무너진 데 대해 통곡하지도 않았고 신음하지도 않았다. (바로 이것은 모스끄바의 재판에서도 결여되어 있는 자질인 것이다!) 그는 조용히, 그리고 또렷이 대답했다.

「아무 일도 일어나지 않았습니다. 〈아무 대답도 없었습니다.〉」

피로한 그의 목소리 속에는 〈실은 나도 그렇게 될 줄 예상했었다〉는 의미가 깃들어 있었다.

〈아무 대답도 없었습니다!〉라니, 어버이이자 스승님으로부터 답변이 없었다니! 공개 재판은 이미 그 절정에 달했다! 그것은 이미 식인종의 검은 배짱을 민중에게 제시한 것이나 다름없었다! 이제는 재판을 폐정할 수도 있었으나, 그렇게 되지는 못했다. 그들에게는 그럴 만한 기지도 수완도 없었다. 그래서 그들은 사흘간이나 더 그 더러운 장소에서 어정거릴 수밖에 없었던 것이다.

검사는 큰 소리로 호통을 쳤다. 이런 표리부동이 어디 있다는 말인가! 이게 자네들의 정체로군! 한 손으로 방해를 하면서, 또 한 손으로는 스딸린 동지에게 편지를 쓰다니! 그러고서도 회답을 기다리고 있었다고? 이제 피고인 블라소프가 대답할 차례였다. 밀가루의 판매를 중지하거나, 지방의 중심지에서 검은 빵을 굽는 것을 정지시키는 따위의, 악몽과도 같은 해독 행위를 그가 어떻게 해냈는지 말이다.

작은 수탉 블라소프를 일으킬 필요는 없었다. 그는 스스로 벌떡 자리에서 일어나 홀이 떠나갈 듯이 날카로운 목소리로 소리쳤다.

「나는 이 사건에 대하여 법정에서 완전하게 대답할 용기가 있소. 그러나 까라시끄 검사, 그것을 위해서는 당신이 검사석에서 내려와서 여기 나하고 나란히 앉을 필요가 있을 거요.」

어떻게 된 영문인가. 웅성거림과 고함. 〈질서를 지키시오!〉 이게 어떻게 된 일인가?

블라소프는 우선 이렇게 발언의 기회를 포착한 다음, 자진해서 설명하기 시작했다.

「밀가루의 판매와 빵을 굽는 것을 금지하라는 조치는 주 집행 위원회 간부회 결의에 따른 것입니다. 주 검사 까라시끄는 이 간부회의 상임 위원으로 있습니다. 만일 이런 일들이 반당 행위라면, 당신이 검사로서 그것을 거부하지 않은 것은 나보다도 당신이 반당 행위자였음을 말해 주는 겁니다…….」

검사는 금방 숨이 끊길 것만 같았다. 이같이 정확하고 빠른 공격을 받고 나니 어리벙벙했다. 재판은 이미 존재하지 않았다. 재판관은 갈피를 못 잡으며 중얼거리듯이 말했다.

「만일 꼭 해야 한다면(?) 그도 재판을 받게 될 거요. 그러나 오늘은 당신의 재판으로 그치겠소.」

(이중적인 진실, 그것은 모두 지위에 달려 있다!)

「나는 그를 검사석에서 끌어내릴 것을 요구합니다.」 지칠 줄 모르는 블라소프가 끈덕지게 물고 늘어졌다.

휴정.

아니, 이 같은 재판이 대중 교육에 어떤 의의를 가진다는 것일까?

그러나 그들은 자기 나름대로 재판을 끌고 나간다. 피고인에 대한 신문이 끝나자, 증인에 대한 신문이 시작되었다. 증인으로 회계계 N.이 나왔다.

「블라소프의 반당 행위에 대해서 아는 바를 말하시오.」

「아무것도 없습니다.」

「그럴 리가 없을 텐데?」

「나는 증인 대기실에 있었기 때문에 아무것도 듣지 못했습니다.」

「당신은 못 들어도 상관없어! 많은 문서가 당신 손을 거쳐 꾸며졌는데 어떻게 모른다는 거요?」

「그 모든 문서들은 정해진 격식에 따라 만들어진 겁니다.」

「자, 여기 지방 신문들이 있는데, 여기에는 블라소프의 반당 행위에 대하여 구체적으로 쓰여 있소. 그런데도 당신은 아무것도 모른다는 말이오?」

「그럼, 그 기사를 쓴 사람에게 직접 물어보면 되지 않습니까?」

빵 가게 여자 지배인도 증인으로 나왔다.

「자, 말해 보시오 소비에뜨 정권은 빵을 많이 가지고 있나요?」

(자, 뭐라고 대답하지? 설마, 난 세 본 적이 없어서 알 수 없다고 대답할 수는 없지 않은가?)

「많습니다.」

「그런데 왜 당신의 가게에서는 빵을 사기 위한 행렬이 있었지요?」

「모르겠습니다.」

「그것은 누구 탓이지요?」

「모르겠습니다.」

「아니, 모르다니? 당신 가게의 책임자는 누구요?」

「바실리 그리고리예비치입니다.」

「그 몹쓸 블라소프란 말이지! 근데 당신이 그를 존칭으로 부르는 게 무슨 의도요? 피고인 블라소프! 모든 책임이 블라소프에게 있다는 뜻이군.」

증인은 아무 말도 못 한다.

재판장은 서기에게 기록하도록 이른다. 〈답변: 블라소프의 반당 행위로 말미암아, 소비에뜨 정권은 막대한 양의 빵을 비축하고 있음에도 불구하고 빵을 얻기 위한 대열이 발생했음.〉

검사는 자신의 불안을 억제하면서 분노에 찬 장황한 논고를 계속하였다. 변호인은 조국의 이익이 명예로운 모든 시민에게 소중한 것처럼 자기에게도 소중하다고 강조하면서 주로 자기 자신을 변호하였다.

스미르노프는 최종 진술에서 아무것도 요청하지 않았고, 또 아무것도 후회하지 않았다. 지금 다시 돌이켜 생각해 보면, 그는 1937년을 살아가기에는 너무나도 사상이 견고하고 너무나도 고지식한 사람이었다.

사부로프가 〈나를 위해서가 아니라 나의 어린 자식들을 위해서 목숨만은 살려 달라〉고 애원했을 때 블라소프는 울분 어린 표정으로 그의 옷자락을 잡아당기며 말했다. 「이 바보야!」

블라소프 자신은 대담한 진술을 내뱉을 수 있는 마지막 기회를 놓치지 않았다.

「나는 여러분을 재판관으로 인정하지 않습니다. 여러분은 미리 각본이 짜인 재판의 연극을 하고 있는 배우에 지나지 않습니다. 여러분은 NKVD의 추악한 도발을 수행하는 사람들입니다. 내가 무슨 말을 하건 어차피 여러분은 나를 총살에 처할 겁니다. 그러나 나는 확신합니다. 때가 되면, 여러분들도 우리들의 자리에 서게 될 것이라고!」[40]

저녁 7시부터 밤 1시까지 재판관들은 판결문을 작성했다. 그동안 집회소의 홀에는 석유램프가 타고 있었고, 피고인들은 군도(軍刀) 밑에 앉아 있고, 사람들은 웅성거리며 자리를 뜨지 않았다.

선고문이 오랫동안 준비되었듯이 선고문의 낭송도 꽤 오랜 시간을 잡아먹었다. 거기에는 피고인들의 모든 환상적인 반당 행위며, 그의 조직이며, 음모 따위가 나열되어 있었다. 스미르노프, 우니베르, 사부로프, 그리고 블라소프에게는 총살형, 두 사람에게는 10년 형, 그리고 한 사람에게는 8년 형이 선고되었다. 그 밖의 재판의 결과로 까디에서는 또 하나의 공산 청년 동맹의 방해 조직이 폭로되었다(그들은 즉각 체포되었다. 독자는 그 젊은 상품계를 기억하고 있을 것이다). 그리고 이바노보에서도 지하 조직 센터가 적발되었지만 그것은 관할상 모스끄바에 소속되어 있었다(부하린의 관에 박아 넣을 못이 하나 더 생긴 것이다).

〈총살형에 처한다!〉 하는 장중한 선고를 내린 후 재판관은 박수를 치도록 약간의 간격을 두었으나 홀 안에는 어두운 긴

40 전반적으로 봤을 때, 그가 잘못 판단한 것은 바로 이 한마디뿐이었다.

장감이 감돌았다. 낯선 사람들의 한숨과 울음소리가 들리고, 가족들의 울부짖음과 졸도가 일어나고 심지어 당원들을 위하여 특별히 마련한 전면의 2개의 긴 의자에서마저도 박수 소리는 울리지 않았다. 이것은 이런 재판에 너무나 부적절한 광경이었다. 재판석을 향해 〈아니, 당신들은 대체 무슨 일을 하고 있는 거요?〉 하는 외침이 들려왔다. 우니베르의 아내는 절망적으로 목을 놓아 크게 울어 댔다. 어두컴컴한 홀에서 사람들 사이에 동요가 일기 시작했다. 블라소프는 정면의 긴 의자를 향해 소리쳤다.

「이 불한당들아, 왜 박수를 치지 않지? 너희들은 공산당원들이 아니냐 말이다!」

죄수 호송대의 정치 지도원이 달려와서 블라소프의 얼굴에 권총을 들이댔다. 블라소프는 권총을 빼앗으려 했다. 경찰이 달려와서 실수를 한 정치 지도원을 옆으로 밀어냈다. 호송대장이 〈사격 준비!〉 하고 명령했다. 그러자 경찰의 서른 정의 카빈총과 현지 NKVD 대원들의 권총이 일제히 피고인들과 군중들을 향하여 사격 자세를 갖췄다(이들은 군중이 피고인들을 해방시키려고 달려들 것이라 여겼던 모양이다).

홀은 고작 몇 개의 석유램프로 어렴풋이 밝혀지고 있었으나 그 어두컴컴한 조명은 혼란과 공포를 가중시켰다. 재판에 의해서라기보다는 지금 자기에게 겨누어진 카빈총에 의해서 사태의 본질을 확신하게 된 군중은 혼란 상태에 빠져 정신없이 출입구로 달려갔을 뿐만 아니라 창문으로까지 기어 올라갔다. 나무판자가 삐걱거리고 유리창들이 깨지기 시작했다. 우니베르의 아내는 졸도 중이어서 하마터면 짓밟힐 뻔했으나, 여전히 의식을 잃은 채 아침까지 의자 밑에 누워 있었다.

결국 박수는 일어나지 않았다.[41]

당국은 형의 선고를 받은 자들을 곧바로 총살할 수 없었을 뿐만 아니라, 지금까지보다 더 엄중히 경비를 해야 했다. 왜냐하면 그들은 더 이상 아무것도 잃을 것이 없었고, 게다가 총살형을 집행하기 위해서는 그들을 주 중심지까지 호송하지 않으면 안 되었기 때문이다.

첫 과제는 야음을 타서 NKVD로 그들을 호송하는 일이었고, 죄수 한 사람당 5명의 호송대원을 붙였다. 한 사람은 랜턴을 든다. 한 사람은 권총을 쳐들고 앞으로 간다. 두 사람은 사형수의 두 손을 하나씩 잡고 다른 손에는 권총을 들고 간다. 또 한 사람은 뒤에서 사형수의 등에 권총을 겨누면서 간다.

나머지 경찰들은 군중들의 공격을 예방하기 위하여 간격을 두고 대열을 지어서 이동한다.

이제 이성을 가진 사람이라면, 만일 NKVD가 공개 재판에 미련을 버리지 못했다면 그 위대한 임무를 수행할 수 없었으리라는 사실에 동의할 것이다.

바로 이런 이유로 해서 우리 나라에는 공개적인 정치 재판이 뿌리를 내리지 못했던 것이다.

41 여기 자그마한 주석을 당시 여덟 살이었던 조야 블라소바에게 바쳐야 할 것 같다. 이 소녀는 자기 아빠를 무척이나 따랐었다. 이 소녀는 그 후 더 이상 학교에서 배울 수가 없었다. (그 또래의 학생들이 〈너희 아버지는 해독 분자야!〉 하고 멸시했으나, 이 소녀는 〈우리 아빠는 좋은 사람이야!〉 하고 응수했었다.) 이 소녀는 그 재판이 있은 다음 고작 1년을 넘기지 못했다(그때까지 결코 앓은 적이라고는 없었다). 이 1년 동안 이 소녀는 〈한 번도 얼굴에 웃음을 짓지 않았고〉 노상 고개를 떨어뜨리고 다녔다. 마을의 할머니들은 〈땅을 보고 다니면 곧 죽는다〉고 예언했다. 이 소녀는 뇌막염으로 죽었다. 죽을 때 〈우리 아빠는 어디 있어? 나한테 아빠를 돌려줘요!〉 하고 한없이 외쳤다. 우리가 수용소에서 죽어 간 사람들을 계산할 때 우리는 그보다 두 배, 세 배의 사람들이 더 죽어 갔다는 사실을 잊어서는 안 될 것이다.

제11장

최고 조치

러시아에서의 사형은 변화무쌍한 역사를 지니고 있다. 알렉세이 미하일로비치 황제의 법전에는 사형에 이르는 형법 조항이 50개나 있었고 뾰뜨르 대제의 군법에는 그러한 형법 조항이 이미 2백 개나 있었다. 한편 옐리자베따 여제는 사형을 철폐하지는 않았지만 한 번도 그 법을 적용한 적은 없었다. 소문에 의하면 여제는 왕위에 오를 때 아무도 처형하지 않겠다고 맹세했으며, 실제로 20년의 통치 기간 동안 아무도 처형하지 않았다. 게다가 여제는 7년 전쟁을 치르면서도 사형 없이 무사히 통치 기간을 끝마친 것이다! 18세기 중엽, 자코뱅 당원의 단두대 처형이 있기 50년 전이니 그 예는 실로 놀랄 만하다. 사실, 우리는 자신의 모든 과거지사를 비웃는 버릇이 있다. 우리는 거기에서 어떠한 선행도 호의도 인정하려 들지를 않는다. 옐리자베따 여제에 대해서도 다음과 같이 비방할 수가 있다. 즉, 그녀는 사형을 태형과 콧구멍을 찢는 형, 〈도적〉의 낙인을 찍어 시베리아로 영원히 유배시키는 형으로 대치하지 않았던가. 그러나 여제를 옹호하는 입장에서도 한번 이야기해 보자. 사회적인 통념이 있는데, 여제가 어떻게 그 이상 급격한 전환을 할 수 있었겠는가? 어쩌면 오늘날의 사형수라도 목숨을 부지하기 위해서, 기꺼이 이 모든 복합적인 형벌을 받아들이려고 할 수 있겠지만 우리는 인도주의라는 입장에서 그런 짓을 그에게 권할 수는 없다. 그리고 이 책을 읽어 내려가다 보면 우리 수용소의 20년, 아니 10년 형이 옐리자베따 시대의 형벌보다 훨씬 더 무겁다는 생각에 독자의 마음이 기울 수도 있지 않을까?

오늘날의 현대식 용어로 말하자면 옐리자베따는 전 인류적인 견해를 가졌고 예까쩨리나 2세는 계급적 견해를 가졌다고 하겠다(따라서 후자가 더 올바른 견해일는지 모른다). 아무도 사형에 처하지 않는다는 것은 예까쩨리나 여제에게 무방비 상태와 다름없는 공포감을 불러일으켰다. 그래서 그녀는 자신과 왕위와 체제를 지켜 내기 위해서, 미로비치 사건, 모스끄바 페스트 환자의 폭동, 뿌가초프의 난 등의 정치적인 사건에서 사형을 완전히 정당한 것으로 인정했다. 그렇다면 일반 형사범과 정치와 무관한 범죄자들에 대해서는 왜 사형이 폐지되어야 한다고 생각하지 않았을까?

빠벨 황제 때는 사형의 폐지가 확정되었다(이 시기에는 많은 전쟁이 있었는데도 군대에는 군법 회의가 없었다). 그리고 알렉산드르 1세의 오랜 통치 기간 동안, 출정 중에 저지른 군범죄에만 사형이 적용되었다(1812년 출정). (여기서 이런 반론을 할지도 모른다. 채찍으로 사람을 때려죽이지 않았는가? 말할 것도 없이 비밀리에 사람을 죽이는 일들은 물론 있었다. 노동조합 회의에서도 사람을 그처럼 죽음에 이르게 할 수 있으니 말이다! 그러나 여하튼 간에, 재판관들의 투표를 통해 하늘이 준 생명을 앗아 가는 일은 뿌가초프의 난으로부터 〈12월 당원 사건〉에 이르는 반세기 동안 우리 나라에서는 심지어 〈국사범들〉에게까지도 적용되지 않았던 것이다.)

12월 당원 다섯 명의 피는 우리 나라의 콧구멍을 자극시켰다. 그때부터 반역죄에 대한 사형은 폐지되지 않고 바로 2월 혁명까지 이어져 내려왔으며, 1845년과 1904년의 법전에 의해 확인되고 육군 형법과 해군 형법에 의해 보충되었다.

그러면 이 기간 동안에 러시아에서는 도대체 몇 명이나 사형되었는가? 우리는 이미 제8장에서 1905년에서 1907년까지의 자유주의 활동가들이 제시한 수치를 인용한 바 있다. 러시아 형법 전문가인 N. S. 따간쩨프가 확증한 자료[1]를 추가하기로 하자. 1905년까지 러시아에서의 사형은 특수한 예에 지나지 않았다. 1876년에서 1905년까지의 30년 동안(인민 의지파의 시대, 그저 공영 아파트 취사장에서 속삭인 〈계획〉에 그치는 게 아닌 테러 행위의 시대, 대규모 파업과 농민 소동의 시대, 앞으로의 혁명을 위해 모든 당이 형성되고 강화되었던 시대)에 486명이 사형되었으니, 즉 전국을 통틀어 1년에 약 17명이 사형을 당한 셈이다(이것은 일반 형사범의 사형도 함께 계산한 것이다!)[2] 1차 혁명과 이를 진압했던 수년간, 사형된 수는 러시아인들의 상상을 깨고 껑충 치솟아 올라 똘스또이의 눈물을 자아냈으며 끄릴렌꼬와 그 밖의 많은 사람들의 분노를 자아냈다. 1905년부터 1908년에 이르기까지 약 2,200명이 처형되었다. (한 달에 45명이 처형된 셈이다!) 이것은 따간쩨프가 썼듯이 〈사형 전염병〉이었다. 그런데 사형은 갑자기 중단되었다.

임시 정부는 통치에 임하면서 사형을 전면 철폐했다. 1917년 7월에 임시 정부는 전방 군부대와 일선 지방에 사형을 부활

---

1 N. S. 따간쩨프, 『사형』(뻬쩨르부르끄, 1913).

2 실리셀부르끄에서는 1884년부터 1906년까지 13명이 처형되었는데, 이는 스위스였다면 경악할 만한 숫자다.

시켰는데, 즉 군 범죄, 살인, 강간, 강도 및 약탈에 대해서였다 (당시 일선 지방에서는 이러한 범죄들이 도처에 만연하고 있었다). 이것은 임시 정부를 파멸시킨 가장 인기 없는 조치 중의 하나였다. 볼셰비끼 혁명 이전에 볼셰비끼의 구호는 〈께렌스끼에 의해 부활된 사형을 타도하라!〉는 것이었다.

바로 10월 25일과 26일 사이의 그날 밤 스몰니 건물 안에서는 다음과 같은 토론이 벌어졌다는 이야기가 남아 있다. 즉, 최초의 포고령 중 하나로서 사형을 영원히 폐지할 것인가 아닌가 하는 토론이었다. 레닌도 그때 자기 동지들의 유토피아 사상에 대해 당연한 조소를 보냈는데, 바로 그는 사형 없이는 새로운 사회로 조금도 진전할 수 없음을 알고 있었던 것이다. 그러나 좌익 사회 혁명당원들과 연립 정부를 구성하면서는 그들의 잘못된 관념에 양보하여 1917년 10월 28일부터 사형은 폐지되었다. 물론 이러한 〈선량한〉 견지로부터는 아무것도 좋은 것이 나올 수가 없었다(결국 이것을 어떻게 되돌려 놓았던가? 1918년 초에, 새로 승진한 제독인 알렉세이 샤스뜨니가 발트 함대를 침몰시킬 것을 거절했다 하여 뜨로쯔끼는 그를 재판하도록 명령했다. 최고 재판소장 까르끌린은 서투른 러시아어로 〈24시간 이내에 총살할 것!〉이라고 재빨리 판결을 내렸다. 〈하지만 사형은 철폐되었소!〉 하며 장내가 술렁거리기 시작했다. 검사 끄릴렌꼬는 이렇게 해명했다. 「무엇 때문에 당신들은 흥분하고 있소? 물론 사형은 철폐되었소. 그러나 우리는 샤스뜨니를 사형시키는 것이 아니라 총살시키는 거요.」 그러고는 총살을 집행했다).

공식 문서를 통해 판단하면, 사형은 1918년 6월부터 모든 법률에서 부활되었다. 아니, 〈부활〉된 것이 아니라 〈새로운 사형 시대〉가 설정된 것이다. 만일 라찌스[3]가 고의로 숫자를 줄

203

이러던 것이 아니라, 그저 완전한 보고서를 가지고 있지 않았을 뿐이라고 생각한다면, 그리고 혁명 재판소에서 수행한 재판과 체까에서 수행한 재판 없는 즉결 처분의 수가 비슷하다고 한다면, 우리는 러시아 중앙의 20개 주들을 통해 16개월 동안에(1918년 6월부터 1919년 10월까지) 1만 6천 명 이상의 사람들이, 즉 〈한 달에 1천 명 이상〉의 사람들이 총살되었다고 볼 수 있다.[4] (덧붙여 말해 두지만, 최초의 러시아 노동자, 농민, 병사 대표 회의 〈1905년 뻬쩨르부르끄〉의 의장인 흐루스딸료프노사리도, 그리고 내전을 위하여 영웅적인 붉은 군대의 복장 초안을 그렸던 미술가도 모두 다 이때 총살되었다.)

그러나 러시아를 얼어붙게 하고 마비시킨 것은, 1918년 형벌 시대의 도래를 알린 이러한 유형무형의 선고를 통한 개별적인 총살과 그 후에 있었던 수천 명에 달하는 총살이 아니었다. 그보다 더 우리에게 무섭게 느껴진 것은 양측의 교전 양상과 승리자들의 잔인무도한 수법이었다. 승리자들은 매번 수도 헤아리지 않고 명단도 없고 심지어는 점호조차 받지 않은 수백 명(핀란드만, 백해, 카스피해, 흑해에서의 해군 장교들과 또한 1920년에 바이깔호에서의 인질들)을 전마선에 태워 침몰시키고는 했다. 이것은 우리의 얄팍한 재판의 역사에 들어가지는 않지만, 차후의 모든 것이 이로부터 나올 수 있는 〈도덕〉의 역사인 것이다. 초기의 류리끄 왕조로부터 지금에 이르는 전 세기를 통해서 10월 혁명 이후의 내전에서처럼 잔

---

3 M. 라찌스, 『국내 전선에서의 2년간의 투쟁』(모스끄바: 국립 출판소, 1920), p. 75.
4 또 하나의 사실이 이미 비교된 바 있다. 즉, 종교 재판이 절정이었던 80년 동안(1420년부터 1498년까지)에 전 스페인에서 1만 명의 사람들이, 즉 한 달에 약 10명의 사람들이 화형 선고를 받았다.

인하고 살인이 많았던 시대가 또 어디 있었던가?

만약, 1920년 1월에 사형이 폐지되었다는 말을 하지 않았다면, 우리는 특징적인 요점 하나를 빠뜨리고 말았을 것이다. 어떤 조사자는 제니긴 장군이 아직 꾸반에 있었으며 브란겔 장군이 끄림반도에 있고 폴란드의 기병대가 출정을 위해 말안장을 올려놓았을 때, 징벌의 검을 박탈당한 독재가 남을 쉽게 믿고 무방비 상태에 놓여 있었다는 사실 앞에 어리둥절할지도 모른다. 그러나 첫째로 이 사형 폐지 법령은 아주 사려 깊게 행해진 것이었다. 즉, 이 법령은 〈군법 재판에까지는 적용되지 않았다〉. (그것은 단지 체까의 비사법적인 행동과 후방의 재판소에만 적용되었다.) 둘째로 그 법령의 실시를 준비하기 위해 형무소에서 〈예비 숙청〉이 실시되었다(후에 그 〈법령의 보호하〉에 들어갈 수도 있었던 죄수들을 광범위하게 총살시킴으로써). 그리고 셋째로는 가장 위안을 주는 것으로, 그 법령의 효력이 단기적으로 넉 달 동안이었다는 사실이다(형무소에 다시 죄수가 찰 때까지). 1920년 5월 28일부의 법령에 의해서 총살권은 다시 체까에서 부활되었던 것이다.

혁명은 모든 것이 새롭게 보이도록 서둘러서 모든 명칭을 바꾸었다. 그래서 〈사형〉도 〈최고 조치〉로 개칭되어, 이미 〈형벌〉이 아니라 〈사회 방위〉의 수단이 되었다. 1924년의 형법의 기본 원칙에 의하면, 이 최고 조치는 중앙 집행 위원회에 의해서 〈전면 철폐될 때까지 잠정적〉으로 설정되었음을 우리에게 설명하고 있다.

그리고 1927년에는 이 최고 조치가 사실상 철폐되기 시작했다. 즉, 반국가 및 군 범죄를 위해서만 이 조치를 남겨 놓았다(제58조 및 군 범죄). 그리고 〈비적 행위〉를 위해서도 역시 남겨진 것이 사실이다(그러나 그때나 오늘날이나 〈비적 행위〉에 관한 광범위한 정치적 해석이란 잘 알려진 터다. 그것은 〈중앙아시아의 반혁명 세력〉부터 리투아니아에 흩어진 빨치산에 이르기까지 중앙 권력에 순응하지 않는 모든 무장된 민족주의자를 〈비적〉이라고 불렀으니, 어떻게 그 법률 조항을 없앨 수 있었겠는가? 그리고 수용소의 폭동 참가자와 도시 소요 사건에 가담한 자도 역시 〈비적〉이었다). 개인을 보호하는 법률 조항들에 의하면 10월 혁명 10주년을 기해서 총살은 철폐되었다.

그러나 10월 혁명 15주년에 즈음해서 법률 제7조와 제8조에 사형이 추가되었다. 이 법률은 전진하는 사회주의를 위해 가장 중요한 법률이었다. 이 법률은 아무리 사소한 국가 재산일지라도 그것을 파괴하는 자에게는 사형을 약속해 주고 있었다.

언제나 법령이 나오는 초기에는 그렇듯이 그들은 이 법률을 이용하여 1932년과 1933년 사이에 특히 열심히 총살을 집행했다. 이 〈평화 시〉에(아직 끼로프가 살아 있었던 시대), 단지 레닌그라뜨의 형무소 한 군데에서만 1932년 12월에 한꺼번에 〈265명의 사형수들〉[5]이 제 운명을 기다리고 있었다. 그러면 1년 동안 매 형장마다 1천 명 이상이 처형된 셈이다.

도대체 그들은 어떤 종류의 악당들이었을까? 그 많은 음모자와 선동가들을 어디서 긁어모았을까? 예를 들어 거기에는 짜르스꼬예 셀로 근처에서 온 6명의 집단 농장원들이 앉아 있었는데 그들의 죄는 이러했다 — 집단 농장의 풀베기 작업을 마친 후 그들은 언덕을 지나오며 자기 집의 소를 위해 약간의 풀베기를 했다는 것이다. 이 6명의 농부들은 모두 〈전 러시아 중앙 집행 위원회〉에 의해 사면을 거부당하고 사형 선고를 받

5 총살형을 선고받은 사형수 감방에 식사를 나르던 B.의 증언.

은 것이다!

　가장 잔인하고 또 가장 혐오감을 불러일으키는 농노 제도 지지자 살띠치하라도, 풀베기를 했다는 죄로 6명의 불행한 농부들을 살해할 수는 없었을 것이다…… 이럴 경우 그저 한 번 호되게 채찍질을 했으리라는 것을 우리 모두는 잘 알고 있다. 그런데도 그의 이름은 각 학교에서 저주의 대상이 되어 왔던 것이다.[6] 그런데 이제는 그 모든 죄상이 물속으로 들어가 숨어 버렸다. 그러나 언젠가는 내 증인의 이야기가 문서 기록으로 확인되리라는 희망만은 간직해 두기로 하자. 만일 스딸린이 결코 더 이상 누구를 살해하지 않았다 하더라도, 단지 이 6명의 짜르스꼬예 셀로의 농부들에 대한 죄만으로도 그를 충분히 능지처참에 처할 만하다고 나는 생각한다! 그런데 아직도 우리에게 다음과 같이 떠들어 대는 자들이 있다(베이징으로부터, 티라나로부터, 뜨빌리시로부터, 그리고 또 모스끄바 근교의 투실투실 살찐 뚱보들로부터도). 「어떻게 감히 그를 폭로할 수 있다는 말인가?」「그분의 위대한 그림자를 위협하다니?」「스딸린은 세계 공산주의 운동의 대표자다!」 그러나 내 의견으론 그는 단지 형법전의 대표자일 뿐이다. 〈전 세계의 인민들은 호감을 가지고 그를 친구처럼 회상하고 있다.〉 그러나 그것은 채찍으로 얻어맞은 사람들에 대한 이야기는 아닌 것이다.

　그러나 냉정을 되찾아 편견이 없는 입장으로 되돌아가 보자. 물론 전 러시아 중앙 집행 위원회는 일단 약속이 되어 있는 이상, 틀림없이 최고 조치를 〈완전히 철폐〉했을 것이다. 그

---

　6 그러나 학교에서는 살띠치하가 잔학 행위의 대가로 재판을 받고 모스끄바에 있는 이바노보 사원의 지하 감방에 11년간 감금되었던 사실을 전혀 모르고 있다. 쁘루가빈, 『수도원 형무소』(뽀스레드니끄 출판사), p. 39.

런데 1936년에 어버이시며 스승이신 스딸린이 전 러시아 중앙 집행 위원회 자체를 〈완전히 철폐〉한 데 문제가 있었다. 그를 대체하는 〈최고 회의〉는 18세기풍이었다. 이때 〈최고 조치〉도 무언가 알 수 없는 〈방위〉가 아닌 〈처벌〉로 변모되었다. 1937년에서 1938년의 총살들은 심지어 스딸린의 귀에도 이미 〈방위〉로는 들리지 않았던 것이다.

이 총살들에 대해선 그 어느 법학자가, 그리고 그 어느 형법 역사가가 우리에게 확인된 통계를 제시해 줄 수 있을 것인가? 그 숫자를 읽고 알 수 있는 그 특수한 보관 문서는 어디에 있는가? 그런 숫자는 지금까지도 없었고, 앞으로도 없을 것이다. 그러므로 1939년에서 1940년에 부띠르끼 형무소의 둥근 지붕 아래에서 돌아다니던 새로운 풍문의 숫자만이라도 되풀이해 보자. 이 숫자는 바로 얼마 전에 그 감방들을 전전하던 예조프 휘하의 고위급과 중간급 인사들로부터 새어 나온 것이다. (그들은 실제로 알고 있었던 것이다!) 그들은 이 두 해에 전 소비에뜨 연방을 통틀어 〈50만 명〉의 〈정치범〉과 48만 명의 상습 절도범들이 총살되었다고 말했다. (이들 형사범들은 제59조 3항에 따라 〈야고다의 권력 기반〉이라고 해서 총살되었다. 그 결과 〈도둑들과 기관이 옛날부터 유지해 왔던 좋은 관계〉는 단절되었다.)

이 얼마나 엄청난 숫자인가? 총살이 2년 동안이 아니라 단지 1년 반 동안에 진행되었다고 생각할 때, 한 달에 평균 2만 8천 명을 총살했다고 추정할 수 있다(제58조에 의해). 이것은 전 연방을 통틀어서다. 그런데 총살장은 몇 개나 있었는가? 아무리 적어도 150개는 되었을 것이다(물론 그보다 더 많았다. 쁘스꼬프만 하더라도 많은 교회의 지하실과 수도사들의 암자에 NKVD의 고문실과 총살장이 설치되어 있었다. 1953년만 하더라도 이 교회들에는 관광객들을 들이지 않았다. 〈고문서〉 보관소라는 이유 때문이었다. 그곳은 10년이 지나도록 거미줄도 쓸어 내지 않은 곳이었다. 복구 작업이 시작되기 전 그곳으로부터 많은 해골들이 트럭으로 실려 나왔다). 그렇다면 한 장소에서 매일 6명씩 총살을 당한 셈이다. 이것은 과연 환상적인 이야기일까? 그러나 실은 이것도 어림잡아 말한 것에 불과하다! (다른 출처에 따르면 1939년 1월 1일까지 170만 명이 총살되었다고 한다.)

2차 대전 시기에는 여러 가지 동기에서 사형을 적용하는 일이 공식적인 서식에 따라 확대되고(예를 들면, 철도의 군사화), 혹은 불어났다(1943년 4월부터 생긴 교수형에 관한 법령에 의거).

이 모든 사건들은 이미 약속한 바 있는 최종적인 영원한 사형의 철폐를 어느 정도 지연시켰다. 그러나 여하튼 우리 인민은 참을성 있게, 그리고 성실하게 그 사형의 철폐를 얻을 때까지 살아왔다. 즉, 1947년 5월에 이오시프 비사리오노비치(스딸린)는 거울 앞에 서서 풀 먹인 빳빳한 칼라를 착용해 보니 마음에 꼭 들었다. 여기서 그는 최고 회의 간부회에 평화 시에는 사형을 철폐할 것을 지시했다(대신 새로운 형기 25년으로 대체했으니, 〈25루블짜리 지폐〉를 보급하는 좋은 구실이 된 셈이다).

그러나 우리 인민은 배은망덕한 죄인들이고 관대함을 받을 가치가 없는 사람들이었다. 그래서 통치자들은 사형이 없는 2년 반 동안 냉가슴을 앓더니, 1950년 1월 12일에는 정반대되는 법령을 공포하였다. 민족 공화국들로부터 입수된 청원서들(우끄라이나?), 노동조합들로부터 입수된 청원서들(이 사랑스러운 노동조합들은 항상 무엇을 해야 하는지 알고 있다), 농민 조직들로부터 입수된 청원서들(이것은 잠결에 받아쓴 것인데, 은혜로운 스딸린은 벌써 대변혁의 해에 모든 농민 조직들을 짓밟아 버렸다), 그리고 역시 문화 활동가들로부터 입수된 청원서들(자, 〈이것〉이야말로 정말로 있음직한 것이다)을 이유로 해서 이미 무더기로 쌓여 있던 〈조국의 배반자들, 스파이들, 파괴 분자들〉을 처벌하기 위해 사형이 부활되었던 것이다. (그런데 〈25루블짜리 지폐〉는 거두는 것을 잊어버렸기 때문에 그대로 남아 있었다.)

그리하여 낯익은 도살장이 다시 개업을 하기 시작하자, 순풍에 돛을 단 듯이 그 범위가 확대되어 갔다. 1954년에는 의도적인 살인에 대해 사형. 1961년 5월에는 국가 재산 횡령 역시 사형, 화폐 위조 역시 사형, 감금 장소에서의 테러 역시 사형(정보원들을 살해하거나 수용소 행정 당국을 위협한 자들). 1961년 7월에는 화폐 유통 규칙의 위반에 대해 사형. 1962년 2월에는 경찰관 및 공산주의 민병대의 생명 위협(때리려고 손만 번쩍 쳐들어도)에 대해 사형, 다음에는 강간에 대해 사형, 또 단순한 뇌물 행위에 대해 사형.

그러나 이 모든 것은 사형이 완전히 철폐될 때까지의 잠정적인 조치다. 오늘날도 이렇게 기록되어 있다.[7]

그래서 엘리자베따 뻬뜨로브나 시대가 러시아에서 가장 오랫동안 사형 없이 살았던 시대였다는 결과가 나오는 것이다.

◆

편안하고 무지한 생활을 보내고 있을 때, 우리는 사형수들을 소수의 고립된 사람들처럼 생각하게 마련이다. 우리는 본

7 『소비에뜨 연방 형법 제정의 기초』, 소비에뜨 연방 최고 회의 공보, 1959년, 제1호, 22번 문서.

능적으로 자신은 절대로 사형수 감방에 떨어질 수 없을 것이라 믿는다. 그리고 사형수가 되려면 어떤 중죄를 범하거나 어떤 탁월한 경력이 필요하다고 믿는다. 그래서 우리의 머릿속에서 현실을 알게 되기란 쉽지 않다. 진상은 이러하다. 사형수의 감방 안에는 막대한 수의 가장 평균적인 보통 사람들이 가장 평범하고 사소한 비행(非行)의 죄과로 지나치게 오래 머물러 있었다는 것이다 ── 그리고 일단 형무소로 끌려 들어오면 사면을 받을 때라고는 거의 없고 그 대신 〈최고〉를 받곤 했다 (죄수들은 〈최고 조치〉를 이렇게 부르고 있다. 그들은 고급 단어들을 참지 못하고 모든 것을 무언가 좀 더 거칠고 짧게 부르고 있다).

농업부 소속의 한 농학자는 집단 농장의 종자 분석에서 저지른 과오로 사형 판결을 받았다! (그의 분석이 지도부의 마음에 들지 않았던 모양이다.) 1937년의 일이다.

실패를 만들던 수공업 협동조합의 조합장 멜니꼬프는 증기 견인차의 불꽃으로 작업장에 화재가 났다 하여 사형 선고를 받았다! 1937년의 일이다. (하기는 그가 특사를 받아 10년 형으로 감형을 받은 것도 사실이다.)

1932년 레닌그라뜨의 끄레스띠 형무소에서는 많은 사람들이 죽음을 기다리고 있었다. 펠드만은 그에게서 외국 화폐가 발견되었다는 죄로, 학생인 파이쩰레비치는 펜촉을 위해 철판을 팔아먹었다는 죄로. 예전부터 내려오는 사업, 빵과 버터, 그리고 유대인의 오락 역시 사형을 받기에 충분한 것으로 되어 버렸다!

이바노보 감방의 시골 청년 게라스까가 사형을 받은 이유에 대해서는 놀라야 할지 웃어야 할지 모르겠다. 봄날에 이웃 마을로 산책을 나갔던 그는 잔뜩 술에 취한 김에 말뚝으로 누군가의 궁둥이를 때렸다 — 물론 경찰관의 궁둥이는 아니었다 — 경찰관의 말을 때린 것이다! (경찰서에서 그는 분노한 나머지 농촌 〈소비에뜨〉의 간판을 뜯고, 농촌 〈소비에뜨〉의 전화를 전화선에서 절단한 다음 바로 그 경찰관에게 다음과 같이 외쳤다고 한다 — 〈악당들을 죽여라!〉)

우리의 운명이 사형수의 감방에 빠지는 것은 우리가 무언가를 했다거나 무언가를 하지 않았다는 사실에 의해 결정되는 것이 아니다. 그것은 거대한 바퀴가 돌아감에 따라서, 강력한 외부 사정의 진행에 의해서 결정된다. 예를 들어 레닌그라뜨는 포위되어 있었다. 레닌그라뜨의 기관들에게 사형이 없었다면, 최고 지도자 즈다노프 동지는 무슨 생각을 해야만 했을까? 〈기관들〉이 놀고 있을 수는 없잖느냐 말이다! 독일인들에 의해 지도되고 있는 거대한 지하 음모들이 적발되어야만 하지 않는가? 1919년 스딸린 아래서도 그러한 음모들이 적발되었는데, 1942년 즈다노프 아래서도 왜 그런 것이 없겠는가? 결론은 뻔하다 — 사방에 가지를 친 몇 개의 음모들이 발각되었다! 당신은 레닌그라뜨의 불 때지 않은 냉방에 누워 있지만 벌써 날카로운 긴 손톱을 가진 검은 손이 당신 위로 다가온다. 그리고 이것은 당신의 어떤 잘잘못에 달린 것도 아니다. 예를 들어 이그나또프스끼 중장이 표적의 대상이 되었다고 하자. 그의 창문은 네바강을 향하고 있었는데, 그가 코를 풀려고 흰 손수건을 꺼내면 이것이 곧장 신호가 되는 것이다. 그리고 또한 이그나또프스끼는 기사로서 수부들과 기계 설비에 관해 이야기하기를 좋아했다. 그 날짜가 기록된다! 이그나또프스끼는 체포된다. 숙청 시기가 다가온 것이다! 이리하여 당신 조직의 회원 40명의 이름을 대시오, 하면 이름을 댈 수밖에 없다. 그리고 만약 당신이 알렉산드린스끼 극장에서 표를 끊어 주는 사람이라면 당신의 이름이 불릴 기회는 적지만, 만약 당신이 공과 대학의 교수라면 당신은 바로 명단에 올라 갈 가능성이 높다. (또다시 그 저주받을 인텔리겐치아 탓이다!) 도대체 무슨 잘못이 당신에게 있다는 말인가? 그러나 일단 명단에 오르면 그 모두에게 총살이 주어지는 것이다.

모두 다 총살되게 마련이다. 그렇다면 러시아의 유명한 유체 역학자인 꼰스딴찐 이바노비치 스뜨라호비치는 어떻게 살아남았는가. 기관에서 일했던 어떤 고위층 간부는 명단이 적어서 조금밖에 총살할 수 없는 것이 불만스러웠다. 그래서 스뜨라호비치를 새로운 조직을 폭로하는 데 적합한 중심인물로 생각했다. 알뜨슐레르 대위가 그를 호출하여 신문했다. 「당신은 지하 정부를 은폐하기 위해서 일부러 빨리 모든 것을 인정하고 저승으로 가려고 결심한 것 아니오? 거기서 당신의 직책은 뭐였소?」 이처럼 스뜨라호비치는 사형수 감방에 계속 머물러 있으면서 새로운 신문을 받아야 했다! 그는 자기 자신은 지하 조직의 교육부 장관이었던 것으로 해달라고 제안했지만 (그는 모든 것을 빨리 끝내고 싶었다!), 알뜨슐레르로서는 그것만으로는 부족했다. 신문이 계속되는 그사이에도 이그나또프스끼 그룹에 대한 총살형은 계속되고 있었다. 어느 한 신문에서 스뜨라호비치는 마침내 분노를 터뜨렸다 ― 그는 살기를 원했던 것이 아니라, 빨리 죽여 주지 않아서 지친 것이다. 그리고 무엇보다 중요한 것은, 구역질이 날 정도로 거짓말을 강요당했다는 것이었다. 그래서 그는 어떤 고위 관리가 참석한 반대 신문의 석상에서 책상을 두드리며 소리 질렀다. 「여러분들이야말로 총살당해 마땅하오! 나는 더 이상 거짓말은 못 하겠소! 나는 모든 진술을 전부 철회하겠소!」 그리고 그 분노의 폭발은 효과가 있었다! 그들은 그에 대한 심리를 중지했을 뿐만 아니라 오랫동안 사형수 감방에 둔 채 잊어버렸다.

아마도 전반적인 순종 가운데 절망이 폭발하면 언제나 도움을 받게 마련인가 보다.

참으로 많은 사람들이 총살되었다 — 처음에는 수천 명이, 그다음에는 수만 명이. 우리는 나눠 보고 곱해 보고, 그리고 한숨을 쉬고 저주해 본다. 그러나 하여튼 이것은 엄연한 숫자인 것이다. 그 숫자는 우리의 머리를 찌르지만, 다음에는 다시 잊히게 마련이다. 만약 총살된 사람들의 친척들이 혹시 언제고 출판사에다 처형된 사람들의 사진들을 넘긴다면, 몇 권의 앨범이 출판될지도 모른다. 그렇게 되면 그것들을 대강 훑으며 그들의 눈을 건성으로 보기만 해도 우리는 자기의 남은 인생을 위해 많은 것을 얻을지 모른다. 그런 독서는, 글자도 거의 없지만 우리의 가슴속에 영원히 겹겹이 쌓여 남아 있을 것이다.

전에 수용소 생활을 했던, 내가 아는 한 가족의 집에서는 다음과 같은 의식이 거행된다. 즉, 살인마 스딸린의 사망일인 3월 5일에, 총살당한 사람들과 수용소에서 죽은 사람들의 사진을 모은 수십 장의 사진들이 탁자 위에 진열된다. 그러고는 하루 종일 집 안에서 교회나 박물관에서 하는 것 같은 엄숙한 의식이 진행된다. 장송곡이 울린다. 친구들이 찾아와 사진들을 바라보며 말없이 음악을 듣고 조용한 목소리로 서로 말을 주고받는다. 그리고 작별 인사도 없이 조용히 물러간다.

이런 의식이야말로 도처에서 행해져야 하는 것이다. 이런 의식이 행해진다면 우리는 죽음들을 통해 마음속에 그 어떤 상흔을 되새길 수 있으련만.

이 모든 죽음을 헛되이 하지 않기 위해서라도……!

나는 우연히 몇 장의 사진들을 얻었다. 그들을 한번 보기만이라도 하자(도판 페이지 참조).

뽀꾸로프스끼, 빅또르 뻬뜨로비치 — 1918년 모스끄바에서 총살됨.

시뜨로빈제르, 알렉산드르 — 대학생, 1918년 뻬뜨로그라뜨에서 총살됨.

아니치꼬프, 바실리 이바노비치 — 1927년 루비얀까에서 총살됨.

스베친, 알렉산드르 안드레예비치 — 참모 본부 교수, 1935년 총살됨.

레포르마쯔끼, 미하일 알렉산드로비치 — 농학자, 1938년 오룔에서 총살됨.

아니치꼬바, 엘리자베따 예브게니예브나 — 1942년 예니세이의 수용소에서 총살됨.

어떻게 이 모든 일이 일어날 수 있었을까? 그들은 그것을 어떻게 〈기다리고〉 있었을까? 그들은 무엇을 느꼈을까? 그들은 무슨 생각을 했을까? 그들은 어떠한 결심에 도달했을까? 그리고 어떻게 그들은 〈끌려갔을까〉? 그리고 최후의 순간에 그들은 무엇을 했을까? 그리고 어떻게 그들은…… 그들은……?

장막 뒤에 가려진 인간의 삶을 알고 싶어 하는 갈망은 자연스러운 것이다. (물론 〈우리들〉 가운데 누구에게도 이런 일은 일어날 리가 없지만, 그럼에도 불구하고.) 최후의 순간에 살아남은 사람들이 여기에 대한 이야기를 못 하는 것도 당연한 일이다 — 어쨌든 그들은 사면받았으니까.

〈그다음부터는〉 사형 집행인들이 더 많이 알고 있다. 그러나 그들은 말하지 않을 것이다. (두 손을 뒤로 비틀어 수갑을 채우고는, 만일 끌려가는 자가 어두운 복도에서 〈형제들이여, 잘 있소!〉 하고 고함을 지르면, 공처럼 둥글게 만든 누더기 천으로 입을 틀어막던 레닌그라뜨 끄레스띠 형무소의 유명한 〈료샤 아저씨〉인데, 무엇 때문에 당신들에게 이야기해 주겠는가? 아마 그는 지금도 옷을 잘 차려입고 레닌그라뜨를 돌아다닐 것이다. 만일 어느 거리의 맥줏집이나 축구장에서 그를 만나면 그때 물어보시도록!)

그러나 사형 집행인도 끝까지 모든 것을 다 알지는 못한다. 호송 차량의 시끄러운 엔진 소리 속에서 들리지 않게 권총의 탄알을 뒤통수에 쏘면서도, 그는 자기가 무슨 짓을 하는지도 모를 정도로 감각이 무디어져 있다. 〈끝까지〉는 그도 모른다! 오직 살해된 사람들만이 끝까지 알고 있으니, 결국은 아무도 모른다는 이야기다.

하기는 예술가가 희미하게나마 어느 정도 사실을 알고 있다. 총탄에 이르기까지, 교수대에 이르기까지 무언가 조금은 알고 있다.

사면받은 사람들로부터, 그리고 예술가들로부터 들은 정보를 종합해서, 사형수 감방의 개략적인 모양을 그려 보도록 하자. 예를 들어, 그들이 밤에는 잠을 이루지 못하며 〈기다린다〉는 것과, 겨우 아침에서야 안도의 한숨을 내쉴 수 있다는 것을 우리는 알 수 있다.

나로꼬프(마르첸꼬)는 그의 소설 『허무한 권위』[8]에서, 모든 것을 도스또예프스끼처럼 써야 하고 심지어는 도스또예프스끼보다 더 가슴 찢어지고 감동을 주도록 사형에 관해 써야겠다는 선입견 때문에 소설을 몹시 망쳐 놓기는 했지만, 그런

---

8 N. 나로꼬프, 『허무한 권위』(뉴욕: 체호프 출판사, 1952).

대로 총살 장면만은 아주 잘 묘사해 놓았다. 이것을 확인해 볼 수는 없지만, 어쨌든 그대로 믿고 싶다.

그 이전의 예술가들, 예를 들어 레오니뜨 안드레예프의 추측은 오늘날에 와서는 이미 어쩔 수 없이 끄릴로프 시대의 냄새를 풍긴다. 자, 그러니 어느 몽상가가 1937년의 사형수 감방들을 상상할 수 있겠는가? 그는 틀림없이 자신의 심리적인 노끈만을 꼬아 댈 것이다 — 그때 어떤 마음으로 기다리고 있었을까? 어떻게 귀를 곤두세우고 있었을까? 그러나 도대체 누가 다음과 같은 사형수들의 예기치 않은 느낌을 예견하여 우리에게 묘사해 줄 수 있단 말인가?

1. 사형수들은 〈추위〉로 고생을 한다. 그들은 창문턱 아래 영하 3도나 되는 시멘트 바닥 위에서 잠을 자야만 한다(스뜨라호비치의 경우). 총살이 있기 전에 여기서 얼어 죽을 지경이다.

2. 사형수들은 〈비좁음〉과 〈무더위〉로 고통을 받는다(독방에서도 7명 이하가 된 적이 거의 없었다). 10명, 15명 심지어 〈28명〉의 사형수들을 한 방에 쑤셔 넣는다(1942년, 레닌그라뜨에서, 스뜨라호비치의 경우). 몇 주씩 혹은 〈몇 달〉씩 이런 식으로 그들은 억눌려 있다. 이런 상황에서는 7명이 교수형을 당했다고 해서(안드레예프의 『7명의 사형수 이야기』를 뜻함) 떠들어 대는 것조차 우스운 이야기다! 사람들은 이미 사형에 관한 생각을 하지 않게 되었고 총살을 무서워하지 않게 되었다. 자, 어떻게 발 좀 뻗어 볼까? 어떻게 몸 좀 돌려 볼까? 어떻게 공기를 한번 마셔 볼까? 하는 생각뿐이다.

1937년, 이바노보의 여러 형무소 — NKVD 내부 감옥, 1호, 2호 및 미결수 감방에는 고작 3천 명에서 4천 명밖에 들어갈 수 없는 곳에, 한꺼번에 4만 명이 수용되었다. 2호 형무소에는 예심 중인 미결수들, 수용소행의 기결수들, 사형수들, 특사를 받은 사형수들, 그리고 절도범들까지 온통 뒤섞여 있었는데, 그들은 모두 〈며칠 동안〉 커다란 감방에서 팔을 올릴 수도 내릴 수도 없었고, 나무 침상 쪽으로 꽉 끼어 있는 사람들은 무릎이 부러질 정도로 비좁은 상태에서 〈서 있어야〉 했다. 이때는 겨울이었는데도 죄수들은 질식하지 않으려고 창문의 유리를 모두 부숴 버렸다(이 감방에는 1898년부터 러시아 사회 민주 노동당의 당원이었다가 레닌의 4월 테제 이후 1917년에 볼셰비끼당을 떠났던 호호백발의 알랄리낀이 이미 사형 선고를 받고 처형을 기다리고 있었다).

3. 사형수들은 〈굶주림〉으로 고통을 받는다. 그들은 사형 선고를 받은 후에도 너무나 오랫동안 기다려야 하기 때문에, 그들이 주로 느끼는 것은 총알에 대한 공포가 아니라 굶주림의 고통이다. 뭐라도 좀 먹었으면! 알렉산드르 바비치는 1941년 끄라스노야르스끄 형무소의 사형수 감방에서 75일이나 버텼다! 그는 이미 완전히 기력이 쇠진하여 자기의 무의미한 생애에 종말을 고할 수 있는 유일한 방법으로서 총살을 기다리고 있었다. 그러나 그는 〈굶주려서 부어올랐기〉 때문에 총살 대신 10년 형으로 감형되었다. 그리고 이때부터 그는 수용소 생활을 시작했다. 그러면 사형수 감방에서의 체류로는 어떠한 기록이 있는가? 누가 그 기록을 알고 있을까? 사형수 감방의 〈반장〉 격인 프세볼로뜨 뻬뜨로비치 골리찐은 140일을 그 안에서 보냈다(1938년). 그러나 이것이 기록일까? 우리 과학의 명예인 유전학자 N. I. 바빌로프는 몇 달씩이나 총살을 기다리고 있었다. 그렇다, 아마 만 1년은 될 것이다. 아무튼 그는 사라또프 형무소로 이송되어 창문도 없는 그곳 지하 감방에 수용되었다. 1942년 여름에 특사를 받아 일반 감방으로 옮겨

졌으나 걸을 수가 없어서, 두 팔로 그를 안아서 산보에 데리고 나갔다고 한다.

　4. 사형수들은 치료를 받지 못해 고통을 받는다. 1938년, 오흐리멘꼬는 사형수 감방에 너무 오래 앉아 있었기 때문에 중병에 걸렸다. 아무도 그를 병원으로 데려가지 않았을 뿐만 아니라 의사도 오랫동안 오지 않았다. 의사는 와서 감방 안으로 들어가지 않고 진찰도 하지 않고 아무것도 물어보지 않은 채, 철창문을 통해 가루약만 넣어 주었다. 그리고 스뜨라호비치의 경우에는 발에 물집이 생겨 그것을 교도관에게 설명했더니 치과 의사를 보내왔다.

　의사가 개입되었을 때, 그는 반드시 사형수를 치료해야만 하는 것일까? 다시 말해서 의사는 죽음을 기다리는 시간을 연장시킬 의무가 있는 것일까? 아니면 의사의 인도주의는 신속한 총살을 주장하는 데에 있는 것일까? 자, 다시 스뜨라호비치의 말을 들어 보자. 의사는 감방으로 들어와서 당직자하고 이야기를 주고받으면서 손가락으로 사형수를 찌르며 이렇게 말한다는 것이다 —「송장! 송장! 송장!」(의사는 이대로 내버려 둘 수는 없으니 빨리 총살해야 한다고 주장하면서 당직자에게 영양실조에 걸린 사람들을 골라 주는 것이다.)

　그렇다면 정말 무엇 때문에 그토록 오랫동안 그들을 잡아두는 것일까? 사형 집행인이 모자라서일까? 그러나 여기서 다음과 같은 것을 고려해 볼 필요가 있다. 그들은 꽤 많은 사형수들에게 사면 청원서에 서명하라고 제안하기도 한다. 그러나 사형수들이 더 이상 〈흥정〉은 싫다고 완강히 거부하면, 〈죄수의 이름으로〉 마음대로 서명을 해버린다. 그리고 이 청원서들이 제 기능을 발휘하려면 적어도 몇 달 이상은 걸린다.

우리는 여기서 2개의 상이한 제도의 충돌을 발견하게 된다. 신문 및 재판 기관(우리가 군사 위원회의 의원들에게서 들은 바에 의하면 원래 한 기관이었다고 한다)은 흉악한 사건들을 적발하려고 애쓰기 때문에 자연히 거기에 상응하는 형벌인 총살을 선고하지 않을 수 없다. 그러나 일단 총살이 선고되고 그 사형이 심리와 재판 조서에 기재되고 나면 그들은 사형 선고를 받은 그 허수아비 사형수들에 대해서 전혀 관심을 갖지 않는다. 왜냐하면 어떠한 폭동도 실제로 존재한 적은 없었고, 사형수들이 살아남든 죽든 간에 국가 활동에는 아무런 변화도 일어날 리가 없었기 때문이다. 그리하여 그들의 운명은 완전히 수용소 당국의 재량하에 놓이게 된다. 한편 수용소 당국은 벌써부터 죄수를 경제적인 관점에서 보고 있기 때문에, 그들에게 중요한 〈숫자〉는 좀 더 많이 총살시키기 위한 것이 아니라 좀 더 많은 노동력을 수용소군도로 보내기 위한 것이다.

〈큰집〉의 형무소 책임자 소꼴로프는 스뜨라호비치에 대해서도 이런 관점으로 보았다. 스뜨라호비치는 사형수 감방에서 지루함을 참다못해 결국에는 과학 연구를 하기 위해 종이와 연필을 요구하기 시작했다. 그는 처음에 「액체와 그 속에서 움직이는 고체와의 상호 작용에 관하여」, 「쇠뇌 용수철 및 완충기의 계산」을 썼으며 다음에는 「내성 이론의 기초」라는 글을 썼다. 그러자 그는 곧 독립된 〈과학〉 감방으로 격리되고 식사도 훨씬 좋아졌다. 이때 레닌그라뜨 전선으로부터 주문이 들어오기 시작했고, 그는 그들을 위해 「비행기에 대한 입체적 사격」을 작성하기도 했다. 그 결과 즈다노프는 그에게 사형을 15년으로 감형시키는 조치를 취해 주었다(그러나 〈본토〉에서 오는 편지는 매우 늦었다 ─ 모스끄바로부터 곧이어 상투적인 〈사면장〉이 왔는데, 그것은 즈다노프보다는 좀 더

관대한 〈10년 형〉이었다).[9]

신문관 꼬루시꼬프는 자신의 개인적인 목적을 위해 사형수 감방에 있는 수학 조교수 N. P.를 이용하기로 작정했다. 문제는 꼬루시꼬프가 통신 대학 학생이었다는 데 있었다! 그래서 그는 〈사형수 감방으로부터 P.를 불러내서는〉 자기의 숙제인 복잡 변수의 함수 이론에 관한 과제를 그에게(아마 그의 분야도 아니었을 것이다!) 맡겼던 것이다.

그러니 세계의 문학은 이 죽음을 앞둔 고뇌에 대해 무엇을 이해했다는 말인가?

결국(체……프의 이야기지만) 사형수 감방은 〈심리적 수단〉으로서, 감화의 수법으로 이용되었을지도 모른다. 자기의 죄를 자인하지 않는 2명이(꼬라스노야르스끄에서의 경우) 갑자기 〈법정〉에 불려가 사형 〈선고〉를 받고 사형수 감방으로 이송되었다. (체……프는 말한다. 〈그들의 재판은 연출되어 있었다〉고. 그러나 모든 재판이 연출되어 있는 상황에서는 이 허위 재판을 무슨 말로 불러야 하는가? 무대 중의 무대, 극 중의 극이라고 부를 것인가?) 여기서 그들은 완전히 사형수로서의 생활 상태를 맛보아야 했다. 그다음 그들은 감방 스파이들을 〈사형수〉처럼 위장시켜 사형수 감방에 집어넣었다. 그리고 그들은 신문 당시 그토록 완강히 저항한 것을 갑자기 뉘우치기 시작하고, 이제는 무엇엔건 서명할 용의가 있다는 것을 신문관에게 전해 달라고 간청했다. 그들에게는 서명을 하도록 청원서가 주어졌고, 그다음에는 〈낮에〉 그들을 감방으

---

9 스쯔라호비치는 형무소에서 작성한 모든 연구 노트를 지금도 고스란히 간직하고 있다. 그의 〈과학 경력〉은 형무소에서 비로소 시작되었던 것이다. 그는 나중에 소련 최초의 터빈 분사 추진식 엔진 설계 중의 하나를 지도할 운명이었다.

로부터 데려갔는데, 이는 총살을 시키려고 데려가지 않았음을 의미한다.

그리고 신문관의 노리갯감이 되었던 이 감방 안의 〈진짜〉 사형수들 역시, 사람들이 〈뉘우치고〉 사면을 받았을 때는 무언가를 느끼게 마련이다. 그렇다, 바로 이것이 무대 감독의 효과라는 것이다.

소문에 의하면, 1939년에 그들은 미래의 원수(元帥)인 꼰스딴찐 로꼬소프스끼를 두 번씩이나 야간 총살시키려는 것처럼 차에 태워 숲속으로 끌어내어 그에게 총을 겨누게 했다가, 총을 내리고 다시 감방으로 싣고 갔다고 한다. 이것 역시 심리적 수단으로 적용된 〈최고 조치〉였던 것이다. 결국에는 아무 일 없이 끝났고 본인은 건강하게 살아 있으며, 이 사건에 대해서 아무런 모욕도 느끼지 않고 있다.

그런데 인간은 자신의 죽음을 대부분 순종적으로 받아들인다. 어째서 사형 선고는 그처럼 최면에 걸리게 하는 것일까? 사면된 사람들은 대부분 그들의 사형수 감방에서 누군가가 저항했다는 것을 기억하지 못하고 있다. 그러나 이런 경우도 없지는 않았다. 1932년에 레닌그라뜨의 끄레스띠 형무소에서 사형수들이 교도관들의 권총을 탈취하여 발사했다. 이 사건이 있은 후에는 새로운 수법이 취해졌다. 즉, 누구를 붙잡아야만 할 때는 감방 문 감시 구멍으로 자세히 살펴 그가 어디 있는지 확인한 후, 곧장 5명의 비무장 교도관들이 감방으로 몰려들어 그 1명을 덮치는 것이다. 감방에는 사형수들이 8명에서 10명 정도 있었지만, 이들 모두가 깔리닌에게 상소문을 보내 놓고는 자신에게 사면이 내리기만을 기다리고 있었기 때문에 〈너는 오늘 죽어라, 나는 내일 죽겠다〉라는 식이었다.

그들은 교도관에게 길을 비켜 주고 파멸되어 가는 동료가 결박당하는 것을, 그리고 그가 도움을 외치자 그의 입에 고무 공을 처박는 것을 무관심하게 바라볼 뿐이었다(어린이의 고무 공을 바라보면서 그것이 사용될 수 있는 모든 가능성을 추측할 수 있는 자가 어디 있으랴? 변증법 강사를 위해서는 이 얼마나 좋은 본보기인가!).

희망! 너는 인간을 강하게 만드는 것이냐, 아니면 약하게 만드는 것이냐? 만일 모든 감방에서 사형수들이 힘을 합해 그들을 찾아오는 형리의 목을 조른다면, 전 러시아 중앙 집행위원회에 보내는 상소문들에 의한 것보다는 좀 더 빨리 사형이 중지될 수 있지 않았을까? 바로 무덤의 문턱에 서 있으면서도 왜 저항을 하지 않는 것일까?

그러나 체포된 순간부터 모든 것이 정해진 것 아닌가? 그럼에도 불구하고 모든 체포된 사람들은 두 다리가 절단이라도 된 듯이 무릎을 꿇고 희망을 찾아 기어다니고 있었던 것이다.

◆

바실리 그리고리예비치 블라소프는 판결을 받은 그날 밤, 어두운 까디 거리를 따라 끌려갈 때 사방에서 4개의 권총이 위협하던 것을 기억하고 있다. 그때 그의 생각은 그들이 그가 마치 도주하려 했던 것처럼 꾸며 가지고 지금이라도 총을 쏘면 어떻게 하나? 하는 것이었다. 말하자면 그는 아직도 자기의 판결을 믿지 않고 있었다! 아직도 살기를 희망하고 있었던 것이다.

그는 경찰서의 방에 수용되어, 그 사무용 책상 위에 눕혀졌다. 그리고 두서너 명의 경찰관이 석유램프 옆에서 계속 감시하고 있었다. 그들은 자기들끼리 이야기했다. 「나는 나흘 동안이나 듣고 또 들어 봤지만, 여전히 모르겠단 말이야. 무엇 때문에 그들이 재판을 받았지?』—「그런 것은 우리가 알 바가 아니야!」

이 방에서 블라소프는 닷새를 보냈다. 까디에서 총살형의 결재를 기다리고 있었던 것이다. 사형수들을 더 멀리 호송하기가 매우 어려웠기 때문이다. 누군가가 그의 이름으로 〈나는 내가 죄를 지었다고 인정하지 않습니다. 형의 집행을 보류해 주십시오〉라고 쓴 사면에 관한 전보를 보냈지만, 회답은 없었다. 이 며칠 동안 블라소프는 숟가락을 들 수 없을 정도로 손이 떨려서 접시에 입을 대고 직접 수프를 마셨다. 끌류긴이 그를 희롱하러 방문하곤 했다. (까디 사건이 있은 후 곧 그는 이바노보로부터 모스끄바로 가게 되어 있었다. 그들 또한 바로 그 구덩이 속으로 떨어질 시기가 닥쳐오고 있었던 것이다. 그래도 그들은 이것을 모르고 있었다.)

판결에 대한 확정도, 사면장도 오지 않았지만, 여하튼 4명의 선고받은 자들을 끼네시마로 싣고 가지 않으면 안 되었다. 그들은 넉 대의 1.5톤짜리 트럭에 실려 갔는데, 한 차마다 선고받은 자 하나에 경찰관 7명이 타고 있었다.

끼네시마에는 수도원의 지하 동굴이 있었다. (수도사들의 이데올로기에서 해방된 수도원의 건축물이 우리에게는 아주 쓸모가 있었던 셈이다!) 거기서 다시 또 다른 사형수들이 추가되었고 죄수 호송 차량으로 이바노보로 이송되었다.

이바노보의 화물 적치장에 그들은 사부로프, 블라소프, 그리고 다른 일행인 1명, 이렇게 3명을 떼어 놓았다. 형무소를 가득 채우지 않기 위해 나머지 사람들은 곧장 데려가 버렸는데, 이는 총살하려고 데려간 것이었다. 이렇게 해서 블라소프는 스미르노프와도 헤어졌다.

빅또르 뻬뜨로비치 뽀꼬로프스끼

알렉산드르 시뜨로빈제르

바실리 이바노비치 아니치꼬프

알렉산드르 안드레예비치 스베친

미하일 알렉산드로비치 레포르마쯔끼

엘리자베따 예브게니예브나 아니치꼬바

남은 그 세 사람을 축축한 10월의 습기 속에 1호 형무소의 마당에 앉혀 놓고는, 다른 죄수 일행들을 데려가고 데려오고 몸수색을 하면서 약 4시간 동안 그대로 방치해 두었다. 하지만 바로 그날 그들을 총살하지 않는다는 증거 또한 없었다. 이 4시간 동안 그대로 땅 위에 앉아서 그들은 골똘히 생각에 잠겨 있어야만 했다! 사부로프는 자신들이 총살장으로 끌려간다고 생각했던 순간도 있었다(그러나 실제로는 감방으로 가는 중이었다). 그는 소리를 지르지는 않았지만 옆 사람의 손을 꼭 잡았는데, 그 사람이 아파서 소리를 질렀다. 경비원들은 사부로프를 총검으로 몰아대면서 질질 끌고 갔다.

그 형무소에는 4개의 사형수 감방이 있었는데, 어린이들과 병자들의 감방도 같은 복도에 있었다! 사형수 감방들은 2개의 이중 출입문이 달려 있었다. 하나는 구멍이 뚫린 보통 나무 문이고 또 하나는 쇠창살이 달린 문인데, 문마다 2개의 자물쇠가 달려 있었다(열쇠는 교도관과 감방 담당계가 따로따로 가지고 있어서, 두 사람이 입회하지 않으면 감방 문을 열지 못하게 되어 있었다). 43호 감방은 신문실의 벽 너머에 있었다. 그래서 밤마다 사형수들이 총살을 기다릴 때면 고문당하는 사람들의 비명 소리가 그들의 귀를 찢어 놓곤 했다.

블라소프는 61호 감방에 떨어졌다. 그곳은 격리된 감방이었다. 길이는 5미터 정도 되고 너비는 겨우 1미터를 넘을까 말까 했다. 2개의 철제 침대는 굵은 볼트로 바닥에 고정되어 있고, 침대마다 사형수가 2명씩 머리를 거꾸로 돌리고 누워 있었다.

죽음을 기다리는 각자에게 1제곱 아르신보다도 더 작은 면적이 할당되고 있었다! 심지어 죽은 사람도 3제곱 아르신의 땅을 가질 권리가 있다고 오래전부터 알려져 있건만(체호프에게는 그것도 작게 보였다)……

블라소프는 총살이 빨리 집행되느냐고 그들에게 물었다. 그러자 그들은 대답했다. 〈여기 들어온 지는 꽤 오래지만, 아직도 이렇게 살아 있소……〉

그리하여 다 알려진 바와 같은 기다림이 시작되었다. 밤새도록 모두들 잠을 못 자고 완전히 쇠약해진 상태에서 죽으러 끌려 나가기를 기다리며 복도의 부스럭거리는 소리에 귀를 기울인다(이 질질 끄는 기다림 때문에 인간의 저항 능력은 더욱 상실되는 것이다……). 낮에 누군가가 사면을 받으면 그날 밤은 특히 불안스럽다. 사면을 받은 자는 기쁨에 흐느끼며 감방을 떠나지만, 감방 안에는 공포가 더욱 짙어진다. 이 사면장과 더불어 오늘 누군가에게는 높은 산으로부터 거절장이 굴러 내려왔을 게 아닌가. 그리고 밤이 되면 누군가를 끌고 나갈 것이 아닌가.

이따금 밤에 자물쇠가 철컥거리면 가슴이 철렁 내려앉는다 ─ 나를? 내가 아니구나! 교도관이 어떤 하찮은 일로 나무 문을 연 것이다. 「창문턱에 있는 물건들을 치워라!」 이 자물쇠 소리 때문에 14명의 사형수들은 모두 1년은 수명이 줄었을 것이다. 아니, 이렇게 쉰 번만 자물쇠를 열면 더 이상 총알도 필요 없을는지 모른다! 그러나 모두 무사히 지나갔으니 교도관에게 감사를 드려야 할 지경이다. 「네, 곧 치우겠습니다, 교도관님!」

아침 용변을 마치고 공포에서 해방되어서야, 그들은 잠들기 시작한다. 이윽고 교도관이 멀건 죽이 담긴 통을 가지고 들어와 〈좋은 아침이오!〉 하고 말한다. 규정에 의하면 창살로 된 두 번째 문은 형무소의 당직자가 입석해 있을 때만 열리게 되어 있다. 그러나 다 알다시피 인간이란 자기가 만든 규정과 지시보다 더 훌륭하고 더 게으른 법이다. 그래서 교도관이 당직자도 없이 아침 감방에 들어와서는 완전히 인간적으로, 아니 이것은 단순히 인간적인 것보다 더 값진 것이지만, 〈좋은 아침이오!〉하고 말하는 것이다.

도대체 이 세상에서 누가 그들보다 더 아침이 좋을 수 있겠는가! 이 따스한 목소리와 따스한 죽에 감사하면서 그들은 그제야 대낮까지 잠들 수가 있었다(아침에만 그들은 식사를 들었다! 낮에는 잠에 곯아떨어져서 많은 사람들이 식사를 놓치곤 했다. 누군가가 차입물을 받았다 — 친척들은 사형 선고에 관해 알 수도 있고 모를 수도 있었다 — 그리고 이 차입물은 감방 안에서는 공동의 것이 되지만, 곰팡이가 낀 습기 속에 놔둬서 부패하기가 일쑤였다).

그래도 낮에는 감방 안에 가벼운 활기가 있었다. 감방 책임자 — 침울한 따라까노프나 호감이 가는 마까로프 — 가 와서 청원서 종이를 내주고 간이매점에서 담배를 주문할 사람은 없느냐고 물어보기도 했다. 이런 질문은 너무나 야만적인 것처럼 들리기도 하고 혹은 너무나 인간적인 것처럼 들리기도 했다. 그들이 사형수라는 인상을 하나도 주지 않았기 때문이다.

죄수들은 성냥갑의 밑바닥을 뜯어내어 도미노처럼 표식을 하며 놀기도 했다. 블라소프는 누군가에게 협동조합의 이야기를 들려주느라 다소 기분이 누그러져 있었다. 그의 말은 언제나 우스꽝스러운 뉘앙스를 띠었다.[10] 수도그다 지구 집행 위원회의 의장이며 1917년 봄부터 일선에서 볼셰비끼 당원이 된 야꼬프 뻬뜨로비치 꼴빠꼬프는 수십 일 동안 두 손으로 머리를 부둥켜 쥐고 팔꿈치를 두 무릎 위에 올려놓은 채, 자세

---

10 협동조합에 관한 그의 이야기는 아주 훌륭하기 때문에 별도로 서술할 만하다.

를 바꾸지 않고 줄곧 벽 위에 있는 한 점들을 바라보고 앉아 있었다. (그에게는 1917년 봄을 회상하는 것이 무엇보다도 유쾌하고 기분이 좋았던 것이다!) 그는 블라소프의 수다가 거슬렸다. 「자네, 어떻게 그렇게 떠들어 댈 수가 있나?」 「그러는 자네는 천당이라도 갈 준비를 하고 있나?」 블라소프는 급히 말하는 가운데도 악센트가 없는 O를 완전히 〈오〉로 발음하기를 잊지 않으면서[11] 내뱉듯이 대답했다. 「나는 그저 한 가지 결심밖에 없어. 나는 사형 집행인에게 다음과 같이 말할 걸세. 너 하나뿐이야. 재판관도 아니고, 검사도 아니고, 너 하나만이 나의 죽음에 죄가 있으니 그런 줄 알고 앞으로 살아라! 너희들처럼 사형 집행인에 지원하는 놈들만 없었다면 사형 선고도 없었을 게다! 자, 마음대로 죽여라, 이 더러운 새끼야!」

꼴빠꼬프는 총살되었다. 알렉산드로프(블라지미르주에 있는) 지역 농업부의 관리인이었던 꼰스딴찐 세르게예비치 아르까지예프도 총살되었다. 그와의 작별은 어째서인지 유달리 더 괴로웠다. 한밤중에 6명의 경비병이 발을 구르며 들어와서 빨리 가자고 성화같이 재촉했다. 그러나 연약하고 교양 있는 그는 이 세상 사람들하고의 마지막 작별 순간을 끌기 위해서 손에 든 모자를 오랫동안 매만지며 꾸기고 있었다. 그리고 〈잘들 있으시오〉 하고 마지막 인사를 했을 때는 거의 목소리를 알아들을 수 없을 정도였다.

희생자가 지적되는 첫 순간, 나머지 사람들은 안도의 한숨을 내쉰다 ─ 〈내가 아니구나!〉 그러나 끌려가고 나면, 남은 사람들이 끌려간 사람보다 마음이 더 가벼워지는 것은 아니다. 그다음 날은 온종일 침묵을 지키고 식사도 들지 않게 마

---

11 모스끄바 방언과 달리 악센트 없는 O가 음가 그대로 보존되는 것은 북방 방언의 특징이다 ─ 옮긴이주.

련이다.

그렇지만 농촌 소비에뜨의 건물을 파괴한 게라스까는 농민식으로 이곳 환경에도 익숙해져서 많이 먹고 많이 잤다. 그는 자기가 총살된다는 것을 믿을 수가 없었던 것 같다(그는 총살되지 않고 10년 형으로 감형되었다).

동료 죄수들이 보는 앞에서 몇몇 사람은 사나흘 동안에 머리가 하얗게 세기도 했다.

그렇게 시간을 오래 끌며 죽음을 기다릴 때는 깎았던 머리털도 다시 자란다. 그래서 감방에는 머리를 깎고 목욕을 하라는 명령이 하달된다. 형무소의 일상생활은 사형 선고에도 아랑곳없이 그 나름대로 제 기능을 발휘하는 것이다.

개중에는 언어 능력과 이해 능력을 상실하는 자도 나오게 마련이다. 그러나 그들 역시 거기 남아서 자기의 운명을 기다려야 한다. 사형수 감방에서 정신이 나간 사람은 미치광이라는 이유로 총살된다.

적지 않은 사면장이 내려왔다. 바로 1937년 가을에 혁명 후 처음으로 15년 및 20년 형이 실시되어 많은 사람들이 총살형을 면할 수 있었다. 10년 형으로도 대치되고, 심지어는 5년 형으로도 대치되었다. 워낙 신기한 나라니까 다음과 같은 기적들도 있을 수 있었다. 어젯밤까지는 사형수였지만 오늘 아침에는 소년범의 형기로 감형되어 있는 것이다. 경범죄자가 되면 수용소에서는 경비병 없이도 돌아다닐 수 있었다.

그들의 감방에는 꾸반 출신의 V. N. 호멘꼬라는 예순의 전 까자끄 대위가 있었다. 만일 사형수 감방에 인기인이 있다면 그 사람이야말로 〈감방의 인기인〉이라고 할 수 있었다. 그는 농담을 하고 미소를 지으며 조금도 괴로운 모습을 보이지 않았다. 이미 러일 전쟁 이후 현역에서 쫓겨난 그는 말을 기르는 기술을 터득한 다음 지방 자치 행정 기관에서 근무하고 1930년에는 주 토지 관리국에 속해 〈붉은 군대의 말 자원 검열관〉으로, 즉 군대에 더 좋은 말들을 공급하기 위한 감독 검열관으로 있었다. 그는 세 살까지의 종마를 거세함으로써 〈붉은 군대의 전투 능력을 저하〉시키는 해독 행위를 했다는 죄과로 투옥되어 총살형을 선고받았다. 호멘꼬는 상고문을 제기했다. 55일이 경과된 후 감방 책임자가 들어와 그가 상고장에 재심 기관을 잘못 적어 넣었다고 알려 주었다. 그러자 호멘꼬는 당장 상고장을 벽 위에 대고 감방 책임자의 연필로 잘못 쓴 기관을 죽죽 그어 지우고는, 마치 담배라도 청구하듯이 다른 기관의 이름을 적어 넣었다. 이 졸렬하게 수정된 상고장이 도달하는 데 다시 60일이 소요되어, 호멘꼬는 4개월이나 죽음을 기다린 셈이 되었다. (1년, 2년을 기다리게 되면 그동안 줄곧 죽음의 신을 기다리면서 살아가게 되기 마련이다! 아니, 우리가 사는 전 세계가 사형수 감방과 다를 것이 없지 않을까!) 그리고 어느 날 그에게 〈완전한 명예 회복〉이 찾아왔다! (그가 사형을 기다리고 있을 동안에 보로실로프가 세 살 말까지 거세하라고 명령을 내렸던 것이다.) 눈 깜짝할 사이에 목이 달아날 때도 있거니와, 또 어떤 때는 사면으로 춤을 출 때도 있는 것이다!

적지 않은 사면장이 왔기 때문에 많은 사람들이 점점 더 희망을 걸고 있었다. 그러나 블라소프는 자기가 한 일, 특히 법정에서 행한 일을 다른 사람의 것과 비교해 보면서, 사태가 자기에게는 유리하지 않다는 것을 알아차렸다. 누군가는 어차피 총살되어야만 하지 않는가? 가령 그들은 사형수 중 적어도 절반은 총살하려고 하지 않겠는가? 결국 그는 자기가 총살될 것이라고 믿었다. 그렇게 될 바에야 머리를 숙이고 싶지 않았다. 그의 성격의 특징인 필사적인 과감성이 그에게 다시 축적되어, 그는 끝까지 불손하게 살아가고 싶은 기분이 들었다.

그런데 우연히 한 사건이 발생했다. 이바노보의 기관 책임자인 친굴리가 형무소를 두루 돌다가 무슨 이유에서인지(필경 깐죽거리기 위해서였겠지만) 그들의 감방 문을 열라고 명하고는 문턱에 서서 무슨 말인가를 하다가 다음과 같이 물었다. 「그런데 여기 까디 사건으로 온 자가 누구인가?」

그는 짧은 소매의 비단 셔츠를 입고 있었는데, 그것은 그 당시 막 새로 나온 것으로 여자 옷 같기도 했다. 그의 몸에서인지 아니면 그 셔츠에서인지는 몰라도 향긋한 냄새가 감방 안에까지 스며들었다.

블라소프가 껑충 침대 위로 올라가 앉아 귀청이 찢어지는 소리로 외쳤다. 「뭐, 이런 식민지 관리가 다 있어? 썩 없어져라, 이 살인자야!」 그러고는 퉤 하고 친굴리의 얼굴을 향해 침을 내뱉었다.

그 침은 명중하였다!

친굴리는 침을 닦고 물러섰다. 왜냐하면 이 감방 안으로 들어가려면 6명의 경비병들을 거느려야만 들어갈 수 있었고, 게다가 그래도 되는지도 의심스러웠기 때문이다.

분별이 있는 집토끼라면 침을 뱉는 그런 행동은 하지 말아야 한다. 만약에 바로 그 친굴리에게 지금 당신의 사건이 걸려 있고, 사면장의 승인 여부가 바로 그에게 달려 있다면? 그리고 무슨 이유가 있기에 〈여기 까디 사건으로 온 자가 누군가?〉 하고 물었단 말인가. 아마도 그 때문에 왔을지도 모른다.

그러나 어떤 한계에 이르러 이미 분별 있는 집토끼가 되고 싶지도 않고, 또 그런 토끼가 되는 것이 역겨울 때가 있는 법이다. 이것은 집토끼의 머릿속에 다음과 같은 일반적인 개념이 떠오를 때다 — 즉, 모든 집토끼는 고기와 가죽만을 제공하게끔 운명 지어져 있다. 그러므로 아무리 잘된다 해도 기한만 연장할 수 있을 뿐 생명을 건질 수는 없다. 그래서 그때는 〈야, 이 저주받을 놈들아, 어서 빨리 쏴라!〉하고 외치고 싶어지는 것이다.

총살을 기다리는 41일 동안 바로 이 분통의 감정이 점점 더 블라소프를 사로잡았다. 이바노보 형무소에서는 두 번씩이나 그에게 사면 청원서를 쓰라고 제의해 왔지만 그는 거절했다.

그러나 42일째 되던 날, 그는 칸막이 방으로 호출되었고, 최고 회의 간부회가 그에 대한 최고 조치를 교정 노동 수용소에서의 20년 금고형 및 그 후 5년간의 권리 박탈형으로 대치했다는 선언을 들었다.

창백한 블라소프가 일그러진 미소를 지으며 거기서 이렇게 말했다. 「이상한 일입니다. 나는 사회주의의 승리를 믿지 않았다고 유죄 선고를 받았습니다. 그러나 만약에 깔리닌이 20년 후에도 우리 나라에 수용소가 필요하다고 생각한다면, 그 역시 사회주의의 승리를 믿지 않는 것이 아닙니까?」

그때만 해도 20년 후에 이런 것이 있으리라고는 전혀 생각되지 않았다.

그러나 30년 후에도 수용소는 여전히 필요했으니 이상한 일이다.

제12장

금고

아, 아름다운 러시아어 〈오스뜨로끄〉— 즉 〈형무소〉라는 단어는 얼마나 견고한 의미를 지니고 있는 말인가! 그리고 얼마나 단단하게 짜여 있는 말인가! 그 말 속에서 우리는 밖으로 도저히 뚫고 나올 수 없는 두터운 벽의 단단함을 느낄 수 있다. 그리고 이 단어와 비슷한 단어들에서 흥미로운 의미들을 찾아볼 수 있다. 예를 들어 〈스뜨로고스찌〉는 엄중함을 의미하며, 〈오스뜨로가〉는 예리한 작살을 의미한다. 〈오스뜨로따〉는 날카로움을 의미하고(그것은 얼굴을 바늘 같은 것으로 찌르거나 얼어붙은 얼굴에 눈보라가 후려칠 때 맛볼 수 있는 고슴도치의 날카로운 침과도 같은 예리함이며, 수용소 주변의 뾰족한 말뚝의 예리함, 그리고 철조망과 같이 가시가 돋친 예리함이다), 〈오스또로즈노스찌〉는 신중함(죄수의 신중함)을 의미한다. 그리고 〈로끄〉는 뿔을 의미한다. 그렇다, 그 뿔은 밖으로 툭 튀어나와 곧바로 우리를 겨냥하고 있다!

러시아의 모든 형무소의 생활상, 특히 최근 90년 동안에 걸친 모든 형무소의 생활상을 주의 깊게 살펴보면, 뿔이 하나가 아니라 2개라는 것을 알 수 있다. 〈인민의지파〉 사람들은 그

뿔의 한쪽 끝에서 일을 시작했다. 상대방을 들이받는 그 끝은 흉골로 받아 내도 견디기 어려울 정도로 날카로웠지만, 인민 의지파의 활동으로 인해 점차적으로 이 뿔은 둥글넓적하게 뿌리 근처로 문드러져 내려와 거의 뿔이 아니게 되었고 결국 가죽으로 뒤덮인 평탄한 부분으로 변해 버리고 말았다(이것 은 20세기 초엽이었다).

그러나 1917년 이후, 얼마 안 있어 제2의 뿔이 손에 만져질 정도로 자라났다. 이윽고 거기에, 그 장소에 〈그런 권리는 없 다!〉는 외침과 함께 그 용기가 솟아올라 좁아지고 끝이 뾰족 해지면서 완전히 뿔이 되고 말았다. 그리하여 1938년경에는 사람의 목과 쇄골 사이의 움푹 파인 곳에 〈쭈르자끄〉[1]가 되어 들어박히고 만 것이다! 그리고 1년에 한 번씩 야경의 종소리 처럼 저 멀리서 〈TON!〉[2] 하고 울려 퍼지는 것이었다.

만일 우리가 실리셀부르끄 요새 형무소에 투옥되어 있는 죄수들의 운명을 추적해 간다면, 처음에는 상황이 아주 좋지 않음을 알 수 있다.[3] 죄수에게는 번호만 있고, 아무도 그의 이 름을 부르지 않는다. 헌병들은 루비얀까의 교도관처럼 철저 하게 훈련되어 되어 있어서, 한마디도 말을 걸어오지 않는다. 죄수가 〈우리는……〉 하고 말하려고 하면, 곧 〈자기 일만을 말 하시오!〉라고 제지한다. 죽음과 같은 정적, 언제나 어두컴컴 한 감방, 뿌옇게 흐려진 유리, 아스팔트 바닥, 창문이 열려 있 는 시간은 하루에 40분, 밥이라고 나오는 것은 멀건 수프와 오트밀뿐, 도서관에서는 학술 서적도 대출되지 않고, 2년 동 안 사람의 그림자 하나 볼 수 없다. 3년 후에야 비로소 번호가

---

1 금고형을 줄여서 부르는 것인데, 공식 명칭이다.
2 특수 형무소의 약칭. 이것 역시 거의 공식적인 명칭이다.
3 베라 피그네르, 『잊을 수 없는 노동』(모스끄바, 1964).

붙은 서류[4]를 발견할 수 있다.

그 후 뿔의 끝이 무뎌짐에 따라 조금씩 자유도 증대되어 갔다. 흰 빵이나 설탕과 차도 손에 넣을 수 있게 되었고, 돈만 있으면 식량도 살 수 있게 되었다. 흡연도 허용되었다. 창문에도 투명한 유리가 끼워졌고, 통풍구도 항상 열려 있고, 벽도 더 밝은색으로 다시 칠해졌다. 책도 상뜨 뻬쩨르부르끄 도서관에서 신청하여 가져다 볼 수 있었고, 채마밭 너머로 철창을 사이에 두고 이야기도 할 수 있고, 죄수들끼리 오랫동안 지껄일 수도 있었다. 그 무렵이 되자 죄수들은 더 많은 〈우리가 일할 수 있는 땅〉을 형무소 당국에 요구하기 시작했다! 이리하여 2개의 넓은 형무소 뜰을 갈아 거름을 주고 여러 가지 식물들을 심었다. 꽃과 야채류만 하더라도 무려 450종이나 되었다! 여기서는 이미 학술 자료나 지물 공장, 철공장으로 돈을 벌어 책도 사고 심지어는 러시아의 정치 서적[5]이나 외국 잡지들도 사들여 볼 수 있고, 친척들과 서신 교환도 할 수 있었다. 그럼 산책은? 원하면 하루 종일이라도 가능했다.

이런 식으로 차차 발전하여 — 피그네르 여사의 회상에 의하면 — 〈이제 큰소리를 치는 것은 교도관이 아니라 죄수들이었다.〉 1902년 교도관이 그녀의 청원서 발송을 거부한 일이 있었다. 그 때문에 그녀는 교도관의 어깨에서 견장을 잡아뗐다! 그 결과 군 법무관이 와서 그 무례한 교도관의 행위를 피그네르 앞에서 백배사죄했던 것이다!

---

4 M. 노보루쓰끼의 계산에 의하면 1884년부터 1906까지 실리셀부르끄에서는 3명이 자살하고 5명이 정신 이상자가 되었다.

5 P. A. 끄라시꼬프(후에 베니아민 대주교에게 사형 선고를 내린 장본인)는 뻬뜨로빠블로쁘스끄 요새 형무소에서 마르크스의 『자본』을 읽었다(그리고 꼭 1년 후에 석방이 되었다).

그렇다면 이러한 교도관들의 시세 폭락과 죄수들의 권리 신장은 모두 어떻게 해서 생긴 것일까? 피그네르는 그 원인의 일부를 그곳 형무소장의 인간성으로 설명하기도 하고 또 한편으로는 〈헌병들이 죄수들과 함께 사는 동안에〉 친숙해져 버린 것으로도 설명하고 있다. 그러나 죄수들의 굽힐 줄 모르는 강인한 성격과 그 품위, 의젓한 몸가짐 따위도 적지 않은 원인이 되었을 것임에 틀림없다. 하지만 시대의 분위기를 결정짓는 것은, 무거운 먹구름을 헤쳐 나가는 그 적당한 습기와 상쾌한 공기, 이미 우리 사회에 만연되어 가고 있는 그 자유의 바람이라고 나는 늘 생각하고 있다. 그것이 없다면 월요일마다 헌병들에게 『소련 공산당 약사』를 교육하게 되는 것이고, 분위기를 살벌하게 유지하면서 계속 수형자들을 족치게 되는 것이다. 그리고 베라 니꼴라예브나 피그네르만 해도, 그 회상록 『잊을 수 없는 노동』을 쓰는 대신에 견장을 잡아뗀 대가로 지하실에서 9그램의 총알을 후두부에 맞았을 것이다.

　짜르 정권의 형무소 체제가 크게 흔들리고 약화된 것은 저절로 그렇게 된 것이 아니라 사회 전체가 혁명가들과 혼연일체가 되어 가능한 한 그 체제를 비웃고 흔들어 놓았기 때문이었다.

　짜리즘이 패배한 것은 2월 혁명 때 거리의 총격전에서가 아니라 그 몇십 년 전의 일이었다. 즉, 부유한 가정 출신의 젊은이들이 형무소에 들어가는 것을 명예로 생각하고 육군 장교들이(그중에는 근위대 기병, 장교도 있었다) 헌병과 악수하는 것을 불명예로 생각하게 되었을 때 짜리즘은 이미 패배하고 있었던 것이다. 그리하여 짜르의 형무소 체제가 점점 더 약화되어 가면 갈수록 〈정치범들의 윤리적 승리〉가 보다 명료해지고, 혁명 정당의 당원들은 국가의 힘과 법보다도 자기들의 힘과 법이 더 강력하다는 것을 자각한 것이다.

바로 이때 러시아에는 1917년이 찾아들었고, 그 혁명의 무 등을 타고 1918년도 찾아왔던 것이다. 왜 1917년을 뛰어넘고 1918년으로 넘어가는가 하면, 우리들의 연구 주제로 볼 때 1917년은 그 재료가 빈약하기 때문이다. 이 해의 2월부터 모 든 정치범 형무소, 예심용 형무소, 그리고 또 강제 노동 형무 소가 모두 텅텅 비게 되었다. 정치범 형무소와 강제 노동 형 무소의 교도관들이 이 해를 어떻게 보냈는지 이해하기가 힘 들다. 필시 그들은 채마밭에서 나오는 채소나 감자 등으로 연 명했을 것이 분명하다(그러나 1918년부터 그들의 형편은 훨 씬 나아졌다. 시빨레르나야 형무소에서는 1928년에도 그들 은 새로운 정권을 위해 일했다. 안 그럴 이유가 없잖은가?)

이미 1917년 마지막 달부터 형무소 없이는 어떻게 할 도리 가 없었으며, 따라서 철창 뒤에 가두어 두는 것 외에 어찌할 수 없는 사람들이 있다는 것이 판명되었다(제2장 참조). 새로운 사회에서는 그들에게 줄 자리가 없었기 때문이었다. 그리하여 새로운 집권자들은 두 뿔 사이의 평평한 부분을 지나서, 두 번째의 뿔이 자라나는 곳을 손으로 더듬기 시작했던 것이다.

물론 당국으로부터 곧 제정 시대 형무소 체제의 공포는 더 이상 되풀이되지 않을 것이라는 성명이 있었다 — 말하자면 죄수에게 고통을 주는 교정 노동도, 형무소 내의 강제적인 침 묵도, 독방에서의 감금도, 산책을 할 때 죄수를 격리시키는 것 도, 똑같이 일렬종대를 지어 걷는 것도, 심지어 감방에 자물쇠 를 잠그는 것조차![6] 그리고 친애하는 방문객 여러분, 얼마든 지 오셔서 만나 보시고 실컷 이야기하십시오. 그리고 볼셰비 끼들에 대해 얼마든지 서로 불평을 토론하십시오. 그동안 새

6 비신스끼, 『형무소에서 교육 시설로』.

로운 형무소 당국의 관심은 외부의 무장 경비와 형무소 자원에 대한 짜르의 유산을 물려받는 데 쏠려 있었다. 다행히 내전을 겪고 나서도 주요한 〈중앙 형무소〉나 일반 형무소들이 모두 파괴되어 버리지는 않았다는 사실이 밝혀졌다. 그러나 이들 더러운 옛날의 명칭을 그대로 사용할 수는 없었다. 이제 그들은 〈정치범 격리 시설〉로 개명되었다. 이 호칭은 옛 혁명당원들을 정치적인 적으로 인정했음을 의미하는 동시에 이들 구식 혁명가들을 새 사회의 진보적 발전으로부터 고립시킬 필요성(분명히 일시적이기는 했지만)을 지적하고 있다. 이러한 이유에서 옛날의 중앙 형무소는 (수즈달의 중앙 형무소는 이미 내전 시대부터) 사회 혁명당원, 사회 민주주의자들, 무정부주의자들을 수용했던 것이다.

이들 모두는 죄수라는 권리 의식과 어떻게든 자기들의 권리를 관철해야 한다는 예부터 내려오는 확고한 전통을 갖고 이 형무소로 돌아왔다. 그들은 〈정치범을 위한 특별 배급〉(하루에 담배 반 갑을 포함하는)을 당연한 것으로 받아들이고 있었다(황제로부터 투쟁으로 획득하여 혁명에 의해서 확인된 것으로서). 그 밖에 그들이 당연한 것으로 여기고 있던 것에는 다음과 같은 것이 있었다. 시장에서의 쇼핑(치즈, 우유 등), 하루에도 여러 시간의 자유로운 산책, 교도관들이 죄수에게 〈당신〉이라는 존칭을 쓰는 것(한편 죄수들은 형무소의 높은 사람이 와도 일어날 필요가 없었다), 남편과 아내를 같은 감방에 넣는 것, 신문, 잡지, 책, 필기도구, 그리고 면도기나 가위에 이르는 개인 소지품들도 감방 안에 놓아둘 수 있는 것, 한 달에 세 번씩 편지를 주고받을 수도 있고, 월 1회씩 면회, 그리고 창문은 어떤 것으로도 막지 않고(그 당시는 아직 〈철창〉이라는 개념도 없었다), 이 감방에서 저 감방으로의 자유로운 왕래, 푸르름과 라일락이 있는 산책을 위한 정원, 산보를 할 때의 동반자의 자유로운 선택, 편지가 든 우편물 자루를 한쪽 뜰에서 다른 뜰로 던질 수 있는 자유, 임산부를 출산 2개월 전에 유형지로 보내는 것 등.[7]

그러나 이 모든 것은 정치범들에 대한 특별 대우에 관한 것이었다. 하지만 1920년대의 정치범들은 더욱 차원이 높은 것까지도 잘 기억하고 있었다. 그것은 〈정치범들의 자치〉였다. 즉 그들은 자신을 전체의 일부로, 공동체의 일환으로 생각하고 있었다. 자치제(전체 죄수들의 모든 이익을 행정 당국으로부터 지키기 위해 대표자를 자유롭게 선출하는 것)는 형무소 당국의 압력을 죄수 전체의 어깨로 받아넘김으로써 개인에 대한 압력을 경감하고 전원이 목소리를 합쳐서 개개인의 저항을 증대시킬 수 있었다.

이 모든 것을 죄수들은 관철시키려 하였고 형무소 당국은 이를 탈취하려 했던 것이다! 그리하여 포탄이 터지지 않는 소리 없는 싸움이 시작되었으나 이따금 소총 소리만이 들려올 뿐 유리창이 부서지는 소리는 먼 곳에까지는 들리지 않았다. 나머지 자유를 지키기 위해, 그리고 개인의 의견을 지닐 권리를 지키기 위해 소리 없는 투쟁이 진행되었고 이러한 투쟁은 거의 20년 이상 계속되었다. 그러나 이러한 투쟁을 이야기해 줄 두꺼운 책은 아직까지 출판되지 않고 있다. 그리고 그 투쟁의 모든 변천사라든가 승리와 패배의 기록들이 이제는 거의 입수하기 어렵게 되었다. 왜냐하면 군도에는 이미 그런 기록들도 없거니와 입으로 전하는 것도 그 사람들의 죽음과 함께 끝나 버렸기 때문이다. 다만 그 투쟁의 편린들만이 어쩌다

7 1918년부터는 사회 혁명당의 여성 당원들도 사정없이 투옥되었다. 임산부라도 용서를 받지 못했다.

달빛에, 아니 그것도 직접적인 달빛이 아니라 반사되어 희미한 달빛을 받으며 우리에게까지 전해져 내려올 뿐이다.

그건 그렇고, 우리는 너무나도 오만해졌던 것은 아닐까! 우리는 전차전도 알고 원자 폭탄이라는 것도 알고 있다. 그러니 다음과 같은 사사로운 행동을 과연 투쟁이라고 말할 수 있는지 의심이 간다. 예를 들어 감방에 자물쇠가 채워지면 죄수들은 자기의 통신의 권리를 실현시키기 위하여 공공연히 벽을 두드려 자신의 뜻을 정하거나 창문 너머로 큰 소리로 말을 전하기도 하고, 쪽지를 매단 실을 위층에서 아래층으로 내리기도 하고, 각 당파의 대표들만이라도 자유롭게 감방을 둘러볼 수 있게 해달라고 주장하기도 했다. 가령 루비얀까 형무소장이 감방에 들어오는 경우, 무정부주의자 안나 G.(1926년)나 사회 혁명당원이었던 까짜 올리쯔까야(1931년) 같은 여자는 그가 들어올 때 일어나기를 거부했다. (그리하여 이 야만인은 형벌을 생각해 냈다. 까짜에 대해 용변을 보러 나갈 권리를 박탈했던 것이다.) 또 어떤 투쟁이 있었던가 — 두 아가씨 슈라와 베라(1925년)가 귓속말로만 이야기하거나, 인격을 짓밟는 루비얀까 형무소 당국의 명령에 항의하여 큰 소리로 감방 안에서 노래를 부르자(고작해야 라일락이나 봄에 대한 노래에 지나지 않았지만) 형무소장인 라트비아 출신인 두케스는 그들의 두 발을 움켜잡고 복도로 질질 끌면서 변소로 데리고 갔다. 또한 레닌그라드에서 오는 스똘리삔 열차에서 대학생들이 혁명의 노래를 부르면(1924년) 호송병은 그들에게 물을 공급하지 않았다. 그래서 호송병한테 대학생들이 〈짜르의 호송병도 이렇게는 하지 않았어!〉라고 소리치면 호송병은 그들을 마구 후려갈겼다. 혹은 사회 혁명당원 꼬즐로프는 껨으로 호송되는 도중 호송병을 사형 집행인이라 불렀다 해서

숲속으로 끌려가 흠씬 두들겨 맞았던 것이다.

우리는 〈용감성〉이라고 하면 항상 전쟁에 있어서의 용감성
(혹은 또 우주로 날아갈 때의 용감성)을 생각하기가 쉽다. 훈
장을 쩔렁거리는 것이 다름 아닌 용감성이라고 생각하는 경
향이 있다. 그리고 그 밖의 용감성, 예를 들어 〈시민으로서의
용감성〉은 잊고 있는 것 같다! 그러나 다름 아닌 그 용감성이,
그것만이, 오직 그것만이, 우리의 사회를 위해서 필요한 것이
다! 오직 그것만이 우리 사회가 갖고 있지 못한 것이다.

1923년 밧까 형무소에서 사회 혁명당원 스뜨루진스끼와
그의 동료들은(그들의 수가 얼마이고, 이름이 무엇이며, 무엇
을 반대하여 투쟁했는지는 모르지만) 감방에 바리케이드를
치고 매트리스에 기름을 붓고 분신자살했다. 그것은 혁명 이
전 시대의 실리셀부르끄 요새 형무소의 전통이었다. 혁명 이
전에는 이런 행위가 매우 큰 소동을 불러일으켰다! 러시아 사
회 전체가 대단한 반응을 표시했던 것이다! 그러나 지금은 밧
까도 그들을 모르거니와 모스끄바도 그들을 모른다. 아니, 역
사조차 모르고 있는 실정이다. 그사이 인육이 그토록 불타 죽
었는데도!

그것이 솔로프끼에 형무소를 만든 첫 번째 이유였다. 그곳
은 외부 세계와 반년이나 연락이 닿지 않는 좋은 곳이었다.
거기서는 아무리 고함을 쳐 봐야 바깥으로 들리지도 않고 분
신자살을 해도 알 리가 없다. 1923년 오네가반도의 뻬르또민
스끄로부터 이곳으로 이송되어 온 사회주의자들은 3개의 작
은 외딴 수도원 건물에 나뉘어 수감되었다.

그중에서 사바찌예프스끼 수도원은 옛날의 순례자들을 위
한 숙소 2개로 이루어져 있었는데 호수의 한 부분이 이 지역
으로 들어와 있었다. 처음 몇 달 동안은 모든 게 잘되어 가는

듯했다. 정치범들에 대한 대우도 괜찮았고, 몇 사람의 친척들이 면회도 할 수 있었고, 서로 다른 당 대표 세 사람이 형무소 당국과 온갖 협상도 할 수 있었다. 수도원의 내부는 자유세계였으며 그 안에서는 죄수들이 말도 생각도 행동도, 아무 방해도 받지 않고 할 수 있었다.

그러나 이미 그 무렵 군도에는 〈정치범에 대한 특별 대우가 없어진다〉라는 우울한 소문이 끈질기게 나돌기 시작했다.

그리고 실제로 기다리던 12월 중순이 되어 백해의 항해 가능 기간이 끝나고 외부 세계와의 연락이 끊기자, 솔로프끼 수용소장 에이흐만스[8]는 이렇게 말했다. 〈그렇다, 죄수 처우 문제에 대한 새로운 지시가 하달되었다. 물론 모든 권리를 다 빼앗기는 것은 아니다! 우선 서신 왕래가 줄어들고 약간의 제한이 가해질 뿐이다. 1923년 12월 20일부터 옥외로 나가는 것을 금한다. 저녁 6시까지 나다닐 수 있으나 그 이후의 외출은 금지한다.〉

당의 각 분파들은 그러한 조치에 항의할 결심을 굳히고 사회 혁명당원과 무정부주의자들 중에서 지원병을 모집했다. 외출이 금지되는 첫날 바로 6시부터 산책을 나간다는 계획이었다. 그러나 사바찌예프스끼 수도원 형무소장인 녹쪼프는 총을 쏘고 싶어 손이 근질근질했다. 그래서 아직 지정된 6시도 되기 전에(어쩌면 시계가 틀렸는지도 모르지만 그 당시에는 라디오에 맞춰 볼 수도 없었다), 소총을 든 경비병들을 그 지역에 풀어 넣어 합법적으로 거닐고 있는 죄수들에게 사격을 해댄 것이다. 그리하여 세 번의 일제 사격으로 6명이 사살되고 3명이 중상을 입었다.

다음 날, 에이흐만스가 와서 이것은 오해로 빚어진 슬픈 일

8 아이히만과 얼마나 흡사한 이름인가!

242

이며 녹쪼프는 해임될 것이라고 했다(사실은 승진하여 다른 곳으로 갔다). 죽은 사람의 장례식이 행해지고 합창대의 노랫소리가 황량한 솔로프끼의 하늘 위로 메아리쳐 간다.

그대들은 숙명적인 투쟁 속에서 희생되어 갔도다……

(이렇게 죽어 간 사람들을 성스럽게 찬미하도록 허가해 준 것은 아마 이것이 마지막이 아니었을까?) 큰 바위를 무덤 위에 놓고, 죽은 사람들의 이름이 그 위에 아로새겨졌다.[9]

신문도 이 사건을 묵살할 수만은 없었던 것 같다. 『쁘라브다』에는 작은 활자로 인쇄된 다음과 같은 조그만 기사가 게재되었다 — 〈죄수들이 한 경비병한테 덤벼들어 6명이 사살되었다.〉 정직한 『로테 파네』(독일 공산당 기관지)는 솔로프끼의 반란을 소상하게 취재해서 보도했다.[10]

그러나 처우 문제는 죄수들의 주장대로 관철되었다! 그리하여 그 후 1년 동안은 아무도 변화에 대해서 말을 꺼내는 자가 없었다.

적어도 1924년 한 해 동안만은 확실히 그러했다. 그해 말경에 다시 12월 안으로 새로운 처우법이 실시될 것이라는 소문이 끈질기게 나돌고 있었다. 용은 이미 허기를 느끼고 있었기 때문에 새로운 제물을 원하고 있었던 것이다.

---

9 1925년에 그 바위는 뒤집혀져서, 그 위에 새겨졌던 비명마저 매장되고 말았다. 솔로프끼에 가는 사람은 그 바위를 찾아서 자세히 살펴보기 바란다.

10 사바찌예프스끼 수도원에 수감된 사회 혁명당원 중에 유리 뽀드벨스끼도 끼어 있었다. 그는 언젠가 이 사건을 세상에 발표하기 위하여 솔로프끼의 총살에 대한 의학적 자료를 모아 놓았다. 1년 후 스베르들로프스끄 중계 수용소에서 소지품 수색 때 그의 트렁크가 이중 바닥임이 드러나 숨겨 놓은 자료를 몽땅 털리고 말았다. 이처럼 러시아 역사는 부서지고 있는 것이다.

여기서 이 세 수도원 — 사바찌예프스끼, 뜨로이쯔끼, 묵살름스끼 — 에 수감되어 있는 사회주의자들은 비밀리에 협상을 거처 같은 날에 세 수도원에 수감 중인 전 당원들이 모스끄바와 솔로프끼 수용소 관리 당국 앞으로 최후통첩을 보냈다. 우리들 전원을 향해 가능 기간이 끝나기 전에 이곳에서 실어 내보내 주든지 아니면 전과 동일한 대우를 해달라. 최후통첩의 기간은 2주로 한다. 그것이 관철되지 않을 때는 전 수도원의 죄수들은 단식 투쟁에 들어가겠다는 것이었다.

이러한 단체 행동은 수용소 당국의 주의를 끌지 않을 수 없었다. 그러한 최후통첩을 귓전으로 흘려보낼 수는 없었던 것이다. 기한 하루 전에 수용소장 에이흐만스는 각 수도원에 찾아와 모스끄바가 이를 거절했다고 말했다. 그리하여 정한 날에 3개의 수도원에서는 (이미 그때는 수도원끼리 연락 수단도 끊겨 가고 있었다.) 일제히 단식 투쟁이 시작되었다(음식은 먹지 않고 물만 마셨다). 사바찌예프스끼에서 단식 투쟁에 가담한 사람만도 약 2백 명이나 되었다. 환자들은 스스로 단식에서 빠졌다. 죄수들 가운데 의사 한 사람이 매일 단식하는 사람들을 돌보았다. 집단 단식 투쟁은 혼자 하는 것보다 언제나 어려운 법이다. 왜냐하면 가장 강한 사람들에게 맞추는 것이 아니라 가장 약한 사람들에게 맞춰서 행해지기 때문이다. 단식 투쟁은 확고한 결의를 가지고 결행하지 않는 한 아무런 의의가 없다. 게다가 각자가 다른 사람들을 잘 알고 완전히 신뢰하지 않으면 안 된다. 여러 정당의 당원들이 있는 곳에서나 수백 명의 사람들이 있는 곳에서는 의견의 불일치가 불가피하며 남들 때문에 고민을 하지 않을 수 없는 법이다. 15일이 지난 후 사바찌예프스끼에서는 비밀 투표(방마다 투표함을 돌렸다)를 하지 않을 수 없게 되었다. 단식 투쟁을 계속할 것인가 그만둘 것인가. 모스끄바 당국과 에이흐만스는 끝까지 버텼다. 그도 그럴 것이 그들은 배고픈 줄을 몰랐고, 수도의 여러 신문도 단식 투쟁에 대해서는 전혀 언급이 없었고, 까잔 사원 옆에서도 학생들의 시위는 열리지 않았기 때문이다. 완전한 폐쇄성이 이미 자신만만하게 러시아의 역사를 뒤덮고 있었던 것이다.

수도원의 죄수들은 단식을 중단했다. 그들은 그것을 승리로 이끌어 가지 못했던 것이다. 그러나 패배한 것도 아니었다. 겨울 동안 죄수에 대한 처우는 악화되지 않은 채 종전과 다름이 없었다. 숲에 가서 땔감을 해오는 일만 하나 더 불어났을 뿐이었다. 그러나 거기에도 그럴 만한 이유는 있었다. 아니, 오히려 1925년 봄에는 반대로 단식 투쟁이 승리를 거둔 것처럼 보이기도 했다. 단식 투쟁에 참여했던 3개 수도원의 죄수들은 모두 솔로프끼를 떠나게 된 것이다! 내륙으로! 이제 북극의 밤도, 반년에 걸친 통신 두절도 없는 내륙으로!

그러나 경비를 맡은 교도관은 몹시 엄했고(그 당시로 봐서는) 급식도 형편없었다. 얼마 안 있어 그들은 교묘하게 기만당했다. 각 당의 대표들은 모든 시설이 갖추어져 있는 〈본부〉차량에서 지내는 게 편할 것이라는 구실하에 다른 죄수들과 분리되었다. 대표들을 실은 객차는 뱟까에서 따로 떼어져 또 볼스끄 격리 형무소로 갔다. 이때야 비로소 지난 가을의 단식 투쟁이 실패로 돌아갔음이 명백해졌다. 힘이 있고 영향력이 있는 대표자들을 따로 떼어 놓음으로써 나머지 죄수들을 좀 조여 놓자는 것이었다. 야고다와 까따냔은 자신들이 직접 진두지휘하여 옛 솔로프끼의 죄수들을 외부로부터 격리되어 있는 베르흐네우랄스끄 형무소 건물에 수감시켰다. 이 건물은 이미 옛날부터 그곳에 서 있었던 것이었으나 지금까지 사람이 살아 본 적이 없었던 건물로, 1925년 봄에 이 두 사람에 의해서 다시 열렸던 것이다(그 당시의 소장은 두뻬르). 수십 년에 걸쳐 이 형무소는 죄수들로부터 공포의 대상이 되었다.

새로운 곳으로 오게 된 옛 솔로프끼의 죄수들은 곧 나다닐 수 있는 자유를 빼앗기게 되었다. 감방에 자물쇠가 채워져 있었던 것이다. 각 당의 대표들을 선출할 수는 있었으나 그들은 이미 감방을 순회할 수 있는 권리를 가지고 있지 못했다. 전처럼 감방들 간에 돈이나 물건, 그리고 책 같은 것을 무제한으로 돌려볼 수도 없게 되었다. 그들이 창 너머로 고함이라도 치는 경우 경비병이 감시탑에서 감방에다 대고 총을 쏘아 대었다. 이에 대해 죄수들은 소동을 벌이고 유리창을 부수고 형무소의 기물을 파괴했다(우리 나라의 형무소에서는 유리창을 깨도 되는지 어떤지 주저하지 않을 수 없다. 유리창을 깨면 겨우내 갈아 끼우지 않을 때도 있다 — 그게 놀랄 일도 아닌 것이다. 그러나 제정 시대에는 유리 담당 직원이 있어서 순식간에 달려오곤 했다). 투쟁은 계속되었으나 이미 조건은 불리해서 죄수들도 절망적인 상태에 빠져들고 있었다.

1928년경에 (뾰뜨르 뻬뜨로비치 루빈의 이야기에 의하면) 어떤 이유에서인지 새로운 단식 투쟁이 일제히 전 베르흐네우랄스끄[77] 형무소에서 일어났다. 그러나 이제는 이미 옛날과 같은 엄숙하고 장엄한 분위기나 따뜻한 격려, 그리고 자기들을 돌봐 주는 의사도 없었다. 단식 투쟁을 하던 어느 날 죄수들 수보다 많은 교도관들이 감방으로 밀고 들어와 허기에 지친 죄수들을 몽둥이와 군홧발로 사정없이 때리기 시작했다. 죄수들은 실컷 두들겨 맞았고, 단식 투쟁은 그대로 끝나 버렸다.

단식 투쟁의 위력에 대한 우리의 순진한 믿음은 우리의 과거 경험과 과거의 문학에서 얻어진 것이다. 하지만 단식 투쟁이란 순전히 정신적인 무기에 지나지 않는다. 단식은 아직 교도관에게 일말의 양심이 남아 있거나 교도관이 사회 여론을 두려워하고 있다는 것을 전제로 한다. 그리고 그래야만 비로소 단식은 위력을 가지는 것이다.

　　제정 시대의 교도관들은 아직 인생 경험이 적은 철부지들이었다. 그래서 자기의 죄수들이 단식을 하게 되면 놀라서 어쩔 줄 모르며 몸을 보살펴 주기도 하고 병원에 입원도 시켜 주었다. 대부분의 경우가 그러했지만 이것은 우리의 책과는 관계가 없는 이야기다. 말하기조차 우스꽝스러운 이야기지만, 발렌찌노프는 12일 동안 단식 투쟁을 한 것만으로 어떤 대우상의 특전뿐만 아니라, 심리(審理)로부터 〈완전한 해방〉을 얻을 수 있었다(그리고 스위스에 있는 레닌한테로 떠났던 것이다). 그리고 오룔의 강제 노동 중앙 형무소에서도 단식 투쟁을 벌인 죄수들은 언제나 승리를 거두었다. 1912년에 대우가 조금 완화되었다가 1913년에 다시 더 완화되자, 거기에는 혁명 운동에 가담했던 모든 정치범들이 함께 산책할 수 있는 자유도 포함되었다. 아마 산책 때의 감시가 심하지 않았기 때문에, 그들은 〈러시아 국민에게〉 보내는 메시지를 바깥세상으로 내보낼 수도 있었을 것이다. (하지만 강제 노동 중앙 형무소의 죄수들이 이런 일을 했다니 놀라운 일이 아닐 수 없다!) 그 메시지는 『강제 노동과 유형 신문』이었다.[11] (아니, 이 〈신문〉 자체도 놀라운 착상이다! 우리도 한번 발행을 시도해

11　게르네뜨, 『제정 시대의 형무소사』, 제5권 제8장(모스끄바, 1960~1963).

보면 어떨까?) 1914년에는 단 닷새 동안의 단식 투쟁 끝에(물도 마시지 않은 점은 인정한다) 제르진스끼와 그의 동료 네 사람은 자기들의 수많은(일상적인 것과 관련된) 요구 사항을 관철할 수 있었다.[12]

그 무렵의 단식 투쟁은 죄수들에게 있어 기아의 고통 이외에는 어떠한 위험도 곤란도 수반되지 않았다. 단식을 한다고 해서 두들겨 맞는 것도 아니었고 다시 재판을 받거나 형기가 늘어나거나, 사살되거나 다른 데로 보내지는 것도 아니었다(이런 것은 모두 훨씬 후에야 나타났던 것이다).

1905년 혁명과 그 후의 수년간, 죄수들은 자기들이 형무소의 주인이라 생각하고, 이미 고통을 수반하는 단식 투쟁은 선언하지 않고, 형무소의 비품을 파괴하거나(〈방해 행위〉) 파업을 선언하거나 했다. 그리하여 1906년 니꼴라예프시에서 197명의 지방 형무소의 죄수들이 외부 세계와 손을 잡고 파업을 선언했다. 바깥세상에서는 죄수들의 파업을 지지하는 전단을 뿌렸고 형무소 안에서는 매일같이 모임을 갖기 시작했다. 이러한 모임(죄수들은 물론 창살이 없는 창문을 통해 모임을 가졌다)은 형무소 당국으로 하여금 파업을 하는 죄수들의 요구를 들어주지 않을 수 없게끔 압력을 가했다. 집회가 끝나자 한쪽은 거리에서 또 한쪽은 창살 안에서 일제히 혁명가를 불렀다. 이렇게 〈파업〉은 여드레나 계속되었다(물론 아무 방해도 받지 않고! 이때는 1905년 혁명 후 반동의 한 해였으니까!). 파업을 시작한 지 아흐레째 되던 날 죄수들의 요구는 모두 관철되었다! 비슷한 사건들이 그때 오데사에서도, 헤르손에서도, 엘리자베드그라프에서도 일어났다. 그때는 이렇게도 쉽게 승리를 얻을 수 있었던 것이다!

12 같은 책.

임시 정부 시절의 단식 투쟁이 어떠했는지 같이 비교해 보는 것도 흥미가 있는 일일 것이다. 그러나 7월부터 꼬르닐로프 때까지 투옥되어 있었던 몇 명의 볼셰비끼들은(까메네프, 뜨로쯔끼, 그리고 이 두 사람보다 더 오래 수감되어 있던 라스꼴니꼬프) 단식을 해야 할 이유를 찾지 못한 듯했다.

1920년대에 들어서면서 그때까지 활기 있게 행하던 단식 투쟁의 장면이 차차 어두운 빛을 띠게 되었다(물론 이것은 사람에 따라 관점이 다르기도 하지만……). 정당한 방법으로 널리 알려져 있던 이 투쟁의 수단은 당연히 〈정치범〉으로 인정된 죄수들뿐만 아니라, KR(제58조 해당자)에 의해서도, 그리고 더 나아가서는 우연히 투옥된 일반 대중에 의해서도 계승되었다. 그러나 예전에는 그토록 강렬했던 이 화살도 그 예리함을 잃은 것 같았다. 어쩌면 활을 쏘자마자 그 화살은 무쇠팔에 의해 저지되었는지도 모른다. 하기는 아직도 단식 투쟁에 대한 서면상의 청원은 용인되고 있었으나 그것을 파괴적인 활동이라고는 아직도 인정하지 않고 있었다. 그래도 달갑지 않은 새로운 규칙은 계속 만들어져 나왔다. 단식 투쟁자는 특별 독방에 격리 수감시켜야 한다(부띠르끼에서는 뿌가초프 탑에). 지원 집회를 열 우려가 있는 바깥세상에 옥내의 단식 투쟁이 알려져서는 안 되며 그뿐만 아니라 이웃 감방에 알려져서도 안 되고 단식하는 장본인이 단식하는 바로 그 전날까지 수감되어 있던 그 감방에까지도 알려져서는 안 되는 것이다. 같은 감방의 죄수들도 역시 사회의 일부이기 때문에 그들에게서도 격리하지 않으면 안 되는 것이다. 그 이유는 단식 투쟁이 공정하게 행해지고 있는지, 같은 감방의 죄수가 그에게 음식을 제공하고 있는 것은 아닌지 형무소 당국이 확인해야 한다는 이유 때문이었다(예전에는 그런 것을 어떻게 조사했을까? 〈성실하고 고결한〉 말만으로 믿었던 것일까?).

그러나 1920년대만 해도 아직은 단식 투쟁에 의해서 개인적인 요구를 얻어 낼 수 있었다.

1930년대부터는 단식에 대한 국가의 사고방식에 새로운 변화가 일어났다. 사실 그와 같이 힘을 못 쓰게 되고 격리된, 그리고 반쯤 목이 졸리다시피 한 단식 투쟁이 도대체 무엇 때문에 국가에게 필요하겠는가? 도대체 죄수들이란 자기의 의지도 없거니와 그 결단력도 없는 존재여서, 그들 대신 형무소 당국이 생각하고 결단하는 편이 훨씬 더 이상적이지 않겠는가! 아마 이러한 죄수들만이 새로운 사회에서 살아남을 수 있을 것이다. 이리하여 1930년대부터는 단식에 대한 합법적인 청원은 받아들여지지 않게 되었다. 〈투쟁의 수단으로서의 단식은 더 이상 존재하지 않는다!〉라고 1932년에 예까쩨리나 올리쯔까야에게 통보되었고 그 밖에 많은 사람들에게도 통보되었다. 정부는 여러분들의 단식 투쟁을 폐기해 버린 것이다! 이것으로 끝장이다. 그러나 올리쯔까야는 이에 굴하지 않고 단식 투쟁을 시작했다. 당국은 보름 동안 그녀가 자기 독방에서 단식을 하도록 내버려 두었다. 그 후 병원으로 데리고 가서 유혹하기 위하여 그녀 앞에 우유와 건빵을 갖다 주었다. 하지만 그녀는 계속 버티다가 〈19일〉 만에 승리를 거두었다. 그 결과 멀리까지 산보도 할 수 있게 되었고 신문사나 적십자사가 정치범에게 보내는 물건도 받을 수 있게 되었던 것이다. (이 합법적인 물건을 받기 위해서 이러한 고생을 해야 했던 것이다!) 대체로 승리로 얻은 것은 별 게 아닌 데 비해 그 대가는 너무나 큰 것이었다. 올리쯔까야는 그와 같은 어리석은 단식 투쟁을 다음과 같이 회고하고 있다. 소포를 받기 위해서, 아니면 함께 산보할 사람을 바꾸기 위해서 20일 동안 굶었다.

과연 그럴 필요가 있었을까? 〈새로운 형태의 형무소〉에서는 일단 소모된 체력은 다시 만회할 수가 없었기 때문이다. 어느 종파의 신도 꼴로스꼬프는 그런 식으로 굶다가 25일 만에 죽어 버렸다. 새로운 형태의 형무소 제도에서 단식 투쟁은 과연 가능했던 것일까? 새로운 형무소 당국은 비공개성과 비밀의 조건하에, 단식 투쟁에 대한 대책으로서 다음과 같은 강력한 수단을 가지고 있었던 것이다.

1. 당국의 인내. 그것은 우리가 위의 예에서 얼마든지 봐 왔었다.

2. 기만. 이것 역시 비공개성 덕분에 가능하다. 만일 사건마다 취재하는 기자가 있었다면, 그렇게까지 기만할 수는 없었을 것이다. 그러나 우리 나라에서처럼 속이기 쉬운 나라에서 어찌 속이지 않을 수 있을 수 있겠는가? 1933년 하바로프스끄 형무소에서 S. A. 체보따료프는 자기의 거처를 가족에게 알려 달라고 요구하면서 17일간 단식 투쟁을 벌였다(그는 동만 철도에서 온 다음 갑자기 〈행방불명〉이 되었던 것이다. 그는 아내가 무슨 생각을 하고 있는지 근심이 되어서 견딜 수가 없었던 것이다). 17일째 되던 날 그에게 주(州) GPU 차장과 하바로프스끄의 주 검찰관이 와서(그 정도 관등에 있는 사람에게까지도 그와 같이 긴 단식 투쟁은 그렇게 흔치 않은 것으로 보인 모양이다), 그에게 전보 영수증을 보여 주었다. (아내에게 자기의 소식을 전해 주었다는 것이었다!) 이렇게 하여 그에게 고깃국을 먹일 수 있었다. 그러나 그 영수증은 가짜였다! (그런데 무엇 때문에 그렇게 높은 관등에 있는 사람들이 근심을 했을까? 물론 체보따료프의 생명 때문에 그런 것은 아니었다. 아마 1930년대의 전반기에는 아직도 장기적인 단식에 대해 어떤 개인적인 문책이 있었는지도 모른다.)

3. 강제적인 인공 영양 공급. 이와 같은 방법은 의심할 여지 없이 동물원에서 그대로 모방해 온 것이다. 그러한 방법이 존재할 수 있는 것은 폐쇄 사회에서만이 가능하다. 1937년경에는 인공 영양 공급도 이미 크게 성행했던 것이 분명하다. 예컨대 야로슬라블 중앙 형무소에서 집단적으로 단식 투쟁을 벌이던 사회주의자들 전원에게 보름째 되던 날 인공 영양 공급이 강제적으로 실시되었다.

이 방법은 강간과 매우 흡사한 데가 많다. 아니, 그것은 강간 그 자체라고 할 수 있다. 즉, 4명의 덩치 큰 남자들이 한 사람의 약한 상대방에게 달려들어 그 사람의 가장 소중한 것을 빼앗아 버리는 것이다. 일단 한번 빼앗기만 하면 그다음에는 어떻게 되든 상관없다. 강간과 마찬가지로, 여기서도 상대방의 의지를 짓밟아 버리고 만다 ― 네 마음대로 되는 것이 아니라 내 마음대로 하는 것이니 누워서 고분고분 받아먹거나 하라는 것이다. 쇠꼬챙이로 입을 벌리고 이를 열어 고무호스를 넣는다. 「자, 삼켜!」 만일 삼키지 않으면 호스를 더 집어넣어 딱딱한 음식이 바로 식도로 넘어가도록 한다. 그리고 그다음에 죄수가 음식물을 토해 내지 않도록 배를 마사지한다. 그때 죄수가 느끼는 것은 ― 정신적인 모욕, 입속의 감미로움, 위가 영양제를 흡수할 때의 쾌감이다.

과학은 여기서 그치지 않고 또 다른 인공 영양 공급법도 개발해 냈다. 항문으로 관장을 하거나 콧구멍으로 액체를 집어넣기도 하는 것이다.

4. 단식 투쟁에 대한 새로운 견해. 단식 투쟁은 형무소에서의 반혁명적인 활동의 계속이므로 새로운 〈형기〉로 처벌을 받아야 하는 것이다. 이러한 측면은 〈새로운 형무소 제도〉의 활동에서 매우 풍부한 새로운 카테고리를 낳을 가능성을 가

지고 있었으나 아직은 위협 영역에만 머물고 있었다. 이 가능성을 실행에 옮기지 않은 것은, 물론 유머 감각에서가 아니라 오히려 단순한 게으름 때문이었을 것이다. 즉, 인내라는 것만 있다면, 이 모든 것이 무엇 때문에 필요하겠는가? 굶주린 자를 앞에 놓고 배부른 자가 참고 또 참는다는 식이다.

1937년 중순경부터 이러한 지시가 하달되었다. 형무소 당국은 앞으로 단식 투쟁을 하다가 죽은 사람에 대해서는 일체 책임을 지지 않아도 좋다는 것이다! 교도관들의 개인적인 마지막 책임감도 사라져 버린 것이다! (이제 체보따료프에게 주검찰관도 오지 않을 것이다!) 그뿐만 아니라 신문관들의 근심을 없애기 위해 이런 것도 지시했다. 미결수의 단식 일수를 심리 기간에서 빼 버리라는 것이다. 즉, 단식은 없었던 것으로 간주하고 뿐만 아니라 심지어는 그 기간에는 죄수가 바깥에 있었던 것처럼 하라는 것이었다! 단식의 유일한 결과는 죄수의 몸만 허약해질 뿐이라는 것을 알도록 내버려 두라는 것이다!

그것은 죽고 싶으면 죽으라는 말과 다를 것이 없었다!

아르놀뜨 라뽀뽀르뜨는 불행히도 바로 이런 지시가 내려졌을 때 아르한겔스끄 형무소에서 단식 투쟁을 선언했다. 이때의 단식 투쟁은 특히 어려웠고 그 때문에 더더욱 가치 있게 보였는지 모른다. 그는 수분도 취하지 않는 단식 투쟁을 13일이나 계속했다(제르진스끼가 닷새를 굶고 — 그것도 독방에서가 아니라 — 완전한 승리를 거둘 수 있었던 그 경우와 비교해 보라). 13일 동안 이 격리 감방에 있던 그의 독방에 이따금 얼굴을 보인 것은 간호 조수뿐이었다. 의사도, 형무소 당국의 어느 누구도 그에게 관심을 가지는 사람은 아무도 없었다. 그들은 단식 투쟁을 해서 무엇을 요구하는지조차 알려고도 하지 않았다……. 교도관이 그에게 보인 유일한 관심은 감방

안을 자세히 살펴보고 숨겨 둔 쌈지 담배나 몇 개의 성냥개비를 찾아내는 것이었다. 라쁘뽀르뜨의 요구 사항은 신문관의 비웃는 듯한 신문을 중단시켜 달라는 것이었다. 자신의 단식에 대비하여 그는 과학적으로 만반의 준비를 갖추고 있었다. 단식에 앞서 그는 차입품을 받아 가지고 버터와 둥근 롤빵만 먹고, 검은 빵은 일주일 동안 먹지 않고 내버려 두었다. 손바닥이 백지장처럼 얇아질 정도까지 그는 굶었다. 그는 당시의 일을 회상하면 기분이 아주 상쾌해지고 머리가 맑아진다는 것이었다. 언제나 얼굴에서 웃음이 떠난 적이 없는 마음씨 착한 여교도관 마루샤가 언젠가 그의 감방에 들어와 이렇게 속삭였다. 「단식은 그만둬요, 아무 소용도 없을 테니. 그러다가는 죽어요! 일주일만 빨리 시작했어도 괜찮았는데……」 그는 그녀의 말을 듣고 아무것도 얻지 못한 채 단식을 중단하고 말았다. 그렇지만 교도관들은 뜨거운 적포도주와 롤빵을 그에게 갖다 주고 두 손으로 안아서 공동 감방으로 데려다주었다. 며칠 후 다시 신문이 시작되었다(그러나 단식 투쟁은 전혀 허사로 돌아가지는 않았다. 신문관은 라쁘뽀르뜨가 죽음에 대한 충분한 의지와 준비가 되어 있다는 것을 알고 취조를 어느 정도 완화했기 때문이다). 「보아하니 자네는 늑대로군!」 예심 판사가 그에게 말했다. 「늑대지요.」 라쁘뽀르뜨가 시인했다. 「그러니까 당신들의 개는 결코 되지 않을 거요.」

그 후 그는 또 한 번의 단식을 꼬뜰라스의 중계 수용소에서 선언한 적이 있었으나 그것은 곧 우습게 끝나 버렸다. 새로운 신문을 요구하며 호송되지 않겠다고 선언했던 것이다. 사흘째 되던 날 그에게 교도관들이 와서 말했다. 「호송 갈 준비를 해!」 「너희들에게는 그럴 권리가 없어! 나는 지금 단식 투쟁 중이란 말이다.」 그는 대꾸했다. 그러자 4명의 젊은 장정들이 그를 들어다가 목욕탕에 던져 버렸다. 목욕이 끝나자 역시 손으로 안아서 그를 당직한테로 데려갔다. 어쩔 수 없이 라쁘뽀르뜨는 일어나서 호송 대열의 뒤를 따랐다 — 뒤에서는 이미 개들과 총검이 따르고 있었다.

이렇게 하여 새로운 형태의 형무소 제도는 부르주아적인 단식 투쟁을 정복해 버리고 말았던 것이다.

아무리 힘이 센 사나이라도 이렇게 강력한 형무소 기관에 대적할 만한 수단은 아무것도 없었으며 있다면, 오직 자살뿐이었다. 그러나 자살은 굴복이지 투쟁이라 할 수는 없지 않을까?

사회 혁명당원인 Y. 올리쯔까야는 투쟁의 수단으로서의 단식은 뜨로쯔끼주의자들과 그 이후에 체포된 공산주의자들이 완전히 망쳐 놓았다고 지금도 생각하고 있다. 그들은 너무나도 쉽게 단식을 선언하고 너무나도 쉽게 단식을 포기해 버렸기 때문이다. 그녀의 말에 의하면 그들의 지도자인 I. N. 스미르노프마저도 모스끄바의 재판을 앞두고 나흘 동안 단식을 하다가 곧 항복하고 단식을 그만두었다고 한다. 그녀의 말에 의하면, 1939년까지 뜨로쯔끼주의자들은 원칙적으로 반소비에뜨 정부적인 어떠한 단식 투쟁도 거부하였고, 단식을 벌이는 사회 혁명당원이나 사회 민주당원들을 도운 적이 한 번도 없었다고 한다.[13]

이 비난이 얼마나 신빙성이 있고 없는지 그 평가는 역사에

---

13 반대로 그들은 자신들의 문제에서는 사회 혁명당원들과 사회주의자들에게 지원을 호소했다. 1936년에 까라간다와 꼴리마로 가는 호송 도중에 그들은 깔리닌 앞으로 전문을 쳤다 — 〈혁명의 전위(즉, 그들)를 꼴리마로 호송하는 것을 항의함.〉 그리고 전보에 서명하기를 거절한 사람들을 〈배신자〉 또는 〈도발자〉라고 불렀다(마꼬쩬스끼의 이야기).

맡기도록 하자. 그러나 뜨로쯔끼주의자들만큼 단식 투쟁에 대하여 괴로운 대가를 지불한 사람도 없을 것이다(수용소에서 그들이 벌인 단식 투쟁과 파업에 대해서는 제3부에서 다시 이야기하기로 하자).

아마도 단식을 쉽게 선언하고 포기하는 것은 대체로 감정 표현에 민감한 직선적인 성격을 가진 사람 특유의 속성일 것이다. 하지만 그러한 본성을 지니고 있는 사람들은 옛 러시아의 혁명가들 사이에도, 이탈리아나 프랑스에도 있었을 것임에 틀림없다. 그러나 제정 러시아에서도, 프랑스에서도, 이탈리아에서도, 소비에뜨 당국처럼 단식 투쟁을 저지한 적은 없었다. 아마 단식 투쟁을 결행하려는 죄수들의 육체적인 희생과 정신적인 불굴성은 금세기의 두 번째 사반세기에도 결코 첫 번째 사반세기에 못지않았을 것이다. 하지만 우리 나라에서는 여론이라는 게 없었다! 때문에 새로운 형무소 제도가 강화될 수 있었고, 쉽게 얻어질 수 있는 승리 대신에 죄수들은 괴로운 패배를 맛볼 수밖에 없었던 것이다. 수십 년의 세월이 흘러 시간은 그 나름대로의 결과를 가져왔다. 죄수들에게 있어 가장 당연한 제일의 권리였던 단식 투쟁은 이미 죄수들 자신에게도 낯설고 이해할 수 없는 것으로 되어 버리고 그것에 대해 관심을 갖는 사람들도 점점 줄어들어 갔다. 교도관들에게도 단식은 멍청한 짓이거나 악질적인 범죄 행위로 보이게 되었다.

1960년에 형사범 겐나지 스멜로프는 레닌그라뜨 형무소에서 장기 단식을 선언했었는데 어쩌다가 검찰관이 감방에 들러(전체 감방을 순회 중이었는지도 모른다) 이렇게 물었다 ─ 「당신은 어째서 자신을 학대하고 있소?」 스멜로프는 대답했다. 「진실은 나에게 생명보다 귀중한 것이니까요!」

이 엉뚱한 대답에 검찰관은 너무 놀라 그다음 날 당장 스멜로프를 레닌그라뜨에 있는 죄수 병원(정신 병원)으로 이송했을 정도였다. 의사는 그에게 진단을 내렸다.

「당신에게는 정신 분열 증세가 있습니다.」

◆

끝을 향해 이미 가늘어지기 시작한 뿔 주변에서, 옛날에 중앙 형무소가 있었던 곳이지만 이름을 바꾸어, 1937년 초부터 오늘의 〈특별 격리 형무소〉가 우뚝 솟아올랐다. 쥐꼬리만큼 남아 있던 마지막 관대함마저, 남은 자유의 마지막 공기와 빛마저 유린당하고 있었다. 그리고 불과 얼마 남지 않은, 피로에 지친 〈야로슬라블〉 징벌 격리 감방에서 사회주의 당원들이 1937년 초에 벌인 단식 투쟁은 최후의 절망적인 시도에서 나온 것이었다.

그들은 아직도 전처럼 별의별 것을 다 요구하고 있었다 ─ 감방의 대표 선출과 감방 간의 자유로운 왕래 같은 것을 아직 요구하고 있지만 그것에 대한 기대는 이미 그들 자신도 회의적이었다. 결국 인공 영양 공급으로 중지당한 15일간의 단식 투쟁에 의해서 그들은 그 전의 특별 대우의 일부를 되찾은 듯이 보였다. 즉, 1시간의 산책, 지방 신문의 열람, 메모용 노트를 얻어 낼 수 있었던 것이다. 대신에 그들은 자기 개인 소지품을 빼앗기고 특별 격리 형무소의 일반 죄수복을 입어야 했다. 그리고 얼마 안 지나 산책 시간은 반 시간으로 줄어들었고, 그것은 다시 15분으로 줄어들었다.

이들은 거대한 카드놀이의 규칙을 따라 형무소와 유형의 행렬에 끌려다닌 사람들이었다. 그들 중의 어떤 자는 10년, 어떤 자는 이미 15년 동안이나 보통 인간의 생활을 알지 못하고 오직 형편없는 감방의 식사와 단식만을 알고 있었을 뿐이었다. 그러나 혁명 전 교도관들에게 곧잘 승리해 오던 죄수들이 이미 다 죽은 것은 아니었다. 그러나 당시의 그들은 〈시대〉와 연합 전선을 펴서 약한 적과 싸워 나갔으나 지금 그들을 막고 있는 것은 〈시대〉와 손을 잡고 있는 강인한 적이었다. 그들 속에는 젊은이들도 있었다 — 당 자체는 이미 붕괴하여 더 이상 존재하지 않게 되었음에도 불구하고 그들은 계속해서 자신을 사회 혁명당원이나 사회주의자, 혹은 무정부주의자로 생각하고 있었다. 따라서 그들 역시 머지않아 형무소에 수감될 운명을 지니고 있었던 것이다.

사회주의자들의 옥중 투쟁은 해가 갈수록 절망적이 되고, 나중에는 진공 상태로까지 고립화되어 갔다. 그것은 제정 시대와는 전혀 달랐다. 그 당시에는 형무소의 문만 열기만 하면 사회 전체가 환호하며 꽃다발을 산더미같이 안겨 주었던 것이다. 그러나 지금 신문을 펼치면, 어디를 보아도 그들은 비난받고 중상당하고 있는 실정이다(왜냐하면 스딸린에게는 이 사회주의자들이야말로 그의 사회주의의 가장 위험한 적이었기 때문이다). 게다가 국민은 침묵을 지키고 있었다. 그런데도 얼마 전 헌법 제정 회의 투표에서 찬성표를 던진 사람들이 어떤 근거에서 인민이 지지를 받고 있다고 감히 생각할 수 있었을까? 이제는 신문들조차 비난을 멈췄다. 그만큼 러시아의 사회주의자들은 이미 위험한 존재도 가치 있는 존재도 아니었으며, 심지어 존재하지 않는 것으로까지 생각되었던 것이다. 벌써 바깥세상에서는 사회주의자들이 과거의, 그것도 아주 오랜 옛 시절의 이야기로서만 입에 오르내리고 있었다. 젊은이들 사이에서는 사회 혁명당원이 아직 어딘가에 살고 있으며 멘셰비끼 떠돌이가 어딘가에 살아 있다는 것은 생각조차 할 수 없었다. 침겔뜨와 체르딘 유형지, 또는 베르흐네우랄스끄와 블라지미르의 격리 형무소 등 일련의 형무소 생활을 경험하고 이미 〈철창〉이 달린 어두운 독방에 감금된 상태에서 어찌 마음의 동요를 느끼지 않을 수 있겠는가. 우리의 전술도, 실천도 잘못되어 있었던 것은 아닐까. 그리고 이런 의혹에 휩싸이게 되면, 자기들의 행동이 하나같이 모두 무의미하게 생각되게 마련이다. 그리하여 오직 고통 속에 내맡겨진 그들의 인생마저 숙명적인 잘못으로 생각되는 것이었다.

그들이 형무소에서 벌이는 외로운 싸움은 사실상 미래의 죄수가 될 우리 모두를 위한 것이었다(하기는 그들 자신은 그렇게 생각하지 않았을지도 모르고 또 그렇게 이해하지 않았을지도 모르지만). 그것은 훨씬 나중에 투옥될 우리들의 〈대우〉를 위한 투쟁이기도 했던 것이다. 만일 그들이 승리를 거두었다면 그 후 우리에게 일어날 일도, 이 책의 총 7부에 걸쳐 써 있는 모든 일도 일어나지 않았을 것이다.

그러나 그들은 자기 자신도 우리도 지켜 내지 못한 채 패배하고 말았다.

그들이 고독하게 된 이유는 부분적으로 다른 곳에 있었다. 혁명 후 최소한 수년간 그들은 GPU로부터 〈정치범〉이라는 명예로운 칭호를 받아들임과 동시에, 자기들보다 우파[14]는 입헌 민주당들을 위시하여 모두가 정치범이 아니라, KR, 즉 〈반혁명 분자〉이자 역사의 찌꺼기라는 GPU의 견해에 동의해 버렸던 것이다. 기독교 신앙 때문에 투옥된 사람들도 〈반혁명 분자〉가 되고 말았다. 아니, 〈우파〉도 〈좌파〉도 모르는 사람들

14 이 〈좌파〉, 〈우파〉라는 말을 나는 좋아하지 않는다. 이것은 상대적인 것이고 항상 변화하는 것이어서, 그 자체로서의 본질을 가지고 있지 않기 때문이다.

도(이것은 장래의 우리 모두에게 관련되는 일이다!) 역시 〈반혁명 분자〉가 되고 말았다. 이렇게 그들은 자의 반 타의 반으로 자신을 외부로부터 멀리 떼어 고립시키면서 앞으로 자기들도 역시 그 구덩이로 빠지고야 말 미래의 〈제58조〉에 축복을 보냈던 것이다.

사물과 행위는 어떠한 측면에서 관찰하느냐에 따라서 그 양상이 완전히 달라진다. 이 장에서는 사회주의자들의 관점에서 그들의 감방 생활상을 기술해 보기로 하자. 비극적인 동시에 순수한 빛이 그들의 감방을 비추고 있다. 그러나 솔로프끼의 〈정치범〉들은 〈반혁명 분자〉들을 경멸적인 태도로 회피하고 있었지만, 그 〈반혁명 분자〉들은 이렇게 회상하고 있다 — 〈정치범이라고? 몹시 기분 나쁜 놈들이었지. 모든 사람들을 경멸하고 끼리끼리만 어울려 늘 식료품이나 특전 같은 것을 요구하고, 그리고 늘 저희들끼리 서로서로 욕이나 하는 게 고작이었어.〉 이 말에도 일리는 있다고 인정하지 않을 수 없다. 이런 끝도 없는 무익한 의논은 이미 웃음거리밖에는 되지 않는다. 그리고 배를 곯고 있는 사람들과 거지들이 득실거리고 있을 때 그들이 추가 배급을 요구했던 것도 사실이다. 소비에뜨 시절에 와서는 〈정치범〉이라는 명예로운 호칭이 유해한 선물이 되어 있었다. 아니, 여기서 이런 비난의 소리도 나올지 모른다. 제정 시대에는 그토록 쉽게 탈옥하던 사회주의자들이 소비에뜨 시대의 형무소에서는 왜 그렇게도 무기력해졌느냐고. 그들의 탈옥은 어디서 있었는가? 전체적으로 보자면 탈옥수는 적지 않았으나, 그 속에서 사회주의자의 모습을 찾아보기는 힘들었던 것이다.

사회주의자들보다 더 〈좌파〉에 기울어져 있었던 죄수들 — 뜨로쯔끼주의자와 공산주의자들은 이번에는 사회주의자들을 〈반혁명 분자〉로 간주하여 그들을 멀리하면서, 자기들만으로 담을 쌓고 고립되어 갔다.

뜨로쯔끼주의자와 공산주의자들은 자기들의 노선이 다른 파보다도 순결하고 고상하다고 자부하고 있었다. 그리하여 그들은 같은 건물의 같은 철창에 둘러싸여, 같은 형무소 뜰에서 산책하면서도 사회주의자들을(그리고 서로를) 경멸하고 증오까지 하고 있었다. Y. 올리쯔까야의 회상의 의하면, 1937년 바니노만(灣)의 중계 형무소에서 남녀를 따로 분리하고 있던 철책 너머로 사회주의자들이 소리를 질러 동료를 찾아서는 뉴스를 전하고 있었다. 이것을 보고 있던 공산당원인 리자 꼬찌끄와 마리야 끄루찌꼬바는 이러한 사회주의자들의 무책임한 행동 때문에 죄수 전체가 당국으로부터 처벌을 받는다고 분개했다. 그리하여 그들 공산당원은 이렇게 말했다 ──「우리의 모든 불행은 이 사회주의자 놈들 때문이야.」(얼마나 변증법적이고 의미심장한 말인가!)「그놈들의 목을 졸라 놔야 돼!」그런데 1925년 루비얀까에서 앞서 언급했던 두 아가씨가 라일락에 대한 노래를 불렀던 이유는 그들 가운데 한 아가씨는 사회 혁명당원이었고 또 하나는 그 반대파의 당원이었기 때문에 그들에게는 공통의 정치적인 노래가 있을 수 없었기 때문이었다. 그리고 반대파의 당원이 동일한 투쟁 목표를 두고 사회 혁명당원과 제휴한다는 것도 있을 수 없는 일이었기 때문이었다.

제정 시대의 형무소에서는 각 당파들이 형무소에서의 공동 투쟁을 위해 자주 단합했었다(세바스또뽈 중앙 형무소의 탈출을 상기해 보자). 그러나 소련의 형무소에서는 각 당파들이 다른 당파들과 손을 잡지 않음으로써 자기들의 깃발의 순수성을 지키고 있었다. 그리하여 뜨로쯔끼주의자들은 사회주의자와 공산당원과는 별도로 투쟁을 벌였으나 공산당원은 대체로 투쟁을 벌이지 않았다. 왜냐하면 자기들의 정권과 형무소를 상대로 싸운다는 것은 도저히 불가능했기 때문이다.

때문에 공산당원은 격리 형무소와 장기수 형무소에서 다른 당원들보다 더 일찍이 더 심한 탄압을 받게 되었다. 1928년 야로슬라블 중앙 형무소에 수감 중이던 여자 공산당원 나제즈다 수로프쩨바는 말할 수 있는 권리도 없이 거위처럼 줄을 지어 산보를 해야 했다. 그때 사회주의자들은 아직 저희들끼리 마음대로 지껄일 권리를 가지고 있었다. 이미 그녀에게는 형무소 마당에 있는 꽃을 가꾸는 일도 허용되지 않고 있었다. 꽃은 옛날 형무소에서 투쟁했던 죄수들이 남겨 놓은 것이었다. 그리고 그녀에게는 신문도 배달되지 않았다(대신에 GPU의 〈비밀 정치부〉는 그녀에게 감방에서 마르크스, 엥겔스, 레닌과 헤겔의 전집을 읽어도 좋다고 허락하였다). 어머니와의 면회는 어두컴컴한 방에서 허용되었다. 얼마 안 있다가 그녀의 어머니는 우울증에 걸려 세상을 떠났다. (어머니가 딸을 수감하고 있는 형무소의 환경에 대해서 무슨 생각을 했겠는가?)

오랜 세월이 흐르는 동안 감방 대우의 차이는 더욱 심해져서 그것은 다음과 같은 차이로까지 발전했다. 1937년에서 1938년에는 사회주의자들도 함께 투옥되고 있어서, 역시 같은 〈10년 형〉을 선고받고 있었다. 그러나 그들에게는 원칙적으로 자기 중상을 강요당하지 않았다. 그들은 자기의 독특한 견해를 감추려고 하지 않았고, 그 견해만으로도 그들에게 형을 부과할 근거는 충분했기 때문이다! 그러나 공산당원들은 결코 독특한 견해를 가지고 있지 않기 때문에 자기 중상을 끌어내지 않는 한 그들을 처벌할 근거가 없었던 것이 아닐까?

·

　이미 거대한 수용소군도가 여기저기 생겨나 있었지만 그렇다고 금고 형무소가 결코 쇠퇴했던 것은 아니다. 옛 형무소의 전통은 계속 그 위력을 잃지 않고 있었다. 수용소군도가 대중의 교화를 위해서 제공한 그 새롭고 값비싼 모든 것이 아직 그 자체로서 충분한 것은 아니었다. 부족한 부분은 TON — 특수 형무소 — 과 장기수 형무소가 함께 존재함으로써 비로소 완전히 채울 수 있었다.

　하지만 거대한 기계에 의해서 집어삼켜진 사람들 모두가 수용소군도의 토착민과 뒤섞여 지내야만 했던 것은 아니었다. 유명한 외국인이라든가, 너무나 이름이 알려져 있는 인물, 비밀리에 투옥된 죄수, 그리고 총애를 잃은 자기의 충복들을 공공연히 일반 수용소에 나타나게 할 수는 없었다. 손수레를 끌게 함으로써 말의 누설과 〈도덕 정치적〉[15] 손해를 감당할 수는 없었기 때문이었다. 또 항상 자기의 권리 획득을 위해 투쟁을 벌이고 있던 사회주의자들도 일반 죄수들과는 절대로 섞여서는 안 되었다. 그러나 그들은 특전과 권리라는 구실하에 따로 수용되어 억압을 받았다. 우리가 앞으로 또 알게 되겠지만 그 훨씬 뒤 1950년대의 특수 형무소는 수용소의 폭도들을 격리시키기 위해서도 필요하게 된다. 최근 몇 해 동안 악당들을 교정시키는 일에 실망한 스탈린은 여러 두목들에게 수용소가 아니라 〈금고형〉을 내리도록 명령한다. 또한 몸이 쇠약해지고 곧 죽게 되어 복역을 피해야 하는 죄수들까지도 공짜로 국가의 비용으로 수용해야만 했다. 수용소의 노동이 도저히 불가능한 죄수들의 경우도 마찬가지였다. 예를 들어

15 이런 말이 정말로 있다! 이것은 마치 〈늪처럼 파란 하늘색〉 같은 말이다.

일흔 살의 장님인 꼬뻬이낀은 유리예베쯔(볼가강 연안)의 시장터에 허구한 날 앉아 있었다. 노인은 노래와 익살 때문에 반혁명 활동으로 10년 형을 선고받았다. 그러나 그의 경우도 수용소를 금고형으로 바꾸지 않으면 안 되었다.

　로마노프 왕조로부터 물려받은 옛 형무소의 유산은 그 필요에 따라 소중히 개축되고 강화되어 완벽한 것이 되었다. 야로슬라블과 같은 몇몇 중앙 형무소는 그 시설이 너무나도 견고하고 편리하게 만들어져 있어서(문에는 철판이 끼여 있었고 각 감방에는 언제나 책상과 의자와 침대가 바닥에 고정되어 있었다) 개조할 필요가 없이 그저 창문에 철창이나 달고 산책을 위해 뜰 안을 감방 정도의 넓이로 구분하는 것으로 충분했다. (1937년경에는 형무소 내의 모든 나무들을 베고 풀밭을 파헤치고 그 위에 아스팔트를 깔아 놓았다.) 수즈달과 같은 다른 형무소들에서는 수도원 건물을 개축할 필요가 있었다. 그러나 스스로 수도원에 육체를 유폐시키는 것과 인간을 국법에 의해서 형무소에 감금시키는 것은 물리적으로 비슷한 목표를 추구하고 있기 때문에 건물의 시설들은 언제나 쉽게 개조할 수 있었다. 그리하여 수하노프까 수도원의 건물 하나가 장기수 형무소로 개조되었다. 물론, 제정 시대에 있던 형무소가 사라진 만큼 보충해야 했다. 그것은 뻬뜨로빠블로프스끄 요새 형무소와 실리셀부르끄 요새 형무소가 관광 코스에 들어갔기 때문이었다. 블라지미르 중앙 형무소는 확장되고 증축되었다(예조프 시대에 커다란 새 건물이 완성되었다). 이 형무소는 지난 몇십 년 동안 수많은 사람들에 의해서 이용되었고 수많은 사람들을 집어삼켰다. 이미 언급한 바와 같이 또볼스끄 중앙 형무소는 제 기능을 발휘하고 있었고 1925년부터 베르흐네우랄스끄 형무소는 언제나 많은 사람이 이용할 수 있도록 개방되어 있었다(이 모든 격리 형무소는 유감스럽게도, 이 책을 쓰고 있는 지금도 여전히 〈활동을 계속하고 있다〉). 뜨바르도프스끼의 시 「머나먼 저곳」을 본다면, 독자는 스딸린 시대에 알렉산드르 중앙 형무소도 비어 있지 않았다는 사실을 추측할 수 있을 것이다. 우리는 오룔 중앙 형무소에 관한 자료를 거의 가지고 있지 않다. 2차 대전 시기에 꽤 많은 피해를 입었을 가능성이 있다. 그러나 그 옆의 드미뜨로프스끄 오를로프스끼 형무소가 그 기능을 충분히 보충해 주었을 것이다.

1920년대에 정치범 격리 형무소(죄수들은 그곳을 정치범 유폐 형무소라고도 불렀다)의 〈식사〉는 아주 좋았다. 점심때는 언제나 고기와 싱싱한 채소로 만든 음식이 나왔고 매점에서도 우유를 살 수 있었다. 1931년에서 1933년에 걸쳐 식사는 아주 나빠졌다. 그러나 그때는 바깥세상에서도 매한가지였다. 그 무렵 정치범 유폐 형무소에서는 괴혈병과 굶주림 때문에 많은 사람들이 현기증을 일으켰다. 얼마 후 다시 급식이 정상적으로 돌아왔으나 이미 옛날의 그것은 아니었다. 1947년 블라지미르 특수 형무소에서 I. 꼬르네예프는 늘 배고파서 괴로워했다. 450그램의 빵과 두 조각의 설탕, 그리고 뜨겁게 끓이긴 했으나 배부를 정도는 아닌 두 그릇의 음식이 주어졌던 것이다. 그리고 마음대로 마실 수 있는 것은 뜨거운 물뿐이었다. 다시 말하지만 형무소에서만 특별하게 그랬던 것은 아니었고 그때는 바깥세상에서도 배를 곯고 있었다. 대신에 그 해에는 바깥에서 감방으로 식사를 차입해도 좋다고 관대하게 허락해 주고 있었다. 즉, 소포를 들여오는 것도 제한을 받지 않았다. 감방의 〈조명〉은 언제나 제한이 되어 있었다. 그것은 1930년대에도 1940년대에도 마찬가지였다. 철창과

불투명한 보강 유리 때문에 감방은 언제나 어두컴컴하였다. (어둠 — 이것은 인간의 정신을 억압시키는 주요한 요인의 하나다!) 그리고 철창 위에는 또 철망이 촘촘히 처져 있어 겨울에는 그 철망이 눈에 뒤덮여 빛을 받을 수 있는 마지막 통로까지 막아 버리곤 했다. 독서는 시력을 해칠 뿐이었다. 블라지미르 특수 형무소에서는 주간의 조명 부족이 야간에 보충되었다. 즉, 수면을 방해하기 위해 밤새껏 눈부신 전구가 켜져 있었다. 1938년 드미뜨로프스끄 형무소에서는 (N. A. 꼬지레프의 말) 초저녁에도 한밤에도 불이 켜져 있었다 — 천장 아래 선반에 놓여 있는 석유램프는 감방의 마지막 공기를 불사르고 있었다. 1939년에는 보통 전구의 반쯤밖에 켜지지 않는 전구가 나타났다. 〈공기〉까지 제한되었고 자물쇠가 채워져 있는 창문은 방 청소를 할 때만 열렸다고 드미뜨로프스끄와 야로슬라블 형무소에서 온 사람들은 말하고 있다(Y. 긴즈부르끄의 말에 의하면 빵은 아침부터 점심 사이에 이미 곰팡이가 끼고 침구는 언제나 축축이 습기에 차 있고 벽은 파랗게 이끼가 끼어 있었다). 1948년의 블라지미르 형무소에서는 공기 부족으로 호흡 곤란이 생기는 일은 없었다. 언제나 통풍구가 열려 있었기 때문이다. 〈산책〉은 형무소나 시기에 따라서 15분에서 45분 사이까지 변동이 있었다. 이미 실리셀부르끄나 솔로프끼 형무소에서는 땅에 발을 디뎌 볼 수가 없었고 땅에서 자라나는 식물은 모조리 제거되고 파헤쳐지고 콘크리트나 아스팔트로 포장이 되었다. 산책을 할 때는 심지어 머리를 하늘로 치켜드는 것까지 금지되었다 —「발끝만 보라!」이것은 꼬지레프와 아다모바(까잔 형무소)의 회상이다. 친척들과의 〈면회〉도 1937년에 금지된 후 두 번 다시 부활되지 않았다. 다만 〈편지〉는 한 달에 두 번씩 가까운 친척들에게 보내서 그

회답을 받을 수 있었다(그러나 까잔 형무소에서는 편지를 읽고 난 다음 24시간 후에는 다시 그것을 교도관에게 돌려주어야 했다). 한정된 액수이지만 보내온 돈으로 〈매점〉을 이용할 수도 있었다. 〈가구〉도 형무소 생활의 중요한 요인 중의 하나다. 아다모바는 접었다 폈다 하는 철제 침대와 마룻바닥에 고정되어 있는 의자밖에 없는 감방에서 지내다가 볏짚 매트리스가 달린 간소한 목제 침대와 간단한 목제 책상이 있는 감방으로 옮겨진 후 그 목제 침대와 책상을 만져 보았을 때의 기쁨을 감동적으로 묘사하고 있다. 블라지미르 특수 형무소에서 I. 꼬르네예프는 2개의 상이한 형무소 제도를 경험했다. 즉, 1947년에서 1948년에는 감방에서 개인 소지품도 압수되지 않았고 낮에도 마음대로 누워 있을 수 있었고 교도관도 감시 구멍으로 들여다보는 일이 별로 없었다. 그러나 1949년에서 1953년에는 한 감방에 자물쇠가 2개씩이나 채워졌고(하나는 교도관의, 또 하나는 당직의 것이었다), 낮에 누워 있는 것도 금지되었고 소리를 내어 말하는 것도 금지되었다. (까잔 형무소에서는 귓속말로만 이야기해야 했다!) 또한 개인 소지품은 모조리 압수되고 줄무늬가 쳐진 죄수복이 지급되었다. 그리고 서신 왕래는 1년에 두 번씩, 그것도 갑자기 형무소장이 지정하는 날에 한했고(그날을 놓치면 다시 쓸 기회가 없다), 그 편지지도 보통 편지지의 절반밖에 되지 않았다. 혹독한 〈수색〉이 빈번해지고, 그때마다 감방에서 끌어내어 죄수를 벌거벗겼다. 감방끼리의 연락은 특히 엄중히 단속되고 죄수가 용변을 마칠 때마다 교도관들은 손전등을 들고 변소를 샅샅이 조사하고 변기 구멍을 하나하나 들여다보곤 했다. 벽 위에 무슨 글자라도 쓰여 있는 날에는 그 감방의 전원이 〈징벌 감방〉으로 보내졌다. 징벌 감방의 벌은 매질이었다. 기침을 잘못해도 벌을 받을 수 있고(기침을 하려면 담요를 뒤집어쓰고 해!), 감방 안을 걸어다녀도(꼬지레프에 의하면 〈그들은 그것을 반항적이라고 인정했다〉고 한다), 신발에서 나는 발소리로도 (까잔 형무소에서는 여자들에게도 너무 큰 남자 장화 44호가 지급되고 있었다) 벌을 받을 수 있었다. 하지만 벌은 과실 때문에 주어지는 것이 아니고 형무소 당국의 계획에 의해서 주어지는 것이라고 긴즈부르끄는 정확히 묘사하고 있다. 모든 죄수는 차례차례로 그 징벌 독방에 앉아 그곳이 어떤 곳인지 알지 않으면 안 되었던 것이다. 형무소의 규칙 속에는 또 이러한 것도 있었다 — 〈징벌 독방에서 무분별한 짓(?)을 할 경우에는 형무소장은 그 기간을 20일까지 연장시킬 권리가 있다.〉 그러나 도대체 〈무분별한 짓〉이란 무엇을 말하는 것인가? 꼬지레프의 경험담을 한번 들어 보자(징벌 감방의 묘사와 옥중 생활의 조건에 대해서 많은 사람들의 이야기가 일치하고 있는 것으로 미뤄 보아, 아무래도 거기에는 옥중 생활의 조건에 대하여 하나의 정해진 틀 같은 것이 있었던 것처럼 생각된다). 그는 감방 안을 걸어다녔다고 해서 5일간 징벌 독방에 들어가게 되었다. 가을에 징벌 독방이 있는 곳으로 가면 난방이 되지 않아서 몹시 춥다. 속옷만 남겨 놓고 옷과 신발을 모조리 압수당한다. 바닥은 흙이어서 먼지가 인다(진흙인 곳도 있다. 까잔 형무소에는 바닥에 물기가 있었다). 꼬지레프의 감방에는 등받이가 없는 의자가 있었다(그러나 긴즈부르끄에게는 없었다). 꼬지레프는 당장 이대로 얼어 죽나 보다하는 생각이 들었다. 그러나 차차 몸 안에서 무언가 불가사의한 온기가 서서히 솟구쳐 올라 그것이 그를 구해 주었다. 의자에 앉아서 잠자는 법도 배웠다. 하루에 세 번 끓인 물을 한 잔씩 주었는데 그것을 마시면 술 취한 사람같이 되었다. 어떤 당직 한 사람이 규칙을 어기고, 3백 그램의 빵 속에 설탕 조각을 밀어 넣어 주었다. 급식 때 무언가 미궁의 창문 같은 데서 새어 들어오는 빛을 보면서 꼬지레프는 날짜를 계산했다. 이렇게 하여 5일에 걸친 그의 징벌 독방은 끝났으나 그는 풀려나지 못했다. 그는 귀를 곤두세워 복도에서 들려오는 귓속말에 귀를 기울였다. 그것은 〈6일째〉와 〈6일 동안〉에 대한 이야기였다. 그 말 속에는 죄수를 자극하는 음모가 숨겨져 있었다. 5일째 징벌 독방이 끝났고 이제 석방할 때가 아니냐고 죄수가 말하도록 기다렸다가 그 무분별할 행동을 트집 잡아 다시 기간을 연장시키려는 것이다. 그러나 그는 얌전히 아무 말 없이 하루를 더 지냈다. 그제야 그는 아무 일도 없었던 것처럼 석방되었다(어쩌면 형무소장은 차례로 돌아가며 모든 죄수의 순종 정도를 시험해 봤는지도 모른다. 아직도 얌전히 굴지 않는 놈들은 징벌 독방에 처넣으려고). 징벌 독방에 있다가 와 보니 감방이 궁전처럼 보였다. 꼬지레프는 반년 동안이나 귀가 잘 들리지 않고 목구멍에 종기가 나기 시작했다. 꼬지레프의 한 감방 동료는 잦은 징벌 독방으로 정신 이상이 되어, 꼬지레프는 그 미치광이와 함께 1년 이상 지내지 않으면 안 되었다(정치범 감방에 있었던 많은 정신 이상자의 경우를 나제즈다 수로프쩨바 여사는 지금도 기억하고 있다. 그것은 실리셸부르끄 형무소의 연대기에 따라 노보루스끼가 계산한 숫자보다 적은 것이 아니었다).

이제 독자들은 우리가 조금씩 두 번째 뿔의 정상으로 올라와 있음을 알게 될 것이다. 두 번째 뿔은 첫 번째 뿔보다 더 클지도 모른다. 그리고 더 뾰족할지도 모른다.

그러나 의견은 분분하다. 옛 수용소 출신들은 이구동성으로 1950년대의 블라지미르 특별 형무소를 요양소나 다름없다고 말한다. 그런 생각은 아베지 정거장에서 이곳으로 이송되어 온 블라지미르 보리소비치 젤도비치나, 께메로보의 여러 수용소를 거쳐 1956년 이곳으로 옮겨 온 안나 뻬뜨로브나 스끄리쁘니꼬바도 마찬가지였다. 스끄리쁘니꼬바가 특히 감격한 것은 열흘마다 정기적으로 청원서를 보낼 수 있고(그녀는 유엔에다가 성명서를 쓰기 시작했다), 여러 외국 서적을 포함한 많은 책을 소장하고 있는 훌륭한 도서관이 있다는 것이었다. 그리고 감방으로 각종 서적 목록들을 날라다 주었고 죄수는 1년간의 예약도 할 수 있었다.

하지만 우리 나라 법률의 탄력성도 또한 잊어서는 안 되겠다. 수천 명의 여자들을(〈〈아내〉들을) 금고형에 처한 그 법률의 탄력성을 — 그런데 갑자기 누군가가 호루라기를 불었고 〈전원을 수용소로 옮겨라!〉라는 지령이 떨어졌다. (꼴리마 지방에서는 금 채굴이 부족한 상태에 있었다.) 전원이 이동되고 말았다. 아무런 재판 절차도 없이.

과연 우리 나라에 금고 형무소라는 것이 〈존재〉하는 것일까? 아니면 그것은 단지 수용소의 현관에 지나지 않는 것일까?

•

우리는 바로 여기서, 다름 아닌 바로 여기서부터 이 장을 시작했어야만 했다. 성자의 머리 위에 빛나는 후광처럼 고독한 죄수의 영혼에서 방사되는 명멸하는 빛을 살펴보아야 했다. 지나가는 한순간 한순간을 세는 데서까지 우주와의 정다운 결합을 느낄 정도로 철두철미하게 바깥세상의 생활에서 격리되고 고립된 죄수는 과거의 인생에서 그를 괴롭히고 진실을 가리게 했던 모든 불완전한 것으로부터 정화되지 않으면 안 된다. 손을 뻗어 채소밭의 흙덩이를 고르는 일은 얼마나 고상한 일인가(하지만 형무소 마당은 아스팔트로 덮어 버렸다). 머리를 들어 영원한 하늘을 쳐다보는 것은 얼마나 멋진 일인가(하지만 그런 행위는 금지되어 있다). 창문가의 작은 새 한 마리가 팔딱팔딱 뛰며 그의 마음속에 얼마나 상냥한 마음을 불러일으켜 주는 것일까(그러나 창문에는 쇠창살과 철망이 쳐져 있고 통풍구에도 자물쇠가 채워져 있다). 그리고 그 명쾌한 생각을, 때로는 그 놀랄 만한 결론을 그는 자기에게 지급된 종이에 기록하고는 한다(물론 그런 종이를 매점에서 살 수 있었을 때의 일이지만, 그나마 다 쓴 다음에는 제출하지 않으면 안 되고, 그것은 두 번 다시 되돌아오지 않는다……).

그러나 이 불평투성이의 변명들은 우리들의 사고에 다소 방해가 되고 말았다. 이 장의 구상은 엉망진창이 되고 말았다. 〈새로운 형무소〉와 〈특수 형무소〉에서 인간의 영혼은 정화되는 것일까, 아니면 완전히 멸망하는 것일까? — 우리로서는 전혀 분간할 수 없게 되었기 때문이다.

만일 매일 아침 눈을 뜨자마자 맨 처음 보이는 것이 미쳐 버린 감방 동료의 눈빛이라면, 인간은 새로운 하루의 시작에 즈음해서 어찌 자기 자신을 구할 수 있을 것인가? 그 빛나는 천문학 경력이 체포로 말미암아 중단되어 버린 니꼴라이 알렉산드로비치 꼬지레프는 무한하고 영원한 것을 생각함으로써 그 미치광이의 상태에서 벗어날 수 있었다. 그는 우주의 질서, 그 최고의 정신, 별들, 별들의 내적인 상태, 그리고 시간이란 도대체 무엇이며 시간의 진행이란 무엇인가에 대하여 사색을 기울였던 것이다.

그리하여 그에게는 물리학의 새로운 분야가 열렸던 것이다. 오로지 그렇게 함으로써 그는 드미뜨로프스끄 형무소에서 살아남을 수 있었다. 그러나 그의 생각은 잊어버린 숱한

271

숫자의 벽에 부딪혔다. 이제는 더 이상 사고를 진척시킬 수가 없었다. 그것을 위해 그에게는 너무나 많은 숫자가 필요했던 것이다. 작은 새 한 마리조차 날아들 수 없는, 한밤중에 램프만이 훨훨 타오르는 이 독방에서 도대체 어디서 그 많은 숫자를 얻을 수 있다는 말인가? 여기서 이 학자는 하느님께 기도했다. 〈하느님! 저는 할 수 있는 일을 다 했습니다. 제발 저를 도와주십시오! 제가 더 앞으로 나아갈 수 있도록 도와주십시오!〉

이때 그는 열흘 동안에 한 권의 책을 읽는 것이 허가되어 있었다(그는 이미 감방에 혼자 있었다). 이 형무소의 빈약한 도서관에서는 제미얀 베드니의 『붉은 콘서트』가 다른 판본으로 몇 종류 있어서 그 같은 책을 여러 번 감방으로 날라다 주곤 했다. 그의 기도가 끝난 지 30분 후 책을 교환하기 위해 교도관이 왔다. 언제나처럼 아무 질문도 없이 교도관은 책을 획 집어 던졌다 — 그것은 『천체 물리학 강좌』라는 책이었다. 이 책이 어디서 났을까? 그러한 책이 이 도서관에 있다는 것은 생각도 할 수 없는 일이었다! 이 책을 대하는 날도 오래가지는 못하리라 생각하면서 꼬지레프는 뒤로 벌렁 누워 오늘과 훗날에 필요하게 될 모든 것을 머릿속에 암기해 두기 시작했다. 이틀이 흘러갔다. 책의 반납까지 여드레가 남아 있을 때, 갑자기 형무소장의 순찰이 있었다. 형무소장은 당장 모든 것을 눈치챘다. 「당신의 전공은 천문학이었지?」「네, 그렇습니다.」「이 책을 압수해 버려!」 그러나 이 불가사의한 책의 출현은 그의 사색에 길을 열어 주었고, 그는 노릴스끄 수용소에서 연구를 계속할 수가 있었다.

자, 이제부터는 영혼과 철창 사이의 투쟁에 관한 장을 시작하지 않으면 안 되겠다.

그러나 이게 무슨 일일까? 감방 문에서 교도관의 열쇠 소리가 요란스럽게 쩔렁이고 있다. 음침한 얼굴의 형무소 감독관이 기다란 목록을 손에 들고 있다. 〈성은? 이름과 부칭은? 생년월일은? 형기는? 형기 만료는?《소지품을 들고》출발 준비! 빨리!〉

자, 형제들이여, 호송이다! 호송! 어디로 가는 것일까? 오, 하느님, 우리에게 축복을 내리소서! 우리는 살아남을 수 있을 것인가?

그렇다, 만일 살아남는다면 다음 기회에 마저 이야기하기로 하자. 이 책의 제4부에서, 만약 살아남게 된다면······.

제2부

영구 운동

물레방아에게서도 우리는 배웠네,
물레방아에게서도.
물레방아는 지칠 줄 모른다네,
물레방아는.

물레방아의 돌도, 아무리 무거워도,
물레방아의 돌도.
물레방아의 돌은 기쁘게 돌면서 춤을 추네.
물레방아의 돌은.

— 빌헬름 뮐러

제1장
군도의 배

베링 해협에서 보스포루스 해협에 이르는 사이에는 마법이 걸린 듯한 군도의 수많은 섬들이 흩어져 있다. 그 섬들은 눈에 띄지 않으나, 분명히 존재하고 있다. 또한 눈에 보이지 않는 죄수들, 그러나 육체와 부피와 체중을 지닌 사람들이 쉴 새 없이 그리고 역시 눈에 띄지 않게 섬에서 섬으로 실려 가고 있다.

그 죄수들은 어디를 거쳐 운반되고 있을까? 무엇에 실려서?

그것을 위해 대규모의 항구인 중계 형무소가 설치되어 있고, 규모가 다소 작은 항구인 중계 수용 지점이 곳곳에 산재되어 있다. 이들의 호송을 위해서는 강철 선박이 아니라 강철로 만든 철도 차량, 이른바 〈죄수 차량〉이 있다. 항구마다 이들을 맞이하는 것은 사람을 실어 나르는 보트나 증기선이 아니라 〈호송차〉들이다. 〈죄수 차량〉은 일정한 시간표에 따라 움직이고 있다. 필요할 때는 군도를 대각선으로 가로질러, 마치 기다란 카라반처럼 항구와 항구 사이로 붉은 가축 호송 열차가 이용되기도 한다.

이 모든 것이 빈틈없는 체제 아래서 움직인다! 이 체제를 이룩하기까지 그들은 수십 년이란 세월을 낭비했다. 그것도 서두르지 않고 말이다. 투실투실 살찌고 행동이 유들유들한 제복의 인간들이 이를 고안한 것이다. 끼네시마의 호송대는 홀수일의 17시 정각에 부띠르끼, 끄라스나야 쁘레스나야, 그리고 따간까 지방에서 잡혀 온 죄수의 일단을 모스끄바의 북쪽 역에서 접수한다. 이바노프 호송대는 짝수일 06시에 역에 도착해서 네레흐따, 베제쯔끄, 볼로고예로 호송되어 가는 죄수들을 떠맡는다.

이 모든 일들은 당신들의 바로 옆에서 진행되고 있지만, 당신들은 보지 못하고 있다(아니, 눈을 감아 버릴 수도 있다). 널따란 역에서 이 같은 불결한 사람들을 실어 내리는 작업은 일반 여객들의 플랫폼으로부터 멀리 떨어진 곳에서 진행된다. 그래서 이 광경을 볼 수 있는 사람은 전철수나 선로공뿐이다. 좀 더 작은 역에서는 두 창고 사이에 나 있는 조그만 통로를 선택한다. 거기서 호송차가 뒷걸음쳐 와서 〈죄수 차량〉 층계로 바싹 밀어붙인다. 그 어느 죄수도 역 쪽으로 돌아보거나 당신들을 쳐다보거나 열차 주변을 살펴보지 못한다. 볼 수 있는 것은 오직 호송차의 층층다리뿐이다(이따금 자기 허리보다 층계의 계단이 더 높아서 그것을 기어오를 기력조차 없는 죄수도 많다). 그러나 호송병들은 차량과 호송차 사이의 좁은 통로 양쪽에서 서서 고함을 지르거나 위협을 한다. 「빨리! 빨리! 자, 빨리 타!」때로는 총검을 휘두를 때도 있다.

그래서 어린아이들과 함께 트렁크와 쇼핑백을 들고 플랫폼에서 바삐 차에 올라타기에 여념이 없는 당신네들은 이 사실을 자세히 살펴보지 못한다. 〈왜 이 열차에는 수하물 차량이 또 하나 달려 있을까?〉그 차량에는 아무것도 쓰여 있지 않지만, 수하물 차량과 흡사하다. 역시 비스듬한 쇠창살이 있고 그 안은 캄캄하다. 다만 여느 화차와 다른 점은 그 안에 2명이 내려서 휘파람을 불며 차량 양쪽을 돌아다니고 노상 차량 밑으로 시선을 던지고 있다는 것이다.

열차가 움직이면 수백 명의 죄수의 짓눌린 운명, 그 괴로운 영혼이 구불구불한 바로 그 선로를 따라 연기를 내뿜으며 들판과 전봇대와 건초 더미 옆을 지나간다. 당신네들보다 불과 몇 초 앞서서 지나갈 뿐이다. 그러나 당신네들 유리창 밖의 대기 속에서는 방금 지나가 버린 이 기구한 인간들의 명멸하는 슬픔의 흔적들을 거의 찾아볼 수 없다. 그리고 익숙한 기차 여행이 시작되어 새로운 시트가 포개지고 손잡이가 달린 컵에 차가 운반되어 올 때, 당신들은 자기보다 불과 3초 전에 이 공간을 지나가 버린 그 어둡고 무서운 공포가 어떤 것이었는지 과연 이해할 수 있을 것인가? 당신들은 한 찻간에 네 사람이 앉아도 좁다고 불평을 터뜨리지만 불과 3초 전에 그것과 똑같은 찻간에 14명이나 처박혀 지나갔다는 것을 믿을 수 있을 것인가? 아니, 지금 이 페이지를 읽으면서 그것을 믿어 줄 것인가? 더구나 그것이 25명이었다면? 30명이었다면 그것을 믿을 수 있을 것인가?

〈죄수 차량〉, 그 얼마나 불쾌한 말인가! 하기는 이런 용어들은 교도관이나 사형 집행인들에 의해서 만들어진 것이다. 사람들은 원래 〈죄수들을 위한 차량〉이라고 부르고 싶었을 것이다. 그러나 이러한 점잖은 말은 형무소의 공식 문서에서나 쓰고 있을 따름이다. 죄수들은 그들 나름대로 이를 〈스똘리삔 차량〉, 또는 그냥 〈스똘리삔〉이라고 불렀다.

우리 조국에 철도가 보급됨에 따라 죄수들의 호송 형태도 변화되어 갔다. 1890년대까지는 시베리아로 유배되는 죄수들은 걸어서 가거나 마차로 이송되었다. 그러나 레닌만 해도 1896년에 보통의 3등 객차로(자유인들과 함께) 시베리아로 유형길을 떠났고, 차 속이 좁아서 견딜 수 없다고 승무원들에게 불평을 늘어놓았다. 야로셴꼬의 유명한 그림「가는 곳마다 생명이 있도다」에는 여객용 4등 객차가 죄수 호송차로 단순하게 개조된 모습이 그려져 있다. 즉, 모든 것이 그대로고, 죄수들은 보통 승객들처럼 앉아 있다. 다만 창문에 두 겹의 창살이 있을 뿐이다. 이들 차량은 그 후에도 오랫동안 러시아의 철도를 달렸다. 1927년에도 이와 똑같은 차량으로 호송되었다고 기억하고 있는 사람들이 있다. 다만 그때는 남녀가 따로 구분되어 있었다. 한편 사회 혁명당원 뜨루신의 회상에 의하면 그는 제정 러시아 때 이미 스똘리삔 차량에 의해서 호송되었으나, 지금 생각해 보면 마치 옛날이야기처럼 한 찻간에 6명밖에 태우지 않았다고 한다.

아마 이런 종류의 철도 차량은 스똘리삔 시대에, 즉 1911년 이전에 처음으로 사용되었는지 모른다. 그리고 그 당시의 입헌 민주당원들은 혁명적인 원통함에서 스똘리삔이라고 이름을 붙였을 것이다. 그러나 실제로 이러한 차량은 1920년대에만 애용되었고 우리의 생활이 획일화되기 시작한 1930년부터는 일반적으로 규격화된 열차가 적용되었다. 때문에 죄수 호송 차량을 공평하게 명명한다면 〈스똘리삔 차량〉이라기보다는 오히려 〈스딸린 차량〉이라고 하는 게 타당할 것이다. 그러나 여기서 이런 것을 가지고 논쟁하고 싶지는 않다.

스똘리삔 차량은 보통의 객차와 거의 다른 점이 없다. 단지 9개의 차량 중 5개만이 죄수용으로 구분되어 있다. (군도에서와 마찬가지로 모든 것의 절반은 호송대용이다!) 차량은 통로와 벽이 아닌 창살로 구분되어 있어서 안을 환히 들여다볼 수 있게 되어 있다. 이 쇠창살은 흔히 역의 조그마한 정원에서 보는 쇠꼬챙이를 구부려서 얽어 놓은 것이다. 그것은 차량의 천장까지 뻗어 있어, 보통 여객 차량에서처럼 복도 천장 뒤에 있는 수하물 선반이 없다. 차량의 통로 쪽에는 유리창이 있으나 밖에는 역시 구부러진 쇠창살이 설치되어 있다. 그러나 죄수들의 찻간에는 창문이 없고, 다만 두 번째의 침상 높이에 역시 창살로 된 조그만 공기통이 있을 뿐이다(창문이 없기 때문에 이 차량은 외견상 화차처럼 보인다). 차량의 출입문은 좌우로 열리지만, 역시 창살 모양의 무쇠 틀로 잠겨 있다.

복도에서 보면 이 모든 것이 짐승의 우리와 흡사하다. 쭉 뻗은 쇠창살 너머로 사람을 닮은 가련한 동물들이 웅크리고 있으며 이들은 마치 애원하는 듯한 슬픈 눈으로 당신들을 바라보며 먹을 것과 마실 것을 청하고 있다. 그러나 동물원에서도 이렇게 좁은 곳에 짐승들을 쑤셔 넣지는 않을 것이다.

바깥세상의 기사들의 계산에 의하면 스똘리삔 찻간에서는 6명이 마루에 앉고 3명이 중간 선반에 눕고(이 선반은 판자 침상처럼 연결되어 있으며, 출입문 옆에 오르내리기 위한 좁은 통로가 나 있다), 2명은 제일 위쪽 짐을 올려놓는 선반에 누울 수가 있다. 만일 지금 이 11명 이외에 또 11명을 더 쑤셔 넣는다면(문을 닫기 위해 교도관들은 마지막 사람을 발길로 차서 밀어 넣는다), 이것이 바로 죄수 칸의 정상적인 적하 방법이다. 제일 위쪽 선반에 2명은 웅크리고 앉아 있고, 5명은 중간 선반에 눕고(이 친구들이 가장 행복한 놈들이다. 이 자리는 싸움을 하지 않고서는 얻을 수 없는 곳이며, 만일 찻간에 악당들이 있다면 그들이 바로 이곳을 차지하게 된다), 아래에는 13명이 쪼그리고 앉게 된다. 즉, 5명씩 덩어리가 되어 10명이 양쪽 마룻바닥을 차지하고 그 중간을 3명이 차지한다. 그곳에서는 몸을 움직일 틈이 없으며, 더욱이 사람들의 위아래에 그들의 짐까지 놓게 된다. 이렇게 위와 옆으로 짓눌린 채 다리를 꼬며 그들은 며칠 밤을 보낸다.

아니다. 이것은 인간을 학대하기 위하여 특별히 만들어 낸 것이 아니다! 유죄를 선고받은 자, 그들은 사회주의의 노동 역군들이다. 따라서 그들을 학대하는 것이 아니다. 사회주의 건설에 그들을 이용해야 할 필요가 있는 것이다. 그러나 이 점만은 동의해야 한다. 즉, 그는 지금 장모님 댁에 손님으로 가는 것도 아니고, 자유인들이 그를 선망의 눈으로 대하도록 그에게 어떤 특권을 부여할 이유도 없다는 것을.

1950년대부터는 호송 열차 시간표가 편성되어 죄수들을 운반하는 데 그렇게 긴 시간이 필요하지 않았다. 하루 반이나 이틀이면 족했다. 그러나 2차 대전 중이나 그 직후에는 여건이 나빴다. 예를 들어 뻬뜨로빠블로프스끄(까자흐스딴)에서 까라간다까지 〈7일〉이나 걸렸다. (더욱이 한 칸에 25명씩 태우고!) 또 까라간다에서 스베르들로프스끄까지는 〈8일〉이나 걸렸다(한 칸에 26명씩 태우고). 수시의 말에 따르면 1945년 8월에 꾸이비셰프에서 첼랴빈스끄까지 가는 데 스똘리삔으로 며칠이나 걸렸다고 한다. 그때 차량에는 35명이나 틀어박혀 있었다. 이들은 서로의 몸뚱이 위에 겹쳐서 누웠고, 서로 밀며 엉키며 싸우면서 갔다.[1]

그러나 1946년 가을에 찌모페예프레소프스끼는 뻬뜨로빠블로프스끄에서 모스끄바까지 〈36명〉과 함께 한 차량을 타고 갔다. 며칠씩 그는 마룻바닥에 발을 대지 않고 사람들 속에 〈매달려〉 있었다. 그 후 사람이 죽기 시작하여 사람들이 송장을 발밑에서 끌어냈다(그것도 바로 끌어낸 것이 아니라 이틀째에). 그래서 다소 편해지기는 했으나 모스끄바까지의 여행

1 〈왜 싸우지 않았는가〉 하고 놀라거나 비난하고 있는 사람들에게 만족할 만한 말일 것이다.

은 〈3주〉나 걸렸다.[2]

36명이란 숫자는 과연 스똘리삔의 한계점일까? 37명 이상에 대한 목격자는 없으나, 오직 절대적으로 유일한 과학적인 방법을 고집하면서 〈한계주의자〉와의 투쟁에서 단련된 우리들이기에 〈한계점이란 없다!〉라고 대답하지 않을 수 없다. 어느 다른 나라에는 한계점이 있을지도 모르지만, 우리들에게는 없다! 차량의 선반이며 그 선반 밑에 어깨나 발, 머리 사이에 몇 센티미터라도 공간이 남아 있으면 그 차량은 아직도 여분의 죄수를 받아들일 여유가 있는 것이다! 여기서는 편의상 차량의 전용 면적에, 해체되지 않은 시체를 그대로 쌓아올릴 수 있는 숫자를 그 한계라고 해 두자.

꼬르네예바는 모스끄바로부터 〈30명〉의 여자를 실은 차량 속에 섞여 운반되었다. 이들 대부분은 신앙 때문에 유형당하는 노쇠한 노파들이었는데 유형지에 도착하자마자 두 사람만 제외하고 전부가 병원에 실려 갔다. 그러나 이들 가운데 누구도 죽지 않았다. 그것은 이들 속에 이른바 〈외국인과 관계했다〉는 젊고 발랄하고 선량한 아가씨들이 있었기 때문이다. 이 아가씨들은 호송병들에게 〈이 노인네들을 이렇게 실어 나르다니 부끄럽지 않아요? 당신 어머니 같은 분들을!〉 하고 닦아세웠다. 아마 이러한 도덕적인 비난보다도 젊은 아가씨들의 아름다운 용모가 효과를 발휘했는지 호송병들은 몇몇 노파들을 〈징벌 감방〉으로 옮겼다. 스똘리삔 차량의 징벌 감방 — 이것은 벌이 아니라 천국과 다를 바 없다. 5개의 죄수용 차량 중에서 4개만 일반 죄수용으로 이용하고 나머지 하나는 내부를

---

2 모스끄바에 도착하자, 기적의 나라의 법률에 따라 찌모페예프레소프스끼는 일단의 장교들의 부축을 받아 승용차로 연행되었다. 즉, 그는 〈과학〉을 연구하기 위하여 타고 왔던 것이다!

둘로 나누어서 좁은 칸을 만들었다. 이 속에는 흔히 열차 승무원실에서 보듯이 위와 아래에 각각 선반을 달았다. 이러한 독방은 격리용으로 사용되어 서너 명씩 타고 간다. 이를 데 없이 편리하고 널찍하다.

이러한 차량으로 짓눌린 여행을 하는 동안 따뜻한 음식을 주는 대신 언제나 소금에 절인 청어와 건어물만을 주는 것은 죄수들을 일부러 갈증으로 괴롭히기 위해서가 아니다(이것은 〈언제나〉 그러했다. 1930년대에도 1950년대에도, 겨울에도 여름에도, 시베리아에서도 우끄라이나에서도 그러했다. 아니, 이미 그 예를 제시할 필요조차 없을 정도로 전면적이었다). 갈증으로 괴롭히기 위해서는 아닌 것이, 그럼, 이런 인간 쓰레기들에게 도대체 무엇을 먹여야 좋다는 말인가? 따뜻한 음식은 죄수들에게 당치도 않은 꿈이다(스똘리삔의 한 찻간에는 취사장이 있으나, 이것은 호송대용이다). 보릿가루를 줄수도 없고 생대구를 줄 수도 없고 그렇다고 소고기 통조림을 줄 수도 없다. 역시 소금에 절인 청어가 제일 좋다. 게다가 빵도 한 조각이면 충분하고, 그 밖에는 아무것도 필요가 없다.

당신은 청어 반 마리를 받고 기뻐한다! 만일 당신이 현명하다면, 이 청어를 호주머니 속에 감춰 두었다가 물이 있는 중계 형무소에서 먹는 것이 좋을 것이다. 굵직굵직한 소금으로 절인 아조프해에서 잡은 눅눅한 물고기를 준다면 사정이 좀 다르다. 그것은 호주머니 속에 넣어 둘 수 없으니까, 당장 작업복 옷자락이나 손수건이나 손바닥에 받아서 먹어 치워야 한다. 이 아조프해의 물고기는 언제나 작업복 위에서 분배되고 마른 청어는 호송병들이 곧장 마룻바닥에 던지기 때문에 의자나 무릎 위에서 나누게 된다.[3]

역에 차가 정거할 때마다 차량 밑으로 기어 들어가기도 하고, 지붕 위로 올라가기도 하면서, 어디 구멍이 뚫린 곳은 없는가를 조사하는 사람도 있다. 다른 무리들은 무기를 손질하고 있다. 아니, 때로는 정치 학습이나 군기 학습에도 시간을 할애하지 않으면 안 된다. 제3 교대병들은 수면을 취하고 있다. 하기는 전쟁도 끝났으니까 이제 8시간의 수면 시간은 절대로 보장해 주어야 한다. 게다가 양동이로 물을 나르는 곳은 멀고, 또 소비에뜨 병사인 내가 왜 인민의 적을 위해 노새처럼 물을 운반해야 하는가라고 생각하면 화가 치밀어 오른다. 이따금 인원을 교체하거나 재편성하기 위해 스똘리삔 차량을 역에서(사람에 눈에 잘 띄지 않게) 반나절이나 격리시킬 때가 있지만, 이럴 때는 자기들의 붉은 군대 취사장에도 물을 운반해 오지 못할 때가 있다. 그러나 기관차는 탄수차로부터 기름이 뜬 황색의 탁한 물을 퍼 오는 방법도 있으며, 죄수들은 이런 물이라도 기꺼이 마신다. 그런데 물을 마시는 데는 오랜 시간이 걸린다. 죄수들은 자기의 컵을 가지고 있지 않다. 가지고 있던 자도 모두 몰수당하고 말았다. 따라서 태어날 때부터 가지고 있는 2개의 손바닥으로 물을 마실 수밖에 없다. 죄수가 만족할 만큼 물을 마시게 하기 위해서는 옆에 서 있는 호송병이 여러 번 물을 떠서 주지 않으면 안 된다. (게다가 죄수들은 그 차례를 둘러싸고 그들끼리 말다툼을 시작한다. 결

---

3 P. F. 야꾸보비치는(『추방된 자의 세계에서』, 제1권, 모스끄바, 1964) 1890년대의 이야기를 쓰고 있지만 그 무서운 시대에도 시베리아로 호송 중인 죄수들은 하루 식대로 10꼬뻬이까를 지급받았다고 한다. 이것은 크고 둥근 흰 빵 1개(3킬로그램은 되리라)가 5꼬뻬이까, 우유 1통(2리터쯤 될 것이다)이 3꼬뻬이까 나갈 때의 이야기다. 〈죄수들은 행복하게 살고 있다〉고 그는 쓰고 있다. 그러나 이르꾸쯔끄에서는 물가가 비싸서, 소고기 4백 그램이 10꼬뻬이까나 했기 때문에 〈죄수들은 배를 곯고 있다〉. 하루 한 사람당 4백 그램의 소고기가 반 마리의 청어와 비교가 될 수 있을까?

국 맨 처음에 마시는 것은 건강한 인간, 그다음에 결핵 환자, 그리고 맨 마지막이 매독 환자가 된다! 이웃 감방에서도 마찬가지다. 즉, 가장 맨 먼저가 건강한 인간이다……)

그러나 이 돼지 같은 놈들이 물을 잔뜩 퍼마신 다음에 용변을 보러 가고 싶다고 말하지만 않는다면, 호송병도 그런 것쯤은 참고 물을 날라다 주었을 것이다. 여기서 결국 이런 것이 분명해졌다. 즉, 물을 하루 동안 전혀 주지 않으면 용변을 보러 가지도 않는다. 한 번 주면 용변도 한 번 보러 간다. 동정해서 물을 두 번 마시게 하면 용변도 두 번 보러 가게 해야 한다. 결국 여기서 물을 마시지 않게 하는 것이 좋다는 단순한 계산이 나오게 되는 것이다.

용변을 시키고 싶지 않은 것은 변소가 아쉬워서가 아니다. 용변을 시키러 끌어낸다는 것은 책임이 수반되는 일이고 군사적인 작전이라고까지 말할 수 있기 때문이다. 우선 오랜 시간에 걸쳐 중사 1명과 병사 2명의 손을 빌리지 않으면 안 된다. 우선 2명의 보초를 세워야 한다 — 1명은 변소 문 옆에, 또 1명은 통로의 반대쪽에(죄수들이 그쪽 방향으로 도망치지 않도록). 중사는 돌아오는 죄수를 넣고, 다음 죄수를 끌어낼 때마다 쉴 새 없이 차량의 문을 닫지 않으면 안 된다. 규정에 의하면 죄수가 달려들거나 반항하지 않도록, 한 사람씩 변소에 내보내기로 되어 있다. 「자, 빨리 가! 빨리! 돌아와!」 도중에서 중사와 병사가 죄수를 다그친다. 그들은 마치 죄수가 국가 소유의 변기통을 훔치러 가기라도 하듯이, 너무 바빠 서두르다가 그만 쓰러질 때도 있다. (1949년에 모스끄바와 꾸이비셰프 간의 스똘리삔 차량에 타고 가던 한쪽 다리밖에 없는 독일인 슐츠도 이제는 상대방을 몰아대는 러시아어를 이해할 수 있게 되어, 그 한쪽 발로 껑충껑충 뛰면서 변소를 다녀오곤 했다. 호송병은 그것을 보고 깔깔대고 웃더니, 좀 더 빨리 뛰라고 재촉했다. 어느 날, 호송병이 승강구 옆의 변소 앞에서 그를 떠밀자, 슐츠는 그 자리에 쓰러졌다. 호송병은 화를 내며 상대방을 때리기 시작했고 슐츠는 매를 맞아 일어날 수 없으므로 그 더러운 변소 안으로 기어서 들어갈 수밖에 없었다. 그것을 보고 호송병은 큰 소리로 웃어 댔다.)[4]

죄수가 변소에서 지내는 몇 초 동안에 도망치지 못하도록, 또 빨리 회전시킬 목적에서, 문은 닫지 못하게 되어 있다. 용변의 진행 상황을 감시하고 있는 승강구의 호송병은 소리를 지른다. 「자, 빨리해! 그만해! 자, 나와!」 어떤 때는 처음부터 명령이 떨어지기도 한다. 「소변만 보도록 해!」 일단 이렇게 되면 승강구의 호송병은 그 밖의 것을 결코 허락하지 않는다. 그리고 당연한 이야기지만, 용변을 마친 후에도 손을 씻을 수 없다. 물탱크의 물도 부족하고 또 그럴 겨를도 없다. 죄수가 세면대의 꼭지라도 만지려고 하면 승강구의 호송병은 고래고래 소리를 지른다. 「이 자식아! 건드리지 마! 빨리 나가!」 (가령 휴대품 주머니에 비누며 수건을 가지고 있는 자가 있다 하더라도 창피한 나머지 도저히 끄집어낼 수는 없을 것이다. 그것은 너무나도 〈바보〉 같은 행동이기 때문이다.) 변소는 더럽기 그지없다. 빨리, 빨리! ─죄수는 재촉을 받으며 신발에 변소의 진흙을 묻힌 채 차 안으로 밀려 들어와, 더러운 신발로 동료의 신발이며 어깨를 밟고 위로 기어오른다. 그리고 그 더러운 신발은 맨 위 침상에서 두 번째 침상 위로 건들건들 늘어져서, 더러운 물이 뚝뚝 아래로 떨어진다.

여자가 용변을 볼 때도 호송 근무의 규칙과 상식에 의하면 변소의 문은 닫아서는 안 되게 되어 있다. 그러나 어느 호송

4 아마 〈스탈린의 개인숭배〉가 의미하는 게 이런 것이었을까?

대도 이것을 그대로 지키지는 않았다. 때로는 눈을 감거나 문 닫는 것을 허락하기도 한다(나중에 여자들 중 한 명은 이 변소를 청소하지 않으면 안 된다. 그때도 그녀가 도망치지 않도록 그 옆에 호송병이 서 있어야 한다).

이처럼 빠른 속도로 움직이더라도 120명이 용변을 보는 데 2시간 이상이 걸린다. 이것은 세 호송병의 교대 시간의 4분의 1에 해당한다! 아니, 그것만으로 끝나는 것은 아니다! 아직 30분도 지나기 전에 어떤 늙은이가 용변을 보게 해달라고 울부짖으며 호소해 온다. 물론, 허용될 리가 없으니까 노인은 차 안을 더럽히고 만다. 그리하여 중사에게는 또다시 여분의 일이 생기게 된다. 어쨌든 그 노인에게 오물을 긁어모으게 해서 밖으로 버리게 해야 하기 때문이다.

아무튼 어떻게 해서라도 용변을 줄이게 할 수밖에 없는 것이다! 그러기 위해서는 물을 적게 주어야 한다! 그리고 식사도 적게 주면, 설사 때문에 불평을 말하는 자도 없을 것이고, 공기도 더럽히지 않을 수 있다. 그러지 않으면 차 안은 숨을 쉴 수 없을 정도로 공기가 탁해질 것이다!

물은 적게! 그러나 지급되는 청어는 배급해 주어야 한다! 물을 주지 않는 것은 합리적인 조치지만, 청어를 주지 않는 것은 근무상의 범죄가 되기 때문이다.

누구도, 아무도 우리들을 괴롭히려는 목적은 아니었다! 호송대의 행동은 아주 합리적이었다! 하지만 우리들은 고대의 기독교 교인처럼, 우리 속에 갇힌 채, 상처 입은 혓바닥에 소금을 뿌리는 격이 되었다.

〈제58조〉 위반자를 잡범이나 경범죄자와 같은 한 찻간에 넣는 것도 특별한 목적이 있어서가 아니었다(때로는 그랬다).

그것은 단지 죄수의 숫자가 지나치게 많아서 차량이 부족하고 시간도 없어서 정리할 여유가 없었기 때문이다. 4개의 찻간 중에 하나는 여성용이었으며, 나머지 3개를 하차할 때의 편의를 감안하여 목적지별로 나누게 되었다.

예수가 두 사람의 도둑과 함께 십자가에 못 박히게 된 것 역시, 빌라도가 그를 능욕할 목적을 가지고 있었기 때문은 아니지 않았는가? 다만 그날이 십자가에 못 박아야 하는 날이었던 것이다. 골고다의 언덕은 하나밖에 없고, 시간도 짧았다. 그래서 〈그는 악당들과 함께하게 되었다〉.

◆

내가 일반 죄수와 같은 상태에 놓이게 된다면 나는 얼마나 두려웠을까. 생각만 해도 오싹했다……. 호송대나 호송 장교들도 나와 우리 동료들에 대해서는 아주 정중하게 대해 주었다……. 정치범인 나는 유형지로 호송되는 것도 비교적 좋은 환경에서였다. 어쨌든 호송 중에도 일반 형사범들과는 다른 장소에서, 마차도 있었고, 그 마차가 16킬로그램이 넘는 우리들의 짐을 나를 수가 있었으니까…….

……여기서 나는 독자에게 이해를 구하기 위해, 일부러 인용 부호를 사용하지 않았다. 인용 부호는 언제나 빈정대기 위해서, 아니면 다른 의미를 주기 위해서 사용된다. 인용 부호를 떼어 버리니, 문장이 조금 다르게 느껴지지 않는가? 이것은 P. F. 야꾸보비치가 1890년대에 관하여 논술한 것이다. 이 책은 당시의 암흑시대를 알리기 위하여 지금도 재판(再版)되고 있다. 이 책에서 우리가 알 수 있는 것은 정치범들에게는 선박에서 특별한 방이 제공되었고, 갑판에서는 산책을 위한 특별 장소가 제공되었다는 것이다(비슷한 일이 똘스또이의 『부활』

에도 있었고, 아무 상관없는 네흘류도프 공작이 정치범들에게 가서 이야기할 수도 있었다). 죄수 명단에 있는 야꾸보비치의 이름에서 〈마법의 낱말인 《정치범》〉(그는 이렇게 기술했다)이 빠져 있었기 때문에, 그는 우스찌까라에서 〈보통 형사범으로서…… 유형지의 감독관에게 난폭하고 도발적으로 끈질기게 당했다〉. 그러나 다행스럽게도 곧 그 잘못이 판명되었다.

참으로 믿을 수 없는 시대였다! 정치범과 형사범을 함께 있게 하는 것 자체가 범죄였다! 형사범은 굴욕적인 대열을 짓고 역까지 한길로 쫓겨 갔으나, 정치범은 사륜마차를 타고 갈 수 있었다(1899년 올민스끼의 경우). 정치범들은 공동 취사장에서 식사를 하지 않고 식비를 받아서 시골 식당에서 식사했다. 볼셰비끼인 올민스끼는 병원의 식사가 나쁘다고 그 식사를 거부했다.[5] 부띠르끼 형무소의 교도관장이, 교도관이 올민스끼를 〈너〉라고 한 데 대해 사죄했다 ─ 여기에는 정치범이 잘 오시지 않아서, 교도관들이 뭘 몰랐나 봅니다……

라지셰프는 쇠고랑을 차고 호송되었으나, 날씨가 추워지자, 호송자의 〈더러운 양가죽 외투〉를 입혀 주었다. 그런데 예까쩨리나 여제가 그의 쇠고랑을 풀게 하고, 그 여행에 필요한 모든 것을 가져오도록 곧 명령했다. 그런데 1927년 11월 안나 스끄리쁘니꼬바가 부띠르끼 형무소에서 솔로프끼로 호송될 때, 그녀는 밀짚모자에 여름옷을 입고 있었다(그녀는 여름에 체포되었는데, 그때부터 그녀의 방은 봉인되어 그녀가 자기의 겨울옷을 꺼낼 수 없게 했다).

정치범을 형사범과 구별하는 것은 정치범을 자기와 대등한

---

5 그 대신 일반 형사범들은 직업적인 혁명가들을 〈추악한 소귀족들〉이라고 불렀다(P. F. 야꾸보비치).

맞수라고 존중하는 것을 의미함과 동시에 인간은 〈의견〉을 가질 수 있다는 것을 인정하는 것이다. 이런 경우에는 〈체포〉된 정치범도 정치적 〈자유〉를 실감할 수 있는 것이다!

하지만, 우리 모두가 〈반혁명 분자〉가 되고, 사회주의자들이 〈정치범〉 자리에서 쫓겨나게 되자, 〈정치범〉인 자기를 형사범과 혼동하지 말라는 항의는 죄수들의 웃음과 교도관들의 황당한 표정밖에 일으키지 않았다. 〈여기 있는 모든 사람들은 우리에겐 같은 범죄자다!〉라고 교도관들은 진심으로 믿고 대답했다.

이런 혼란, 이 최초의 충격적인 조우는 호송차에서나 스똘리삔 찻간에서 일어났다. 그때까지는 취조를 받으면서 고통을 받고 고문당하고 학대받는 모든 일이 푸른 제모들의 손에 의해 행해졌던 것이다. 당신은 그들을 인간으로 보지 않고 다만 더러운 임무만을 수행하는 것으로 보고 있었다. 그러나 그 대신 당신의 감방 동료는 설사 그 지식이나 인생 체험에서는 전혀 달라도, 아무리 그들과 격론을 벌여도, 제아무리 그들이 당신들을 〈밀고〉하더라도, 그들은 역시 자기가 익숙한 죄 많은 습성을 소중히 하는 인간이며, 자신도 그들 속에서 인생을 보냈던 것이다.

스똘리삔 찻간으로 처넣어졌을 때, 당신은 거기에서 함께 불행한 동료들을 만나리라 기대한다. 모든 자기의 적과 박해자들이 쇠창살 너머에만 있다고 생각했으며, 설마 〈이쪽〉에도 있다고는 꿈에도 생각하지 못했다. 그래서 안으로 들어온 당신은 문득 중간 높이의 네모난 구멍 속에, 당신의 머리 위의 유일한 하늘을 바라보니, 그곳에 서너 명의 인간이 — 아니, 절대로 인간의 얼굴이라곤 할 수 없다! 그것은 원숭이의 얼굴도 아니다. 원숭이의 얼굴이라면 조금은 인간을 닮았을 것이다! 당신이 본 것은 탐욕과 조소의 표정을 띤 잔인하고 추악한 괴물의 얼굴이다. 그 추악한 얼굴은 가끔 자기 거미줄에 걸려든 파리한테 덤벼드는 거미처럼 날카로운 눈초리로 당신을 응시하고 있다. 그들의 거미줄은 찻간의 쇠창살이다. 그리고 당신은 파리처럼 붙잡혀 버린 것이다! 그들은 옆에서 잡아먹을 듯이 입을 실룩거린다. 지껄일 때도 뱀처럼 쉭쉭 소리 내며, 모음과 자음보다도 그 마찰음을 즐기고 있다. 아니, 그들의 언어 자체도 뜻을 알 수가 없으며, 그 명사와 동사의 어미변화만이 겨우 러시아어라는 것을 알게 할 정도이다.

고릴라를 닮은 이 괴상한 놈들은 보통 소매가 없는 셔츠 바람이다. 어쨌든 스똘리쁜 찻간은 무덥다. 그들의 핏대가 선 불그레한 목, 공처럼 부풀어 오른 어깨, 문신을 한 바라진 가슴은 형무소에서 쇠약했던 적도 없었던 것 같다. 이들은 누구일까? 어디서 왔을까? 갑자기, 한 사람의 목에서 무엇인가 내려뜨려진다 — 작은 십자가다! 그래, 끈에 달린 알루미늄의 조그마한 십자가다. 당신은 놀랐으나 그와 동시에 다소 안심도 된다. 이들 중에 신자가 있는 것이다. 감동적인 일 아닌가. 신자가 있다면 두려울 것도 없을 것이다. 그런데, 다름 아닌 그 〈신자〉가 느닷없이 그 십자가와 신앙에 욕설을 퍼붓고(그들의 욕설은 부분적으로 러시아어였다) 두 개의 손가락을 V자로 내밀어 바로 당신의 눈을 겨냥하는 것이다. 아니, 단순한 위협이 아니라 실제로 찌르려고 한다. 〈이놈, 눈깔을 찌르겠다!〉 하는 몸짓에는 그들의 철학과 신앙이 모두 담겨 있다! 만일 그들이 벌레를 짓눌러 죽이듯이 당신의 눈을 찌른다면, 당신이 몸에 지니고 있는 것과, 가지고 있는 물건을 가차 없이 빼앗기게 될 것이다. 아직 찔리지 않은 당신의 눈앞에 조그마한 십자가가 달랑거리고 있다. 당신은 이 가장 야만적인 가면

극을 보고 판단력을 잃게 될 것이다. 당신들 중에서 누군가 이미 미쳐 버리지 않았는가? 누가 지금 발광하고 있지 않을까?

당신이 여태껏 인생에서 터득한 대인 관계의 습관이 순식간에 붕괴될 것이다. 과거의 인생에서는, 특히 체포되기 전까지는, 아니 체포된 후에도, 또 취조를 받을 때도, 당신은 남에게 약간의 〈말〉을 건네게 된다. 그들도 〈말〉로 대답한다. 그리고 그 말들은 무슨 작용을 미쳤다. 예를 들어, 설득하는 것도, 제지하는 것도, 승낙하는 것도 했다. 당신은 여러 가지 대인 관계를 기억하고 있을 것이다 ─ 의뢰, 명령, 감사 등을. 그러나 여기서 당신에게 닥쳐온 것은, 그런 말이나 대인 관계로서는 도저히 이룰 수 없는 것이다. 상단에 있던 추악한 얼굴들의 집단에서 보낸 사자(使者)로서 누군가 밑으로 내려온다. 종종 그것은 추악한 소년들이었는데, 무례하고 버릇없는 언동은 한층 더 추악했다. 그 작은 악마는 당신의 짐 가방을 열고, 당신의 호주머니에 손을 찔러 넣는다. 그것도 남의 것을 찾아다니는 모습이 아니라, 마치 자기 호주머니를 뒤지듯이! 그 순간부터 당신의 물건은 이제 당신의 것이 아니다. 당신은 쓸데없는 물건을 지닌 고무 인형이며, 그 물건은 모두 빼앗겨 버린다. 이 작은 흉측한 족제비에게도, 상단에 있는 추악한 놈들에게도, 말로 설명할 수도 없고 거부할 수도 없고 제지할 수도 없고 부탁할 수도 없다! 여하튼 이놈들은 인간이 아니다. 그것은 이제 곧 당신도 알게 된다. 다만 할 수 있는 것이 있다면, 〈때리는〉 것뿐이다! 잠시 기다릴 것도 없이, 혓바닥을 움직일 틈도 주지 말고, 매질하는 것이다! 이 아이나, 아니면 상단에 있는 악당들을 구타하는 것이다.

그런데 당신이 밑에서 위에 있는 이 3명의 악당을 어떻게 때릴 수 있을까? 아니, 아무리 추악한 족제비들이라고 해도 상대가 아이라면 때릴 수 있겠는가? 상대를 가볍게 조금 밀칠 것인가? 아니, 가볍게 밀칠 수도 없다. 그렇게 했다가는 상대방은 당신의 코를 물어뜯을 것이며, 혹은 상단에 있는 놈들이 재빨리 당신의 머리를 깨 버리고 말 것이다(그들은 칼도 가지고 있지만, 일부러 그것을 빼 들고 당신의 피로 더럽히는 짓은 하지 않을 것이다).

당신은 이웃 사람이나 동료들을 보고 이제 저항하자, 아니면 항의하자고 눈짓한다. 그러나 당신의 동료들 〈제58조〉의 사람들은 당신이 그곳에 오기 전에 이미 한 사람씩 강탈당했으며 얌전하게 고개를 숙이고 앉아 있을 뿐이다. 당신에게서 눈길을 피한다면 그나마 나을 텐데, 더 지독한 것은 그들이 당신을 아무렇지도 않게, 마치 그것이 강탈이나 약탈이 아니라 극히 자연스러운 현상이라는 듯, 풀이 자라고 비가 오는 것을 바라보듯 하는 것이다.

그런데 이렇게 된 원인은, 여러분, 동지들, 이미 시기를 놓쳐 버렸기 때문이다! 당신이 자기가 누구인가를 자각했어야 하는 시기는, 스뜨루진스끼가 밧까 형무소에서 분신자살을 했을 때, 아니 그것보다 더 일찍 당신이 〈반혁명 분자〉로 선언되었을 때였다.

이리하여 당신은 외투를 빼앗기고도 얌전하게 있었다. 신사복 상의에 꿰매 놓았던 20루블짜리 지폐를 더듬어서 그 주위의 천까지 뜯겼다. 짐 가방은 위로 던져지고 구석까지 뒤져서, 당신의 정 많은 아내가 판결이 난 뒤에 긴 여행에 대비하여 준비해 주었던 모든 것을 위에서 빼앗기고, 칫솔 하나밖에 남지 않은 가방만이 당신에게 던져지는 것이다…….

1930년대, 1940년대에 모든 사람들이 이렇게 순종한 것은 아니지만, 그래도 99퍼센트는 그러했다.[6] 그런데, 어찌하여 그랬을까? 남자들이여! 장교들이여! 병사들이여! 최전선의 군인들이여!

누구든지 과감하게 싸우기 위해서는 그 싸움을 준비하고 그 시기를 기다려 그 목적을 이해하지 않으면 안 된다. 그런데 여기서는 그 조건 모두가 짓밟힌 것이다. 즉, 형사범 사회의 관습을 알지 못하는 자는 그들과의 싸움을 예상하지 못하고, 가장 중요한 것은 자기의 적은 푸른 제모뿐이라고 상상하면서(잘못하여) 그 시점까지 이 싸움의 필요성을 전혀 이해하지 못했던 것이다. 또 문신이 있는 가슴은 푸른 제모의 꽁무니라는 것을 이해하기에는 아직 좀 더 경험이 필요한 것이다. 그것은 견장을 붙인 푸른 제모들이 결코 입 밖에 내지는 않는 〈너는 오늘 죽어라, 나는 내일 죽겠다〉라는 정신과도 같은 것이다!

새로 들어온 죄수는 자기를 정치범으로 인정받으려고 한다. 즉, 자기는 인민의 편인데, 인민의 적은 국가인 것이다. 그런데 여기에 느닷없이 배후와 양쪽에서 민첩하고 더러운 녀석들이 덤벼들어 여태껏 정연하게 구별되어 있던 것이 혼란스러워지고, 그 명확성이 산산조각이 나 사라져 버렸다(이 더러운 녀석들이 교도관과 같은 부류라는 것을 알게 되려면 죄수로서 꽤 시간이 지나야 한다).

누구나 과감하게 싸우기 위해서는 배후의 수비, 양쪽에서의 원조, 또 발밑의 단단한 지반을 계속 느끼지 않으면 안 된다. 하지만, 〈제58조〉 사람한테는 이러한 조건이 모두 짓밟혔

---

6 다음과 같은 사건도 있었다고 한다. 젊고 건장한 세 사나이가 단합하여 형사범들에 대항하여 일어났다. 그러나 그들은 정의를 지키기 위한 것도, 자기들의 주위에 있는 강탈당한 모든 사람을 지키기 위해서도 아니고 단지 자기들을 지키기 위해서 그런 것이었다. 말하자면 일종의 무장 중립이었다.

다. 정치적 취조라는 살을 저미는 과정을 거친 인간은 육체적으로 파괴되어 버리는 것이다. 그는 굶주려서 잠잘 수도 없고, 징벌 감방에서 얼어 의식 불명이 된다. 아니, 육체만이 아니다! 그는 정신적으로도 파괴되어 버린다. 그의 모든 견해도, 이 세상에서의 삶도, 대인 관계마저 모두 그를 파멸로 인도함으로써 잘못했다는 것을 그에게 납득시키고 증명하는 것이다. 재판소의 기관실에서 토해 낸 하나의 고깃덩어리에 남겨진 것이라고는 삶에의 갈망뿐이며, 그것은 이미 어떤 이해력까지도 상실되어 있다. 상대를 완전히 파괴해 버리고, 완전히 〈고립〉시키는 것이 제58조에 의한 취조의 목적이다. 판결을 선고받은 사람들은 사회에서 자기의 최대의 죄는 당 조직이나 노조 조직이나 행정 당국을 통하지 않고 서로 연락하거나 단결하려고 기도했던 것이라는 것을 이해하지 않으면 안 된다. 이것은 형무소에서는 모든 〈공동 행동〉에 대한 공포로까지 발전한다. 즉, 두 사람이 똑같은 호소를 하는 것도, 한 장의 요청서에 두 사람이 서명하는 것도 같다. 이미 모든 종류의 단결을 단념하게 된 가짜 정치범들은 형사범들에 대해서까지도 힘을 집결할 수 없다. 그와 동시에 그들은 호송 차량이나 중계 형무소에 미리 칼이나 곤봉 같은 무기를 준비하는 일까지 생각하지 못한다. 대체 무엇 때문에, 누구에 대해 그것이 필요하겠는가? 둘째로, 무시무시한 제58조로 특별 판결을 받은 자기가 그따위 무기를 사용한다면, 자칫하다가는 재심 결과 총살될지도 모른다. 셋째로, 그 이전에 검사를 받을 때 그 칼이 발각되면 형사범보다는 더 심한 처벌을 받게 된다. 형사범의 경우라면 칼도 단순한 장난감이며, 습관이며, 무의식적인 일이지만 당신의 경우에는 〈테러〉 행위가 된다.

그리고 끝으로 제58조로 투옥된 대부분의 사람들은 온순한 사람들(가끔 노인이나 환자들이 있다)이며, 일생을 통하여 폭력을 배격하고 말로써 살아온 사람들이기 때문에 지금도 마찬가지로 폭력을 행사하려 하지 않는다.

하지만 형사범들은 이러한 취조를 경험하지 않았다. 그들이 경험한 것은 두 번의 신문과 간단한 재판과 가벼운 형기다. 아니, 그 가벼운 형기도 끝까지 복역하는 일은 거의 없다. 사면 조치에 의해 석방되거나 탈옥한다.[7] 형사범들은 취조 중에도 법률로 인정되는 차입이 거절된 적이 없었다. 게다가 그 차입은 아주 풍부한데 자유로운 몸인 동료로부터 온다. 이들은 하루라도 야위거나 쇠약해지지 않았고, 호송 도중에도 순진한 〈프라예르〉[8]들을 벗겨 먹었다. 도적이나 강도 행위로 재판을 받는 것은 조금도 그들의 짐이 되지 않을 뿐만 아니라, 오히려 자랑스러울 정도였다. 그리고 그 자랑을 푸른 견장이나 푸른 테두리가 있는 제복을 입은 사람들이 이렇게 부추겼다. 「아니, 괜찮아. 너는 강도라서 살인은 했지만, 조국에 대한 배신자는 아니야. 너는 우리의 〈동지〉라고. 너는 교정될 수가 있어.」 절도에 관한 형법 조항에는 〈11항〉, 즉 조직에 관한 항목이 없다. 형사범들에게는 조직이 금지되어 있지 않았다. 왜 그랬을까? 그것은 우리 나라 사회에 필요한 집단주의 정신을 습득시키기 때문이다. 그리고 그들로부터 무기를 뺏는 것도 단순한 게임에 지나지 않는다. 그들은 무기를 가지고 있어도 벌하지 않는다. 그들의 습관은 존중되었다(〈그놈들은 그렇게

7 V. I. 이바노프(지금 우흐따에 있음)는 제162조(절도)로 아홉 번, 제82조(탈옥)로 다섯 번이나 기소되어 통산 37년의 판결을 선고받았으나, 불과 5~6년으로 〈형기 만료〉되었다.

8 〈프라예르〉란 형사범들의 은어로서 〈도둑이 아닌 사람〉, 즉 〈인간〉이 아닌 사람을 말한다. 아니, 더 간단히 말하면, 프라예르는 도둑들의 세계와 관련이 없는 사람이다.

하지 않을 수 없으니까〉하고). 감방에서의 새로운 살인도 형기 연장의 이유가 되지 않고 오히려 그 범인에게 월계관을 씌워 주었다.

이것은 모두가 훨씬 이전부터의 일이었다. 지난 세기의 저작을 보면, 룸펜 프롤레타리아는 자제력의 결핍과 변덕스러운 마음 때문에 비난을 받았다. 그리하여 스딸린은 항상 형사범들의 역성을 들었다 — 그들이 아니고 누가 그를 위하여 은행 강도를 해주겠는가? 이미 1901년에, 정적에 대하여 형사범을 이용했다는 비난을 당이나 형무소의 동료들이 스딸린에게 퍼부었다. 1920년대부터는 아주 알맞은 용어가 생겨났다. 즉, 〈사회적 친근 분자〉다. 마까렌꼬도 다음과 같이 거들고 있다.[9] 「〈이놈들〉은 교정할 수 있다.」(마까렌꼬에 의하면, 범죄의 근원은 〈반혁명적 지하 운동〉뿐이다.) 교정할 수 없는 것은 〈그들〉, 즉 기사들, 신부들, 사회 혁명당원들, 멘셰비끼들이다.

억제하는 사람이 없다면, 어찌 훔치지 않을 수 있겠는가? 수치를 모르는 서너 명의 형사범들이 뭉쳐서, 위협을 받아 억압된 수십 명의 가짜 정치범들을 지배하게 된다.

이것은 당국의 승인하에 행해진다. 〈진보적인 이론〉에 근거하고 있는 것이다.

그렇다고 해도 만일 완력에 의한 저항이 불가능하다면, 희생자들은 호소라도 해야 하는 것 아닌가? 통로에서는 무슨 소리라도 다 들리지 않는가? 아니, 쇠창살 너머에는 호송병이 천천히 오가고 있지 않은가?

그래, 그것은 당연한 질문이다. 아무리 작은 소리라도, 피해자의 슬픈 울음소리까지 잘 들리지만 호송병은 여전히 그

9 마까렌꼬, 『탑 위의 깃발』.

장소를 왔다 갔다 할 뿐이다. 왜 안으로 들어오지 않는가? 불과 1미터밖에 떨어져 있지 않는 곳에서, 어두컴컴한 찻간의 동굴 속에서 인간이 약탈되고 있는데 도대체 왜 호송대의 병사는 그것을 제지하지 못하는가?

이것도 또한 같은 이유에서였다. 그도 똑같이 세뇌된 것이다.

아니, 그것뿐이 아니다. 오랜 세월에 걸친 협력 관계 때문에, 호송대 자체도 이들 도적들과 가까워진 것이다. 호송대 〈자체도 도적이 되었던〉 것이다.

1930년대 중반부터 1940년대 중반까지, 형사범이 전성기를 이루며 정치범이 가장 참혹한 탄압을 받은 10년 동안, 감방이나 차량이나 호송차 속에서 호송병이 정치범에 대한 약탈을 중지시킨 예를 기억하는 사람은 없다. 그러나 호송병이 도적들로부터 약탈한 물건을 받고 그 대신에 보드카, 식량(배급 식량보다 더 좋은), 담배 등을 가져다준 예는 얼마든지 들을 수 있다. 이런 실례는 아주 흔한 일이었다.

여하튼 호송대의 중사라도 제대로 된 물건을 가지고 있지 않다. 가진 것이라면 무기, 외투, 반합, 게다가 병사의 배급 식량뿐이다. 고가품의 모피 외투를 입거나 크롬 가죽 장화를 신거나, 도시 생활의 사치스러운 물건을 가지고 있는 인민의 적을 호위하게 하여 그들과의 불평등함을 그들한테 인내하게 했다. 아니, 그들의 사치품을 빼앗는 것도 계급 투쟁의 한 형태가 아닐까? 그렇게 하는 것이 정당한 게 아닐까?

1945년에서 1946년에 걸쳐 죄수들이 다름 아닌 유럽에서 밀려왔을 때, 그들은 진기한 유럽의 물건을 몸에 지니거나 짐 가방에 가지고 있었다. 그래서 호송대의 장교까지도 그 유혹에 빠지고 말았다. 이 근무 덕택에 그들은 전선에 가지 않게 되었으나, 그러나 종전 시에는 전리품을 얻을 기회가 없었다.

그렇다면 이것은 불공평하지 않겠는가?

이러한 관점에서 본다면, 호송대가 스똘리삔 차량의 찻간 마다 형사범과 정치범을 함께 넣은 것은 결코 우연한 일도, 급해서도, 장소가 부족해서가 아니라, 자기들의 이해관계에 서였다는 것이 뚜렷하다. 형사범들도 그 기대를 배신하지 않았다. 왜냐하면 물건은 〈비버〉[10]들로부터 빼앗아 호송대의 트링크로 흘러들었기 때문이다.

그렇지만 〈비버〉들이 차량에 실려서 열차가 움직이기 시작해도 도적들이 없을 때는 어떻게 하는가? 즉, 어느 역에서도 도적들이 호송되지 않는 날은 어떻게 하는가? 이런 예는 여러 번 있었다.

1947년에 모스끄바에서 블라지미르로, 블라지미르 중앙 형무소에서 복역하기 위해 외국인 집단이 호송되었다. 그들은 고가의 물건을 가지고 있었다. 그것은 그들의 트렁크를 열어 보고 알았다. 그러자 호송대 〈자체〉가 차량 속에서 계획적으로 물건을 몰수하게 되었다. 그들은 한 가지도 빠뜨리지 않기 위하여 죄수들을 〈나체로〉 벗겨서 변소 곁의 마루 위에 앉히고 물건을 점검하면서 빼앗았다. 하지만 호송대는 이들 죄수들이 수용소가 아니라, 곧바로 형무소로 호송된다는 것을 잊어버렸다. 목적지에 도착하자 I. A. 꼬르네예프는 모든 일을 그대로 기술하여 서면으로 소원을 제출했다. 그 호송대를 찾아서 수색했다. 물건의 일부는 찾아서 주인한테 돌려주었으나, 분실된 것은 돈으로 변상했다. 그 호송대 놈들은 10년과 15년의 형을 받았다고 했다. 하지만 그것을 확인할 길은 없었다. 절도죄로 체포되었으니, 오래 형무소에 있지는 않았

10 〈비버〉란 형사범들의 은어로서 〈잡동사니(좋은 물품)〉와 맛있는 음식을 가지고 있는 유복한 죄수를 말한다.

을 것이다.

하지만 이것은 예외적인 경우다. 만일 호송대장이 적당히 욕망을 억제한다면, 여기서는 손을 내밀지 않는 것이 좋다는 것을 알았을 것이다. 다음의 예는 더욱 단순해서 어쩐지 이것도 유일한 예는 아닌 것 같다. 1945년 8월에 모스끄바에서 노보시비르스끄를 향하던 스똘리삔 차량(A. 수시도 호송되었다)에도 도적들이 타고 있지 않았다. 여행은 오래 걸렸다. 당시에 스똘리삔 차량은 느릿느릿 움직였다. 호송대장은 서둘지 않고 적당한 시간을 골라 수색했다. 죄수들은 짐을 가지고 복도로 한 사람씩 호출되어 형무소의 규칙에 따라 의복을 벗었다. 하지만 수색의 목적은 칼이나 금지된 물건을 빼앗기 위한 것이 아니었다. 수색 후에 죄수들은 다시 자기들의 비좁은 감방으로 되돌아가게 되니까, 금지된 물건은 수색 전에 남에게 맡겼다. 그 원래의 목적은 죄수들의 사물을, 몸에 지니고 있는 것도, 짐 가방에 들어 있는 것도, 모두 점검하는 것이었다. 그 짐 가방을 점검하는 동안에는 장시간을 지루하지도 않게 장교인 호송대장과 그 보좌역의 중사가 거만하게 근접하기 두려운 얼굴로 서 있었다. 탐욕이 엿보였으나 장교는 무관심한 듯이 그것을 숨기려고 했다. 그 모습은 아가씨들을 바라보면서 남의 눈치와 아가씨들의 눈치를 보며 어떻게 접근할 것인지 당황하는 호색의 노인과도 같았다. 그는 몇 명의 도적이 필요했다! 하지만 그 죄수 호송 집단에는 도적이 한 사람도 없었다.

그 죄수 호송 집단에는 진짜 도적은 없었으나 형무소에서 이미 도적의 입김에 젖은 놈들이 있었다. 어쨌든 도적의 본보기는 설득력이 있어서 이내 추종자들이 모이게 되었다. 즉, 형무소에서도 편하게 살 수 있는 방법이 있다고 가르쳐 주기 때

문이다. 한 찻간에 두 사람의 장교였던 사닌(해군)과 메레시
꼬프가 타고 있었다. 그들은 다 〈제58조〉였으나, 벌써 탈바꿈
해 가고 있었다. 사닌은 메레시꼬프의 지지를 얻고 자기를 찻
간의 대표자로 선언하여 호송병을 통하여 호송대장에게 면회
를 신청했다. (그는 상대방의 교만한 태도와 중개인의 필요성
을 간파했던 것이다!) 있을 수 없는 일이지만 사닌이 호출되
어 어디선가 이야기가 되었다.

그다음 날 아침에는 호송 중의 평상시 배급량인 5백 그램
대신에 2백 그램의 빵밖에 배급되지 않았다.

빵 배급이 끝났다. 불평하는 소리가 조금 일어났다. 하지만
그것은 투덜대는 것뿐이었다. 〈단체 행동〉이 두려워서 정치
범들은 공공연하게 항의하지 못했다. 다만 한 사람만이 배급
담당 호송병에게 큰 소리로 물었다.

「반장님! 이 빵은 무게가 얼마지요?」

「기준대로야.」

「다시 달아 주십시오. 아니면 받을 수 없습니다!」 화가 난
죄수가 큰 소리로 외쳤다.

차량 안이 조용했다. 많은 사람들이 자기의 것도 다시 달아
줄지 모른다고 기대하여, 빵에 손대지 않았다. 그곳에 깔끔한
장교가 들어왔다. 모두 잠잠했다. 그 때문에 그의 말은 더욱
묵직하고 기분 나쁘게 울렸다.

「여기서 소비에뜨 정권에 반항한 자가 누구냐?」

가슴이 덜컹했다. (이것은 아무나 할 수 있는 말이다. 사회
에서는 어떤 관리도 자기를 소비에뜨 정권의 대표자로 칭할
수 있다. 단지 말다툼 중에서라도 말이다. 하지만 그 두려움을
알고 있는 자, 반소비에뜨 활동으로 판결을 선고받은 자들한
테는 그것은 참으로 두려운 말이다.)

「식량 배급에 대해 누가 〈모반〉을 일으켰는가?」 장교는 되풀이했다.

「소위님! 나는 그저……」 소동을 일으킨 모반인은 변명을 하려고 했다.

「뭐야, 네놈이, 이 악질 놈! 소비에뜨 정권이 마음에 안 들어?」

(그래, 왜 모반을 하는가? 무엇 때문에 저항하는가? 적은 빵을 먹고 참으면서 잠자코 있을 일이지, 이번에는 시끄러워지겠군!)

「이 돼지 같은 놈! 반혁명 분자! 빵을 저울질하느니, 네놈의 목을 달아매는 일이 더 급해! 이 더러운 놈, 소비에뜨 정권이 너를 먹여 살리고 있는데, 너는 아직도 불만이야? 이것이 어떤 죄가 되는지 너는 알고나 있나?」

호송병에게 명령이 떨어졌다. 「그놈을 끌어내!」 열쇠 소리가 났다. 「나와, 두 손을 뒤로 돌려!」 불행한 죄수가 끌려 나간다.

「또 불만이 있는 놈이 있나? 또 저울에 달고 싶은 녀석이 있어?」

(이러한 부정은 파헤칠 수가 없다! 당신이 호소해서 2백 그램밖에 안 된다 하더라도, 누가 믿겠는가. 그러나 소위가 5백 그램이었다고 말하면, 그것은 믿어야 한다.)

채찍에 맞은 개한테 이제 채찍을 보이기만 하면 되었다. 나머지 사람은 모두 만족하고 있었다. 이리하여 징벌 식량이 긴 여행 동안 〈매일〉 배급되었다. 설탕도 역시 주지 않게 되었다. 그것은 호송대가 착복했던 것이다.

(이것은 2개의 위대한 승리, 독일 및 일본과의 전쟁에 승리하던 해 여름의 일이었다. 이러한 승리는 장차 우리 조국의 역사를 위대한 것으로 만들고, 우리의 손자들도 증손자들도 그런 승리에 대해 연구할 것이다.)

죄수들은 하루 이틀 굶주려 가며, 그사이에 조금은 현명해졌다. 그래서 사닌이 찻간 사람들에게 말했다. 「여러분, 할 말이 있어요. 이대로 가다가는, 우리는 굶어 죽어요. 무슨 좋은 물건을 가지고 있으면 그것을 나에게 주시오. 내가 그것을 먹을 것과 교환해 오겠소.」 그는 자신 있게 어떤 물건을 받았나, 또 다른 물건은 거절했다. (모두가 내놓은 것은 아니다. 아무도 그들에게 강요한 것은 아니니까!) 그리고 메레시꼬프와 함께 나가게 해달라고 부탁했다. 이상하게도 호송병은 두 사람을 내보냈다. 두 사람은 물건을 가지고 호송대 찻간 쪽으로 가서 깨끗이 자른 빵과 담배를 가지고 돌아왔다. 그것은 매일 배급할 때 남겨 둔 70킬로그램의 빵이었다. 다만 이번에는 모두에게 나눠 주는 것이 아니라 물건을 내놓은 자에게만 주는 것이다.

　이것은 아주 정당했다. 왜냐하면, 모두가 줄어든 배급 식량에 만족하고 있다고 인정했기 때문이다. 그리고 물건은 제가끔 가치가 있어서 돈을 지불해야 하니까 그것은 공평했다. 그리고 장차를 생각해도 역시 정당했다. 어쨌든, 이런 물건은 수용소에서는 지나치게 사치였으며 언젠가는 빼앗기거나 도적을 맞을 운명에 있으니까.

　마호르까 담배는 호송대의 것이었다. 병사들은 자기의 귀중한 담배를 죄수들과 나눴다. 하지만 그것도 병사들이 죄수의 빵을 먹고, 인민의 적한테는 과분한 설탕으로 차를 마셨으니까 정당했다. 그리고 끝으로 사닌과 메레시꼬프는 물건을 제공하지 않았고, 물건 주인보다 더 많은 빵을 가지게 된 것도 정당했다. 왜냐하면 그들이 없었다면 이런 거래가 성립되지 못했을 것이기 때문이다.

　이렇게 어두컴컴한 찻간에 빽빽이 앉아서 어떤 자들은 옆 사람의 것이었던 빵을 먹었고, 그 옆 사람은 그저 바라볼 뿐이었다. 호송병은 개별적으로 담뱃불을 빌려주지 않고, 2시간마다 한 번씩 불을 빌려주었다. 그러자 차 안은 마치 불난 것처럼 연기가 자욱했다. 처음에는 물건을 내주려고 하지 않던 사람들도 이제는 사닌한테 내주지 않은 것을 후회하며, 제발 받아 달라고 사닌에게 부탁했지만, 그는 다음에 보자고 대답했다.

이 작전이 아주 끝까지 성공하게 된 것은, 종전 직후의 열차 운행이 느렸으며, 스똘리삔 차량도 느릿느릿 달리며, 많은 역에서 열차에서 분리되거나, 오래 정차하거나 했기 때문이다. 그와 동시에, 그 후의 시기는 이제 눈독을 들여 빼앗을 좋은 물건도 없었다. 꾸이비셰프까지 일주일이 걸렸으나 죄수들에게 그 일주일 동안 줄곧 250그램의 빵(그래도 이것은 봉쇄 시기의 배가 되는 양이다)과 말린 청어와 물을 국가에서 주었다. 나머지 빵은 자기의 물건을 팔아서 사지 않으면 안 되었다. 그사이 공급이 수요보다 많아져서 호송대도 이제는 그다지 물건을 탐내지 않고 물건을 선택하게 되었다.

꾸이비셰프에서 죄수들이 중계 형무소로 운송되어 목욕을 하고 또 동일한 편성으로 원래의 차량으로 돌아왔다. 호송대는 교대했지만, 아마 물건의 획득 방법은 인계되었을 것이다. 자기 자신의 배급 식량을 도로 사가는 이 제도는 노보시비르스끄까지 계속되었다(호송을 맡은 대대가 이 방법을 널리 보급시켰다는 것은 상상하기 어렵지 않다).

노보시비르스끄에서 죄수들을 하차시켜 선로 사이의 지면에 앉게 했다. 거기에 다시 새로운 장교가 와서「호송대에 대해 무슨 불만이 있는가?」하고 물었을 때, 모두 당황하며, 아무도 대답하지 못했다.

처음의 호송대장의 계산이 옳았다 — 역시 러시아다!

◆

　스똘리삔 차량의 승객은 그 열차의 행선지와 하차할 역을
알지 못한다는 점에서 같은 열차의 다른 승객들과 다르다. 그
래서 그들은 승차권을 가지고 있지 않고 차량 옆에 쓰여 있는
열차의 행선지도 읽지 못한다. 모스끄바에서의 승차도 때로
는 플랫폼에서 멀리 떨어진 곳에서 해서, 모스끄바 출신자들
도 모스끄바에 있는 8개 역 중의 어느 역인지 짐작하지 못할
때가 있다. 죄수들은 몇 시간이나 움직이지도 못하고 악취가
풍기는 차량 속에서 조차(操車) 기관차를 기다려야 한다. 이
윽고 기관차가 와서 죄수 차량을 편성이 끝난 열차에 연결한
다. 이것이 여름이라면 역의 스피커에서 방송이 나돈다. 「우
파행 열차는 3번선에서 출발합니다……. 1번선 홈에서는 따시
껜뜨행 열차의 승차를 하고 있습니다…….」이것으로 까잔 역
이라는 것을 안다. 그리하여 군도의 지리와 교통에 정통한 사
람이 동료들에게 설명한다 — 행선지는 보르꾸따나 뻬초라
는 아니야. 그쪽으로 가려면 야로슬라블 역에서 출발해야 하
거든. 게다가 끼로프나 고리끼 수용소[11]도 아닌 것 같아. 모스
끄바에서는 백러시아, 우끄라이나, 까프까스로는 절대 보내

---

　11 이리하여 잡초가 명예로운 수확에 섞이게 된다. 하지만 대체 그것은 우
연히 섞인 잡초일까? 뿌시낀, 고골, 똘스또이 등의 이름을 딴 수용소는 없는데,
고리끼 수용소는 있다. 게다가 한두 개도 아닌 것이다! 또 따로 〈막심 고리끼〉
기념 강제 노동 채굴장(엘겐에서 40킬로미터)도 있다! 그래요, 알렉세이 막시
모비치 고리끼…… 동지여, 〈당신의 마음과 이름을 가지고〉입니다[마야꼬프
스키의 시 「레닌 동지와의 대화」(1929)의 한 구절. 〈우리가 사색하고, 숨 쉬
고, 투쟁하고, 살게 하는 것은 모두 당신의 마음과 이름을 통해서입니다.〉 —
옮긴이주]. 만일 적이 항복하지 않는다면…… 당신은 별생각 없이 한마디 한
거지만, 이미 당신은 문학에선 존재하지 않습니다.

지 않지. 그곳에는 자기들의 죄수가 많으니까.

이제 귀를 좀 기울여 보자. 우파행은 출발했으나, 우리의 열차는 아직 움직이지 않는다. 따시껜뜨행도 출발했으나, 우리는 여전히 서 있다. 「노보시비르스끄행 열차 출발합니다……환송객분들은 하차해 주시기 바랍니다…… 승객분들은 승차권을 제시해 주십시오…….」 열차가 움직였다. 자, 이번에는 우리의 차례다! 그래서 무엇이 증명되었는가? 지금은 아무것도 없다. 행선지는 중부 볼가강 연안 지방인지도 모르며 우랄의 남쪽인지도 모른다. 아니면 제스까즈간 구리 광산이 있는 까자흐스딴일까. 아니, 우리의 행선지는 따이셰뜨인지도 모른다. 그곳에는 침목에 방부제를 침투시키는 공장이 있다(소문에 의하면, 그 작업을 하게 되면 크레오소트가 피부를 통해 뼈까지 침투하고 휘발된 크레오소트가 폐에 가득 찬다고 하는데 그렇게 되면 죽게 된다). 또 우리가 가는 곳에는 소베쯔까야 가반에 이르기까지 줄곧 시베리아다. 꼴리마도, 노릴스끄도, 우리의 행선지가 될 가능성이 있다.

만일 이것이 겨울이었다면 차량의 문이 꼭 닫혀 있어서 방송이 들리지 않는다. 만일 호송대가 규율에 충실하다면, 그들로부터도 여행 경로에 대해서는 아무것도 듣지 못한다. 이리하여 우리는 내일이 되면 차창에서 무엇을 보게 될까. 그것이 산림인지 초원인지도 모르는 채, 서로 몸을 비비며 차바퀴의 단조로운 소리를 들으면서 잠들곤 한다. 차창이라는 것도 통로에 있는 창문뿐이다. 가운데 층계의 침대에서 쇠창살과 통로와 두 장의 창문 유리와, 또 하나의 쇠창살 건너서 겨우 역의 선로와 열차 곁을 달려서 지나가는 약간의 공간이 보인다. 만일 창문 유리가 얼어 있지 않다면, 가끔 아프슈니노라든가 운돌이라는 명칭을 읽을 수 있다. 이런 역은 대체 어느 근처에 있는 것일까? 찻간에서는 아무도 모른다. 때로는 태양의 방향으로 자기들이 북쪽으로 움직이고 있는지, 동쪽으로 움직이는지 짐작을 한다. 그런데 어딘가 뚜파노보라는 역에서 누추한 경범죄자가 당신의 찻간으로 밀고 들어왔다. 사나이는 다닐로프 재판소로 이송되는 도중이라고 말하고, 2년쯤 살게 될 것이라고 걱정하고 있었다. 이리하여 어젯밤은 야로슬라블을 지났다는 것을 알았다. 그런데 이번 여행에서 첫 번째 중계 형무소로 된 것은 볼로그다다. 그리고 반드시 찻간에는 박식한 자가 있어서 〈오〉 발음을 강조하는 볼로그다 지방의 사투리로 유명한 틀에 박힌 말을 했다. 「볼로그다의 호송대는 상대하기 어렵다고!」

그러나 열차의 방향을 안다고 해도, 당신들은 아직 아무것도 모른다. 아무래도 가는 곳에는 선로에 따라 많은 중계 형무소가 있으며, 그 어느 형무소에서도 당신의 방향을 변경시킬 가능성이 있었다. 당신들은 우흐따에도, 인따에도, 보르꾸따에도 가고 싶어 하지 않는다. 하지만 501호 건설 현장, 즉 시베리아 북부를 관통하고 있는 툰드라 지대의 철도 건설이 다른 작업보다 편하다고 생각할 것이다. 그곳이야말로 지독한 장소인데.

전쟁 후 5년이 지나, 죄수들의 무리가 역시 수로로 밀려왔을 때(내무부의 직원이 증원되었는지?), 내무부에서 수백만 명의 〈조서〉 무더기를 정리하여, 형무소 앞으로 본인의 〈조서〉를 넣은 봉투를 개인별로 가져간 적이 있다. 봉투에는 좁고 긴 구멍이 뚫려 있어서, 죄수의 행선지가 적힌 것을 호송대가 볼 수 있었다(호송대는 행선지 이외의 것은 알아서는 안 된다. 〈조서〉의 내용은 타락적인 영향을 미칠 가능성이 있으니까). 그래서 만일 당신이 중간 침상에 누워 있고, 중사가 때

마침 당신의 곁에서 멈췄을 때, 게다가 당신이 거꾸로 된 글을 읽을 수 있다면 누구는 끄냐시-뽀고스뜨 쪽으로, 자기는 까르고뽈 수용소로 호송된다는 것을 읽을 수 있을지 모른다.

그래, 이번에는 더 걱정거리가 많아졌다! 대체 까르고뽈 수용소는 어떤 곳일까? 누구 아는 사람 없나? 그곳의 〈일반 작업〉은 무엇일까? (죽을 지경인 일반 작업도 있으며, 더 편한 일도 있다) 그곳은 죽음의 수용소인가?

얼마나 출발이 급했으면, 자기 친척에게 알리지도 못했을까. 그래서 그들은 아직 당신이 뚤라 근교의 스딸리노고르스끄 수용소에 있다고 생각하지 않겠는가? 만일 당신이 이 문제에 신경을 쓰고 아주 요령이 좋은 사람이었다면 이 문제도 다음과 같이 해결할 수 있을지 모른다. 당신은 길이 1센티미터 정도의 연필심이나 구겨진 종잇조각을 가지고 있는 동료를 찾을 수 있을 것이다. 통로에 있는 호송병이 알지 못하게(통로에 다리를 향하고 자면 안 되고, 꼭 머리를 향해야 한다), 당신은 그곳에 등을 보이며 몸을 굽혀서 차량이 움직이지 않는 시간에 친척에게 편지를 쓴다. 〈갑자기 본래 있던 곳에서 새로운 곳으로 호송되지만, 새로 가는 곳에서는 1년에 한 번밖에 편지를 쓸 수 없을 것 같소. 그리 알도록.〉 그 편지를 세모 꼴로 접어서 행운을 빌면서 변소로 가져가야 한다. 어느 역에 근접하거나 지나친 지 얼마 안 되었을 때, 변소에 갈 수도 있다. 승강구의 호송병이 언뜻 한눈을 팔 수도 있다. 이때 재빨리 페달을 밟아, 오물을 떨어뜨리는 구멍이 열리면 몸으로 막아서 호송병의 눈을 피해 그 구멍을 향해 편지를 던져 넣는다! 편지는 젖어서 더럽혀지겠지만 그래도 구멍을 지나 선로 사이에 떨어지겠지. 혹은 마른 채로 밑으로 떨어져 차바퀴 아래 바람에 날려서 차바퀴에 닿거나, 혹은 그 옆을 지나 철롯둑 경사면에 천천히 날려서 떨어질지 모른다. 그것은 비에 젖기까지, 눈이 내리기까지, 혹은 썩을 때까지 그곳에 떨어져 있을지 모른다. 그러나 어쩌면 사람의 손이 그것을 주워 올릴지도 모른다. 그리고 만일 그 주운 사람이 사상적으로 까다로운 사람이 아니라면 주소를 알아볼 수 있게 반쯤 지워지고 있는 글씨를 다시 써 주거나 혹은 다른 봉투에 넣어 줄지도 모른다. 그렇게 되면 이 편지는 제대로 부쳐질지도 모른다. 때로는 이런 편지가 온다 — 초과 요금을 물게 하면서, 글자가 반쯤 지워지고, 비에 흐릿하게 되어서, 주글주글한 채로. 하지만, 그것은 슬픔의 흔적을 여실히 보이며 날아드는 것이다.

◆

아니, 그것보다도 되도록 빨리 당신이 〈프라예르〉, 즉 그 우스꽝스러운 신입생이라 할까, 당국의 노획물이나 희생자라는 존재를 면하는 것이 중요하다. 95퍼센트의 확률로 당신의 편지가 제대로 도착하지 못할 것이다. 아니, 설사 보내졌다 해도 가족들에게는 기쁨이 되지 않는다. 당신도 이 서사시적 세계에 뛰어들었으니까, 이제 자기의 인생을 시간이나 일수로 계산할 수 없다. 여기서는 입소에서 출소까지 수십 년, 사반세기나 걸린다. 예전의 세계로 〈당신은 절대 돌아가지 못한다!〉 되도록 빨리 당신이 가족을 잊고, 가족도 당신을 잊는 것이 낫다. 그러는 것이 서로 편하다.

나중에 겁에 질리지 않으려면 물건은 되도록 적게 하는 것이 좋다! 트렁크는 호송병이 그것을 승차구에서 부숴 버릴 테니(찻간에 25명씩 들어가 있을 때, 그들로서 다른 방법이 있을 수 있을까?) 가지지 않는 것이 좋다. 그리고 새로운 장화도 가지지 않는 편이 좋다. 유행하는 구두도, 모직 신사복도 가지지 않는 것이 좋다. 왜냐하면, 스똘리삔의 차량이나 호송차 안에서, 또 중계 형무소에 들어갈 때, 어차피 훔쳐 가거나, 빼앗아 가거나, 바꿔 간다. 저항하지 않고 줘 버린다면, 당신의 가슴은 굴욕을 느낀다. 저항해서 빼앗기면, 당신은 피를 토할 뿐이다. 그 불손한 얼굴도, 상대를 우롱하는 태도도, 이 두 발을 가진 인간쓰레기들은 당신에게 구역질이 나게 한다. 하지만 사물을 가지고 있어서 그것을 지키기 위해 마음 쓰는 당신은 주변을 관찰하고 이해하려는 좋은 기회를 놓치고 있는 것이 아닐까? 키플링과 구밀료프가 그렇게 다채롭게 그린 바다 모험가, 해적, 위대한 뱃사람들이, 이 형사범들과 같은 부류가 아닌가? 아니, 바로 같은 부류다⋯⋯. 낭만주의적인 정경으로 사람들을 매료시킨 그들도, 대체 어떻게 해서 우리 나라에서는 기분 나쁜 존재가 되었을까?

하지만, 이들도 이해해 주자. 그들한테는 형무소가 〈태어나고 자란 집〉이다. 제아무리 당국이 그들을 귀여워해도, 아무리 그들의 벌을 가볍게 해도, 아무리 은사를 베풀어 주어도 운명은 이들을 여러 번 형무소에 쓸어 넣었다⋯⋯. 아니, 군도의 법률도 이들을 우대하는 것이 아닐까? 한때는 우리 나라에도 〈사회〉에서 사유 재산권이 철저하게 추방되었다(그 후, 그것을 추방시킨 자들이 〈소유하는 것〉의 즐거움을 맛보기 시작했다). 어찌하여 그것이 형무소에서 추방되지 않았을까? 당신은 깜박 잊어버리고 자기의 베이컨을 먹다 남기고 동료에게 설탕이나 담배를 나눠 주지 않는다. 그러자 형사범들이 당신의 〈보자기〉를 헤집고 당신의 도덕적인 잘못을 고친다. 당신의 신식 장화 대신에 낡은 신발을, 당신의 스웨터 대신에 기름에 더럽혀진 작업복을 〈교환한다는 명목으로〉 당신에게 준다. 그들은 당신한테서 빼앗은 물건을 오래 가지고 있지 않는다. 당신의 장화는 다섯 번이나 카드놀이에 걸릴 수가 있었고, 스웨터는 내일이라도 보드까 1리터와 소시지 한 줄과 〈교환〉될 것이다. 하루가 지나면, 이들도 당신과 마찬가지로 아무것도 없게 될 것이다. 이것은 열역학의 제2 법칙이다. 남들보다 조금이라도 더 가지고 있는 게 있다면 그것은 모두 사라지게 된다.

가지지 말라! 아무것도 가지지 말라! 부처와 예수는 이렇게 우리에게 가르친다. 금욕주의자도 견유학파의 사람도 그랬다. 그럼 왜 우리, 탐욕스러운 사람들이 이런 단순한 진리를 이해하지 못하는가? 재산 때문에 자기의 혼을 파멸시킨다는 것을 이해하지 못할까?

만일 염장한 청어라면 후에 물을 달라고 부탁하지 않도록 중계 형무소에까지 호주머니 속에 따뜻하게 넣어 두는 것이 좋다. 그러나 빵과 설탕은 한 번에 이틀분을 주어도 이내 전부 먹어 버리는 것이 좋다. 그렇게 하면, 이제 아무도 훔칠 수가 없다. 마음을 쓸 필요가 없다. 당신은 하늘의 새처럼 자유롭게 된다!

항상 마음에 간직할 수 있는 것만 가지는 것이 좋다. 여러 언어를 알며 여러 나라를 알고 여러 사람을 알라. 당신의 기억이야말로 당신의 여행 가방이 될 것이다. 기억하라! 기억하라! 다만 이 고통의 씨앗만이 언젠가 발아할지도 모르니까.

자, 둘러보세요 — 당신의 주변에는 여러 종류의 사람들이 있다. 자칫하면, 그중의 누군가를 당신은 일생 동안 기억하며, 그때 그에게 여러 가지 묻지 않았던 것을 분하게 생각할지도 모른다. 그리고 자신은 되도록 적게 말하라. 그렇게 되면 더 많은 것을 듣게 된다. 군도의 섬에서 섬으로 인간의 생명이 가느다랗게 실처럼 뻗고 있다. 그것은 어두컴컴한 삐걱대는 찻간에서 하룻밤을 서로 얽히고 접촉한 후, 이제 영원히 갈라 지는 것이다. 당신은 그들이 조용히 속삭이는 소리와 차바퀴 의 단조로운 소리에 귀를 기울이는 것이 좋다. 이것이야말로 생명의 수레바퀴가 돌아가는 소리다.

여기서는 참으로 괴상한 이야기도 많고, 우스꽝스러운 이 야기도 많다!

쇠창살 곁에 있는 이 팔팔한 프랑스인은 어떤가 — 어째서 그는 줄곧 눈만 뒤룩거리고 있을까? 무엇에 놀랐을까? 아직 도 모르는 것이 있을까? 그에게는 설명해 주지 않으면 안 된 다! 아니, 그와 동시에 왜 이런 곳에 있는지 물어볼 필요가 있 다. 때마침 프랑스어를 알고 있는 사람이 있어서 우리들은 사 정을 알 수 있었다. 그는 프랑스 병사인 막스 상테르였다. 그 는 사회, 즉 두스 프랑스(우아한 프랑스)에 있었을 때도 이렇 게 기민하고 호기심이 왕성했다. 그에게 여기서 서성대지 말 라고 부드럽게 이야기해도 러시아인 귀국자의 중계 형무소 근처를 떠나지 않았다. 그때 러시아인들이 그에게 술을 마시 게 했다. 그러자 그 순간부터 그는 기억을 잃어버렸다. 정신이 들었을 때에는 이미 비행기 안의 바닥에 누워 있었다. 잘 살 폈더니 자신이 적위군 군복에 바지를 입었고 앞에는 호송병 의 장화가 있었다. 지금은 수용소 10년의 형기가 선고되었으 나, 이것은 물론 짓궂은 농담일 뿐이고, 이제 사정이 판명되지 않겠는가? 그야 물론, 판명되겠지. 여보게, 그저 기다리게![12] (아 니, 1945년에서 1946년에는 이제 그런 이야기에는 아무도 놀 라지 않았다.)

지금의 주제는 프랑스-러시아였지만, 다음은 러시아-프랑

---

12 수용소에서 그를 기다리고 있는 것은 또 다른 유죄 판결이었다. 25년 형 이었다. 그리고 오제르 수용소에서 그는 1957년에 비로소 석방되었던 것이다.

스적인 이야기다. 아니, 이것은 오히려 순수하게 러시아적이라고 하는 것이 낫겠다. 왜냐하면 러시아인 이외에 누가 이런 일을 하겠는가? 어느 시대에도 우리 나라에는 수리꼬프가 그린 〈베료조보의 멘시꼬프〉와 같은 순수한 사람들이 있었다. 그래, 이반 꼬베르첸꼬도 보통 몸매에 중키의 순수한 사나이였다. 그는 건강한 열혈한이었으며, 악마가 보드카를 꽤 쏟아 넣었다. 그는 자기에 대해 스스로 웃으며 말해 주었다. 이런 이야기는 듣기 어려운 것이니 잘 들어야 한다. 그런데 아무리 귀 기울여도, 왜 그가 체포되었는지, 어찌하여 그가 정치범인지, 도저히 알 수가 없었다. 그러나 〈정치범〉이라는 말에서 어떤 특별한 것을 상상해서는 안 된다. 아니, 그것은 어떤 일로 체포되더라도 전혀 관계없는 일이니까.

다 잘 아는 바와 같이, 화학전 준비를 몰래 진행하고 있던 것은 독일이었으며, 우리 나라는 아니었다. 따라서 꾸반 지방에서 우리 군이 철수했을 때 우리 군이 탄약 보급반의 잘못으로 어느 비행장에 화학 폭탄 퇴적물을 방치하고 온 일은 아주 불쾌한 일이었다. 자칫하면 독일군이 그것으로 세계적인 추문을 일으킬 가능성이 있었기 때문이었다. 그래서 끄라스노다르 출신의 꼬베르첸꼬 중위에게 20명의 낙하산병을 주어서, 독일군의 후방으로 투하시켜, 그 유해한 폭탄을 땅속에 매몰시키려 했다. (독자는 아마 이 이야기를 짐작하여 하품을 할지 모른다. 즉, 그래서 그들은 포로가 되고 지금은 조국의 배신자가 되었겠지 하고. 아니, 전혀 그렇지 않다!) 꼬베르첸꼬는 주어진 임무를 완전히 수행하고 20명의 병사를 한 사람도 사상자를 내지 않고 전선을 횡단하여 무사히 귀환시켰다. 그리고 그 무공에 대하여 〈소비에뜨 연방 영웅〉 훈장이 상신되었다.

그러나 그 훈장을 받기까지는 한두 달이나 걸린다. 그런데 만일 이 〈영웅〉의 테두리에 들지 않으면 어떻게 될까? 〈소비에뜨 연방 영웅〉 훈장은 군사 및 정치 학습에서 우수한 성적을 거둔 얌전한 젊은이에게만 주게 된다. 그런데 당신은 혈기 왕성하여 한 잔 마시고 싶었으나 마실 것이 아무것도 없었다. 아니, 당신이 전 소비에뜨 연방 영웅이었다면, 그들도 보드까 1리터쯤은 옹색하게 굴지 않을 것이 아닌가? 거기에 이반 꼬베르첸꼬가 말을 타고 칼리굴라의 고사 따위는 진짜 아무것도 모르고, 시 군사 위원인 경비 사령관의 집 2층으로 말을 탄 채로 들어가 〈자, 보드까를 달라!〉라고 요구했다(이러는 것이 위엄이 있고, 영웅답고, 상대방도 거절하기 어렵다고 생각했다). 그래서 투옥되었는가? 아니, 천만에! 그 때문에 〈소비에뜨 연방 영웅〉에서 〈적기 훈장〉으로 격하되었던 것이다.

　꼬베르첸꼬는 보드까를 많이 마시고 싶었으나, 그것이 항상 있는 것도 아니니까 머리를 쓰지 않으면 안 되었다. 그는 폴란드에서 독일군이 어느 교량을 폭파시키려는 것을 방해하여 막았다. 그러자 그는 그 다리가 자기의 것으로 생각되었다. 그래서 우리 군 사령부가 도착하기까지 폴란드인으로부터 그 다리의 통행료를 받게 되었다. 내가 아니었다면 이 다리는 벌써 파괴되었을 것이라는 것이다. 그는 하루 동안 통행료를 받았다(보드까 때문에). 그러나 그것이 싫증이 나고 거기에 서 있기도 싫어졌다. 그래서 꼬베르첸꼬 대위는 근처의 폴란드인에게 공정한 제안을 했다. 〈이 다리를 사 주게〉하고. (그래서 투옥됐나? 아니, 그렇지 않다.) 그가 많은 돈을 요구한 것도 아닌데, 폴란드인들은 불평하면서 돈을 내놓지 않았다. 그래서 대위님은 깨끗이 단념하고 〈그럼, 마음대로 하게〉하면서 무료로 폴란드인에게 다리를 주고 말았다.

1949년에 그는 뿔로쯔끄에서 낙하산 연대의 본부장으로 근무하고 있었다. 사단의 정치부에서는 꼬베르첸꼬 소령이 정치 교육 과정을 〈실패한 것〉 때문에 그다지 좋아하지 않았다. 한때 그는 육군 대학에 입학하려고 고과표를 신청했으나, 그것을 받아 보고 이내 책상 위에 내던졌다. 〈이런 고과표로는 나는 육군 대학이 아니라, 반데라파(우끄라이나의 반소 민족주의 집단)에게로 가야겠어!〉 (이것 때문에 당했는가? 이것이라면 10년 형도 받을 만했으나, 그는 무사했다.) 그때 그가 어떤 병사에게 비합법적인 휴가를 준 것이 발각되었다. 게다가 자신도 트럭의 음주 운전으로 차를 크게 파손했다. 그래서 드디어 그에게는 10······ 일의 영창이 주어졌다. 위병은 부하 병사들 중에서 선발했는데, 부하들은 이 상관을 경애하여, 〈영창〉에서 마을로 놀러 나가게 했다. 이리하여 그 〈영창〉 정도라면 어떻게 참을 수 있었으나 정치부는 재판에 회부하겠다고 그를 위협했던 것이다! 꼬베르첸꼬한테 이 위협은 자극과 치욕이었다. 폭탄들을 땅속에 묻을 때는 〈이반, 당신이 필요하네!〉라고 말하더니 이번에는 쓰레기 같은 트럭 한 대를 망가뜨렸다고 형무소에 가라고 할 수 있는가? 그는 야간에 창문으로 탈주하여 드비나강으로 도망쳤다. 그곳에 친구가 모터보트를 감춰 두고 있는 것을 알았다. 그는 그것을 타고 도주했다.

그는 죄다 잊어버릴 정도로 취한 것은 아니었다. 지금 그는 정치부에서 받은 여러 가지 굴욕에 대해 모조리 복수하려고 생각했다. 그래서 리투아니아에서 보트를 버리고 리투아니아인에게로 가서 부탁했다. 「여러분, 나를 여러분의 유격대로 데려다 주시오! 자, 나를 받아 주시오. 절대로 폐가 되지는 않겠소. 우리는 놈들을 해치울 것이오!」 하지만 리투아니아인들은 그를 파견되어 온 자로 여겼다.

이반은 신용장을 옷 속에 꿰매 넣고 있었다. 그는 꾸반까지 가는 승차권을 샀으나 모스끄바에 가까이 왔을 때 식당차에서 아주 취했었다. 그래서 역 구내에서 밖으로 나온 그는 눈을 가늘게 뜨고 모스끄바 거리를 바라보며 택시 운전수에게 명했다. 「대사관으로 가세!」 「어느 대사관 말입니까?」 「아무 대사관이라도 괜찮아.」 그래서 운전수는 데려다주었다. 차가 멈추자 「여기는 어디인가?」 「프랑스 대사관입니다.」 「좋아.」

아마 그의 머리가 혼란해서 대사관으로 가려던 처음의 계획이 도중에서 바뀌었는지도 모른다. 하지만 그의 기민성과 체력은 조금도 쇠약하지 않았다. 그는 정문에 있는 경찰을 놀라게 하는 일 없이 옆길을 돌아서, 키의 두 배나 되는 미끄러운 담장을 가볍게 뛰어올랐다. 대사관 뜰 안에서는 아주 쉬웠다. 아무도 그의 모습을 발견하거나 제지하지 않았다. 그가 건물 안으로 들어가 첫 번째 방을 지나고 두 번째 방을 지날 때, 준비된 식탁이 눈에 띄었다. 식탁에는 온갖 음식이 놓여 있었으나, 가장 그를 감격시켰던 것은 배였다. 오랜만에 배가 먹고 싶어서, 그는 상의와 바지 호주머니에 배를 가득히 집어넣었다. 이때 사람들이 저녁을 먹으러 들어왔다. 「프랑스인 여러분!」 꼬베르첸꼬가 기선을 잡고 자기가 먼저 외쳤다. 그는 최근 1백 년 동안 프랑스가 아무런 일도 하지 않았던 것이 화가 났다. 「당신들은 왜 혁명을 일으키지 않습니까? 왜 드골을 정권의 권좌에 앉히려고 합니까? 그리고 당신들은 우리에게 꾸반의 보리를 공급하라고 말합니까? 그것은 안 됩니다!」 「당신은 누구입니까? 어디서 왔지요?」 프랑스인들은 놀랐다. 좋은 생각이 떠오른 꼬베르첸꼬는 곧 위협적인 어조로 말했다. 「MGB의 소령이다.」 프랑스인들은 걱정이 되었다. 「그렇다

해도 당신은 여기에 침입할 수는 없어요. 그런데, 무슨 용건인가요?」「조용히 해! 당신들에게는 말할 수 없어!」꼬베르첸꼬는 이미 감추지 않고 마음속에서 외쳤다. 그는 그 후에도 잠시 대담하게 행동했으나, 옆방에서는 벌써 자기의 건으로 전화하고 있는 것을 알았다. 그는 정신을 차리고 물러서려고 했으나 호주머니에서 배가 흘러나오기 시작했다! 그리하여 굴욕적인 웃음소리가 뒤따랐다.

하지만 그는 체력이 있어서 대사관에서 잘 탈출했을 뿐만 아니라 더 멀리 도망칠 수 있었다. 다음 날 아침, 그는 모스끄바의 끼예프 역에서 눈을 떴다. (서우끄라이나에라도 가려고 했던가?) 여기서 곧 그는 체포되었다.

취조를 할 때 아바꾸모프가 직접 그를 구타했다. 등의 부르튼 자리가 팔뚝만큼 부풀어 올랐다. 물론 장관이 구타한 것은 그 배 건이나 프랑스인에 대한 비난 때문이 아니라 언제 어떤 자격으로 외국의 첩보 기관에 고용되었는가를 캐내기 위해서였다. 그리고 당연한 일이지만 그는 25년의 형을 받았다.

이런 이야기는 얼마든지 있지만, 다른 일반 차량과 같이 스똘리쁜 차량도 밤에는 조용해졌다. 밤에는 배급 생선도, 마시는 물도, 용변을 보는 일도 없다.

이렇게 되면 다른 일반 차량과 마찬가지로 조금도 시끄럽지 않고 단순한 차바퀴의 단조로운 소리만이 찻간에 가득하다. 이럴 때, 만일 호송병까지 통로에서 없어지면 남자 죄수들이 있는 제3 차량과 여자 죄수들이 있는 제4 차량 사이에 조용한 대화를 할 수 있다.

형무소에서의 여성과의 대화는 특별한 것이 있다. 만일 형법의 조항이나 형기에 대해서 하는 이야기라도 고상한 느낌이 있다.

어느 때는 이런 대화가 밤새도록 계속된 일이 있었다. 그것은 이런 상황이었다. 1950년 7월의 일이었다. 여자 죄수 찻간에는 단 한 사람의 젊은 여성밖에는 없었다. 그녀는 모스끄바에 사는 의사의 딸로, 제58조 10항으로 투옥되었다. 한편 남자 죄수 찻간에서는 소동이 일어났다. 호송대가 3개의 찻간의 죄수 전부를 2개의 찻간에 집어넣으려고 했다(한 찻간에 얼마나 집어넣었는지 상상할 수가 있다). 그리고 전혀 죄수답지 않은 한 범죄자가 들어왔다. 그 사나이는 무엇보다도 머리를 깎지 않았다. 깨끗이 웨이브가 진 밝은 금발, 진짜 〈곱슬머리〉가 품위 있는 큰 머리에 흐르고 있었다. 그는 젊고 당당한 체격에 영국군 군복을 입고 있었다. 호송하고 있는 측도 그에게는 공손하게 통로로 연행하고 있었다(그의 〈조서〉 봉투에 있는 지령을 보고, 호송대 자체도 조금 당황했다). 그리고 젊은 여성도 이것을 죄다 보고 있었다. 하지만 그는 그녀를 보지 못했다. (그래서 후에 얼마나 후회했을까!)

시끄러운 소음과 혼잡으로, 그녀는 이 사람 때문에 자기의 이웃 찻간이 특별히 제공된 것을 알았다. 그가 누구와도 접촉할 수 없다는 것은 분명했다. 그 때문에 그녀는 이 사나이와 이야기하고 싶어졌다. 스똘리삔 차량에는 한 찻간에서 다른 찻간에 있는 사람의 얼굴은 서로 보지 못하지만, 조용할 때는 이야기를 할 수 있었다. 새벽이 되어 주위가 조용해지자 그녀는 쇠창살 앞의 벤치 끝에 앉아서, 조용히 그를 불렀다(혹시 처음에는 조용히 노래 불렀는지도 모른다. 어떤 일이라도 호송병은 그녀를 처벌하지 않으면 안 되었지만 그들도 잠들어 통로에는 아무도 없었다). 사나이는 그녀의 목소리를 듣고 상대가 가르쳐 주는 대로 고쳐 앉았다. 그들은 이제 3센티미터

두께의 한 장짜리 판자를 등으로 밀치면서 앉아 쇠창살 너머로 그 판자의 끝에서 작은 목소리로 말했다. 그들의 얼굴과 입술은 마치 키스라도 하듯 접근했으나 서로 닿기는커녕 볼 수조차 없었다.

에리크 아르비드 안데르센은 이미 꽤 러시아어를 잘 이해하고 있었다. 잘못 말하는 일도 많았지만 어쨌든 자기 생각을 상대방에게 전할 수 있었다. 그는 그녀에게 자기의 놀라운 이야기를 전했다(우리는 언젠가 이 이야기를 중계 형무소에서 듣게 될 것이다). 그녀도 그 사람에게 제58조 10항으로 투옥된 모스끄바 여학생의 단순한 이야기를 들려주었다. 하지만 아르비드로서는 흥미진진했다. 그는 소비에뜨 젊은이들에 대해, 소비에뜨 생활에 대해 여러 가지를 질문하고 이때까지 서방의 좌익계 신문이나 자기의 공식적인 방문에서 얻은 지식과는 전혀 다른 여러 가지 사실을 알게 되었다.

그들은 밤새도록 이야기했다. 그날 밤 아르비드로서는 모든 것이 한데 엉겼다 ── 외국에서는 진기한 호송 차량도 언제나 우리들의 가슴에 무엇인가 불러일으킨다. 노래와 같은 야간열차의 달리는 소리도, 젊은 여인의 선율적인 음성도, 그 속삭임도, 바로 귓전에서 들리는 숨소리도. 그것을 바로 귓가에서 들으면서 그녀를 한 번 볼 수도 없었다! (그는 1년 반 동안이나 여자의 목소리를 듣지 못했다.)

이 눈에 보이지 않는(아마도, 물론, 매우 예쁠 것이다) 아가씨를 만나고서야 처음으로 그는 진짜 러시아의 모습을 보게 되었다. 그리고 그 러시아의 목소리가 밤새도록 그에게 진실을 말해 주었다. 이리하여 비로소 한 나라를 알게 되는 것이다……. (아침이 되면, 그는 몸을 숨긴 안내인의 슬픈 속삭임을 들으면서 차창에서 러시아의 검은 초가지붕을 바라보게 될 것이다).

그렇다. 이 모든 것이 러시아인 것이다— 탄원을 단념하고 스똘리삔 차량으로 호송되어 가는 죄수들도, 찻간의 벽 저쪽에 있는 아가씨도, 조용히 잠든 호송대도, 호주머니에서 흘린 배도, 땅속에 파묻은 폭탄도, 2층으로 달려 올라간 말도.

◆

「헌병이다! 헌병이다!」 죄수들이 환호성을 질렀다. 이제부터는 호송대가 아니라 헌병이 그들을 호송하기 때문에 그들은 기뻐했다.

또 한 번 나는 인용 부호를 쓰는 것을 잊었다. 이것은 꼬롤렌꼬가 말하고 있는 것이다.[13] 물론 푸른 제모와 만나는 것은 우리에게 있어서 기쁜 일이 아니었다. 그러나 스똘리삔 차량에서 〈흔들이〉가 된 자는 푸른 제모를 만나는 일마저 기쁜 일이었다.

보통 승객이라면 작은 중간 역에서 〈승차〉하는 일은 어렵지만, 하차하는 것은 간단하다! 짐을 떨어뜨리고 자신도 그 후에 뛰어내리면 된다. 그러나 죄수의 경우만은 그렇지 않다. 만일 그 지방 형무소의 경비원이나 경찰관의 마중이 없거나 2분쯤 열차가 지연하게 되면, 이제는 글렀다! 열차가 출발하여 운이 나쁜 죄수를 다음 중계 형무소까지 실어 가버린다. 아니, 다음 중계 형무소까지라면 그래도 좋다— 거기에서는 식사도 제공하지 않는다. 그렇지 않으면 그 스똘리삔 차량의 종점까지 가서 그 빈 차량에서 18시간이나 혼자 구류되고, 새로운 죄수 집단과 함께 반대 방향으로, 거꾸로 실려 간다. 여기서도 자칫하면 또 마중 나오지 않을 수가 있다. 그렇게 되

13 V. G. 꼬롤렌꼬『우리 동시대인의 이야기』, 제3권(모스끄바, 1955), p. 166.

면 또 막다른 길에서 차량과 함께 들어가 구류를 당하게 된다. 그러는 동안은 〈식사를 제공하지 않는다!〉 당신의 식량은 최초에 내려야 할 역까지밖에 준비되지 않았다. 인수할 형무소의 잘못에 대해서 그 경리부는 책임이 없다. 어쨌든 당신은 지금 뚤룬 수용소에 있는 것으로 되어 있다. 호송대도 자기의 빵으로 당신을 부양할 의무는 없다. 이리하여 그들은 흔들이처럼 〈여섯 번이나〉 왕복하게 된다. (실제 있었던 일이다!) 이르꾸쯔끄에서 끄라스노야르스끄로, 끄라스노야르스끄에서 이르꾸쯔끄로, 이르꾸쯔끄에서 끄라스노야르스끄로, 겨우 뚤룬 역의 플랫폼에서 푸른 제모를 발견하고 당신은 상대의 목을 껴안을 정도로 기뻐하게 되었다. 고마워요! 저를 살려 주셨습니다!

스똘리삔 차량으로 이틀이 지나면 너무나 피곤이 심해져서 전신이 마비되어 오니까 큰 도시가 가까워지면 좀 더 참아서 빨리 목적지로 도착하는 편이 나은지, 아니면 중계 형무소에서 잠시 쉬었다 가는 것이 좋은지 잘 알지 못한다.

그런데 호송대가 일어나 뛰어온다. 외투를 입고 나타나 총개머리판으로 마루를 두들긴다. 이것은 차량에 있는 전원이 하차하라는 신호다.

처음에 호송병들은 각 차량의 승강구 층계에 원형으로 서지만 당신이 그 층계에서 굴러떨어져서 쓰러지자, 호송병들이 일제히 큰 소리로 사방에서 고함을 지른다(이렇게 훈련된 것이다). 「앉아! 앉아!」 몇 사람이 큰 소리로 동시에 고함을 치는 것은 아주 효과적이다. 당신은 머리를 들지 못하게 된다. 당신은 뜻밖에도 가까이에 포탄이라도 작열한 듯이 몸을 움츠리고 재빨리(그래, 어디로 서두를 필요가 있는가?) 땅으로 기어가듯이 먼저 내린 사람을 따라서 앉는다.

「앉아!」아주 분명한 명령이나, 만일 당신이 신참 죄수라면 이내 이해하지 못할 것이다. 이바노보의 전환선에서 나는 이 명령을 듣고 트렁크를 두 손으로 껴안고(만일 트렁크가 수용소에서가 아니라 사회에서 제조된 것이라면 손잡이가 언제나 떨어져 버릴 것이다. 그것도 언제나 긴박할 때에) 달려가 먼저 와 앉은 사람을 살피지도 않고 트렁크를 지면에 세우고 그 위에 앉았다. 나는 아직도 더럽혀지지 않은 장교 외투를 입고 있었으며 그 외투는 아직 옷자락도 떨어지지 않아서 나는 그 외투를 입은 채 침목 위에나 검은 기름으로 더러워진 모래 위에 앉을 생각이 없었다! 호송대장은 혈색이 좋은 사나이로서 전형적으로 통통한 러시아인의 얼굴이었으며, 달려와서는 내가 아직도 일어서 있어서인지 무엇 때문인지, 자기의 신성한 장화로 나의 꼴사나운 등을 차려고 했으나, 반짝이는 구두코로 트렁크를 차서 뚜껑에 구멍을 내버렸다. 「앉아!」그는 되풀이했다. 그래서 나는 비로소 내가 주위 사람들 속에서 탑처럼 솟아 있는 것을 느꼈다. 그래서 〈어떻게 앉는가?〉 하고 묻기 전에 나 스스로 깨닫고 소중하게 하고 있던 외투를 입은 채 남들처럼 대문 앞의 강아지나 문가의 고양이가 앉듯이 땅바닥에 앉았다.

(이 트렁크를 나는 줄곧 가지고 있었다. 나는 지금도 이따금 그 뚜껑에 보이는 구멍을 손가락으로 만져 본다. 그 자국은 육체나 마음에 받은 상처와 같이 결코 지워지지 않았다. 물건은 우리들보다 기억력이 좋다.)

이 땅바닥에 앉게 하는 방법은 역시 잘 생각한 일이었다. 무릎이 앞으로 세워지고 지면에 엉덩이를 붙이고 앉으면 중심이 뒤로 와서 이내 일어서기 어렵고 뛰어오르기는 전혀 불가능했다. 그리고 우리들이 서로에게 방해가 되도록, 될 수 있

323

는 대로 간격을 좁혀서 앉히는 것이다. 우리들이 일제히 호송대한테 덤벼들려면 이쪽에서 웅성대며 움직이기 전에 전부 사살되고 말 것이다.

호송차를 기다리기 위하여(호송차는 한 번에 전원을 운송할 수 없으니까 몇 개 조로 나누어 호송한다), 또는 도보 호송을 위하여 죄수들을 앉혀 놓는 것이다. 사회 사람들의 눈에 띄지 않게 보이지 않는 장소에 앉힌다. 하지만 때로는 꼴사납게 직접 플랫폼이나 광장에 앉히기도 한다(꾸이비셰프에서는 그렇게 했다). 그렇게 되면 이번에는 사회 사람들한테 하나의 시련이 된다 ── 우리들은 그들을 자유롭게 전혀 주저 없이 바라볼 수 있지만, 그들은 우리의 모습을 어떻게 바라볼 것인가? 증오심을 가질까? ── 그것은 양심이 허락하지 않는다[사람이 투옥되고 있는데 〈무슨 죄〉가 있었다고 실제로 믿는 것은 예르밀로프(소비에뜨의 문예 비평가)적인 인간 정도이다]. 동정하는가? 가련하게 여기는가? 그러면 이름이 적히게 되는가? 아니, 형을 더 받을 수도 있다. 그것은 간단한 노릇이다. 그리하여 우리 나라의 자랑스러운 시민들은 (마야꼬프스끼의 시 한 구절 ── 〈읽어라, 부러워하라, 나는 시민이다〉) 그 죄 많은 얼굴을 숙이고, 그곳이 마치 비어 있는 공간인 양 우리를 보지도 않고 지나가 버리려고 노력한다. 남보다 대담하게 행동하려는 것은 노파들이었다. 이미 노파들을 타락시킬 수는 없다. 그들은 신까지 믿고 있으니까. 벽돌처럼 딱딱한 빵을 찢어서 노파들은 우리들에게 그것을 던져 준다. 그리고 두려움을 모르는 것은 수용소에 있다가 나온 사람들 ── 물론 정치범이 아닌 사람들 ── 이다. 그들은 〈이때까지 들어오지 않았던 자는 언젠가 들어오며, 들어왔던 자는 결코 잊지 못한다〉라는 속담을 알고 있다. 그리하여 담배 한 갑을 던져 보낸다. 노파가 던진 빵은 힘이 약하기 때문에 상대방까지 닿지 못하고 땅바닥에 떨어져 버린다. 담배는 공중에서 일회전하여 죄수들 속으로 사라진다. 호송병들은 재빨리 총의 노리쇠를 당기며 고함지른다. 노파에 대하여, 그 선행에 대하여, 그 한 조각의 빵에 대하여. 「이봐요, 할멈, 빨리 가요!」

그리하여 찢어진 신성한 빵은 우리들이 쫓겨 갈 때까지 먼지 속에 남아 있었다.

통상 역에서 땅바닥에 앉아 있는 이런 때는 우리한테 아주 귀중한 시간의 하나다. 옴스끄에서 우리는 2개의 기다란 화물 열차 사이의 침목 위에 앉게 된 적이 있었다. 그곳에는 아무도 들어오지 않았다(아마 그 양쪽에 병사 1명씩 보초를 서서, 〈출입 금지!〉였을 것이다. 우리 나라에서는 사회에서도 군복을 입은 자들에게 복종하도록 교육시켰다). 저녁 무렵이었다. 8월의 일이었다. 역 구내의 기름에 전 자갈은 낮의 열기가 아직 식지 않아서 우리의 엉덩이를 따뜻하게 했다. 역 건물은 보이지 않았으나, 어딘가 열차 가까이에 있는 것을 느낄 수 있었다. 어디에선가 전축에서 신나는 음악이 흘러나와 군중의 소음과 뒤섞였다. 그리고 어쩐 일인지 이런 장소에서 자기들이 더러운 덩어리가 되어 땅바닥에 앉아 있는 것도 굴욕스럽게 느껴지지 않았다. 자기들과는 상관이 없는 젊은이들이 춤추고, 우리들은 다시는 춤출 수 없을 것 같은 댄스곡을 들어도 비웃는 듯이 들려지지 않았다. 아니, 플랫폼에서는 사람들이 마중하거나 전송할 것이며, 자칫하면 꽃다발을 안고 있는 사람도 있을지 모른다고 상상하고도 별로 굴욕을 느끼지 않았다. 그것은 거의 자유롭다고 할 수 있는 20분간이었다. 주위에는 점점 땅거미가 짙어 가고 있었다. 하늘에는 첫 번째 별이 반짝이기 시작하고 선로에는 붉고 푸른 신호등이 켜졌다.

음악 소리가 들려왔다. 생활은 우리가 없어도 여전히 계속되고 있는 것이다. 이렇게 생각하고도 여전히 화가 나지 않았다.

이러한 시간이 좋아지면 형무소에서 지내는 일도 훨씬 쉬워진다. 그렇지 않으면 화가 나서 미쳐 버릴 것이다.

바로 옆에 도로가 있어서 사람들이 있기 때문에 호송차까지 죄수들을 몰고 가는 데 위험하다면 호송 규칙에 이런 근사한 명령까지 있다. 〈팔짱을 껴라!〉 이 명령에는 아무런 굴욕적인 것이 없었다. 그저 팔짱을 끼면 된다! 노인과 소년, 아가씨와 노파, 건강한 사람과 병신. 만일 한 손에 짐을 들었다면, 옆 사람이 자기의 팔로 휘감는다. 당신은 비어 있는 한 손으로 옆 사람의 팔을 잡으면 된다. 그리하여 당신들은 보통 대열의 반쯤으로 압축된다. 당신들은 곧 손발을 움직이는 것이 둔해지고, 그 짐의 무게가 거추장스러워 모두가 절룩거리게 되고, 좌우로 휘청거리게 된다. 더럽고, 잿빛의 꼴사나운 인간들이 마치 맹인들처럼 서로 그럴싸한 애정으로 모여서 비틀비틀 걸어가는 것이다 — 이것이야말로 인간에 대한 풍자화가 아닌가!

호송차가 간혹 없을 수도 있다. 혹시 호송대장이 겁쟁이여서 형무소에 도착하기 전에 누군가 도망치지는 않을까 걱정하는 경우도 있다. 그럴 경우에는 손발을 움직이기 둔한 당신들이 짐에 부딪치면서 거리에서 형무소까지 비트적거리며 가야 했다.

또 하나의 명령이 있다. 〈발뒤꿈치를 잡아라!〉 — 이것은 이미 거위의 캐리커처가 아닌가. 이것은 손이 비어 있으면, 자기의 발뒤꿈치를 잡으라는 의미다. 그래서 잡으면 이번에는 〈앞으로가!〉 한다(그래, 독자도 한번 책을 옆에 놓고 방에서 그런 모양으로 걸어 보라! 그럼 어떨까? 어떤 속도일까? 자기 주위에서 무엇이 보일까? 어떻게 도망칠 수 있을까?). 이런 거위들이 30~40마리가 걸어가는 광경을 상상할 수 있겠는가 (끼예프, 1940년)?

거리는 반드시 8월이 아닐 수도 있다. 1946년의 12월일 수도 있다. 당신들을 호송차가 아니라 도보로 영하 40도의 혹한 속에서 뻬뜨로빠블로프스끄 중계 형무소로 가고 있었다. 도시로 가까이 가고 있는 몇 시간 동안에 더럽히지 않기 위하여 스똘리삔 차량의 호송대가 당신들에게 용변을 시키지 않았던 것이 쉽게 상상이 갈 것이다. 취조에 의해 지치고, 지금도 또 혹한에 시달려 당신들은 이제 참을 수 없는 상태다. 특히 여성들은. 말은 멈춰 서서 다리를 벌리지 않으면 안 되고, 개는 울타리 곁에 가서 한쪽 다리를 벌리지 않으면 안 되지만, 당신들 인간은 걸어가면서도 할 수 있다. 자기 조국에서 누구한테 저주할 수 있겠는가? 중계 형무소에서는 말라 버리는 것이다……. 베라 꼬르네예바는 신발을 고쳐 신기 위해서 등을 구부려 한발 늦췄다. 호송병이 재빨리 경비견을 부추겨 덤벼들게 했다. 개는 겨울의 두꺼운 옷을 뚫고 그녀의 엉덩이를 물었다. 늦지 마라! 그때 우즈베끄인 한 사람이 쓰러졌다. 그러자 호송병이 총 개머리판과 장화로 상대방을 매질했다.

이런 것도 별로 비극은 아니다. 『데일리 익스프레스』에 의해 촬영되지도 않는다. 그리고 호송대장은 죽기 전까지 절대로, 아무한테도 재판에 회부되지는 않는다.

◆

〈호송차〉도 역사의 산물이다. 발자크가 묘사한 형무소의 유개 마차는 호송차와 어디가 다른가? 다만 속도가 다르고, 그렇게 많은 사람을 실을 수 없을 뿐이다.

사실 1920년대에는 아직 죄수들이 대열을 짓고 시중에서 걷게 했다. 아니, 레닌그라뜨에서도 그랬다. 교차점에서는 교통의 방해가 되었다. (「훔쳐서 벌 받았군!」하면서 보도에서 질책했다. 당시는 거대한 운하 계획을 아무도 모르고 있었다…….)

그러나 기술적인 진보에 민감한 군도는 재빨리 〈검은 까마귀〉, 좀 좋게 불러서 〈까마귀〉를 채용했다. 우리 나라 도시의 길이 아직 자갈로 포장되어 있었던 시대에 최초의 트럭과 함께 최초의 까마귀(호송차)도 출현하였다. 당시는 완충기가 좋지 않아서 심하게 흔들렸다. 하지만 죄수들도 수정과 같이 연약한 사람들은 아니었다. 그 대신 당시에도, 즉 1927년에는 틈새 하나 없고 안에는 전구도 없었으며 숨도 새어 나가지 않고 밖에서 들여다볼 수도 없었다. 이미 당시에도 호송차 속에는 죄수들을 서 있는 상태로 콩나물시루처럼 실었다. 그것은 고의로 고안된 것이 아니라, 단지 그 대수가 부족했던 것이다.

오랫동안 그 호송차는 잿빛 강철제였으며, 보기에 형무소의 것임을 알 수 있었다. 그러나 전후에 대도시에서는 당국의 고려로 바깥을 밝은색으로 다시 칠하고 다음과 같은 글을 썼다. 〈빵〉(죄수들은 실제 건설 현장의 빵이었다). 〈고기〉(〈뼈〉라고 하면 더 어울릴 것이다). 혹은 이런 경우도 있었다. 〈소비에뜨산 샴페인을 마시자!〉

호송차의 내부는 단순하게 장갑된 상자에 불과하고 빈 가죽 축사와 같았다. 주위의 벽에 벤치가 있는 호송차도 있다. 이것은 조금도 편리한 것이 못 되며 좋지 않았다. 어쨌든 서 있을 때와 같은 인원수를 싣고, 사람을 짐짝처럼 차곡차곡 쌓아 올리기 때문이다. 뒤쪽에 〈박스〉, 즉 1인용의 좁은 강철제 상자가 있는 호송차도 있다. 또 전부가 〈박스로 나눠져 있는〉 것도 있다. 그것은 좌우에 1인용 상자가 나란히 있고 그 어느 쪽에서도 감방처럼, 열쇠로 잠글 수 있도록 되어 있고, 교도관 용의 통로도 있었다.

호송차 바깥에서는 샴페인 글라스를 한 손에 들고, 〈소비에 뜨산 샴페인을 마시자!〉라는 글과 함께, 방긋 웃는 미녀의 그림을 바라보면 내부가 벌집처럼 복잡한 구조로 되었다는 것을 상상할 수 없다.

당신들이 호송차를 탈 때 언제나 사방에서 「자! 자! 빨리!」하는 호송병들의 성난 목소리가 재촉한다. 주위를 두리번거리거나 도망칠 생각의 틈을 주지 않도록 당신들은 발로 차이면서 안으로 들어가게 된다. 그 좁은 입구에서 짐 가방을 가진 당신은 서성거리며 문에 머리를 부딪친다. 겨우 뒤쪽 강철제의 문을 닫고 ── 자, 떠납시다!

물론 호송차로 몇 시간을 호송하는 일은 드물며 보통 30분에서 40분 정도다. 그러나 30분이라도 심하게 흔들리고 나면 뼈가 쑤시고 온몸이 녹초가 된다. 그중에서도 가장 기억에 남는 것은 무엇보다도 형사범들과의 대면이다. 어쩌면 당신은 스똘리삔 찻간에서도 그들과 만나지 못할지 모른다. 아니, 중계 형무소의 감방에서도 만나지 못할지도 모른다. 그러나 그 호송차 속에서는 당신도 그들의 먹이가 되어 버리는 것이다.

때로는 그것이 너무나 좁아서 도적들도 〈좀도둑질〉을 하기가 불편할 정도이다. 당신의 손발은 옆 사람이나 짐 가방에 끼어서 마치 족쇄를 채운 듯하다. 그리고 도로가 파인 곳에서 내장이 뒤집히듯이 심하게 차가 흔들렸을 때만 자기의 손발의 위치를 바꿀 수가 있다.

때로는 좀 느슨해질 때도 있다. 그럴 때는 도적들이 30분 안에 전원의 짐 가방의 내용을 조사하여 〈맛있을 것 같은 음식과 좋아 보이는 물품〉 중에서 제일 좋은 것을 빼앗는다. 당신들은 겁이 많고 분별이 있으니까 그들과 싸움을 피하려고 한다(여하튼 주요한 적과 중요한 싸움은 이제부터니까 체력을 비축하지 않으면 안 된다고 생각하여 자기의 불멸의 혼을 조금씩 소모하고 있다). 아니, 자칫하면 당신이 상대방에 주먹 한 대를 갈길지 모르지만, 순간에, 늑골 사이에 칼 세례를 받는 것이다(취조 따위도 없을 것이다. 설사 있다 하더라도 형사범한테는 위협이 되지 않는다. 먼 수용소로 보내지는 것이 아니라, 중계 형무소에서 〈지연될〉 뿐이다. 사회적 협력 분자와 사회적 이질 분자가 대결하면 국가로서는 후자의 편에 설 수는 없는 것이다).

1946년에 소비에뜨 연방 국방 비행 화학 건설 후원회의 고위급 인사였던 퇴역 대령인 루닌이 부띠르끼 형무소에서 이야기했던 것인데, 그가 타고 있던 모스77바의 호송차 속에서 3월 8일 — 국제 여성의 날 — 에 시 재판소에서 따간까 형무소까지 가는 사이에 도적들이 젊은 신부를 차례로 강간했다(호송차 안에 있던 다른 사람들은 말없이 아무런 행동도 하지 않았다). 그 여자는 그날 아침에 여느 때보다 예쁘게 단장하고 자유로운 인간으로서 재판소로 가는 길이었다(그녀는 직장에서 임의로 조퇴한 죄목으로 재판에 회부되었다. 그 내력은 그녀의 상사가 그녀와 동거하자고 한 제안을 거절했던 보복이었다). 그녀는 그 호송차에 들어오기 30분 전에 〈법령〉에 의해 5년의 형이 선고되고 그 직후에 사보또예 순환 도로에서 대낮에 버젓이 (〈소비에뜨산 샴페인을 마시자!〉) 차 안에서 수용소의 창녀가 되어 버렸다. 그것이 오롯이 형사범의 짓인가? 형무소 당국의 짓은 아닌가? 그녀의 그 상사의 짓은 아닌가?

형사범은 무정했다! 그들은 강간한 여인으로부터 그 자리에서 강도짓을 했다. 그녀는 재판관에게 잘 보이기 위해서 신고 있던 신식 구두도, 블라우스도 벗어 주었고 도둑들은 그것을 호송대에게 주었다. 호송대는 호송차를 멈추고 보드까를 사 와서 그것을 안으로 넣어 주었다. 이리하여 형사범들은 그녀의 덕분에 보드까까지 마셨다.

따간까 형무소에 도착했을 때 여인은 눈물에 젖어 호소했다. 그곳 장교는 이야기를 듣고 나서 하품을 하며 말했다. 「국가는 당신들 개개인을 위해 차를 따로 낼 수가 없소. 우리는 그런 여유가 없소.」

그렇다, 호송차란 군도의 〈좁은 통로〉인 것이다. 스똘리삔 차량으로 정치범과 형사범을 구별할 수 없다면 호송차에서도 남성과 여성을 구별한다는 것은 무리다. 이런 상태라면 도적들이 형무소에서 형무소로 옮기는 사이에 〈충실한 생활〉을 보내지 않을 수가 없지 않는가?

그래, 만일 도적들만 없었다면 호송차 안에서의 여성들과의 짧은 시간의 이 만남이 고마울 것이다! 대개 형무소 생활을 보내고 있을 때 이 이외의 장소에서 여성을 바라보며 그 목소리를 듣고 그녀들과 접촉할 수 있을 곳이 있겠는가?

1950년의 어느 날 우리는 부띠르끼 형무소에서 역까지 아주 넉넉한 호송차로 운송된 적이 있었다. 그 벤치가 있는 호송차에는 14명밖에 타고 있지 않았다. 모두 벤치에 앉았다. 그때 느닷없이 한 여성이 마지막으로 타게 되었다. 그녀는 제일 뒷문 곁에 움츠리고 앉았다. 어쩐지 처음에는 경계하는 눈치였다. 어두운 상자 속에는 14명의 남자가 있었는데 아무런 보호도 없었으니까. 그러나 몇 마디를 주고받고는 거기에 있는 모두가 자기편이며 모두 같은 〈제58조〉라는 것이 판명되었다.

그녀는 자기소개를 했다. 레삐나라고 말하고 대령의 부인이며 남편을 따라 투옥되었다고 했다. 갑자기 여태까지 거의 말이 없던 아주 젊고 가냘픈, 보기에는 소위 정도로밖에 보이지 않던 군인이 그녀에게 물었다. 「저, 실례합니다. 당신은 혹시 안또나 I.와 함께 체포되지 않았습니까?」 「뭐라고요? 당신이 그녀의 남편이세요? 올레끄인가요?」 「그렇습니다!」 「I. 중령이시군요? 프룬제 육군 대학의?」 「그렇습니다!」

이 〈그렇습니다!〉는 한마디! 그것은 목구멍에서 겨우 소리를 짜냈다는 느낌이었다. 거기에는 기쁨보다는 두려움이 엿보였다. 그는 레뻬나 곁으로 자리를 옮겼다. 뒤에 있는 2개의 문의 작은 창살문을 통하여 여름날의 희미한 빛이 스며들어 호송차의 움직임에 따라서 그 여성과 중령의 얼굴에 어른거렸다. 「저는 취조를 받는 넉 달 동안, 그녀와 같은 감방에 있었어요.」 「제 아내는 지금 어디에 있습니까?」 「그동안 그녀는 줄곧 당신에 대한 생각만 하고 있었어요! 자신의 몸보다도 당신에 대한 걱정만 했답니다. 처음에는 당신이 체포되지 않도록, 그 후에는 당신이 재판에서 가벼운 형을 받도록, 그 걱정뿐이었어요.」 「그래, 지금은 어떻게 하고 있습니까?」 「당신이 체포된 것이 자기 탓이라며, 그렇게 괴로워하기만 했어요!」 「제 아내는 지금 어디에 있습니까?」 「제발 침착하세요.」 레뻬나는 마치 그가 자기의 친척이라도 되듯이, 손을 그의 가슴에 댔다. 「그녀는 그러한 고통을 견딜 수 없었어요. 결국 우리 감방에서 끌려 나갔지요. 그녀는 조금…… 정신이 이상해졌어요. 아시겠어요?」

그리고 강철 철관에 둘러싸인 이 조그마한 폭풍을 담은 상자가 신호등 앞에 멈추며 좌우로 꺾이면서 6차선의 자동차 흐름 속을 조용히 움직이고 있었다.

이 올레끄 I.와 나는 부띠르끼 형무소에서 비로소 알게 되

었을 뿐이었다. 그것은 다음과 같은 내력이 있었다. 우리들은
역의 복도에 모여서, 그곳 수하물 보관소에서 각자의 짐을 옮
겨왔다. 나와 그는 동시에 문 있는 곳으로 불려 갔다. 열려 있
는 문 맞은편 복도에서 잿빛 가운을 입은 여자 교도관이 그의
트렁크 속을 헤집고 있는 동안에 속에서 중령의 금빛 견장 하
나가 마루에 떨어졌다. 그따위 것을 왜 여태껏 갖고 다니는지
몰랐다. 그녀는 모르고 우연히 발로 그 견장의 큰 별을 짓밟
았다.

그녀는 마치 영화의 한 장면처럼 그것을 신발 끝으로 밟고
있었다.

나는 그에게 말했다. 「저기 보시죠, 중령 동지!」

I.는 화냈다. 결국 그는 아직도 자신의 자랑스러운 복무를
생각하고 있었던 것이다.

그런데 이번에는 — 그의 아내에 관한 이야기였다.

이러한 것을 그는 모두 불과 1시간 동안에 체험하지 않을
수 없었다.

제2장
군도의 항구

커다란 탁자 위에 우리 조국의 넓은 지도를 펼쳐 놓기 바란다. 그리고 모든 지방 도시, 모든 철도 교차점, 그리고 철도가 끊어지거나 강이 시작되거나 혹은 강이 방향을 바꾸거나 모랫길이 시작되는 모든 전환점에 사인펜으로 검은 점을 표시해 보기 바란다. 이것은 무엇일까? 지도 전체가 온통 파리똥으로 뒤덮여 있는 것 같지만, 바로 이것이 다름 아닌 군도의 항구 분포도인 것이다. 이것은 물론 알렉산드르 그린이 우리를 매혹시켰던 그 환상적인 항구는 아니다. 그리고 또 주막에서 럼주를 마시거나 미녀들하고 사랑을 주고받는 그런 로맨틱한 항구도 아니다. 게다가 여기에는 푸른 바다도 없다. 그러나 그 밖의 모든 항구스러운 낭만성 — 진흙, 시끄러운 벌레소리, 혼잡한 분위기, 여러 외국어, 주먹다짐 — 은 여기에도 곁다리로 남아 있다.

3개 내지 5개의 중계 형무소를 거치지 않은 죄수는 거의 없다. 대부분의 죄수는 10개 정도는 다 기억하고 〈군도의 아들들〉이라면 50개까지도 무난히 댈 수 있다. 그러나 중계 형무소는 어디를 막론하고 대동소이하기 때문에 그들의 기억은 자주 혼동을 일으킨다 — 무식한 호송병, 〈조서〉에 의해서 바보처럼 짖어 대는 호령 소리, 뙤약볕 아래서 혹은 늦가을의 추위 속에 기다려야 하는 조바심, 옷을 벗기며 검사하는 장시간의 〈몸수색〉, 제멋대로 깎아 주는 더러운 이발, 춥고 끈적끈적한 목욕탕, 악취가 코를 찌르는 오물통, 썩은 냄새를 풍기는 복도, 언제나 비좁고 무더운 그리고 거의 언제나 어둡고 축축한 감방, 마룻바닥이나 판자 침상 위 양쪽에서 느껴지는 사람 몸의 온기, 널판자로 만든 목침, 축축하고 흐느적거리는 빵, 여물로 끓여 만든 듯한 죽.

그러나 기억력이 좋아서 하나하나를 분명히 상기해 낼 수 있는 사람이라면, 이제 와서 전국을 여행할 필요라곤 없다. 중계 형무소를 전전하는 사이에 모든 지리를 잘 익혀 두었을 테니까. 노보시비르스끄? 물론 알죠. 나도 거기에 있었는걸요. 두툼한 통나무로 만든 견고한 막사들이 있었습니다. 이르꾸쯔끄? 거기에는 몇 겹으로 벽돌을 쌓아 올려 창문을 막아 버렸더군요. 어떤 것은 제정 시대에 쌓아 올린 것 같기도 하고. 그 쌓아 올린 방법들이 다 달라요. 어떤 데는 통풍구도 남아 있었어요. 볼로그다요? 네, 탑들이 있는 옛날 건물이지요. 변소 위에 공간을 두고 다시 변소가 있는데 나무들이 썩어서 아래로 오물이 흘러내리더군요. 우스만? 물론 알고말고요. 악취가 심하고 이가 들끓는 형무소인데 둥근 지붕이 있는 옛날식 건물이었습니다. 언제나 죄수로 가득했지요. 그래서 죄수를 이동시킬 때면 저 많은 죄수들이 어떻게 거기에 다 수용되어 있었는지 믿어지지 않을 정도였습니다. 도시의 반이 죄수의 대열로 메워지곤 했으니까요.

이런 박식가를 만나면 모욕을 주지 말기 바란다. 그리고 중계 형무소가 없는 도시를 안다고 그에게 아는 체하지 말기를 바란다. 그는 그런 도시가 하나도 없다는 것을 정확히 당신에게 입증해 줄 것이고 또 그 말은 옳을 것이다. 살스끄? 거기서는 이송되어 오는 죄수를 미결 구류 감방에 취조 중의 죄수들과 함께 잡아 두곤 했다. 따라서 모든 구 중심지에는 반드시 중계 형무소가 있게 마련이다. 솔-일레쯔끄에는? 물론 거기에도 중계 형무소는 있었다! 리빈스끄에는? 옛날 수도원 건물에 2호 형무소가 있었다. 오, 죽은 듯이 고요한 수도원, 텅빈 거대한 안뜰, 이끼 낀 낡은 주춧돌, 목욕탕에 있는 정결한 나무 물통. 치따에는? 1호 형무소가 있었다. 나우시끼에는? 거기에는 형무소가 아니라 중계 수용소가 있었으나 결국 형무소와 다를 것이 없다. 또르조끄에는? 산마루 위 수도원 속에 역시 형무소가 있었다.

그렇다. 정다운 독자 여러분, 형무소가 없이는 도시가 존재할 수 없다는 것을 이해해 주기 바란다! 재판소 역시 도처에서 기능을 발휘하고 있다! 그렇지 않고서야 수용소로 운반할 죄수들이 어디서 나오겠는가? 하늘에서 떨어지겠나?

물론, 중계 형무소가 다 똑같다는 것은 아니다. 그러나 어느 곳이 낫고 어느 곳이 나쁘다고 결론을 내릴 수는 없다. 네댓 명의 죄수들이 모이면 반드시 각자 〈자기〉 형무소 자랑을 늘어놓게 마련이다.

「이바노보 중계 형무소는 그다지 이름난 축에 못 든다 하더라도 1937년과 1938년 겨울에 거기 들어가 있던 사람에게 물어보시오. 형무소에 불을 때지 않아서 죄수들은 모두 꽁꽁 얼고 맨 위 나무 침상에 있던 사람들은 벌거벗은 채 누워 있었습니다. 그들은 죄수들이 질식하지 않게 하려고 창문의 유리란 유리는 모두 부숴 버렸지요. 20명의 수용 능력밖에 없는 21호 감방에 글쎄 323명이나 처넣었으니 말입니다! 판자 침상 밑에는 물이 괴어 있었는데 판자까지 물에 잠겨 있어서 죄수들은 물에 잠긴 판자 위에 누워 있어야 했습니다. 그리고 깨진 창문에서는 살을 에는 찬바람이 휘몰아치고 판자 밑에는 그야말로 북극의 밤과 다름없었습니다. 게다가 빛이라고는 한줄기도 없었습니다. 판자 위에 누워 있는 사람, 판자 사이에 서 있는 사람들이 모든 빛을 차단하기 때문입니다. 용변을 보러 갈 때도 통로가 막혀 있어서 판자 가장자리를 따라 기어가야만 했습니다. 식량도 한 사람씩 나누어 주지 않고 10명 단위로 지급하는 겁니다. 10명 중에 어느 한 사람이 죽으면 그 죽은 사람을 나무 침상 밑에 밀어 넣고 그대로 놔둡니다. 시체 썩는 냄새가 코를 찌를 때조차 그랬습니다. 그렇게 함으로써 죽은 사람 앞으로 나오는 식량 배급을 타 먹을 수 있었으니까요. 그러나 그것까지도 참을 수는 있었지만 이 감방에서 저 감방으로 교도관 녀석들이 자꾸 몰아내는 데는 정말 죽을 지경이더군요. 그 비좁은 감방에 쑤셔 넣기가 무섭게 ─ 〈기상! 다른 감방으로 이동한다!〉 이러는 겁니다. 그다음에는 다시 또 자리를 잡아야 합니다. 정말이지 거기에는 어찌나 수감자들이 많았던지 석 달 동안 목욕도 못했습니다. 이가 들끓고, 또 이 때문에 다리에 종기가 생기고 티푸스가 만연했습니다. 게다가 그 티푸스로 말미암아 교통이 차단되어 넉 달 동안이나 죄수 이동도 없었고요.」

「하지만 여보게, 그것은 이바노보 형무소에만 있었던 일은 아니야. 사실, 1937년과 1938년에는 죄수들뿐만 아니라 형무소의 돌멩이까지도 신음을 했을 정도니까. 이르꾸쯔끄 역시 그다지 특별한 형무소는 아니었지만 1938년에는 의사들이 감방을 들여다볼 엄두도 못 내고 그저 복도를 따라 걸어다닐 뿐이었어. 그 대신 교도관이 문에다 외쳐 대는 거야 ─ 〈의식이 없는 자들은 이리 나와라!〉」

「1937년에는 시베리아를 거쳐 꼴리마로 계속 죄수 행렬이 연달아 오호쯔끄해와 블라지보스또끄로 밀려들었지. 꼴리마로 오는 배들은 한 달에 3만 명을 실어 나를 능력밖에 없는데 모스끄바에서는 사람 수도 세지 않고 계속 내몰았기 때문에 10만 명이나 모여들었다지 뭔가?」

「아니, 누가 그걸 세 봤나?」

「세 봐야 할 사람들이 셌을 테지.」

「블라지보스또끄의 중계 형무소에만도 1937년 2월에 4만 명가량의 죄수들이 있었지요.」

「맞아요. 몇 달씩 거기에 잡아 두곤 했답니다. 빈대가 메뚜기 떼처럼 판자 침상을 기어다니고! 물은 하루에 반 컵! 물도 없었고 길어 올 사람도 없었습니다! 거기에는 한국인들만 있는 구역이 있었는데 모두 이질로 죽고 말았어요. 마지막 한 사람까지 모두! 우리 구역에서는 아침마다 1백 명의 시체가 실려 나갔습니다. 시체 안치소가 만들어지자 죄수들이 돌처럼 굳은 시체를 수레로 나르곤 했죠. 오늘 동료의 시체를 나른 사람이 내일은 자기가 동료들에게 실려 나가는 실정이었습니다. 그리고 가을에는 티푸스까지 만연했답니다. 우리도 시체에서 썩은 냄새가 풍길 때까지 시체를 내주지 않았습니다 — 그 사람의 식량 배급을 타기 위해서죠. 약이라고는 구경할 수도 없었습니다. 약 좀 달라고 본부 구역으로 기어가면 망루에서 총을 쏴 대는 겁니다. 얼마 후 티푸스 환자들만 다른 막사에 수용했습니다. 티푸스 환자를 다 수용할 수도 없었지만 그나마 거기서 살아 나온 사람도 거의 없었어요. 거기에는 침상이 2층으로 만들어져 있었는데 2층에 누워 있는 환자는 용변을 보러 기어 내려올 기력도 없어서 밑의 침상으로 오물을 흘릴 수밖에요! 거기에는 150명의 환자들이 누워 있었습니다.

그런데 위생병들도 모두 도둑놈들입니다. 시체에서 금니를 뽑아내는 게 그놈들의 일이었으니까요. 심지어 아직 살아 있는 사람들한테도 그런 짓을 태연히 해치우더라니까요.」

「아니, 왜 자꾸 1937년, 1938년 하고 야단들이오? 1949년에는 바니노만(灣) 제5 구역에 있었던 일을 좀 들어 보시오! 3만 5천 명이 있었지요! 역시 꼴리마로 갈 수가 없어서 몇 달씩 거기에 머물러 있어야 했답니다. 그런데 밤마다 이 막사에서 저 막사, 이 구역에서 저 구역으로 이유도 없이 몰아대는 겁니다. 마치 파시스트처럼 휘파람을 불고 고래고래 소리를 지르더군요. 〈마지막 사람 없이 전원 밖으로!〉[1] 그리고 언제나 구보를 해야 합니다! 모든 것이 다 구보라니까요! 1백 명 단위로 빵을 가지러 갈 때도 구보! 식은 야채수프를 가지러 갈 때도 구보! 그릇이라고는 구경도 할 수 없었지요! 그러니 무엇으로 수프를 받겠습니까. 옷자락으로 받는 사람도 있고 손바닥으로 받는 사람도 있었지요. 물탱크에 물을 넣어 날라 오지만 역시 물을 받을 그릇이 있어야죠. 결국 입들을 들이대고 물을 받아먹을 수밖에요. 그러노라면 물탱크 옆에서 한바탕 싸움이 시작되고 그러면 망루에서는 총을 쏴 댑니다! 그야말로 파시스트와 조금도 다를 게 없었다니까요. 어느 날 북동부 (즉 꼴리마 지방) 강제 노동 수용소 본부의 책임자 제레반꼬 소장이 이곳을 방문했을 때 육군 비행사 한 사람이 군중을 헤치고 앞으로 나가 군복을 찢으며 이렇게 외쳤습니다 — 〈나는 7개의 무공 훈장을 받았소! 도대체 누가 이 구역에서 사격하라는 권리를 주었소?〉 그러자 제레반꼬가 이렇게 대답하더군요.

1 〈마지막 사람 없이 전원 밖으로!〉라니 이상한 말이다. 이것은 이런 의미다. 〈마지막으로 나오는 사람은 죽이겠다.〉 (정말 죽이지 않더라도 매질은 할 것이다.) 그래서 모두들 마지막 사람이 되지 않기 위해 몰려나왔다.

〈지금까지도 사격을 해왔지만, 자네 같은 사람을 공손해지도록 길들일 때까지 앞으로도 사격은 계속될 것이야.〉[2]

「아닙니다. 여러분, 그것은 모두 중계 형무소랄 수도 없어요. 진짜 중계 형무소는 끼로프란 말입니다! 그런 특수한 해를 말하지 말고 그냥 1947년을 예로 들어 봅시다. 끼로프에서는 2명의 교도관이 군홧발로 죄수들을 감방에 밀어 넣은 다음 가까스로 문을 잠글 수 있었을 정도로 초만원을 이루고 있었습니다. 3층으로 된 판자 침상에는 9월인데도(혹해가 아니라 밧까라는 것을 명심하세요), 더워서 모두 알몸으로 앉아 있었습니다. 누울 자리가 없으니 앉아 있을 수밖에요. 한 줄은 머리맡에 앉고 또 한 줄은 발치에 앉았습니다. 그리고 통로와 바닥에도 두 줄로 앉았고 그 사이의 사람들은 서 있다가 나중에 서로 교대를 하곤 했습니다. 짐 가방을 올려놓을 데가 없어서 손에 들거나 무릎 위에 올려놓고 있었지요. 그저 심술 사나운 무뢰한들만 자기들의 합법적인 장소, 창문 옆 두 번째 침상 위에 편하게 누워 있을 뿐이었습니다. 빈대는 낮에도 물어뜯을 정도로 많아서 쉴 새 없이 천장에서 수직으로 떨어지는 겁니다. 이렇게 일주일씩, 아니 한 달씩 고통을 참아야 했습니다.」

나도 끄라스나야 쁘레스냐 중계 형무소에 대해 한마디 참견해야겠다.[3] 1945년 8월, 전승의 여름이었다. 우리는 밤이 오기 전에 가까스로 발을 뻗칠 수는 있었다. 그리고 빈대도

---

2 자, 버트런드 러셀의 〈전쟁 범죄 조사 위원회〉! 당신들은 왜 이런 데서 소재를 얻지 않는 겁니까? 적합하지 않기 때문인가요?

3 모스끄바인들은 영광스러운 혁명의 이름을 딴 이 중계 형무소를 거의 모른다. 여기에는 관광객들도 오지 않는다. 하기는 형무소가 기능을 발휘하고 있으니 관광객들이 올 리도 없다. 아무리 가까워도 여행을 허가해 주지 않으니 보려야 볼 수가 없다! 노보호로셰보 가도에서 순환선까지 가면 바로 그 옆에 이 형무소가 있다.

그다지 많지는 않았으나 밝은 전깃불 밑에서 더위에 못 이겨 발가벗은 채 땀에 전 우리를 밤새 쇠파리가 물어뜯었다. 조금만 몸을 움직여도 땀이 비 오듯이 흘러내려서 식사 후에 그저 땀만 흘리고 있는 격이었다. 그다지 크지도 않은 방에 1백 명이 들어앉았으니 발을 내디딜 수 없을 정도로 비좁았다. 그리고 2개의 조그만 남향 창문은 철판으로 차단되고 있어서 공기가 통하지 않을뿐더러 태양에 달아오른 철판이 뜨거운 열기를 감방 속으로 토해 내고 있었다.

중계 형무소 자체가 모두 부조리로 뭉쳐 있기 때문에 중계 형무소에 대한 이야기도 부조리할 수밖에 없다. 따라서 이 장도 무슨 말을 어떻게 이끌어 나가야 할지, 그리고 앞으로 무슨 말을 해야 할지 갈피를 잡을 수 없는 결론에 이를 것이 틀림없다. 중계 형무소에 많은 사람이 모이면 모일수록 부조리는 더 심해지게 마련이다. 그리고 인간이 고통을 받으면 받을수록 굴라끄도 유리할 리 없는데 몇 달씩 사람들을 잡아 두고 고생을 시키고 있으니 말이다. 그리하여 중계 형무소는 공장으로 변해 버렸다. 그들은 죄수에게 분배하는 빵을 벽돌 운반용 건설 현장의 들것으로 운반한다. 그리고 식어 빠진 수프는 여섯 양동이들이 나무통으로 실어 나른다. 나무통 양쪽에 구멍이 뚫려 있고 거기에 몽둥이를 끼워 나르는 것이다.

꼬뜰라스 중계 형무소는 다른 곳보다 더 긴장감이 감돌고 더 개방적인 감이 있었다. 더 긴장감이 감도는 이유는 러시아의 북동 유럽 쪽으로 온통 길이 개방되어 있기 때문이고 더 개방적이라는 이유는 군도 한복판에 깊숙이 파묻혀 있어서 누구에게도 그 정체를 숨길 필요가 없었기 때문이다. 그곳은 울타리로 격리된 한 구역의 땅에 지나지 않았다. 그리고 그 모든 울타리는 자물쇠로 잠겨 있었다. 농민들을 유배시킨

1930년부터 여기에는 이미 많은 죄수들이 이주해서 살고 있었지만 1938년이 되자 지붕 대신 방수포를 씌우고 통나무 조각으로 세운 그 허술한 단층 막사만 가지고는 도저히 그 많은 사람들을 다 수용할 수가 없었다. 그래서 이곳 죄수들은 가을의 진눈깨비와 추위에 떨며 그저 하늘을 지붕 삼고 맨땅 위에서 살 수밖에 없었다. 그러나 물론 그들을 얼어 죽게 그대로 내버려 두지는 않았다. 수시로 점호를 하고 검사를 하고 불시에 야간 검색들을 하면서 그들의 원기를 북돋워 주었다(보통 한꺼번에 2만 명씩 수용되곤 했다). 그 후 짐승 우리 같은 이 막사는 건물로 개조되었다. 2층 건물 높이의 가건물이지만 건축비를 적게 들이려고 층과 층 사이를 천장으로 구분하지 않고 대뜸 여섯 단의 판자 침상을 만들었다. 그리고 죄수들이 자기 침상으로 기어 올라가야 했다(항구라기보다는 오히려 배에 어울리는 시설이다). 죄수들이 모두 지붕 밑에 수용되었던 1944년에서 1945년 겨울에는 모두 합해 7천5백 명밖에 수용되지 않았다. 그러나 매일 50명씩 죽어 나가는 바람에 시체 안치소로 나가는 들것은 한시도 쉴 새가 없었다. (사망자 수가 하루에 전체의 1퍼센트도 되지 않는다는 것을 믿지 못하는 사람도 있을 것이다. 사망률이 1퍼센트라면 회전율에 따라 한 사람이 5개월 정도 생존한다는 결과가 나온다. 하지만 주된 사망 원인은 수용소 노동이었는데, 중계 형무소에서는 그것이 아직 시작되지 않았다.)

군도 속으로 깊이 들어가면 들어갈수록 놀라운 변화를 일으켜 콘크리트 부두는 말뚝을 박은 나루터로 탈바꿈을 한다.

〈까라바스〉라는 중계 수용소는 까라간다 밑에 위치하고 있었는데 몇 년 동안에 50만 명의 죄수들이 그곳을 통과했다(유리 까르베는 1942년에 벌써 43만 3천 번째로 등록을 했다). 수용소는 나지막한 흙담집으로 구성되어 있었고 바닥은 맨땅이었다. 여기서의 매일매일 일과는 모든 죄수를 짐을 든 채 밖으로 내쫓은 다음 화가들로 하여금 바닥을 하얗게 표백시키고 그 위에 꽃무늬를 그리게 하는 일이다. 그러면 죄수들은 저녁때 자리에 누워 그 표백과 꽃무늬를 옆구리로 지워 버린다.[4]

끄냐시-뽀고스뜨 중계 형무소(북위 63도)은 늪 위에 세워진 판자 막사로 형성되어 있었다! 나무 기둥 골조는 땅까지 닿지도 않는 찢어진 방수포로 뒤덮여 있고 막사 안에는 장대로 엮어 만든 〈거친 매듭이 그대로 남아 있는〉 이중 나무 침상이 있고, 통로에는 장대를 깔아 놓았다. 낮에는 그 장대 사이로 끈적끈적한 진흙이 질퍽질퍽 소리를 내고 밤에는 꽁꽁 얼어붙곤 했다. 곳곳에 역시 장대로 만든 흐느적거리는 통행로가 만들어져 있었는데 기운이 없어 균형을 잡을 수 없는 죄수들은 여기저기서 물웅덩이와 진흙 속에 굴러떨어지는 촌극을 빚기도 했다. 1938년 끄냐시-뽀고스뜨에서는 언제나 한 가지 메뉴, 빻은 옥수수와 생선 뼈를 넣어 끓인 죽만 지급되었다. 수용소에는 그릇도, 국자도, 숟가락도 없었기 때문에 이것이 가장 편한 방법이었다. 죄수들은 10명씩 떼를 지어 솥으로 달려가서는 모자와 옷자락으로 죽을 받아야 했다.

한편 보그보즈지노 중계 형무소(우스찌-빔에서 수 킬로미터 떨어진 곳)에는 한때 5천 명이 수용되어 있었다. (이 대목을 읽기 전에 보그보즈지노라는 수용소를 알고 있는 사람이 있었을까? 이러한 이름 없는 수용소는 도대체 얼마나 될까?

4 까라바스는 다른 어느 수용소보다도 값진 박물관적 가치를 지니고 있었으나 유감스럽게도 지금은 존재하지 않는다. 지금은 그 자리에 철근 콘크리트 공장이 들어서 있다.

게다가 그 수에다 5천 명을 곱해 보라!) 이 보그보즈지노에서는 수프를 끓여 주었으나 역시 그것을 받아먹을 그릇이 없었다. 그러나 그들은 교묘한 방법을 생각해 냈다. (우리 재주꾼이 생각해 내지 못할 것이 뭐가 있겠는가!) 그들은 10명 단위로 목욕 대야에 수프를 내주었다. 서로 앞을 다투어 국을 핥아 먹게 말이다.[5]

물론 보그보즈지노 중계 형무소에 1년 이상 수용된 사람은 없었다(그러나 모든 수용소에서 죄수를 받기를 거절하면 1년씩 머물러 있을 때도 있었다).

문학가들의 상상력도 수용소군도라는 나라의 실태 앞에서는 맥을 못 출 정도로 빈약하다. 형무소를 헐뜯고 비난하려고 할 때 그들은 으레 감방의 오물통을 끌어대서 비난의 대상으로 삼는다. 오물통! ─ 이것은 문학 작품에서 형무소의 상징이 되었고 비하와 악취의 상징으로 낙인찍혔다. 오, 이 얼마나 어리석은 생각일까! 과연 오물통이 죄수들에게 적대적인 요소라고 할 수 있을까? 이것이야말로 가장 자비로운 혜택이라고 해도 과언이 아니다. 모든 공포는 감방에 오물통이 〈없는〉 바로 그 순간부터 시작되니 말이다.

1937년에 몇몇 시베리아 형무소에는 오물통이 〈없었다〉. 오물통이 모자랐던 것이다! 시베리아의 산업체는 갑자기 팽창되어 가는 그 감방 수요를 미처 따라잡을 수도 없었고 그 많은 오물통들을 미리 준비해 둘 만한 시간적 여유도 없었다. 새

───

5 갈리나 세레브랴꼬바! 보리스 지야꼬프! 알단세묘노프! 당신들은 10명씩 목욕 대야에 달라붙어 핥아 먹지 않았던가요? 물론 당신들은 그 순간에도 이반 제니소비치의 〈동물적인 욕구〉로까지 추락하지는 않았겠지요? 그리고 목욕 대야 위에 머리를 들이밀고 있는 그 순간에도 당신네들은 오직 친애하는 당만을 생각했을 테죠?

로 만들어진 감방에는 오물통이 배급되지 않았다. 낡은 감방에는 오물통이 있긴 있어도 용량이 적은 옛날 것이어서 지금의 초만원 상태에서는 별 도움을 주지 못했다. 곧 차 버리기 때문에 차라리 밖으로 내놓는 것이 더 편했던 것이다. 가령 미누신스끄 형무소가 그 옛날 5백 명을 수용할 목적으로 세워졌다면(레닌은 그 속에 갇혀 있은 적이 없었다. 그는 그곳을 자유롭게 돌아다닌 적은 있었다), 지금은 그 속에 1만 명이 수용되고 있었으니 각 오물통은 20배로 확장되어야만 했다! 그러나 그 확장은 실현되지 않았다.

우리 러시아의 펜들은 굵직굵직한 작품들을 써 왔고 또 많은 것을 경험해 왔지만 이 형무소에 대해서만은 거의 아무것도 쓴 것이 없고 또 그 이름을 거의 열거하지도 않았다. 그러나 생활 상태를 현미경으로 관찰하고 강렬한 광선 속에서 시험관을 흔들어 검사하는 서방측 작가들에게는 20배나 수용 능력을 초과했는데도 오물통이 없을뿐더러 하루에 단 한 번 용변을 시키려고 끌고 나갈 때의 그 인간 정신의 혼란을 묘사한다는 것은 일대 서사시가 될 수도 있고, 〈잃어버린 시간을 찾아서〉 떠나는 10권의 책이 될 수도 있을 것이다! 물론 여기에는 그들이 알 수 없는 수용소 특유의 많은 생활 감각들이 있다. 그들은 방수포 두건에 소변을 보는 방법을 모를 것이고, 심지어 장화 속에 소변을 보라는 옆 사람의 충고를 도저히 이해할 수도 없을 것이다! 그러나 이것은 노련한 현자의 충고고 결코 장화의 파손을 뜻하는 것도 아니며 또 장화를 양동이로 변모시키는 것도 아니다. 이것은 다름 아니라 장화를 벗어 속을 뒤집은 다음 바깥으로 장화 목을 접는 것을 뜻한다 — 그러면 용변을 보기에 알맞은 둥그스름한 홈통이 형성되는 것이다! 그러나 만약 서방 작가들이 미누신스끄 형무소의 질서를 알고 있었다면 얼마나 많은 심리적인 굴절에 의해서 자신의 문학을 풍요롭게 할 수 있었을 것인가 — 즉, 음식 수령용으로 네 사람당 하나의 그릇이 지급되고 한 사람당 하루에 한 컵의 물이 지급된다(컵은 모두에게 돌아갈 만큼 충분히 있었다). 그리고 이런 일이 생길 수 있다. 네 사람 가운데 한 사람이 지급된 그릇을 자신의 내적인 압력을 분출하기 위해 사용해 놓고, 식사하기 전에 자기 몫의 물을 사용하여 이 그릇을 닦아 놓기를 거부하는 것이다. 엄청난 갈등 아닌가! 네 인격이 빚어내는 이 대단한 불화라는 것은! 그 뉘앙스는 또 어떤가! (그러나 나는 농담을 하고 있는 것이 아니다. 바로 이런 방법으로 인간의 밑바닥이 폭로되고 있다. 다만 러시아의 펜만 이것을 묘사할 겨를이 없고 러시아의 눈만 이것을 읽을 시간이 없는 것이다. 나는 농담을 하고 있는 것이 아니다. 왜냐하면 그래도 의사들만은 다음과 같은 진실을 말해 줄 수 있기 때문이다 — 비록 예조프 시대에 총살을 당하지 않고 흐루쇼프 시대에 이르러 복권이 되었다 할지라도 이런 감방에서 한 달만 있었던 사람이면 일생 동안 자기 건강을 파멸에서 구해낼 수는 없다고.)

그건 그렇고, 우리는 항구에 도착하면 몸을 풀고 휴식을 할 수 있다고 꿈꿔 왔다! 며칠 밤씩 스톨리삔 죄수 열차 속에서 짓눌리며 고통을 받아오면서도 우리는 중계 형무소 생각만을 해오지 않았던가! 거기 도착하면 다리를 쭉 뻗고 피로를 풀 수 있으리라. 거기서는 자기 앞으로 나오는 배급 빵을 호송병에게 타 먹기 위해 자기 옷을 팔아야 할 필요는 없으리라. 거기서는 김이 무럭무럭 나는 뜨거운 음식이 지급되리라. 그리고 목욕탕에 가서 뜨거운 물로 목욕을 할 것이고 앞으로는 몸을 긁지 않아도 되리라. 그래서 호송 열차 속에서 옆구리를 찔리고 이쪽에서 저쪽으로 짐짝처럼 내동댕이쳐지고 서로 겨드랑이 밑을 잡아라! 뒤꿈치를 잡아라! 하는 호령을 들으면서도 우리는 다음과 같은 생각을 하며 마음을 달래 왔던 것이다 — 괜찮아, 괜찮아, 이제 곧 중계 형무소에 가면! 거기에 가기만 하면!

그러나 거기서 우리의 환상대로 무엇이 실현된다 해도 어차피 무엇인가에 의해서 더럽혀지기는 매일반일 것이다.

목욕탕에서는 무엇이 우리를 기다리고 있을까? 아무도 그것을 예측할 수 없다. 별안간 모든 여자들을 삭발할 때도 있다(끄라스나야 쁘레스냐, 1950년 11월). 혹은 벌거벗은 남자 죄수들을 한 줄로 세운 다음 여자 이발사 밑으로 내몰기도 한다. 볼로그다의 목욕탕에서는 뚱보 아주머니 모짜가 소리를 지른다 —「일동 기립!」그러고는 호스로 뜨거운 물을 퍼붓는다. 혹은 노보시비르스끄 중계 형무소의 목욕탕에서는 겨울에도 찬물만 나왔다. 죄수들은 상관에게 더운물을 요구하기도 했다. 이윽고 대위가 와서 태연히 수도꼭지 밑에 손을 들이대고 말한다 —「이 물이 뜨겁다, 알겠나?」이제는 목욕탕은 있으나 물이 없다는 이야기며 멸균실에서 옷을 태운다는 이야기, 목욕을 시킨 후 자기 옷이 있는 곳으로 벌거벗은 채 맨발로 눈 위를 달리게 하는 이야기(1945년, 백러시아 전선 제2 방첩대가 있던 브로드니차에서의 일이다) 따위는 아예 되풀이하고 싶지도 않다.

중계 형무소에 첫발을 들여놓은 그 순간부터 그곳을 지배하는 것은 교도관도 아니고 견장도 아니고 군복도 아니라는 것을 직감하게 된다. 그들은 적어도 가끔은 문서화된 법칙에 구애되는 자들이다. 여기서 죄수들을 지배하는 것은 빈둥빈

등 놀고먹는 중계 형무소의 〈모범수〉들이다. 죄수들을 맞이하는 험상궂은 목욕탕 당번이 이렇게 말한다 —「자, 목욕탕으로 가세. 파시스트 나리들!」 그리고 합판으로 만든 메모판을 든 작업 지시자는 재빨리 죄수 대열을 훑어보고 작업장으로 내몬다. 그리고 깨끗이 면도는 했지만 까자끄식으로 변발을 기른 〈교육계〉는 둘둘 만 신문지로 자기 다리를 두들기고 있으면서도 그 자신은 흘끔흘끔 죄수들의 보따리만 곁눈질한다. 그 밖에도 죄수들이 알지 못하는 많은 건달패들 — 그들은 죄수의 트렁크를 꿰뚫어 보는 X선 같은 예리한 눈을 가지고 있다. 그들은 하나같이 모두가 흡사하다! 죄수들도 그들의 모습을 짧은 죄수 이송 기간 중 어딘가에서 본 기억이 있을 것이다. 이 사람들처럼 단정하지도 않고 이 사람들처럼 말쑥하지도 않지만 이 사람들처럼 똑같이 잔인하게 이를 드러낸 짐승 같은 낯짝을.

그렇다! 그것은 다름 아닌 파렴치범 족속들이다! 저 레오니뜨 우쪼소프(1930년대의 유명한 가수)에 의해서 노래 불린 〈도둑〉이 아니고 누구겠는가! 그들이야말로 젠까 조골, 세료가즈베리, 짐까 끼시께냐지만, 지금은 철창 속에 갇혀 있지도 않을뿐더러 깨끗이 세수를 하고 국가의 대리인으로 분장한 다음 장중한 표정으로 우리 나라 수용소의 규율을 감시하고 있다. 만약 상상력을 발동하여 그들의 낯짝을 자세히 관찰하면 그들도 우리 러시아의 핏줄을 타고나지 않았나 하는 생각이 들 수도 있다. 그들도 한때는 시골의 어린아이였고 그들의 아버지는 끌림, 쁘로호리, 구리라 불렸고 그들의 생김새까지도 어딘지 우리하고 닮은 것 같다 — 2개의 콧구멍이며, 2개의 눈꼬리며 장밋빛 혓바닥이며. 그 혓바닥은 우리와 똑같이 음식을 삼키고 몇 마디 러시아어를 하지만 전혀 새로운 말만을 지껄여 댄다.

　모든 수용소의 상관은 관청 근무에서 얻은 수입을 집에 앉아 있는 친척에게 지불할 수도 있고 수용소의 지휘관들끼리 나누어 먹을 수도 있다고 생각하고 있다. 그리고 이러한 일을 수행할 수 있는 지원자들은 그들과 사회적 성분이 비슷한 사람들 속에서 얼마든지 손쉽게 구할 수 있다. 그들은 탄광에도, 광산에도, 밀림에도 나가지 않고 그저 수용소에 눌어붙어 있겠다는 한 가지 욕망 때문에 이런 일을 자청해 나선다. 이 모든 작업 할당계들, 서기들, 회계원들, 목욕탕 당번들, 이발사들, 창고지기들, 급사들, 취사반원들, 세탁부들, 옷을 수선하는 재봉사들이 중계 형무소의 영원한 주민들이다. 건달패들은 감방에 소속되어 있어서 식량 배급을 받지만 상관의 지시 없이도 공동 취사장이나 새로 이주해 오는 죄수들의 소지품 속에서 나머지 음식들을 마음대로 긁어낼 수 있다. 이들은 여기보다 나은 형무소는 절대로 다른 곳에 없다는 굳은 확신을 가지고 있다.

　우리는 아직도 검색을 당하지 않은 몸으로 이곳에 오지만 그들은 자기 마음대로 우리를 농락한다. 그들은 여기서 교도관 대신 우리를 검사한다. 검사하기 전에 그들은 소지하고 있는 돈을 보관해 주겠다고 제안하고 진지한 표정으로 한 장의 영수증을 써 준다. 그리하여 우리는 돈 대신 이 영수증만을 받아 쥐게 되는 것이다. 「우리는 돈을 맡겼습니다!」 「누구한테?」 감방에 찾아온 장교가 놀란 얼굴로 반문한다. 「바로 저기 있었던 그 사람한테요.」 「아니, 도대체 누구한테 말이오?」 건달패들은 이미 그 자리에 보이지도 않는다. 「아니, 무엇 때문에 그 사람에게 돈을 내주었소?」 「우리는 생각하기를…….」 「그런 것을 가지고 칠면조의 생각이라는 거요! 생각을 너무 해서

349

탈이군!」이것으로 모든 것은 끝장이다. 그들은 또 목욕탕 앞에 옷을 벗어 놓으라고 우리에게 지시한다. 「당신네 옷을 가져갈 사람은 아무도 없으니 안심하시오! 그런 옷을 탐낼 사람이 누가 있겠소!」우리는 옷을 벗어 맡긴다. 하기는 목욕탕에까지 옷을 들고 들어갈 수도 없지 않은가. 목욕을 마치고 나오니 스웨터가 없다. 장갑이 없다. 「아니, 어떤 스웨터였소?」「회색 스웨터예요.」「그럼 세탁을 하러 보낸 모양이군!」그들은 우리의 사물을 〈정당한 이유〉로도 몰수할 수 있다 ── 창고에 트렁크를 보관해 주겠다, 혹은 도둑들이 없는 감방에 들여보내 주겠다, 혹은 되도록 빨리 이 수용소를 떠나게 해주겠다, 혹은 더 이상 이동을 시키지 않는다는 등등의 대가로. 그들은 절대로 억지로 우리에게서 물건을 약탈해 가지 않는다.

「그런 놈들은 도둑이 아니에요!」우리 중에서도 경험이 많은 사람이 설명을 한다. 「그들은 수용소에 봉사하러 온 〈암캐들〉이라니까요. 그들은 〈정직한 도둑〉들의 적입니다. 정직한 도둑들은 지금 감방 안에 앉아 있어요.」그러나 우리 집토끼들의 상식으로는 그 말을 제대로 이해할 수가 없다. 그 거동이며 문신이며, 하나도 다를 것이 없지 않은가. 그들은 어쩌면 정직한 도둑의 적일지도 모르지만, 그렇다고 그들이 우리의 친구일 수는 없지 않느냐 말이다……

그러는 사이에 우리를 감방 창문 바로 밑에 있는 마당에 앉힌다. 창문마다 덧문이 달려 있어서 들여다볼 수도 없지만 그 속에서 동정 어린 목쉰 소리가 우리에게 이런 충고를 한다. 「이봐요, 친구들! 여기서는 몸수색을 할 때 차나 담배 같은 가루 종류는 모두 압수하게 되어 있어요. 그런 것을 가진 사람이 있으면 우리가 있는 이 창문 안으로 던지세요. 나중에 다시 돌려줄 테니.」우리가 무엇을 알겠는가? 우리는 형무소 경험이라고는 전혀 없는 초년생들이고 나약한 집토끼에 지나지 않는다. 어쩌면 차나 담배는 정말 압수될지도 모른다. 우리는 위대한 문학 작품 속에서 전체 죄수들의 단결성에 대해 읽은 적이 있었다. 죄수가 어떻게 죄수를 속일 수 있으랴! 〈이봐요, 친구들〉 하는 호칭에도 호감이 간다. 그래서 우리는 담배를 담은 쌈지를 그들에게 던져 주었다. 도둑들은 그것을 받아들자 깔깔대고 웃어 대며 우리에게 이렇게 말한다. 「에잇, 이 바보 같은 파시스트들아!」

비록 담벼락에 그 구호가 걸려 있지는 않았지만 중계 형무소는 다음과 같은 구호로 우리를 맞은 셈이다. 〈여기서는 진리를 찾지 말라!〉, 〈가지고 있는 것은 모조리 내줘야 한다!〉, 〈모든 것을 내줘야 한다!〉 교도관들도, 호송병들도, 파렴치범들도 모두 이 말만을 되풀이한다. 형의 추가 압력에 신음해야 하는 죄수들은 가능한 한 호흡을 가라앉히려고 애쓰지만 주위의 모든 사람들은 죄수를 약탈하는 방법만을 궁리하고 있다. 모든 것이 정치범을 박해하도록 꾸며져 있다. 그렇지 않아도 억압 속에 버림받고 있는 정치범을 말이다. 〈모든 것을 내줘야 한다!〉 고리끼 중계 형무소의 교도관이 가망이 없다는 듯이 머리를 내두르자 안스 베른시쩨인은 아무 미련도 없이 장교 외투를 그에게 내준다 — 물론 그냥 내주는 것은 아니다. 2개의 양파하고 바꾼 것이다. 끄라스나야 쁘레스냐의 모든 교도관들이 아무도 그들에게 지급해 주지 않은 크롬 가죽 장화를 신고 다니는 판에 어떻게 파렴치범들만을 나무랄 수 있겠는가? 이것은 모두 감방의 파렴치범들이 갈취해서 교도관들에게 상납한 것이다. 그리고 또 수용소 소속 문화 교육부 지도원 — 파렴치범 — 이 정치범에 대한 고과표까지 쓰는데 어떻게 파렴치범들에게 불평을 늘어놓을 수 있겠는가? 그리고 옛날부터 도둑의 소굴로 이름난 이 로스또프 중계 형무소에서 어떻게 파렴치범들에게 공정을 바랄 수 있겠는가?

소문에 의하면, 1942년 고리끼 중계 형무소에서는 장교 출신 죄수들(가브릴로프, 공병 장교 셰베찐 등등)이 모두 합세하여 일어나 도둑들을 때려눕힘으로써 그들의 기를 꺾어 놓았다고 한다. 그러나 이 말은 언제나 신화 같은 이야기로 받아들여질 뿐이다 ─ 한 감방 안에서 기를 죽여 놓았단 말일까? 얼마나 오랫동안? 〈다른 족속들〉이 〈가까운 동료들〉을 때리는 데도 푸른 제모가 못 본 체하고 있었단 말인가? 또 이런 말도 있다. 1940년 꼬뜰라스 중계 형무소의 파렴치범들은 매점 옆에 줄을 서서 기다리는 정치범들의 손에서 돈을 빼앗는 버릇이 있었다. 그래서 정치범들은 그들에게 몰매를 가하기 시작했다. 아무도 그 구타를 말릴 수 없었다. 그러자 파렴치범들을 보호하기 위해 기관총을 든 경비병들이 현장으로 달려왔던 것이다 ─ 이제 파렴치범과 그들이 한패라는 것은 더 이상 의심할 여지가 없는 것이다!

어리석은 친척들! 그들은 바깥세상에서 동분서주하며 돈을 꾸어 가지고(그만한 돈을 집에 가지고 있을 리 없다), 옷을 보내고 식료품을 보낸다. 그야말로 과부의 피땀 어린 소중한 쌈짓돈이지만 그것은 죄수에게 있어 해로운 선물이다. 지금까지 굶주리기는 했어도 그 대신 정신적으로는 자유로웠던 죄수를 이 선물이 불안한 겁쟁이로 만들어 주기 때문이다. 그리고 이 선물은 죄수에게서 분명한 의식과 강인한 의지를 빼앗아간다. 그 심연의 낭떠러지 앞에서 반드시 필요한 그 확고한 신념을! 오, 낙타와 바늘구멍의 비유는 얼마나 현명한 말일까! 영혼이 해방된 천국은 그런 물건을 가지고서는 통과하지 못한다. 당신들과 같은 호송차에 실려 온 다른 죄수들도 당신들과 같은 짐 가방을 가지고 있었다. 그리고 또 이미 호송차에 있을 때부터 무뢰한들은 투덜대고 있었지만, 그들은 둘이고 우리는 50명이었기 때문에 감히 우리를 건드릴 수는 없었던 것이다. 그러나 우리는 지금 만 이틀 동안이나 쁘레스냐 정거장의 흙바닥 위에 촘촘히 다리를 오므리고 앉아 있었다. 하지만 어느 누구도 자기 생명을 근심하는 사람은 없었다. 모두가 자기 트렁크를 어떻게 보관할 것인가에 대해 근심하고 있을 뿐이었다. 트렁크를 맡긴다는 것은 어디까지나 우리들의 권리지만 작업 할당계가 그것을 마지못해 허가해 주는 것은 여기가 모스끄바의 형무소고 우리 또한 모스끄바인의 면모를 잃지 않고 있기 때문이었다.

　물건을 보관소에 맡긴다는 것은 얼마나 홀가분한 일일까 (즉, 이 중계 형무소가 아니라 나중에 다른 곳에서 그 물건을 빼앗기게 된다는 뜻이다). 그러면 죄수들의 손에는 구차한 식료품 꾸러미만 건들건들 늘어져 있게 마련이다. 우리 〈비버〉들은 한곳에 너무 많이 모여 있었다. 그들은 우리에게 감방을 할당하기 시작했다. 나는 같은 날에 특별 심의회에서 서명한 그 발렌찐하고 함께 어느 감방 속에 들어갔다. 선고에 서명하던 날 발렌찐은 나에게 감동적인 어조로 수용소에서 새 생활을 시작하자고 말한 적이 있었다. 감방은 만원이 아니었다. 통로도 넓고 판자 침상 아래에도 많은 자리가 비어 있었다. 감방 규칙에 따라 침상 두 번째 줄은 파렴치범들이 차지하고 있었다 ― 고참 파렴치범은 바로 창문가에, 그다음은 햇수에 따라 차례차례 안쪽으로 자리 잡고 있었다. 맨 밑의 침상에는 중립적인 회색분자들이 자리를 잡고 있었다. 우리에게 달려드는 사람은 아무도 없었다. 경험이 없는 우리는 뒤돌아보지도 않고 그저 무턱대고 침상 밑 아스팔트 바닥으로 기어 들어

갔다 — 오히려 우리에게는 그곳이 편할 것 같은 생각이 들었다. 침상이 낮아서 뚱뚱한 사람이면 바닥에 엎드려서 네 발로 기어 들어가야 할 판이다. 우리는 기어 들어가 자리를 잡았다. 자, 이제 여기서 조용히 누워 오손도손 이야기를 주고받을 수 있을 게다. 그러나 그것은 오산이었다! 어두컴컴한 나직한 공간 속에서 바스락 소리가 들리더니 커다란 집쥐 같은 놈들이 사방에서 우리를 향하여 살금살금 기어오고 있었다 — 그것은 열두어 살이나 되었을까 말까 한 어린 소년들이었다. 그러나 형법은 이런 소년들까지도 형무소에 보내고 있었던 것이다. 그 소년들은 이미 도둑 과정을 다 이수하고 지금은 여기서 진짜 도둑 밑에서 실습을 하고 있는 중이었다. 고참 도둑들이 그 소년들을 우리에게 풀어놓은 것이다. 그들은 말없이 사방으로부터 우리 자리 위로 기어 올라와서는 12개의 손으로 잡아당기고 찢으며 우리 밑에서 모든 재산을 끄집어냈다. 그들은 그저 거칠게 숨을 몰아쉴 뿐 말 한마디 없이 이 모든 일을 해치웠다. 우리는 함정에 빠진 듯이 일어날 수도 없었고 몸을 움직일 수도 없었다. 눈 깜짝할 사이에 그들은 베이컨이며 설탕이며 빵이 든 자루를 훔쳐 가버렸다. 모든 것을 다 빼앗긴 채 우리는 그대로 멍청히 누워 있었다. 우리는 아무 저항도 없이 식료품을 내주고도 가만히 이렇게 누워 있어야만 하는가? 그러나 그것은 이미 도저히 불가능했다. 우리는 다리를 허우적거려 궁둥이를 쳐들고 몸을 일으켰다.

나는 겁쟁이였을까? 내가 생각해 봐도 겁쟁이는 아닌 것 같았다. 나는 노출된 초원에서 직격탄을 퍼붓기도 하고 대전차 지뢰가 매설된 시골길을 용감히 돌진하기도 했다. 나는 포위망에서 포병 중대를 끌어내면서 조금도 냉정을 잃지 않았다. 그런데도 왜 지금 나는 사람의 탈을 쓴 집쥐 가운데 한 마리를 움켜잡지 않고 있을까? 그리고 그 불그죽죽한 상통을 시커먼 아스팔트 바닥에 왜 짓이기지 않고 있을까? 그 아이가 작기 때문일까? 그렇다면 차라리 두목한테 대드는 게 어떠냐? 아니다…… 전선에서는 그 어떤 추가적인 의식이 우리를 강하게 해준다(어쩌면 완전한 허위의식일지도 모르지만) ─ 우리 군대의 단결성? 나의 애국심? 아니면 의무감? 그러나 여기서는 아무런 의무도 주어지지 않았다. 법규도 없었다. 그리고 모든 것을 손으로 더듬으며 찾아내야 하는 것이다.

나는 두 발로 딛고 일어나서 그들의 우두머리, 깡패 두목쪽으로 몸을 돌렸다. 몰수당한 식료품은 바로 창문가 두 번째 침상 위 두목 앞에 놓여 있었다. 두 발 짐승이 보통 얼굴이라 부르는, 왕초의 머리 앞면에는 선천적인 혐오감과 증오감이 어려 있었는데, 어쩌면 포악한 생활 때문에 저런 표정을 가지게 되었는지도 모른다. 일그러진 눈썹, 좁은 이마, 야만적인 상처 자국, 그리고 앞니 위에 씌워진 현대식 틀니. 그는 조금도 새로운 것이 없다는 듯이 지극히 태연한 눈초리로 마치 멧돼지가 사슴을 바라보듯 나를 바라보고 있었다. 그러나 그 눈초리는 언제라도 나를 쓰러뜨릴 수 있다는 자신감이 넘쳐흐르고 있었다.

그는 기다리고 있었다. 자, 어떻게 할까? 저 위로 뛰어올라 한 번이라도 좋으니 저 더러운 상통을 내리치고 통로 밑으로 저놈을 내동댕이칠 것인가? 아니다, 그렇게 할 수는 없다.

나는 비열한일까? 지금까지 나는 비겁한 적은 없었던 것 같다. 그러나 약탈을 당하고 모욕을 받는 것까지도 좋았는데 이제 어떻게 또다시 배를 깔고 어슬렁어슬렁 침상 밑으로 기어 들어간다는 말인가! 나는 두목에게 분명히 말했다 ─ 식량을 빼앗았으니 그 대신 침상만이라도 마련해 달라고! (이것은 시민이나 장교 그 누구라도 할 수 있는 지극히 당연한 불평이었다.)

그래서 어떻게 되었는가? 결국, 두목은 동의했다. 결국, 나는 베이컨으로 그의 동의를 얻은 셈이 되고 또 그의 당당한 권한을 인정한 셈이 되었다. 그리고 나의 견해도 그의 견해하고 다를 것이 없다는 것이 판명된 셈이다 — 그는 이제 또다시 가장 약한 사람을 쫓아낼 것이 분명하기 때문이다. 두목은 회색 중립파 두 사람에게 창문가의 하단 침상을 떠나라고 명령했다. 우리에게 자리를 내주기 위해서다. 그들은 순순히 자리에서 물러났다. 우리는 더 좋은 자리로 이동을 했다. 우리는 그 후에도 얼마 동안 빼앗긴 식료품을 아쉬워했다(파렴치범들은 내 바지를 탐내지는 않았다. 바지 모양이 자기들 것하고는 달랐기 때문이다. 그러나 도둑 가운데 한 놈은 벌써부터 발렌찐의 털 바지에 눈독을 들이고 슬슬 손으로 더듬고 있었다). 이윽고 저녁이 되자 이웃 죄수들의 비난의 속삭임이 우리 귀에까지 들려왔다 — 아니, 어떻게 우리가 파렴치범들한테 보호를 요청할 수 있었을까? 그리고 또 어떻게 자기 대신 두 사람의 동료를 침상 밑으로 내쫓을 수 있었을까? 그리고 그때 비로소 나는 내가 비굴했다는 것을 자각하고 수치심으로 얼굴이 화끈 달아올랐다(몇 해가 지난다 해도 이 일을 상기할 때마다 나는 얼굴을 붉힐 것이다). 맨 아래 침상의 평범한 죄수들은 다름 아닌 나의 동료들이었다. 그들은 제58조 1항의 b로 체포된 전쟁 포로였던 것이다. 나는 그들의 운명을 책임지겠다고 얼마나 오래 맹세해 왔던가. 그런데 그 내가 그들을 침상 밑으로 내몰다니? 물론, 그들도 파렴치범을 반대하여 우리 편을 들어주지는 않았다. 그러나 왜 그들은 베이컨 때문에 고통을 당해야 하는 것일까? 우리 자신은 고통을 당하지 않는데? 포로 생활에서 이미 가혹한 싸움을 겪을 대로 겪은 그들은 고상한 신념을 잃은 지 오래다. 아무튼 그들은 나에게 나쁜 짓을 하지 않았으나 나는 그들에게 그런 짓을 한 것이다.

이렇게 우리는 옆구리로, 상통으로 부딪치고 또 부딪쳐 나간다. 세월과 더불어 사람이 되기 위해서…… 사람이 되기 위해서…….

◆

중계 형무소나 중계 수용소에서 새로 들어온 죄수들은 우선 껍질부터 벗겨지는 고통을 감내해야 한다. 그런 의미에서도 죄수들에게 절대적으로 필요한 시설이라 할 것이다! 그것은 앞으로 수용소 생활에 적응할 수 있도록 서서히 죄수들을 훈련시킨다. 대번에 수용소로 끌려간다면 웬만한 인간의 심장은 도저히 견뎌 낼 수가 없을 것이기 때문이다. 수용소와 같은 그런 어지러운 생활 속에 느닷없이 뛰어든다면 누군들 정신의 혼돈을 느끼지 않을 수 있겠는가! 때문에 점진적인 변화가 필요한 것이다.

그다음 중계 형무소는 가족과 연락을 취할 수 있는 가능성을 죄수에게 부여한다. 여기서 그들은 처음으로 합법적인 편지를 쓸 수 있다. 자기는 다행히 총살을 모면했다거나 지금 수용소로 이송되는 도중이라거나 — 이것이 신문에 시달려 이제는 반병신이 되어 버린 인간들이 언제나 쓰게 마련인 첫 구절인 것이다.

집에서는 아직도 자기들의 가장을 전과 같은 사람으로 기억하고들 있다. 그러나 그는 다시는 전과 같은 사람으로 되돌아갈 수 없게 변해 버렸다. 하여튼 집에서는 어느 날 갑자기 무언가 이상한 꾸깃꾸깃한 종이쪽지 한 장을 받게 된다. 편지가 꾸깃꾸깃하다는 데는 까닭이 있다. 중계 형무소에서는 편지 쓰기를 허용하고 있으며 마당에는 우체통까지 걸려 있기는 하지만 종이도 구할 수 없고 연필도 얻을 수 없는 데다가 연필을 깎을 만한 도구도 없다.

그렇지만 담배 포장지라든가 설탕 봉지 같은 것은 얻을 수 있으며 같은 감방에는 누구든 연필 가진 사람은 하나쯤 있는 것이 보통이다. 그리하여 꾸깃꾸깃한 종이쪽지에 알아보기 힘든 서투른 글씨로 몇 마디 글을 적게 되는 것인데 이런 칠칠치 못한 편지 때문에 나중에 가족 사이에 해석과 의견이 엇갈리게 된다.

분별력을 잃은 여자들은 이따금 이런 편지 때문에 성급하게 남편을 찾아 중계 형무소로 달려오곤 한다. 그러나 면회는 절대로 허가받지 못하고 다만 남편의 짐을 무겁게 해줄 뿐이다. 그런 여인 중에서 특히 나의 인상에 남는 사람이 있다. 내가 보기에 그녀는 모든 죄수의 아내들을 위한 기념비적인 주제를 제공해 주었을뿐더러 그 장소까지도 지정해 준 것 같다.

1950년에 꾸이비셰프 중계 형무소에서 있었던 일이다. 중계 형무소는 분지에 위치하고 있었는데(그러나 그곳에서는 볼가강의 지굴리 수문이 보였다), 동쪽으로부터 분지를 에워싸듯이 높은 언덕이 길게 뻗어 있었다. 그 언덕은 중계 형무소 밖에 있고 구내보다 높았으므로 어떻게 거기까지 다가올 수 있었는지 밑에 있는 우리로서는 알 수가 없었다. 언덕 위에서 사람을 보는 일은 거의 없었다. 이따금 풀을 뜯거나 아이들이 뛰놀거나 할 뿐이었다. 그런데 구름 긴 어느 여름날 가파른 언덕 위에 도시 옷차림의 여인 하나가 나타났다. 그녀는 눈썹 위에 손을 대고 형무소 영내를 열심히 내려다보기 시작했다. 마침 이때 그 안뜰에서는 3개의 감방에 수용되어 있는 수많은 죄수들이 산책을 하고 있었다. 모두가 똑같은 모양을 하고 개미처럼 좁은 곳에서 우글거리는 3백 명의 죄수 속에서 그녀는 자기 남편을 찾아내려는 것이었다! 혹시나 그녀는 자기의 심장이 귀띔해 주리라 기대했던 것일까? 필시 그녀는 면회를 허가받지 못하고 언덕 위로 올라갔을 것이다. 안뜰에서 우리는 모두 그녀를 발견하고 일제히 그쪽을 바라보고 있었다. 분지에는 바람이 없었으나 언덕 위에는 제법 세찬 바람이 불고 있는 모양이었다. 그녀의 긴 치마와 재킷, 머리카락이 바람에 나부끼며 펄럭였다. 그것은 마치 그녀의 사랑과 불안을 그대로 표현하고 있는 듯싶었다.

그녀가 서 있던 바로 그 언덕 위에, 그때의 그녀의 모습 그대로 지굴리 수문 쪽을 향하도록 조각상을 세워 놓는다면 아마도 우리의 후손에게 적지 않은 것을 전해 줄 수 있으리라고 나는 생각한다.[6]

6 언젠가는 우리 수용소군도의 그와 같은 숨겨진 역사를 표현하는 기념비가 세워질 날이 있을 것이다! 그리고 나는 언제나 또 하나의 기념비를 머릿속에 그려 왔다 — 꼴리마 같은 형무소의 고지 위에 어마어마하게 큰 스딸린의 동상을 세우는 것이다. 스딸린이 자신이 남의 눈에 그렇게 보이기를 원했던 것만큼이나 큼직한 동상을 말이다. 몇 미터나 되는 콧수염을 붙이고 이를 허옇게 드러낸 채 한 손으로는 고삐를 움켜잡고 다른 한 손으로는 채찍을 휘두르고 있다. 채찍 밑에는 5명씩 짝을 지은 1백여 명의 인간이 고삐에 한데 묶여 거대한 수레를 끌고 있다. 베링 해협 근처 축치반도 끝에다 이런 동상을 세워도 무척 어울릴 것이다. (이것은 내가 『절벽 위의 동상』을 읽었을 때 이미 써 놨던 부분이다. 그러니까 그 책 속에서 이런 아이디어를 얻은 셈이다. 사람들의 말에 의하면 볼가강이 내려다보이는 지굴리의 모구또바산 위에도, 거기는 수용소에서 1킬로미터도 안 되는 곳이지만, 운하를 항해하는 선박들을 위해 암벽 위에다 엄청나게 큰 스딸린의 초상을 페인트로 그려 놓았다고 한다.)

어찌 된 일인지 꽤 오랫동안 아무도 그녀를 쫓지 않았다. 경비병은 위로 올라가는 것이 귀찮았기 때문이었을 게다. 그러나 이윽고 병사 하나가 그리로 올라가며 고함을 치고 손을 내저었다. 그녀의 모습은 곧 언덕 밑으로 사라졌다.

그리고 또 중계 형무소는 죄수들의 시야를 넓혀 준다. 먹을 것은 없어도 살기는 좋다는 말이 여기에 해당한다. 이곳의 항상 부산스러운 움직임 속에서, 수십 명에서 수백 명씩 들어오고 나가는 죄수들의 교체 속에서, 노골적인 이야기와 숨김없는 대화 속에서(수용소에는 도처에 기관원의 촉감이 숨겨져 있어서 함부로 지껄일 수가 없다), 우리의 몸은 생기를 얻고 머리는 맑아져서 우리 자신과 우리 국민에게 무슨 일이 일어나고 있는가를 좀 더 훌륭히 깨닫기 시작한다. 감방이나 막사 안에서 가끔 만나는 이상한 인간들한테서 우리는 일찍이 들어 보지도 못한 것을 처음으로 듣고 깨닫게 된다. 당신의 감방에 들어오는 어떤 괴짜일지라도 지금까지 당신이 어떤 책에서도 읽지 못했던 것을 그는 가르쳐 줄 것이다.

어느 날 갑자기 우리 감방에 또 하나의 이상한 인간이 나타났다. 얼굴 모습이 고대 로마인같이 생긴 키가 훤칠한 젊은 군인이었는데 곱슬곱슬한 담황색 머리털은 깎지 않은 채 그대로였다. 영국군 군복을 입고 있는 것으로 보아 노르망디 해안에서 곧장 이리로 온 상륙군 장교 같았다. 그는 마치 자기 앞에 전원이 기립할 것을 기대한 것 같은 거만한 얼굴로 감방에 들어왔다. 그러나 사실은 자기가 지금 들어가는 감방에 다른 죄수들이 있으리라고는 전혀 예기하지 못했음이 판명되었다. 그는 이미 2년 동안이나 형무소 생활을 했으나 여태까지 다른 죄수들과 함께 있어 본 적이 한 번도 없었을뿐더러, 이곳 중계 형무소에 올 때도 칸막이 별실에 따로 격리되어 이송되어 왔다. 그런데 무슨 속셈이 있어서인지 아니면 단순한 부주의 때문인지 이곳에 도착하자 곧 우리들의 공동 외양간으로 그를 집어넣었던 것이다. 그는 감방 안을 한 바퀴 돌아보다가 독일군 장교복을 입은 죄수를 발견하고 몇 마디 독일어로 지껄였다. 그러더니 두 사람은 무기를 가졌으면 금세 총질이라도 할 것같이 맹렬한 기세로 다투기 시작했다. 전쟁이 끝난 지도 이미 5년이 지났으며 서부 전선에서는 전쟁이 다만 겉치레를 위해 진행되었을 뿐이라고 확신하고 있는 우리들에게는 그들 두 사람이 서로 노골적인 적의를 표시하는 것이 도리어 이상스레 여겨질 지경이었다. 우리 본토박이 러시아인들은 우리들 틈에 독일 죄수가 끼어서 함께 누워 자더라도 그와 충돌하기보다는 차라리 웃고 지내 왔던 것이다.

만약에 그가, 즉 에리크 아르비드 안데르센이 머리를 그대로 기르고 있지 않았더라면(수용소에서 머리를 박박 깎지 않아도 된다는 것은 그야말로 기적 중의 기적이다), 만약에 그의 얼굴 모습이 그토록 외국인답지 않았더라면, 그리고 만약에 그가 그처럼 자유롭게 영어, 독일어, 스웨덴어를 구사하지 않았더라면 아무도 그의 이야기를 곧이듣지 않았을 것이다. 그의 말에 의하면 그는 스웨덴의 백만장자, 아니 억만장자의 아들이었다. 그리고 외가의 혈통으로 본다면 독일에 있는 영국군 점령 지구 사령관 로버트슨 장군의 조카뻘이 되었다. 스웨덴 국적을 가진 그는 2차 대전 때 영국군에 지원하여 종군했으며 노르망디 상륙 작전에도 참가했다. 전쟁이 끝난 후 그는 스웨덴 군대의 간부가 되었다. 그러나 그는 사회 문제에도 무관심하지 않았다. 사회주의에 대한 동경은 자기 아버지 소유의 자본에 대한 애착보다 더 강했다. 그는 깊은 공감을 가지고 소련의 사회주의 발전을 주시했으며 스웨덴 군사 사절단의 일원으로 모스끄바를 방문했을 때는 소련 사회주의 성과를 직접 보고 확신하게 되었다. 모스끄바에서는 그들에게 화려한 주연을 베풀고 근교의 별장촌으로 안내했다. 별장촌에서 그들은 일반 소련 시민들과, 특히 훌륭한 예술인들과 자유로운 접촉을 가질 수 있었다. 그들이 보기에 소련 예술인들은 무슨 일이나 서두르지 않고 여유 있게 작업을 진행하고 있었으며 그들과도 기꺼이 만나 즐겁게 시간을 보내는 것 같았다. 그리하여 우리 나라의 사회주의 제도의 성공을 최종적으로 확신한 에리크는 서방 세계로 돌아간 후 신문, 잡지에 소련 사회주의를 옹호하고 찬양하는 글을 썼다. 이것으로 그는 자기 운명을 바꾸고 스스로 멸망의 길을 택한 셈이 되었다. 1947년에서 1948년은 소련이 서방 세계를 공개적으로 부정할 용의가 있는 서방 국가의 진보적 청년들을 포섭하기에 온 힘을 기울인 시기였다(이런 청년을 한 20명만 거둬 모으면 서방 세계는 크게 흔들리고 마침내는 무너져 버릴 것이라고 소련 지도자들은 생각했다). 에리크는 신문에 쓴 그의 논설로 보아 바로 이런 대열에 가장 적합한 인물로 지목되었다. 때마침 에리크는 아내를 스웨덴에 남겨 둔 채 서베를린에 혼자 와서 근무하고 있었다. 남자로서 있을 수 있는 약점 때문에 그는 동베를린에 사는 어떤 처녀를 자주 찾아다니곤 했다. 여기서 밤에 그는 걸려들고 말았던 것이다(〈밤에 계집 잘 찾아다니는 놈은 감옥살이하기 알맞다〉라는 옛 속담은 바로 이런 일을 두고 하는 말인지 모르겠다). 그는 모스끄바로 끌려왔다. 그의 접대 역을 맡은 사람은 전에 스톡홀름에 있는 아버지 집의 오찬에 초대된 적이 있어 그와도 안면이 있는 그로미꼬였다. 그로미꼬는 이 청년에게 전 세계의 자본주의와 심지어는 그 자신의 아버지까지도 공개적으로 비난하도록 권했다. 그 대가로 그는 우리 나라에서 죽는 날까지 자본주의적 생활 보장을 약속받았다. 그러나 에리크는 물질적으로 상실할 것이 아무것도 없음에도 불구하고 이 같은 제의에 몹시 격분하여 갖은 모욕적인 소리를 다 퍼부었다. 그로미꼬로서는 놀라지 않을 수 없었다. 그의 결심이 얼마나 굳은지 알지도 못하고 그를 모스끄바 근교의 한 별장에 가둬 놓고서는 옛날이야기의 왕자 대접하듯 그를 잘 먹여 주었다(그러나 그의 말에 의하면 이따금 무자비하게 억압했다는 것이다. 즉, 다음 날 메뉴를 미리 주문받는 것을 중지하고 그가 원하는 영계 튀김 대신 갈비 구이를 가져오곤 했다). 그러고는 마르크스, 엥겔스, 레닌, 스딸린 전집을 비치해 놓고서 그가 세뇌되기를 1년 동안 기다렸다. 놀랍게도 그는 좀처럼 세뇌되지 않았다. 그러자 이번에는 2년 전에 노릴스끄에서 형기를 마치고 나온 전 육군 중장을 그의 옆에 항상 붙어 있게 했다. 중장이 그로 하여금 수용소 생활의 무서움 앞에 고개를 숙이도록 교육할 것이라고 기대했던 것이다. 그러나 중장은 이러한 임무를 훌륭히 수행하기는 고사하고 애초부터 수행할 생각조차 없었던 모양이다. 열 달에 걸친 동거 생활에서 중장은 에리크에게 엉터리 러시아어를 조금 가르쳤을 뿐, 도리어 〈푸른 제모〉에 대한 에리크의 혐오감에 부채질을 했다. 1950년에 에리크는 다시 한번 비신스끼에게 불려 갔으나, 그는 또다시 비신스끼의 요구를 거절했다. (그는 의식이 존재를 좌우하게 한 것이었고 따라서 마르크스 레닌주의의 모든 원칙을 위반한 것이었다!) 마침내 아바꾸모프 자신이 에리크에게 선고문을 읽어 주었다 ─ 20년 금고형이었다. (무엇 때문에???) 그들은 이제 이따위 〈철부지〉를 상대해 온 것을 후회하게 되었으나 그렇다고 서방 세계로 그를 되돌려 보낼 수도 없었던 것이다. 그리하여 그는 열차의 칸막이 객실에 혼자 갇혀 호송되었으며 밤에는 칸막이 너머로 어느 모스끄바 처녀의 이야기를 엿들었고 아침에는 차창을 통해 밀짚이 썩어 가는 랴잔 지방의 러시아 풍경을 멀거니 바라보았다.

지난 2년 동안 그가 소련에서 당한 모든 일들은 오히려 서방 세계에 대한 그의 신뢰를 요지부동의 것으로 굳혀 주었다. 서방 세계에 대한 그의 믿음은 맹목적인 것이어서 그 약점을 그는 전혀 인정하지 않을 정도였다. 그는 서방 국가의 군대야말로 가장 견고한 군대고 서방 세계 정치가들은 악의 없는 유능한 지도자라고 생각했다. 그가 감금되어 있는 동안에 스딸린이 베를린을 봉쇄했고 그 결과는 스딸린이 기대한 대로 나타났다는 우리의 말을 그는 좀처럼 믿으려 들지 않았다. 우리가 처칠이나 루스벨트를 조소하면 에리크의 우윳빛 목과 크림빛 볼은 분노로 붉게 물들여지곤 했다. 또한 그는 자기가 소련에 감금되어 있는 것을 서방 세계가 모르는 체하지 않을 것이며 그가 베를린 앞 슈프레강에서 익사한 것이 아니라, 소련의 꾸이비셰프 형무소에 투옥되어 있다는 것을 알아내기만 하면 몸값을 지불하거나 포로 교환의 형식으로 자기를 구출해 줄 것이라고 확신하고 있었다(자기의 운명은 다른 죄수들의 운명과는 다를 것이라는 이 믿음은 악의는 없는 정통파 공산주의자들을 상기시켜 준다). 이따금 서로 열띤 논쟁을 벌이곤 했음에도 불구하고 그는 나와 나의 친구를 적당한 시기에 스톡홀름에 오도록 초청했다(〈거기서는 우리 집안을 모르는 사람이 없지요〉 하고 그는 피곤한 미소를 띠며 말했다. 〈우리 아버지는 스웨덴 왕실을 거의 먹여 살리다시피 하고 있으니까〉). 그러나 이 억만장자의 아들도 당장은 얼굴을 닦을 만한 수건 한 장 가진 게 없었으므로 나는 그에게 여분의 조각 수건 한 장을 선사했다. 그는 곧 수용소로 이송되었다.[7]

죄수들의 이동은 쉴 새 없이 계속되고 있다. 개별적으로 또는 집단적으로 끌려오고 끌어내고, 어딘가 먼 수용소로 쫓아버렸다가 또 다른 수용소로 옮기고. 겉보기에는 무척 사무적이고 계획적인 움직임 같지만 그 움직임 속에는 실로 어처구니없는 일이 비일비재했다.

1949년 이른바 특수 수용소라는 것이 창설되었다.[8] 어느 최고위층의 결정에 따라 여자 죄수들을 유럽 지역 북단과 볼

7 그 후 나는 우연히 알게 된 스웨덴 사람이나 스웨덴으로 떠나는 사람에게 혹시 소식이 끊긴 이런 사람에 관해 무슨 소문을 들은 적은 없느냐, 그리고 그런 성을 가진 사람을 찾아볼 수는 없겠느냐고 물어보았다. 나의 물음에 그들은 다만 빙그레 웃어 보일 뿐이었다 — 스웨덴에서 안데르센이라는 성은 러시아의 이바노프만큼이나 흔해 빠진 성이고, 또 그런 성을 가진 억만장자는 없다는 것이었다. 그리고 그로부터 22년이 지난 지금, 이 책의 마지막 교정을 보다가 나는 문득 이런 생각이 들었다 — 그 당시 그가 본명을 사용했을 리는 없지 않은가? 아바꾸모프는 그에게 가명을 지어 주었을 것이고 만약에 그가 자기 본명을 타인에게 밝힐 때는 즉각 죽여 버리겠다고 위협했을 것임에 틀림 없다. 그래서 그는 가는 곳마다 스웨덴의 이바노프 행세를 했을 것이다. 그리고 자기 경력 중에서 금지되지 않은 부분만을 우연히 만나는 사람들의 기억 속에 남겨 두려고 애썼을 것이다. 확실히 그는 아직도 자기가 구출될 것을 기대하고 있었던 것 같다. 그것은 이 책에 묘사되고 있는 수백만의 집토끼와 마찬가지로, 극히 인간적인 것에 지나지 않는다. 아니, 참고 견뎌 내면, 언젠가는 격분한 서구인들이 자기를 해방시켜 줄 것임이 틀림없다고 생각하고 있던 것이다. 그러나 그는 동쪽의 견고성을 이해할 수 없었던 것이다. 연약한 서구인으로서는 이러한 증인이 해방된 적이 지금까지 하나도 없었다는 것을 그는 이해할 수 없었던 것이다.

아마 오늘도 어딘가에서 그가 아직 살아 있을지 모른다. (1972년 솔제니찐의 추기)

8 별도의 목적을 수행하기 위한 특별 수용소가 1920년대부터 있었으나 1940년대 후반에는 주로 정치적 목적에 의해 죄수를 격리하는 특수 수용소가 생겨났다. 특수 수용소에 대해서는 제5부 제1장 참조 — 옮긴이주.

가강 하류의 왼쪽 지역의 여러 수용소로부터 스베르들로프스끄 중계 형무소를 거쳐 동쪽인 시베리아, 따이셰뜨와 오제르 수용소로 옮겼다. 그런데 1950년에 이르러 오제르보다는 두브로프, 쩸니꼬프, 모르도비야 등지의 수용소로 여자 죄수들을 집결시키는 편이 훨씬 편리하다는 것을 알게 되었다. 그리하여 여자 죄수들의 대열은 스베르들로프스끄 중계 형무소를 거쳐 이번에는 서쪽으로 흘러가게 되었다. 1951년에 께메로보주에 새 특수 수용소(까미시 수용소)가 창설되었다. 이곳에서는 여자들의 노동력이 필요했기 때문이다. 그래서 스베르들로프스끄 중계 형무소를 거치는 여자 죄수들이 이번에는 께메로보로 방향을 바꾸었다. 수용소 죄수들의 대량 석방의 시기가 도래했다.

그러나 모든 죄수에게 행운이 찾아든 것은 아니었다. 흐루쇼프의 전면적인 감형 조치에도 불구하고 나머지 형기를 마치기 위해 그대로 수용소에 남아 있는 사람도 많았다. 그래서 좀 더 효율적으로 죄수들을 집결시키기 위해 시베리아의 각 수용소로부터 스베르들로프스끄 중계 형무소를 거쳐 모르도비야로 이송되었다.

국내 경제의 성장을 위해서는 죄수들을 효율적으로 이용할 필요가 있었으며 따라서 죄수들의 집결과 이동은 멀고 가까움에 구애되지 않고 수시로 이루어졌다. 러시아인들에게 거리란 별로 중요한 것이 아니다.

개별적인 죄수의 경우도 마찬가지였다. 개인에 따라 여러 가지 일들이 일어나고 무척 고통을 당하는 죄수도 있었다. 덩치 큰 몸집에 항상 명랑한 표정을 잃지 않은 셴드리끄라는 청년은 꾸이비셰프 지구 수용소 중의 하나에서 〈성실하게〉 일하면서 불행이라는 것을 전혀 느끼지 못하고 있었다. 그러나 불행은 마침내 이 순진한 청년에게도 찾아오고야 말았다. 수용소에 긴급 명령이 하달되었다 ― 그것도 다른 사람 아닌 바로 내무부 장관의 명령이었다! (대체 어떻게 장관이 셴드리끄의 존재를 알았을까?) 명령의 내용인즉 셴드리끄를 모스끄바 18호 형무소로 즉시 이송하라는 것이었다. 그리하여 그는 꾸이비셰프 중계 형무소로 끌려갔고, 거기서 다시 모스끄바로 호송되었으나 당국은 그를 18호 형무소로 보내지 않고 다른 죄수들과 함께 유명한 끄라스나야 쁘레스냐로 보냈다(셴드리끄 자신은 18호 형무소에 대하여 아무것도 알지 못했으며, 또 아무도 그것을 설명해 주는 사람이 없었다). 그러나 그의 불행은 이것으로 그치지 않았다. 이틀도 채 지나기 전에 그는 다시 호송 대열에 끼여 이번에는 뻬초라로 끌려갔다. 차창 밖의 풍경은 더욱 쓸쓸하고 더욱 음산해졌다. 청년은 겁이 났다 ― 내무부 장관의 명령에 의해 자기를 이렇게 북쪽으로 끌고 가는 것이라면 자기에 대해 무언가 가공할 〈정보〉를 내무부 장관이 쥐고 있다고 보아야 하지 않을까? 게다가 셴드리끄는 도중에 3일분 양식인 빵 덩어리까지 도둑맞아 뻬초라에 도착했을 때는 걸음도 제대로 못 걸을 만큼 비틀거리고 있었다. 뻬초라는 그를 다정하게 맞아 주지 않았다. 굶주려서 기운도 못 쓰는 그를 진눈깨비가 질척거리는 공사장으로 몰아냈다. 속옷을 말릴 사이도 없었고 매트리스에 전나무 가지를 채워 넣을 사이도 없었다. 이렇게 이틀이 지나자 지급된 모든 보급품을 반납하도록 명령하고 다시 그를 뽑아내어 멀리 보르꾸따로 끌고 갔다. 이 모든 것으로 보아 내무부 장관은 셴드리끄를, 아니, 그 한 사람만이 아니라 함께 호송되는 죄수 전원을 병들어 지치게 하기로 마음먹었는지도 모른다. 보르꾸따에서는 한 달 동안 셴드리끄를 그대로 놔두었다. 그는 다른 죄수들과 함께 작업장에 나가 일했다. 연속되는 이동 때문에 지칠 대로 지쳐 버린 그의 몸은 아직도 회복되지 않았으나 그래도 그는 이 북극 지방에서의 운명에 차츰 순응하기 시작했다. 그런데 어느 날 낮에 갱도 속에서 일하고 있는 그를 갑자기 수용소로 불러들이더니 모든 보급품을 반납하게 하고 이번에는 다시 남쪽으로 끌고 갔다. 이것은 아무래도 개인적인 보복 행위라고밖에는 생각할 수 없었다. 그는 모스끄바의 18호 형무소에 도착했다. 그리고 한 달 동안 감방에 갇혀 있었다. 그다음 어떤 중령이 그를 불러서 물었다. 「도대체 어디가 있었소? 당신이 기계 제작공인 것은 틀림없겠지?」 쎈드리끄는 그렇다고 대답했다. 그러자 당국은 그를…… 〈천국〉 섬으로 이송했다! (그렇다, 〈군도〉에는 이런 이름의 제도도 있었다!)

이와 같은 인간들의 명멸, 이러한 운명과 이러한 이야기 들은 중계 형무소를 다채롭게 장식해 준다. 고참 죄수들은 후배에게 이렇게 가르친다 — 등뼈가 휘어지게 일할 필요가 없어, 여기서는 급식이 보장되어 있으니까.[9] 비좁지만 않으면 실컷 잠이나 자는 거야! 식사 시간만 빼놓고는 몸을 쭉 뻗고 드러누워 있으면 돼!

일반 수용소에서 일해 본 경험이 있는 죄수라면 중계 형무소라는 곳이 우리의 휴식의 집이며 우리들의 여정 중에서 행복한 장소라는 것을 이해할 수 있을 것이다. 더욱 유리한 것은 낮에 잠만 자고 있어도 형기는 자꾸 지나간다는 점이다. 아무튼 낮 시간만 그럭저럭 지나 보내면 밤은 눈 깜짝할 사이에 지나가고 말기 때문이다.

그러나 중계 수용소 당국은 노동이 인간을 창조했으며 오

9 작업이 없을 때도 수용소 관리 본부가 보장하고 있는 배급 식량.

368

직 노동만이 죄인을 교도할 수 있다는 사실을 고려하여, 그리고 때로는 보조적인 작업으로 수입을 올리기 위하여 감방에 드러누워 있는 노동력을 이용하는 수도 있다.

전쟁 이전의 꼬뜰라스 중계 수용소에서는 이런 부업이 일반 강제 노동 수용소의 노동보다 조금도 수월하지가 않았다. 추운 겨울날에 몸이 쇠약한 죄수들로 하여금 예닐곱 명씩 짝을 지어 거대한 트랙터급(!) 썰매를 끌도록 강요했다. 드비나 강의 얼음판 위로 하구인 비체그다까지 12킬로미터를 끌어야 하는 것이다. 사람들은 쓰러져 눈 위에 뒹굴고, 썰매는 얼음 틈새에 틀어박혀 웬만큼 당겨서는 꼼짝도 하지 않았다. 세상에 이보다 더 체력을 소모하는 노동은 없을 것이다! 그러나 이것은 아직 본격적인 노동이라 할 수는 없었다. 잠깐 몸을 푸는 일종의 준비 운동에 지나지 않았다. 비체그다에 도착하면 썰매 하나에 적어도 10세제곱미터의 목재를 실어야 한다. 이것을 예닐곱 명의 죄수가 수용소까지 끌고 와야 하는 것이다! (이미 화가 레삔은 우리 곁을 떠났으며, 우리 시대의 화가들에게는 이것은 이미 그림의 소재가 될 수는 없다. 이것은 레삔의 복사판에 지나지 않기 때문이다.) 아니, 이쯤 되면 중계 형무소라고 해도 수용소와 조금도 다를 바가 없다. 그리하여 수용소로 가기 전에 거기서 쓰러져 죽은 사람도 있다(이 작업의 반장은 꼴루빠예프, 그리고 말 대신 썰매를 끈 것은 전기 기사 드미뜨리예프, 병참 중령 벨랴예프, 그리고 우리가 이미 잘 알고 있는 바실리 블라소프였다. 그 전부의 이름을 지금 다 알 수는 없다).

전쟁 때 아르자마스 중계 형무소에서는 죄수들에게 사탕무 죽을 끓여 주었다. 그 대신에 날마다 쉴 새 없이 일을 시켰다. 중계 형무소에는 부속 시설로 재봉소와 방한화 공장(뜨거운 물과 산성 물질에 섬유를 담가야 했다)을 가지고 있었기 때문이다.

1945년 여름, 끄라스나야 쁘레스냐 중계 수용소에 있을 때 우리는 숨 막힐 듯 답답한 감방을 벗어나려 자진해서 작업장에 나가고는 했다. 그 대신에 온종일 신선한 공기를 마실 수 있고 얇은 판자로 칸막이가 된 8월의 태양 아래(이 무렵에 포츠담 선언과 히로시마 원자 폭탄 투하가 있었다), 조용하고 아늑한 변소 안에서 아무런 방해도 받지 않고 여유 있게 앉아 있을 수도 있고(이런 종류의 사보타주는 종종 무사히 넘어가곤 했다) 외롭게 날아드는 벌들의 윙윙거리는 날갯소리에 귀를 기울일 수도 있고 마지막으로 저녁에 1백 그램의 빵을 더 받을 수도 있었다. 우리는 모스끄바 강가의 부둣가로 나가서 일했다. 적재장에서 통나무를 끌어내려 다른 적재장으로 옮기는 일이었다. 하기는 우리가 받는 보상보다는 훨씬 많은 체력이 소모되었다. 그래도 우리는 자진해서 그곳으로 일하러 다녔다.

나는 젊은 날의 일을 회상할 때마다(거기서 나는 젊은 시절을 모두 보냈던 것이다!) 얼굴이 화끈거리는 것을 느끼곤 한다. 불과 2년 동안 어깨 위에 달고 다닌 그 장교 계급장이 내 갈비뼈 사이 공간에 금빛 독 가루를 잔뜩 뿌려 놓았음이 판명되었다. 우리가 일하고 있던 모스끄바 강의 부두는 일종의 작은 수용소와도 다를 것이 없었다. 그곳은 철조망으로 둘러쳐 있었고 망루도 있었다. 거기서 일하고 있는 우리는 타 공장 사람이었고 임시 고용인에 지나지 않았다. 그리고 이곳에서 우리가 계속 복역하게 되리라는 이야기도, 풍문도 없었다. 그런데도 그곳에 일하러 나간 첫날, 작업 감독이 임시 작업 반장감을 고르려 일렬횡대로 늘어선 우리를 〈사열〉하고 있을 때, 내 초라한 심장은 작업복 속에서 금세 튀어나올 것 같이 고동치는 것이었다 ― 나를! 나를! 제발 나를 지명해 주었으면!

그러나 나는 지명되지 않았다. 도대체 무엇 때문에 나는 그것을 바랐던가! 수치스러운 과오를 더 많이 저지를 수 있을 뿐인 그 〈자리〉를 말이다!

오, 권력의 유혹을 물리친다는 것이 얼마나 어려운 일인가! 이것을 깨달아야 할 필요가 있다.

◆

끄라스나야 쁘레스냐 중계 형무소가 〈굴라끄〉의 수도 구실을 한 적이 있었다. 마치 모스끄바가 그렇듯, 어디를 가든 그곳을 거치지 않으면 안 되는 그런 의미에서의 수도 구실 말이다. 소련 전체로 말하면 따시껜뜨에서 소치로 가는데도, 체르니고프에서 민스끄로 가는데도 모스끄바를 경유하는 것이 가장 편리한 것처럼, 죄수들도 어디서 어디로 가건 반드시 쁘레스냐를 경유해야 했다. 바로 그 무렵에 나는 그곳에 있었던 것이다. 쁘레스냐는 미처 죄수들을 다 수용할 수 없을 만큼 초만원 상태를 이루었다. 그래서 다시 막사를 증축했다. 방첩기관에 의해 형기 선고를 받은 죄수들을 가축 수송용 열차로 이송하는 경우에만 모스끄바를 거치지 않고 순환선을 따라 바로 쁘레스냐 옆을 요란한 기적 소리와 함께 통과하곤 했다.

그러나 잠시 머물기 위해 모스끄바에 도착하는 사람들은 티켓을 가지고 있어서 조만간에 자기가 가야 할 목적지를 미리 알고 있다. 그러나 2차 대전 말기와 종전 직후의 쁘레스냐에서는, 그곳에 도착하는 죄수들 자신은 말할 것도 없고 중계수용소 당국자, 심지어 〈굴라끄〉 지도층조차 어느 죄수가 어느 곳으로 가게 될 것인지를 전혀 예측할 수가 없었다. 1950년 대와는 달리 그 당시는 소련의 형무소 운영 체제가 아직 확립되지 않아서 대개 죄수들의 이송 경로나 행선지 같은 것은 아무것도 기재되지 않았고 다만 근무상의 지시 사항만이 기입되어 있었다 — 〈엄중한 경계를 요함〉 또는 〈반드시 일반 작업반에 편입토록 할 것〉 등등. 형무소의 〈조서〉 뭉치와 지금이라도 금세 찢어질 듯한 서류 뭉치들을(표지가 떨어지고 아무렇게나 노끈으로 묶은) 호송대 하사관이 형무소 관리 사무소의 독립된 목조 건물로 가지고 들어가서 책상 위나 책상 밑이나 의자 밑이나 아니면 마룻바닥에 쌓아올린다(마치 그 서류의 장본인들이 감방에서 자고 있는 모습과 마찬가지로). 그래서 서류 뭉치들은 풀어지기도 하고 흩어지기도 하고 마구 뒤섞이기도 한다. 때로는 이런 서류 뭉치가 방 하나에, 아니 둘이나 셋에 뒤죽박죽 가득 쌓인다. 살이 투실투실하고, 게으른 본부 여직원들은 울긋불긋한 옷을 입고 더위에 땀을 흘리면서 형무소 관계자나 호송 장교들과 키득거리고 있다. 그들 중 아무도 이 서류 뭉치들을 정리하려 들지 않았거니와 정리하려고 해봤자 정리할 수도 없었다. 그러나 수용소로 가는 호송 열차는 일주일에도 몇 차례씩 떠나보내야 했다! 일주일에 몇 번씩 그 붉은 호송 열차를! 그리고 가까운 수용소로 가는 죄수들을 날마다 몇백 명씩 자동차 편으로 보내야 했다. 죄수를 보낼 때는 그의 〈조서〉 기록도 함께 딸려 보내야 했다. 대체 누가 이런 일을 해낼 수 있을까? 누가 그 많은 서류 뭉치들을 구분하고 호송 대열을 편성한다는 말인가?

이 일은 몇 사람의 작업 할당계에 맡겨지곤 했다. 그것은 중계 형무소의 모범수 중의 〈밀고자〉, 또는 〈암캐〉나 얼간이 같은 〈잡종〉들이었다.[10] 그들은 마음대로 감방 복도를 돌아다

넸고 본부 건물에 드나들었다. 죄수의 서류가 〈좋은〉 수용소로 가는 호송대에 끼어드느냐 〈나쁜〉 수용소로 가는 호송대에 끼어드느냐 하는 것은 전적으로 그들에게 달려 있었다. (죽음의 수용소가 존재한다는 것은 새로 들어온 죄수들도 잘 알고 있었다. 그러나 〈좋은〉 수용소가 있다고 생각하는 것은 잘못이다. 좋은 수용소란 없으며, 그저 좀 더 쉬운 일을 하도록 제비를 뽑을 수 있는 수용소가 있다는 것뿐이다. 그러나 그 제비도 현장에서밖에는 통용되지 않는다.) 그러니까 죄수들의 장래는 같은 죄수 출신인 사무 보조원들에게 달려 있으며, 따라서 그들과 흥정할 기회를 얻든가(목욕탕 당번을 통해서라도) 그들의 손에 무엇이든 쥐여 주든가(취사 당번을 통해서라도) 할 필요가 있다. 가죽 점퍼 하나면 북극권인 노릴스끄가 아니라 남쪽인 날치끄로 갈 수도 있고 베이컨 1킬로그램이면 시베리아의 따이셰뜨로 갈 것을 모스끄바 교외의 세레브랸니 보르로 갈 수도 있다(물론 재수가 없으면 가죽 점퍼와 베이컨만 공짜로 떼일 수도 있다). 그렇게 해서 뜻을 이룬 죄수도 있기는 하겠지만 애초에 뇌물로 줄 만한 물건도 없는 죄수나 이런 혼란 속에서 태평할 수 있는 죄수보다 더 행복한 사람은 없다.

운명에 대한 복종, 자기의 인생을 좌우하려고 하는 의지의 완전한 방기, 장래에 관해서 뭐가 최선일지 최악일지 예측할 수 없는데도, 평생 자기 자신을 나무라게 될 한 걸음을 내딛기는 쉬운 법이라는 깨달음 — 이 모든 것이 조금이나마 죄수들을 속박에서 해방시키고 그의 마음을 좀 더 평온하게 만들

10 수용소에서 〈잡종〉이란 아직 어수룩한 도둑을 의미하는 말이다. 그들은 도둑들과 친밀하게 지내고 그들을 따라하지만, 아직 완전히 도둑들의 세계에 받아들여지지는 못한 사람들이었다.

어서 그 인품까지 고상하게 만들어 주는 것이다.

　죄수들이 비좁은 감방에서 서로 몸을 비비대며 드러누워 있듯이 본부 사무실에는 그들의 운명을 결정하는 조서들이 무질서하게 산더미처럼 쌓여 있다. 서류철이 필요하면 작업 할당계들은 쉽게 손이 미치는 가까운 서류 뭉치부터 집어 들게 마련이다. 그래서 어떤 죄수는 이 저주스러운 쁘레스냐에서 3개월 이상 보내는가 하면 또 어떤 죄수는 들어오자마자 이내 호송 대열에 끼어들기도 한다.

　이러한 죄수의 밀집, 성급한 사무 처리, 조서에 대한 제멋대로의 조치는(다른 중계 형무소에서도 마찬가지였지만), 이따금 쁘레스냐에서 죄수의 〈형기 바꿔치기〉를 가져오게 했다. 그러나 〈제58조〉 해당자에게는 그럴 근심이 없었다. 왜냐하면 그들의 형기는 고리끼식으로 말하면, 대문자로 기록된 형기고 그것은 장기간에 걸쳐 의도된 것이어서 그 형기가 끝나는 듯이 보일 때도 결코 끝난 적이 없기 때문이다. 그러나 굵직한 절도범이나 살인범들에게는 어수룩한 일반 형사범과 형기를 바꿔치기할 만한 가능성이 충분히 있는 것이다. 그들 자신이나 또는 그 부하가 새로 들어온 순진한 죄수에게 접근하여 동정 어린 어조로 이것저것 물어본다. 그러면 상대방은 중계 형무소에서 자기 자신에 관한 이야기는 절대 털어놓지 말아야 한다는 것을 모르고 솔직하게 모든 것을 이야기한다. 예컨대, 자기 이름은 바실리 빠르페니치 예브라시낀이며, 1913년에 세미두비예에서 태어났고 죄목은 제109조 근무 태만 조항이 적용되었으며 형기는 1년이라는 것 등을 곧이곧대로 말하는 것이다. 그 후 복도에서 일반 수용소행의 명부가 빨리 불릴 때 이 예브라시낀은 잠들어 있었는지도 모른다. 아니, 잠이 들지 않았더라도 감방 안은 시끄럽고 갑자기 날아들어 온 물통 주위에서 죄수들이 법석을 떠는 바람에 그는 자기의 이름을 놓쳤는지도 모른다. 어떤 성은 밖에서 부른 것을 문 옆에 있는 죄수가 큰 소리로 받아 복창해 주기도 한다. 그러나 예브라시긴이라는 성은 없었다. 아니, 그도 그럴 것이, 복도에서 이 이름이 불리자 한 흉악범이 아첨을 하듯이 그 더러운 얼굴을 내밀고는 〈바실리 빠르페니치, 1913년생, 세미두비예 출신, 제109조, 형기 1년〉 하고 낮은 소리로 주워섬기고는 재빨리 소지품을 가지고 복도로 달려 나갔기 때문이다. 한편 진짜 예브라시긴은 침상에 누워 하품을 하면서 이튿날 호명이 있을 때까지 참을성 있게 기다린다. 그러나 일주일이 지나고 한 달이 지나도 감감무소식이다. 그는 크게 결심하고서 감방의 책임자에게 어째서 자기는 수용소로 이송하지 않느냐고 물어보았다(한편 즈뱌가라는 성은 날마다 계속해서 호명된다). 그러고도 한 달이 지나고 또 반년이 지나서야 중계 형무소 당국은 틈을 내서 호명된 죄수들을 일일이 확인해 본다. 이중 살인범에 강도범으로 10년 형을 받은 즈뱌가라는 죄수가 없어지고 자기를 예브라시긴이라고 부르는 한 소심한 죄수가 남아 있다는 것이 판명된다. 사진으로는 판별할 수 없어서 결국에는 예브라시긴이 즈뱌가로 둔갑하여 징벌 수용소인 이브젤 수용소에 남몰래 이송되고 만다. 만약 그렇게 하지 않으면 중계 형무소가 잘못을 인정하게 되기 때문이다(한편 수용소로 이송된 가짜 예브라시긴은 찾을 길이 없다. 그를 어디로 보냈는지 명부가 남아 있지 않기 때문이다. 1년이라는 짧은 형을 받은 그는 지금쯤은 형무소를 나가 농장 일꾼으로 일하고 있거나, 아니면 도망을 쳐서 이미 제집에 돌아가 있거나, 그도 아니면 필시 새로운 형사 사건으로 다시 형무소에 들어와 앉아 있을지도 모른다). 때로는 자기의 짧은 형기를 1~2킬로그램의 베이컨을 받고 〈팔아먹는〉 괴짜 죄수도 있다. 어차피 나중에는 자기의 인적 사항이 밝혀질 테니까 우선 팔아먹고 보자는 속셈이다. 어느 정도 있을 수 있는 이야기이기도 하다.[11]

죄수들의 〈조서〉에 최종적인 목적지가 기록되지 않았던 시기에 중계 형무소나 중계 수용소는 일종의 노예 시장으로 변해 버렸었다. 그리고 중계 형무소를 찾는 손님들은 이를테면 이곳의 〈고객〉인 셈이었다. 실제에 있어 〈고객〉이란 말은 복도나 감방에서 지극히 자연스럽게 사용되곤 했다. 전국 도처의 건설 현장이나 산업 시설에서는 중앙으로부터 죄수가 할당되기를 목 빠지게 기다려야 했을 뿐 아니라 필요한 인원을 확보하려고 관계자를 직접 중계 형무소나 중계 수용소로 파견할 필요가 있었다. 이것은 수용소 본부 산하 각 건설 현장에서도 마찬가지였다. 왜냐하면 여러 섬에서 죄수들은 끊임없이 죽어 갔기 때문이다. 그들의 생명은 한 푼의 가치도 없었지만 그래도 그 인원수에는 포함되어 있었기에 수용소 당국으로서는 계획 수행을 유지하기 위하여 스스로 그 인원수를 확보하지 않으면 안 되었던 것이다. 〈고객〉은 눈치 빠르고 민첩한 사람이어야 하고 불구나 허약한 사람을 인원수에 끼워 넣지 않도록 잘 살펴야만 한다. 서류에 의해서만 자기가 데려갈 죄수를 골라내는 사람은 어수룩한 고객이다. 꼼꼼한 고객들은 자기 앞에 벌거벗은 〈물건〉을 내놓으라고 요구했다. 이리하여 〈물건〉이란 말을 사람들은 정색을 하고 자연스레 사용하게 되었다. 「그래, 어떤 물건을 가져왔소?」 부띠르끼 중계 형무소에서 한 고객이 열일곱 살 먹은 처녀 이라 깔리나를 발견하고 아래위를 찬찬히 훑어보며 이렇게 물었다.

11 P. 야꾸보비치가 쓴 책에 의하면 형기 매매는 19세기에도 있었다고 한다. 그러니까 이것은 형무소의 오래된 속임수라 할 것이다.

비록 인간의 천성이 변할 수 있는 것이라 할지라도 이 지구의 지질학적 변화보다 더 빨리 변하지는 못할 것이다. 그러므로 2천5백 년 전에 여자 노예 시장에서 노예 상인이 느꼈던 그 호기심과 만족감, 그 감별 감각이 우리의 수용소 관리들을 지배했다 해도 그것은 지극히 당연한 일이라 할 것이다. 1947년에 우스만 중계 형무소에서는 내무부의 제복을 입은 20명가량의 사나이들이 흰 시트를 덮은(이것은 순전히 위엄을 돋보이기 위한 것이기는 하지만 그렇게 하지 않으면 아무래도 어색하게 느껴진다), 몇 개의 책상에 자리 잡고 앉았다. 옆방에서 옷을 모두 벗은 여자 죄수들이 실오라기 하나 걸치지 않은 알몸으로 한 사람씩 그들 앞을 지나면서 멈춰 서기도 하고 몸을 돌리기도 하고 물음에 대답하기도 한다. 만약에 고대의 조각상처럼 몸의 일부를 손으로 가리는 포즈를 취하는 여자가 있으면 당장 호통이 떨어진다. 〈손을 내리시오!〉(장교들은 자기 자신과 자기 동료의 정부가 될 여자를 이런 식으로 골랐던 것이다.)

이리하여 앞으로 닥쳐올 수용소 생활의 어두운 그림자가 중계 형무소에서 잠시나마 정신적 기쁨을 맛보고 있는 신참 죄수들의 가슴 위에 무겁게 내려앉는 것이다.

쁘레스냐의 우리 감방에 〈특수 작업 죄수〉 한 사람이 이틀을 머물고 간 일이 있었다. 그는 바로 내 옆자리에서 잠을 잤다. 문자 그대로 특수 작업 때문에 여행하고 있었다. 즉, 중앙 관리국 발행의 서류를 휴대하고 있었고 그 서류의 경로에 따라 이 수용소에서 저 수용소로 이동하고 있었다. 그 서류에는 그가 건축 기사고 그 전문 분야에 있어서만 새로운 임지에서 고용될 수 있다는 것이 기재되어 있었다. 이런 종류의 특수 작업 죄수는 일반 스똘리삔 차량으로 운반되어 중계 형무소의 일반 감방에 수감되기는 하지만 그의 마음은 태평하기 짝이 없다. 등록된 서류가 그의 몸을 지켜 주어, 벌목장 같은 곳으로 쫓겨날 염려가 전혀 없기 때문이다.

이미 자기 형기의 대부분을 복역한 이 죄수의 얼굴에는 냉혹함과 결단성이 두드러지게 나타나 보였다(바로 이런 표정이 〈수용소군도〉 주민의 일반적 특징이라는 것을 나는 아직 몰랐었다. 얌전하고 부드러운 표정을 띤 사람들은 군도에서 곧 사라져 가게 마련이다). 생후 2주쯤 된 강아지라도 바라보는 것 같은 조소 어린 눈으로, 그는 우리의 첫 몸부림을 조용히 바라보고 있었다.

수용소에서 우리를 기다리는 것은 대체 무엇인가? 그는 우리를 가련하게 여기면서 이렇게 가르쳐 주었다.

「수용소에 첫발을 들여놓기가 무섭게 이놈 저놈 할 것 없이 모두가 자네를 속이고 가진 물건을 빼앗으려고 덤벼들 걸세. 자기 자신 이외에 믿을 놈은 아무도 없어! 어느 놈이 나를 물어뜯으려고 살그머니 기어들지나 않나 항상 살펴야 한다는 말이야. 8년 전에 까르고뽈 수용소에 도착했을 때는 나 역시 자네들처럼 순진해 빠졌었지. 호송 열차에서 내리자 호송병은 죄수들의 대열을 정비하고 출발 준비를 갖추었어. 수용소까지 10킬로미터나 되는 길은 부드러운 눈으로 뒤덮여 있었지. 이때 말이 끄는 세 대의 썰매가 다가오더군. 건장하게 보이는 아저씨가 우리에게 말했어(물론 호송병은 그것을 제지하지 않았지). 〈자, 여기다 짐들을 실으시오. 운반해 줄 테니!〉 우리는 문학 작품 속에서 죄수들의 물건을 짐마차로 실어다 주는 장면을 읽은 기억이 있거든. 그래서 수용소 인심도 아주 사나운 것은 아니구나 생각하며 물건을 실었어. 썰매는 떠나가 버렸어. 그거야, 그것으로 그만이야! 다시는 자기 물건을 구경도 못했어! 심지어 빈 보자기마저도!」

「어떻게 그럴 수가 있소! 거기는 법도 없다는 말이오?」

「바보 같은 소리는 하지도 말게. 법이야 있지. 따이가, 그러니까 정글의 법 말이야! 〈진실〉이라는 것은 수용소에 있어 본 적도 없거니와 앞으로도 없을 걸세. 지금 내가 이야기한 까르고뽈에서의 일은, 이를테면 수용소 생활의 상징 같은 것이지. 그다음에 또 한 가지 명심할 것은 빨리 이곳 환경에 익숙해지는 거야. 예를 들어, 수용소에서는 아무도 그냥 일하는 사람이 없고 또 선의로 도와주는 사람도 없다는 것을 알아야 하네. 무엇이든 반드시 대가를 지불해야 하니까. 만약에 자네한테 무엇이든 친절을 베푼다면 그 뒤에는 꼭 어떤 간계가 숨어 있다고 보면 틀림없어. 그리고 무엇보다 중요한 것은 〈일반〉 작업에는 절대 끼어들지 말아야 하네! 첫날부터 어떻게 해서든지 거기서 빠지도록 해야 해! 첫날부터 〈일반〉 작업에 끼어들었다가는 다시는 거기서 헤어나지 못하니까!」

「〈일반〉 작업이라뇨?」

「일반 작업이란 각 수용소의 주요한 기본적인 작업을 말하는 걸세. 전 죄수의 80퍼센트가량이 일반 작업에 참가하고 있는데 결국은 모두 죽어 버리고 말지. 하나도 살아남을 수 없어! 다시 새로운 죄수를 끌어다가 인원을 보충하는 거야. 거기 끼어들면 항상 굶주려야 하고 항상 젖은 옷을 입어야 하고, 터진 신발을 신어야 하고, 식량 배급량에 속아야 하고, 가장 나쁜 막사에서 자야 하지. 병이 들어도 치료 한 번 받아 볼 수 없어. 수용소에서 〈살아남는〉 것은 일반 작업에 나가지 않는 죄수들뿐이야. 무슨 대가를 치러서라도 〈일반〉 작업에만은 끼지 말도록 하게! 첫날부터 말이야!」

「무슨 대가를 치러서라도?」

「무슨 대가를 치러서라도!」

끄라스나야 쁘레스냐에서 나는 냉혹한 특수 작업 죄수의 조금도 과장 없는 충고를 받아들여 마음에 깊이 새겼다. 하지만 그때 나는 다음과 같은 것을 묻는 것을 그만 잊고 말았다. 그 대가를 판단하는 척도는 도대체 어디에 있는가? 그리고 그 척도의 한계는 어디에 있는가?

제3장

노예 행렬

호송차나 스똘리삔 열차로 호송되는 동안 죄수들이 겪어야 하는 불편과 교통도 참을 수 없거니와 중계 형무소라는 곳 역시 죄수들을 녹초로 만든다. 이런 모든 과정을 거치지 않고 차라리 붉은 수송 열차로 곧장 수용소로 간다면 얼마나 좋을까.

언제나 그렇듯, 국가의 이익과 개인의 이익은 여기서도 부합된다. 국가의 입장에서 보더라도 도시를 연결하는 철도 간선이나 자동차 호송 기관이나 중계 수용소 인원에게 번거로움을 주지 않고 직통 코스를 통해 기결수들을 호송하는 편이 훨씬 유리하다. 수용소 본부도 이미 오래전부터 이 점을 잘 알고 있었던 것이다. 그리고 여기서 등장한 것이 〈붉은 수송 열차(가축 수송 차량)〉, 〈화물선 호송단〉, 그리고 레일도 물도 없는 곳에서는 〈도보 호송단(죄수들이 어찌 카라반처럼 말이나 낙타를 이용할 수 있으랴)〉 등이 그것이다.

그러나 어느 지방에서 대량 숙청의 회오리바람이 불거나 어느 중계 형무소에서 초만원 상태에 있을 때는 수많은 죄수가 한꺼번에 신속히 이용할 수 있는 붉은 열차가 가장 편리한 호송 수단이다.

1929년에서 1931년에는 이 방법으로 수백만의 농민들이 끌려갔다. 또한 같은 방법으로 레닌그라뜨로부터 레닌그라뜨 시민들이 운반되어 갔다. 1930년대에는 이와 같은 방법으로 불모의 땅 꼴리마에 인간의 씨를 뿌렸다. 우리 조국의 수도 모스끄바로부터 소베쯔까야 가반과 바니노까지 〈인간의 씨〉를 실은 〈붉은 수송 열차〉가 날마다 숨 가쁘게 달려가고는 했다. 지방 도시들도 역시 〈붉은 수송 열차〉를 내보냈다(물론 날마다 보낸 것은 아니지만).

1941년에는 볼가강 연안에 사는 독일계 자치 공화국 하나를 몽땅 중앙아시아 까자흐스딴으로 옮겨 놓았다. 그 후부터 소련 내의 나머지 소수 민족들도 역시 이 〈붉은 수송 열차〉의 신세를 져야 했다.

1945년에는 독일, 체코슬로바키아, 오스트리아 등지에 나가 살던 러시아의 〈탕아와 탕녀〉들을 서쪽 국경선에서부터 실어 날랐다. 국경선까지는 그들 자신이 다른 교통수단을 이용하여 달려와 있었던 것이다. 1949년에는 제58조 위반자들을 역시 이 열차가 특수 수용소로 거둬들였다.

스똘리삔 열차는 보통 열차 시간표에 따라 운행되지만 〈붉은 수송 열차〉는 수용소 관리 본부의 고위 장군이 서명한 특별 명령에 따라 운행된다. 스똘리삔은 무인 지대에는 가지 못했으며, 종점에는 언제나 정거장이 있고 초라한 거리도 있으며, 지붕을 씌운 미결수 구류소도 있다. 그러나 〈붉은 수송 열차〉는 무인 지대에도 갈 수 있다. 열차가 도착하는 곳에는 바로 그 옆의 대초원과 밀림의 바닷속에서 눈 깜짝할 사이에 군도의 새로운 섬이 하나씩 솟아오르기 때문이다.

하지만 〈붉은 수송 열차〉라고 해서 대번에 죄수들을 실어 나를 수 있는 것은 아니다. 우선 준비 작업이 필요하다. 그러나 독자들이 상상할 수 있는 그런 의미의 준비 작업은 아니다.

승객을 맞이하기 전에 석탄이나 석회 등을 쓸어 내고 찻간의 구석구석을 깨끗이 청소하는 따위의 그런 준비 작업이 아니라는 말이다. 그리고 겨울철인 경우 빈틈을 모조리 막고 난로를 설치하는 그런 따위 준비 작업도 아니다. (끄냐시-뽀고스뜨에서 롭차까지 새로 건설된 철도선은 전국 철도망에 연결되기도 전에 곧 죄수들을 호송하기 시작했었다. 찻간에는 난로도 없고 침상도 없었다. 죄수들은 눈이 얼어붙은 맨바닥에 누워야 했고 게다가 더운 음식은 나오지도 않았다. 운행 시간이 하루 이내라는 이유에서였다. 그 얼음장 위에서 18시간에서 20시간을 누워 견딜 수 있는 사람이 있다면 어디 한번 시험해 보기 바란다!) 준비 작업이란 다음과 같은 것이다. 첫째, 차량의 마룻바닥과 벽과 천장이 뚫린 곳 없이 모두 견고한가를 검사할 것. 다음은 차량의 조그만 창문에 단단한 창살을 만들 것. 마룻바닥에 구멍이 뚫려 있을 때는 양철을 대고 못을 촘촘히 박을 것. 그리고 열차 전체에 일정한 간격을 두고 감시 초소를 설치해야 하고(이 초소에는 기관총을 가진 호송병이 선다), 만약 이 초소의 수가 부족하면 부족한 숫자를 반드시 보충할 것. 그리고 지붕으로 올라가는 사다리를 부착할 것. 서치라이트 지휘탑의 배치 장소를 미리 고려할 것. 기다란 자루가 달린 나무망치를 준비할 것. 호송 본부용 여객 차량을 연결할 것. 여객 차량이 없을 때는 호송대 장교, 정치위원 및 호송병을 위해 특별 난방 장치를 설치할 것. 호송병과 죄수들을 위한 취사장을 각각 설치할 것. 이상과 같은 여러 가지 준비 작업이 완료된 후에야 비로소 분필을 가지고 각 차량에다 〈특별 설비〉니 〈변질될 수 있는 화물〉이니 하는 암호 표지를 하게 된다(예브게니야 긴즈부르끄는 『제7 차량』이라는 작품에서 〈붉은 수송 열차〉 호송단을 매우 선명하게 묘사한 바 있다. 그러므로 우리는 여기서 여러 가지 자질구레한 설명을 생략해도 무방할 것이다).

열차의 준비 작업이 완료되었다. 이제는 죄수들의 복잡한 〈승차 작전〉만이 남아 있을 뿐이다. 여기에는 가장 요긴한 두 가지 〈목적〉이 있다.

　　— 일반 국민의 눈에 띄지 않게 승차시킬 것
　　— 죄수들에게 겁을 주어 떨게 할 것

죄수들의 승차를 일반 주민들의 눈에 보이지 않게 하는 이유는, 대략 1천 명은 동시에 승차시키기에는 너무나 많은 인원이기 때문이다. 사람들이 보고 있는 앞에서 태연히 끌고 가는 스똘리삔 차량의 소집단과는 다르다(적어도 25개 이상의 차량이 필요하다). 날이면 날마다 매 시간마다 사람들이 잡혀 들어가고 있다는 것은 누구나가 다 알고 있기는 하지만, 그렇다고 그들의 모습을 직접 눈으로 보고 〈함께〉 공포에 떨어야 할 필요는 없지 않은가. 1938년에 오룔 지방에서는 가족 중에 체포된 사람이 없는 집이라고는 거의 한 집도 없는 형편이었다. 그래서 오룔 형무소 앞 광장은 눈두덩이 벌겋게 부어오른 농촌 아낙네들을 태운 짐수레들로 몹시 붐비고 있었다. (아, 그 광경을 우리에게 그려 보여 줄 사람이 대체 언제 나타날 것인가! 그런 기대는 아예 갖지 않는 게 낫다. 그런 그림이 허용될 리가 없기 때문이다!) 그러나 하루에 한 열차씩이나 죄수를 실어 내고 있다는 것을 우리 소비에뜨 인간들에게 보여 줘서는 안 된다(그 해에 오룔에서는 하루에 한 열차씩 실어 냈다). 더욱이 젊은이들은 그것을 보아서는 안 된다. 그들은 우리 미래의 희망이 아닌가. 그렇기 때문에 죄수의 승차는 밤에만 진행해야 한다. 밤이면 밤마다 형무소에서 철도역까지 검은 호송 대열이 몇 달 동안이나 계속되었다(호송용 자동차는 새로 체포된 사람을 나르기에도 바쁘다). 물론 아낙네들은 어떻게 해서든 눈치를 채고 밤중에 역으로 몰려와서 대기하고 있다가 호송 열차가 대피선으로 들어오면 일제히 그쪽으로 달려간다. 침목과 레일에 발이 걸려 비틀거리면서 그들은 차량 옆을 이리 뛰고 저리 뛰며 소리친다 —「여기 이런 사람 없어요?」「여기 누구누구 없어요?」 그러고는 다른 차량으로 달려간다. 이쪽 차량으로는 또 다른 아낙네가 다가온다.「여기 이런 사람 없어요? 여기 누구누구 없어요?」 그러자 밀폐된 차량 안에서 갑자기 응답하는 소리가 들려온다 —「나야! 나 여기 있어!」 또는「그 사람은 다음 차량에 가서 찾아보시오!」 또는「아주머니, 부탁 좀 합시다! 우리 마누라가 바로 저기 역 근처에 있으니 달려가서 말해 줄 수 없겠소?」

이러한 비현대적인 장면은 죄수들을 호송 열차에 승차시키는 작업이 졸렬하게 진행되었음을 증명할 뿐이다. 이를테면 이것은 하나의 시행착오였다. 그리하여 어느 날 밤부터 사나운 군견들이 호송 열차 주위를 둘러싸고 으르렁거리게 되었다.

모스끄바에서도, 스레쩬까 중앙 형무소(이제는 죄수들도 그곳을 기억하지 못하게 되었다)에서도, 끄라스나야 쁘레스냐의 죄수들을 〈붉은 수송 열차〉에 실을 때도 언제나 야간을 이용했다. 이것은 변하지 않는 원칙이다.

지나치게 밝은 낮의 광선을 피하면서 동시에 호송병들은 밤의 태양인 서치라이트를 이용한다. 그것은 필요한 곳으로 조명을 집중시킬 수 있다는 이점이 있다. 여러 가지 서치라이트의 집중 조명을 받으며 죄수들은 놀란 표정으로 웅크리고 앉아서 구령이 떨어지기를 기다린다. 〈다음 5인조 — 일어서!

차량으로 — 달려가!) (그야말로 달려가야 한다! 주위를 두리번거리지 못하도록, 발끝이 걸려 넘어지지 않을까, 오직 그것만을 생각하도록.) 그러면 서치라이트는 그들이 뛰어가는 고르지 못한 노면으로, 그들이 기어오르는 승강구로 불빛을 옮긴다. 적의를 품은 환상적인 이 빛 다발은 조명으로만 이용하는 것이 아니라 죄수들을 위협하는 연극적인 효과를 아울러 노리는 것이다. 또 어떤 때는 발걸음이 늦은 죄수들을 총 개머리판으로 구타하면서 다음과 같이 호령을 한다. 〈땅에 앉아!〉 (그러나 때로는 오룔 역 광장에서도 그랬지만, 〈무릎 꿇어!〉라는 구령이 떨어지기도 한다. 그러면 마치 새로운 순례자의 집단이 나타나는 것처럼 1천여 명의 죄수가 일제히 무릎을 꿇는다.)

승차를 위해서는 전혀 필요 없지만 위협을 위해서는 매우 중요한, 차량으로의 구보, 개들의 표독스러운 으르렁거림, 죄수들을 노려보고 있는 소총과 자동소총의 총신들, 이러한 모든 것은 서치라이트의 강렬한 빛과 함께 죄수들의 정신을 혼란하게 하기에 충분하다. 그렇게 함으로써 그들이 감히 도주할 엄두를 못 내도록, 석조 건물인 감방에서 얇은 널판자로 된 차량으로 옮긴다는 점을 오래 생각하지 못하도록 하려는 것이다.

그러나 밤중에 1천 명의 죄수를 아무런 착오도 없이 호송 열차에 승차시키려면 그 전날 아침부터 형무소에서 일을 서둘러야 한다. 교도관들은 이송할 죄수를 각 감방에서 가려내어 호송단을 구성해야 하고 호송병들은 그 죄수들을 한 사람씩 인계받아 온종일 감방 아닌 마당에 잡아 두어야 한다. 그러니까 한밤중의 승차 작업은 죄수들에게는 하루 동안의 시달림의 마지막 단계에 불과하다.

평상시의 점호, 점검, 이발, 열탕 소독, 목욕 이외에 호송 준비에서 중요한 부분을 차지하는 것은 전반적인 〈소지품 검사〉다. 이 검사는 교도관이 하는 것이 아니라 호송병이 하는 것이다. 호송병으로서는 호송단 구성에 관한 상부의 명령에 따라 자기들의 작전상 관점에서 이 수색을 진행할 필요가 있다. 첫째 죄수들이 도주에 사용할 만한 물건을 모조리 압수해야 한다. 구멍을 뚫을 수 있는 물건, 무엇을 자를 수 있는 물건을 비롯하여 호송병의 눈을 못 뜨게 할 수 있는 모든 종류의 분말(가루 치약, 설탕, 소금, 담배, 차 등)을 압수하고, 모든 종류의 밧줄, 노끈, 혁대 등 도주에 이용할 수 있는 물건들도 압수한다(그러니까 혁대도 마찬가지다! 한쪽 다리밖에 못 쓰는 의족을 고정시키는 데 사용하던 혁대까지 압수당하고 마니, 그 불구자는 의족을 어깨에 메고 동료의 부축을 받으며 달려갈 수밖에 없는 것이다). 그 밖의 물건들, 〈귀중품〉과 트렁크 등은 상부 훈령에 따라 특별 보관 차량에 맡겨 두었다가 호송이 끝난 후 주인에게 되돌려 주게 되어 있다.

그러나 모스끄바 지구의 훈령을 볼로그다 또는 꾸이비셰프의 호송병들은 대수롭게 생각하지를 않는다. 반면에 죄수들에 대한 호송병의 권한은 절대적인 것이다. 여기서 〈승차 작전〉의 세 번째 목적이 수행된다.

— 인민의 아들을 위해 인민의 적한테서 좋은 물건을 빼앗는 것은 공명정대한 일이라는 것

〈땅에 앉아!〉〈무릎 꿇어!〉〈옷을 죄다 벗어!〉 호송병의 이러한 명령 속에는 항변의 여지가 없는 절대적인 권력이 내포되어 있다. 벌거벗은 인간은 자신을 잃게 마련이다. 벌거숭이

가 된 인간은 떳떳하게 가슴을 펼 수도, 옷 입은 사람과 대등하게 이야기를 할 수도 없다. 〈수색〉이 시작된다. (1949년 여름 꾸이비셰프에서.) 벌거벗은 죄수들이 옷과 물건을 손에 들고 다가온다. 주위에서는 수많은 무장 병사가 에워싸고 있다. 이것은 호송 대열로 끌고 가려는 것이 아니라 총살 집행장이나 가스실로 끌고 가려는 것 같은 분위기다. 이런 분위기 속에서 자기 물건 따위를 염려할 겨를이 어디 있겠는가? 호송병들은 모든 것을 단호하고 거칠게 해치운다. 인간다운 소박한 음성으로는 단 한마디도 말하지 않는다. 그들의 임무가 죄수들을 위협하고 억누르는 데 있으니 이것도 당연한 노릇이다. 트렁크가 죄수의 손에서 맥없이 떨어진다. (〈물건은 땅에 내려놔!〉) 트렁크를 흔들어 안에 들어 있던 것을 땅에 쏟아 버린다. 트렁크는 산더미처럼 쌓이고 또 쌓인다. 담배 케이스며 지갑을 비롯하여 죄수들의 하잘것없는 〈귀중품〉은 모조리 압수되어 둥그런 나무통 속에 던져진다(금고도 아니요, 궤짝도 상자도 아닌 나무통이라는 점이 벌거숭이 죄수들의 가슴을 조이게 한다. 그렇다고 항의해 봤자 아무 소용없을 것이다). 벌거숭이들은 황급히 〈수색〉에 걸리지 않은 자기의 걸레 조각 같은 물건들을 땅바닥에서 거둬 모아 보자기나 담요 속에 쑤셔 넣는다. 방한화는 어떡하나? 그것도 맡아 줄 테니 이리로 던지고 물품 목록에 서명하라(영수증을 주는 게 아니다. 이 물건 더미 속에 던져 넣었다는 것을 자기 자신이 써 넣을 뿐이다). 이렇게 해서 죄수들을 실은 마지막 트럭이 형무소 마당을 떠날 때는 어느새 날이 어둑어둑 저물어 온다. 죄수들은 호송병들이 물건 더미로 달려들어 좋은 가죽 트렁크를 들어내고 담배 케이스 등 〈귀중품〉을 골라내는 것을 본다. 그다음에는 교도관들이 한 차례 골라내고 마지막으로 중계 형무소의 〈모범수〉들이 달려든다.

이렇게 가축 수송 차량에 몸을 실을 때까지 하루 동안 죄수들은 부산한 시간을 보내야 한다. 그리고 이제야 그들은 꺼칠꺼칠한 침상 판자 위에 드러누울 수 있게 된다. 그러나 그들은 다시금 추위와 굶주림, 희망과 공포, 무뢰한과 호송병의 틈새에 끼어 이중의 시달림을 받아야 하는 것이다.

만약에 같은 차량 안에 무뢰한들이 끼어 있다면(물론 그들은 〈붉은 수송 열차〉에서조차 따로 격리되지 않는다) 그들은 제일 좋은 자리인 맨 위 침상의 창가 자리를 차지하게 마련이다. 이것은 여름철의 이야기다. 겨울철에 그들의 자리가 어디라는 것은 추측하고도 남음이 있다. 물론 난로 근처이다. 그들은 난로를 에워싸고 둥그렇게 자리를 잡는다. 절도 전과자인 미나예프의 회상기[1]에 의하면 1949년 엄동설한에 보로네시에서 꼬뜰라스까지 가는 동안(사오일은 걸리는 거리였다) 그들의 차량에는 난로용 석탄으로 겨우 세 양동이가 배급되었을 뿐이었다! 무뢰한들은 난로 주위의 자리를 차지할 뿐 아니라, 다른 죄수들한테서 방한모와 방한복을 빼앗아 입고 심지어는 발싸개까지 강탈하여 그 〈도둑놈의 발〉에다 감았다. 너는 오늘 죽어라, 나는 내일 죽겠다! 밖에서 차량 안으로 들여보내는 식사는 우선 무뢰한들이 받아서 좋은 부분을, 그것도 필요한 만큼 떼어먹는다. 1937년에 모스끄바에서 뻬레보리까지 사흘 동안 호송 열차를 탄 로실린의 말에 의하면 운행 기간이 사흘 이내라는 이유로 죽이나 수프는 끓이지 않고 마른 음식만 배급했는데, 캐러멜은 절도범과 강간범인 무뢰한들이 죄다 가로챘으나 아직 덜 굶주렸던지 빵과 마른 생선은

1 「나에게 보낸 그의 편지」, 『문학 신문』, 1962년 11월 29일 자.

그대로 나눠 주었다고 한다. 야채수프 같은 따스한 음식이 나올 때 그것을 분배하는 것도 역시 이 무뢰한들이다(1945년 끼시뇨프에서 뻬초라까지의 호송 열차). 또한 무뢰한들은 호송 도중에 진짜 강도 행위조차 불사했다. 한 에스토니아인의 금니를 보고 부젓가락으로 그것을 뽑아 가진 일도 있었다.

〈붉은 수송 열차〉의 장점 중의 하나는 더운 음식을 준다는 점이다. 인적이 드문 정거장에서(그렇게 쓸쓸한 정거장을 구경한 사람은 별로 없으리라) 열차가 서면 야채수프와 잡탕 죽을 각 차량마다 날라준다. 주기는 주되 그것을 먹으려면 여러 가지 난점이 있다. 첫째, 야채수프를 석탄 양동이에 그냥 담아다 준다. 양동이를 씻을 물이 없기 때문이다! 그도 그럴 것이 열차의 식수는 한정되어 있어서 수프를 끓이기에도 부족할 지경이기 때문이다. 그래서 수프를 먹을 때는 조심조심 석탄 부스러기를 골라서 뱉어 내며 삼켜야 한다. 그뿐만 아니라 야채수프나 잡탕 죽을 가져올 때 그릇은 25개밖에 주지 않는다. 즉, 1개 차량에 인원은 40명인데 그릇은 25개밖에 안 주는 것이다. 그러고는 처음부터 호통을 친다. 「빨리 먹어, 빨리! 다른 차량에도 갖다 줘야 할 게 아냐!」 어떻게 먹으면 좋은가? 어떻게 나누면 좋은가? 그릇이 부족하니 전원에게 똑같은 분량으로 나누기가 어렵다. 나중에 부족하지 않도록 처음에는 눈어림으로 약간 적게 퍼 주어야 한다(먼저 먹을 사람들은 소리친다 ―「잘 좀 저어서 푸라고!」 나중에 먹을 사람들은 잠자코 있다 ― 밑바닥에 좀 더 걸쭉한 것이 남기를 은근히 바라는 것이다). 한 패는 먹기 시작하고 한 패는 기다린다. 좀 빨리들 먹지 못할까! 배도 고프려니와 양동이 속의 수프가 다 식어 버린다. 게다가 벌써 밖에서는 독촉이 성화같다. 「끝났나? 빨리해, 빨리!」 이번에는 나머지 한 패에게 퍼 주어야 할 차례다. 먼저 먹은 패보다 많지도 적지도 않고 걸쭉하지도 묽지도 않아야 한다. 그러고도 남은 것을 이번에는 두 사람 앞에 그릇 하나씩 고루 퍼 주어야 한다. 그동안 40명의 죄수들은 먹는 것보다도 오히려 음식의 배분 쪽에 더 주의를 경주하여 마음을 태운다.

제대로 몸을 녹이게 해주지도 않고, 무뢰한들의 행패를 막아 주지도 않고, 마실 것과 먹을 것을 제대로 주지도 않으면서 잠이나마 제대로 자게 내버려 두면 좋으련만 그것도 아니다. 낮에는 호송병들이 열차 전체를 잘 볼 수 있어서 열차에서 옆으로 뛰어내리는 죄수가 없는가를 쉽사리 감시할 수 있다. 그러나 밤중에는 그것을 볼 수가 없다. 그래서 그들은 열차가 정차할 때마다 기다란 자루가 달린 나무망치로 모든 차량의 벽을 두드려 본다. 혹시나 톱질을 하거나 구멍을 뚫지 않았는가를 확인하는 것이다. 그뿐 아니다. 어떤 정거장에서는 차량의 출입문을 활짝 열어젖힌다. 그러고는 손전등이나 서치라이트를 비춘다.「인원 점검!」구령이 떨어지기 무섭게 벌떡 일어나 왼쪽이든 오른쪽이든 호송병이 가리키는 쪽으로 모두 자리를 옮겨야 한다. 나무망치를 든 호송병이 차량 위로 뛰어 올라와서(자동소총을 가진 다른 호송병들은 출입문 앞에서 반원형으로 둘러선다) 명령한다.「왼쪽으로!」가운데 있는 출입문을 중심으로 왼쪽 사람들은 제자리에 그대로 서 있고 오른쪽 사람들은 빨리 왼쪽으로 옮겨 가라는 뜻이다. 동작이 느리거나 하품하는 사람은 등이나 옆구리에 나무망치가 떨어진다. 그것으로 기합을 주는 것이다. 호송병의 장화는 벌써 죄수들의 초라한 잠자리를 짓밟고, 각자의 〈소지품〉들을 집어 던지고는 혹시나 톱질 자국이 없는가를 확인하려고 손전등을 들이대기도 하고 나무망치로 두드리기도 한다. 아무 이상이 발견되지 않으면 호송병은 한가운데 버티고 서서 왼쪽으로 몰아 놓은 죄수들을 한 사람씩 오른쪽으로 보내면서 인원수를 세기 시작한다. 〈하나…… 둘…… 셋…….〉 손가락을 쳐들었다 내렸다 하며 그냥 세어도 무방하련만 좀 더 분명히, 좀 더 신속히, 그리고 아무런 착오도 없게 진행하려는 생각에서 일일이 나무망치로 어깨며 옆구리며 등이며 머리통이며 닥치는 대로 한 대씩 후려갈기면서 40명을 오른쪽으로 몰아 놓는다. 다음에는 또 왼쪽 마룻바닥을 비춰 보고 두들겨 본다. 「이상, 끝.」 호송병이 나가고 출입문이 닫힌다. 이제는 다음 정거장까지 가는 동안 잠을 잘 수 있다. (호송병의 이러한 경계가 전혀 무의미한 것이라고 말할 수는 없다. 〈붉은 수송 열차〉에서 죄수가 탈주하는 경우가 가끔 있을 수 있기 때문이다. 마룻바닥을 두드리다 보면 벌써 톱질을 하고 있는 것이 발견되는 수도 있다. 그리고 아침에 식사를 분배하다 보면 수염이 덥수룩한 죄수들 사이에 깨끗이 면도를 한 얼굴이 발견될 때도 있다. 칼을 숨기고 있는 자가 있다는 증거다. 자동소총을 가진 호송병들이 차를 에워싼다. 「칼을 내놓아라!」 하지만 이것은 무뢰한들이 심심풀이로 장난삼아 한 짓에 지나지 않는다. 덥수룩한 수염에 〈싫증〉이 났던 것이다. 이렇게 되면 〈세면도구〉, 즉 면도칼을 내놓는 수밖에 없다.)

〈붉은 수송 열차〉가 기타 호송 열차와 다른 점 중의 하나는 거기 승차한 죄수들이 과연 자기가 제 발로 차에서 내릴 수 있을 것인지 아무도 모른다는 사실이다. 1942년에 레닌그라뜨 형무소의 죄수들을 실은 〈붉은 수송 열차〉가 솔리깜스끄에 도착하였을 때, 살아남아서 제 발로 하차한 사람은 극소수에 지나지 않았다. 열차에서 끌어낸 동사자의 시체가 철롯둑 위에 겹겹이 쌓였던 것이다. 1944년과 1945년에 걸친 겨울,

그리고 1945년과 1946년에 걸친 겨울에 북부 지방의 모든 주요한 연락 역과 마찬가지로 젤레즈노도로즈니 마을의 역(끄냐시-뽀고스뜨 노선)에도 해방 지역(발트해 연안 제국과 폴란드, 독일 등)으로부터 죄수 열차가 도착했지만 그 열차에는 시체를 가득 실은 차량 한두 개는 으레 달고 오곤 했다. 물론, 이것은 도중에 각 차량에서 죽은 사람의 시체를 일일이 끌어내서 시체 전용 차량으로 옮겼기 때문이었다. 하지만 어느 열차나 항상 그렇게 했던 것은 아니다. 수호베즈보드나야 역에서는 열차가 도착하고 각 차량의 출입문을 열고서야 몇 명이 살아 있고 몇몇이 죽어 있는가를 알 수 있었다. 찻간에서 내려오지 않으면, 죽었음을 뜻하는 것이다.

겨울에 호송 열차를 탄다는 것은 죄수들에게는 치명적인 불행이 아닐 수 없다. 호송병들은 죄수를 감시하는 데만 정신이 쏠려 25개의 차량 난로에 석탄을 날라다 줄 겨를이 없는 것이다. 그러나 무더운 여름철에 타는 것도 그다지 수월한 것은 아니다. 4개의 조그만 창문 중에 2개는 아예 밀폐되어 있고 차량의 지붕은 햇볕을 받아 뜨겁게 달아오르는 데다가, 1천 명의 죄수에게 물을 넉넉히 공급한다는 것은 호송병으로서는 거의 불가능한 일이기 때문이다. 결국 죄수의 입장에서 호송에 가장 적합한 것은 4월과 9월 두 달인 셈이다. 그러나 호송 열차가 목적지까지 가는 데 석 달이라는 시일이 소요될 경우에는(1935년 레닌그라뜨에서 블라지보스또끄까지) 이 최적기도 충분하지가 못하다. 이렇게 호송 기간이 오래 걸릴 때는 호송병들의 정치 교양과 죄수들에 대한 정신적 지도를 위해 흔히 〈대부〉라는 별명으로 불리는 정치위원이 자기의 전용 차량으로 동행하게 된다. 그는 형무소를 출발하기 전부터 미리 호송 준비 작업을 진행하여, 각 차량에 승차시킬 죄수들의 명단을 작성한다. 이것으로 그는 각 차량의 감방장을 임명함과 동시에 자기의 〈첩자〉를 한 사람씩 끼워 넣는다. 열차가 장시간 정차할 때면 적당한 구실로 그 첩자들을 불러다가 차량 안에서의 죄수들의 대화 내용을 일일이 캐묻는다. 이러한 공작이 아무런 성과도 없이 끝난다는 것은 그로서는 면목 없는 일이다. 때문에 적어도 몇몇 죄수들에게 억지로라도 죄목을 씌워 목적지에 도착하기 전에 추가형을 선고하는 것이다.

그러고 보면 도중에 갈아타기가 없는 직행이라 해도 〈붉은 수송 열차〉가 얼마나 저주스러운 것인가를 타 본 사람이면 누구나 진저리 나게 느낄 것이다! 좀 더 빨리 수용소에 도착할 수는 없을까 하는 생각만이 간절할 뿐이다.

인간이란 희망에 사는 존재다. 수용소에 도착하면 그래도 조금은 인간적으로, 조금은 양심적으로 대해 주겠지 하는 기대를 죄수들은 가져 본다 — 실은 그 반대인데도! 목적지에 도착하면 호송 열차에 승차할 때와 같은 그런 위협적인 처우는 받지 않겠지, 사나운 군견으로 위협하거나 맨땅에 꿇어앉히거나 하는 따위 일이야 없겠지, 비록 우리가 타고 있는 차량에 눈이 쏟아져 들어오더라도 수용소 땅 위에는 그다지 두껍게 쌓이지야 않았겠지, 그리고 우리가 이제 곧 내리는 곳이 바로 최종 목적지겠지, 설마한들 협궤 철도의 무개 화차에 다시 태우지야 않겠지 — 이런 희망을 가져 보는 것이다. 그건 그렇고, 어떻게 죄수들을 무개 화차로 호송한다는 말인가? 지붕이 없으니 얼마든지 도주할 수 있는 게 아닌가? 하지만 이 것은 호송병들이 걱정할 일이다. 죄수들을 화차에 태우고 나면, 모두 나란히 드러누우라고 명령한다. 그 위에 커다란 방수포를 씌워 버리면 된다. 방수포 이야기가 나왔으니 말이지만 그것이라도 씌워 주면 천만다행이랄 수밖에! 올레뇨프라는 죄수는 동료들과 함께 10월에 북쪽 극지에서 하루 종일 무개 화차 위에 있어야 했다(죄수들은 승차시켰지만 기관차가 도착하지 않았기 때문이다). 처음에 비가 부슬부슬 내리다가 곧 한파가 몰아닥쳤다. 죄수들이 걸친 누더기 옷이 꽁꽁 얼어붙었다. 그뿐만 아니라 기차가 달리는 도중에 화차 양옆의 판자벽이 우직우직 부서지면서 몇 사람씩 한꺼번에 차바퀴 밑으로 떨어져 들어가는 수도 있다. 그보다도 궁금한 것은, 두진까에서 극지의 혹한 속에 협궤 철도의 무개 화차로 1백 킬로미터나 가야 한다면, 그 극성스러운 무뢰한들은 대체 어디에 자리를 잡고 앉을까? 그야 뻔하지 않은가 — 화차 한복판에 자리 잡는다. 사방에서 다른 죄수들의 몸이 그들을 감싸줄 것이고, 화차 밖으로 떨어질 염려도 없을 것이니 말이다. 또 한 가지 궁금한 것은 협궤 철도 종점에서 죄수들은 무엇을 발견할 것인가? (1939년의 이야기.) 그곳에는 어떤 건물이 있을까? 아니, 집이라고는 한 채도 없다. 그럼 움막 같은 것은? 있다. 그러나 이미 가득 차서 그들이 들어갈 자리는 없다.

그렇다면 당장 토굴부터 파야 할 게 아닌가? 천만에. 극지의 겨울에 땅을 무슨 재주로 판다는 말인가? 토굴을 파는 대신에 그들은 곧장 갱도로 들어가서 광석을 캐는 것이다. 그럼 어디서 사는가? 어디서 살다니?…… 아, 사는 것 말인가? 나중에 막사를 짓고 거기서 살지.

그러나 죄수들이 모두 협궤 철도 무개 화차로 갈아타는 것은 아니잖은가? 물론, 아니다. 〈붉은 수송 열차〉가 최종 목적지까지 죄수를 싣고 온 경우의 예를 들어 보자.

1938년 2월, 예르쪼보 역. 밤중에 각 차량의 출입문이 열렸다. 열차를 따라 일정한 간격으로 모닥불을 피워 놓고 눈 위에 죄수들을 하차시켜 인원 점검을 하고 대열을 정비하고 또 다시 인원 점검을 실시한다. 기온은 영하 32도. 호송되어 온 죄수들은 돈바스 출신이지만, 모두가 지난여름에 체포되었기 때문에 반장화나 단화, 심지어는 샌들을 신은 사람도 있다. 몸을 녹이려고 모닥불로 모여든다. 호송병들이 쫓아 버린다. 몸을 녹이기 위해서가 아니라 조명을 위해서 피워 놓은 모닥불이다. 대번에 손가락이 얼어 버린다. 신발 속에 가득 들어간 눈은 녹지도 않는다. 구령이 사정없이 떨어진다. 「정렬! 복장을 정돈하라! 한 걸음이라도 좌우로 대열을 이탈하면 경고 없이 발포한다! 앞으로가!」

사슬에 묶인 군견들이 이 구령에 흥분하여 짖어 대기 시작한다. 호송병들은 반코트를 입고 있으나 죄수들은 여름옷을 입고 깊은 눈길을 따라 어딘가 어두운 밀림을 향해 걷고 또 걷는다. 전방에는 불빛 하나 보이지 않는다. 북극의 〈오로라〉가 빛나고 있다 ─ 생전 처음 보는, 그리고 어쩌면 마지막일지도 모를 오로라! 전나무 줄기가 추위에 얼어 탁탁 터진다. 신발조차 시원치 못한 죄수들은 발바닥과 정강이로 눈을 다지면서 말없이 걸어가는 것이다.

이번에는 뻬초라에서 있었던 일을 또 하나 예로 들어 보자. 1945년 1월에(〈우리 군대가 승승장구하여 바르샤바를 점령하고 동프로이센을 양단했던〉 바로 그 무렵이다) 〈붉은 수송열차〉가 도착했다. 눈 덮인 허허벌판. 차량에서 눈 위로 내던져진 죄수들은 6명씩 짝을 지어 정렬한다. 인원 점검을 한다. 숫자가 맞지 않는다. 또 한 번 인원 점검을 한다. 수용소까지 6킬로미터 되는 거리를 눈길을 따라 걸어가야 한다. 이 죄수들 역시 남쪽 땅(몰다비아 지방)에서 왔기 때문에 모두들 가죽신을 신고 있다. 군견들이 대열을 뒤따르면서 맨 뒷줄 사람들의 등을 앞발로 툭툭 치면서 목덜미에 콧김을 끼얹는다(이 대열 속에는 2명의 성직자 — 백발이 성성한 표도르 플로랴 신부와 그를 부축하는 젊은 신부 빅또르 시쁘발니꼬프 — 가 끼어 있었다). 군견의 사용법도 이만하면 대단하다. 아니다. 대단한 것은 군견들 자신의 자제력이다. 얼마나 물어뜯고 싶은 것을 참았겠는가!

마침내 수용소에 도착했다. 우선 목욕부터 해야 한다. 이쪽 건물에서 옷을 벗고는 벌거벗은 몸으로 마당을 가로질러 저쪽 건물에 있는 목욕탕으로 뛰어간다. 그러나 너무나 심한 고통을 견뎌 낸 끝이라 이 정도라면 이제는 문제도 아니다. 천신만고 끝에 살아서 〈도착〉하지 않았는가! 어두워지기 시작했다. 그런데 이때서야 새로운 죄수들을 받아들일 자리가 없음이 판명되었다. 수용소 측의 준비가 되어 있지 않은 것이다. 목욕을 마친 죄수들은 다시 대열을 정비하고 인원 점검을 받는다. 개들이 그들을 에워싼다.

죄수들은 다시금 자기 물건을 손에 들고 어둠 속을 헤치며 6킬로미터의 눈길로 호송 열차까지 〈되돌아간다〉. 그동안 차량의 출입문은 열려진 채였고 난로는 싸늘하게 식어 버려서 그 알량한 온기마저 이제는 사라진 지 오래다. 게다가 석탄은 도착하기 전에 다 때 버려서 아무 데서도 구할 길이 없다. 그리하여 그들은 하룻밤을 모진 추위와 결사적으로 싸워야 한다. 아침에 건어물을 몇 조각 씹고는(물을 마시고 싶은 자는 눈이나 먹어라!) 또다시 그 길을 따라 수용소로 행군한다.

그래도 이것은 운수가 무척 좋은 편이다. 어쨌든 수용소가 있기는 있으니까 오늘 못 받아들인다 해도 내일은 받아들일 테니 말이다. 대체로 〈붉은 수송 열차〉의 특징은 무인지경까지 직행하는 데 있으므로 호송대의 종점에 수용소 같은 시설이 전혀 없는 경우도 적지 않았다. 그러므로 죄수들은 밀림

속으로 들어가 오로라 밑에서 전나무를 기둥 삼아 판잣집을 급히 만드는 수밖에 없다. 이것을 OLP[2]라 부른다. 여기서 그들은 곡분에 눈을 섞어 반죽을 하고 민물고기 말린 것을 씹으면서 적어도 일주일은 그렇게 지내야 한다.

만일 수용소가 2주 전이라도 만들어져 있었다면 이것은 이미 천국과 다를 것이 없다. 물론, 더운 음식도 끓일 수 있게 된다. 그릇이 없으면 목욕 대야에 국을 담아 6명이 한 조가 되어 둥그렇게 모여 서서(식탁이나 의자 같은 것은 아직도 없다) 그중 두 사람이 왼손으로 대야를 받쳐 들면 모두 오른손으로 차례차례 돌아가며 국을 떠먹는다. 나 자신이 경험한 일이냐고? 아니다. 이것은 1937년에 뻬레보리에서 있었던 일을 로실린이라는 죄수가 나한테 이야기해 준 것이다. 그러나 굴라끄 산하 수용소에서는 흔히 볼 수 있는 일이었다.

새로 도착한 죄수들에게는 고참 죄수 중에서 선발된 작업 반장이 배당된다. 반장은 그들에게 수용소에서의 생활 방식과 속임수 쓰는 법을 단시일 내에 가르쳐 준다. 그리고 수용소에 도착한 첫날 아침부터 작업장에 끌려 나간다. 왜냐하면 우리의 〈위대한 시대〉의 시계는 그들에게 시간적 여유를 주기 위해 일부러 멈춰 서는 일은 없기 때문이다. 도착 후 사흘간 죄수들에게 휴식을 취하게 한 제정 시대의 유형지는 이미 우리 나라에 존재하지 않는 것이다.[3]

◆

수용소군도의 경제는 점차 성장하기 시작했다. 새로운 철도 지선이 사방으로 뻗어 나갔다. 그래서 최근까지만 해도 수

2 독립 수용 지점의 약칭.
3 P. 야꾸보비치, 『추방된 자의 세계에서』.

로밖에는 없었던 여러 곳으로 철도를 이용하여 죄수들을 실어 나르게 되었다. 아직도 토박이 고참 죄수들 중에 살아남은 사람들이 있어서 진짜 고대 러시아식 대형 화물선에 1백 명씩 올라타고 죄수들이 직접 노를 저어 이즈마강을 거슬러 올라가던 시절의 이야기를 우리에게 들려준다. 우흐따강, 우사강, 뻬초라강을 따라서는 조그만 범선이 죄수들을 수용소로 실어 날랐다. 그리고 보르꾸따로는 화물선을 이용하여 죄수들을 옮겼는데, 보르꾸따 수용소의 하역장이 있는 아지바봄까지는 그리 멀지 않은 거리인데도 조그만 화물선으로 열흘이나 걸린다.

사람마다 온몸에 이가 들끓어 화물선 전체가 사뭇 흔들거릴 지경이다. 하는 수 없이 호송병은 죄수들이 한 사람씩 위로 올라와 강물에다 이를 털도록 허가한다. 수로 호송 역시 배에 한번 오르면 최종 목적지까지 가는 것이 아니라 도중에 배를 갈아타기도 하고 도보로 꽤 먼 길을 걷기도 한다.

그리고 우스찌-우사, 뽀모지노, 셀랴-유르 등지에는 통나무로 만들었거나 천막을 둘러친 독특한 중계 형무소가 있었다. 또한 그곳에는 엉성하나마 그 나름대로의 질서와 호송 규칙이 있고 죄수들을 괴롭히는 독특한 방법들도 있게 마련이다. 그러나 그곳의 희한한 광경들을 여기서 새삼스레 묘사하는 건 우리의 목표가 아니다.

북드비나강, 오삐강, 예니세이강은 알고 있으리라 — 언제부터 죄수들을 화물선으로 나르기 시작했는가를. 그것은 부농 숙청 때부터의 일이다. 이들 시베리아의 큰 강들은 모두 북극해로 흘러든다. 적화 용량이 엄청나게 큰 화물선들은 죄수들을 살아 있는 러시아 땅으로부터 생명 없는 불모의 북극권으로 실어 나른다. 커다란 나무통 모양의 화물선 속으로 아무릎게나 던져진 죄수들은 흡사 바구니 속의 가재처럼 서로 엎치고 덮치면서 우글거린다. 마치 높다란 절벽같이 느껴지는 뱃전 위에는 감시병이 서 있었다. 이 죄수들의 무리는 위에 아무것도 씌우지 않은 채 호송할 때도 있지만, 더러는 커다란 방수포를 씌우는 수도 있다. 비를 막기 위해서가 아니라 그들이 밖을 보지 못하게 하기 위해, 호송에 만전을 기하기 위해서다.

이렇게 화물선으로 죄수들을 나르는 것 자체는 이미 호송이라기보다는 차라리 죽음으로의 한 단계라고 하는 편이 옳을지도 모른다. 게다가 그들에게는 거의 먹을 것이 지급되지 않았다. 그리고 일단 툰드라에 내동댕이쳐지는 날에는 그야말로 아무것도 얻어먹지 못하게 된다. 대자연과 마주앉아 굶어 죽어 가도록 내버려 두는 것이다.

북드비나강이나 비체그다강의 화물선 호송은 1940년경까지도 여전히 계속되었으며 A. 올레뇨프도 그렇게 호송된 죄수 중의 한 사람이었다. 죄수들은 배 바닥에 앉지도 못하고 빽빽이 서 있었다. 그것도 하루 정도라면 약과다. 유리병에다 오줌을 누어 그것을 이 손에서 저 손으로 건네주면 뱃전 옆에 있는 사람이 조그만 선창을 통해 밖으로 부어 버린다. 그러나 좀 더 급할 때는 바지에 그냥 싸 버리는 수밖에 없었다.

예니세이강의 화물선 호송은 아주 틀이 잡혀서 10년 동안이나 쉴 새 없이 계속되었다. 끄라스노야르스끄 근처의 강변에는 1930년대에 지붕만 있는 간이 막사가 세워졌다. 이 막사 밑에서 시베리아의 추운 봄날에 죄수들은 갈아탈 배를 기다리며 하루 또는 이틀씩 떨어야 했다.[4] 예니세이강의 화물선은

---

4 1897년에 레닌은 〈자유인〉의 자격으로 여기서 성 니꼴라이호에 승선한 일이 있다.

항구적인 시설을 갖춘 선창을 가지고 있었다. 갑판 및 선실은 3층으로 구분되어 있어서 낮이나 밤이나 캄캄했다. 깊은 우물 모양으로 뚫린 승강구를 통해 희미한 빛이 흘러들 뿐이었다. 호송병들은 갑판 위에 마련된 선실에서 지냈다. 그들은 승강구를 지키면서 한편으로는 수면을 주의 깊게 살폈다. 혹시나 강물에 뛰어든 도망자가 없는가를 경계하기 위해서였다. 호송병은 선창으로 내려가지 않는다. 거기서 아무리 사람 죽어 가는 소리가 나더라도 끝내 모르는 척한다. 산책을 위해 갑판 위로 죄수를 끌어올리는 일은 물론 한 번도 없다.

1937년에서 1938년, 1944년에서 1945년에(그 중간에도 매한가지였겠지만) 이 배로 죄수를 호송했을 때는 병든 사람에 대한 대책이 전혀 없었다. 죄수들은 3층 선실에 두 줄로 빽빽이 드러눕는다. 한 줄은 머리를 뱃전 쪽에 두고 다른 한 줄은 첫째 줄 발치에 머리를 둔다. 변기로 가려면 사람의 몸을 밟지 않고는 갈 수가 없다. 그 변기통이나마 제때에 들어내도록 허용되지 않는다. (오물이 가득 찬 통을 가파른 승강구를 통해 위로 들어 올리는 광경을 한번 상상해 보라!) 하여튼 변기통이 가득 차면 더러운 오물이 선실 바닥으로 흐르면서 아래층으로 새어 떨어진다. 거기도 사람들이 누워 있는 곳이다. 각 층 선실에 야채수프를 담은 양동이를 내려보내면 죄수 중에서 지명된 보조들이 어둠 속에서(아마 지금은 거기도 전깃불이 있을 것이다) 석유램프로 비춰 그것을 나눠 준다. 두진까지 이와 같은 호송 생활이 한 달이나 계속되는 수도 있다(지금은 아마 일주일이면 족할 것이다). 얕은 여울이나 그 밖의 장애물 때문에 호송이 예정보다 늦어질 때는 보유하고 있는 식량이 부족해서 며칠씩이나 완전히 굶기가 일쑤다(그렇다고 나중에 굶은 양만큼 소급해서 지급하느냐 하면 물론 그것은 아니다).

이해력 있는 독자라면 이제는 필자의 도움 없이 다음과 같이 덧붙일 것이다 — 이러한 호송선에서 파렴치범인 무뢰한들은 맨 위층 승강구 가까이, 즉 바깥 공기와 빛 가까이 자리 잡을 것이라고. 그들은 식사 배급에 끼어들어 빵 같은 것을 필요한 만큼 더 많이 받는다. 그리고 호송선이 예정보다 지체되어 배급량이 줄어들 때는 아무 거리낌 없이 다른 죄수들의 몫을 가로챈다. 그들은 오랜 호송 생활의 지루함을 잊으려고 도박을 한다. 도박을 위한 카드는 그들 자신이 손수 만들고[5] 노름에 걸 물건은 〈모범수〉들의 소지품 검사에서, 즉 배에 있는 모든 죄수들의 소지품을 속속들이 조사해서 긁어모은다. 도박 밑천으로 빼앗은 물건들은 무뢰한들 사이에서 오락가락 하다가 나중에는 갑판 위에 있는 호송병의 손으로 넘어간다. 그렇다. 독자들의 추측은 완전히 들어맞았다 — 호송병과 무뢰한들 사이에는 밀접한 〈이해관계〉가 있다. 상납받은 물건을 호송병들은 자기가 갖기도 하고 나루터에서 팔아넘기기도 한다. 그 대신에 무뢰한들에게는 먹을 것을 더 많이 주는 것이다.

그러면 그런 무법자들에 대한 항거는 없는가? 있기는 있지만 매우 드물다. 그중 한 사건을 예로 들어 보자. 1950년에 앞에 기술한 것과 유사한 화물선(바다를 운항하는 좀 더 큰 화물선)이 블라지보스또끄에서 사할린으로 죄수를 호송하고 있었다. 이 호송선에서 무기라고는 가진 것이 없는 제58조 위반 죄수 7명이 약 80명의 무뢰한들(이 경우에는 〈암캐〉였다)에게 용감히 항거한 적이 있었다(무뢰한들은 흔히 단도 따위를 숨겨 가지고 있다). 이 악한들은 블라지보스또끄 중계 형

5 여기에 대해서는 V. 샬라모프가 『죄 많은 세계』에 상세히 기술한 바 있다.

무소에 있을 때 이미 호송 죄수들을 모조리 털었는데 그 치밀한 〈수색〉 솜씨는 결코 교도관들에게 뒤떨어지지 않았다. 그러나 아무리 수색 솜씨가 좋더라도 죄수들이 가진 것을 〈전부〉 들추어낼 수는 없는 법이다. 이것을 그들 자신도 잘 알고 있었으므로 배에 타자마자 죄수들에게 거짓 장담을 했다. 「누구든 돈을 가진 사람이 있으면 담배를 사 주마.」 이 말에 미샤 그라체프가 허리춤에 감추었던 돈 3루블을 꺼냈다. 이때 밀고자 볼롯까 따따린이 미샤에게 소리쳤다. 「야, 이놈아, 넌 〈세금도 안 낼 작정〉이냐?」 그리고 그는 돈을 빼앗으려고 달려들었다. 그러나 육군 상사 출신인 빠벨(성은 전해지지 않고 있다)이 그를 떠밀었다. 따따린은 포크로 빠벨을 겨냥했으나 빠벨 쪽이 먼저 잽싸게 때려눕히고 말았다. 무뢰한들은 20~30명이 우르르 몰려들었으나 그라체프와 빠벨 주위에 있던 대위 출신 시빠꼬프, 상사 출신인 뽀따뽀프, 레우노프, 뜨레쭈힌, 그리고 끄라프쪼프가 일제히 일어났다. 어떻게 되었을까? 양쪽에서 주먹이 몇 차례 오간 것으로 승패 없이 결말이 나고 말았다. 강자를 만나면 재빨리 물러서는 무뢰한 특유의 겁 많은 성질 때문이었는지(그런 약점을 그들은 항상 외면적인 배짱으로 은폐한다), 아니면 감시병이 너무 가까이 있기 때문이었는지(맨 위층 선실이었으므로), 하여튼 〈육지에 상륙하기만 하면 네놈들을 박살내 놓을 테니 그리 알아〉라고 위협할 뿐, 그들은 더 이상 귀찮게 굴지를 못했다. 아마도 그들은 더욱 중요한 자기들의 〈사회적 임무〉를 수행하기 위해 자중했는지도 모른다. 그들은 앞으로 알렉산드로프스끄 중계 형무소(일찍이 체호프가 묘사한 바 있다)와 사할린 건설 현장을 장악할 예정이었으니까. 〈정직한 도둑들〉이 손을 대기 전에 말이다. 그러나 알렉산드로프스끄에서 〈암캐들〉은 활개를 칠 수가 없었다. 중계 형무소는 이미 〈정직한 도둑들〉이 완전히 장악하고 있었기 때문이다.

꼴리마로 가는 기선 역시 예니세이강의 대형 화물선과 비슷한 설비가 되어 있었다. 다른 점이 있다면 모든 것이 규모가 훨씬 크다는 것뿐이었다. 1938년 봄에 그 유명한 끄라신호가 이끄는 낡은 기선들의 원정대와 함께 꼴리마로 호송된 죄수들 중에 아직 살아남은 사람이 있다면 그 당시에 죄수들을 실어 나른 주르마, 꿀루, 네보스뜨로이, 드네쁘로스뜨로이 등 낡은 화물선의 이름을 기억할 것이다. 그리고 이들 기선을 위해 쇄빙선 끄라신호가 봄철의 얼음을 깨서 길을 내주었다. 화물선들은 갑판 밑에 3층으로 된 선실을 가지고 있었으나 예니세이강의 화물선처럼 캄캄하지는 않았다. 군데군데 석유램프가 켜져 있었기 때문이다. 그리고 산책을 위해 죄수들을 교대로 갑판 위에 올려 보내 주었다. 화물선마다 한 번에 3~4천 명의 죄수를 나르고 있었다. 목적지까지는 일주일 이상이 걸렸는데 그동안에 블라지보스또끄에서 보급받은 빵은 곰팡이가 슬고, 하루 보급량은 6백 그램에서 4백 그램으로 감소했다. 생선과 음료수도 주기는 주었으나 음료수는 〈일시적인〉 차질 때문에 매우 부족한 편이었다. 하천 수로를 이용하는 호송에 비해 바다에서는 폭풍과 뱃멀미가 죄수들을 괴롭혔으며, 심한 멀미 때문에 기운이 빠져 일어설 수도 없을 지경이었다. 그리고 선실 바닥에는 구역질 나는 토사물이 몇 겹으로 깔려 있었다.

항해 중에는 간혹 정치성을 띤 일화도 있었다. 호송선들은 일본 열도에 가장 가까운 라페루즈 해협을 통과해야 했는데, 그곳을 지날 때는 갑판 위의 기관총이 자취를 감추었고 호송병들은 사복으로 갈아입었으며 선실도 깨끗이 청소되고 갑판으로 통하는 선실 출입문은 폐쇄되었다. 그리고 기선의 서류에는 이미 블라지보스또끄에서부터 죄수 아닌 일반 노무자들을 꼴리마로 호송하는 것으로 기재되어 있었다. 크고 작은 일본 배들이 아무런 의심도 없이 호송선 주위를 왕래했다. (주르마호에서는 1939년에 이런 일이 있었다. 즉, 무뢰한들이 선실에서 기어 나와 보급품 창고를 털고 나서 불을 질렀다. 마침 일본 땅 가까운 곳을 통과하고 있을 때였다. 주르마호에서 연기가 솟아올랐다. 일본 배들이 구조를 자청했으나 선장은 그것을 거절했을 뿐만 아니라 〈선실의 출입문조차 열지 않았다!〉 일본 배들은 멀찌감치 물러났다. 화재가 진화된 후, 연기로 질식해 죽은 시체는 바닷속으로 던져졌고 시커멓게 그을린 식량은 수용소 죄수들에게 보급되었다.)[6]

마가단 앞바다에서 호송 선단이 얼음에 갇힌 적이 있었다. 끄라신호도 도움이 되지 않았다(항해하기에는 너무 이른 철이었으나 긴급히 노동력의 보충이 필요했던 것이다). 끝내 해안까지 들어가지 못하고 5월 2일에 죄수들을 얼음 위에다 부려 놓았다. 당시 그들 앞에 펼쳐진 마가단의 풍경은 적막하기 이를 데 없었다. 사화산, 나무도 없고, 관목도 없고 새도 없다. 그저 몇 채의 조그만 목조 건물과 건설 본부인 2층 건물이 한 채 있을 뿐이었다. 건설 본부 악대가 그들을 맞았다. 그것은 마치 금광 지대인 꼴리마에 묻을 해골들을 싣고 온 것이 아니라 언제든 창조적 생활로 되돌아갈 수 있는 어엿한 소련

6 그 후 몇십 년이 지나는 동안 공해상에서 우리 나라 배가 조난당한 예는 적지 않을 것이다. 물론, 이제는 죄수를 실어 나르는 기선은 없을 것이지만 바로 이러한 폐쇄 정책 때문에 얼마나 많은 소련 시민이 구조를 받지 못하고 희생되었던가 — 바닷속에서 상어 밥이 될망정 당신들 손에 구조되지는 않겠다. 이 폐쇄성이야말로 우리 나라의 암인 것이다.

시민들을 일시적으로 데려오기라도 한 것 같은 환영 절차였다. 악대는 행진곡과 왈츠를 신나게 연주했다. 그러나 지칠 대로 지쳐 이미 초주검이 된 죄수들은 얼음 위에 잿빛 행렬을 이루면서 간신히 걸음을 옮겼다. 그들은 모스끄바에서 가져온 휴대품들을 얼음 위에 질질 끌면서(이 거대한 정치범 호송단은 아직 무뢰한들을 만나지 않았던 것이다) 등에는 다른 죄수들 ― 류머티즘 환자나 하지 절단자(다리가 없는 사람에게도 강제 노동형이 선고되었다)를 둘러메고서 비치적거리며 걷고 있었다.

여기서부터의 일은 독자들이 이미 앞질러 알고 있을 것이므로 그것을 쓰기도 따분하려니와 읽기도 따분할 것이다. 그래도 역시 간단하게나마 기술하는 편이 좋을 것 같다. 이제 그들은 수백 킬로미터를 트럭에 실려 호송되고 다시 수십 킬로미터를 도로로 끌려갈 것이다. 거기서 그들은 새로운 수용소를 만들고 즉각 작업장에 가리라. 그리고 눈으로 입을 축이면서 생선과 보릿가루를 먹고 잠은 천막 속에서 자게 될 것이다.

정말 그렇다. 처음 며칠 동안은 이곳 마가단에서 지내는 게 보통이다. 임시 막사에 머무르면서 우선 심사부터 받는다. 심사라야 유별난 것은 없고 벌거벗은 죄수의 등 뒤에서 관찰하여 노동에 적합한가의 여부를 결정하는 것이다(죄수들은 모두가 노동이 가능하다는 판정을 받게 될 것이다). 그다음에는 물론 순서에 따라 목욕을 시킨다. 탈의장에서 가죽 외투와 반코트, 털가죽 점퍼, 얇은 모직물로 된 양복, 가죽 장화와 방한화 등을 벗어 놓도록 명령한다. (이들은 무식한 농부들이 아니라 당 고위층, 즉 신문 편집인, 기업체 지배인, 지방 당 간부, 경제학 교수 등 1930년대의 쟁쟁한 인사들이므로 모든 면에서 결코 어수룩하지 않다.) 「이것은 누가 보관하는 거요?」그들은 의심스러운 얼굴로 묻는다. 「당신들의 물건을 누가 필요로 하겠소?」교도관은 아니꼽다는 듯이 대꾸한다. 「어서 들어가서 마음 놓고 목욕이나 하시오.」죄수들은 목욕탕에 들어간다. 그런데 나오는 문은 반대쪽에 있다. 거기서 그들은 검정빛 면직 바지와 작업복 상의, 호주머니 없는 죄수용 재킷, 돼지가죽으로 만든 신발 등을 받는다(오, 이것은 결코 사소한 일이 아니다! 이것은 여태까지의 인생 — 계급, 직책, 명예와의 결별인 것이다!). 「우리 옷은 어디 있소?」죄수들이 항의한다. 「〈당신들의〉옷은 당신들 집에나 있는 것이오!」상관인 듯싶은 자가 그들에게 호통을 친다. 「수용소에서는〈당신들의〉물건이란 있을 수 없소. 우리 수용소에서는〈공산주의〉란 말이오! 자, 앞으로가!」

〈공산주의〉라는 데야 더 이상 반박할 말이 없지 않은가? 바로 그것을 위해 그들은 목숨까지 바쳐 왔는데 말이다.

◆

개중에는 짐마차를 타거나 또는〈도보〉만의 호송대도 없는 것은 아니다. 기억하는지 모르겠지만, 똘스또이의『부활』에서는 햇볕이 쨍쨍 내리쬐는 대낮에 형무소로부터 정거장까지 죄수들을 몰고 가는 장면이 있다. 1940년대 초에 미누신스끄[77]에서 있었던 일인데 1년 동안이나 산책도 내보내지 않고 어두운 감방에 가둬만 둬서 이제는 외광 속에서 걷고 호흡하고 보는 능력이 완전히 쇠퇴해 버린 죄수들을 느닷없이 햇빛 아래로 끌어내서 대열을 짓게 하여 아바깐 역까지 25킬로미터나 되는 거리를 단숨에 걷게 하였으니 과연 그 결과가 어떠했겠는가! 10여 명이 도중에 쓰러져 죽고 말았다. 여기에 관한 위대한 소설은 고사하고 소설의 몇 장조차 좀처럼 나타나지 않을 것이다. 하기는 묘지에 살고 있는 사람이 모든 사람의 죽음을 다 애통해 할 수는 없지 않은가?

도보 호송 — 이것은 열차 호송의 할아버지 격이고 스똘리삔과 〈붉은 수송 열차〉의 할아버지 격이다. 우리 시대에 와서 도보 호송은 점점 줄어들었고 현대적인 교통수단을 이용할 수 없는 곳에서만 볼 수 있을 뿐이다. 레닌그라뜨가 봉쇄되었을 때 그곳으로부터 라도가호(湖) 근방의 〈붉은 수송 열차〉까지 데려오는 데도 도보 호송의 방법을 적용했다(부녀자들은 독일 포로들과 함께 호송되었으며, 러시아 남자 죄수의 접근을 총칼로 저지했다. 부녀자들한테서 빵을 강탈하는 것을 방지하기 위해서였다). 도중에 쓰러지는 사람은 목숨이 붙어 있건 끊어졌건 가리지 않고 곧 신발을 벗겨 트럭 적재함에 던져 넣었다. 1930년대에는 꼬뜰라스 중계 형무소로부터 우스찌-빔(약 3백 킬로미터)까지 1백 명으로 구성된 호송단을 날마다 도보로 떠나보냈으며 때로는 치비우(5백 킬로미터 이상)고 가는 호송단도 도보로 보냈다.

1938년에는 부녀자들로 이루어진 호송단을 역시 도보로 보냈다. 이 호송단들은 하루에 25킬로미터씩 걸었다. 호송병은 한두 마리의 군견을 끌고 가면서 뒤떨어지는 죄수들을 총개머리판으로 몰아세웠다.

물론 죄수들의 휴대품과 가마솥과 식량은 뒤따라오는 짐마차로 운반했다. 이런 광경은 지난 세기의 고전적 죄수 호송 대열을 연상하게 했다. 호송단을 위한 숙소도 있었다. 숙청된 부농들의 황폐화된 농가였는데 유리창은 모조리 깨지고 출입문은 달려 있지도 않았다.

꼬뜰라스 중계 형무소의 보급관은 여행이 모두 순조롭게 진행되었을 때를 예상해서 이론적으로 계산해 낸 시간에 대한 식량을 호송 죄수들에게 지급하고 1일분의 여분도 결코 지급하지 않았다(이것은 우리 나라 모든 보급관의 공통된 원칙이다). 그리고 행군 기간이 예정보다 길어질 때는 예정 기간에 해당하는 기준량만으로 식사를 하도록 하거나 아예 지급하지 않거나 했다. 이 점이 고전적 방식에서 약간 벗어나 있었다.

1940년에 올레뇨프가 함께 간 호송단은 화물선에서 내리자마자(끄냐시-뽀고스뜨에서 치비우까지) 밀림 속을 도보로 행군했으나 먹을 것이라고는 아무것도 주지 않았다. 그래서 늪의 물을 퍼마셨더니 모두 이질에 걸리고 말았다. 힘이 빠져 쓰러지면 개들이 달려들어 옷을 찢었다. 이즈마강에서는 바짓가랑이로 물고기를 잡아 날것으로 먹기도 했다(그러고는 숲속의 어느 초원에 이르자, 느닷없이 그들에게 명령했다. 〈바로 이 지점에서부터 꼬뜰라스와 보르꾸따 간의 철도선을 건설한다〉는 것이었다).

도보 호송에는 그 나름대로의 기술이 있다. 그것은 다른 곳보다 더 자주 더 많이 죄수를 이동시켜야 하는 곳에서 스스로 터득되는 것이다. 끄냐시-뽀고스뜨에서 베슬랴나까지 밀림 속의 오솔길을 따라 호송 대열이 전진한다. 갑자기 죄수 하나가 쓰러져 더 이상 걸음을 옮길 수가 없다. 어쩌면 좋은가? 합리적인 방도를 생각해 보라 — 어떻게 할 것인가? 호송 대열 전체를 멈춰 서게 할 수는 없지 않은가? 그렇다고 쓰러지는 죄수마다, 뒤떨어지는 죄수마다 무장 호송병을 1명씩 남겨 둘 수도 없지 않은가? 호송병은 몇 명 안 되는데 죄수는 많다. 그렇다면? 호송병은 쓰러진 죄수와 함께 남는다. 그러나 오래 걸리지는 않는다. 얼마 후 그는 곧 호송 대열을 따라잡는다. 그때는 이미 혼자인 것이다.

까라바스에서 스빠스끄로 향하는 도보 호송이 오랫동안 계속되고 있었다. 35에서 40킬로미터나 되는 거리였지만 하루에 목적지까지 도달해야 했다. 그러나 한꺼번에 1천여 명을 호송해야 하는 데다가 그중에는 신체 쇠약자도 많이 섞여 있었다. 따라서 적지 않은 사람이 도중에 쓰러질 것이 예상되었다. 죽음을 앞둔 사람들의 공통된 무관심이라 할까, 쏠 테면 쏴라, 나는 더 이상 걷지 못하겠다 하는 것이 그들의 심정이다. 그들은 이미 죽음을 두려워하지 않는다. 그러나 몽둥이는? 아무 데나 닥치는 대로 마구 후려갈기는 몽둥이는 어떤가? 몽둥이만은 그들도 무서워한다. 이것은 이미 실증된 바 있다. 그래서 호송 대열 양쪽으로 50미터 거리를 유지하면서 자동소총으로 무장한 호송병들이 대열 속에 끼어들어 뒤떨어지는 죄수들을 사정없이 후려친다. 뒤처지는 사람은 두드려 맞게 되는 것이다(일찍이 스딸린 동지도 예언한 바 있지만). 맞으면 힘은 빠지지만 그래도 걷기는 걷는다. 그래서 그들 중의 대부분은 놀랍게도 목적지까지 도달한다. 몽둥이로 때려도 여전히 쓰러진 채 일어나지 못하는 죄수는 뒤따라오는 짐마차에 싣고 간다. (그러면 왜 처음부터 모든 죄수를 짐마차에 태우지 않느냐고 물을지 모른다. 하지만, 짐마차는 어디서 구하며 말은 또 어디서 구한다는 말인가? 지금은 트랙터 시대가 아니냐 말이다. 게다가 그 비싼 귀리값은 어디서?) 이 도보 호송은 1948년부터 1950년 사이에도 성행했다.

그보다도 1920년대에는 도보 호송이 죄수 호송의 기본 방법 중의 하나였다. 그 당시 나는 아직 어린 나이였지만 지금까지도 기억 속에 선명하게 남아 있다 — 로스또프-나-도누의 대로상으로 아무 거리낌 없이 죄수들을 몰고 가던 것을. 말이 나왔으니 말이지만, 〈예고 없이 발포한다〉라는 구령은 그 당시에는 좀 달랐다. 그때만 해도 검으로만 무장한 호송병이 많았기 때문이다. 그래서 이렇게 명령하곤 했다. 〈한 걸음이라도 대열에서 이탈하면 쏘고, 잘라 버리겠다!〉 이것이 훨씬 강하게 들린다 — 〈쏘고, 잘라 버리겠다!〉 지금 당장 등 뒤에서 목을 자르는 광경을 상상해 보라.

1936년 2월에도 니즈니 노브고로뜨 시내를 따라 볼가 지방 죄수들이 끌려가고 있었다. 그들은 대부분이 턱수염을 길게 기르고, 제집에서 만든 덧저고리를 입고, 다리에는 행전을 치고 짚신을 신은 노인들이었다. 이를테면 〈사라져 가는 러시아〉의 상징이었다. 그런데 별안간 호송 대열을 가로질러 3대의 자동차가 지나갔다. 그중 한 대에는 중앙 집행 위원회 의장인 깔리닌이 타고 있었다. 대열은 멈춰 섰다. 깔리닌은 아무런 관심도 나타내지 않고 그냥 통과해 버렸다.

독자들이여, 눈을 감아 보아라! 당신들의 귀에 요란한 바퀴 소리가 들리는가? 그것은 스똘리삔이 달리는 소리다. 그것은 〈붉은 수송 열차〉가 달리는 소리다. 온종일 한시도 중단되지 않고 들려온다. 그리고 날이면 날마다 그 소리는 계속된다. 당신들의 귀에는 물결이 치는 소리도 들릴 것이다. 그것은 죄수들을 실은 화물선 소리다. 아, 죄수 호송차의 엔진 소리도 들려온다. 잠시도 쉬지 않고 누군가를 차에서 내리게 하고, 떠밀어 넣고, 옮겨 싣는다. 저 웅성거림은 또 무엇인가? 죄수들로 꽉 찬 중계 형무소의 감방에서 들려오는 소리다. 저 울부짖음은 또 무엇인가? 물건을 강탈당한 죄수들의, 억울하게 구타당한 죄수들의 하소연 소리다.

우리는 죄수 호송의 모든 방법을 살펴보았다. 그 모든 것이 〈너무나 혹독하다〉는 것을 우리는 확인했다. 우리는 중계 형무소도 살펴보았다. 거기서도 좋은 점은 가려내지 못했다. 그리고 앞으로는 더 좋아지겠지, 수용소에 가면 나은 게 있겠지, 하는 인간의 마지막 희망조차 실은 근거 없는 희망이다.

수용소에 가면 더욱 형편이 나빠질 것이기 때문이다.

제4장

섬에서 섬으로

한 사람씩 통나무배에 태운 듯한 형식으로 죄수들은 군도의 섬에서 섬으로 이송되는 일도 있다. 이것을 가리켜 〈특별 호송〉이라 한다. 이것은 아주 자유로운 호송의 한 형태로서 보통 사람들의 여행과 별로 다를 것이 없다. 하지만 그렇게 이송을 다니는 죄수들은 별로 흔치 않다. 나도 수용소 생활을 하는 동안 그런 일은 세 번 정도 있었다.

〈특별 호송〉이란 높은 양반들의 명에 따라서 내려지는 것이다. 그러나 이것은 앞서 어딘가에서도 쓴 바와 같이 〈특별 명령〉과 혼동해서는 안 된다. 특별 명령을 받은 자는 종종 멋진 여행을 할 때도 있지만(그렇기 때문에 더욱 강렬한 인상을 받게 된다) 일반 호송으로 보낼 때가 더 많다. 예컨대 안스 베른시쩨인은 특별 명령에 따라 북부 지방에서 볼가강 하류로 농업 출장을 갔다. 그는 앞에서 쓴 바와 같이 콩나물시루와 같이 비좁은 열차 속에서 갖은 천대를 다 받으며, 개들이 사방에서 짖어 대고 총검을 든 군인들이 주위에 빽 둘러서서 〈한 걸음이라도 대열에서 빠져나오는 놈은……〉 하고 소리치는 가운데 호송되어 가다가 갑자기 잔제밧까의 조그만 역에서 하차하게 되었다. 그러자 그곳에서 총도 아무것도 손에 들지 않은 얌전한 교도관 한 사람이 그를 맞았다. 교도관은 하품을 하며 말했다.「좋아, 오늘 밤은 우리 집에서 지내게 될 것이다. 그러니 식사 때까지 잠시 산보를 해도 좋다. 내일 너를 수용소에 데려다줄 테니까.」안스는 산보를 했다. 하지만 10년 형기를 받고 이미 몇 번이고 세상과 작별 인사를 해야 했던, 그리고 오늘 아침까지만 해도 스똘리삔 차량에 있었으며 내일은 드디어 수용소 신세가 되는 그런 인간에게 산보가 무엇을 의미하는 것인지 여러분들은 이해할는지. 그는 역 앞에서 왔다 갔다 하며 암탉들이 역전 뜰에서 땅을 파헤치고 있는 모습이며 시골 아낙네들이 기차에서 팔다 남은 버터나 참외 같은 것을 챙겨 돌아갈 차비를 하고 있는 것을 바라보았다. 그는 옆으로 서너 걸음 가봤다. 그러나 아무도 〈정지!〉 하고 외치는 사람이 없었다. 그는 전혀 믿어지지 않는다는 표정으로 아카시아 잎을 만져 보았고, 거의 울음이 복받쳐 오를 지경이었다.

특별 호송이 되면 처음부터 끝까지 이상한 것투성이다. 이때는 일반 호송 죄수의 고통을 모르고 지낼 수도 있다. 손을 뒤로 돌리지 않아도 되고, 발가벗지 않아도 되고, 맨땅에 앉지 않아도 되고, 신체검사조차 하지 않아도 될 것이다. 호송병은 나에게 친절하게 굴며 〈당신〉이라는 말까지 쓴다. 주의 사항에서 호송병은 이렇게 경고한다. 만약 당신이 도주를 기도한다면 우리는 평소와 마찬가지로 발포하겠소. 우리의 권총은 장전된 채 호주머니 속에 들어 있으니까. 그러니 얌전히 갑시다. 마음을 홀가분하게 가지고 당신이 죄수라는 것을 남에게 알려서는 안 됩니다. (나는 언제나처럼 여기서도 개인과 국가의 이익이 완전히 일치하고 있다는 것을 특히 지적하고 싶다!)

나의 수용소 생활은 손가락을 오므린 채(연장을 꽉 움켜잡는 바람에 손가락이 잘 펴지지 않았다) 토목반에 배치된 그날부터 급변하고 말았다. 교도관은 토목반에서 나를 빼내어 갑자기 부드러운 말투로 이렇게 말했다. 「알겠소? 이것은 내무부 장관의 지시요……」

나는 망연자실했다. 교도관이 가버리자 수용소 구내의 모범수들이 나를 둘러쌌다. 어떤 자는 〈형기가 새로 더 늘어난다〉고 말하는가 하면 어떤 자는 〈석방〉이라고 했다. 그러자 내가 끄루글로프 내무부 장관을 그대로 벗어날 수는 없을 것이라는 데에는 전체의 의견이 일치했다. 그래서 나 역시 새로운 형기와 석방 사이에서 동요하기 시작했다. 나는 반년 전에 우리들의 수용소에 어떤 사람이 찾아와서 수용소 관리 본부의 인사 카드에 여러 가지 사항을 기록했던 일을(전후 이러한 인사 카드 제도가 가까운 수용소로부터 시작되었으나 그것이 완성되었는지는 의문이다) 까마득히 잊고 있었다. 인사 카드의 중요한 칸은 〈특기란〉이었다. 그리하여 죄수들은 자기의 가치를 높이기 위해서 수용소에서 가장 인기 있는 특기를 카드에 써넣었다. 〈이발사〉, 〈재단사〉, 〈창고계〉, 〈제빵사〉 등등. 그러나 나는 눈을 찌푸리고 핵물리학자라고 써넣었다. 나는 핵물리학자는 아니었으나 그저 전쟁 전에 대학에서 그 방면의 강의를 다소 들은 적이 있어서 원소의 기호며 매개 변수 따위를 알고 있었다. 그래서 그냥 핵물리학자라고 써넣었던 것이다. 1946년이 되자 원자 폭탄이 아주 필요하게 되었다. 하지만 나 자신은 그 인사 카드를 대수롭게 생각하지 않았고 까맣게 잊어버리고 있었다.

이 수용소의 어딘가에 몇 개의 조그만 천국과 같은 섬들이 있다는 소문이 떠돌고 있었다. 그러나 누구에 의해서도 확인된 적이 없는 도저히 믿을 수 없는 전설과 같은 이야기였다. 아무도 그러한 섬을 본 일도, 가본 일도 없고, 가본 사람도 지금은 아무 말 없이 침묵을 지키고 있을 뿐이다. 그 섬에서는 우유와 꿀이 강물처럼 흐르고 농축 크림이나 달걀보다 못한 음식은 나오지 않는다고 한다. 그리고 그곳은 깨끗하고 언제나 따뜻하며 정신적인 노동과 극비의 일만을 한다는 것이었다.

그리고 나도 그런 천국과 같은 수용소(죄수들은 속어로 〈샤라시까〉라고 한다)에 형기를 반쯤 보내고 나서 들어갈 수 있었다. 내가 이렇게 살아남은 것도 그 덕택이며 일반 수용소에서라면 도저히 형기를 다 치르지도 못했을 것이다. 이 소설을 지금 내가 쓰고 있는 것도 다 그런 특별한 수용소 덕분이다. 지금 이 책에서는 그런 섬들에 대해서 쓸 생각은 없다(이미 그런 섬들을 다룬 장편 소설이 하나 나와 있다). 그런 천국과 같은 섬을 나는 여기서 저기로, 거기서 또 다른 곳으로 특별 경비를 받으며 옮겨 다녔다. 2명의 감시인과 함께.

만일 죽은 넋이 이따금 우리에게 날아와 우리를 보고 우리 마음속에 일어나는 보잘것없는 생각을 쉽게 알아차린다면, 그리고 우리가 형체도 없는 이들을 볼 수도 없고 추측할 수도 없다면, 특별 호송에 의한 여행도 바로 그런 죽은 넋의 날아다님과 같은 것이라고 말할 수 있을 것이다.

나는 자유를 만끽하면서 역의 대합실을 거닐어 본다. 나와는 아무 관계도 없는 포고문을 멍하니 바라본다. 그리고 고풍어린 객차의 소파에 앉아 하잘것없는 생소한 이야기를 귀를 기울인다 ― 어떤 남편이 아내를 구타했다느니, 아내를 버렸다느니, 어쩐 일인지 시어머니와 며느리 사이가 좋지 않다느니, 어느 아파트의 이웃 사람들은 복도에서 전깃불을 켜 놓고 구두에 진흙을 묻힌 채 걸어다닌다느니, 직장에서 누가 상극이며, 그리고 누구는 좋은 자리로 발령을 받고도 쉽게 옛날의 직장을 떠날 수가 없어 다른 데로 옮겨갈 마음을 먹지 못하고 있다느니 하는 이야기들이었다. 나는 계속 이야기를 귀를 기울인다 — 갑자기 등줄기에 소름이 오싹하며 부정적인 생각이 뇌리에 떠오른다. 우주 속에 있는 모든 사물의 진정한 척도가, 그리고 온갖 약점과 욕망의 척도가 아주 명확하게 내 앞에 나타났기 때문이다! 그러나 이들 죄인들은 그러한 척도를 전혀 이해하지 못한다. 진정 살아 있는 인간으로 착각하고 있을 뿐이다.

그대들 사이에는 메울 수 없는 심연이 가로놓여 있다! 그들 위에다 대고 소리치거나 울거나 어깨를 잡고 흔들 수도 없다. 당신은 혼이며 환영이지만 그들은 눈으로 볼 수 있고 만져 볼 수 있는 물체가 아닌가.

그러한 사람들에게 어떻게 인식시킬 수 있을까? 영감을 줌으로써? 환영에 의해서? 아니면 꿈속에서? 형제들이여! 어찌하여 당신들에게는 삶이라는 것이 주어졌는가? 깊은 밤, 사형수 감방 문이 활짝 열리며 위대한 인물들이 형장으로 끌려간다. 지금 이 순간 전국의 철도 위에서는 수많은 사람들이 청어를 먹고 난 다음 쓰디쓴 혓바닥으로 메마른 입술을 핥으며 다리를 뻗을 수 있다는 기쁨과 용변을 마친 후의 편안한 잠을 꿈꾸고 있다.

오로뚜깐에서는 깊이 1미터 정도로 언 지면이 여름이나 되어야 녹는다. 그래서 그때 비로소 땅을 파헤쳐 겨울 동안에 죽은 죄수들의 유해를 매장한다. 그러나 여러분들에게는 파란 하늘 아래서, 뜨거운 태양 아래서 자신의 운명을 스스로 정하고 물을 먹으러 갈 수도 있고 마음대로 감시를 받지 않고 다닐 수도 있지 않은가. 그런데 진흙 발로 걸어다닌다는 것은 무엇이며 며느리와 시어머니의 불화는 또 무엇인가? 삶 가운데 가장 중요한 것, 삶의 모든 수수께끼를 원한다면 지금이라도 당신에게 보여줄 수 있다. 환영을 찾지 말라. 재물과 명성을 좇으려 하지 말라. 그런 것은 수십 년에 걸쳐 애써 축적된 것이지만 단 하룻밤 만에 빼앗길 수도 있는 것이다. 초연한 태도로 삶을 살아 나가라. 불행을 두려워할 것도 없고 행복으로 가슴 태울 필요도 없다. 그것은 매일반이 아닌가? 괴로움도 영원한 것은 아니고 즐거움도 완전히 충족될 수 있는 것은 아니다. 당신은 다행으로 알라. 등뼈가 부러져 있지 않고 두 발로 걸어 다닐 수 있고 두 손을 오므렸다 폈다 할 수 있고 두 눈과 귀로 듣고 볼 수 있다면 더 이상 누구를 부러워할 것이 있는가? 왜냐하면 다른 사람에 대하여 부러운 생각을 품는 것은 무엇보다도 우리 자신을 좀먹는 일이 되기 때문이다. 두 눈을 똑바로 뜨고 마음을 깨끗이 하라. 그리고 당신들을 좋아하고 당신들에게 호감을 갖고 있는 사람들을 무엇보다도 높이 평가하라. 결코 그들에게 모욕적인 말이나 욕을 하지 말 것이며 그들 누구와도 말다툼 같은 것으로 헤어지는 일이 없도록 하라. 이것이 체포 전의 당신의 마지막 행위가 될지도 모르며 당신은 그런 식으로 그들의 기억 속에 남을지도 모르기 때문이다!

그러나 호송병은 수시로 호주머니 속에 들어 있는 권총을 만진다. 우리는 세 줄로 나란히 앉아 있었다. 술을 못 마시는 아이들처럼, 얌전한 친구들처럼.

나는 이마를 문지르며 눈을 감았다가 다시 떠 본다. 다시 누구의 감시도 받지 않고 사람들이 무리를 지어 있는 곳을 본다. 나는 어제 감방에서 하룻밤을 보내고, 내일도 다시 감방에 들어가리라는 것을 결코 잊고 있는 것은 아니다. 그러나 바로 그때 검표집게를 든 검표원이 찾아온다. 「당신 표요!」「옆 친구가 가지고 있습니다.」

　객차는 만원이다(그러나 그것은 바깥세상의 의미로 〈만원〉이라는 말이다. 의자 밑에는 아무도 누워 있는 이가 없고 통로 바닥에도 앉아 있는 사람이 없다). 나에게 내려진 말은 태연한 태도를 취하라는 것이었으나 나는 훨씬 더 태연한 태도를 취했다. 찻간 옆자리의 창가에 자리를 하나 발견하고 거기로 옮겨 앉았다. 나의 호송병들이 앉을 자리는 그 찻간에 없었다. 그들은 여전히 그 전 찻간에 앉아서 부드러운 눈길로 나를 감시하고 있었다. 뻬레보리에서 내 맞은편 탁자에 자리가 하나 비었으나 나의 경비병보다 먼저 양가죽 코트에 털모자를 쓴 얼굴이 넙적한 젊은이가 날쌔게 자리를 잡았다. 그의 손에는 평범한 트렁크가 쥐어져 있었다. 그 트렁크가 수용소 군도의 제품이라는 것을 나는 금방 알아볼 수 있었다.

　사나이는 후후 숨을 내쉬었다. 빛은 희미했으나, 시뻘겋게 충혈된 얼굴로 싸움이라도 하듯이 승차한 것을 나는 알아볼 수 있었다. 그는 물통을 꺼내어 「맥주 좀 들겠소, 동지?」 하고 말한다. 나는 경비병이 옆자리에서 안절부절 못하고 있는 것을 알고 있었다. 나는 알코올을 마셔서는 안 되는 것이다. 그것은 금기 사항이다! 하지만 행동은 자연스러워야 한다. 그래서 나는 태연하게 대답했다. 「네, 한잔 주십시오.」 (맥주? 맥주! 지난 3년 동안 나는 맥주라고는 한 모금도 마셔 보지 못했다! 맥주를 마셨다고 내일 감방에 가면 자랑해야지!) 사나이는 술을 따르고 나는 떨리는 손으로 술을 마신다. 벌써 날이 어두컴컴해진다. 차 안에는 전깃불도 없고 전후(戰後)의 혼란만이 있을 뿐이다. 문 칸막이에 있는 옛 등잔에는 촛불 하나가 타오르고 있으며 그것은 동시에 4개의 칸막이를 비춰 주고 있었다. 앞으로 두 칸막이, 뒤로 두 칸막이. 나와 사나이는 거의 상대방을 보지도 않고 친구처럼 이야기를 나눈다. 호송병이 아무리 몸을 굽혀 귀를 기울여 봐도 덜컹거리는 기차 소리에 아무 말도 들리지 않는다. 내 주머니 속에는 집으로 보낼 엽서 한 장이 들어 있다. 이제 나는 나의 순진한 이야기 상대에게 내가 누구라는 것을 설명하고 우체통에 이 엽서를 넣어 달라고 부탁해 보리라. 그 트렁크로 미루어 보아 그 자신도 수용소 출신인 것 같았다. 그러나 그는 나를 앞질러 이렇게 말한다. 「사정사정해서 간신히 휴가를 얻었지요. 2년 동안 휴가도 한 번 못 가고 그저 소같이 일만 해왔거든요.」 「도대체 어떤 일인데요?」 「당신은 모를 거요, 나는 내무부에서 일합니다. 〈아스모데우스(악마, 악령)〉, 푸른 견장 말이오. 당신은 한번도 본 일이 없소?」 젠장! 내가 왜 그런 것을 당장 알아보지 못했을까. 삐레보리라면 볼가 수용소의 중심이며 이 트렁크는 그가 죄수들에게서 강요해서 공짜로 만들게 했을 것이다. 우리의 인생이란 이렇게 기구한 것이다 ─ 두 칸막이에 2명의 호송병으로도 부족하여 또 하나의 호송병이 와 앉아 있으니 말이다! 어쩌면 제4의 호송병도 어딘가에 숨어 있었을지 모를 일 아닌가? 각 칸막이에 4명의 호송병이 한꺼번에 타고 있을지도 모를 일이다. 또 우리 칸막이에 함께 타고 있는 누가 특별 호송을 가고 있는지도 모를 일이다.

나의 이야기 상대는 계속 투덜거리며 자신의 운명을 불평하고 있었다. 나는 수수께끼 같은 말투로 그에게 반박을 했다. 「당신이 감시하고 있는 것은 어떤 사람들이오? 아무 일도 없이 10년 형을 받은 사람보다는 그래도 낫지 않소?」 그는 금세 시무룩해지더니 아침까지 아무 말이 없었다. 내가 군인 외투에 야전복을 입고, 반쯤 군인다운 모습을 하고 있는 것을 어두컴컴한 촛불 속에서 희미하게나마 바라보고 있었던 것이다. 젊은이는 나를 보통 군인이라고 생각했을 것 같다. 어쩌면 경찰이라고 생각했을까? 아니면 탈주한 죄수를 붙잡으러 간다고 생각했을까? 도대체 무엇 때문에 이 찻간에 타고 있다고 생각했을까? 어쨌든 그는 내 앞에서 수용소에 대한 욕을 실컷 했다.

촛불은 닳아서 납작해졌으나 그래도 여전히 타고 있었다. 세 번째 선반 위에서 어떤 젊은이가 쾌활한 목소리로 책에 쓰인 것과는 다른 진짜 전쟁 이야기를 하고 있었다. 젊은이는 공병 출신으로 정말처럼 믿어지는 한 사건을 이야기하고 있었다. 이야기는 너무나 즐거워서 진실이란 언제나 장벽을 넘어 사람의 귀에 전달되는 것이구나 하는 생각이 들 정도였다.

그런 이야기라면 나도 할 수 있다. 나도 이야기하고 싶어지기까지 했다! 아니, 이제는 말하고 싶지 않다. 소가 혀로 핥듯이, 전쟁은 내게서 4년이라는 시간을 완전히 핥아 갔다. 하지만 이제는 그것이 무엇이었는지도 믿고 싶지 않고 기억하고 싶지도 않다. 이곳의 2년 동안, 군도의 2년 동안은 전선의 여러 길과 전우들을 어둠 속에 가리게 했다. 모든 것을 어둠 속에 가리게 하고 말았던 것이다.

독은 독으로서만 다스릴 수 있는 것이다.

그리하여 바깥 사람들의 틈에 끼어 불과 몇 시간을 보내는 동안 나는 내 입술을 함부로 열 수 없고 그들 속에서는 아무것도 할 수 없으며 이곳에서도 나는 묶여 있는 몸이구나 하는 생각을 하게 되었다. 나는 자유롭게 말할 수 있는 나의 집, 나의 수용소군도로 가고 싶다!

이튿날 아침, 나는 찻간의 선반 위에 엽서 한 장을 잊은 듯이 놓고 내린다. 어떤 여차장이 찻간을 청소하다 발견하고 우체통에 넣어 주겠지 — 만일 그녀가 인간이라면.

우리는 모스끄바 북역에서 내려 광장으로 나왔다. 나를 호
송해 온 교도관들은 역시 풋내기들이라 모스끄바의 지리를
알지 못했다. 〈B〉라고 쓴 전차를 타고 가자고 그들 대신 내가
정한다. 광장 한복판에 있는 전차 정거장은 러시아워로 붐비
고 있었다. 감시인은 전차 운전수 쪽으로 다가가서 내무부 신
분증을 그에게 내보인다. 우리는 앞 승강구 쪽에서, 마치 모스
끄바 소비에뜨 대표들처럼, 당당하게 차표를 사지 않고 갔다.
노인도 앞 승강구로 승차할 수 없으며 상이군인도 뒷문으로
타야 했는데 말이다.

우리는 노보슬로보쯔까야까지 와서 전차에서 내렸다. 여기
서 처음으로 나는 부띠르끼 형무소의 건물 외부를 바라보았
다. 이미 네 번째나 끌려오는 곳이어서 그 내부 구조까지도
나는 쉽게 그려 볼 수 있었다. 두 블록에 걸쳐 뻗어 나간 그 높
고 준엄한 벽! 그 정문의 철문이 활짝 열리는 것을 보면 모스
끄바 시민의 가슴은 서늘해진다. 그러나 나는 아무 미련 없이
모스끄바의 보도를 뒤로 한 채 제집으로 돌아가기라도 하듯
이 아치형의 위병소 건물을 지나 첫 번째 뜰에 서서 미소를
지어 본다. 안면이 있는 조각으로 장식된 나무 문을 나는 알
아볼 수 있었다. 자, 이제는 무슨 질문을 해도 나에게는 마찬
가지다. 그들은 내가 벽을 바라보도록 한 채 다음과 같이 물
었다.「성은? 이름과 부칭은? 생년은?」

내 이름 말인가? 나는 〈별과 별 사이를 날아다니는 방랑자〉
다! 내 몸은 묶여 있지만 정신만은 너희들에게 예속되어 있지
않다.

나는 알고 있다. 몇 시간에 걸친 어길 수 없는 신체검사 절
차 ─ 격리실에 들어가 신체검사를 받고 소지품을 맡긴 다음
영수증을 받고 입소 카드에 필요 사항을 기재하고 증기 소독

과 목욕을 거친 다음 한가운데가 아치형으로 툭 튀어나온 2개의 원형 천장(모든 감방이 다 그런 식이다)과 2개의 커다란 창문, 식탁 겸용의 기다란 선반이 하나씩 놓인 감방으로 끌려갈 것이다. 그곳에 가면 나와는 안면이 없는, 그러나 틀림없이 학식이 있고 재미있는 친절한 사람들을 만날 수 있으리라. 그러면 그들이 이야기를 하고, 나도 이야기를 하고, 밤이 되어도 곧 잠 들 수는 없으리라.

그릇 뒤에는 부띠르끼 형무소의 약자인 〈부쭈르〉라는 글자가 새겨져 있을 것이다(호송 시에 가져가지 못하도록). 부쭈르 요양원. 이렇게 말해 놓고 지난번에 우리는 얼마나 웃었는지 모른다. 살 빼기를 원하는 배불뚝이 고관들에게는 잘 알려지지 않은 요양원. 그들은 2~3킬로그램의 몸무게를 줄이기 위해서 그 뚱뚱한 배를 이끌고 끼슬로보쯔끄로 가서 일정한 코스를 따라 걷기도 하고 팔꿈치를 폈다 굽혔다 하며 한 달 내내 땀을 뻘뻘 흘려야 한다. 그러나 바로 이웃에 있는 부쭈르 요양원에서는 운동 같은 것을 하지 않아도 일주일에 8킬로그램은 줄일 수 있다.

이것은 이미 실험으로도 입증된 방법이며 여기에는 예외가 없었다.

◆

형무소가 죄수에게 확신시키는 진실 가운데 하나는 세상이 너무나도 좁다는 것이다. 비록 수용소군도가 그 넓은 소비에뜨 연방에 아무리 빈틈없이 깔려 있다고 해도 소비에뜨 연방 전체의 주민 수에 비하면 훨씬 적은 숫자인 것만은 사실이다. 도대체 〈군도〉에는 얼마나 많은 사람이 있었을까? — 우리는 그 숫자를 확실히 알 수는 없다. 그러나 수용소에 동시에 1천

2백만 명 이상의 사람들이 있던 적은 없었다고 보는 것이 타당하다(죄수들이 땅속으로 사라지면, 수용소 당국은 곧 다시 새로운 죄수들을 끌어 들였다).[1] 그리고 그들의 반수가량이 정치범들이다. 6백만이라고? 그렇다. 이것은 스웨덴이나 그리스 같은 작은 나라의 인구와 맞먹는 숫자다. 그런 나라에서는 많은 사람들이 서로서로를 잘 알고 있다. 어느 수용소, 어느 감방에 들어가더라도 잠시 귀를 기울이고 서로 이야기를 나누고 나면 반드시 같은 감방인들 사이에서 공동의 지기를 손쉽게 발견할 수 있다. (만약 D.라는 사람이 외로운 독방 영창에서 1년을 보낸 후, 수하노프까와 류민의 고문, 그리고 병원을 거친 끝에 루비얀까의 감방으로 들어가서 자기 이름을 댔다고 가정하자. 그러면 곧 약삭빠른 F.가 나타나서 그에게 말한다. 「아, 나는 당신을 알고 있습니다!」 「어떻게 알죠?」 D.는 흠칫 놀라며 뒤로 물러선다. 「아마 사람을 잘못 보신 것 같습니다.」 「천만에요. 당신은 바로 그 미국인 알렉산더 D.가 아닙니까. 부르주아 출판물은 당신이 납치되었다고 거짓말을 했지만, 따스 통신이 반박을 했었지요. 나는 체포되기 전에 그 기사를 읽었습니다.」)

나는 새 얼굴이 감방에 들어오는 순간을 좋아한다(생전 처음 감방에 들어와서 당황하고 억눌린 표정으로 들어오는 사람이 아니라 이미 감방 경험이 있는 죄수를 말하는 것이다). 또한 나는 새 감방에 들어가는 것도 좋아해서(물론 더 이상 감방을 드나들지 않기를 간절히 바라는 바지만) 풍부한 몸짓과 함께 유쾌하게 웃으며 말한다. 「안녕들 하쇼, 여러분!」 그러고는 보따리를 침상 위로 내던진다. 「뭐 새로운 소식이라도

---

1 사회 민주당원 니꼴라예프스끼와 달린의 자료에 의하면 1천5백만 명에서 2천만 명에 달하는 죄수들이 수용소에 수감되어 있었다고 한다.

있습니까, 최근 부띠르끼에?」

　자, 죄수들을 사귀어 보기로 하자. 제58조로 체포된 수보로 프라는 청년, 얼핏 보기에는 하나도 뛰어난 데가 없어 보이지만 우리는 그에게서 많은 것을 알 수 있었다. 그는 끄라스노야르스끄 중계 형무소에 있을 때 마홋낀이라는 사람하고 한 감방에 있었다고 말했다.

　「아니, 그 북극의 비행사 말입니까?」

　「네, 네, 맞습니다. 그의 이름을 딴 섬이…….」

　「……그 섬이 따이미르 해협에 있지요. 그 자신도 제58조 10항으로 체포되었습니다. 그러니까 그도 두진까로 보내졌겠군요?」

　「아니, 그것을 어떻게 아십니까? 네, 맞습니다.」

　척척박사들이다. 나는 마홋낀의 이력에 대해서는 전혀 모르고 있었다. 나는 지금까지 그를 만나 본 적도 없었고 또 앞으로도 영원히 그를 만나 보지 못할지도 모르지만, 어떻게 되어서인지 나의 기억력은 언제나 그를 알고 있는 것 같은 생각이 들었다. 마홋낀은 10년 형을 선고받았다. 그러나 그의 이름을 딴 섬을 개명할 수는 없었다. 전 세계의 지도 위에 올라 있는 그의 이름을 말살할 수가 없었기 때문이다(이것은 물론 〈굴라끄〉의 섬은 아니다). 그는 볼시노에 있는 공군 기지 수용소에 억류되었다. 거기서 그는 기술자들 사이에서 많은 고통을 겪었다. 물론, 비행이 허용될 리도 없었다. 마홋낀은 그 후 따간로끄로 보내져서 그에 대한 모든 연락은 단절된 듯이 느껴졌다. 나는 리빈스끄에서 그 청년이 최북단으로 보내 달라고 자청했다는 이야기를 들었다. 그리고 지금 나는 그의 요구가 받아들여졌음을 안 것이다. 이것은 직접 나하고는 아무 관계도 없는 일이지만 지금까지 여전히 나의 기억 속에 남아

있다. 그로부터 열흘 후 나는 부띠르끼의 한 칸막이 목욕탕에
서(부띠르끼에는 큰 목욕탕 대신 수도꼭지와 바가지가 있는
조그만 칸막이 목욕탕들이 있다) R.이라는 사람을 만났다.
R.과는 초면이었지만 그는 반년이나 부띠르끼 병원에 누워
있었고 이제 리빈스끄 수용소로 떠난다는 것이었다. 앞으로
사흘 후면 바깥세상하고의 모든 연락이 단절된 그 굳게 닫힌
리빈스끄에서도 마홋낀이 두진까에 있다는 사실과 내가 어디
로 보내졌다는 사실 등을 알게 될 것이다. 이와 같이 죄수들
의 통신은 주의력, 기억력, 그리고 서로 간의 상봉에 의해서
수행되는 것이다.

　한편 뿔테 안경을 쓴 상냥한 사내는 감방 속을 거닐며 유쾌
한 바리톤으로 슈베르트의 노래를 부르고 있다.

　　　나는 조용히, 그리고 기쁨 없이 방랑하네
　　　그리고 탄식하며 묻는다 ― 어디로?
　　　유령 같은 속삭임이 대답하네
　　　〈그곳, 네가 없는 그곳에 행복이 있다〉[2]

「짜랍낀, 세르게이 로마노비치입니다.」
「이봐요, 나는 당신을 잘 알고 있습니다. 생물학자죠? 조국
에 돌아오지 않고 베를린에 남아 있었던?」
「어떻게 그것을 아십니까?」
「그러니까 세상이 좁다는 거죠! 1946년에 나는 니꼴라이
찌모페예프레소프스끼하고 함께 있었거든요.」

　아, 1946년의 감방은 어떤 것이었는가! 나는 형무소 생활

2 슈베르트의 가곡「방랑자」의 한 구절 ― 옮긴이주.

을 통틀어 이보다 멋있는 감방을 본 일이 없다. 그것은 7월이었다. 나는 내무부 장관의 비밀 지령에 따라 수용소에서 부띠르끼로 이송되었다. 점심 식사 후에 도착했으나 어찌나 많은 사람들이 밀려 있었는지 입소 수속만도 11시간이나 걸렸다. 그들은 새벽 3시나 되어서야 지칠 대로 지친 나를 75호 감방으로 들여보내 주었다. 2개의 선명한 전깃불이 지붕 밑에서 감방 전체를 환히 비추고 있었다. 죄수들은 더위에 몸을 뒤척이며 뒤범벅이 되어 잠들어 있었다. 창문이 덧문으로 막혀 있었기 때문에 7월의 무더운 공기도 움직일 줄을 모른다. 밤잠을 모르는 파리들이 게걸스럽게 날아다니다가 얼굴 위에 앉으면 잠자는 얼굴이 실룩실룩 경련을 일으킨다. 변기 냄새가 쿡 코를 찌른다. 이렇게 날씨가 더우니 오물도 빨리 부패되게 마련이다. 25명쯤 수용할 수 있는 방에 80명가량이 들어 있었다. 다른 곳에 비하면 그래도 나은 셈이다. 좌우 침상은 물론이고 통로를 가로지르는 보조 판자 위에도 자리라고는 없었다. 여기저기 침상 밑에는 다리들이 삐져나와 있고 전통적인 부띠르끼의 식탁 겸 선반은 오물통 쪽으로 밀어젖혀 있었다. 그래도 마룻바닥에는 한두 군데 빈자리가 있어서 나도 자리를 잡고 누웠다. 잠자다 일어나 오물통으로 가는 사람들이 날이 밝을 때까지 내 몸뚱이를 밟고 넘어갔다.

수용소에 울려 퍼진 〈기상!〉 호령과 함께 모든 것이 꿈틀거리기 시작했다. 사람들이 내 옆으로 다가와서 고참이냐 신참이냐를 묻기 시작했다. 이 감방에는 두 종류의 죄수들이 있다는 것이 판명되었다. 그 하나는 방금 선고를 받고 수용소로 보내질 일반 죄수들이고, 다른 하나는 전문 지식을 가진 사람들 ─ 물리학자, 화학자, 수학자, 기술자, 건축가들로 구성된 특수층 죄수들 ─ 이었다. 그들이 어디로 갈지는 확실히 모르

지만 적어도 수용소보다는 조건이 좋은 어떤 과학 기술 연구
소로 보내지리라는 것만은 틀림없었다(나는 여기서, 내무부
장관이 나의 형기를 연장하지는 않을 것이리라 생각하고 마
음을 놓았다). 이때 약간 매부리코에 광대뼈가 두드러진(그
러나 몹시 여위어 있었다) 중년 죄수 한 사람이 내 옆으로 다
가왔다.

「75호 감방 과학 기술 협회 회장 찌모페예프레소프스끼 교
수올시다. 우리 협회는 아침 식사가 끝나면 매일 왼쪽 창가에
모이게 되어 있습니다. 우리에게 무슨 학술 보고를 해주실 수
없겠습니까? 어떤 것을 부탁드릴까요?」

별안간 생각지도 않은 질문을 받은 나는 닳아빠진 외투를
입고 겨울 모자를 쓴 채 그의 앞에 멍청히 서 있었다(겨울에
체포된 죄수는 여름에도 겨울옷을 입고 다녀야 한다). 나는
아침부터 지금까지 손가락을 펴지 못하고 있었고 손가락은
온통 상처투성이였다. 그건 그렇고 내가 무슨 학술 보고를 해
줄 수 있을까? 나는 문득 스미스의 책을 상기해 냈다. 얼마 전
에 나는 바깥세상에서 가지고 들어온 그 책을 이틀 밤에 걸쳐
읽은 적이 있었는데, 이것은 세계 최초의 원자 폭탄에 관한
미국 국방부의 공식 보고서였다. 그 책은 지난봄에 출판되어
나왔다. 나는 그들에게 그 책을 읽은 사람이 있느냐고 물었다.
공연한 질문이었다. 물론 있을 리가 없었다. 이렇게 되어 운명
은 강제로 핵물리학자라는 직함을 나에게 안겨 주었다. 내가
수용소 본부의 카드에 등록했던 바로 그 영역에 말이다.

아침 식사가 끝난 후 왼쪽 창가에 과학 기술 협회가 모였다.
모두 10명으로 구성되어 있었다. 나는 과학 소식을 전해 주고
협회 회원으로 가입하였다. 보고하는 동안 나는 어떤 것은 잊
어버리고 또 어떤 것은 미처 생각이 나지 않았다. 그럴 때마

428

다 니꼴라이 블라지미로비치(찌모페예프레소프스끼)는, 벌써 1년이나 형무소에 앉아 있어서 원자 폭탄에 대해서는 전혀 모르고 있었음에도 불구하고, 쉴 새 없이 나의 이야기의 여백을 메워 주곤 했다. 빈 담뱃갑 종이가 나의 칠판이었고 손에는 비합법적인 연필 조각이 쥐어져 있었다. 니꼴라이 블라지미로비치는 이 모든 것을 내게서 빼앗은 다음, 마치 그가 로스앨러모스의 물리학자이기라도 한 듯이 칠판에 쓴 것을 지우기도 하고 자신만만한 태도를 나의 말을 가로채기도 했다.

그도 유럽에서도 제일가는 사이클로트론(원자핵 파괴 장치) 학자들 중의 한 사람하고 실제로 일한 적이 있었으나, 그것은 생물학 분야의 조명을 위한 것이었다. 아무튼 그는 세계적인 현대 유전학자 중의 한 사람이었다. 그가 이미 형무소에 들어와 있을 때 제브라끄는 이 사실도 모르면서(아니 어쩌면 알고 있었는지도 모르지만) 캐나다 잡지에 다음과 같은 대담한 글을 기고했다. 〈리센꼬는 러시아 생물학의 책임자가 아니다. 러시아 생물학은 찌모페예프레소프스끼이다.〉(1948년 생물학계가 파괴될 때 제브라끄는 이 글을 쓴 대가를 치렀다.) 그리고 슈뢰딩거는 『생명이란 무엇인가』라는 얇은 책에서 찌모페예프레소프스끼를 두 번이나 인용했다. 이미 오랫동안 형무소 생활을 하고 있는 사람이긴 했지만 말이다.

그는 지금 우리 앞에서 가능한 모든 학문적인 지식을 과시하고 있었다. 그는 놀랄 만한 박식가였다. 다음 세대의 학자들이 그런 박식가가 되기를 아무도 원하지 않았을 정도로 그는 폭넓은 지식을 가지고 있었다. (아니면 시대가 변해서 학문 전체에 대한 지식을 가질 수 없게 된 것일까?) 그렇지만 그는 너무나도 신문과 기아에 시달렸기 때문에 지금의 이 행동도 그에게는 과중한 부담이었다. 모계로 볼 때 그는 레사강 변의 몰락한 귀족 가문 출신이고, 부계로 보자면 스쩨빤 라진의 방계 가문 출신이었다. 바로 이러한 까자끄식의 강인한 성격은 그의 넓은 광대뼈며, 그의 골격이며, 신문관에 맞서는 완강한 고집 등에 잘 나타나고 있었다. 그러나 그 대신 이러한 강인성 때문에 그는 우리들보다 몇 배나 더 굶주려야 했던 것이다.

그의 역정은 이러했다. 1922년 모스끄바에 뇌 연구소를 창설한 독일 학자 포크트는 지속적인 연구를 위해서 학교를 마친 유능한 두 대학생을 자기와 함께 독일로 가게 해달라고 정부에 간청했다. 이렇게 해서 찌모페예프레소프스끼와 그의 친구 짜랍낀은 무기한으로 독일에 파견되었다. 그들은 거기서 아무런 사상적인 지도를 받지 않았지만, 학문적인 분야에서는 커다란 성공을 거두었다. 그들은 1937년(!)에 조국으로 돌아오라는 소환 명령을 받았다. 그러나 이것은 도저히 불가능했다. 그들은 자기들의 연구 과정에 얻은 논증이며 실험 재료며 제자들을 버리고 돌아갈 수는 없었던 것이다. 그리고 또 다음과 같은 이유 때문에 그들은 더욱 돌아갈 용기가 나지 않았을는지도 모른다 — 지금 조국에 돌아가면 독일에서의 15년간의 모든 연구 생활이 공개적으로 비판받아야 하고 또 그렇게 해야만 비로소 생존권을 부여받을 수 있으리라. (그렇다고 과연 생존권을 부여받을 수 있었을까?) 결국 그들은 조국에 돌아가지 않기로 결심을 굳혔다. 그러나 비록 몸은 독일에 있어도 그들의 애국심만은 변함이 없었다.

1945년 소비에뜨 군대가 부흐(베를린 북동 지역)로 입성했다. 찌모페예프레소프스끼는 연구소 직원 전체를 거느리고 열렬히 그들을 맞아들였다 — 이보다 더 좋은 해결 방법이 어디 있겠는가? 이제는 연구소를 떠날 필요도 없어졌으니 말이다. 대표자들이 와서 연구소를 두루 살피더니 이렇게 말했다.

「자, 이것들을 모두 상자에 포장해서 모스끄바로 실어 갑시다.」「그것은 안 됩니다.」찌모페예프는 소스라치게 놀라며 말했다. 「그러면 전부 파괴되고 맙니다! 이 시설은 여러 해의 고생 끝에 만들어진 겁니다!」「흠.」 상관은 놀라는 표정이었다. 그 후 곧 찌모페예프와 짜랍낀은 체포되어 모스끄바로 압송되었다. 천진난만한 그들은 자기들 없이는 연구소를 움직일 수 없을 것이라고 생각했다. 그러나 일 같은 것은 문제가 아니었다. 당의 기본 노선이 승리를 거두기만 하면 그만이니까! 그들은 루비얀까에서 조국의 반역자(조국에 대한 반역자?)[3]라는 판정을 받고 각각 10년 형을 선고받았다. 그리고 지금 75호 감방의 과학 기술 협회 회장은 자기가 어디서도 잘못을 저지른 적이 없다고 역설하고 있는 것이었다.

판자 침상을 받치고 있는 부띠르끼 형무소의 나무 기둥은 매우, 매우 낮았다. 형무소 관리자들까지도 판자 침상 밑에서 죄수들이 잠자게 되리라고는 미처 생각하지 못했던 것이다. 그래서 판자 침상 밑에 누워야 하는 죄수들은 먼저 외투를 옆 사람에게 던져야 한다. 옆 사람이 외투를 받아 자리에 깔아 놓으면 죄수는 통로 아스팔트 바닥에 등을 깔고 누워서 자기 자리로 기어 들어간다. 통로에는 쉴 새 없이 사람들이 지나 다니고 침상 밑 아스팔트 바닥은 한 달에 한 번 쓸까 말까이고, 저녁 용변 시간이 되어서야 죄수는 손을 씻을 수 있다. 게다가 비누마저도 없으니, 죄수의 몸은 엉망진창일 수밖에 없다. 그러나 나는 행복했다! 개처럼 기어 들어가야 하고 침상 위로부터 먼지와 쓰레기가 눈 위로 쏟아져 내리는 그 침상 밑 아스팔트 바닥 위에서도 나는 철두철미하게 행복했다. 에피쿠로스는 옳은 말을 했다 ─〈여러 가지 불만이 지나간 뒤에 찾

3 이 표현에 대해서는 제1부 제6장 참조 ─ 옮긴이주.

아드는 변화의 부재에서 우리는 만족을 느낄 수 있다.〉한없이 계속될 것만 같던 수용소 생활이 있은 후, 하루 10시간의 중노동, 쑤시는 등, 추위, 비바람 등이 있은 후, 가축 사료와 고래 고기로 만든 하루 두 끼의 식사와 650그램의 빵을 받으면서 하루 종일 자리에 누워 잠잘 수 있으니, 어찌 행복하지 않을 수 있으랴! 그야말로 〈부쭈르〉요양소와 다를 것이 없다.

잠을 잔다는 것! 이것처럼 중요한 것도 없다. 배를 깔고 누워 등을 이불 삼아 잠드는 것이다! 잠자는 시간은 힘을 소모하지도 않고 가슴을 앓을 필요도 없다 — 그동안에도 형기는 흘러가게 마련이다! 우리의 인생이 기쁨에 충만해 있을 때, 우리는 뭐하러 8시간씩 잠잘 필요가 있냐고 수면의 불가피성을 저주한다. 그러나 우리가 극도로 불행해지고 실망에 빠졌을 때는 14시간의 잠처럼 고마운 선물이 없는 것이다!

나는 이 감방에서 두 달을 보냈다. 지난 1년 동안 못다 잔 잠과 앞으로 1년 동안 못다 잘 잠을 보충하고도 남았다. 그동안에 나는 창가 침상 밑으로 옮겨지고 다시 변기 옆으로 이동했다. 그러나 지금은 침상 밑이 아니라 침상 위였다. 그리고 나는 다시 문 옆의 침상으로까지 승진할 수 있었다. 이젠 별로 자고 싶지도 않았다 — 나는 생의 비애를 되새기며 나 자신을 향유하고 있었던 것이다. 아침에는 과학 기술 협회가 열리고, 그다음에는 체스를 두고 책(여덟 명 또는 열 명당 서너 권의 입문서가 돌아갔으므로 언제나 줄을 서야 했다)을 읽고 20분간의 산책을 한다 — 그야말로 장조의 화음이 아닐 수 없다! 우리는 비가 억수같이 쏟아지는 한이 있더라도 이 산책만은 거절하지 않았다. 그러나 그보다도 중요한 것은 감방의 죄수들, 그 죄수들의 사람됨이었다! 드네쁘르 수력 발전소의 창설자 중의 한 사람인 니꼴라이 안드레예비치 세묘노프. 그의 죄수 친구 F. F. 까르뽀프 기사. 독설가로 유명한 물리학자 빅또르 까간. 음대 학생인 작곡가 볼로자 끌렘쁘네르. 유럽에서 온 그리스 정교회 전도사 예브게니 이바노비치 지브니치. 그는 복음 전도에만 그치지 않고, 유럽에서는 이미 오래전부터 마르크스주의를 열렬히 신봉하는 사람은 아무도 없다고 설명하면서 마르크스주의에 대해 신랄한 비난을 퍼부었다. 그러나 나는 마르크스주의자였기 때문에 마르크스주의를 변호해 나섰다. 만약 이것이 1년 전이었다면 나는 수많은 예들을 인용하면서 자신만만하게 그를 공박했을 것이고 그에게 모욕적인 조소를 안겨 줄 수도 있었으리라! 그러나 지난 죄수 생활 1년 동안에 나는 많은 변화를 했다 — 언제 이런 변화가 일어났을까? 그것은 나 자신도 알 수 없었다. 그 수많은 사건, 관념, 관찰을 거친 나로서는 이미 다음과 같은 말을 자신 있게 내뱉을 수는 없었다 — 〈그렇지 않소! 그것은 모두 부르주아지의 거짓말이오!〉 지금은 나도 그들의 말을 인정할 수밖에 없었다. 그러자 곧 지금까지의 나의 모든 논증은 맥없이 무너져 내리고 그들의 공박 앞에 속수무책이 될 수밖에 없었던 것이다.

전쟁이 끝난 두 번째 해에도 유럽에서 돌아오는 포로의 물결은 그칠 줄을 몰랐다. 여기에다 설상가상 격으로 유럽과 만주에서 오는 망명객들까지 밀려들었다. 망명객들이 친척을 찾는 방법은 이러했다 — 〈당신은 어느 나라에서 왔습니까? 이러이러한 사람을 아십니까?〉 물론 모를 리가 없다(여기서 나는 야세비치 대령이 총살당했다는 소식을 들었다).

오, 세상은 얼마나 좁은가! 그 언젠가 동프로이센에서(2백 년이나 지난 것처럼 느껴지지만) 내가 트렁크를 강제로 나르게 했던 그 늙은 독일인을 나는 여기서 만난 것이다. 그렇게 뚱뚱하던 독일인이 지금은 뼈만 앙상하고 병들어 있었다. 그역시 나를 알아보고 나를 반가이 맞아 주기까지 했다. 나는그에게 용서를 빌었고 그는 나를 용서해 주었다. 그는 10년형을 받고 있었으나 그때까지 도저히 살아남을 것 같지가 않았다. 나는 여기서 또 한 사람의 독일인을 만났다. 장대처럼호리호리한 젊은 독일인이었다. 러시아어를 한 마디도 몰라서인지 그는 시종 침묵을 지키고 있었다. 첫눈에 그를 독일인이라고 알아보기는 힘들었다. 형사범들은 그에게서 독일군군복을 벗기고 그 대신 색이 바랜 소련군 군복을 입혔기 때문이다. 그는 용맹을 떨치던 독일군의 1급 비행사였다. 그는 맨처음 볼리비아와 파라과이 전역에서 활동했고, 두 번째는 스페인, 세 번째는 폴란드, 네 번째는 영국, 다섯 번째는 키프로스, 그리고 여섯 번째가 소비에뜨 연방이었다. 그토록 화려한경력을 가진 그였으니 얼마나 많은 부녀자들을 사살했겠는가! 그는 전범으로 10년 징역에 5년 중노동을 선고받고 있었다. 물론 감방 안에는 열성분자들도 없지는 않았다. 끄레또프검사 같은 이가 그 본보기다. 「너희들 같은 반혁명 분자들은마땅히 형무소에 들어와야 해! 역사는 너희들의 뼈를 갈아서거름으로 쓰게 될 거다!」「이 개새끼야, 너나 거름이 돼라!」죄수들이 그에게 외쳐 댄다. 「천만에, 나는 재심에 회부될 테니 두고 봐라. 나는 아무 죄도 없단 말이다!」 감방 전체가 아우성을 치고 법석을 떤다. 백발의 러시아어 선생이 맨발로 침상 위에 일어나서, 마치 재림한 예수처럼 두 손을 벌리며 말한다. 「내 아들들아, 다투지들 말고 서로 화해를 해야 하느니라! 내 아들들아!」 죄수들은 다시 노인을 향해 울부짖는다.「브랸스끄 숲에서나 네 아들을 찾아라! 여기에는 네 아들들이라고는 없어. 오직 〈꿀라끄〉의 아들만 있을 뿐이야.」

434

저녁 식사와 저녁 용변을 마치면 창문에 어둠이 깃들고, 천장 밑에 전깃불이 켜진다. 밤새껏 꺼질 줄 모르는 이 전깃불은 죄수를 극도로 지치게 만든다. 낮은 죄수들을 이간시키지만 밤은 그들을 화합시켰다. 밤에는 논쟁도 없었다. 밤마다 강좌 아니면 음악회가 열렸다. 찌모페예프레소프스끼는 밤이 가는 줄도 모르고 이탈리아, 덴마크, 노르웨이, 스웨덴에 대한 이야기를 상세히 전해 줌으로써 다시금 그의 폭넓은 지식을 자랑했다. 망명객들은 발칸의 여러 나라와 프랑스에 관한 이야기를 들려주었다. 어떤 사람은 르코르뷔지에, 어떤 사람은 꿀벌의 습성, 또 어떤 사람은 고골의 문학에 대하여 강의를 했다. 그들은 강의를 들으면서 허파 가득히 담배 연기를 빨아들이켰다. 감방에 자욱이 깔린 담배 연기는 안개처럼 흐느적거리고 있었다. 창문이 덧문으로 막혀 있어서 연기가 빠질 수 없었던 것이다. 이윽고 둥근 얼굴에 눈이 파랗고, 우스꽝스러울 정도로 균형이 잡히지 않은 나의 동년배 꼬스짜 끼울라가 탁자로 걸어 나가 형무소에서 지은 자작시를 낭독하기 시작했다. 그의 목소리는 흥분 때문에 자주 끊기고는 했다. 「첫 차입」, 「아내에게」, 「아들에게」―이것이 그의 시 제목이었다. 형무소에서 지은 시를 역시 형무소에서 들을 때면, 음절의 강세라든가 운율이 완전하지 못한 것은 전혀 문제가 되지 않는다. 이 시는 〈그대의〉 심장이 흘리는 피이고, 〈그대의〉 아내가 흘리는 눈물이다. 감방의 죄수들은 이 시를 들으면서 누구나 흐느꼈다.[4]

이 감방에서 나도 형무소 시를 쓰고 싶은 욕망을 느꼈다. 나는 거기서 전쟁 전까지 금지되었던 예세닌의 시를 낭송했

---

4 꼬스짜 끼울라는 아직까지도 소식이 없다. 나는 그가 죽지 않고 살아남아 있기를 간절히 바라고 있다.

다. 대학 중퇴생처럼 보이는 포로 출신의 젊은 부브노프는 경건한 표정으로 낭송자를 바라보고 있었고 그의 얼굴에서는 감격의 빛이 넘쳐흘렀다. 그는 전문 지식을 가진 과학자는 아니었다. 따라서 수용소에서 이리 온 것이 아니라 이제부터 수용소로 가야 할 몸이었다. 다시 말해서 그는 순박한 성격과 강직성 때문에, 수용소로 죽으러 가는 것이나 다름없었다. 이런 사람은 수용소에서 살아남을 수가 없기 때문이다. 75호 감방의 저녁마다의 모임은 그에게나 그 밖의 다른 모든 사람들에게 있어 정체된 죽음의 길 위에 모습을 드러낸 아름다운 세계의 놀라운 형상과도 같은 것이었다. 지금도 존재하고 앞으로도 존재할 그 아름다운 세계, 그러나 간악한 운명은 그 세계에서의 삶을 그들에게서 앗아가고 만 것이다.

그렇다, 전쟁 전에 2개의 대학에서 공부를 할 때도, 그리고 개인 교수로 돈을 벌며 창작에 몰두할 때도, 나는 75호 감방에서의 이 여름처럼 충만한 나날을 경험한 적이 없었다.

「저, 실례지만,」 나는 짜랍낀에게 말했다. 「반소비에뜨 선동죄로 5년 형을 선고받은 제울이라는 열여섯 살의 소년한테서…….」

「아니, 당신도 그를 아십니까? 그 소년은 우리하고 같은 죄수 대열에 끼어 까라간다로 갔지요…….」

「……당신은 의학 분석실의 화학 실험 조수로 일했지만 찌모페예프레소프스끼는 언제나 일반 죄수 취급을 받았다고 들었는데요…….」

「그 사람의 건강은 말이 아니게 됐습니다. 반죽음 상태의 그를 스똘리삔 죄수 열차에 실어 부띠르끼로 날라 온 겁니다. 지금도 그는 병원에 누워 있습니다. 제4 특무부[5]가 그에게 크림

버터에다 술까지 지급해 주지만 그는 두 발로 일어설 기운도 없고 말할 기력도 없습니다.」

「제4 특무부가 당신도 불렀습니까?」

「네, 불러서 묻더군요. 까라간다에서 여섯 달이나 지난 지금도 조국의 땅에 연구소를 설치할 수 없다고 생각하느냐고요.」

「그래, 당신은 무조건 동의를 했겠군요?」

「물론이죠! 우리도 이제는 자기 잘못을 깨달았거든요. 게다가 그들은 우리가 없는 데서 즉각 모든 시설을 뜯어 상자로 꾸려 가지고 소련으로 가져왔으니 말입니다.」

「내무부도 과학에만은 굉장한 열성을 보이는군요! 자, 다시 한번 당신의 슈베르트나 들려주십시오!」

그러자 짜랍낀은 수심 어린 표정으로 창문을 바라보며 노래를 부르기 시작했다(그의 안경에 창문 위 밝은 부분과 검은 빛 덧문이 반사되어 비쳤다).

> 저녁노을에서 아침 해가 뜰 때까지
> 많은 사람들이 백발이 되었다고 하지만
> 누가 그걸 믿으랴? 그런 일은 오래
> 방랑하는 동안 일어나지 않았으니.[6]

◆

똘스또이의 공상은 적중했다. 죄악으로 가득한 교회 미사에 더 이상 죄수들을 참여시키지 않게 되었으니 말이다. 형무소의 교회들은 문을 닫았다. 물론 교회 건물은 고스란히 보존

---

5 제4 특무부는 내무부에 소속된 기관으로, 죄수들을 이용한 과학 연구를 전담하고 있었다.

6 연가곡집 「겨울 나그네」 중 14번째 곡 「백발」 — 옮긴이주.

되고 있었으나 그들은 교회까지 형무소로 확장시켜 버렸다. 이렇게 되어 부띠르끼 교회에서는 2천 명의 죄수들을 여분으로 더 수용하게 되었다. 그러니까 2천 명을 2주씩 잡아 둔다고 한다면 1년에 5만 명의 죄수가 여기를 거쳐 나가게 되는 셈이다.

네 번 혹은 다섯 번씩 부띠르끼를 찾게 되는 사람은 자신만만한 걸음걸이로 형무소 건물에 둘러싸인 안마당을 가로지른 다음, 교도관까지도 앞지르며 자기 감방으로 황급히 걸음을 옮긴다. 나는 이럴 때 팔면체의 감방으로 변한 네모진 교회를 바라보는 것을 가끔 잊곤 한다. 교회 건물은 사각형 안마당 한가운데에 외로이 서 있다. 마치 요새 형무소처럼 조잡하기 이를 데 없는 덧문에는 유리도 끼어 있지 않다. 이 비틀어 빠진 잿빛 널판자 덧문은 이 형무소에 딸린 건물임을 입증해 준다. 다시 말해서 이 교회 형무소는 새로 체포되어 들어오는 사람들을 위한 부띠르끼 형무소 내의 중계 형무소 같은 인상을 주는 곳이다.

1945년, 나는 여기서 중요하고도 큰 첫걸음을 내디뎠다. 특별 심의회의 판결이 있은 후 우리는 교회 안으로 보내졌다. (그때만 해도 기도를 해도 상관없는 시기였다!) 그 후 우리는 다시 2층으로 올라갔고(3층도 칸막이로 나뉘어져 있었다) 팔면체의 홀에서 각 감방으로 나뉘어 수용되었다. 나는 남동쪽의 감방으로 배당되었다.

그것은 사각형의 넓은 감방으로, 그 당시 약 2백 명가량이 수용되어 있었다. 모두들 잠들어 있었다. 침상 위에서 자는 사람(거기에는 모두가 단층 침상들뿐이었다), 침상 밑에서 자는 사람, 통로 맨바닥에서 자는 사람도 있었다. 창문의 덧문뿐만 아니라, 이 안의 모든 것이 부띠르끼의 의붓자식 같은 푸

대접을 받고 있었다 — 여기서 득실거리는 죄수들에게는 책도, 체스도 지급되지 않았고, 알루미늄 그릇과 흠집투성이의 부서진 나무 숟가락마저도 죄수들이 떠날 때 가져갈까 봐 식사를 마치기가 무섭게 거두어 가곤 했다. 그들은 컵까지도 의붓자식에게 주기를 아까워해서 죄수들은 수프를 마신 후 국그릇을 씻어서 물을 마셔야 했다. 그중에서도 친척으로부터 차입을 받은 사람들은 감방에 식기가 없기 때문에 더욱 큰 고통을 받았다(머나먼 유형의 길을 앞둔 이 마지막 시기에 친척들은 쌈짓돈을 긁어서라도 무언가 꼭 차입을 하려고 애쓴다). 형무소 경험이라고는 없는 친척들이 형무소의 접수실에서 선의의 충고를 받을 때라고는 한 번도 없다. 그렇기 때문에 그들은 죄수에게 단 하나 허용되고 있던 플라스틱제 식기가 아니라 유리그릇이나 무쇠 그릇을 차입하는 것이다. 그리고 이렇게 차입된 모든 꿀, 잼, 연유를 사정없이 죄수에게 마구 통에서 쏟아 주고 부어 주는데 이때 죄수는 아무것도 가진 것이 없기 때문에 하는 수 없이 손바닥으로, 입으로, 손수건으로, 심지어 옷자락으로까지 그것을 받을 수밖에 없는 것이다. 이것은 물론, 수용소군도식으로는 지극히 당연한 처사라 할 수 있겠지만 모스끄바의 중심지에서까지도 과연 이렇게 해야 할 필요가 있는 것인지 의심스럽다. 게다가 교도관들까지도 열차 시간에 늦을까 봐 재촉이라도 하듯이 〈빨리해, 빨리!〉하고 서둘러 댄다(그들이 이렇게 재촉하는 이유는 죄수에게서 거둬 가는 깡통을 핥아 먹기 위해서다). 교회 감방에서는 모든 것이 임시적이다. 재판을 기다리는 신문 감방에서 온 사람같이 여기서는 어떤 고정적인 관념이라는 것을 찾아볼 수 없다. 끄라스나야 쁘레스냐 수용소에 빈자리가 날 때까지 마지못해 〈군도〉의 반제품 같은 그들을 잡아 두고 있을 뿐이다. 이곳의 유일한 특전은 하루에 세 번 죄수들이 직접 수프를 가지러 간다는 것이다. 여기서는 죽을 주는 대신 하루에 세 번 수프를 주었다(그러나 이것은 죄수들에게는 고마운 일이다 — 더 자주, 더 뜨거운 것으로 위를 더 채울 수 있으니까). 죄수들은 수프를 직접 받으러 갔는데, 이러한 특혜도 실은 죄수를 위한 것은 아니었다. 다른 형무소와 마찬가지로 이 교회에도 승강기가 없었기 때문에 교도관들은 공연히 힘들일 필요가 없다고 생각했던 것이다. 그 무겁고 큰 통을 멀리서부터 마당을 가로질러 날라 온 다음 다시 비탈진 계단 위로 끌어올리자면 이만저만 힘든 일이 아니었기 때문에 죄수들로 하여금 자진해서 수프를 나르게 한 것이다. 그래도 죄수들은 그저 가끔 틈이 있을 때마다 푸른 마당으로 나가 새소리만 들어도 기분이 좋았기 때문에 기꺼이 그렇게 했다.

교회 감방에서는 자기 나름대로의 분위기가 있었다. 이미 그 공기는 미래의 중계 형무소를 예언하는 틈바귀 바람과 북극 수용소의 찬바람으로 가볍게 떨리고 있었다. 그리고 교회 형무소에서는 다음과 같은 상념이 굳어 가고 있었다 — 선고는 이미 돌이킬 수 없이 확정되었으며, 그대의 인생의 새로운 한 시기가 아무리 가혹하더라도 그대의 정신은 그것을 받아들여야 하고 거기에 순응해야 한다. 그러나 이것은 말처럼 쉬운 일은 아니었다.

교회 감방에는 신문 감방에서처럼 죄수들이 오랫동안 머물러 있지 않기 때문에 죄수 상호 간에도 가족적인 분위기를 찾아볼 수는 없었다. 밤낮을 가리지 않고 한 사람 혹은 열 사람씩 끌려 나가는 바람에 침상과 마룻바닥에는 언제나 자리의 이동이 있었고 옆의 죄수하고 이틀 이상 함께 누워 있을 때라고는 거의 없었다. 그래서 만약 관심거리가 될 만한 사람을 만나면 그 즉시 그에게 질문을 퍼부어야 했다. 그렇지 않고서는 언제 또다시 그 사람을 만날지 알 수 없기 때문이다.

나도 그렇게 해서 자동차 수리공 메드베제프를 놓치고 말았다. 나는 그와 이야기를 하는 도중 미하일 황제가 그의 이름을 부르던 것을 상기해 냈다.[7] 그렇다, 그는 미하일 황제의 심복이었다. 그는 〈러시아 인민에게 고함〉이라는 격문을 최초로 읽은 사람 가운데 하나고 그것을 고발하지 않은 사람 가운데 하나였다. 메드베제프는 모욕을 느낄 정도로 가벼운 형기를 받았다 ─ 통틀어 3년 형을 선고받은 것이다! 이것이 어떻게 제58조의 선고라고 할 수 있을까! 제58조라면 5년 형도 시원치 않을 텐데 말이다. 아무래도 황제를 미치광이로 취급한 것이 분명하고 나머지 불고지죄에 걸린 사람들도 〈계급적〉인 사정을 고려해서 모두 사면하기로 결정한 모양이다. 그러나 메드베제프가 이 모든 사실을 어떻게 이해하고 있는가를 내가 물어보려고 하기도 전에 그는 〈소지품 챙겨서〉 딴 곳으로 이동해 버렸다. 그 후 몇 가지 상황으로 추측해 볼 때 그는 석방을 전제로 이동한 것이 분명했다. 그해 여름에 우리 귀에까지 들려왔던 스딸린에 의한 특사라는 소문은 돌았으나 아무도 사면받은 사람은 없었고 또 사면이 있은 후에도 침상 밑의 자리는 여전히 넓어지지 않았던 것이다. 그러나 특사의 최초의 소문이 사실이었다는 것이 그를 통해 비로소 확인되었던 것이다.

내 이웃 죄수였던 늙은 유대인 노동 동맹원도 호송단에 끼어 끌려 나갔다. (보수주의가 강한 오스트리아에서 갖은 역경을 다 겪은 유대인 노동 동맹원들은 세계 프롤레타리아트의

7 〈미하일 황제〉는 솔제니쩐과 같은 감방에 있었던 사람의 별명이다. 제1부 제5장 참조 ─ 옮긴이주.

조국인 소련에서 1937년 모조리 10년 형의 선고를 받고 수용소군도의 여러 섬에서 비참한 말로를 마쳤다) 노인이 나가자 검은 머리에 얼굴이 거무죽죽한 사나이가 내 옆으로 자리를 이동했다. 검은 버찌 같은 두 눈은 흡사 여자 눈같이 상냥하지만, 넓게 퍼진 커다란 코는 그의 얼굴 전체를 망가뜨릴 만큼 볼품이 없었다. 우리는 서로 아무 말 없이 하룻밤 동안 나란히 누워 있었으나 둘째 날로 접어들자 그는 나에게 말을 걸어왔다.「당신에게는 내가 어디 사람으로 보입니까?」물론 약간의 사투리는 있었지만 그는 유창한 러시아어로 이렇게 말했다. 나는 망설였다. 어떻게 보면 까자끄인 같기도 하고, 또 어떻게 보면 아르메니아인 같기도 했다. 그는 미소를 지었다.「그루지야인이라고 감쪽같이 속여 왔지요. 이름은 야샤라고 부르고요. 모든 사람이 나를 비웃더군요. 나는 노동조합 회비를 징수하러 다녔습니다.」나는 그를 유심히 바라보았다. 그야말로 희극적인 용모다 — 작달막한 키, 균형이 잡히지 않은 얼굴, 악의 없는 미소. 그러나 갑자기 그의 표정이 굳어졌다. 그의 얼굴의 모든 윤곽이 뚜렷해지고 검은 버찌 같은 두 눈이 번쩍번쩍 빛나기 시작했다 — 마치 시커먼 칼날로 금방이라도 내 머리를 갈라놓을 것만 같다.

「그러나 나는 루마니아 참모 본부의 첩보 장교입니다. 블라디미레스쿠 중령이라고 합니다!」

나는 이 폭탄 같은 선언을 듣고 나도 모르게 몸을 떨었다. 나는 지금까지 2백 명가량의 가짜 간첩들을 봐 왔다. 그러나 나는 한 번도 진짜 간첩을 만난 적이 없기 때문에 그런 간첩은 실제로는 존재하지 않는다고 생각해 왔던 것이다.

그의 말에 의하면 그는 귀족 가문 출신이었다. 그는 세 살 때부터 이미 참모 본부에 보내기로 내정되었고 여섯 살 때부터 첩보부에서 교육을 받기 시작했다. 그는 성인이 되면서 앞으로의 활동 무대로 소비에뜨 연방을 택했다. 그것은 세계에서 가장 강력한 방첩 부대를 가진 곳이 소련이고 또 소련에서는 모든 사람이 서로서로를 의심하기 때문에 다른 나라보다는 특히 첩보 활동을 하기가 힘들다는 것을 고려해서였다. 그는 지금 소련에서도 적지 않은 성과를 거두었다고 결론을 내리고 있었다. 전쟁 전 몇 해 동안 그는 니꼴라예프에서 활동하면서 루마니아군이 조선 공장을 송두리째 점령할 수 있게 만들었다. 그다음에 그는 스딸린그라뜨의 트랙터 공장에서 일했고, 그다음에는 우랄 자동차 공장으로 옮겨 갔다. 그는 노동조합 회비를 걷으려고 공장 지배인실로 들어가서 문을 닫았다. 여기까지 말하자 갑자기 그의 얼굴에서 바보스러운 미소가 사라지더니 또다시 칼날로 내리치는 듯한 표현이 그의 입에서 튀어나왔다. 「뽀노마료프(우랄 자동차 공장에서 그는 이런 이름을 사용했다)! 우리는 스딸린그라뜨에서부터 당신을 추적하고 있었소. 당신은 마음대로 그곳 직장을 버린 다음(그는 스딸린그라뜨의 트랙터 공장에서 중요한 직책을 맡고 있었다) 이름을 바꾸고 이 공장에 들어와 일하고 있단 말이오. 자 두 가지 중 한 가지를 택하시오 ─ 총살을 당하든가 아니면 우리하고 함께 일하든가…….」 뽀노마료프는 그들하고 함께 일하기로 결심했다. 그리고 이것은 그에게 빛나는 성공을 안겨 주게 되었다. 그는 모스끄바 주재 독일 첩보원에 다시 예속될 때까지 그곳 임무를 지휘했다. 이윽고 독일 첩보원은 그에게 특별 임무를 부여하고 뽀돌스끄로 파견하였다. 블라디미레스쿠의 설명에 의하면 후방 파괴 첩자들은 여러 방면의 훈련을 쌓지만 첩자마다 자기대로의 특수한 전문 분야를 가지고 있다는 것이었다. 블라디미레스쿠의 전문 분야는 낙하산의 가장 굵은 밧줄을 내부로부터 절단하는 일이었다. 뽀돌스끄의 낙하산 창고 앞에서 수색대장이 그를 기다리고 있었다(그가 누구며, 그가 어떤 사람이라는 것은 아무도 모른다). 그는 블라디미레스쿠를 창고 속에 들여보내 8시간이나 야간작업을 시켰다. 산더미처럼 쌓여 있는 낙하산 더미 위에 조그만 사다리를 걸쳐 놓고, 하나도 포장을 손상시키지 않으면서 특수 가위를 사용하여 낙하산 줄을 5분의 4 정도 끊기 시작했다. 나머지 5분의 1을 남겨 둔 것은 공중에서 그것이 저절로 끊어지게 하기 위해서였다. 블라디미레스쿠가 여러 해 동안 배우고 훈련을 쌓아 온 것도 실은 이 하룻밤을 위한 것이었다. 그는 게걸스럽게 일을 해낸 끝에 2천 개에 달하는 낙하산을 파괴할 수 있었다(낙하산 1개에 15초가 걸린 셈이다).「나는 소비에뜨 낙하산 부대 1개 사단을 소탕한 겁니다!」그는 이렇게 말하고 회심의 미소를 지으며 검은 버찌 눈을 번뜩였다.

그는 체포된 후 부띠르끼 독방에 8개월이나 갇혀 있으면서도 증언을 거부했다. 그는 일체 입을 열지 않았다.「그래, 당신을 고문하지 않습디까?」「천만에요.」그는 바르르 입술을 떨었다. 외국인에게는 그런 고문 방법이 허용되지 않는다는 듯한 표정이다(외국인을 겁주기 위해서는 자기 나라 사람들을 고문하라! 그러나 스파이는 돈주머니와도 다름없다. 자기 나라 스파이하고 그를 교환할 수 있기 때문이다). 드디어 그에게 신문(新聞)을 보여 줄 날이 도래했다 — 루마니아가 항복한 것이다.「자, 증언하시오.」그러나 그는 여전히 침묵을 지켰다 — 신문은 얼마든지 위조해 낼 수 있는 것이다. 그다음에 그들은 루마니아 참모 본부의 명령서를 그에게 가져왔다. 그 명령서에 의하면, 휴전 협정에 따라 참모 본부는 모든 예하 첩보 요원들에게 무장 해제를 하라고 명령하고 있었다. 그 래도 그는 계속 침묵했다(명령서도 위조할 수 있기 때문이다). 결국 최후 수단으로 참모 본부 출신의 그의 직속상관을 직접 그에게 대면시켰다. 직속상관은 모든 사실을 고백하고 무장 해제를 하라고 그에게 명령했다. 그제야 블라디미레스쿠는 마지못해 증언을 하게 되었고 이제는 이 감방에서까지도 자기 경력의 일부를 털어놓기에 이른 것이다. 그는 재판도 받지 않았고 형기도 받지 않았다! (이것도 외국인이기 때문일까! 〈나는 내가 죽는 마지막 순간까지 간부 취급을 받을 것이고, 정중한 대접을 받을 겁니다.〉)

「그러나 당신은 지금 내게 모든 것을 털어놓고 있습니다.」 나는 말했다. 「나는 당신의 얼굴을 바라보는 동안 당신의 그 얼굴을 기억할 수 있습니다. 앞으로 우리가 서로 거리에서 만나게 될 때를 한번 상상해 보십시오…….」

「만약 당신이 나를 알아보지 못했다고 내가 확신한다면 당신은 살아남을 수 있을 겁니다. 그러나 만약 당신이 나를 알아본다면 나는 당신을 죽이든가 아니면 강제로라도 우리하고 함께 일을 하게 만들 겁니다.」

그는 이웃 친구하고의 관계를 해치려는 뜻에서 이런 말을 한 것은 절대로 아니었다. 그는 그저 마음먹은 대로 솔직히 말했을 뿐이다. 그러나 그 말에는 확신이 넘쳐흐르고 있었다. 그는 총살도 자살도 아무 거리낌 없이 해치울 수 있으리라는 것을 나는 확신할 수 있었다.

이 기나긴 죄수의 연대기 속에서도 이런 영웅은 두 번 다시 만날 수는 없을 것이다. 11년간의 형무소 생활, 유형 생활, 수용소 생활을 통해 나는 이러한 영웅을 처음 만났고, 다른 사람들은 한 번도 그런 영웅을 만나 보지 못했다. 많은 부수를 자랑하는 우리 나라의 만화책은 기관원들이 이런 사람들만 잡아들인다고 청년들을 우롱하고 있다.

우리는 이 교회 형무소를 살펴봄으로써, 기관원들의 제일 목표가 다름 아닌 젊은이들의 체포에 있다는 것을 충분히 이해할 수 있었다. 전쟁이 끝나자 그들은 자기들이 점찍어 두었던 모든 사람을 마음대로 체포할 수 있었다. 이제는 그들을 병사로 징집해 갈 필요가 없었기 때문이다. 1944년에서 1945년 사이에 이른바 〈민주당〉이 〈작은 루비얀까(지방에 있는 기관의 지부)〉를 거쳐 갔다고들 말한다. 소문에 의하면 그 민주당은 50명의 소년으로 구성되고 있었으며 헌장과 당원증도 가지고 있었다고 한다. 그중에서 가장 나이가 많은 소년 — 모스끄바에서 학교를 다니는 10학년생이 그 당의 〈서기장〉이었다. 전쟁 말기에도 모스끄바 여러 형무소에서 대학생들의 모습을 자주 볼 수 있었다. 나는 가는 곳마다에서 그들을 만났다. 나도 늙지는 않았다고 생각하고 있었으나, 그들은 나보다도 훨씬 더 젊었다.

정말 이것은 아무도 모르는 사이에 이뤄졌다! 나와 나의 동년배들이 최전선에서 4년 동안 적과 싸우고 있을 때, 여기서는 또 하나의 세대가 성장하고 있었던 것이다! 이 나라에서, 그리고 이 지구상에서 가장 젊고 가장 현명하다고 자처하면서 대학 복도의 쪽마루 위를 거닐던 것이 바로 어제 같은데, 느닷없이 감방의 쪽마루 위를 걸어 우리 쪽으로 다가오는 긍지는 높지만 핏기 없는 젊은이들을 보고 우리는 가장 젊고 가장 현명한 것은 이미 우리가 아니라 바로 그들이라는 것을 놀라움과 더불어 자인하지 않을 수 없었던 것이다! 그러나 나는 그들을 보고 모욕을 느끼지는 않았다. 나는 벌써 그들을 얼싸안고 기뻐하고 있었다. 나는 모든 사람들하고 논쟁을 하고 싶어 하고 모든 것을 알고 싶어 하는 그들의 정열을 잘 알고 있었다. 나는 또 그들이 처절한 운명을 택하고도 조금도 후회를 하지 않는 그들의 숭고한 긍지를 누구보다도 잘 이해하고 있었다.

그보다도 한 달 전, 거의 병원의 병실이나 다름없는 부띠르끼의 다른 감방에서의 일이다. 감방 안 통로로 들어가서 아직 자리도 못 잡고 있을 때, 젊은 청년 하나가 내게로 다가왔다. 그는 나하고의 대화나 논쟁을 예감하고 다가온 것이 분명했다. 아니, 그는 그런 대화를 애원하고 있었다. 얼굴빛은 누르스름했으나 그 윤곽만은 유대인적인 섬세함을 가지고 있었다. 여름인데도 그는 구멍이 숭숭 뚫린 걸레 같은 사병 외투를 입고 있었다 — 그는 오한을 느끼고 있었던 것이다. 그의 이름은 보리스 감메로프라고 했다. 그는 나에게 질문을 퍼붓기 시작했다. 이야기는 옆으로 흘러 우리의 경력이며 정치 문제로 번져 나갔다. 나는 그때 무슨 영문에서인지는 몰라도 이미 고인이 된 루스벨트 대통령의 기도문(우리 신문에 게재된 적이 있었다) 중의 한 대목을 인용하고 다음과 같이 딱 잘라 말했다.

「그것은 물론, 위선일 거요.」

그러자 갑자기 젊은이의 노한 눈썹이 바르르 떨리고 파리한 입술이 오므라지더니 자리를 박차고 일어날 듯한 기세로 이렇게 물었다. 「아니, 왜 그렇게 생각하십니까? 정치가가 하느님을 진심으로 믿을 수도 있다는 것을 당신은 왜 믿지 않으시죠?」

이것은 그의 반문이었다! 그러나 이런 측면에서 공격을 받을 줄이야? 1923년생으로부터 이런 말을 듣다니? 나는 매우 자신 있는 말로 대답할 수 있었으나 형무소에서 나의 신념은 이미 흔들리고 있었다. 그리고 중요한 것은, 우리가 가진 확신 외에도 그 어떤 순수하고 깨끗한 감정이 우리 안에 살아 숨 쉬고 있다는 것이었다. 그리고 그 감정은 방금 내가 한 말이 나의 확신에서 나온 것이 아니고 외부에서 나에게 주입한 것이라는 사실을 설명해 주고 있었다. 결국 나는 그에게 아무것도 대꾸할 수 없었다. 나는 그저 이렇게 물었을 뿐이다. 「그럼 당신은 하느님을 믿습니까?」

「물론이죠.」그는 침착하게 대답했다.

물론이라고? 물론…… 그렇다, 그것은 사실이었다. 공산 청년 동맹의 젊은이들은 여기저기 무리들 앞에서 날고 있었다. 단지 NKGB(국가 보안 인민 위원회)가 이것을 알아차렸을 뿐이다.

그 젊은 나이에도 불구하고 보리스 감메로프는 〈조국이여, 안녕!〉이라는 별명이 붙은 45식 대전차포 대원으로 싸웠을 뿐만 아니라 전선에서 폐에 부상까지 입었다. 폐의 부상은 아직까지도 완치되지 않았고, 그 부상 때문에 지금은 폐결핵을 앓고 있었다. 감메로프는 상이군인으로 제대한 다음 모스끄바 대학 생물학부에 들어갔다. 그리하여 그에게는 두 가닥의 실이 얽혔다 — 하나는 사병 생활에서 얻은 실이고, 또 하나는 전혀 어리석지도 않고 또 완전히 죽지도 않은 전쟁 말기의 대학 생활에서 얻은 실이었다. 모스끄바 대학생들 사이에 미래를 사색하고 논의하는 모임이 열렸다. 이것은 어느 누구의 지시에 의해서 열린 것이 결코 아니었는데도 그들에게 눈독을 들이고 있던 기관의 눈은 거기서 3명을 골라내어 체포하고 말았다. 감메로프의 아버지는 1937년에 형무소에서 타살되었거나 총살되었는데, 그 아들도 아버지와 같은 길을 내딛게 된 것이다. 감메로프는 신문 당시 몇 편의 자작시를 격정적인 어조로 신문관에게 낭독해 주었다. (그의 시 가운데 한 편의 시도 기억하지 못하는 것이 얼마나 한스러운지 모른다. 그 시는 지금 찾으려야 찾을 수도 없다. 여기 그 시를 인용하고 싶은 마음이 간절하건만.)

몇 달 동안에 나는 그 용감한 세 젊은이들을 모두 만날 수 있었다. 부띠르끼의 또 다른 감방에서 나는 뱌체슬라프 D.라는 대학생을 만났다. 젊은 사람들이 체포되어 들어올 때는 언제나 이런 사람들이 있게 마련이다 ─ 그는 자기 모임에서는 강철같이 의지가 강했지만 그 후 신문 과정에서 점점 의지가 약해져 갔다. 그는 자기 동료들 중에서도 가장 적은 형인 5년형을 선고받았다. 영향력이 큰 그의 아버지가 아들을 빼내리라는 것을 뒤에서 많이 고려한 것이 분명하다.

그다음 부띠르끼의 교회 형무소에서 나는 게오르기 인갈을 만났다. 그는 자기 동료들 중에서 가장 나이가 많았다. 젊은 나이에도 불구하고 그는 벌써 소비에뜨 작가 동맹의 회원 후보였다. 그는 무척 대담한 필봉의 소유자였고 날카로운 대조가 그의 특징이었다. 정치 정세만 완화되었더라도 경박하고 공허한 문학 수법들은 그의 앞에 낱낱이 폭로되고 말았을 것이다. 그는 벌써 드뷔시에 관한 장편 소설을 거의 다 끝내 가고 있었다. 그러나 그는 초기의 성공에만 도취해 있지 않았다. 그는 자기 스승 유리 띠냐노프의 장례식에서 권력자들이 띠냐노프를 살해했다는 연설을 했다. 이 연설이 그에게 8년 형을 보장해 준 것이다.

이윽고 감메로프도 우리를 따라잡았다. 그리하여 끄라스나야 쁘레스냐로 가기 전에 나는 그들의 공통적인 견해와 충돌해야 했다. 그러나 이 충돌은 나에게는 힘겨운 것이었다. 나는 그 당시 〈프티 부르주아지의 동요하는 이중성〉 또는 〈몰락한 인텔리겐치아의 전투적 허무주의〉같은 기성품 꼬리표가 없으면 새로운 사실을 받아들일 수도 없고 또 새로운 의견을 평가할 수도 없는 그러한 세계관에 여전히 충성하고 있었다. 인갈과 감메로프가 내 앞에서 마르크스를 공격한 것은 기억에 없지만, 그들이 레프 똘스또이를 공격한 것만은 아직도 기억에 생생하다. 그리고 그것은 어떤 공격이었던가! 똘스또이는 교회를 부정했다! 그러나 그는 교회의 신비적인 조직력을 미처 깨닫지 못했다. 똘스또이는 성서의 교리를 거부했다. 그러나 최신 과학에 의해서도 성서는 모순되지 않는다. 세계 창조에 대한 성서의 첫 구절에도 모순은 없다. 똘스또이는 국가를 부인했다! 그러나 국가가 없으면 혼란이 있을 뿐이다. 똘스또이는 한 인간 속에 정신적인 노력과 육체적인 노력의 융합을 설파했다! 그러나 이러한 능력의 평준화는 무의미한 것이다! 그리고 끝으로, 우리 모두가 스딸린의 폭정에서 보듯이, 역사적인 인물은 전능할 수도 있는데 똘스또이는 그런 생각을 조소했다는 것이다![8]

젊은이들은 자기 시를 내게 읽어 주고 그 대신 나의 시를 요구했다. 그러나 아직 나는 자작시를 가지고 있지 않았다. 그들은 특히 빠스쩨르나끄를 좋아해서 그의 시를 많이 읽고 있었다. 나는 언젠가 「나의 누이인 삶」을 읽은 적이 있었으나 그다지 마음에 들지 않았다. 시가 너무나 기교적이었고, 보통 사람들로서는 이해하기 힘들 정도로 난해했기 때문이다. 그러

---

8 형무소에 들어오기 전에도, 그리고 형무소에 들어온 후에도 나 역시 오랫동안 소비에뜨 국가 체제의 진로를 치명적인 방향으로 이끈 것은 스딸린이었다고 생각해 왔다. 그러나 그 스딸린이 조용히 죽고 난 뒤 그 배의 진로에 그렇게 눈에 띄는 변화가 있었던가? 그가 여러 사건에 남긴 개인적인 흔적이란 권태로운 우둔과 완고한 고집과 자화자찬 정도이다. 그 밖의 모든 점에서 그는 표지판에 써 있는 그대로 정확히 경로를 밟아 나갔던 것이다.

나 그들은 법정에서의 시미뜨의 최후 증언(빠스쩨르나끄의 시 「시미뜨 대위」 중의 일부)을 내게 들려주었다. 그 시는 나를 무척 감동시켰다. 그것은 우리 모두에게 너무나도 어울리는 대목이었기 때문이다.

> 나는 조국에 대한 사랑을
> 30년 동안 고이 간직해 왔다.
> 너희들의 관용을 바라지는 않는다.
> 또 그것을 아쉬워하지도 않으리라.

감메로프와 인갈의 기분은 너무나도 밝았다 ─ 우리는 너희들의 관용을 바라지는 않는다! 우리에게는 징역살이도 괴롭지 않다. 우리는 오히려 이것을 자랑으로 여긴다! (사실 징역 생활이 괴롭지 않은 사람이 어디 있으랴?) 인갈의 젊은 아내는 체포된 지 몇 달 만에 이혼을 하고 그에게서 떠나갔다. 감메로프는 혁명적 성향 때문에 아직도 결혼을 못 하고 있었다.

위대한 진리가 밝혀지는 곳은 여기 형무소 안이 아닐까? 형무소는 좁지만 저 바깥세상은 여기보다 더 좁지 않을까? 우리 옆에, 나란히 침상 밑에, 그리고 통로 위에 누워 있는 저 고통에 시달리는 기만당한 사람들이 우리의 인민이 아닐까?

> 온 조국과 함께 일어나지 않았다면
> 나의 고통은 더 했으리라.
> 그러나 나는 지나온 길을
> 지금도 후회하지는 않노라.

정치범으로 감방에 앉아 있는 젊은이들은 결코 평범한 젊은이들은 아니다. 그들은 항상 남보다 앞질러 걸어가는 전위적인 청년들이다. 바로 그 시기에 대부분의 청년층은 부패와 실망과 무관심 속에 그저 안일한 생활만을 사랑해야 했다. 그러므로 그들이 다시 이 안일한 생활에서 새로운 정상을 향하여 그 힘든 언덕을 오르기 시작하려면 적어도 20년은 걸려야 했을 것이다. 그러나 제58조 10항으로 1945년에 투옥된 젊은 죄수들은 그 미래의 낭떠러지를 한걸음에 뛰어넘었다 ─ 그들은 자랑스럽게 머리를 쳐들고 용감히 도끼 밑으로 뛰어든 것이다.

부띠르끼의 교회 형무소에서는 벌써부터 유죄 선고를 받은 모스끄바 대학생들이 노래를 지어서 저녁노을이 깃들기 전에 나직한 목소리로 그 노래를 부르고 있었다.

하루 세 번 식은 수프를 마시고
노래 속에 저녁이 저물어 가면
금지된 바늘로 〈자루〉를 꿰매며
길 떠날 차비를 한다네.

우리는 자기 자신을 염려하지 않노라.
〈서명〉을 마쳤으니 ─ 한시 바삐 떠나고 싶다!
그 언제일까, 다시 여기 돌아올 날은
그 머나먼 시베리아 수용소에서 돌아올 날은?

오, 그동안 우리는 왜 몰랐을까? 우리가 작전 기지를 닦고 포탄 구덩이 속에 몸을 움츠리고 있을 때, 그리고 덤불숲 속에서 포대경을 내밀고 있을 때, 여기서는 또 하나의 젊은이들이 자라며 움직이고 있었던 것이다! 그렇다. 그들은 〈그쪽〉을 향해 움직이고 있었다! 감히 우리가 생각할 수도 없었던 그쪽을 향해! 그들은 우리하고는 달랐던 것이다.

우리 세대는 무기를 내놓고 훈장 소리도 요란하게 전투 이야기를 자랑스럽게 떠벌리며 전쟁터에서 돌아올 테지만, 젊은 형제들은 그저 얼굴을 찌푸리며 이렇게 말할 것이다. 「에잇, 저 못난 자식들 같으니!」

〈제3권에 계속〉

열린책들 세계문학 259 수용소군도 2

옮긴이 김학수 1931년 평양에서 태어났다. 한국외국어대학교 노어과를 졸업하고 미국 인디애나 대학교 대학원 슬라브어문학과에서 석사 학위를 받았다. 한국외국어 대학교 교수와 동 대학 부설 소련 및 동구문제연구소 소장을 역임하고 미국 컬럼비아 대학교 풀브라이트 교환 교수, 고려대학교 문과 대학 교수 및 동 대학 부설 러시아문화연구소 소장, 한국 노어노문학회 회장을 지냈다. 옮긴 책으로는 솔제니찐의 『1914년 8월』, 『이반 제니소비치의 하루』, 뚜르게네프의 『사냥꾼의 수기』, 『첫사랑』, 똘스또이의 『인생의 길』, 『부활』, 『신과 인간의 아들』, 도스또예프스끼의 『죄와 벌』, 『카라마조프의 형제』 외 다수가 있다. 1989년 서울에서 영면했다.

지은이 알렉산드르 솔제니찐 **옮긴이** 김학수 **발행인** 홍예빈·홍유진
발행처 주식회사 열린책들 **주소** 경기도 파주시 문발로 253 파주출판도시
전화 031-955-4000 **팩스** 031-955-4004 **홈페이지** www.openbooks.co.kr
Copyright (C) 주식회사 열린책들, 1988, 2020, *Printed in Korea.*
ISBN 978-89-329-1259-2 04890 **ISBN** 978-89-329-1499-2 (세트)
발행일 1988년 2월 1일 초판 1쇄 1990년 12월 10일 초판 6쇄 1995년 4월 15일 2판 1쇄 2017년 12월 10일 특별판 1쇄 2020년 11월 20일 세계문학판 1쇄 2024년 5월 1일 세계문학판 3쇄

이 도서의 국립중앙도서관 출판예정도서목록(CIP)은 서지정보유통지원시스템 홈페이지(http://seoji.nl.go.kr)와 국가자료공동목록시스템(http://www.nl.go.kr/kolisnet)에서 이용하실 수 있습니다.(CIP제어번호 : CIP2020045997)